網絡英雄傳之

黑客訣

郭羽 × 劉波

目錄 CONTENTS

第一章 黑客來襲

七月十七日，周六，中午。

湖濱市，中國東南沿海富庶的之州省的省會，竟然發生了一場震驚世界的恐怖襲擊！

就在剛才——十二點十四分，一個市中心交通繁忙的十字路口，東西向的長長車流正在等待紅燈。

天氣酷熱，街道擁堵，蟬鳴還在行道樹上沒完沒了。

這樣的周末，和平日一樣，本來並無異常。

直到漫長的紅燈稍一轉綠，前方的汽車尚未起步，電動車、自行車已然向前蠕行……

「砰——」

信號燈突然像煙花一般，猛地炸開，在半空中形成一個巨大的火球！那一剎的光芒，似乎比太陽還要刺眼！

震耳欲聾的爆炸聲，將大地都震得顫抖了起來！

劇烈的衝擊波向四面八方洶湧地擴散，將靠近路口的所有玻璃——車窗上的，或是沿街店面窗戶上的——全都震碎，四散飛濺的碎片，劃傷了無數路人，引發陣陣尖叫。

而最靠近信號燈的二十多個行人和騎車人，更是紛紛慘號著倒在地上，鮮血從捂著的指尖不斷湧出，耳朵聽不見任何聲音，只有強烈的痛感，令他們下意識地蜷縮著身子，不斷抽搐。

「天啊，爆炸了！」

「好多人受傷了！」

人群中有人在驚呼，也有人拿出手機拍起了視頻，記錄這驚人的一幕。

不少自行車和電動車掉轉車頭，想逆向逃離現場，卻被來不及反應的順向車輛堵住，非機動車道變得擁堵不堪，水泄不通。

擠在馬路上的汽車已完全無法動彈，靠近路口的司機和乘客接連棄車逃跑，後面車上的人還沒弄明白到底發生了什麼事，有探出腦袋觀望的，有撥打一一〇報警的，也有拼命按喇叭催促前面車快走的。

整個道路陷入一片混亂之中！

就在這個驚惶時刻，一輛疾速飛奔的黑色哈雷逆勢而來，與逃離的人群正好相反，一路駛向十字路口！

只見它敏捷地穿過重重車流，在離爆炸點只有五十多米距離時，實在無法前行了。車上的那位身穿黑色背心、黑色熱褲的女郎長腿一跨，乾脆俐落地下了摩托，並摘下黑色頭盔——一張神情凝重的美麗面龐露了出來。

只見她未作停頓，蹬著黑色的長筒靴，三步並作兩步地越過慌亂逃竄的人流，快速來到爆炸的信號燈柱下——這個其他人避之唯恐不及的地方。

女郎梳著齊耳短髮，皮膚略顯蒼白，一臉冷艷但目光如電，一寸寸地搜索信號燈周邊的所有區域，很快就發現了蛛絲馬跡。她半跪下來，撿起一個成人拇指大小的殘破儀器，又用右手食指和中指拈了些爆炸殘留物，放到鼻子旁聞了聞，神色便有些凜冽。

下一秒，女郎便拿出手機，按下快捷鍵「1」，等電話一接通，就不容反駁地說：「老杜，你立刻去交通管理指揮中心一趟！」

電話那頭的杜明禮還睡意朦朧，本能地打了個哈欠，看了一眼時間，不由得叫苦：「夜神，咱們昨晚為太平洋銀行升級系統，熬了一整個通宵，忙到早上七點多，現在才休息了五個小時都不到……」

「在蓮香路和東湖路交界處的交通信號燈中，有人裝入了炸藥和信號接收裝置。」被稱為「夜神」的女郎冷冷打斷了杜明禮的話，「就在剛才，一個裝有C-4炸彈的信號燈被引爆，造成了極大的殺傷力。」

杜明禮打了個激靈，猛地從床上跳起，臉色已經白了，結結巴巴地說：「爆，爆炸？人為的？那豈不是恐怖襲擊？」

他從未想過，「爆炸」「恐襲」這種向來就距離十分遙遠，生活中根本接觸不到的名詞，會和湖濱市有什麼關係。

女郎冷哼了一聲，不屑回答這種顯而易見的問題，只是發號施令：「你馬上趕過去，看一下事態發展到什麼程度了。我懷疑，這樣的炸彈不止一個。」

短短一句話，頓時讓杜明禮倒吸一口冷氣。

十二點二十九分，湖濱市公安交通管理指揮中心。

杜明禮剛邁進中央大廳的門，就聽見市公安局陳局長劈頭蓋臉地問：「童素在哪兒？怎麼還沒來？」

「夜神在爆炸現場，很快就會趕來！」杜明禮像被老師點名的小學生一樣，下意識地昂首挺胸，大聲回答，然後才循著聲音向陳局長望去，就見市局幾位正副局長，以及一些生面孔，正一起簇擁著一位身材高大、面容嚴肅、兩鬢已經染上白霜的中年男子。

這位國字臉、身穿西裝、左手還戴著白手套的官員，杜明禮覺得十分眼熟，稍微想了一下，立刻記起自己曾在電視上見到過——此人正是之州省安全部門的負責人夏正華！陳局長擔心幾分鐘前才匆匆趕到交通管理指揮中心的夏正華不了解相關情況，於是立刻介紹道：「夏廳，這是素數科技的小杜，我們的「智慧交通系統」自啟用之後，就一直由他們公司進行安全維護。不過小杜主要負責業務對接，真正解決問題的，是他們的技術總監童素。」

他還想再說幾句，比如童素在網絡上的代號是「赫卡忒」，是世界級的傳奇黑客，被無數粉絲尊稱為「夜神」，夏正華已經沉聲道：「童素是什麼人，我很清楚，不用多講。她既然剛好在現場，有什麼發現？」

杜明禮被夏正華強大的氣場震懾，楞了一下，才反應過來：「夜神說，犯罪分子用的不是普通的工業硝銨炸藥，而是改裝過後的C-4。」

陳局長等人聽了，臉色變得更不好看。

因為硝銨炸藥和C-4，背後代表的含義截然不同。硝銨炸藥是常見的民用炸藥，殺傷力一般；而C-4卻是典型的軍用炸藥，能夠輕易躲過X光的檢查，爆炸威力驚人，而且不是隨便就能弄到的。

夏正華卻沒有任何驚訝之色，沉著地說：「繼續。」

杜明禮忙道：「她在現場只發現了炸藥和改良的小型雷管，以及一個小型信號接收器，沒發現任何定時設備。由此，夜神推斷犯罪分子很可能是利用黑客手段入侵了「智慧交通系統」，通過控制交通信號燈的方式，做到了可以遠程遙控引爆炸彈。」

無疑，這一次的事態前所未有地嚴峻。

杜明禮深吸了一口氣，又道：「夜神認為，如果情況真是這樣，那就代表著炸彈很可能不止一個！」

陳局長看了夏正華一眼，嘆道：「她的判斷沒錯，截至現在，已經有三個炸彈在湖濱市的不同路口爆炸。時間分別是十二點整和十二點十五分！第一次爆了一個，第二次則是兩個！」

杜明禮的臉色唰一下白了。

沒等他說什麼，一個急促的叫聲響起：「又爆了！」

「這次是哪裏！」

「城溪南路與古雲路口！」

「立刻調動警力，還有消防車和救護車，火速趕去！」

陳局長話音未落，又有人急急地喊：「建設五路與承平路口也有一個信號燈爆炸了！」

「還有通達路與解放路口！」

「省博物館門口的信號燈也爆了！」

同一時間內，竟有四枚炸彈同時被引爆！

杜明禮下意識地抬起頭，看了一眼中央大廳上的電子時鐘——十二點三十分十七秒。

交通管理指揮中心中央大廳，氣氛一片死寂。

短短半個小時，三個時間點，七枚炸彈的引爆，讓所有人的神經都無比緊繃。

他們焦急地看著時間一分一秒地過去，忍不住想，既然前三次爆炸的規律是十五分鐘一次，而且每次炸彈的數量都是上一次的兩倍，那下一個十五分鐘後，會不會就有八個炸彈被引爆？

夏正華眉頭緊鎖：「信號燈那麼高，旁邊又都有攝像頭，這些犯罪分子怎麼可能有機會上去安裝那麼多的炸彈，還不被察覺？」

交通管理指揮中心的周主任對湖濱市的道路交通情況了如指掌，爆炸發生後，他很快就意識到了問題所在，正等著機會向夏正華匯報：「夏廳，問題應該出在前段時間，交通部門正好對湖濱市所有的信號燈做了一輪大檢修和換新，主要的作業時間都在深夜。很有可能這些傢伙混雜其中，借機搞了鬼。另外，目前那些安裝了炸彈的信號燈，沒有一個是高懸在路口針對機動車的信號燈，而是人行道旁邊那些主要針對行人和非機動車的信號燈。後者一般也就一人半高，相對容易被做手腳。」

夏正華點了點頭，又問：「那整個湖濱市，這種信號燈總共有多少個？」

周主任面露為難之色：「至少有上萬個。」

上萬個交通信號燈，就算在平時，想要逐一排查也至少需要一周時間吧，更不用說現在整個城市已經陷入混亂。哪怕沒有親身經歷爆炸的人，也從朋友圈、微博等社交平台刷到了湖濱市遭遇的恐怖襲擊。

各地網友都對湖濱市這一嚴重的突發事件高度關注，湖濱市的市民更不用說，各種謠言早就滿天飛。雖然媒體在政府主管部門的要求下，迅速發布了一系列維穩報導，但湖濱市還是人人自危，路上的人都想盡快回到安全的地方，導致交通更是變得一團混亂。別說消防車和救護車，就連警察選擇騎摩托車去現場處置，也未必能穿越擁堵的道路盡快趕到。

在這種情況下，想要勘查清楚所有的信號燈，談何容易？

陳局長權衡了一下，說道：「如果這些炸彈沒有定時裝置，引爆的方式都是通過信號燈，那我們直接關掉智慧交通系統，不就行了……」

他最後一個代表疑問的「嗎」字還沒說出口，交通監控大屏幕突然一暗。

眾人面面相覷，都不知道這是什麼情況，技術人員正準備起身去檢查服務器的電源，覆蓋整面牆的漆黑屏幕上，突然彈出了一張巨大的臉。

突如其來的一幕，嚇得在場絕大多數人的心臟都漏跳了一拍，或多或少地流露出一絲驚恐，唯有夏正華面沉似水。

片刻之後，眾人回過神來，才發現那是一張典型的「Joker」（小丑）式面容——綠色的頭髮，尖長的臉，慘白的膚色，狹長的眼睛，血紅的嘴唇，簡直就像小丑走出熒屏，來到現實。

「各位中國朋友，早上好！」

屏幕面前的「Joker」露出了一個「快樂」的笑容，嘴巴幾乎咧到了耳根。他的眼神透露出說不盡的歡喜，臉孔卻給人一種極其陰森、驚悚而詭異的感覺。

「剛才的七朵煙花，大家還滿意嗎？」

說完這句話，「Joker」就又咧嘴在那裏笑，等待著所有人的回答。

眾人齊刷刷地看著夏正華，緊張地等著他的答覆，就聽見夏正華淡淡地問：「昨天往省政府郵寄恐嚇信的人就是你？」

「Joker」沒有回答，但笑得更加誇張。

這一刻，陳局長、周主任等人才明白，夏正華這個安全部門的領導為什麼來得這麼快。

從第一起爆炸案發生到夏正華到達市公安局交通管理指揮中心，只用了二十分鐘，而且還是在交通狀況並不好的情況下！

可見夏正華早有心理準備，甚至清楚這些犯罪分子的底細。

果然，夏正華下一句話就是：「既然你是陳雲升的同夥，應該很清楚，中國政府對於毒品是零容忍的態度，此人在我國製毒販毒，數量巨大，理應按照中國法律受到嚴厲制裁。想要中國政府釋放他，你們是癡人說夢！」

話音未落，畫面中的人傲慢地笑道：「你們可要好好想想，究竟是原則重要，還是安全重要。再拖下去，就不止一兩顆炸彈這麼簡單了。」

夏正華剛想說話，卻被「Joker」毫不客氣地搶了話茬，語帶警告：「我給你們十五分鐘，只接受『同意』這一回答；如果你拒絕，或者保持沉默——」

「Joker」嘴角咧到最大，讓他的笑容顯得無比猙獰：「下一次的炸彈，還會翻倍！」

然後，屏幕就直接暗了下去。

短暫的死寂後，周主任才有點不確定地說：「販毒？製毒？難道製造今天這起大型恐怖襲擊的犯罪分子，竟是一幫毒販？」

他開始懷疑起自己的耳朵來。

毒販給人的印象確實很兇殘，但他們就算再怎麼喪心病狂，也不敢製造恐怖襲擊，直接與中國政府為敵啊！他的疑問，也是在場許多人的疑問。

陳局長看了夏正華一眼，見領導沒有阻止的意思，才說：「陳雲升不是普通的毒販，他是跨國超級犯罪組織萬象集團的高級幹部，代號『方塊Q』。萬象集團控制了整個東南亞、東亞、中亞，甚至部分歐洲國家的毒品交易幾十年，大本營在東南亞大國——文南國北部的升龍省。這幾十年來，仗著他們的雄厚資金和強大實力，升龍省都不受文南國政府管束。去年更是公然豎起反叛的旗幟，宣稱自己是自由解放組織，要推翻現有文南國政府的「暴政」，雙方的戰事十分激烈，目前都還僵持不下。」

陳局長介紹完基本情況以後，夏正華加了一句：「萬象集團的高級幹部，以撲克牌花色命名，四種花色，各司其職。而「方塊」這一支，在萬象集團內部，專門負責與錢有關的事情。」

無疑，這個陳雲升應該掌控著萬象集團整個東亞地區的錢袋子，在組織內部的地位舉足輕重。失去他，這個龐大販毒集團在東亞地區的洗錢網絡就會群龍無首。而一旦東亞的資金回流變慢，甚至對文南國現今的戰局都會產生不可估量的影響——畢竟，打仗是需要錢的！

此外，作為高級幹部，陳雲升知道組織的不少秘密，萬一這些情報洩露——比如萬象集團總部的位置，必將產生極其致命的影響——

原來文南國政府與萬象集團已經對峙了幾十年，卻長時間未能拔除這一巨大威脅，其中一個重要原因，就是一直都沒能摸清萬象集團真正的總部位於升龍省的哪個位置，所以無法在戰略上「攻敵之首」，只能與萬象集團的人玩叢林戰、巷戰，形成拉鋸，死傷無數。

在得知中國政府抓獲陳雲升後，文南國相關部門已經向中國發出申請，希望前來湖濱市提審陳雲升。

萬象集團應該是得知了這個消息，所以對他們來說，救出陳雲升勢在必行！

陳局長明白了其中的利害關係，不免憂心忡忡。

按照夏正華的意思，中國政府絕不會答應毒販的脅迫，交出陳雲升。但這麼一來，壓力就全在他們身上。如何在最短的時間內，化解這場危機，保證百姓的安全，將公共財產的損失以及事件的影響降到最小，令陳局長非常頭疼。

想到這裏，陳局長突然意識到，這次的敵人中，似乎有極其高明的黑客，不僅無聲無息地入侵了湖濱市的智慧交通系統，剛才甚至直接控制了中央大廳的屏幕，與他們對話，不由得提高了聲音：「童素呢？怎麼還沒來？」

他話音剛落，一個清冷的聲音已然響起：「我早就在了。」

聽見這個聲音，杜明禮十分激動：「夜神！」

下一秒，他就發現不對——這聲音怎麼像從自己口袋裏傳出來的？

杜明禮下意識摸出手機，就看見屏幕顯示「正在通話」，還開了免提，揚聲器已經被調到最大，額頭不由得冒冷汗：「夜神，你什麼時候入侵了我的手機？不對，你怎麼又入侵我的手機！」

「一時情急。」

童素毫無誠意地來了這麼一句，旋即便道：「你們大可放心說話，指揮中心的信息安全系統還沒有徹底淪陷。剛才出現在屏幕上的「Joker」並不是實時在與你們通話，只是一段影像。」

「啊？」

眾人下意識地看了一眼已經重歸漆黑的屏幕，又看著杜明禮的手機，一臉茫然。

頂著眾人灼灼的目光，杜明禮硬著頭皮問：「夜神，你會不會弄錯了？他剛才還與夏廳對話。」

「這就是敵人的高明之處了。」童素的語速非常快，「萬象集團內部肯定有資深心理學家，早就預先設想過你們的反應。這就是為什麼剛才『Joker』會突然搶白夏廳的話，又為什麼只說了幾句就結束通話。」

面對這樣厲害的敵人，童素越說越興奮：「對方想通過這種方式給你們施加心理壓力。最好讓你們不相信交通管理指揮中心的網絡安全，徹底關閉智慧交通系統，甚至將目前這個臨時的應急指揮中心轉移地址。這樣，會造成我們更大的混亂！」

她的話語非常自信，帶著絕對的權威，夏正華沉吟片刻，便道：「童小姐的建議是，我們不關閉智慧交通系統？」

「沒錯，我已經弄清楚了萬象集團黑客的攻擊手法，所以，不需要關閉智慧交通系統。只需你們立刻把身上攜帶的，包括但不限於手機、平板電腦等所有能夠聯網的設備，全部統一放到一間裝有信號屏蔽儀的屋子裏，隔絕與外界的通信。除了杜明禮的手機，因為這台設備已經被我控制，『Joker』用不了。」

眾人一聽自己的手機有可能被黑客控制，立刻變了臉色，紛紛把相關物品上交。周主任親自帶人把這些東西全都挪到最偏僻的房間裏，與指揮大廳保持足夠的距離，避免大廳被信號屏蔽儀影響。夏正華舉一反三，指示將可能也被控制的警用通信器材一同屏蔽，用最近新進的一批設備頂上。

杜明禮這才終於醒悟。他之前一直覺得奇怪，「Joker」究竟採用什麼手法，能在防火牆沒有絲毫察覺的情況下攻入了系統。作為世界級黑客，童素為湖濱市智慧交通系統打造的防火牆非常堅固，連慕名前來的幾個國際最頂尖黑客團體都未能成功破解。

現在可以肯定，「Joker」只是搜索到了部分交管指揮中心工作人員的資料，然後設法入侵了其中一位的手機，植入木馬。只要這台手機連上交管指揮中心的Wi-Fi，就會成為黑客與特定網絡之間的一座橋梁，黑客界的專用術語叫「跳板」。

好比一座城池，城牆既高且厚，根本無法攻破，但敵方可以派人混入城中，想辦法奪取這座城池的控制權，然後從裏面將大門打開。「Joker」借助這台手機，繞過強大的防火牆，直接連上了交管指揮中心的路由器，再對內部網絡進行破譯。

童素聽見指揮中心這邊做得差不多了，剛想發號施令，讓指揮中心和素數科技兩邊的技術員一起開始解決湖濱市智慧交通系統被入侵的問題，順便反追蹤這個神秘的「Joker」，夏正華卻提前一步在電話這頭喊住童素。

「童小姐，首先，我必須代表政府感謝你，你第一時間到達現場，無論是判斷出炸彈的種類，還是得出『炸彈上沒有裝定時器，犯罪分子是通過操縱信號燈來隨時引爆炸彈』的結論，給了我們很大幫助。」夏正華說到這裏，話鋒一轉，「但這條結論，其實是你的推論，並沒有足夠的證據。」

電話那頭的童素皺了皺眉，沒有反駁。

沒錯，她只是憑著對現場的粗淺搜索、自身高超的見識，以及隨後進入智慧交通系統的檢索，從而判斷出炸彈的引爆方式。但專業人士沒到現場之前，推斷就只能作為推斷，而不是決定性的證據。

想知道恐怖分子究竟用的是什麼炸彈，採取的是什麼引爆方式，最好是能找到一個裝有炸彈的信號燈，把它拆下來，才能一清二楚。

童素本來信心滿滿，要與神秘的「Joker」大戰一場，破解對方的真實IP地址（網際協議地址），將這個瘋狂的罪犯繩之以法。現在她突然意識到，當務之急並不是抓住「Joker」，而是把藏有炸彈的信號燈逐一排查出來，確保不再有人員傷亡。

在這一秒短暫的沉默裏，童素的眼神從興奮化為與彼端的夏正華一般的堅毅。

第二章 敵暗我明

政府緊急成立了應對這一突發危機的臨時指揮小組，並抽調了整個湖濱市以及周邊縣區的所有警力，包括監獄的獄警都出動了一大半。但基層警察大多並不具備識別和拆除炸彈的專業能力。同時，還不能直接關閉智慧交通系統，因為一旦道路癱瘓而導致警車不能順暢通行，就無法保證反恐處置的機動性，難以應對敵人的後手。

夏正華明白，自己不得不爭取這位非官方技術強手的協助。

「童小姐，貴公司無疑是全市乃至全國對這套系統最熟悉的人，現在系統被入侵，你能否通過黑客技術，反向識別出哪個信號燈被動了手腳？」

童素本來就是個乾脆俐落的人，聞言立刻道：「沒問題。『Joker』將炸彈與信號接收器綁在一起，雖然能實現遠程操控，隨時引爆，但也會不可避免地在互聯網上留下痕跡，我們可以順藤摸瓜，把被他入侵過的信號燈給找出來。當然，『Joker』也意識到了這一點，所以，他往智慧交通系統裏投入的是分布式病毒。」

傳統意義上的病毒，只要找到關鍵節點就能順藤摸瓜將其一掃而空，分布式病毒卻不然。作為去中心化的病毒，從投放的那一刻開始，這種病毒就會隨機地蔓延、感染，你根本找不到規律，因為它自己都不知道自己來自何方，又要前往何處。

這些分布式病毒的存在，令被感染的信號燈開始亂跳，原本的紅燈變成綠燈，綠燈變成黃燈。本來只有三〇秒的紅燈會被拖到一二〇秒，六〇秒的綠燈卻會縮到十五秒。

但童素知道，這種混亂中，一定隱藏著某些「暗語」。

「Joker」把炸藥裝進特定的信號接收器，再把信號接收器放入信號燈中，正在亂跳的信號燈，對接收器來說就相當於一組特定的密碼，等密碼輸入完畢，信號接收器收到指令，炸彈就會直接引爆！

「所以。」童素加重了語氣，「對我們來說，最大的難題，就是不知道『Joker』設置的密碼是什麼，只能找出有問題的信號燈，逐一排除。」

而此時被分布式病毒感染，開始亂跳的信號燈已經超過全市信號燈的五分之二，如果用人力去檢查，無異於大海撈針。童素決定按照自己的方式，盡可能最高效地搞定這件事。

只聽她毫不客氣地說：「老杜，你把手機連接一台指揮中心的電腦，我會進行遠程操控，傳一個程式給大家，然後按我的命令行事。」

眾人連忙去看夏正華，就見夏正華鄭重地說：「技術方面，全權聽從童小姐的指揮。」

有現場最高指揮官的「撐腰」，童素更是信心十足：「趁下載文件的時間，請各位做好區域分工——這個程式是我剛才臨時編寫的，用於排查湖濱市所有的信號燈，還非常粗糙，僅能做到數據比對。為節省時間，提高效率，我已在程式中將湖濱市所有路口分成一百二十八個模塊，其中一至十六模塊由我本人負責，剩下的模塊，請各位立刻認領。」

此刻，鬧市中心，哈雷摩托停在一條背街小巷裏，借助一輛違停的汽車和一棵拐角的行道樹，覓得了一個難得的安靜空間。

平時隱藏在哈雷摩托座位下面的鍵盤已經彈出，摩托的液晶屏也變成了電腦顯示屏，這輛哈雷摩托已經成為一台功能強大的黑客電腦。

屏幕上出現的不是里程和油耗，而是飛速閃爍的命令行。

十二點三十六分四十七秒。

湖濱市公安交通管理指揮中心裏，只有鍵盤敲擊與機器運轉的聲音。

湖濱市數以千計的路口，上萬交通信號燈，被切分成一百二十八個模塊。

若能俯瞰衛星地圖，就能發現整個湖濱市的交通地圖被繪製成了巨大的坐標軸，每個路口按照經緯度依次排序，實時傳輸回來的圖像化作數據流，在屏幕間飛快閃爍。

與此同時，整個湖濱市，公安、交警、交通協管員已悉數上路，一邊全力疏導交通，維護秩序，一邊也隨時待命，聽從臨時指揮小組的調度。

專門數據匯總的顯示屏上彈出一條消息，代表程式檢索出來，這個路口的信號燈被病毒覆蓋，可能藏有炸彈。

「37，X16，Y27。」

負責的技術人員立刻通過大數據比對，一秒不到就得出對應數據——三十七區域，X16，Y27，正是昌東大道的其中一段，大概有六百米長，其中有兩個路口！

下一刻，相關結論跳出：離這兒最近的警力支援是湖濱市公安局小和山分局昌東派出所，相距只有1500米。由於湖濱市的交通信號燈非常人性化，一個十字路口，周圍的八條人行道上，每邊都有一個信號燈，這片區域一共兩個十字路口，就是十六個信號燈。如果採用人力一個一個把信號燈拆開排查，會耗費太多時間。

好在夏正華早就考慮到這一點，立刻問陳局長：「警犬和馴養員到了昌東派出所嗎？」

據測定，狗能感覺到二百萬種物質發出的不同濃度的氣味，一般每立方厘米的空氣中含有286億億個氣體分子，只要其中有9000個油酸分子，狗就能嗅出味來。在一桶水中滴入數滴碳酸，狗也能分辨出來。因此，經過特殊訓練的警犬，才是C-4的剋星。

夏正華在第一起爆炸發生時，就想到炸彈可能不止一個，立刻聯繫了附近所有可能擁有警犬的單位，徵調了登記在冊的全部現役警犬，以及不少退役警犬，趕赴湖濱市的各個核心區域。而現在，這些警犬已經分派到了各公安分局乃至派出所。

通過信號燈傳遞回來的數據，和過往資料進行快速交叉比對，然後用童素編寫的特定程式進行木馬檢索，一旦確定有問題，就用最快的速度通知離信號燈最近的派出所，整個過程不超過十秒。

昌東派出所的警員已經帶著警犬和輕便登高工具出發，雖然目前爆炸的炸彈，全都在低矮的行人信號燈裏，但萬一炸彈在高處的紅綠燈中，也應能立即上去拆除。

「等等！」童素突然想到一件事，「找到炸彈後先做人群疏散，不要立即拆！得先打開信號干擾裝置才行！萬一「Joker」看見你們要行動，直接把炸彈引爆就糟了！」

夏正華立刻補充命令：「聽童小姐的，以最快的速度聯繫所有儲存信號屏蔽儀的倉庫，將庫存全部徵用，立刻送到各派出所和現場！」

話音剛落，顯示屏那邊已經五連跳，同時刷出五個不同的坐標：「75，X22，Y13」「16，X21，Y08」「101，X19，Y26」「09，X12，Y01」「33，X09，Y14」。

高度的信息化，就像一個硬幣的兩面，在被黑客抓住破綻入侵智慧交通系統而導致這場災難的同時，也令處理和救援能以最快、最高效的方式進行。

面對擁堵的交通，為了能把警犬和信號屏蔽儀盡快送到任務地點，警察們各施所長：有騎摩托車、電動自行車和共享單車穿街走巷的；有與警犬一起賽跑，拔腿狂奔的；有扛著儀器，腳踏滑板出動的；還有直接從馬術訓練場借了賽馬，騎馬橫穿景區小道，抄近路趕時間的……

整個湖濱市公安部門，湖濱市的各個政府部門，甚至之州省政府都變成了一個巨大的機器，有條不紊地應對這場突如其來的恐襲。

很快，好消息就紛紛反饋：

「十三區問題路口二發現了一個炸彈！」

「七十五區問題路口一發現了一個炸彈！」

……

一個又一個炸彈被陸續發現，等到第六個炸彈被警犬嗅出來時，時間已經到了十二點四十一分三十秒。

童素也有些急了，連聲問：「有多少已經開始拆了？」

「四個在較為低矮的人行信號燈中炸彈正在拆除！但有一個是在較高的信號燈中，我們正在疏散人群，搭設登高架。」

「加快速度！」童素催促，想想又加了一句，「快到四十四分還沒拆開的話，所有人立刻離開，以免受傷。」

就在短短兩句話之間，消息又接連彈出：

「二十八區問題路口二，發現一個炸彈！」

「四十七區問題路口一，發現一個炸彈！」

「太好了！」眾人十分激動，「八個炸彈，全部被找到了！」

接下來他們要做的，就是盡快拆彈！

由於警察們必須開啟信號屏蔽儀，導致他們只有在成功拆彈後才能恢復信號，向臨時指揮中心匯報，這讓等待的過程變得更加揪心。

但這份等待是有價值的，十二點四十四分五十一秒，距離下一次爆炸還差最後九秒時，總共八個炸彈，終於被全部拆除。

童素聽到這一消息，徹底鬆了一口氣。

可她還沒來得及高興多久，驚恐的聲音就從耳機那頭傳來：「夜神，又有八個信號燈爆炸了！」

「大家是不是很吃驚？」「Joker」的臉又一次出現在屏幕上，笑瞇瞇地說，「這次的煙火依然沒有讓我失望。下一次，我們來玩個更大的吧！六十四個炸彈，如何？」

童素面無表情地盯著實時傳回的畫面，從包裏抓了一大把奶糖出來，粗暴地撕開糖紙，直接把十幾顆糖一齊往嘴裏塞！

太過甜膩的味道，讓舌尖都有些發苦，卻勉強止住了短時間內，由於過度用腦造成的眩暈感。

童素冷哼了一聲，自言自語：「跟我玩這種文字遊戲！」

另外八個炸彈引爆後，童素才反應過來，「Joker」口中的「翻倍」，其實隱藏著陷阱。由於前三次引爆的炸彈分別是一個、二個、四個，所以大家理所當然地認為，這一次的炸彈應該是八個，對「Joker」說的「翻倍」也沒往心裏去，誰知道這次竟有十六個！

就算警方效率很高，破解並拆除了八個炸彈，但另外隱藏的八個炸彈，還是爆了！

「Joker」是故意的！

老百姓不懂這些心理戰的交鋒，他們只知道，隨著時間的推移，恐襲非但沒有結束，反倒更加嚴峻，炸彈一次比一次多！對政府的質疑，對社會安全的恐慌，也將進一步蔓延。

「無聊的小花招。」童素的臉色非常不好看，已經想到自己是哪裏疏忽了，「這傢伙用了雙重偽裝，除了被干擾的信號燈裏面植入了炸彈以外，正常工作的信號燈內，也有可能放了炸彈。」

由於之前檢查到裝有炸彈的信號燈全都是被分布式病毒干擾，一直亂閃的問題信號燈，所有人，包括童素的思維就固化在了「問題信號燈裏裝有炸彈」上，完全忽視了「正常工作的信號燈裏面也可能有炸彈」的可能。

加上「Joker」有意把炸彈的位置分割開，任何一枚炸彈的間距都在五公里以上。就算警犬鼻子再靈，沒走到相應的範圍內，也不可能察覺到情況不對，才導致這一次，他們沒發現另外八個炸彈。

雖然很不想承認，但這個叫「Joker」的傢伙，絕非泛泛之輩。他們已經錯失了先機，現在完全是被此人牽著鼻子走，實在憋屈。

童素心中的疑惑更深了——有這種實力，又深諳心理戰的黑客……「Joker」馬甲下的真面目，究竟是誰？

Poison scorpion（毒蠍子）？

應該不是。

毒蠍子在大洋國開了一家信息安全公司，混得風生水起，還發郵件讓她去當顧問。但童素直接把這封邀請給回絕了，因為她覺得，這傢伙很有可能是在幫大洋國聯邦調查局釣她，只要她一踏上大洋國的土地，就要被關進監獄，沒個十年根本別想出來。

大洋國聯邦調查局早年用這種方法抓過很多中歐和東歐的黑客，現在大家都學乖了，根本不會上當。

Libra（天秤座）？

這傢伙倒是有可能，童素這幾年都沒聽到他的消息。但對黑客來說，這種情況，不是被大洋國聯邦調查局收編了，就是被關在監獄裏。

不過，他所在的國家動亂頻頻，局勢複雜，被犯罪團夥控制了也不是不可能。

Dante（但丁）？

這位傳奇天才早就洗手不幹，回家繼承祖傳的醫療器械公司了，聽說他的事業做得風生水起，家庭也非常和睦，妻子都快生第三個孩子了，不可能與犯罪團夥攪在一起吧？

Ra（拉）？

想到這個與自己齊名的頂級黑客——由於都是用希臘眾神之名做代號，而且一個是太陽神，一個是冥府女神，所以被好事者並稱為「日月雙神」，童素頓了一秒，卻還是把Ra排除出了懷疑對象。

如果她沒記錯的話，Ra好像是個超級富二代，在普林斯頓攻讀博士學位，大家都說他可能會向華爾街發展，成為又一位呼風喚雨的金融大佬。雖然資本也充斥著罪惡與血腥，但不至於和毒販掛鉤吧？」

短短三十多秒，童素就已經想到了二十來個嫌疑人，卻又一一否決，不免有些疑惑：「難道真是天外來客？」

絕無可能！

哪個黑客不是在一次次攻擊與反攻擊中磨煉出來的？頂多有些人起點高，天賦好；有些人起點低，天賦差。可無論哪一種，都會在互聯網中留下痕跡，「無名黑客」簡直就是個笑話。

黑客或許不會暴露現實中的身份，但在網上，不可能真正毫無線索可尋。

話雖如此，童素卻知道，自己刻意避開了一個答案。

那個她無法觸及，一想到就會痛苦的名字。

黑客界消失已久的神話——銅棒。

「夜神，剛才技術組檢查了被拆下來的八個炸彈，發現裏面有六個裝有信號接收器，進行遠程操控的炸彈，但還有另外兩個是定時炸彈！」杜明禮的聲音簡直就是在耳邊炸響，「這些定時炸彈根本就不需要聯網，有可能藏在被干擾的信號燈裏，也有可能被裝在正常工作的信號燈裏！想要找出來，無異於大海撈針。夜神，我們該怎麼辦？」

童素不耐煩地調小了耳機的音量：「不要催，我正在想辦法！」

然後，她反問道：「每個出警的小隊都有信號屏蔽儀了嗎？」

相比定時炸彈，她更擔心的仍然是遠程操控炸彈。因為定時炸彈只會在預先設定好的時間爆炸，「Joker」已經無法中途進行控制。而對於遠程操控炸彈，這個瘋子可以通過互聯網手段，隨時提前引爆。

萬一他從路面攝像頭中發現警方正在拆彈，然後喪心病狂地引爆炸彈，那就糟了。

「配備了，但是——」

杜明禮話還沒說完，手機就被夏正華拿了過去：「童小姐，技術科剛才對拆下來的炸彈進行分析，發現信號接收裝置的頻段有問題。」

童素眉頭一皺：「什麼頻段？」

「根據技術科的分析，應當是GSM-R。」

聽見這個名詞，童素暗道不好。

GSM-R是鐵路專用的數字移動通信系統，隸屬於中國鐵通，與國內的三大移動運營商都毫無干係。偏偏市面上的信號屏蔽儀，基本上都是針對三大運營商的頻段進行信號干擾與屏蔽，幾乎不覆蓋中國鐵通。就算覆蓋，也不敢把「干擾GSM-R的通信」加入其中，來來往往的高鐵、動車、火車等，全都要通過GSM-R來聯繫。哪怕只是關掉湖濱市附近的GSM-R一小會兒，都會造成極其嚴重的影響。

「居然是GSM-R。」童素意識到事情的嚴重性，「看樣子，『Joker』是鐵了心，一定要把這些信號燈全都炸了！一旦他發現警方不斷成功地將炸彈排查出來，準備拆彈，十有八九會提前將炸彈引爆！」

難道只能向現實屈服，關掉智慧交通系統？

不對，一定有什麼辦法，只是她沒想到而已！

「夜神！」杜明禮那邊又鬼哭狼嚎，「我們突然被智慧交通系統給踢出來了！」

童素心中一緊——該不會是「Joker」獲取了最高管理員的權限，然後他刪除了其他管理員帳號吧？

那樣一來，就相當於整個系統都徹底被「Joker」接管了！局面會變得無法收拾！

童素嘗試用自己的帳號正常登錄，發現一直處於未響應狀態，無法連接。

好在作為智慧交通系統信息安全的負責人，她曾在系統中留下了一個只有自己知道的後門，通過這個後門，童素繞開正常的登錄程式，翻了進去。

然後，她就發現，「Joker」採取的是同歸於盡的打法！

這傢伙早早就在智慧交通系統裏埋下了木馬，此時突然激活，讓所有的管理員都無差別地被踢下線，不管是誰，都沒辦法操控智慧交通系統！包括「Joker」自己！

哪怕童素通過後門翻進去，一旦想要獲取管理員權限，也在第一時間就被踢了出來！

這也意味著，「Joker」對十三點鐘的這次「連環爆炸」勢在必得！

目前在湖濱市的上萬個信號燈裏面，一共被安裝了八十七枚炸彈。按照「Joker」的計畫，這些炸彈將在十二點整、十二點十五分、十二點三十分、十二點四十五分和十三點整這五個具體時間，分別以一個、二個、四個、十六個、六十四個炸彈的數量，依次爆炸。

最後一次的炸彈數量，竟比前面四次加起來翻倍還要多！

對「Joker」來說，之前的幾次爆炸只是開胃小菜，就算被警方拆掉幾個炸彈也沒關係，因為數量不多，而這十三點整的爆炸，絕不能出問題！

而從「Joker」煞費苦心地要制止智慧交通系統被關閉，反過來說明，剩下的這些炸彈絕大部分應該都是遠程遙控。萬一智慧交通系統被關閉，他就失去了控制權。

所以，只要能關閉智慧交通系統，就能阻止爆炸！

就像一場敵我雙方的對弈，面對步步緊逼的對方的狠招，童素想出了應對的妙棋，不禁一下子興奮起來。

「馬上物理斷電！」在聽完童素的分析後，夏正華當場拍板下了命令。

「Joker」給系統種下的木馬，確實讓任何人都無法通過登錄系統去進行關閉。但系統運行必須有電，只要把電斷了，問題就能解決。

雖然一旦智慧交通系統關閉，湖濱市的交通狀況將變得更為糟糕，但兩害相較取其輕，此時關閉系統成為最好的選擇。

周主任立刻帶人去機房，可當他準備輸入密碼開門時，卻發現密碼鎖竟然壞了！

「怎麼可能！明明今天早上我還來例行維護過這些服務器，密碼鎖根本沒問題啊。」技術人員一邊嘀咕，一邊匆匆趕來。但在檢查了密碼鎖後，他的臉色唰的一下就白了，『Joker』用黑客手段攻擊了密碼鎖，把它強制鎖死了！」

這個密碼鎖之所以聯網，是為了實現遠程智能監控，只要有人嘗試非法輸入密碼，管理員會立刻收到提示。

但誰也沒想到，這也為「Joker」的破壞創造了條件！

夏正華神色凝重：「直接撞開機房的門？」

「不行！」周主任哭喪著臉回答道，「機房是安全重地，所有的玻璃全都是性能超強的防彈玻璃。鎖選用的也是目前國際上安全級別最高的128位密碼「金剛鎖」，鎖芯與鎖扣用的都是特殊合成金屬，一般情況下根本沒辦法強行打開。」

「那怎麼辦？」陳局長焦急地問。

「只能用烈性炸藥來炸！」周主任參與了這個安全機房的採購，對相關情況最為了解。

可現在，爆破專家們全都趕赴各個十字路口去拆彈了啊！

夏正華眉頭緊鎖：「通知電力公司，直接切斷機房的供電呢？」

「也不行。」周主任就差沒急哭了，「除了市電外，我們還配備了八個大型UPS（不間斷電源）當作備用電源，一旦市電斷了，系統就會立刻自動切換到由這些滿載的UPS提供電力，而且至少能保證八個小時的供電。」

而這些UPS，同樣也放在機房裏。

「最近的防爆組呢？距離這裏多遠？」

「九・六公里，現在交通這麼堵，就算立刻趕來，估計也要二三十分鐘才能到吧。」

童素聽到這裏，心裏咯噔一下。

來不及了。

很明顯，每一次爆炸的時間，每一顆炸彈的地點，都是「Joker」精心計算好的。

之前的幾次爆炸，炸彈數量都寥寥無幾，這讓警方覺得事件尚在可控範圍內，暫時不需要關閉智慧交通系統。同時「Joker」在湖濱市交通管理指揮中心方圓八公里之內，一個炸彈都沒設置，其實就是為了將拆彈專家和防爆警察都調開一定距離。這麼一來，就算警方發現密碼鎖出事，想要召回專家立刻進行爆破，時間也絕對不夠！

頂尖黑客，與對弈高手一樣，都特別注重布局。開局好了，後面就容易掌握先機。

現在「Joker」在政府不注意的情況下，已經把局布得非常精妙，每一手都下得恰到好處，所以才讓夏正華、童素等人步步被動。

這種情況下，想要翻轉不利的棋局，必須來一手「通盤劫」。

所謂的「通盤劫」，在圍棋中，又叫「天下劫」，是能夠一舉左右全盤勝負的關鍵手。就如三國時的赤壁之戰，若是曹魏勝利，必將天下一統，正因為孫、劉聯軍勝利，才奠定三分天下的局面！

對現在的童素來說，敵人已經使出了「鐵索連環」這樣的妙招，她必須借一股東風來「火燒赤壁」，才能化解眼前的危機！

童素的大腦飛快旋轉起來，努力讓自己保持冷靜，內心卻還是非常焦躁，如同困獸一般在原地打轉！

她隱隱感覺到，自己應該是有辦法破解這一困局的，偏偏那個模糊的念頭就像被朦朧的紗隔著，看似近在咫尺，卻遲遲不能清晰呈現。

鬼使神差地，童素又從後門登錄進了系統，雖然無法獲得管理權，但她直覺認為還是得從系統中去找解決方案。突然，她心神一震，發現一種病毒正以極快的速度向整個智慧交通系統傳播！

按理說，童素本應該立刻採取措施，想辦法用殺毒軟件嘗試將病毒驅趕出去，但她卻只是呆呆地看著屏幕，眼睛越來越亮。

「夜神——」杜明禮也發現了新病毒入侵並開始蔓延的狀況。

「不要去管！」童素激動地說，「這個病毒是來幫我們的！」

這就是她之前一直沒想到，現在卻突然出現的「東風」！也是她一直沒能想到的絕妙「通盤劫」！

杜明禮沒聽明白，童素已經快速解釋：「這個病毒的原理很簡單！『Joker』真正的王牌無疑是遠程控制的信號燈炸彈，為此，他不僅採用了鐵通專用頻段，還在最後關頭把所有管理員都踢出系統。但沒關係，管理員進不去，病毒卻能進去！我們可以重新寫一個病毒，把信號燈的正確閃爍時間和順序植入！由於『Joker』設置的病毒，導致任何管理員都無法登錄，包括他自己，因此他也沒辦法進入系統內部對該病毒進行查殺。哪怕他想學這個病毒的創作者，再寫一個全新的病毒進去覆蓋，重新操控那些信號燈，也來不及了！」童素毫不掩飾自己的興奮：「這是哪路高人，時間點卡得這麼好！活活讓『Joker』搬起石頭砸了自己的腳！」

如果這個病毒早十分鐘投放，「Joker」未必沒有後手。但這位神秘的黑客卻硬是忍到現在才讓病毒發揮作用，就算「Joker」準備了反擊手段，短短五六分鐘，想要重新奪回主導權也來不及了！

這樣一來，警方就可以安然拆除所有炸彈，沒有後顧之憂！

童素激動之餘，又有些好奇，這神來之筆，究竟出自誰人之手？

她仔細解析了這個病毒，在一個隱秘處發現了製作者留下的簽名——「π」。

「π？」童素有些疑惑，「這個名字，我從沒聽過。」

十二點五十八分四十三秒，警方成功拆除了六十四枚炸彈，其中二十個是定時炸彈，另有四十四個是遠程炸彈。

時間一分一秒地過去，所有人的心都懸了起來。

大廳中的電子時鐘跳到十三點整的那一刻，空氣彷彿都凝滯住了，但隨後，便是巨大的喜悅：「沒爆，一個都沒爆！」

「成功了，這次我們真的成功了！」

整個指揮中心，瞬間成為歡樂的海洋。

幾位領導臉上也掛起了笑容，炸彈的成功拆除讓他們全都鬆了一口氣。周主任率先恭維：「這次多虧了夏廳沉著指揮，還有夜神這種高人協助。當然，『Joker』千算萬算也算不到，夏廳多年來一直在資助湖濱市的幾家退伍警犬基地吧？」

陳局也感慨：「如果不是夏廳，我們根本想不到，退役的警犬能解燃眉之急。」

他們這些公安系統的人很清楚，由於經費的原因，除了立功的警犬退役後能被國家繼續照顧外，大部分在訓練中被淘汰，或者執行了幾年任務就因為各種原因退役的警犬，命運其實很悲慘。

有人願意領養還好，沒人領養，那就只能殺掉了。

雖說消息放出去，肯定有許多愛狗人士願意接收這些警犬，但實際上，警犬往往只會交給警察或者退伍軍人，還要經受嚴格的政治審核。即便如此，他們也只能領養較為溫順的德牧、黑背等，不可能養烈性犬種。

沒辦法，誰讓警犬大多經受了出色的防爆訓練，對風吹草動十分警惕，很可能對他人造成誤傷。比如說，孩子手中拿著玩具仿真槍在玩，警犬有可能認為那是真的手槍，會立刻衝上去咬住對方的手腕。

尤其是烈性犬種，一旦流入社會後被犯罪分子得到，會產生極大的危害。夏正華早年參過軍，與警犬並肩作戰，結下了深厚的感情。為了幫助退役警犬，他自掏腰包，一直在資助好幾個私人的退役警犬基地。

今天一聽見信號燈爆炸，夏正華就猜到炸彈可能不止一個，公安八成會缺警犬，立刻跟這些基地打了招呼。如果能起到作用，當然最好；就算沒起到作用，也當給退役警犬們放風，權當來城裏玩一趟。

誰也沒想到，這些退役警犬竟真的成為一支奇兵，起到了極大的作用。

但很快，就有人問：「最後這個神秘出現的『π』是誰呢？」

眾人你看看我，我看看你，都搖頭表示不知道，杜明禮也很疑惑：「黑客界沒有代號是『π』的大神啊！今天這是什麼日子，神秘人物一齣現就來兩個？」

陳局長注意到，當他們談論「π」的時候，夏正華卻沒有露出半點異色，不由得暗暗心驚。這個神秘的黑客「π」，難道就是夏廳手上的一張王牌？夏廳之所以全程保持從容，是不是因為除了童素之外，還有這麼一張強有力的底牌存在？

沒等陳局長多想，給眾人留下極大心理陰影的小丑又出現在屏幕上，笑嘻嘻地說：「這麼多的煙花，大家還滿意嗎？」

在場眾人嘴角都心照不宣地上揚——果然是提前錄製的視頻，小丑還不知道自己的計畫已經被摧毀。但混著電磁雜音的下一句，就讓所有人剛剛放下的心又重提到了嗓子眼——

「我倒有些意猶未盡，不如……再點個大的？」

戰鬥居然還沒有結束！

「我聽說，湖濱市東站是亞洲最大的交通樞紐之一，一百個十字路口也抵不上一個東站要塞。這次，我給你們兩個小時！假如你們能回心轉意，按昨天的那封信做，當然最好。如果不能……」「Joker」笑得無比瘋狂，「十五點整，湖濱市東站的站台，就將被熊熊烈焰覆蓋！」

第三章 力挽狂瀾

「Joker」的最後通牒，令全場陷入了死一般的寂靜。

誰也無法想像，萬一湖濱市東站真的發生爆炸，對整個湖濱市乃至整個中國，究竟會產生怎樣的影響。

但更讓他們擔心的是，「Joker」這個瘋子的話，可信嗎？

「夏廳！」陳局長很激動，「萬一他們說要襲擊湖濱市東站，可實際上是對國際機場動手，那該怎麼辦？」

「關於這點，請大家不用擔心。」始終站在夏正華身後，用軍帽蓋住半邊臉，之前一句話都沒說的男子緩緩道，「機場、省市政府、跨江橋梁等重要基礎設施，馬上將進入全面戒嚴狀態，交由武警部隊接管。非常時期，必須採取非常手段，才能確保安全！」

他沒說話之前，明明一個大活人站在這裏，卻硬是沒人注意到他是什麼時候來的，又待了多久。但當他說話之後，存在感卻極其鮮明，氣場不言而喻。

陳局長楞了一下，本能地去看了一眼夏正華，就聽見夏正華淡淡地介紹了一句：「國家安全部門，應上校。」

除了這六個字，其他什麼都沒有。

但僅憑「國家安全部門」幾個字，就已經足夠了！

陳局長不再多問，夏正華已道：「小傅在哪兒？讓他立刻帶人，前去封鎖東站！」

「夏廳，」童素終於忍不住了，「我現在離東站很近，頂多七八分鐘就能到，不過，我們能聊聊嗎？」

夏正華平靜地說了一聲「好」，對警方下達了疏散群眾，搜尋炸彈的命令，又把指揮權暫時移交給了這位應上校，然後才拿過杜明禮的手機，並看了周主任一眼。

周主任會意，立刻引領夏正華到最近的會議室，並道：「請放心，隔音效果很好。」這才輕輕地退出去，合上了門。

童素那邊一直有嗚嗚的風聲響起，顯然是摩托車速度太快，從而產生的噪音。但她的聲音，遠遠比這些噪音尖銳：「夏廳，湖濱市東站的吞吐量有多大，你肯定比我更清楚。一個小時的時間，很難把民眾全都疏散。光是陸續到達的高鐵就會不斷有人下來，除非高鐵在湖濱市東站根本就不停，而且不在十五點左右經過湖濱市東站，以免受到波及！就算這樣，一個小時內，想在湖濱市東站找出炸彈，也未必容易。「Joker」敢直接說地點，就證明他將炸彈藏得很好，不怕我們發現。更何況，他萬一說了謊，實際是去襲擊湖濱市站呢？客運中心呢？或是襲擊沒有武警保護的某個大型商場呢？我們難道就不能虛與委蛇，答應他放了陳雲升，非要冒這麼大風險嗎？」

面對童素的質問，夏正華態度平和，反問道：「你對文南國了解多少？」

「不怎麼了解，就知道是我們的鄰國，一直與我國關係不錯，十年前就已經結成全面戰略合作夥伴關係。」

「這就夠了。」夏正華平靜道，「萬象集團所處的升龍省靠近安寨國，支持他們戰爭所需要的武器，自然也是從安寨國送過去。」

而安寨國，長期被西方某強國殖民。

對聰明人，壓根不用多說第二句話，童素已經懂了。

如果將國際局勢看作一盤棋局，今天發生在湖濱市的恐怖襲擊，雖只不過是很小的一手，卻有可能引起很嚇人的連鎖反應。

中國與文南是非常親近的戰略合作夥伴，可如果萬象集團推翻了文南國現有政府的話，那情況就會大變。一是因為萬象集團親近某些視中國為對手的西方大國，二是因為中國與萬象集團之間，曾經有血海深仇。

「萬象集團一直對中國廣袤的市場垂涎欲滴，早在三十年前，他們就不斷派人從雲南、廣西等地翻山越嶺，潛入中國大陸，秘密去西北收購冰毒的重要原料——麻黃。為了在中國販毒，他們收買官員，扶植商人，勾結地頭蛇，無惡不作。我國的西南和西北地帶一度成為重災區，無數緝毒警察出生入死，付出了血的代價，花費了整整十年，才將這個組織在中國大陸的勢力連根拔起。」

童素呆住了。

夏正華輕嘆道：「我做夢也沒想到，二十年後，萬象集團會捲土重來，意圖染指中國大陸這片綠色的淨土。而他們的高級幹部中，也出現了『Joker』這種頂尖黑客。難怪中央領導會說，沒有網絡安全就沒有國家安全，也無法保障人民的利益。這種超人般的能力掌握在犯罪分子手裏，真是讓人難以應付。」

童素沉默許久，才緩緩道：「有黑帽，就有白帽，您放心，我一定會打敗『Joker』，不讓他的陰謀得逞。」

對她來說，這句話發自肺腑。

在黑客界，黑客們按照性質、目的和利益獲取手法，主要可分為「黑帽」「紅帽」和「白帽」。

黑帽就是人們心中典型的黑客形象，利用自己的技術不斷攻擊網站、程式等的漏洞，通過敲詐、勒索、竊取信息等方式牟取私利。更進一步，就像「Joker」這樣，通過高超的黑客手段，為非作歹，無惡不作。

白帽與黑帽正好相反，他們是網絡秩序的鐵桿維護者，一旦發現漏洞，就會告知網站、程式的擁有者，或者免費公開，目的是為了讓對方加以改進。就算以盈利為目的，也會以開公司的方式，進行正常的商業往來，代表人物就是消失多年的傳奇黑客「銅棒」。

紅帽則是一個特殊的群體，不為名，不為利，只為宣示國家主權。

童素一直是國內白帽的領軍人物，但她這麼做，並不是因為多遵守規則，純粹是記得父親當年的教導，加上內心的潛意識，不想越界罷了。哪怕被白帽們一致推舉為大神、領頭羊，她做事也沒多認真。

可這一刻，她心中突然湧上濃濃的責任感。

「如果此刻是父親在這個位置，他也會這麼做吧。」

八分鐘後，童素到達湖濱市東站。

此時的湖濱市東站已經被拉網封鎖，警方正引導候車民眾和到站乘客加緊離開，現場一片嘈雜。

夏正華早就向東站的特警們打過招呼，童素表明身份後，暢通無阻地進了候車區域，被帶到了現場臨時負責人傅立鼎面前。

這位省公安廳的特警總隊大隊長年紀很輕，只有三十出頭，身材頎長，劍眉星目，往那兒筆直地一站，就當得起「正氣凜然，相貌堂堂」八個字。

只來得及和童素點頭致意，他就重新把注意力放回對講機中此起彼伏的匯報。

「傅隊，二十八個站台、三十條高鐵線全都檢查過了，找不到炸彈的痕跡！」

「候車大廳已經仔仔細細翻兩遍了，沒任何收穫！」

「停車場也裏裏外外都徹查了，停著的每輛車都讓警犬嗅了，沒發現可疑物品！」

傅立鼎忍不住爆了粗口。

童素也不寒暄，很快根據現場情況陷入飛快思考的狀態。

「Joker」會把炸彈放在哪裏呢？進湖濱市東站候車室的安檢非常嚴，所有東西都要過安檢機器，還有專人貼身檢查，按理是帶不進去的。難道會放在不需要安檢的地方嗎？

現在已經是十四點二十五分了，還有三十五分鐘，炸彈就會被引爆。但到現在，他們都不知道炸彈在哪裏，更不要說把炸彈給拆了。

「出站口呢？東西廣場檢查了嗎？」

「還沒搜查完畢！」

「一旦查完，立刻匯報！」傅立鼎雖然焦急，思路卻很清晰，「包括站外附近的垃圾桶、廣告牌這些地方，也都給我全部檢查一遍！站台上的兄弟們也是，想想還有哪些疏漏的環節！」

時間就像握在手裏的沙，會悄悄地從指縫間快速流逝，轉眼就到了十四點三十五分。

無論是檢票口、站台、候車室、出站口、地下停車場、東西廣場還是塔樓，乃至扶手電梯、自動取票機、櫃台等地方，特警們全都逐一搜了個遍，還是一無所獲。

「怎麼會這樣？」

「該不會那個王八蛋就是隨口胡扯的吧？說不定，炸彈根本就不在湖濱市東站，而在湖濱市站。」

「是啊，對方是恐怖分子，說謊就像喝水一樣平常。」

童素卻果斷搖頭，否定了這個猜測：「不，他的目的不是殺更多人，而是通過製造恐慌給中國政府施壓，並在壓力下同意他的條件。因此他沒必要故意說謊，只有「說到做到」，才能展現能力，逼我們就範。」

此時的傅立鼎兩眼發直，似乎在想什麼，半晌才望向童素，皺著眉道：「但他早早透露了爆炸地點，難道不知道警方可以提前疏散，以此搶占化解危機的先機，舒緩民眾情緒嗎？」

童素咬了下嘴唇，覺得傅立鼎說得很有道理。

傅立鼎左右踱步，自言自語：「但現在，站台已經沒有老百姓，東西廣場也只剩特警。民眾都被攔在車站外面。夏廳也說了，最後十五分鐘，所有高鐵就算經過湖濱市東站也不會停下，鐵路部門已經答應配合，正在調度。他到底會怎麼做，才能讓警方在車站一無所獲呢？除非……炸彈根本就沒安放在車站！」

傅立鼎突然停下。

他下意識地抬起頭，望向上方巨大的電子屏幕。

童素順著他的視線，也跟著看了過去，兩人的目光同時定格在了一行滾動的綠色字幕上。

G12306，始發站，福州；終點站，上海；途經湖濱市，到站時間，十五點整。

「立刻通知G12306，炸彈有很大可能在列車上！」

「等等！」童素反應極快，一把扯過對講機，傅立鼎大概是太激動，又沒防備，竟被她直接把對講機給搶了過去。

一旁的特警們本能地舉起了槍，黑洞洞的槍口全都對準童素。

面對自己隨時可能被擊斃的陣仗，童素卻顧不上害怕，只見她拿著對講機，以極快的速度說：「不能大張旗鼓地搜查，會驚動『Joker』！那個炸彈是遠程遙控的，『Joker』可以隨時引爆它。」

童素和「Joker」都是頂級黑客，她對「Joker」會玩的「遠程遙控」手段早就了然於胸。在國外連上Wi-Fi，利用三層以上的代理IP地址作為跳板，任何可以連上4G（第四代移動電話行動通信標準）的設備，無論手機、平板電腦、電子閱讀器還是無線充電寶，都能被操控成「肉雞」（也稱傀儡機，是指可以被黑客遠程控制的機器），就像他對湖濱市智慧交通系統所做的那樣。設備的持有者可能自己都沒有注意到，一條短信或者電話已經無聲無息地撥出去了，炸彈砰的一聲，直接引爆。

就算公安能查到這台設備的主人，對方根本就不知道這回事。至於「Joker」，在完成這次盛大的「儀式」後，就會立刻悄然消失，再也查不到他的一絲蹤跡。

但她與傅立鼎一前一後這兩句命令來得太快，特警們一時間不明所以，不知該聽誰的。好在夏正華的聲音從對講機裏傳來：「童小姐認為列車上有『Joker』的同夥，會向對方通風報信？」

「不需要同夥！」童素急急道，「他只要隨便控制一台手機或者電腦，從攝像頭裏就能監控到車廂內部的情況！更何況，他之前在信號接收器上採用的頻段就是GSM-R，可見他已經破解了鐵道部門的特殊頻段，能夠接收到鐵路專用的通信和信號。一旦高鐵有所反應，他立刻就能發現！」

童素的腦子轉得很快，一想到炸彈在列車上，就開始思考：如果是自己來做這件事，要達到萬無一失的完美效果，會把炸彈藏在列車的哪個地方。

幾乎不用多考慮，她腦海中就跳出來三個字：行李箱。

沒錯，肯定是行李箱。

無論把炸彈放在洗手間，還是儲藏室，「Joker」都不能做到高枕無憂。因為中國的列車員們都很負責，就算在高鐵的運行過程中，也會定時去清理洗手間，整理儲藏室，未必不會發現炸彈的存在。

唯有一個地方，列車員不會主動去碰，那就是旅客的行李箱。一般人旅行，都是帶個背包裝常用的東西，再拖個箱子裝大件行李。路上要拿吃的用的，頂多從背包裏拿，很少會在高鐵上翻行李箱。

從福州到湖濱市的一路上，並不只有福州站、湖濱市東站這樣的大型火車站，還有很多小站，安檢並沒有這麼嚴格。

以「Joker」的本事，查到一輛高鐵上有多少人，分別要從哪裏到哪裏，找到一個適合實施計畫的目標，再入侵一些乘客的手機，把這些人當作自己的眼睛，簡直太容易。

這也代表著，只要「Joker」在乘客進了車站，卻還沒上高鐵的這段時間內，想辦法換掉對方的行李箱，整個計畫就妥了。

不需要同夥，也沒有同夥，哪怕將所有乘客搜個底朝天，也別想找到關於「Joker」的任何線索。

「他會炸！」童素聽見自己的聲音，急切，高亢，「如果發現我們猜到了炸彈的所在，想要阻止慘劇發生，他一定會提前引爆炸彈！因為他的從容和鎮定，全都建立在勝券在握，把我們當作老鼠玩弄的基礎上！所以，我們既不能直接檢查，更不能讓車停下，就連開慢一點都不行。就算我們繞開GSM-R，採用別的方式聯絡上鐵路部門，成功避開他的耳目。他也能通過軟件測速，知道高鐵的行駛情況是否正常！」

經過這幾個小時的交手，童素已經能勾勒出對方的大致性格，毫無疑問，對方和她一樣是個完美主義者。

他們這樣的人，很難接受自己的失敗。只要輸一次，就能記一輩子，心心念念，非要贏回來不可。

所以，童素認為，一旦「Joker」發現事情敗露，一定會提前引爆炸彈。

因為對方給童素的感覺，便是這樣極端的性格，就算回不了本，寧願同歸於盡，也絕不讓對手翻盤。

既不能逐一檢查，又不能讓車停下，難道只能眼睜睜地看著炸彈爆炸？

童素的解釋，讓大家一時間都不知所措了。

關鍵時刻，還是夏正華表現出了極度的冷靜：「童小姐有沒有想到解決的辦法？」

「有。」童素毫不猶豫地說，「利用4G網絡遠程操控有一個最大的弱點，那就是——只要附近有信號屏蔽儀，令所有的4G網絡都沒辦法使用。他就無法按下「開關」，炸彈也就不會引爆。而且，只需要常規的信號屏蔽儀就行，因為一般乘客使用的4G信號一般都是三大運營商之一，不需要用到全頻段屏蔽。」

傅立鼎已經查到了G12306的列車時刻表，眉頭緊鎖，神色冷峻：「但十六分鐘之前，G12306已經在寧東站停靠過了。」

而寧東站之後的一站，就是湖濱市東站。

這意味著，他們根本就沒有機會利用高鐵停靠的時候把信號屏蔽儀送進車廂了。

怎麼辦？

童素努力讓自己保持清醒，飛速思索著有什麼辦法可以解決這個難題，就聽見夏正華問：「屏蔽儀一定要在車廂內嗎？放在車頂上行不行？」

「不用！」童素脫口而出，「屏蔽儀的輻射半徑一般是二十五米到四十米，根據所接觸的材料，穿透力可能會稍有不同。但如果是五米以內的距離，除非完全隔絕電磁的材料，否則絕對沒有問題！」

話音剛落，她就意識到什麼，頓時興奮起來：「您的意思是——」

「我已經和最近的部隊進行了聯繫，讓它們出動軍用直升機。」夏正華平靜道，「G12306是八節車廂，全長220米，屏蔽儀要帶幾個？」

「八個！一節車廂一個，最好能投放在正中心！」

傅立鼎從童素手裏拿過對講機，補了一句：「為了麻痺『Joker』，我們最好還是和國家鐵路局打好招呼，讓相關高鐵都廣播，由於突發事故，可能無法停靠到湖濱市東站，下一站才能停。並且，我們還要立即通知十五點鐘左右會停靠或通過湖濱市東站的高鐵，讓它們降點速，以確保在那個時間點東站沒有其他列車！當然，降速不能太突然，盡量以不被『Joker』發現為前提。」

說到這裏，傅立鼎想到一件事，便望向童素：「你們這種頂級黑客，可以監聽鐵路部門的相關通信嗎？如果可以，車上有炸彈的事情，或許不能通報鐵路總公司，免得被『Joker』發現。」

童素乾脆俐落地回答：「可以是可以，但夏廳的通信保密級別很高。要想無聲無息地監聽他的通話，很難。」

她其實不樂意說這種事，因為黑客生來就帶著「能力太強」的原罪，世人一邊崇拜、讚美著他們，一邊恐懼、唾棄著他們。

如果被人知道，他們可以隨意入侵其他人的手機，監聽對方的電話，窺探別人的一舉一動，無論是誰都會心裏發毛。

童素倒不在意外人的看法，但素數科技想要在商界立足，為國家和企業提供更好的安全服務，總不能讓大家都害怕吧？

但她也不能隱瞞，尤其在這麼重要的時刻，一絲半點的信息不對等都有可能釀成驚天的慘劇。

傅立鼎沒發現童素錯綜複雜的心思，只道：「夏廳的級別夠高，其他人可未必，鐵道部門在收到消息後總要通知列車長吧？『Joker』既然能監聽其他人的手機，難道監聽不了列車長的？」

「放心。」夏正華的語聲非常沉穩，「我剛才與鐵道部門的相關領導已經打好招呼，通知列車長的時候，只說湖濱市東站疑似被安放炸彈，是一起性質極其惡劣的恐怖襲擊，讓所有列車暫時都不要停靠在湖濱市東站。」

傅立鼎聞言，稍稍舒了一口氣，心想夏廳果然比自己思慮周全，早就考慮到了這一點。他權衡片刻，毅然給隊員下達指令，讓大家把正加速運來的十幾台信號屏蔽儀搬到A16號站台，然後自己也急匆匆地往這個G12306即將停靠的站台快步走去。

童素楞了一下，小跑著跟上，追問：「你打算親眼看G12306進站嗎？」

傅立鼎點了點頭，開始下樓梯。

童素冰雪聰明，從剛才傅立鼎的話中就已經品出幾分不對，再看傅立鼎的舉動，立刻就想到哪裏會出問題：「部隊的營地離這裏很遠？」

「是的。」傅立鼎面色凝重，「算上飛機升空的時間，哪怕是紅色緊急狀態，到這邊也要至少二十分鐘。」

童素看了一眼手機，十四點三十八分五秒。

距離十五點整，只剩二十一分五十五秒。

這就解釋了傅立鼎為什麼下站台，還讓人調信號屏蔽儀過來——他打算沿著站台，布置十幾台信號屏蔽儀，把直徑五百米的區域覆蓋到位。

萬一直升機不能及時趕到，就指望這一手可以奏效了。

十四點五十七分四十秒。

童素拿著望遠鏡，卻看不到直升機的身影，反倒隱隱看見了極遠處的列車，一顆心漸漸地沉了下去。

傅立鼎雙手緊緊握拳，斬釘截鐵地命令道：「所有隊員，聽令——立刻打開信號屏蔽儀！」霎時間，在這麼短時間內能夠收集到的全部十二個信號屏蔽儀，齊刷刷地開啟！

這也就意味著，他們的對講機暫時也無法使用，屏蔽掉了與總部的聯繫。

就在此時，童素驚呼：「你們看！」

遠方的天空出現一抹黑色的影子，就像急速飛翔的蒼鷹，掠過高逾千丈的白雲，俯衝而下！

「啪——」

裝有信號屏蔽儀、塗有吸附材料的盒子準確無誤地落到了第八節車廂的上空，直升機又一次打了個盤旋！

「怎麼先投放車尾？應該先投放車頭！」童素氣得快跳起來了，「萬一第一節車廂進站了怎麼辦？直升機再想衝進來就危險了！」

傅立鼎也覺得應該先投車頭，但飛行員這麼做，肯定有他自己的考慮。所以，他只是看了一眼手錶。

十四點五十八分十六秒。

他心算了一下，直升機從飛到一個穩定的安全高度並完成投放信號屏蔽儀，大約耗時十六秒。八個就是一百二十八秒。但他們只有一百二十秒的時間，來得及嗎？

「啪」「啪」「啪」。

又是三個信號屏蔽儀投下，後四節車廂被準確覆蓋。

此時，已到了十四點五十九分五秒，不需要靠望遠鏡，光憑人的肉眼都能看見G12306在前方出現。

按理說，高鐵準備進站，應該放慢車速才對。

但為了瞞過「Joker」，鐵道部對列車長下達的指示是「不要在湖濱市東站停靠，繼續往前開」。

這也就代表著，G12306會一直保持原有車速，不會降速！

所有人的心都懸了起來。

直升機似乎也有點急切，高度已經降到很低，飛掠的時候，連續兩個信號屏蔽儀扔在了第三、四節車廂。

童素死死地捏著手中的望遠鏡，大氣都喘不過來，眼睜睜地看著直升機轉了最後一圈，試圖往第一、二節車廂上投放信號屏蔽儀。

但G12306的車頭，已經開進了湖濱市東站！

「啪」，二號車廂，準確投放！

「啪」，一號車廂，準……不對！

童素差點要高喊起來——最後一個信號屏蔽儀，竟然投在了二號車廂的最前方！因為直升機必須掉頭了，再往前開就會撞上建築物！

呼嘯的高鐵，開進了寬敞明亮的湖濱市東站。

分針與秒針，在這一刻重合。

十五點整，寂靜無聲。

在場的所有人，大腦都是一片空白，彷彿失去了思考，甚至呼吸的能力。

不知過了多久，傅立鼎才第一個反應過來，看見乾淨如新的湖濱市東站，忽然高喊：「成功了！」

霎時間，特警們才反應過來，臉上紛紛露出狂喜的神情！

沒有爆，這一次，炸彈沒有爆！

童素腿都有些發軟，差點沒站穩，但她很快意識到一件事，聲音無比尖厲：「直升機還在嗎？還有信號屏蔽儀嗎？快點給一號車廂扔上去！萬一炸彈放在一號車廂的前端，剛才是憑借站台上的屏蔽儀才讓遙控失效的，等過會兒「Joker」發現屏蔽不起作用了，一定會惱羞成怒引爆炸彈的！」

特警們如夢初醒，立刻拿起對講機，發現按不動，這才反應是信號屏蔽儀還在起作用，於是匆忙關掉十二個信號屏蔽儀。

傅立鼎急急忙忙地把消息傳給夏正華，就聽見夏正華不緊不慢地說：「已經投了！我們的飛行員足足帶了十個信號屏蔽儀，就是怕出現類似問題。」

鬆了一口氣的眾人你看看我，我看看你，才發現，所有人都已淚流滿面。

交通管理指揮中心，歡呼聲也響徹整個大廳。

可就在這時，夏正華的手機突然響起：

「夏廳！陳雲升——死了！」

第四章 關鍵人物

七月十八日，凌晨兩點。

臨安，天目山脈。

崇山峻嶺之間，林立著森嚴的高牆。四角的崗樓高逾五米，探照燈無比明亮。

這就是山城監獄，一個只關押重大刑事罪犯的地方。

如果從高空俯瞰，就能發現，整個監獄由三個同心圓組成。最外圍的大圓是覆蓋著重重電網的高牆，中間層是勞動改造區，最裏層的小圓則是囚犯們居住的地方，以及審訊室、醫務室、餐廳等等。

這一天，山城監獄迎來了一批特殊的訪客。

之州省安全廳廳長夏正華、湖濱市公安局陳局長、之州省公安廳特警總隊大隊長傅立鼎、「7．17專案組」的特約技術顧問童素，以及專案組的其他成員。

七月十七日，湖濱市多個地點遭到東南亞販毒組織萬象集團的恐怖襲擊，性質極為惡劣。之州省有關部門立即上報到公安部，並且很快就得到了來自北京的批示：成立「7．17專案組」，將這次恐怖襲擊與之前的「塑料瓶注塑藏毒案」大案並案處理，由之州省副省長掛帥，之州省安全廳廳長夏正華為執行總指揮，全權負責打擊萬象集團在中國的行動。

但專案組開局就十分不利。

雖然成功阻止了犯罪集團針對湖濱市東站的爆炸，但與此同時，被關押在之州省守備最嚴密的山城監獄的陳雲升，竟然死了。

死因非常可笑——與獄友發生衝突，被活活打死。

監控錄像清晰地記錄了陳雲升死亡的整個過程：

正值午餐時間，犯人們勞動改造完畢後，來到食堂，拿起餐盤，排隊打飯。每個人的表情都很冷漠、麻木，無人交流。

因為他們的吃飯時間只有十五分鐘，算上排隊、找位置的時間，更是被壓縮到了十分鐘左右，這麼寶貴的時間，不應該浪費在聊天上。

陳雲升打完飯，正準備找位置坐下，卻在走路的時候，不小心撞到了一個名叫張子恒的犯人，手上的飯菜全灑到了對方身上。

張子恒瞬間就怒了，單手掐著陳雲升的脖子，拎著就往桌子上掄。

這一幕實在太過兇殘，在場的犯人們全都嚇傻了，就連站在遠處的獄警都沒反應過來，愣了幾秒，這才抄起電棍，把張子恒電麻。

但這時候，陳雲升的脖子都已經歪了，送到醫務室時早已斷了氣。

死因：氣管軟骨被外力劇烈作用，導致骨折，壓迫氣管。碎裂的軟骨插破了氣管，阻礙了呼吸功能，最終窒息而死。

童素盯著監控錄像看了好一會兒，才問：「平常犯人們吃飯的時候，也只有幾個獄警在？」

監獄長搖頭嘆道：「不是，但昨天情況特殊，監獄的獄警被抽調走了一多半，才造成監管的不力。也正是因為優先應對警力調動的緊急事件，午飯也推遲到了一點半才開始。」

他這麼一說，傅立鼎先皺眉：「『Joker』的連環毒計，真是好狠啊！」

陳雲升被襲擊的時間是下午一點三十四分，那時「Joker」還在不斷引爆炸彈，由此可知「Joker」根本就沒想救出陳雲升，而是打著殺人滅口的主意！他之所以大張旗鼓地進行恐怖襲擊，目的之一就是為了調開監獄的警力！

夏正華直接點出了兩個關鍵疑問：「那麼，『Joker』怎麼知道陳雲升被關在山城監獄？張子恒又是通過什麼途徑被收買的？」

「第一個問題，我或許能給出答案。」童素快速轉著手中的魔方，氣定神閒地說，「『Joker』既然入侵了湖濱市智慧交通系統，就相當於湖濱市路上的每一個攝像頭都成了他的眼睛。他可以通過這些攝像頭，尋找陳雲升的痕跡。」

傅立鼎反駁：「但我們從福建押回陳雲升等人時，全程走的是公路，幾乎沒在外界露過臉啊！」

「但武裝押運車，如果有心去找，本來就是很容易被發現的。掌握了海量的資料庫之後以現在的計算機技術，想要做到人臉數據比對，實在太輕鬆了。」童素淡淡道。

她這兩天也一直在琢磨，為什麼「Joker」會選湖濱市智慧交通系統下手，現在看來，人家早就打了一石二鳥的主意。這邊通過信號燈炸彈製造恐襲，那邊通過交通監控和錄像，鎖定了陳雲升的蹤跡。

夏正華平靜地說道：「還有一個原因——『Joker』也知道，陳雲升的身份非比尋常，雖然還沒有審判，但我們抓到他後，絕不會把他關到普通看守所，只會先押解到最森嚴的監獄，臨時看管起來。」

童素發現，夏正華對萬象集團有種不同尋常的熟稔，便問：「夏廳，您似乎對這個販毒組織集團很了解？」

夏正華沉吟片刻，緩緩脫下了一直戴在手上的白手套。

霎時間，所有人都倒吸了一口冷氣。

沒有人能想到，夏正華的左手竟然是一片焦黑，坑窪不平，看上去像一截被燒焦的木頭，而手指更是只剩下了大拇指和小指！

面對自己殘缺的左手，夏正華出乎意料地平靜：「二十多年前，我和戰友們接到消息，萬象集團的毒販會在廣西境內的一家工廠進行毒品交易，我帶隊前往。結果身中埋伏，工廠爆炸，整整一個隊伍，最後只活下來了兩個人。一個是我，另一個──」

他嘆了一聲，目光彷彿穿越了二十餘載的光陰，看見了那個朝氣蓬勃，笑著喊他「學長」的青年。

那些原以為沉澱下去的思緒，一瞬間洶湧而出。

傅臨淵。

那是他最看重的學弟、最得力的部下，也是最信任的戰友。

那次對毒品交易的抓捕行動，雖然一切看似天衣無縫，但臨行前，傅臨淵卻心神不寧，勸夏正華不要冒險。

夏正華不信這些玄學，帶隊前往，看在傅臨淵一直坐立不安的分上，就安排他望風。

漫天的火光和爆炸中，他為了救傅臨淵，下意識地伸出手，握住了迎面而來的燃燒彈，左手也徹底廢了。

即便如此，他卻僥倖活了下來。

而整支小隊中，唯一平安無事的，就是一直將警惕心提到最高的傅臨淵。但他受不了戰友們全部犧牲在眼前的殘酷事實，向組織申請，去萬象集團臥底。

再然後……

傅臨淵化名「林元」，混入萬象集團，短短幾年就已經做到了中層幹部。靠著他傳出的消息，中國緝毒警察搗毀了萬象集團在中國三分之一的窩點。主事的「梅花J」察覺內部有問題，卻始終試探不出內鬼究竟是誰，就想了個無比惡毒的法子。

萬象集團的「大王」德隆嚴格約束手下，不准他們吸毒。但「梅花J」仗著天高皇帝遠，又是危急時刻，拿毒品試探所有中層幹部，逼迫他們吸毒。

在「梅花J」看來，緝毒警察是世界上最了解毒品危害的人，對毒品肯定有抵觸，推三阻四不肯吸。誰也沒想到，傅臨淵為洗清「梅花J」的懷疑，好繼續在萬象集團臥底，一咬牙，當了第一個主動注射海洛因的人。

再後來，萬象集團沒了，傅臨淵的毒癮卻再也戒不掉。

為了不被毒品徹底摧毀，這個鐵骨錚錚的青年選擇了死。

傅臨淵自殺那年，還沒有滿三十歲。

想起過往，夏正華長嘆一聲，努力收斂那些難言的情緒，緩緩戴上手套：「二十年前，我們付出了極其慘重的代價，才將萬象集團從中國連根拔起。但我們從來沒有放鬆過對萬象集團這個毒鄰居的警惕！」

「等一下！」童素打斷了夏正華，「不大對吧？」

她之前沒接觸到這樁案子，剛才一直在看卷宗，才明白整件事情的前因後果。

萬象集團，是一個掌控了全世界五分之二毒品產出和銷售的龐大販毒集團，與羽蛇家族瓜分了這個世界上九十%的毒品交易。

萬象集團是一個極其龐大、結構分明的毒品王國，總共有五十四個高級幹部的席位，以紙牌的花色作為代號，而這個集團的統治者和繼承人，代號分別是「大王」和「小王」。

代號「黑桃」的幹部象徵著「武力」，他們倒賣槍支，走私軍火，保護其他毒販，也是與緝毒警察直接交鋒的群體。

據說，「黑桃A」到「黑桃K」，全都有世界頂級雇傭兵的水準。夏正華曾經率隊與「黑桃9」交過手，險之又險，我方狙擊手才將此人擊斃，後來發現是泰國地下黑市的拳皇。

代號「紅桃」的幹部象徵著「智慧」，主要負責研發、製造毒品。

當年中國大陸嚴厲封鎖麻黃的銷售，導致萬象集團失去了重要的原材料來源時，「紅桃10」硬是憑著出色的化學功底，直接用化學藥劑合成出新型冰毒。等到緝毒警察查出他的真身時，發現他居然是某高校德高望重的化學教授。

代號「方塊」的幹部象徵著「財富」，主要負責為組織洗錢，往往喜歡用商人的身份作掩護。

代號「梅花」的幹部地位最高，他們負責開拓市場，把控方向，其他三支都要聽從「梅花」的安排。

在萬象集團，即便某個高級幹部死了，該花色空出來，也不會立刻就補人上去。據說該組織內，常年有十來個花色是空位。這是為了方便提拔新人，以免新人沒有上升的空間，失去為組織賣命的幹勁。

這樣嚴密的組織，以及高質量的幹部群體，已經令人膽戰心驚。

更可怕的是這個組織還有邪教一般的洗腦能力，組織內部的所有高級幹部，只要發現情況不妙，自己跑不了了，即將被中國警方逮住，就會直接自殺。

根據卷宗記載，萬象集團在中國內地的首領「梅花J」於二〇〇〇年自殺，這也象徵著他們在中國的徹底失敗。從那之後，萬象集團就在中國銷聲匿跡。

但再看看陳雲升的履歷：男，一九六五年十一月一日出生。華人，馬來西亞國籍。祖籍福建安溪。

一九九七年七月一日，香港回歸，大量外資進入中國內地，引發華人又一次的歸鄉探親、投資熱潮。陳雲升在當年的十二月十五日，到達安溪縣陳家村，與族親相認，代表祖父、父親回鄉祭祀。

第二年初，即一九九八年的三月一日，他投資一百萬美金，獲得了安溪一片萬畝茶田的三十年經營權。然後又在泉州開了一家名韻茶廠，專門炮製高檔烏龍茶，出口到日韓、東南亞等國家和地區，銷路不錯。

名韻茶廠解決了周邊三個村數千人的就業，且年年按時、按質、按量納稅，從不偷稅漏稅，一直是泉州的明星企業，享有諸多政策優惠。

二〇〇五年一月三十一日，陳雲升成立名韻集團有限公司，又開闢中低端烏龍茶生產線與銷售網。

二〇〇九年四月十五日，名韻集團拆分出三家子公司，分別經營高檔烏龍茶、中低檔烏龍茶，以及茶飲料。

二〇一六年七月一日，由於中低檔烏龍茶利潤太薄，相關子公司轉型，主打業務為健康礦泉水。

也就是在當月，陳雲升以「公司的生產線太過老舊」為名，前往台灣，斥重金買下一條最新的注塑生產線。

而這條注塑工藝，並不是用來改進生產，而是為了方便將毒品壓到每個飲料瓶子裏，從而出售！

但也是機緣巧合。

傅立鼎在一次很偶然的機會中，無意中發現一個過地鐵安檢的人鬼鬼祟祟。警察的直覺告訴他，這個人有問題。他追查下去，發現了一個販毒網絡；再順藤摸瓜，牽出了「注塑藏毒案」，最後查到了福建知名企業家、名韻集團董事長陳雲升身上。

要不是抓捕陳雲升的時候，警方搞突擊行動，從陳雲升名下的工廠搜出幾百斤毒品，以「藏毒」的確鑿罪名將陳雲升以及公司的一應高管帶走，想對付這位「知名企業家」花巨資豢養的律師團，還真沒那麼容易。

「我有點不解。」童素有些疑惑，「陳雲升一九九七年就來中國內地了，為什麼二〇〇〇年搗毀萬象集團中國分部的時候，沒查到他？你們到底怎麼確定，陳雲升就是萬象集團的『方塊Q』？」

「這個問題，我可以解釋。」

傅立鼎一邊說，一邊調出一份資料，正是抓捕陳雲升時的影像。

陳雲升被捕時，正以知名企業家的身份，參加一個大型商業論壇，裏頭群星薈萃，萬全天盛的兩位聯合創始人郭天宇和劉帥、太平洋銀行的董事長謝蔚林等大咖齊聚。考慮到社會影響，特警是守在會場通道外，等陳雲升出來才將他秘密帶走的。

陳雲升的部下們看見特警時，腳都嚇軟了，但陳雲升卻非常鎮定，他迅速拿出手機，狠狠摔在地上！

隨後他沒有反抗，任由特警們將他押走。

如果仔細看，就能發現，他的唇角竟掛著一絲神秘的笑。

傅立鼎特意將這個畫面定格，放大。盡管在場的刑警們辦案經驗豐富，都覺得背後涼颼颼的，有種毛骨悚然的感覺。

立刻就有人問：「他為什麼笑？」

「因為他的目的已經達到了。」這一次是夏正華開口，「那台手機中植入了特殊的裝置，一旦受到劇烈碰撞，裝置就會啟動，將芯片、主板、電路等關鍵設備全部燒毀，半點殘渣都不留下。專案組拿到的，只是一個手機的空殼。」

傅立鼎點了點頭：「我們雖然調出了該號碼全部的通話記錄，但陳雲升是知名企業家，聯絡的對象至少有四分之三都是與他一個階層的人物。加上他經常出入一些十分高檔、私密性很強的會所，極大程度地增加了調查的難度。」

「至於通信軟件的聊天記錄……」傅立鼎聳了聳肩，「對擁有頂尖黑客的販毒組織來說，寫一個專用於通信的應用程式，當然是小菜一碟。無疑，現在這個他們用於通信的軟件已經從根源上被刪得一乾二淨了。」

夏正華補充道：「我們當時判斷，陳雲升應該還背負著重要使命，暫時不能死。所以在被抓的那一刻，他沒有像之前其他萬象集團的高層那樣，立即自殺。所以，昨天他的死，就更顯得蹊蹺和讓人難以理解了。」

傅立鼎點了點頭，又向眾位專家介紹：「另外，陳雲升也潛伏得很深。從一九九七年到二〇〇〇年，陳雲升與『梅花J』從沒接觸過，無論是本人、助手還是公司業務、金錢交易，全都不沾邊。」夏正華回答：「萬象集團當年盤踞我國西南、西北一帶，主要的活動範圍是雲南、廣西、貴州、甘肅、青海五省（自治區）。哪怕是洗錢，也很少走珠三角這片區域。」

聽到這裏，夏正華低聲道：「雖然我們派出的臥底曾經報告，萬象集團派遣到中國大陸的高管不是七個，而是九個，潛伏極深的另外兩名高管，很可能是級別更高的『方塊Q』和『黑桃Q』。但這只是他的推斷，專案組掘地三尺，也沒有找到足以佐證這句話的證據。線人當時又身染毒癮，狀況時好時壞。這種狀態下說出來的話，可信度不夠高，最後只是將這一情報作為補充，在卷宗裏記了一筆。」

在場的都是資深的刑警、專家，都馬上就感到了有不對勁的地方，於是有人追問：「陳雲升一九九七年就來了中國大陸，卻從不與組織的同伴接觸，這沒道理啊！該不會是他們狡兔三窟，在福建還有一條毒品生產線，專門交由陳雲升負責吧？」

「不大可能。」有人反駁道，「廣東、福建本就是緝毒警察重點關注的地帶，如果真有生產線，我國緝毒警察不可能任由它囂張二十年，卻一點感覺都沒有。」

「你們注意看這份資料，陳雲升從一九九七年創辦企業到二〇〇五年公司改革，八年時間內做的都是高端茶葉銷售，尤其喜歡把茶葉往日韓新等國家、港澳台等地區賣。安溪鐵觀音本就天下聞名，陳雲升從投資茶廠，到創辦公司，再到公司轉型，每一步都合情、合理、合法，誰都不會懷疑他有什麼不妥。如果萬象集團真像卷宗裏記載的那樣，分工明晰，組織嚴明，陳雲升應該只負責洗萬象集團從周邊國家攬到的黑錢，不會涉及其他部分的事務，這樣一來，能夠最大限度減少他暴露的可能。」

這也是一條思路，而且聽上去非常靠譜，當即就有人表示贊同：「我國當年對外資，尤其是對歸國華人的投資大開綠燈，監管與審核沒有現在嚴格。萬象集團或許是看到了這個機會，就決定派陳雲升來將大量的毒資通過中國大陸中轉，一進一齣，錢就乾淨了。這一次，應該是萬象集團與文南國政府開戰，急需資金支援，必須拓展中國的渠道，才鋌而走險地讓陳雲升去買注塑機做飲料瓶藏毒運輸，導致東窗事發。」

陳局長的神色有些凝重：「既然已經確定『方塊Q』真在中國大陸潛伏了二十多年，還混成了知名企業家，那就證明臥底的情報來源非常準確。我們必須提高警惕，按照臥底的說法，『黑桃Q』很可能也一直留在中國大陸，沒有離開。」

童素還是覺得沒道理。同一個組織的高層，又都潛伏在大陸，為什麼整整三年多都沒有任何聯絡？怎麼想都不正常啊！

但此時，傅立鼎已經發現話題扯遠了，立刻拽回來：「我還是不解——就算『Joker』查到了陳雲升在山城監獄，他是怎麼和張子恒聯繫上的？張子恒可是好幾年前就被送到了山城監獄，總不至於萬象集團未卜先知，提前送個人進來吧？」

他抓重點的能力一向很強，三言兩語就將大家的注意力都帶到了正事上。

此時，夏正華深深地看了傅立鼎一眼，心情有些複雜。

別人都以為他對傅立鼎的另眼相看，只是因為傅立鼎有本事，有幹勁，洞察力敏銳，在同齡人中出類拔萃，屢立奇功。這樣的年輕人，誰不喜歡呢？夏正華想把傅立鼎當成學生培養並不奇怪，只能說傅立鼎走大運了而已。

唯有夏正華知道，他對傅立鼎的種種照顧，是來自於他對傅臨淵的虧欠。而傅立鼎，正是自己那位已故親密戰友唯一的侄子。

那個少年本來風華正茂，有大好前途，卻在成為英雄後，死於毒癮帶來的絕望。

第五章　借刀殺人

傅立鼎提出的問題，讓所有人都看向童素。

自從「Joker」鬧了那麼一齣之後，大家對黑客的印象都是「神通廣大」，第一反應就是山城監獄的系統是不是也被入侵了。

童素當然也想過這個可能，所以她來到山城監獄的第一時間，就徵得夏正華的同意，對整個監獄的網絡與供電系統進行了詳細的檢查，聞言就搖了搖頭，說：「山城監獄外圍密布高壓電網，整個監獄內部的供電都是單獨拉線，不走任何市電線路，也不曾對外聯網。這樣販毒集團的黑客就算有通天本事，在沒有內鬼配合的情況下，也不可能入侵到山城監獄的內部系統，更不可能拿到一絲一毫有價值的資料。」

她的話，讓監獄長臉色頓變，難道是內部的獄警或工作人員有什麼問題？

陳局長見狀，忙問：「張子恒的口供錄好了嗎？」

「主要說辭是陳雲升故意撞他，把飯菜灑他一身。因為這幾天本來心情就不好，一時衝動，不小心把人殺了。」

「與張子恒同住的幾名囚犯也表示，張子恒最近兩天有些陰陽怪氣，看誰都不順眼，已經把人往死裏打了好幾次。但這些犯人都不敢告訴獄警，怕獄警一旦處罰了張子恒，等張子恒從禁閉室出來，他們會遭到瘋狂報復。」

「張子恒入獄的原因就是知道父母的死因和叔叔有關後，二話不說，直接把他叔叔殺了。這麼衝動的人，確實有可能一時失手，將人活活打死。」

「我倒認為，這個張子恒一點都不衝動，你們看法醫鑒定，他叔叔的屍體上足足有數百道傷口，每一道都準確地避開了致死的要害。而他叔叔的死因也並非利器導致的臟器破裂等，而是劇烈的疼痛以及大量的失血導致休克，從而死亡。整個過程中，案發現場就只有張子恒和他叔叔兩人。」

專案組的專家們議論紛紛，童素的注意力也被吸引過去：「也就是說，張子恒在殺人的時候一直保持高度冷靜，對叔叔處以類似「凌遲」的刑罰後，再眼睜睜看著對方死去？」

夏正華評價：「這個張子恒，不像第一次殺人。」

殺人犯一般分兩種，衝動型作案和有預謀地作案。前者往往是腦子一充血，就把案子犯了，根本沒想過後果。很多衝動型殺人犯一輩子連隻雞都沒殺過，卻因為過失奪去了別人的性命，後半輩子都良心不安。

但另外一種殺人犯就可怕了，他們一早就知道自己在做什麼，會面臨什麼後果。而這種冷血變態的殺手，往往會有個進化過程，比如先是獵殺小動物，確定自己可以掌控弱者的生死之後，再對人動手。

陳局長對這個大案印象頗深，便道：「當年警方也認為張子恒不像初犯，反倒像個冷血殺手。但是一是張子恒在家中遭逢巨變之前，就是個普通的紈絝子弟，沒有任何案底；二是那些無良的自媒體不知道從哪裏得知這個案子，大肆報導，什麼『豪門爭產，弟弟謀殺哥哥，侄子臥薪嘗膽，多年後終復仇』，弄得網民像看小說一樣追案件進度，很多人認為張子恒這是『為父母報仇』，屬於『義士』，應該輕判。檢方頂住很大的社會輿論壓力，嚴格按照法律量刑，判了張子恒死緩。服刑兩年後，應該就在山城監獄，被改判為無期徒刑。」

說到最後，陳局長長長地嘆了口氣：「要是他沒被關在這兒，陳雲升估計就不會死了。」

「在國內沒殺過人，未必在國外沒有，畢竟，這個張子恒在國外待了十來年。」童素饒有興趣地說，「我這就寫個小程式，在全世界範圍內查一查這個張子恒，看他有沒有別的身份。」

山城監獄，審訊室。

傅立鼎拉開椅子，坐了下來，仔細打量著眼前的張子恒。

照片上看還不直觀，只覺對方濃眉大眼，相貌陽剛。就近一看，才發現此人身上自帶一股淩厲氣質。

但此刻，張子恒被銬在鐵桌後的審訊椅上，不知道是不是因為誤殺了人，處刑又要加重，甚至可能被判死刑的原因，他的臉上流露出一絲懊惱。

傅立鼎笑了笑，語氣竟然很放鬆：「咱們聊聊吧！」

大概是他的態度，令張子恒生出一絲希望，對方立刻叫屈：「警官，我真不是有意殺那個人的。我只是一時氣憤，想著如果這麼多雙眼睛看著，被飯菜灑了滿身都能忍，以後誰還服我？就……全怪我沒有腦子，可我確實不是有意的！」

他這話也不是經不起推敲。

傅立鼎知道，監獄之中崇尚強者為王。

如果你不彪悍，就會被其他犯人欺負，髒活累活都給你幹，好吃的全要「上貢」，甚至還可能被同性侵犯。

正因為如此，犯人往往把「實力」和「面子」看得比什麼都重要，拉幫結派、認大哥等現象屢見不鮮。

張子恒的舉動，無疑是想在其他犯人面前立威。造成了這麼嚴重後果，他的辯護與叫屈也能理解——畢竟故意殺人和過失殺人，量刑上存在很大的差別。

不管從哪個角度看，張子恒的話似乎都沒問題，但這等小伎倆卻騙不到傅立鼎。

只見傅立鼎食指彎曲，輕輕敲擊桌面，氣定神閒地說：「如果張先生都沒腦子，天底下至少有九〇%的人就是草履蟲了。」

張子恒聞言，正欲反駁，就見傅立鼎做了個「停」的手勢，慢條斯理地說：「你本來是個富家公子、不學無術的富二代。但九年前，你父母在加拿大因為煤氣中毒，不幸逝世，家業被你叔叔繼承。你叔叔對你並不好，拿到公司後就徹底不管你了，甚至連生活費都不給你一分。當時在大洋國讀書的你很快就窮困潦倒，從此銷聲匿跡，不見蹤影，你的親人都以為你已經死了。直到三年前，你突然闖入叔叔的別墅，將你的叔叔殘忍殺死，你的嫿嫿不小心撞破這一幕，被嚇得一度精神失常，而你卻放過了她，以及別墅裏的其他人。」

傅立鼎辦了這麼多案子，自然清楚，一般的衝動殺人，比如震驚全國的幾起滅門案，往往會先從婦女兒童開始下手，很少直接上來就槓上一個壯年男人。因為人一開始都會有膽怯心理，潛意識裏會先挑弱勢群體欺負，等到殺紅了眼，就管不了那麼多了。

但張子恒不是。

他的目標很明確，就是叔叔一人，他是來復仇的。

而且，張子恒消失的那六年經歷也存疑。

一個曾經花天酒地的富二代，究竟他經歷了什麼，才會變成一個如此無情，在三十秒內就能徒手奪人性命的冷酷殺手？

根據案發的監控錄像，專案組判斷，張子恒具有豐富的反偵查經驗、強大的格鬥技巧。他對人體要害的掌控十分精準，甚至對審訊都有足夠的抵抗能力，很可能接受過極其專業的雇傭兵訓練。

張子恒的蛻變，會不會與萬象集團有關？

面對傅立鼎探究的目光，張子恒的態度很堅決：「警官，你要相信我，我真是一時氣憤，沒想到自己會活活把那個人給掐死！」

真是滴水不漏啊！

張子恒一口一個「那個人」，就是為了表達他根本不認識陳雲升，連對方的名字都不知道。

在細節上都這麼注意，看樣子，想用正常手段讓張子恒招供，非常困難。

有經驗的刑警都知道，像張子恒這種被買通了殺人的，嘴巴基本上都很硬。因為對方早就做好了以命換命的準備，除非你抓住他的弱點，擊破他的心理防線，否則他就是個烏龜殼，絕對不會張嘴。

但警方打不起持久戰。

所以，傅立鼎乾脆俐落地拋出一句：「賀秋芳與賀萌萌已經失蹤六天了。」

霎時間，張子恒的臉色就變了。

不等他掩飾，傅立鼎繼續道：「七月十二日，賀萌萌的老師發現她沒有來上學，想通知家長，卻打不通賀秋芳留的電話。老師雖覺得奇怪，但以為這對母女有什麼事，就等了一天。七月十三日，她又沒等到賀萌萌去上學，就上門家訪，結果按了半天門鈴，卻無人開門。鄰居也表示，已有兩天沒看到這對母女了。老師怕出事，就打電話報了警，警察調取監控錄像之後發現，七月十一日晚上六點多，母女倆手拉手進了小區就再也沒出來。警方對該小區進行拉網式搜索，一無所獲。」

事實上，中國香港警方那邊還覺得奇怪，一對單身母女，為何莫名其妙失蹤？就算綁架，也輪不到綁她們啊！直到專案組這邊派人去交涉，才知道她們估計是捲入了這場販毒大案，成為其中的犧牲品。

傅立鼎盯著張子恒的眼睛，語氣中帶著說不出的憐憫：「已經快七天了，還是沒有她們的消息。」

張子恒的臉色灰敗了下去。

他明明按照對方吩咐的去做了，秋芳和萌萌卻還沒回來。

現在是十八日的下午兩點，離七整天只差四小時，已經過去了一百六十四個小時！

對張子恒來說，他比誰都要清楚，這意味著什麼。

他這輩子最愛的女人，以及唯一的血脈，很可能已經葬身荒郊野外，或者被扔入大海之中。

「專案組會不遺餘力解救人質。」傅立鼎不緊不慢地說，「但我們手上的線索太少，需要你的配合。」

張子恒聲音嘶啞：「我說，我什麼都說。」

審訊室外，童素昂首挺胸，接受眾人的讚美。

時間倒回半個小時前。

童素取了張子恒的臉模，以及身份證、銀行卡等信息，做數據比對，又調取銀行的錄像，發現從六年前開始，直到張子恒入獄之前，他每隔一兩個月就要進一次銀行，給同一個帳戶寄錢！而他每次出現的地方，也都絕不相同，有可能上一次還在拉斯維加斯，下一次就到了塔斯馬尼亞島！

張子恒做得固然很隱蔽——他每次存款，都沒用銀行轉帳，而是直接去櫃台存現金。但他或許不知道，銀行的攝像頭，對童素這種頂尖黑客來說，形同虛設！

「許多國際級大銀行從幾年前開始，就將攝像頭統統替換成最新款的——這種高質量的新科技攝像頭可以將錄像壓縮到極小，永久儲存。而不像之前一般只能存儲半年，就會被後面新的錄像覆蓋。」童素一邊十指如飛，一邊對專家們解釋，「在我國的幾大銀行中，目前還只有太平洋銀行對設備的更疊這麼重視。」

專家們暗暗心驚：「也就是說，只要是用了這種攝像頭，無論多少年前的資料，你們都能調出來？」

「基本上是這樣。」童素回答，「所以，黑客往往都對攝像頭極為敏感，抬頭看一眼就知道大概是哪個公司生產的；高明的黑客甚至會有意識地躲著攝像頭走，並不是有什麼見不得人的秘密，只是習慣隱藏自己。」

黑客的能力，本身就是一種原罪，這也是童素在創辦網絡信息安全公司的時候，才漸漸體會到的。因為他們太神通廣大了，所以合作方會警惕——你們這面最堅固的盾，有朝一日會不會變成最尖銳的矛？

這一點，就連童素自己都無法保證。

對黑客來說，善惡就在一念之間。

有不少因為破壞網絡安全而被抓蹲了幾年監獄的黑客，出來後改邪歸正，成為最優秀的網絡安全工程師；也有不少高明的程式員，認為自己的收入與技術不成正比，利用黑客技術牟利，敲詐勒索。

童素的心情複雜，活卻幹得非常利索，很快就從那錯綜複雜、猶如蜘蛛網般的重重身份中，鎖定了另一張銀行卡。

「張子恒十有八九是雇傭兵，光是護照就有幾十個，銀行卡也有上百張。這些假身份大部分都是用完就丟的。不過，他卻曾用真實身份，一次性花一千二百萬港幣在中國香港買了一份為期三十年的巨額保險，每個月都能固定從保險公司提取五萬港幣，等到保期結束，還可以取回本金及每年三%的投資收益。而一旦他在保期內去世，則有巨額賠償金。所有這些資金，他都指令匯入一個帳戶。」

童素一邊說，一邊調出該帳戶擁有者的資料，怔了一下，才讀了出來：「受益人是一名女性，名叫賀秋芳，二十七歲，文員，單親媽媽，獨自帶著一個六歲的女兒賀萌萌在中國香港生活，父不詳。」

「而這對母女，已經失聯超過六天了。」

此刻，所有人心中都只有一個念頭——她們肯定是張子恒的情人與女兒！

而這，就是突破口！

審訊室內，張子恒開始交代。大家凝神屏息，希望能聽到有價值的信息。

「三天前，我勞改的時候，突然聽見了秋芳和萌萌的哭聲。還有個男人的聲音威脅我，說如果不殺掉陳雲升，她們母女就要死。」

傅立鼎立刻問：「你在哪裏聽到的？」

「勞改的地方，但聲音比較遠，我不清楚具體位置。」

「你確定你聽見了她們母女的聲音？」

「我確定！」

張子恒的回答，讓所有人面面相覷，陳局長覺得有點匪夷所思：「這傢伙在說謊吧？他在監獄裏，高牆之內，怎麼可能聽見他情人和女兒的哭聲？」

除非，獄警中真有內鬼，夾帶了什麼音頻文件進來。

夏正華若有所思，半晌，接通了傅立鼎的耳機：「傅隊，你問張子恒，他二十歲之前是手無縛雞之力的富家子弟，突然變得這麼厲害，除了魔鬼訓練之外，是不是接受了某些特殊的改造？或者，做過顱內共振頻率測試？」

傅立鼎依計發問，張子恒則配合地逐一回答：「我在加拿大有奇遇，加入了一個雇傭兵組織。他們對我的身體注射了不少藥劑，進行了一些手術，然後還經常檢測我的全身數據，顱內共振頻率就包含在其中。」

夏正華聞言，緩緩道：「前幾年，菲律賓有位富商想除去一個敵人，對方卻被關押在監獄裏。那所監獄恰好有一個犯人是大洋國三角洲部隊退役的雇傭兵，富商就買通對方，成功殺了那個對手。」

「而他與雇傭兵聯繫的方式，就是通過定向聲波。」

童素頗覺好奇：「定向聲波？」

「是的。」夏正華很篤定地說，「聲波在每個人的顱腦內，共振頻率不同。這就是為什麼，同一段聲音，有些人聽著是嗡嗡嗡，有些人卻能聽出是旋律或者語音的原因。當然，想要解析某個人的聲波共振頻率，此人必須做過專門的臨床試驗。同時定向聲波的使用有個特點，就是距離不長，必須靠近目標。如果張子恒也做過此類實驗，又被『Joker』獲悉具體數值，那麼利用這個特性，只要定向聲波發射器能夠出現在監獄隔離區內，張子恒就能聽到！」

監獄長點了點頭，覺得夏正華的猜測有道理，可有個問題卻想不明白：「說不通啊，山城監獄守備如此森嚴，高空有電網，牆上也有，小動物一爬上牆就要被電死。『Joker』究竟是通過什麼手段，把定向聲波發射器弄到山城監獄裏的？」

童素思忖片刻，問：「對於飛過的無人機，你們怎麼處理？」

「我們對無人機有一套專門的應對方案，只要無人機飛到上空就會被定位，直接擊落，並且會根據無人機的編號等信息，把機主找出來。」監獄長回答道，「根據情節輕重，看怎麼處理。」

言下之意，就是你如果不是故意弄無人機過來的，頂多是批評教育；但要是故意的，那麼私闖監獄管制區就是違法行為了。

童素點了點頭，剛要把「無人機」這個方案畫掉，卻發現不對：「等等，你們監獄針對無人機的方式是……打下來？」

監獄長也迷茫了：「不對嗎？」

「請告訴我，無人機到底是進入監獄一定範圍內就會自己掉下來，還是被打下來，這點非常關鍵！」

第六章　撬開缺口

經確認，「Joker」聯繫張子恒的方法，確實是通過無人機。

「Joker」驅使了一種小型蜘蛛無人機，表面塗層是絕緣的橡膠，從而翻過電網，到達監獄內部，開始播放特定聲波，只有張子恒一個人能聽見。

專案組在監獄邊緣附近，找到了好幾個無人機殘骸，證明了這一推斷。

但這也代表著，張子恒與萬象集團無關，只是被威脅才殺了人。

正因為如此，專案組的成員們坐到一起，重新梳理線索。

主持會議的傅立鼎調出相關資料，投放到大螢幕上，向專案組的其他成員介紹道：「我們徹查了名韻集團歷年的帳本、進貨清單等相關信息，發現茶飲料中含有微量中草藥成分，其中一味藥就是麻黃。不過，廠裏不足五公斤的麻黃存貨，與進貨清單和日消耗單據都能對上。然後，我們去查了提供給名韻集團麻黃的藥企，發現對方是一家非常正規的企業，不僅經過了GMP（藥品生產質量管理規範）認證，而且購進麻黃這種涉毒原料時，事先經過食藥監局批准，生產與銷售的端口也都在當地公安備了案。不僅如此，該藥企負責運輸麻黃的八名相關人員，也早就在公安系統實名備案，運輸車輛也一樣。每次購買運輸，都是在公安批准的時間內執行，沒有找到一點違規的情況。」

也就是說，與名韻集團合作的藥企，很可能只是對方拋出來的障眼法。

這條線索徹底斷了。

一時間，會議室又陷入緘默。

他們已經掌握切實證據，可以證明名韻集團的工廠中有一條注塑生產線，通過注塑技術，將冰毒壓入礦泉水瓶、飲料瓶中，再通過旗下的銷售網點，甚至官方的網店，將這些包裹著毒品的「飲料」銷往全國。

銷售這條線，他們算是追查出來了。

問題是，製作呢？

這些冰毒在什麼地方製作？又通過什麼方式運到名韻集團，再由名韻集團加工，銷往全國？

夏正華沉默片刻，才問：「食藥監局那邊怎麼說？」

「這二十年來，在食藥監局備案，原料涉及麻黃的藥企，我們全都派人走訪了一遍。」傅立鼎回答，「並沒有發現任何異常。另外，根據檢驗科提供的報告——現場搜查出來的毒品，不僅有高純度的冰毒，還有嗎啡與海洛因。」

聽了傅立鼎的匯報，眾人面色更加凝重了。

目前市面上流通的毒品，主要分為三大類：大麻、嗎啡（以及海洛因等）和冰毒。

其中，大麻在許多國家以及國家的一些州都已經合法化，是否為毒品，界定也比較模糊。當然，我國是嚴厲打擊，堅決不允許娛樂性大麻出售的。

另外兩種，嗎啡與冰毒，則是世界公認的毒品。

嗎啡、鴉片、海洛因等毒品，屬於傳統毒品，自罌粟中提取；甲基苯丙胺，即所謂的「冰毒」，則是新型毒品，原材料是麻黃。

但這兩類毒品還有一個非常顯著的差別：嗎啡類毒品，歸根到底，始終是提取自鴉片中的一種生物鹼，需要以罌粟為原料，屬於「半合成毒品」；冰毒則不然。

我國西北盛產麻黃，一度被販毒集團盯上，但隨著政策的收緊、監管的嚴格，以及世界各國對冰毒的嚴厲打擊，販毒分子想要獲取麻黃素的難度越來越大。

為應對這種情況，以萬象集團為首的販毒分子重金收買了一批高素質的化學人才，進行冰毒生產工藝的研究，並在一九九八—二〇〇〇年取得重大突破，可以繞過麻黃素，採用完全有機的方式合成冰毒。

現如今，世上的冰毒合成配方超過上百種，純度有高有低。他們這次在名韻集團中查獲的冰毒，就屬於純度極高的一種。

但無論是哪種毒品，始終繞不開一個環節——原料。

「做嗎啡類毒品，他們的罌粟從哪兒來？」

「要合成冰毒，他們的化學材料又在哪裏？」

見眾人議論紛紛，傅立鼎做了個手勢，等會議室安靜下來，才繼續說：「關於原料，我有個想法。

「雖然電子鼻是公認的靈敏，只要帶毒品進機場就要被抓。但在我國西南邊境，有很長的國境線，而且大山林立，盤查困難，偷渡現象一直無法根絕。因此他們大可以在文南國對罌粟進行初次加工，再用各種辦法通過陸路偷運進我國境內，然後到地下加工廠進行精加工。但我認為，銷售嗎啡類毒品，頂多算他們擴張『生意』的一環。因為國內對罌粟監管得太嚴，他們想跨國運輸，成本較高。如果不在嗎啡類毒品中摻入滑石粉、葡萄糖等藥品，稀釋成本，很大程度上會得不償失。根據檢驗科提供的報告，從名韻集團的工廠繳獲的嗎啡類毒品，並沒有摻入這些亂七八糟的東西。可見這個販毒集團的野心非常大，只走高端路線，拒絕薄利多銷。他們之所以販賣嗎啡類毒品，只是為了證明『我什麼貨都有，找我買準沒錯』，但這絕不是他們的主打產品。所以，我們的目標應該鎖定在冰毒上。鑒於萬象集團一貫的行事風格，我懷疑，他們在國內，可能不止一條生產線。」

對於傅立鼎的判斷，刑警們紛紛點頭。

如果這個販毒集團採用的是有機合成冰毒的方式，繞過麻黃這種原材料，確實能極大程度地降低成本與風險。更何況，他們也都看過了二十年前的卷宗，萬象集團當年就在雲南、廣西、貴州、甘肅和青海都有窩點，前面三個是經銷，後面兩個是製毒。現在捲土重來，有兩三條生產線完全不奇怪。

很快就有資深的緝毒警察提出搜索方案：「冰毒的主要成分甲基苯丙胺在合成過程中會產生大量有害物質和

刺鼻的氨水味，按這個思路排查，是否可行？」

傅立鼎嘆了口氣，臉上露出顯而易見的無奈：「首先，我們無法確定製造冰毒的生產線就在福建；其次，肆意排放有害物質，產生刺激氣味，被當地村民投訴的工廠多如繁星。就算只是福建一地，我們立刻聯合福建警方共同排查，也需要漫長的時間。更重要的一點是，這個販毒集團藏得如此隱蔽，又肯花大價錢去買注塑生產線。那他們有什麼理由不去購買最昂貴的專業真空機、工業化空氣過濾系統、水泥蓄水池等一系列設備，完善生產流程呢？一旦這些設備到位，冰毒的加工工廠從外表看上去就會無比普通，既不排放有害物質，也沒有刺鼻氣味。它可以有化工廠、五金廠、模具加工企業、包裝廠、塑料分解加工廠等無數種可能的偽裝，怎麼查？」

說來說去，還是回到老問題上。

必須讓毒販主動開口交代，否則就很難追查下去了。

但陳雲升是一個很警惕的人，而且這次他們抓的陳雲升同夥，全是跟著陳雲升去參加經濟會議的公司高管，很多壓根就不清楚名韻集團販毒的事情，現在陳雲升一死，難道線索就斷了嗎？

沒有其他辦法，專案組只能死馬當活馬醫，提審名韻集團的財務總監趙國平。

短短一個月不到，趙國平就從曾經的意氣風發，變得格外衰老。

只見他嘴角動了動，拉出一個類似於嘲諷的笑容：「警官，就算你們沒日沒夜地提審，我也說不出其他有用的東西。能交代的，我全都交代了，包括名韻集團怎麼避稅，與哪些官員有往來。但藏毒的事情，我是真不知道。」

比起他的神經緊繃，傅立鼎卻很淡定：「我和你說一件事。」

趙國平警惕地望著他，就聽見傅立鼎說：「陳雲升死了。」

這個消息猶如一道晴天霹靂，把趙國平打得頭腦一片空白。

「他的死因呢，表面上看，是與一個犯人發生衝突，不湊巧，被活活打死了。但實際上……」傅立鼎不緊不慢地拿出一個小巧的玩意兒，看上去就像地攤上十塊錢一個的蜘蛛玩具，「這東西，見過嗎？」

趙國平楞了一瞬，搖了搖頭。

「這叫定向聲波發射器，採用特定的聲波，專門傳輸信號。其他人都只能聽到嗡嗡聲，甚至根本聽不到，只有特定的人能聽懂。外頭這層呢，則是絕緣塗層，否則翻不過電網。恐怖分子就是通過操縱蜘蛛型的無人機，把這個聲波發射器投向山城監獄，告訴一個被關在這裏的雇傭兵，讓他動手。我們的專家破譯了信息，調到同樣的頻率，終於把內容弄了出來，給你聽聽。」

下一刻，他就按下開關，明顯經過變聲器處理的聲音響起：

「張子恒，限你三天之內，殺掉陳雲升。否則，你的老婆和女兒就沒命。」

然後，就是女人與孩童淒厲的哭喊。

「阿恒，我們被綁架了，救命！」

「爸爸，我好害怕！」

尖銳而慘烈的哭聲，刺得趙國平頭皮發麻，偏偏傅立鼎這時候來了一句：「陳雲升已經死了，下一個該輪到誰呢？」

趙國平抹了把冷汗：「警官，我國的公安系統，不可能如此窩囊吧？死一個就算了，死兩個……」

「這可說不準。」傅立鼎裝作沒聽到趙國平對公安系統的詆毀，一個勁兒加重對方的心理負擔，「對方連這麼高科技的手段都用上了，可謂心狠手辣。他鉚足了勁兒要殺人，我們未必防得住啊！要知道，這對被綁架的母女，已經失蹤了七天，至今還沒有任何消息。」

趙國平一張臉都快成了苦瓜：「可，可我什麼都不知道啊！」

傅立鼎十指交疊，氣定神閒：「我辦案這麼多年，見過不少枉死的人，尤其是連環殺人案的死者。很多都只是無意中撞破了某些場面，自己都沒意識到，結果犯人卻疑神疑鬼，決定斬草除根。」

他比了一個「割喉」的動作，趙國平頓時神經一抽。

傅立鼎見狀，慢悠悠地笑了：「雖然你知道的東西很有限，但未必就沒有關鍵線索。有時候，你自己都忽略的事情，指不定對我們而言就很重要呢。」

趙國平的呼吸急促了起來。

只見傅立鼎抽出一沓照片，遞到趙國平面前：「這幾個人，見過嗎？」

這些照片，全都是文南國首富——「橡膠大王」德隆的左膀右臂——當然，也僅限於參加了重大活動，有照片記錄的那些人。

而德隆，正是萬象集團的「大王」！

也就是說，這些人，很可能都是萬象集團的高層！

趙國平顫抖著拿起照片，認認真真、一張一張地看了個遍，又努力回想，才鄭重地搖頭：「抱歉，這些人，我一個都沒見過。」

說出這句話的時候，他竟有些如釋重負。

傅立鼎的目光，霎時就變得極為迫人。

被這種充滿壓迫性的目光長久注視，趙國平先繃不住了。

他不能讓警方以為他有意為毒販遮掩，得想辦法洗清自己，這些天也一直在冥思苦想，希望能「戴罪立功」，但有什麼線索比較重要呢？

「陳雲升的財務問題，你最清楚！難道就沒有可疑的地方？」傅立鼎拍著桌子衝趙國平吼道。

「陳總非常謹慎，私人帳務和公司帳務分得清楚，從不拿公帳一分錢。他的私人帳務，我也接觸過，非常乾淨。」趙國平說到這裏，突然想到了一件事，「有一次，我聽陳總在電話裏說要打筆錢給一個叫周英才的人，我當時有點奇怪，我剛從陳總辦公室出來，怎麼不讓我去打呢？」

「這個周英才是誰？具體名字怎麼寫知道嗎？」

「不知道，只聽陳總說要把這筆錢投到福建的一個什麼五金廠，可我從來沒聽陳總說過他投資了五金廠。」

周英才、五金廠、不明錢款的去向……傅立鼎憑借著自己多年的行偵經驗，隱隱嗅到了這裏面有問題。

審訊室外，夏正華已經發號施令：「立刻去查，福建的企業，股東叫「周英才」的有幾家！如果沒有，就再擴充到全國！」

審訊室內，傅立鼎目光如電：「這麼重要的事情，你一開始為什麼不說？」

趙國平苦笑：「我只是猜測，周英才可能是老板的另一個身份，他們這些海外老板多拿一個假身份來逃稅漏稅，是很常見的，所以我就沒當回事。」

這個信息，已經足夠了！

童素的速度比誰都快，幾分鐘就寫好了一個比對軟件，從企業信息查詢網上把數據這麼一拉，飛速念道：「整個福建境內，股東讀音為『zhou ying cai』的五金廠一共二十五家。考慮到前後鼻音、讀音等，例如鄒英才、周音采之流，擴大範圍，則有二〇三家。」

「如果以陳雲升經常活動的範圍為圓心，直徑一百公里以內，數量為八家。」

夏正華面色微沉：「能不能再縮小範圍？」

布控一個地方，與布控八個地方，困難系數不一樣。

童素想了想，又輸入一連串指令。

這一次，她調出的是這八個股東的全部記錄——包括但不限於身份證、銀行卡、護照、機票購買信息，各式app註冊信息等。

很快，童素的臉色就變了：「夏廳、傅隊，你們來看！」

「這個叫鄒應材的法定代表人，文南國籍，在中國境內有很完備的身份記錄，包括工商登記中的相關材料，但他卻從來沒有真正進入過中國國境。」

傅立鼎倒吸一口冷氣：「既然都沒來過中國，他的各項申請與許可怎麼批下來的？有些得法定代表人親自去吧？」

「福建那邊不大一樣。」夏正華對個中的彎彎繞繞知道得更多，沉聲道，「當年改革開放，招商引資，對外資優惠很多。許多企業就鑽政策的空子，讓一個台灣、香港或者新加坡的人當法定代表人，實際上就是掛個名，什麼都不用做，連人都不用來，就從『本國民營企業』變成了『中外合資企業』，享受政策優惠。」

傅立鼎點點頭：「原來如此，那我建議立即聯絡福建警方，對鄒應材擔任法定代表人的幾家工廠進行布控！」

湖濱市中心，一處高檔精裝修公寓內。

鑰匙悄無聲息地插入鎖眼，輕輕一扭，旁邊就彈出一個密碼盤。

童素俐落地輸入指紋，解了二重加密，大門緩緩打開。

她滿臉疲憊，反手關上門，也不開燈，將背上的登山包往沙發上一甩，徑直走到柔軟的大床前，往上一栽。

很快，床上就陷下一個小坑，毛茸茸的觸感擦過童素的臉。

「德芙，你最近怎麼這麼親我了？」童素伸出手，輕撫湊過來的黑色貍花貓。

德芙沒有回答，只是依偎在她旁邊，要她給自己按摩。

童素乾脆一下坐起來，將德芙摟過來，一邊給它按摩下巴，一邊對它說：「我的眼皮都要打架了，但精神就是很亢奮，感覺自己還能再熬七十二個小時！」

德芙舒服的咕嚕咕嚕的叫聲，被童素當作回應，繼續說：「這兩天可真是刺激，原來毒販集團裏也有那麼厲害的黑客。而在我不了解的地方，已經有很多緝毒警察與這個罪惡的毒品王國戰鬥過，經歷過流血、犧牲。

「可我不明白，那麼厲害的黑客，為什麼要參與販毒？憑『Joker』的本事，就算不想當白帽，無論是像中本聰那樣開發一套虛擬貨幣系統，還是去攻打比特幣交易所，都能一本萬利，輕而易舉地實現財務自由。

「財富到一定程度，不就是數字嗎？他可以通過黑客手段弄到幾個億，以後沒錢還能繼續這樣玩，為什麼還要販毒呢？」

這些事情，她也只能對德芙說。

因為從很多年前，這個家裏，就只有他們兩個相依為命了。

「對了！」

童素忽然想起了一件事。

由於這兩天的爆炸案太跌宕起伏，她都險些忘了，昨天最後一次信號燈之所以沒爆炸，是一個簽名為「π」的黑客橫插一手。

很顯然，對方的水準，也是超一流的。

「這兩天是什麼日子？以往頂尖黑客一年都難出一個，現在卻像蘿蔔白菜一樣，先蹦出一個神秘莫測的『Joker』，後又來了個天外飛仙『π』。」

想到這裏，童素立刻放下德芙，來到床邊的電腦桌前，鼠標輕掃，四台由支架撐著的二十四吋超大顯示器同時亮起。

童素熟門熟路地輸入一個論壇地址，進入全世界最大的黑客交流群，打下「黑客π」這個關鍵搜索詞，就看見一個飄紅（代表熱度很高，被加上了「精華」的標誌）的帖子。

「挑戰帖？」

童素饒有興趣地點開，看見是一個自稱「π」的組織，說他們新成立了一家圓周率信息安全公司，就特意過來下帖子，挑戰整個論壇的黑客們，歡迎所有人來攻打他們的服務器。

「π」還聲稱，只要誰能把服務器打下來，他們就立刻給對方價值一百萬美金的比特幣，決不食言！

「很狂嘛！」童素眼中流露出欣賞。

她都不用繼續往下翻，光看這個帖子的熱度就知道，絕對還沒人打下來。

果然，拖拉到最後，帖子就剩下兩種聲音。

一種是頂禮膜拜，認為「π」太厲害了，那麼多高手都灰溜溜地敗下陣來，問「π」差不差成員，收不收徒。

另一種是很不服氣，但自己又真打不過對方，就跪求業內大神出來，好好教訓一下「π」。否則這幫傢伙不得狂翻天了！先以「π」命名，自稱代表「宇宙、生命和一切」，現在又視整個論壇的黑客為無物，讓他們這些高手的臉往哪裏擱？

童素將藍牙音箱一開，來自宇宙的空靈旋律緩緩流淌，然後隨手拿起桌上的六階魔方，絢麗的光影在手中飛速流轉。

隨後，她往靠背上一仰，閉上眼睛，手中轉動魔方的節奏卻沒有停。

這是童素特有的休息方式——身體休息，大腦卻在高速思考，保持自己的狀態達到最佳。

黑客攻防，就像下棋對弈，講究的不僅僅是技術，還有心理。面對「π」這個頂尖高手，童素必須保持良好的心理狀態，只有這樣，她才不會落入對方設下的陷阱，做到見招拆招。

不知過了多久，童素睜開眼，驕傲又自信地笑了：「就讓我來終結這個『擂台』，打破你們不敗的神話吧！」

第七章　棋逢對手

作為第一波試探，童素先來了一次DDOS攻擊作為開胃菜。DDOS即Distributed Denial of Service，DDOS攻擊即「分布式拒絕服務攻擊」，但業內一般稱之為「毒瘤式洪水攻擊」。

這種黑客攻擊的原理是向目標機器發送大量無用的數據包，使得機器忙於處理這些數據包，無暇處理正常數據，從而達到占用服務器資源，使真正的合法用戶無法得到數據響應的目的。

正如它的名字一般，猶如洪水來襲，無比兇猛，勢不可擋，乃是公認的最簡單、粗暴、有效的黑客攻擊方式。

這一刻，海量的數據包匯成洶湧洪流，向「π」的服務器襲去。

屏幕上閃爍著無數指令，那是對TCP（傳輸控制協議）/IP（網絡之間互連的協議）中的ARP（地址解析協議）、ICMP（網際控制報文協議）、IP、UDP（用戶數據報協議）、TCP和應用層這六個層面所開展的全方位攻擊。

就在這時，一個黑影突然出現，擋住半邊屏幕。

兩點幽幽的綠光，直楞楞地照向童素。

童素放下手中的魔方，靠背椅已靈巧地移到電腦桌前，她摸了摸貍花貓油光水亮的皮毛，笑得肆意：「德芙，你想說我效率太低了？」

黑色的貍花貓安靜而優雅地趴在電腦桌上，不動，也不叫。

「我也覺得自己太心慈手軟。」童素戀戀不捨地將手從毛茸茸的貓身上挪開，移到冰冷的鍵盤上，飛快地輸入一系列指令，「給他們加道CC攻擊，當作餐前例湯好了，反正原理都是一樣的。」

CC攻擊全名為Challenge Collapsar，意為「挑戰黑洞」，與其他的DDOS相比，技術含量相對更高一些。雖然兩者原理相同，都是利用海量的數據包去占用服務器資源，從泛意上來說，CC攻擊甚至能歸入DDOS裏。但一般的DDOS主要針對的是服務器，而CC攻擊更側重頁面，也更難防禦。

簡單的CC攻擊是利用代理服務器生成請求，複雜一點的CC攻擊則是通過相關軟件，以及黑客控制的傀儡機，模擬正常用戶的訪問請求，生成虛假數據包，從而達到侵占網站資源的目的。

童素採用的，則是二者疊加的方式，既有代理服務器生成的虛假請求，也有肉雞（傀儡機）模擬出來的「正常請求」。

她操縱數千台傀儡機，對圓周率信息安全公司的服務器展開猛烈進攻，竟還有閒暇空出一隻手去撫摸德芙，語氣輕柔：「你覺得無聊嗎？等我打垮這些傢伙就陪你玩。」

說罷，童素想了想，又道：「可能沒這麼快，他們還算有點實力。」

因為她的DDOS和CC攻擊，並沒有起到意想中的效果——「π」的服務器尚遊刃有餘。

想要防禦DDOS攻擊，要麼擁有足夠的帶寬去承載海量的數據包，要麼需要足夠的動態防護技術。

童素自己就是開信息安全公司的，自然知道，帶寬的費用十分高昂，簡直就是燒錢。若是單純靠帶寬防禦DDOS攻擊，一個月沒千八百萬的帶寬費根本別想。「π」肯定不會這麼傻的，真要這樣做了，哪怕像素數科技，一年有一個億的毛利潤，也是大半的收入得交給運營商了。

更重要的是，如果天天都遭到DDOS攻擊，那麼承受高額的帶寬費或許還能接受。可一般情況下，這些帶寬都是被閒置的，完全就是浪費。

所以，素數科技採用的應對方式是「拆分」，即將所有傳輸過來的TCP/IP協議逐層拆解。

第一步是切掉全部來自國外的數據包，因為一般都是虛擬代理機；第二步是切掉一些無用的協議；第三步是切掉不規則的數據包；第四步是切掉從沒訪問過的用戶；第五步是切掉虛假IP，以及沒有回饋的用戶，進行人機識別。

這樣切到第六、第七層，數據包就已經很小了。以素數科技現有的帶寬，七層拆包之後，足以應付絕大部分的DDOS攻擊。

但「π」，似乎採用的是另一種方式。

「他們在引流清洗？」童素自言自語，空蕩蕩的房間裏，只有德芙安靜地趴著，聆聽她說話，「這也不失為一種好思路。」

單線帶寬費用過高，如果能多線並行，把DDOS攻擊的壓力分散到不同的地址上去，既降低成本，又分流了攻擊，不是一舉兩得嗎？

「看樣子，圓周率信息安全公司的業務裏應該會有這一項——幫其他公司分解流量，應對相關的DDOS洪水攻擊。」

素數科技要不要也增加這項業務呢？

明天和杜明禮提一提好了。

童素一邊想著，一邊拆開了一袋軟糖。

DDOS和CC攻擊，對「π」的服務器造成了一定的壓力，卻遠遠沒有高過他們的承受範圍。

童素一點都不驚訝。

她本也沒打算一擊成功。

那麼多黑客都倒在「π」的手下，對方怎麼可能被這種小伎倆打倒？

她的主要目的，是想通過第一波的試探攻擊，獲取幾個重要數據——被攻擊目標主機數目及地址情況，目標主機的配置、性能，還有目標的帶寬大小。

這就像一場戰爭，往往會通過一場小規模的交鋒，盡可能地摸清對方的底細一樣。

敵方的主力軍在哪裏？是什麼樣的兵種配置？兵力如何？大將是誰？會採用什麼樣的陣形？是雁形，還是之字形，又或者是長蛇形？

敵方輔助兵力又在哪裏？採取怎樣的策略？是互為犄角，能夠彼此應和；還是分成了幾個戰場，各自為政？

收集情報，進行敵我雙方的局勢判斷，對戰爭來說至關重要。不管在現實世界還是虛擬世界，都是如此。

對黑客來說，想要攻擊一個站點，首先就要弄清楚究竟有多少台服務器在支持這個站點。因為一個大型網站，往往有很多台主機利用負載均衡技術提供同一個WWW（萬維網）服務，在實際的應用中，一個IP往往代表著數台機器。

想讓網站癱瘓，光攻擊一台主機沒用，其他主機還是能傳輸數據，必須讓這些主機的IP地址全都不能用才行。

面對這種情況，黑客固然可以將大軍全部壓上，成百上千台傀儡機狂轟濫炸。但這種極為浪費的方式，厲害的黑客都不屑使用，他們偏愛收集情報，實現點對點的精準打擊，以最小的消耗換取最大的利益。

童素也是一樣。

雖然DDOS和CC攻擊被「π」成功防禦，但她卻沒有半點沮喪，臉上只有驕傲與自信：「情報收集完畢！」圓周率信息安全公司的服務器數量、主要主機的性能配置、帶寬大小，以及分布在全球各地的IP地址等重要信息，都已被儲存到了自己電腦的一個新建文件夾裏。

知己知彼，百戰不殆。

童素塞了一顆軟糖到嘴裏，眼中熠熠生輝，湧起對戰爭的渴望，做出無聲的宣告：

下面開始，我要動真格的了！

一切的黑客攻擊，歸根到底，其實就是兩種手段：

第一種，釜底抽薪——讓對方無法執行正確的命令，從根本上解決問題，DDOS攻擊就是典型；

第二種，偷梁換柱——讓對方執行錯誤的命令，以達到自己的目的。

而這一方法的典型，就是XSS（跨站腳本攻擊）與SQL（結構化查詢語言）注入。

XSS針對的是web客戶端，即「前端」對瀏覽器層面的攻擊。

簡單來說，就是在別人的代碼環境中，想方設法讓對方執行入侵黑客的代碼。

比如，在某個正規網站的網頁中植入一個腳本，使得右下角會出現一個黃色網站的彈窗，騙取訪客的點擊，從而達到獲取數據的目的。

SQL注入，則是針對「後端」，即對應用層數據庫的攻擊。通過修改對方的數據庫，從而獲得敏感信息，甚至控制整個服務器！

這兩種攻擊方式，無論哪一種都足夠讓應對者頭疼。但童素不僅雙管齊下，而且直接採取了最強攻擊手段！

針對服務器層面的XSS腳本移植！

針對平台層的SQL注入！

就在童素敲下「執行」按鈕的同時，歌曲恰好切到下一首，激烈的鼓點響起，儼然是慷慨激昂的戰歌。

機械鍵盤發出清脆悅耳的聲音，應和激昂的節奏，奏響動人的弦樂。童素愉快地哼著歌，心想：「誰讓你們這麼囂張，敢下挑戰帖呢？挑釁別人，就要有被攻打的覺悟，感受一下我帶來的狂風暴雨吧！」

不消片刻，她就侵入了「π」的服務器！

光明正大擺在台前的主機，就像包裹著蜂蜜的罐子，誘人深入，童素卻對此不屑一顧——「蜜罐技術」嘛，誰看不出來呢？

擺一台虛擬主機，讓黑客攻打，不僅消耗了敵人的實力，也能掌握對方手中的代碼。

這種小手段，針對普通黑客還行，對童素來說，就像巨大的木馬上面寫明了「特洛伊」一樣，不足為懼。

只見她一邊指揮著千軍萬馬，進行DDOS和CC攻擊，一邊調派精英突擊部隊，悄無聲息地潛入重重防禦的城池，開始煽風點火，伺機奪取城池的控制權。

而她自己，更像一個黑夜中的精靈，信步閒庭地徜徉在虛擬的世界，如魚得水，無比自在。

這片由0與1組成的世界，就是她的淨土、她的樂園、她的王庭。

就見童素一邊補充糖分，一邊瀏覽「π」的數據，看到其中幾行，有點驚訝：「湖濱市圓周率信息安全有限公司？」

自打知道夜神在湖濱市開了一家信息安全公司後，其他黑客就心照不宣地避開了湖濱市這座城市，不和夜神搶生意，反正也搶不過。

正因為如此，童素才有些驚奇，隨後便玩味地笑了。

衝著她來的？有趣！

她下拉菜單，找到了這家公司更多的資料，註冊資本五〇〇萬，是一個叫方小勇的人全額出資，已經認繳到位。

再順手一查此人的履歷——名校高才生，畢業後在銀行工作，本來前途遠大，結果妹妹高考失利，他鬼迷心竅，入侵高招系統，試圖幫妹妹改成績，以「危害社會公共信息安全罪」被判了五年，前段時間才出獄。

「剛出監獄，就有五〇〇萬開公司？」童素先是疑惑，然後就懂了——這肯定只是擺在台面上的人。

看樣子，只採用常規方法查資料，沒辦法揪出「π」的領袖，得從其他地方下手。

「咦？」童素突然發現了什麼，一拉椅子，靠近屏幕，仔細看了幾眼，眉頭舒展，表情卻不像剛才那樣隨意，反倒有些傷感。

但很快，她就冷靜下來，摸了摸一旁的德芙，輕嘆道：「『π』的網頁與數據庫，部分源代碼居然是『銅棒』十五年前的模板。雖然黑客界的花樣不多，但也不至於用這麼古老的版本吧？目前世界上流行的標準模板，不都是Dante八年前寫出來的那套格式嗎？難不成，『π』是『銅棒』的粉絲？」

德芙突然喵了一聲，直接從童素的手底下掙脫，跳下電腦桌，跑到了貓爬架旁，噌噌噌就占據了最高點，遙遙看著童素。

童素這才意識到，自己剛才用的力有點大，弄疼了德芙，立刻道歉：「對不起，德芙，我不是故意的，我只是……」

她輕咬下唇，神色複雜。

這麼多年過去，聽見那個名字，心裏還是會痛。

因為這段小插曲，童素也沒了剛才的好心情。

她本打算獲取一下對方的數據庫，順帶留下自己的簽名，然後截圖到論壇裏，告訴所有人，我打敗「π」了。

但現在，她卻殺氣騰騰地修改腳本，植入她判定的幾台「π」的主機。

這份改良後的腳本能讓童素獲取對方數據表格的同時，直接在對方的數據庫裏刪掉相應的表格。

如果說之前的腳本只能算是「複製」，這份全新的腳本就相當於「剪切」了。

這還是童素第一次做出如此惡劣的行徑，只能說，「π」恰好撞到了槍口上。

童素將「π」的主機全部植入腳本，看著源源不斷的數據流過來，心裏那股無名火才壓下一點。

稍微冷靜下來後，童素將雙手插入頭髮裏，呻吟道：「天啊，我做了什麼！」

就算再生氣，也不能拿別家的數據開玩笑啊！

這一刻，她想起了父親的叮囑：

「素素，你要記住，正因為黑客在數據的世界裏無所不能，才更應該遵守心中的底線，不能仗著自己的力量，胡作非為。」

「我真是……」童素差點把頭埋在桌子上，恨不得弄死五分鐘前的自己，「明明是白帽子的領軍人物，卻做了這樣的事情，一世英名毀於一旦。」

越是這樣想，她就越遷怒於「銅棒」。

明明這麼多年都熬過來了，以為自己不會在意，可一聽到那個人的名字，竟還是理智全失，做出這麼過分的舉動。

「不行，我得趕快彌補。」

童素立刻編寫全新的腳本，打算把拷過來的數據傳回去，卻發現屏幕一黑，自己的電腦居然失去了控制！

這一突如其來的變故，讓童素心跳都差點停止。

作為一個黑客，電腦就是他們的鎧甲、「堡壘」，也是最後的屏障。離開了這層武裝，他們就從呼風喚雨的神變成了軟弱的凡人，什麼也不是。

一個黑客的電腦被他人控制，就像一條蛇被扼住了七寸，生死盡在別人的掌握之中。

下一刻，漆黑的屏幕上，浮現一行字：

「看在你只是惡作劇的分上，我就不刪除你電腦裏的全部數據了！」

童素見狀，又羞又氣。

她清楚，對方本打算以彼之道，還彼之身。既然她刪掉了「π」的全部數據，那他就反刪掉她電腦裏的所有數據。但在控制她的電腦後，發現她想把這些數據還回去，這才只是打了一行字，充作警告。

這本來就是她的錯，但被人像大人教訓小孩一樣地針對，反而激起了她的好勝心。所以，她立刻啟用口令，打算搶回管理員權限，卻發現行不通。

對方牢牢地控制了她的電腦，她暫時沒辦法將這人踢出去。

童素當機立斷，激活備用的管理員權限，與對方共同掌控這一台電腦，然後打出一行字：「你是誰？」

「你不需要知道。」

「告訴我你的名字，我就不去騷擾『π』！」

「你對『π』動手，我就對素數科技動手。」對方的回答異常冷血、果斷、乾脆。

童素也不是嚇大的：「來啊！素數科技從來不怕任何挑戰，要是被擊敗了，那就是自己不行！怪不了別人！」

「『π』也一樣！隨時歡迎你來攻打！」對方反唇相譏，「只要你不擔心自己的數據庫安全就行。」

看見他的回答，童素心中的鬱氣竟然消散不少，只見她狡黠一笑：「公司層面的競爭，何時到了直接摧垮對方的程度？」

沒錯，她是刪掉了對方的數據庫，但她不是立刻就準備還回去了嗎？

正常的公司競爭，頂多是你打我，我打你。真要刪掉所有數據，那就是結仇了，當然不至於到這分上。

對方沉默了。

不知為何，童素就是感覺他要跑，立刻加一句：「你是『π』的領袖？你叫什麼？」

「『π』公司的CEO（首席執行官）是誰，你不知道？」

「我當然知道是方小勇，但我不相信他有這種技術。」壓過這名神秘黑客的感覺，讓童素無比得意，乘勝追擊，「你就是給他提供五〇〇萬的人吧？你是『銅棒』的粉絲？」

察覺到對方又想走，她馬上威脅：「你不說的話，我就直接去找方小勇本人！同是在湖濱市的信息安全公司，可以展開技術交流！」

「……你對自己的長相很自信？」

童素一向很討厭別人過多關注自己的容貌，因為很多人一看見她的臉，就自動把她代入「花瓶」的角色。但在此人變相質疑她是不是要用「美人計」的時候，她非但沒生氣，心中還有些竊喜，尾巴都快翹到天上去了：「我對自己的黑客技術更自信！」

「在湖濱市公安交通管理指揮中心開了一場粉絲見面會還不夠，打算在『π』也開一場？」

「你果然全程關注了這起案子！」

「我在湖濱市開公司，當然要了解湖濱市的動向。」

「那你知道對方的身份嗎？」

「與湖濱市公安交通管理指揮中心有合作關係的是你們，又不是『π』，我為什麼要去追蹤那群襲擊者？」

看見對方的回答，童素小聲抱怨了一句「真過分」，卻立刻反應過來，劈里啪啦地敲擊鍵盤。

如果對方站在她面前，估計她能像機關槍一樣地開問：「你早就想到了解決方法，然後編寫了那個病毒，就打算最關鍵的時候放對不對？你知道我們肯定會去調查『π』的來歷，這樣就可以主動打響公司名氣，生意滾滾而來？」

「現在才想到，反射弧未免太長了。」

「你這人嘴巴怎麼這麼毒！」童素重重地按著鍵盤，彷彿這樣就能把對方打一頓，半晌才收拾心情，把心裏一直存著的疑問說了出來，「你是『銅棒』的粉絲？」

「關你何事？」

「『π』的網站和數據庫模板，都是『銅棒』十五年前留下來的作品！」童素不依不饒，「現在的人都用Dante的模板，認為它更簡潔、明了、易懂，只有『銅棒』的粉絲才會致敬偶像。」

「那你乾脆說，攻擊湖濱市交通管理指揮中心的犯罪分子也是『銅棒』的粉絲得了。」對方嘴下毫不留情，「他們的進攻手法與構建代碼的理念，都與『銅棒』同出一源，簡直就像『銅棒』復出。」

童素突然頓住。

隔著屏幕，對方並沒有意識到她的反常，繼續說：「還有，別把我和『銅棒』扯在一起，我比他強。」

看見這句話，童素大腦一熱，熱血上湧：「不可能！」

「你看見『π』公司網頁和數據庫的主構架是『銅棒』留下的模板，就熟門熟路地利用相關漏洞，找到『真正的主機』。卻落入我布置的圈套，進入第二重『蜜罐』之中，反而被我掌握了信息，破解出你的地址。」

對方的每一個字，都好像一塊石頭，砸在童素的心上：「你的技術確實很不錯，別說全國，放眼世界都可以排前十。如果不是過於崇拜『銅棒』，你本來不該犯這種錯誤。『銅棒』畢竟是十幾年前的老古董了，就算復出，也未必能比你做得好。」

「你胡說！」童素氣得整個人都不清醒了，「他是最強的，沒人能比！」

「這麼激動？你才是『銅棒』的粉絲吧？」

我……

童素的心情，忽然低落了下來。

喵嗚。

不知何時，德芙已經踱到了她的身邊，輕輕蹭著她的小腿。

童素將德芙抱起，放到大腿上，彷彿這樣就能從對方身上汲取溫度。她凝視著德芙綠寶石般的雙眼，發現德芙也在望著她。

這一幕彷彿回到了十五年前，孤苦無依的她在樓道間的紙箱裏，看見那隻瑟瑟發抖的小奶貓。

失去了父母，下一秒就可能夭折的小貓，被同樣失去了父親的她撿回了家，開始了相依為命的日子。

她給小貓起名叫德芙（得福），希望它能健康長大，像巧克力一樣，美麗、高貴、苦澀之中，又有些甜蜜。

「我不是他的粉絲。」童素抱著德芙，聲音沙啞，眼眶微紅，「但我比天底下任何一個人都要崇拜、敬愛、仰慕他。」

中國第一的傳奇黑客——「銅棒」。

他是我的爸爸。

十五年光陰荏苒，小貓垂垂老矣，女兒悄悄長大，失蹤的父親，卻還是沒有回家。

德芙任由童素緊緊地抱著，非常安靜，就算不舒服也沒有掙脫。

網絡那頭的黑客發現了童素的緘默，先是打出一個「？」，看見她沒有回答，又寫了一行：「我坦白，我是『銅棒』的粉絲。」

明明是冰冷的文字，但不知為何，卻能從中讀出他的小心翼翼：「你說得沒錯，我是『π』的創始人。」

「我叫NULL。」

第八章 一線希望

兩天後，晚上十一點。

福建安溪，小鑫五金加工廠。

這家加工廠坐落在一個工業園區邊緣，主體廠房建築兩層，看上去並不起眼。之州省與福建聯合的特警行動隊秘密將整座工廠包圍，特警們手持該廠的地理位置、詳細地形圖和空中俯瞰圖，商量著最後突進的策略。

配合專案組執行此次行動的，是福建武警邊防部隊的大隊長嚴明樹。這位年過四十，文質彬彬，看上去像一位中學老師的特警，在業界有個響當當的綽號，叫「閩南之狐」，形容他思維敏銳，足智多謀。在他擔任邊防大隊長期間，福建邊防堪稱滴水不漏，任何走私、販毒等犯罪行為，全都瞞不過他的眼睛。

夏正華聽過嚴明樹的大名，所以在聯繫福建省的警力支援時，特意點名，希望嚴明樹參與。

而嚴明樹也不負眾望，不到一天，就鎖定了製毒窩點的位置，並制定了詳盡的突擊方案。

童素非常好奇：「嚴隊，鄒應材名下有六家工廠，為什麼你這麼確定就是這家小鑫五金加工廠？因為它位置偏？」

嚴明樹搖了搖頭：「不，因為他們的工人幾乎不出門。」

「我就是這點不明白，您究竟怎麼發現的呢？」童素十分疑惑，「這個工業園裏總共有六千多個工人，出入口又沒有監控。而且每個工廠上下班時間都不一樣。比如現在，有些工廠已經下班了，黑燈瞎火，還有些工廠三班倒，仍舊燈火通明。您怎麼能確定，這家工廠的工人不出門？」

嚴明樹笑著問：「童小姐，您知道在這工業園區範圍內，哪個部門是最了解工人們下班之後的去向的？」

童素遲疑了一下，才說出答案：「保安部？」

「不，是附近的網吧。」嚴明樹公布了答案，「現在網吧上網都是實名制，並且與公安的系統實現了聯網。我們只需調取這一帶網吧近幾年的上網人群，對不同工廠工人的身份證做一個對比，就不難發現，園區內這麼多的工廠，只有小鑫五金加工廠的工人從來沒去過網吧。」

童素恍然大悟。

流水線工人的生活是很機械的，也是很枯燥的，他們結束了一天繁重的工作之後，第一反應不是睡覺，而是去網吧打幾盤遊戲，看看電影，放鬆一下。所以工業園附近網吧的生意一直特別好，一個青壯年男子，有可能捨不得去小飯店吃十幾塊一份的飯菜，但絕不可能一次都不去網吧。

嚴明樹就用這個線索，輕鬆排除了其他五個錯誤答案，然後順著小鑫五金加工廠這條線一查，就發現該工廠員工信息也全都是假的——錄入的身份證是真的，但再仔細查就發現這些身份證都不屬於本人，都是從網上買來的。

由此可見，這群成天住在工廠，幾乎不出門的工人，基本上都是毒販。

熱感儀顯示，目前，工廠裏面有幾十個人，分布在一樓和二樓，但沒有一盞燈打開。

考慮到這群毒販的窮兇惡極，專案組必須設想到敵人持槍與特警戰鬥的可能。

為避免引起毒販的警覺，特警及刑偵的車全部遠離現場，只有偽裝成貨運公司的通信車開到了廠房對面街角處，夏正華親自坐鎮，童素從旁協助，傅立鼎與嚴明樹一同帶隊指揮。

「人員分為兩組，分別從東、西兩個方向進入廠區，具體行動路線已經一一標出，務必牢記！一組分為兩隊，B隊在廠房屋頂潛伏，仔細觀察敵人所在的位置，確認無誤之後，發出信號。A隊由傅隊長帶領，率特警隊員利用繩索實施破窗突襲。二組人員聽從嚴隊長的指示，扼守廠房通向外界、車庫，以及二樓通往一樓的各通道，如果傅隊與敵人開始交火，立刻予以接應和掩護。同時盡量引誘敵人，為狙擊手創造條件。所有人都明白了嗎？」

「一組明白！」

「二組明白！」

就在這時，工廠建築二樓的某個房間內亮起了燈光，隔著百米夜空，狙擊鏡中隱約可見室內有人影晃動。

全體行動人員見狀，呼吸都是一滯。

「報告指揮車，這裏是監控C3點。建築物二樓西北有人開始活動，狙擊角度不佳。報告完畢。」

「知道了，繼續監控。」指揮車內，夏正華沉聲道，「傅隊，你聽見了嗎？」

黑夜中的樓房頂上，訓練有素的特警完美隱蔽在夜色裏，傅立鼎抓緊纜繩，靠近了窗戶，語氣依舊鎮定：「是，一組這就往目標方向前進。」

「嚴隊？」夏正華轉而問。

「——明白。」廠房二樓的某處樓道拐角，嚴明樹持槍，半跪在地，不動如山，「二組已分頭堵住五處要道，隨時準備接應。」

「活動目標向東南角移動！」

「以對方的前進速度，二分二十五秒後，將到達傅隊所在位置的下方！」

傅立鼎心中默默倒計時。

145、144、143……60、59、58……10、9、8、7、6、5、4、3、2、1！

算到「1」的那一刻，人影正好走到「指定」位置。傅立鼎借著繩子，一個用力，靠身體打碎巨大的玻璃，將對方撲了個正著！

不顧身上的多處劃傷，他直截了當地將對方雙手擰在背後：「不許動！警察！」

會議室中，氣氛凝重。

高居首位的夏正華面色鐵青，只覺得臉都丟盡了！

專案組跨省辦案，集中之州、福建的警力，調動大量資源，本以為能找到毒品加工廠，抓住毒販，結果呢？住在工廠裏的，居然是幾十個負責裝修的工人！

專案組成員臉上無光，工廠的擁有者更是覺得天降橫禍，欲哭無淚，老老實實地交代，這個工廠是他半個月前低價剛買來的，只是還沒來得及去工商局完成材料變更。這也難怪童素沒能查到這個至關重要的細節。

買家當然也考慮過，該工廠將土地使用權、廠房和設備打包一起，卻只賣市價的一半，這麼便宜會不會是陷阱。但聽見對方聲淚俱下說兒子欠了巨額賭債，不還上就要被追債的高利貸追討人打斷手腳，沒辦法，只能廉價轉賣工廠，籌集資金。買家又親自來工廠檢查過，發現生產線雖然有部分缺失，但留下的機器沒問題，就美滋滋地買了，請了裝修隊來修葺。

誰能知道，這個小鑫五金加工廠，居然是一家製毒工廠啊！

眼看氣氛這麼僵，只有童素沒事般地開口：「陳雲升等人被抓的時間是七月七日，而小鑫五金加工廠被轉賣的時間，則是七月十日。」

「三天之內，把與生產毒品有關的設備拆走，再把這家工廠轉手。這樣的速度，一般人想都沒法想。」傅立鼎感慨道。

童素回應說：「是的，這個毒品集團一直都留了後手，做好了被查的準備。真是思維縝密啊！」

七月七日，名韻集團老總陳雲升以及一眾高管被抓；

七月十日，小鑫五金加工廠被轉賣；

七月十一日，張子恒的秘密情人與女兒——賀秋芳母女被綁架；

七月十二日，轉讓款全部打給了「鄒應材」；

七月十四日，張子恒第一次聽到定向生波發射器傳來的消息，做了一晚上的心理鬥爭；

七月十六日，「Joker」向之州省省政府寄了恐嚇信，要求釋放陳雲升等人，否則就製造恐怖襲擊；

七月十七日，湖濱市遭到恐怖襲擊；

當天十三點三十四分，陳雲升被張子恒在山城監獄殺害。

半個月不到的時間，居然發生了這麼多的事情，專案組一直被「Joker」像猴一樣耍得團團轉，剛剛找到一絲線索，立刻就被對方掐斷。

縱觀全局，「Joker」對每件事情都做了至少兩手準備。

小鑫五金加工廠早就找好了接盤人，就算出事，也能最大限度降低損失，並且麻痺警方的注意力；

攻擊湖濱市智慧交通系統，表面上是為了威脅中國政府釋放陳雲升等人，實際上是借機搜尋到陳雲升的關押地點，也在殺人當天調走了大量獄警，降低了監獄的安保力量；

找到陳雲升的所在後，又第一時間找出了最合適的「刀」，同時綁架賀秋芳母女，脅迫張子恒殺人。

整個過程，如同行雲流水，一氣呵成。

高智商犯罪團夥，果然不是等閒之輩。

毒品集團壯士斷腕得如此乾脆，令整個專案組都確定，他們的毒品生產基地絕對不止小鑫五金加工廠一個。

「那麼注塑生產線呢？既然毒品生產基地不止一個，那麼包裝基地應該也不止一個。能不能以這個思路去查？」傅立鼎提出了自己的想法。

「很難。」童素面無表情，「注塑不是什麼高精尖工業，生產廠家數不勝數，可以從台灣買，也可以從日本、大洋國、德國等地買。狡兔還有三窟，何況是這種高智商罪犯？保證花樣翻新，絕不重複，就算你查到一條線索，也沒辦法順著它追查下去！」

「一千五百萬的工廠轉讓款呢？」嚴明樹問，「有沒有追查下去？」

「有。」童素乾脆俐落地說，「『鄒應材』拿到一千五百萬的第二天，就把它全投進了比特幣交易所。」

全場寂靜。

專案組有年紀比較大的專家，經常聽見新聞報導比特幣，卻不大懂這些新鮮事物，剛好碰上這個契機，就誠懇提問：「小童，你能給我們解釋一下比特幣的原理嗎？」

童素有些糾結，一時不知該如何闡述。

如果直接講比特幣是一種虛擬貨幣，老一輩怕是要蒙，所以她斟酌半晌，才道：「那我就從頭開始說起。」於是她介紹了起來。

比特幣是一種虛擬貨幣，所以首先得弄明白什麼是貨幣。

人們心中的理想貨幣，需要滿足什麼條件呢？

第一，產量不能太大，至少要可控。就像黃金、白銀之類的貴金屬，產量稀少，而且耐高溫，耐腐蝕，無疑是古往今來最堅挺的硬通貨。

第二，要便於分割與攜帶。

第三，最好能簡單而準確地判斷價值。在這一點上，就算是貴金屬也有所不足，比如黃金，成色的不同往往給交易帶來麻煩。

自然界的物質，很難同時滿足以上三種條件。

所以，人們想到了全新的辦法——把財富用一個數字表示，然後印在紙上，這就是「紙幣」。

這可以說是目前能想出來的，最接近理想狀態的貨幣。

鑒定簡單，找零方便，易於儲存運輸，也沒有成色問題。唯一要解決的就是「產量不能太大」，這就迫使紙幣不能由個人印製，必須交給國家，並且以法律的形式來規定紙幣的發行程式，這就是衍生出來的第四點了。

但歷史證明，濫印紙幣，坐著生錢，結果導致通貨膨脹，一塊錢能買到的東西，最後五十萬甚至一億都買不到的慘劇，始終在歷史中上演。

所以，科技進步到互聯網時代的時候，就有一批頂尖的程式員試圖用另一種方式，創造一種滿足上述貨幣三原則的貨幣。

這就是「比特幣」。

二〇〇八年十一月一日，一個自稱「中本聰」的人（真實身份、名字不為人所知）在「metzdowd.com」網站的密碼學郵件列表中發表了一篇論文，題為《比特幣：一種點對點式的電子現金系統》。

論文中詳細描述了如何創建一套去中心化的電子交易體系，而且，這種體系不需要創建在交易雙方相互信任的基礎之上。

這種貨幣的生成方式非常獨特，全世界的每一個人都可以完成，只要你有一台電腦，然後下載專用的比特幣運算軟件。

這個軟件的本質是讓你用計算機解決一項複雜的數學問題，來保證比特幣網絡分布式記帳系統的一致性。

比特幣網絡會自動調整數學問題的難度，讓整個網絡約每十分鐘得到一個合格答案。隨後比特幣網絡會新生成一定量的比特幣作為賞金，獎勵獲得答案的人。

這就是所謂的「挖礦」。

和法定貨幣相比，比特幣沒有一個集中的發行方，而是由網絡節點的計算生成，誰都有可能參與製造比特幣，而且可以全世界流通，可以在任意一台接入互聯網的電腦上買賣，不管身處何方，任何人都可以挖掘、購買、出售或收取比特幣，並且在交易過程中外人無法辨認用戶身份信息。

而比特幣的總量，在誕生之初，就被限定為二千一百萬個！

二〇〇九年比特幣誕生的時候，每筆賞金是五十個比特幣。誕生十分鐘後，第一批五十個比特幣生成了，而此時的貨幣總量就是五十。

隨後比特幣就以約每十分鐘五十個的速度增長。

當總量達到1,050萬時（2,100萬的五十％），賞金減半為二十五個。當總量達到1,575萬（新產出525萬，即1,050的五十％）時，賞金再減半為十二·五個，以此類推。

也就是說，當結果無限趨近於2,100萬時，能夠通過「挖礦」挖到的比特幣，就越來越少。

事實上，八十七・五％的貨幣，都會在前十二年內挖出來。

童素大概介紹完比特幣的原理之後，話鋒一轉：「一般來說，持有比特幣的人，很少用比特幣付款，因為它有個非常嚴重的問題——它的風險太大了。有可能，今天比特幣是一萬美金一個，明天就變成三千，後天再變成兩萬五。這種價格上的巨大落差，讓所有人都心驚肉跳。所以，大部分的散戶之所以持有比特幣，基本上都抱著和炒股、炒房一個心態。但阻止比特幣成為全球通行貨幣的最大原因，倒不是這個，而是因為——它不能被政府控制。這是它最大的優勢，也是最大的劣勢。」

比特幣，是一種去中心化的貨幣。

你不知道與你交易的人是誰，在哪個國家。只需要在特殊的交易網站，輸入數字地址，輕輕一點，這筆交易就算成功了。

無法追蹤來源，也無法追蹤去處。

甚至，你還可以採用物理交易的方式，一張紙條，一個硬盤，上頭寫著公鑰（可以類比為銀行卡號）與私鑰（等同於銀行卡交易密碼）兩串數字，幾千萬的財富就神不知鬼不覺地從手上流了過去。

「這就是為什麼，盡管比特幣的價格波動這麼大，還有很多人拿它來洗錢的原因。」童素冷笑道，「與『無法追蹤』這個巨大的好處相比，那些價格波動對犯罪分子來說，簡直不值一提。」

她都把話說得這麼明白了，在場還有誰聽不懂？

這個販毒團夥在用比特幣洗錢！

夏正華眉頭緊鎖，半晌才問：「一點追查的辦法都沒有嗎？」

童素沉默片刻，緩緩道：「我暫時想不出來，但有一個人或許有思路。」

「誰？」

「『π』的老大，NULL。」

次日，省安全廳「7．17專案組」會議室。

童素右邊擺著一台筆記本電腦，對應的椅子上卻空無一人，只有冰冷機械，明顯是通過變聲器進行偽裝的聲音從麥克風中傳出來：「你們想通過比特幣這條線，追查對方的行蹤？」

童素雙手抱胸，神色沉靜：「我糾正一下，不是『想通過這條線』，是『只剩下這條線』。賀家母女的綁架案，中國香港警方至今沒有頭緒；名韻集團的高管也問不出什麼更多東西了；而萬象集團可能還存在的製毒基地和注塑包裝基地，更是連影子都沒摸到。」

NULL思考片刻，才道：「很難。」

「所以，專案組才邀請你加入，希望我們能互相配合！」

「就算我加入，想通過比特幣洗錢去抓一個頂尖黑客，依舊非常困難。」NULL直言不諱，「比特幣交易太過隱蔽，唯一能追溯到有限資料的，只有比特幣交易所。但世界上那麼多個比特幣交易所，對方只要化整為零，在不同交易所倒騰十幾二十趟，基本上就不可能找到了。」

話很不中聽，卻是不爭的事實。

想要通過一兩宗比特幣交易去查清買賣雙方的真實身份，就像要在大海中找到一枚縫衣針一樣，困難程度不言而喻。

就算對方只是新手，想逮都很麻煩，何況現在面對的還是「Joker」這樣的頂尖黑客？

眼看氣氛被NULL弄得很糟，傅立鼎連忙打圓場：「難道沒有任何辦法？」

「有。」

還沒等大家高興，就聽見NULL說：「如果對方足夠蠢，這一、五〇〇萬沒有化整為零，直接在比特幣交易所裏打轉，又被人承兌了，就可以通過獲取比特幣交易所的數據信息與銀行的承兌信息，按照當天的幣值，算出究竟是哪一筆交易，在哪個銀行承兌。最後，通過入侵銀行監控的方式，想辦法捕捉人臉與步態，抓到對方。但我勸你們不要做這樣的美夢，我能想到的事情，對方的黑客肯定也能想到。除非毒品集團缺錢了，否則對方一時半會不會承兌。」

童素目光閃動，有了新思路：「如果，比特幣價格大跌呢？」

NULL陷入思考。

「我覺得，對方會兌。」童素激動地說，「縱觀敵方的行事作風，可以看出，他們是不肯吃虧的那種人。哪怕放棄製毒工廠，也要撈一、五〇〇萬回本。在這種情況下，比特幣的價格跌一點，他們或許能忍，跌一〇%，跌二〇%，甚至直接腰斬呢？」

傅立鼎也覺得這想法有戲：「如果萬象集團真是以德隆、道達為首，那麼，這個黑客很可能沒有最高決定權。就算他不想兌，但德隆都是快花甲高齡的人了，道達也四十出頭，對比特幣未必有那麼了解，他們會不會勒令他承兌呢？」

NULL給興奮的專案組潑冷水：「萬一他不兌，而是轉手賣給別人呢？」

童素毫不退讓：「如果比特幣連續大幅度下跌，會有多少人敢買？他手上的比特幣，總價值肯定不止一、五〇〇萬，如果有好幾億甚至幾十億，就算下跌了，又有誰能輕易吃得下？」

「那要建立在比特幣大幅下跌的基礎上。」NULL也不含糊，直接反駁，「你想過沒有，到那時候，市場全都是恐慌性拋售、承兌，上百個比特幣交易所會忙得不可開交。究竟要多大的服務器和運算量，才能在大海之中把這根針撈出來？」

說到這裏，NULL一怔，童素的眼睛也漸漸地亮了，兩人異口同聲地說：「除非，除了一兩家比特幣交易所外，其他比特幣交易所全都暫停交易！」

「為達成這一目的，我們可以攻擊比特幣交易所！」

第九章 引蛇出洞

童素與NULL的思維轉得太快，其他人根本沒反應過來，就聽見他倆你一句我一句都快把方案給定下了。

傅立鼎連忙打斷：「二位，能不能詳細解釋一下？」

童素望向NULL所在的位置，哪怕那裏空無一人，但她在心中卻已描繪出對方的樣貌——身材消瘦，皮膚是常年不見陽光的蒼白，眼底泛著青黑。第一眼看上去，或許會讓人覺得十分冷漠、陰鬱、不好相處，但眼中卻有著比太陽還炫目的光。

然後，她就聽見NULL說：「我文學功底很差。」

童素不甘示弱：「我高考語文交的是白卷。」

話雖如此，她在習慣性地與NULL抬槓過後，還是決定照顧一下周圍這群壓根就不懂比特幣的人。

「我先解釋一下，什麼叫『去中心化』——雖然我很厭惡這個詞語，因為它已經被人濫用到了歪曲原義的程度，很多人自己都是一知半解，卻敢大放厥詞。

「我也不想在此處進行哲學、社會學乃至政治學上的思辨，只是單純地闡述部分原理，就以大家都很熟悉的支付寶為例。

「如果要描繪一張關於支付寶的簡圖，就是無數線段的組合。線段一側的端點代表著每個用戶，另一側的端點則無縫重疊在一個名為『支付寶』的點上，這個點就是所謂的『中心節點』。

「說得再通俗一點，就是——支付寶給每個用戶發了一本交易記錄本，你只能查閱到自己的交易記錄。

「當然，在支付寶那裏有所有記錄本的匯總，只要攻下支付寶的數據庫，就可以獲取所有支付寶用戶的全部信息。這就是『中心化』為人所詬病的原因，只要打下核心節點，就能控制全盤。

「比特幣則不然。它相當於一本大型交易記錄本，每個人達成比特幣交易時，都會在上面留下一筆記錄，全球共享，不存在任何隱瞞。

「每一個比特幣的持有者都可以翻閱前人遺留下來的記錄，清晰地知道某年某月某日某時某分某秒，進行了一筆數量為多少的比特幣交易。但你只能看到這行交易記錄，不知道它由誰所寫，也無從追查。

「這本『交易記錄本』的名字，叫作『互聯網』。

「沒人可以全盤摧毀互聯網，也就沒人能徹底抹殺比特幣。想要操控這股力量，只能盡可能多地持有比特幣。即便如此，他們頂多也只能做到『引導』，而非『控制』，就像互聯網一樣。」

童素的解釋非常簡潔、明了，專案組的成員們紛紛點頭，表示自己聽懂了，請夜神繼續往下講。

「按照比特幣之父中本聰的想法，比特幣本身是沒有太大缺陷的。但比特幣沒有漏洞，不意味著人沒有。

「這個漏洞就是——比特幣交易。」

這個邏輯也很好懂。

比特幣是一種貨幣，而貨幣，需要流通。

事情恰恰尷尬在這裏。

很多國家並不承認比特幣的合法性，也不支持比特幣交易。

比特幣的價格太不穩定了，極大一部分的散戶內心裏根本就不認為比特幣是貨幣，只把它當作與「炒房」「炒股」一樣的投機方式。

這也就意味著，他們持有的比特幣，始終還是要轉換成各國承認的法定貨幣。因為對這些人來說，那才是貨真價實的「錢」。

既然是交易，就存在信用問題。

究竟是先錢後幣，還是先幣後錢？

萬一我把比特幣給了你，你不給我錢，我找誰哭去？

同理，如果我把錢給了你，你卻不給我比特幣，我也沒辦法追回損失啊！

為順應市場需求，便誕生了比特幣交易所。

就像所有的擔保平台一樣，比特幣交易所以自身信用，進行對比特幣交易的擔保，並抽取一定的手續費。

比特幣去中心化不假，但交易所是中心化的啊！想要在交易所內進行比特幣交易，那就必須註冊帳戶。

而註冊帳戶，進行登錄，就會被記下IP，就代表著能被查到真實地址！

不規律流動的比特幣，總會在某些時候，不得不匯入一個人工製造的湖泊裏。

哪怕它們很快就離開了湖泊，重新變成江河溪流，無處尋覓。但在匯入湖泊的時候，還是留下了痕跡。

「我們可以在比特幣交易所之中，植入追蹤木馬。」童素已經興奮了起來，如果不是正在開專案組會議，她估計馬上就會開始分析網站漏洞，編寫木馬程式。

這一刻，童素恨不得手上有個魔方，或者樂高編程機器人，供自己揮灑精力。

但最後，她只是十指交疊，努力讓自己變得平靜：「通過木馬，可以查到交易所的全部交易記錄；再進行全球追蹤，查看每天有多少比特幣被兌換成法定貨幣；然後按照當日的比特幣價格，稍微計算一下，剩下符合條件的交易及其背後的IP地址，就所剩不多了。」

這個道理也很好懂。

毒品集團既然選擇了用比特幣洗錢，他們手上持有的比特幣數量，當然不可能像散戶那麼少。大宗交易，再加上承兌法定貨幣，範圍就已經極大程度地縮小了。

夏正華點了點頭，對童素的解釋非常滿意，但他還有個疑問：「你們之前說，想要找出對方，就必須令大部分比特幣交易所暫停交易，怎麼做到？」

「當然是攻擊比特幣交易所，強行封停他們的交易！」

聽見這個回答，夏正華沉默片刻，才問：「一定要這樣做？」

童素還沒開口，NULL便道：「為防止對方二次洗錢。」

「很多比特幣交易所，本身就是專門用來洗錢的工具。」童素回答，「開設三五個月，等足夠的比特幣存入之後，就謊稱『被黑客攻擊，捲走了裏面的比特幣，宣布倒閉』，實際上是二次洗錢，或捲款私逃。

「當然，也有可能是小網站本身就漏洞百出，真被黑客擊垮了。自從比特幣大熱之後，黑客們都不熱衷於敲詐勒索公司了，只要洗劫一個交易所，平均每個人至少分到上千萬的黑錢。」

NULL冷冰冰地說：「也為了防止對方化整為零，再化零為整，頻繁洗幣。通過各種手段，反覆洗十幾遍之後，就算可以查交易所的登錄IP，也無濟於事。」

他這個解釋，大家有點沒懂。

童素嘆息一聲，補上更清晰的說明：「主要是現在比特幣大熱，價格每天都在上漲，一幣難求。NULL是怕毒品集團每天拋售少量比特幣，化整為零，這會讓工作量變得極其龐大，很難分辨誰是真正的散戶，誰是毒梟。甚至，他們還可以主動炒幣。以毒品集團龐大的現金流，他們手上掌握的比特幣一定不是少數。如果某一天內，大批量的比特幣拋售，就像某支股票突然被砸盤一樣，肯定會造成市場恐慌，比特幣價格大幅下跌。連續幾天，狀況會更加慘烈。價格壓到一定程度後，手持巨額資金的他們便會重新買進。這樣一來，非但倒手就是一筆巨款，而且還把手上的比特幣和錢都洗乾淨了。事實上，這樣的炒幣集團挺多，但都很神秘。我對此很有興趣，一直在關注，也沒查出對方究竟是誰。」

聽童素這麼一解釋，眾人都明白事情的嚴重性。

比特幣交易本來就很難追查，要是像她說的那樣，來來回回洗幾道，那就更別想查了，任憑敵方逍遙自在去吧！

NULL直指問題的關鍵：「時間不等人，我們必須盡快攻擊比特幣交易所，封停他們的交易！」

NULL頓了一頓，特別強調：「這就像圍棋對弈中的『勝負手』，是關鍵時刻做出的非常手段，不這麼做，就沒有其他更好的機會，攻擊比特幣交易所，可以說是我們現在唯一的『勝負手』。」

「等等！」傅立鼎喊住他倆，「不是說，只有在比特幣交易所內進行交易，才能查到線索嗎？怎麼又封停？」

NULL絲毫不給這位大隊長面子，冷冷道：「全世界有將近三十家大型、正規的比特幣交易所，敵人又同樣是頂尖黑客，你怎麼知道他會在哪幾家洗錢，又怎麼洗？當然要把主動權握在手裏！只要封停八〇%以上的大型比特幣交易所，令絕大部分持幣者無法交易，市場就會恐慌，比特幣價格也會斷崖式下跌。到那時候，就算毒品集團不想出售比特幣，他們的合作方也會迫切想將比特幣換成價值更穩定的法定貨幣。這，才是我們唯一的機會！」

夏正華眉頭擰成一個「川」字，神情非常嚴肅：「也就是說，你們想人為操縱比特幣價格大額下跌，強迫他們轉賣、出售比特幣，以追查他們的下落？」

「沒錯！」童素和NULL異口同聲。

「如果我剛才沒聽錯，小童說過，很多人是像炒股一樣來炒幣的。」夏正華有些不贊同，「一旦比特幣下跌，他們承受巨額損失，心裏想不開怎麼辦？」

前幾年的股災，給夏正華留下了很深的印象。

當時，很多人見到前所未有的牛市，眼看著股指一路上漲，氣勢如虹。賣房炒股、槓桿炒股，甚至挪用公款炒股的，屢見不鮮。

等到股災爆發，多少人想不開，釀成無數家庭悲劇，一個個慘烈的場景，至今還歷歷在目。

夏正華不得不考慮，要是答應了這兩位頂尖黑客提出的解決方案，萬一再上演一次那樣的場景怎麼辦？他們豈不是在人為製造悲劇？

面對夏正華的顧慮，童素和NULL都很不以為意。

童素心想，比特幣這個圈子，門檻本來就比炒股高不少，一般都是年輕人在玩，中年人往往不懂其中門道，自然不會參與。就算幣價大跌，坑到了人，也不像股災波及那樣廣，沒什麼可顧慮的。

更何況，他們是為了抓毒販，又不是自己炒幣牟利。

只要她在封停交易所之前，不把自己持有的、總價值上億的比特幣拋售出去，而是承擔這一做法帶來的巨額損失，童素就不覺得自己會問心有愧。

至於NULL，那就更冷血了。

炒房穩賺不賠嗎？炒股穩賺不賠嗎？既然答案都是「否」，為什麼炒幣就要穩賺不賠？

高收益的投機，本來就伴隨著高風險，賠得傾家蕩產的人不在少數，憑什麼對炒比特幣的人放開一條生路？

再說了，就算他們不攻擊交易所，以比特幣現在一路飆升，從九千美金升到快兩萬美金的架勢，炒幣集團估計也要出手了。大概會先打一波斷崖式下跌，再逐批收割韭菜吧？

這就和股市一個道理，大資本成心把散戶養肥，再慢慢殺來吃。

與其讓這些人占便宜，倒不如他們破案的同時，順便把這潭水給攪渾，想想就覺得很帶勁！

眼看兩位頂尖黑客都不說話，傅立鼎躊躇片刻，才問：「我記得，中國好像是禁止比特幣交易的，這些交易所，應該都是國外的吧？」

童素點頭，示意傅立鼎說得沒錯。

傅立鼎苦笑著望向夏正華，果然，夏正華緩緩道：「中國政府不能以任何理由去主動干預他國的經濟，而是講究合作共贏。」

這是我國的政治基調與外交理念之一，也是一道紅線，絕不能逾越。

會議不歡而散。

童素向外走的時候，手機就開始振動，點開一看，是NULL發來的短信：「你真決定放棄？」

「你什麼時候入侵了我的手機！」

可惡，她的手機明明經過重重加密，這傢伙怎麼會……

「不要在意這些細節，你真不想知道敵方黑客究竟是誰？」

「你先告訴我，你用什麼辦法控制我的手機？」

「沒有控制，只是植入了一段程式，可以超常規發短信。」

黑客所謂的「超常規發短信」，就代表著——他雖然用的是運營商的渠道，但他打出去的電話和發出去的短信，對方壓根查不到任何記錄，更不要說調取其中內容了。

大概是覺得自己的回答太冷硬，NULL又發過來一個「^_^」（笑臉）的表情，解釋自己的行為：「剛才在會議室，你的手機也連了Wi-Fi。」

對他們這種頂尖黑客來說，「我們連了同一個Wi-Fi」，就和「我倆共用一把鑰匙」差不多，開門只是時間問題。

童素的臉頓時黑了。

一向習慣了打遍天下無敵手，就算把電腦擺在同事的面前，對方都無法破解加密程式的她居然忘了，NULL不是她帶的菜鳥們，而是與她同一個水準的頂尖黑客！

對於NULL的做法，童素也不是不能理解，手癢了嘛！

一台重重加密的設備，對黑客而言，就像老饕遇到了美味佳餚，色狼遇到了絕世美女一樣，都是難以抵擋的誘惑。

要不是她坐在夏正華眼皮子底下，不方便開小差，她也想破譯NULL的電腦，追蹤對方的實時方位。

對方的短信又發了過來：「你真打算聽夏正華的，放棄這條線索？」

童素當然不願意，但有什麼辦法：「人家專案組組長都說不行，我們只是臨時工，幹嘛多管閒事？」

「他只說中國政府不會主動干預，沒說私人不行。」

「不要和我玩這種文字遊戲，一旦我幹出這種事，國家安全部門就要上門了。我還不想被他們三堂會審，禁止出境。」

「放心，你又不是國家安全部門的員工，也沒有前科，還是為了抓大型毒品集團，他們不會看這麼嚴。」

童素停下腳步，臉上露出一絲得意：「聽上去，你對國家安全部門很了解，在裏頭待過？」

「……」

「難怪『717』連環爆炸案那一天，你用病毒覆蓋『Joker』病毒的方式解決了大問題夏驪一點都沒覺得驚訝，說明他早就知道你與他是一夥的，對吧？」

NULL沉默半晌，沒回答這個問題，而是刻意轉移了話題：「你想好了沒？」

童素狡黠一笑：「就算我不答應，你也會去做吧？」

「當然！」

「這麼刺激的事情，我為什麼要錯過？」童素不再猶豫，「等我到家後通知你，然後開始行動？」

「先去公司，帶小菜鳥們做點前期準備工作！」

「？」

「三天之內，盡可能多地抄一些黑客團夥的老底，弄到他們的全部數據備份，尤其是跳板的備份。」

童素有些不贊同：「太耽誤時間了吧？三天時間，足夠對方把錢來來回回洗幾道了。」

「也不差這點工夫。」NULL堅持己見。

「我覺得太晚了！」

「你持有比特幣嗎？」

沒想到話題轉得這麼快，童素楞了一下，才說：「當然，我在雲南還有兩個礦場，上千台機器二十四小時不間斷挖礦，已經挖出價值一棟豪華別墅的比特幣了。」

「那你上比特幣交易所，與他人交易的時候，設幾重跳板？」

就算登錄交易所帳號時會顯示IP所在，但他們這些黑客當然不會用真實IP地址，而是用跳板重重掩蓋。

一般的黑客，設三五層跳板就覺得夠了，跳板多了，一是他們的技術達不到這種標準，未必操控得來；二是數據在屢次傳輸的過程中容易丟失、延誤。

但對童素這種頂尖黑客來說，在涉及重要交易時，跳板不超過十重，簡直與赤身裸體沒什麼區別，毫無安全感可言。

她已經明白NULL要說什麼，便道：「十重吧？心情不好的時候，還會多設幾重。」

「萬象集團與人交易比特幣，肯定是預先就談好了價格的。登錄、交易、下線，全過程可能連三十秒都不到，就算另一方不熟練，耽誤一定的時間，也要做好整個交易不超過兩分鐘的可能。」

NULL談起技術問題來，一向不留情面：「這麼短時間內，你確定自己能破譯至少十重的跳板，查到對方的真實IP？」

這就是NULL為什麼堅持要多「掃蕩」幾個黑客團夥的原因。

跳板這些東西，很多黑客組織是會備份的，不一定是自己使用，但他們會專門追蹤哪些數據異常。

比如說，一個聯網的機頂盒，本來只是看固定的幾個app，例如優酷、愛奇藝等。某天突然鏈接了一個截然不同的app，跑去看國外的新聞頻道了！

哪怕只是兩三秒的時間就立刻切回來，再也沒登錄過那個app。基本上也能判定，這台機頂盒被某個黑客弄成了跳板之一。

這些數據被黑客組織搜尋後，可以當作情報出售，也可以自己記錄在冊。

如果哪天，使用這個跳板的黑客剛好攻擊了他們，不就省了判定真假IP、破譯跳板的時間了嗎？

對每個黑客來說，少破譯一道跳板，就意味著多一分勝利的可能！

NULL深知，一旦己方開始動手，封停交易所，敵方立刻能猜到他們的想法。

那種情況下，哪怕敵方被情勢所迫，不得不兌換比特幣，也會加大防備力度。

比如，做十幾層的跳板，再比如，壓縮交易時間。

這些做法，都會讓追蹤的難度變得更大。

所以，NULL認為，不開始則已，一旦開始，事先必須做好海量的跳板信息儲備。就像古代打仗，一定要屯夠糧草那樣，否則必輸無疑！

童素也想到了非常關鍵的一點：「我們無差別掃蕩黑客團夥的舉動，肯定會驚動敵人。他們看見我們這樣無頭蒼蠅一樣地亂轉，會不會很得意自己掃尾掃得乾乾淨淨，讓我們無從追尋，只能胡亂撒網呢？」

NULL的回答異常簡明扼要：「肯定。」

「既然他們自認為高枕無憂，未必會急著洗錢。」童素越想就越覺得這是一箭雙雕的妙計，「然後就被我們打個措手不及！」

「聽上去很刺激！」

「本來就很刺激！」童素感覺自己從來沒這麼熱血沸騰過，「我已經迫不及待了！」

第十章 時間競賽

世界上最大的黑客論壇cloud，最近出現一個極其火熱的帖子，標題名叫《不怕死的點進來》。

黑客們基本上都有著旺盛的好奇心，看到這種標題，當然是毫不猶豫地點進去，就看見樓主問：「各位cloud大神，請問有沒有人知道，最近黑客界到底怎麼了？現在的大神都開始針對弱小、可憐、無助的黑客組織了嗎？」

看見樓主的提問，不少人表示「哈哈哈哈，我就知道最近的熱點是這個」，也有人吐槽「既然是黑客組織，怎麼也不能與『弱小』、『可憐』、『無助』這樣的詞掛上鉤吧」。

立刻有人反駁：「與大神們一比，我們當然是弱勢群體，人家黑我們的電腦就和進自己家一樣輕鬆，我們難道不可憐？」

各國語言，各種評論，熱鬧得飛起。

全世界的黑客們聚在這個帖子裏水了幾百樓，才有知情人士爆料：「我有內幕消息，這件事是夜神和空神起的頭。」

此人剛一說話，就有人插樓：「空神是誰？」

「最近新冒出來的大神，『π』的領袖NULL。『π』就是前段時間在論壇發帖，歡迎所有人去攻擊他們的服務器，誰成功就獎勵百萬美金的那個組織。迄今為止，還沒人拿到這筆巨額獎金。」

「這麼厲害？」

「對呀，據說最接近成功的就是夜神，直接把『π』的數據資料全清空了。但被空神反追蹤，雙方打平。不過夜神認為自己輸了，就沒要百萬獎金，兩位大神應該是從那時候開始就成了朋友吧？」

這兩人聊得倒是很開心，卻惹怒了圍觀群眾，眾人一致要求他們去一邊私聊，不要耽誤大家看八卦！

被噴的兩人灰溜溜地潛水，不敢冒頭，就見知情人士繼續爆料：「據說是因為某個黑客集團膽大包天，居然跑去脅迫中國政府，態度非常囂張，與夜神正面槓上。雖然該組織沒能得逞，但他們的行為惹怒了夜神！

「然後，夜神就和空神聯手，三天之內，橫掃了二十六個黑客組織！當然，其中不涉及中國本土，全都來自其他國家。中國黑客的風格，大家都知道，特別團結，特別愛國，厲害的黑客也特別多。看見大神帶頭示範，紛紛效仿。據說這群中國黑客私底下還建了個戰績交流群，日常問候就是「今天大家幹趴下了幾個黑客組織」，把這一戰績當成了評判實力的標準。事情鬧得這麼大，國外的大佬們當然不服，紛紛擼袖子上陣，下戰書給中國的黑客組織一決高下。目前的戰報是十五負七勝，中國隊高分領先。」

「Oh my God（天啊），這可真是遺憾！」

「被大神碾壓的小黑客表示，我們真的很慘，秘密基地都被夜神一起端了，備份的數據全都被拿走了。看在上帝的分上，我們還是不討論這個讓人傷心的話題吧！」

「好啊！那我們聊什麼呢？比特幣？」

提出這個建議的人，理所當然地被所有回帖的黑客們狂噴——哪壺不開提哪壺，最近的比特幣市場更讓人傷心好不好？

自打五天前，比特幣圈就開始風起雲湧。

一開始是大洋國的大型比特幣交易所「金幣」暫停服務，理由是網站維護，需要升級。

這個理由只能騙騙不懂行的人，至少黑客們聽到這一消息，第一反應都是心照不宣地笑了——「金幣」交易所不僅被黑客攻擊了，情況還很不妙啊！

對黑客來說，攻擊比特幣交易所可是無本萬利的買賣，攻不下也不損失什麼，一旦攻下，轉瞬就能成為千萬乃至億萬富翁，實現財務自由。

正因為如此，但凡比特幣交易所，無論大小，每天都要經受無數波黑客攻擊。扛得住就能闖出名聲，慢慢坐大，扛不住就血本無歸。

對比特幣交易所來說，遭受黑客攻擊，導致網站不得不停止交易，進行搶修，這是非常嚴重的事故。一旦被外界得知，就會被質疑安全得不到保障，被持幣者們所拋棄。

所以，沒有一家比特幣交易所會承認自己被黑客攻擊，打出的旗號都是「維護服務器」，這已經成了黑客界的常識。

這時候，大家還是當熱鬧看，沒太在意。

但很快，第二家、第三家、第四家……等到第六家大型比特幣交易所「進行維護」，交易關停時，黑客們忍不住了，紛紛詢問這是哪位大神出手，這麼大手筆究竟想幹嘛？另類的炒幣技巧嗎？

有不少黑客技癢，想與這個神秘高手切磋；又有一些黑客抱著一舉成名的念頭，便主動找上那些大型比特幣交易所，要幫他們「維護系統」。

這些挑戰者中不乏知名黑客，卻悉數敗在神秘人的手下。只能眼睜睜地看著，每天至少有一家大型比特幣交易所宣布網站維護，暫停交易。而之前被封停的交易所，「完成升級」的日子遙遙無期。

黑客圈轟動了。

這些現實中一天都未必會說一句話的黑客，在網上瘋狂交流，猜測這個封停各大交易網站的神秘人（或組織）究竟是誰。

面對眾多黑客高手的挑戰，來者不拒，未逢一敗；卻又分文不取，既不洗劫這些價值數十億的比特幣，也不將這些交易所摧毀，只是將一個又一個大型比特幣交易所逼停！

酷，實在太酷了！

這位神秘的「終結者」究竟是誰？

對黑客來說，他們的世界其實很好懂。

你技術好，能解決別人搞不定的問題，你就是大神，大家都服你！

如果能搞出一兩個全球性的新聞，那就更不得了，會被黑客們當作偶像般追捧！

要是身份還能不暴露，不被大洋國聯邦調查局之類的官方組織逮到，就更是活著的傳奇！

而現在，他們正在見證新傳奇的誕生！

看熱鬧不嫌事大的黑客們，甚至在博彩網站開了盤，賭剩下來的大型比特幣交易所還能撐幾天，會不會全軍覆沒，等等。

不少無聊的黑客和高級程式員跑去下注，金額不斷累積，最後竟達到數千萬之多！便有人感慨，黑客圈從沒這麼熱鬧過！

如果說黑客們湊熱鬧的成分居多，比特幣圈就是大地震了，無數持幣者心慌意亂，不少人發帖怒罵——交易所不是絕對安全的嗎？也會出事？

這樣的帖子，自然招來了知情者的嘲笑：不然呢？難道你以為比特幣真是另類炒股，交易所擁有國家信用做保障，永遠不會倒？什麼都不懂，還敢來混幣圈？保證讓你身價千萬地進來，傾家蕩產地出去！

一場又一場的罵戰背後，是恐慌情緒的蔓延。

不得不說，有很大一部分持幣者就像童素說的那樣，壓根不知道比特幣是什麼東西，只知道比特幣大漲，很賺錢，稍微做了點淺顯的功課就殺入幣圈，唯恐自己錯失了賺大錢的機會。

這些持幣者，恰恰就是心態最不穩的那一類！

本來就一知半解，只是跟風，比特幣大漲的時候，捨不得賣，恨不得幣價躥到天上，一夜暴富；一旦比特幣的價格往下跌，立刻就陷入恐慌之中，吃也吃不香，睡也睡不好，每天都在計算著自己究竟損失了多少。

同時，連續十餘家大型比特幣交易所的暫停營業，也讓媒體的目光聚焦到這裏。許多財經人士紛紛發表文章，告訴大家，交易所謊稱「維護升級」，實際上是被黑客攻擊的真相，表達對比特幣安全性的質疑。

聽說比特幣交易網站沒那麼安全，一旦被黑客攻破，自己存在裏面的比特幣就會不翼而飛，網站也不負責賠償後，很多人嚇壞了，開始拋售手上的比特幣。

比特幣的價格立刻出現斷崖式下跌！

「金幣」交易所「進行維護」的第一天，比特幣的價格還維持在每個19,876美金。但半個月後，也就是第十五家大型比特幣交易所暫停交易的那天，比特幣的價格，一下跌落到了每個13,679美金！

而這可怕的跌幅，並沒有停止，反而愈演愈烈！

第二十四家大型比特幣交易所宣布「維護升級」的那一日，比特幣的價格，已經變成了每個8,543美金！看見這個價格，誰也無法想像，就在三周之前，主流輿論還都是一片唱好，認為比特幣的價格能再一次創造歷史，突破每個20,000美金的大關！

炒幣者心如刀絞，黑客們卻也心跳加速。

早就有好事者總結出來了，全世界能夠稱得上「大型、安全、可信」的比特幣交易所，總共有二十七家。被大家尊稱為「比特幣交易所終結者」，簡稱「終結者」的神秘人，用一天一家的速度，逼停了二十四家比特幣交易所。

剩下三家比特幣交易所如臨大敵，重金招募全世界的黑客，務必要扛過這一關。

無論哪家交易所在「終結者」的攻擊下幸存，就會一躍成為公認的「世界第一比特幣交易所」，從此聲名大噪，財源滾滾，客似雲來！

這場黑客之戰，究竟鹿死誰手？

黑客們翹首以盼，卻不知道，這場載入史冊的傳奇，只是三位頂尖黑客之間用特殊方式進行的一次攻防對決。

「又追丟了！」

童素往椅子背上重重一攤，只覺胸口憋著一股氣，怎麼都不順！

藍牙音箱裏，傳出NULL偽裝後的聲音：「還有機會。」

「已經是第十七次了！」童素咬牙，「我們追丟了敵人整整十七次！上一次，我們都已經破解了他的第十重跳板，頂多再破一兩重就能逮到時，他卻下線了！」

對黑客來說，下線之後，立刻清除掉登錄痕跡，已經成了本能。

哪怕其他黑客能將這份痕跡還原，但顯示的IP卻只是最外圍的那一層虛擬代理——跳板機，毫無參考價值。

「上次是運氣好！」NULL就事論事，「他上次採用的跳板中，恰好有一個被我們事先掌握，省掉了一次破解的時間。」

「所以？」頻繁的失敗，讓童素有點火大，語氣也不好，「我們就該祈禱上天，讓我們再撞一次大運？」

她的口氣很衝，NULL卻沒放在心裏，而是繼續說自己的發現：「我發現，與這個毒品集團交易的人，真實IP有所重疊。你看，第三次與第十一次的交易對象，真實IP都在大洋國科多拉市，距離只有五條街。我認為，他們就算洗錢，渠道也未必有那麼廣。這種情況下，存在與同一個集團進行多次比特幣交易的可能。」

童素一聽，非但沒有高興，反而氣炸了：「你沒出全力？」

明明只是追查賣方，NULL卻順便連買方也查了！

敢與毒品集團進行大額比特幣交易的人，當然不會是省油的燈。他們往往也掌握著海量財富，就算沒條件養頂級黑客，也一定會聘請懂行的人監督相關交易。

也就是說，買方的IP，同樣經過了偽裝，只是跳板不如毒品集團的那位頂尖黑客多，手法也不如對方高明罷了。

NULL分出精力去查買方的真實IP，豈不是耽誤了追查毒梟的進度？

自己累死累活，隊友卻瞞著她做別的事情，這令童素越想越氣：「要是你全力與我配合，一起破譯賣方的跳板，說不定已經成功了！」

「只是『可能成功』！」NULL糾正，「我不希望將勝利寄托在虛無縹緲的幸運上，因為我的運氣一貫不好。」

聽見他這麼說，童素也冷靜了下來。

雖然對NULL私下追查買方IP的行為很不爽，但童素不得不承認，NULL的做法有一定道理。

想追查毒品集團的那位黑客，是一件非常不容易的事情。

此人在每個比特幣交易所，至少有五個以上的帳戶，你根本不知道他會用哪個帳戶，與誰進行交易。

這令童素和NULL的排查工作越發困難。

他們只能採用最笨的方法，一旦出現大宗交易，立刻嘗試去破解賣方的IP。

這種方法吃力不討好，經常是白費工夫。

但隨著封停的交易所逐漸增多，優勢卻漸漸地往童素和NULL這邊傾斜，原因很簡單——毒品集團的比特幣流動出了問題。

比特幣的保存方式有兩種：一種是存放在交易所，另一種就是放在自己的電子錢包裏。

前者流通性強，可以實時交易，但必須承擔安全風險；後者安全性高，但想與他人進行交易，就要先將比特幣轉到交易所，多了一道工序。

毒品集團本想做到狡兔三窟，在每個交易所裏都存一些比特幣，易於洗錢。絕大部分比特幣卻還是放在電子錢包裏，安全穩定。

但眼下八十%的大型比特幣交易所被迫暫停營業，導致他們存放在這些交易所裏的比特幣都被凍結。偏偏比特幣的價格又瘋狂下跌，合作方亟須將比特幣變現，以挽回損失。

毒品集團存放在一兩家交易所內的比特幣，根本無法填上這個缺口，導致他們不得不從電子錢包裏轉比特幣到交易所，再進行交易。

多出來的這道工序，又給童素和NULL添了不少時間。

現在，他們只須盯緊剩下的三家比特幣交易所，一旦有人從電子錢包裏將大額比特幣轉出，立刻鎖定對方，開始破解IP。

NULL卻覺得，時間還是太少了，所以，他才嘗試去破譯買方的IP。

只聽他說：「我也是第五次失敗之後，才想到這個方法，目前只記錄了十二個真實IP。我已經在剩下三個交易所植入了木馬，只要這些帳戶登錄，我就能收到提醒。」

這就是反向思維了。

毒品集團的黑客確實很厲害，上線、登錄、轉帳、下線，一氣呵成，兩分鐘都不用，又有十幾層跳板做「堡壘」，把自己捂得嚴嚴實實，堪稱無懈可擊。每次還用的不是同一個帳戶，不給對手一絲查到的機會。

但他們的交易對象，個個都有這樣的水準嗎？

他們會不會提前上線，焦灼等待？會不會不那麼小心，沒更換帳戶，就再做交易？會不會反覆確認密鑰，耽誤時間？

NULL不能保證，但他不想因為自己的疏忽，讓本來可以勝利的局面，轉變成狼狽的失敗。

任何一個你不曾注意的微小細節，都可能毀掉精妙布置的全盤計畫。

這是他曾經受過的教訓，他也為此付出了極其慘痛的代價。

童素被NULL說服，思索片刻，便問：「那麼，我們還需要封停其他的交易所嗎？我感覺這個毒梟黑客既謹慎，又自負，預留三家已經是極限了，再逼停一家，他可能就不會跳坑了。」

「看情況吧！如果兩天都沒動靜，或者又失敗一次，我們就再逼停一家比特幣交易所。」NULL回答，「這種行為，並不是給他壓力，而是給他的合作方壓力，令他不得不做一些違背自身意願的事情，誰讓他不是毒品集團的一把手呢？」

「等等！有目標上線了！」

童素心中一緊：「買方？」

「第七次交易的買方，在『極光』交易所登錄。」

「很好！」童素柳眉一挑，語帶戰意，「這一次，我們一定要將他拿下！」

「老方法，你正面攻擊，我側面奇襲。」NULL快速地說，「我算過，你破解毒梟一層跳板的平均時間是十・十二秒。有我輔助後，提升為六・七三秒，而他的跳板至少在十一層以上。」

童素對數字極其敏感：「第七次交易，全過程為三六・五八秒。由此可見，買方也是老手。」

「『極光』的電子錢包轉帳，一向以快捷著稱，平均速度在二十八—三十二秒之間，應該就是他們選擇在這個網站交易的原因。」童素補充道，「也就是說，我們的時間很可能就只有六十四・五十八秒。」

「考慮到對方的跳板很可能是十二三層，我們須要將破譯每層跳板的平均時間進一步壓縮，最好能壓到五秒左右。」NULL總結。

下一秒，兩人就收到提示。

一個帳戶從自身的電子錢包內，下指令轉2,000個比特幣到「極光」交易所！

「來了！」

異口同聲的兩人，同時按下指令，對這個狡猾的毒梟，進行第十八次追蹤！

童素將精神集中到極限，對敵人展開猛烈的攻擊！

這一刻，除了眼中的代碼外，她看不見任何東西，也聽不到任何聲音，心裏只有一個念頭——快，再快一點！

二十九秒，比特幣成功到帳。

童素與NULL已經破譯對方五層跳板！

三十一秒，比特幣交易開始，全網開始根據帳單核算，買賣雙方是否是真實帳戶，而非虛擬帳戶。

三十三秒，確認完畢。

童素與NULL，成功破譯對方第六層跳板！

三十四秒，全網開始確認，賣方手上的2,000個比特幣，是否真實存在。

三十六秒，確認完畢。

距離比特幣交易完成，只差最後一步！

三十八秒，買方獲得賣方的比特幣密鑰。

童素與NULL，即將完成對第七層跳板的破解！

四十一秒，買方開始輸入私鑰，進行比特幣的解鎖。

由於私鑰太長，該過程持續了整整十八秒，買方才打下最後一個字符！

此時，已是第五十六秒，童素和NULL聯手闖進第十一層跳板，開始白熱化的廝殺！

買方停頓了幾秒，似乎是在確認。

五十八秒，第十一層跳板被破解！

六十秒，買方按下確認鍵。

六十一秒，歸屬權轉讓。

也就在這一瞬，童素猶如神助，以自己都未曾想到的速度，攻破了守衛森嚴的「堡壘」，破解了第十二層跳板！

極度的驚喜之後，卻是深深的絕望。

出現在她眼前的，不是真實IP，而是第十三重跳板！

來不及思考，甚至來不及繼續，眼前的「堡壘」就已消失，變成一片白茫茫。

對方，下線了。

童素怔怔地坐在電腦前，幾乎沒辦法承受這樣的失敗，就聽見NULL說：「查到了！」

「什麼？」

「對方下線前的〇・〇〇一秒，暴露了自己真實的IP。」

「怎麼可能！」童素聽見自己的聲音，尖銳無比，「不到〇・三秒的時間內，你怎麼破解的第十三重跳板？」

「因為第十三重跳板，恰好在我們掌握的記錄之中。」

一片冰涼的心臟，重新跳動了起來。

大喜之後是大悲，大悲之後又重新是大喜，這樣的轉變，令童素有些恍惚。

只見她深吸一口氣，努力讓自己變得平靜下來，才用帶了點顫抖的聲音，問：「詳細地址是？」

「廣東省，濱海市，臨海區，花都路。」

第十一章　暗中排查

濱海市位於廣東省東部，靠近福建省，因為緊臨南海而得名，是我國極其重要的港口城市，也是著名的旅遊目的地。

由於經濟發達，外來人口眾多，導致專案組進行排查的時候，難度急劇增大。

偏偏臨海區又靠近出海口，是整個濱海市最繁華、人流最密集的區域，花都路則長達七公里，建築密度極高。

「我們進一步縮小了毒梟所在的地址範圍，就在這一段——」

傅立鼎圈出花都路中的一小截，向眾人展示：「全長一・五公里，南邊是臨海區最大的回遷房『幸福花園南區』，北邊分為兩段，東段是住宅小區『星輝雅苑』，西段是酒店式公寓『嘉信公寓』。」

「不派民警以「核查外來人口」為名走訪的話，排查難度太大了。」嚴明樹看著大屏幕上的數據，有些為難地說道，「幸福花園南區總共八十棟建築，每棟六十戶。但這些房子，往往都被二房東隔出四五個，甚至多達十個單間，住著十幾二十個外來打工者。」

這些人員的流動性有多大，在場的人心中都有數。

同理，星輝雅苑和嘉信公寓也有很多房子由二房東、三房東出租給外來人口，想要逐一排查，又不能驚動毒梟，任務非常艱巨。

這也是想抓一個頂尖黑客的困難之處。

查到毒梟的IP地址後，童素和NULL一邊通知夏正華，一邊收集資料，還發現敵人在濱海市的「天眼」之中，植入了一個木馬。

一旦有人試圖調閱濱海市的路面監控，木馬就會自動反饋消息到毒梟那裏。

根據NULL的判斷，這個木馬很可能還有另一種功能，會在關鍵時刻啟動——讓城市的「天眼」，變成毒梟的「天眼」。

至於花都路上的攝像頭，也已經全部「倒戈」，成了毒梟偵查外界的重要工具。只要有個風吹草動，對方就會有所警覺。

這也讓警方排查犯罪分子的兩大絕招——戶籍調查與監控調閱，都被廢了大半。

鑒於敵人很可能分出一隻「眼」專門盯著濱海市警方，夏正華與廣東、福建兩地的公安部門協商後，為麻痺敵人，決定廣東警方按兵不動，只負責提供數據等重要信息，支援警力則從福建抽調，協助辦案。

夏正華點了熟人——上次一起參與小鑫五金加工廠抓捕的福建武警邊防部隊大隊長嚴明樹，讓他帶了一支隊伍過來會合。

嚴明樹也知曉這個毒品集團有多麼難纏，但如果不能由民警上門走訪，排查可疑人物，這三個住宅區加起來上萬人，怎麼才能確定誰比較可疑？

眾人下意識地望向童素，就見童素看了一眼電腦，不緊不慢地說：「有個方法，或許可行。」

「什麼方法？」

「外賣訂餐。」

此言一齣，所有人的眼睛都亮了。

對啊！他們怎麼沒想到！

童素揚起一抹得意的微笑，自信非常：「我已經查到這一年來，這條街上所有的外賣團體訂餐！排除掉那些有公開資料可以查詢的公司、工作室、民間團體的訂餐後，只有一家，最為可疑！嘉信公寓，A棟，306室！這間屋子裏的人最近每餐都要訂購十八至二十五份食物，卻從沒有任何一個人走出來過！」

說罷，童素立刻將306室的日常外賣訂單，以及整個嘉信公寓的建築圖、結構圖、俯視圖等，傳給會議室中的每個人。

嘉信公寓的布局，是由一條走廊把房間分為南北兩排。北邊是一至十號共十間房，南邊則是十一至十八號的八間房。而電梯和救生通道都設置在南邊的正中間，恰好與每一層的05室和06室兩兩相對。

也就是說，306正對著電梯和樓梯！

傅立鼎目光一掃，立刻發現：「這公寓視角很好，可以看到大半條街，尤其是小區的入口，能夠監視所有進出的車輛與人群！」

這讓大家更加確信，毒販就在這間房裏。

「先不要輕舉妄動！」關鍵時刻，還是夏正華沉得住氣，「敵方很可能持有軍火，我們必須確定這一點，以減少傷亡。」

怎麼確定？

先盯緊那間房，看看有沒有破綻！

特警們分成三組，蹲守在最合適的觀察點，通過望遠鏡等設備，二十四小時監視嘉信公寓，A棟，306室。

兩天兩夜，負責的警官眼睛都熬紅了，終於看見有人小小地拉開了一道窗簾，打開窗戶，站在窗邊抽煙。

「放大鏡頭！」傅立鼎就差沒吼出來了，「識別一下，那個人背後的黑點是什麼？」

「看著像M16！牆上好像還掛著M67！」嚴明樹在警校期間，就是射擊冠軍，是個狂熱的槍迷，對世界各國的槍械、武器都非常熟悉。

這個消息，令眾人心中一沉。

M16是當今世界六大名槍之一，有效射程六〇〇米，每分鐘子彈射速可達七五〇至九〇〇發，槍身輕巧，既適合做狙擊步槍，也適合遠程火力支援。

M67更是大名鼎鼎的防禦型手榴彈，大洋國軍方至今還在使用。

不要以為「防禦型」就覺得無害，結果恰恰相反！

所謂進攻型手榴彈，是指步兵在衝鋒過程中投擲的手榴彈，特點是殺傷半徑小，安全範圍大，投擲後己方無須隱蔽；所謂防禦型手榴彈，是指步兵在防禦戰鬥中投擲的手榴彈，特點是殺傷半徑大，安全範圍小，投擲後己方必須隱蔽。

這時，傅立鼎和嚴明樹心意相通般地交換了一個眼神，然後一起走到夏正華面前。

嚴明樹先開口：「夏廳，我們必須將嘉信公寓的住戶盡快疏散出去！尤其是二層樓的住戶，必須一戶一戶悄悄分開疏散，不能引起敵方注意。萬一有人不配合，就採取強制措施！」

傅立鼎立刻接上：「與此同時，其餘樓層以及隔壁單元樓的居民疏散也刻不容緩，否則一旦與毒販發生交火，會殃及無辜！」

夏正華輕輕頷首，望向童素。

童素大概計算了一下時間，給出答案：「四十分鐘！這是我與NULL聯手後，能壓制對方示警木馬的極限時間！」

次日，上午十點，七個男人走進嘉信公寓A棟。

他們的衣著非常古怪，明明外頭熱得快把人烤焦，他們卻穿著厚厚的夾克。好在物業和保安早就接到了警方會有行動的通知，在領頭的傅立鼎亮出警官證後，配合地把他們迎了進去。

與此同時，童素已經與NULL聯手，在嘉信公寓的攝像頭中，植入了一段新的木馬。

這段木馬能暫時壓制住敵方的警報裝置，並將十天前的監控錄像，與實時的錄像進行替換。

也就是說，在這四十分鐘內，只要對方不心血來潮，重新檢查種下的木馬，監控畫面就會一直播放十天前的錄像。

特警們上了電梯，分別按下三、七和頂樓十層的按鍵，兵分三路。

這也是精心策畫過的。

其中三樓住戶的疏散是重中之重，否則毒販要是就近控制住了還沒撤離的居民作為人質，警方就要投鼠忌器了。

但童素反覆強調，毒販之中有一個極其高明的黑客——這種人往往在某些方面天賦異稟。比如童素自己，五位數之內的運算，包括但不限於五位數乘除五位數，從來都是心算得出，連計算器都不用按！

萬一對方有過目不忘，或者有信息、圖像拆解方面的能力，調換監控的事情就有可能提早露餡。所以童素一再強調，盡量在三十分鐘之內完成整棟公寓樓的居民撤離。為爭取時間，警方無奈兵行險著，三路同時疏散。

這也是為什麼他們選擇早上十點動手的原因——這棟公寓的住戶，很多都是白領，這時候大多上班去了，可以大大減少疏散的工作量。

「嘉信公寓A棟，一共十層，每層十八套房，總共一百八十戶人家。」童素坐在指揮車裏，做最後一步的確認工作，「刨除常年沒人住的二十二戶，其餘一百五十八戶都住了人。根據現場布控的特警報告，應該還剩三十七戶有人在家。」

就在這時，NULL突然說：「我總覺得有哪裏不對。」

「？」

「毒販為什麼要選擇嘉信公寓呢？」NULL不解地問。

這個問題，已經盤桓在他心中很久了。

事實上，在通過望遠鏡確認毒販的行蹤之前，專案組的不少成員也一直心裏嘀咕，琢磨童素是不是判斷錯了。

按照他們的想法，毒販應該會藏身在幸福花園南區才對。因為那裏是回遷房，管理不夠嚴格，外來人口極多，一〇〇平方米的房間住一二十人都不會被關注，便於隱藏。

嘉信公寓則不同，是酒店式公寓，物業管理相對嚴格。

嚴明樹想了一下，說出了自己的猜測：「可能是因為嘉信公寓沒有陽台吧。」

沒有陽台，意味著警方想要突進會更加困難。

電梯停在三樓，傅立鼎帶著兩個特警小張和小王踏出電梯門。

三人不約而同地從腰間拔出手槍，戰鬥，隨時可能打響。

出發前，他們就已經將整棟大樓的地形圖在心裏描繪了千百遍。

整個三樓，目前只有三套房有人：一間是毒販所在的306；一間是兩位老人居住的307；另一間是走廊盡頭的318，一個家庭主婦帶著兩個孩子。

按照計畫，他們將先疏散老人。

一是根據資料，這兩位老人性格溫和，以前在單位評價很好，也沒有老年癡呆之類的病史，應該是可以交流的對象；二是孩子實在太不可控了，要是先疏散兩個小孩，對方哭泣尖叫起來，307的住戶就可能成為活靶子。

傅立鼎示意小王摸到電梯右邊的樓道口，隱蔽埋伏，隨時準備支援；自己則與小張躡手躡腳地前往307，路過306的時候，心都要懸起來了。

在307門口站定，傅立鼎深吸一口氣，按下門鈴。

不消多時，門就開了。

出乎意料，開門的不是老人，而是一個高大英俊的青年。

傅立鼎腦子裏，立刻閃過這個年輕人的資料。

顏寒，307兩位老人的外孫，目前還在普林斯頓大學攻讀數學系的博士學位。

這人不是今天中午回大洋國嗎？怎麼還沒去機場？這麼重要的監控信息為何沒有傳達給行動小組？

傅立鼎心中疑惑，而顏寒看見大熱天還穿著一身夾克的傅立鼎與特警小張，也大吃一驚，滿臉是不解的神情。

傅立鼎立刻亮出警官證，低聲說：「您好，我們是警察，一會兒在這裏將進行武裝拘捕行動，請您在保持安靜的情況下，跟隨我們立即離開。」

顏寒的表情立刻嚴肅起來。

只見他盡量用足夠清晰、卻不高昂的音調，朝房間內喊了一聲「外公、外婆，有客人來拜訪你們啦」，然後特意攤開雙手，讓傅立鼎能看清自己的動作。

等到二老出來，顏寒快步走過去，小聲說：「先不要聲張，好像出事了，警察同志讓我們趕快跟他們走！」

兩位老人驚魂未定，本想再問一下情況，但還來不及說出口，就被外孫拉著往外走。

傅立鼎看著顏寒這一串行雲流水的動作，心道不愧是高智商人才。隨即，他用眼神示意小張和小王跟上來，護送三位居民撤離。

到了樓下以後，專門有民警會為他們解釋發生的事情，並把疏散的居民全都聚集到附近的社區活動中心，暫時沒收大家的手機，以免洩露情報。

傅立鼎的耳麥與指揮車是互通的，他遇見顏寒的事，指揮部立刻收到了消息。

按照童素查到的信息，顏寒本該是今天中午十二點的飛機，飛往洛杉磯。所以童素立刻調出與顏寒有關的一切資料，快速瀏覽一遍之後，說道：「我查到了門診記錄——他的外公昨天被狗撞到了，尾骨出了點小問題。這位孝順的外孫估計怕老人有什麼事，就在今天早上改簽了飛機票，大概是決定多陪老人幾天。」

這個情況，讓傅立鼎把心中的疑慮都放下了。

突然，NULL提醒大家：「抬頭！」

這條街道原本很「乾淨」，流動的車輛和行走的人全都是警方專門安排的，兩端其實已經被封鎖。

但這一刻，天上竟然有無人機在盤旋！

很顯然，這是有人發現警方封街，好奇地驅動了無人機，想要看看到底發生了什麼。或許，不是無人機發燒友，而是那些只要有熱鬧就會湊過來的媒體。

夏正華立刻下令：「不能讓無人機拍到畫面，更不能上傳網絡。」

按理說，只要直接屏蔽整個區域的信號，就算無人機能拍到東西，也無法傳送出去。但這種做法肯定會驚動毒販，所以只能辛苦童素和NULL，想辦法入侵無人機的系統，令它停了下來。

這段小插曲，讓大家的心情都更加緊張了。

好在接下來的疏散行動，沒出太大的幺蛾子。包括那個家庭主婦以及她的兩個孩子，因為特警做好了充分的準備，竟然也沒哭沒鬧，安全撤離。

二十五分鐘後，所有居民就都已經安全到達社區活動中心！

「夏廳，疏散完畢！」

「好，大家進入戰鬥狀態。一隊封鎖住三樓的電梯口與樓道口；二隊進入四樓與五樓相應位置，設法破窗而入；狙擊手全方位待命！」

說罷，夏正華頓了一頓，又道：「一旦毒販拒捕，可以開槍！」

這個指令，讓所有特警戰士都腎上腺素飆升，他們知道，一場惡戰即將打響。

指揮車上，童素專注地盯著顯示器中呈現的三樓樓道內的場景。在每個特警隊員的頭盔上，都裝有攝像頭，顯示器可切換到不同頭盔，展示不同視角。

隨著傅立鼎帶領的一隊和嚴明樹領銜的二隊都順利到達指定位置，夏正華正式下達命令：「一隊開始行動！」

傅立鼎做了個手勢，小張掏出萬能鑰匙，輕手輕腳地摸到306門邊，把鑰匙插進了鎖孔。

就在這時，被確定為無人居住的308室，恰好位於包圍306室的特警背後，處於視線死角的房門，悄悄地打開了一條縫……

第十二章　秘密行動

咕嚕。

什麼東西在地上滾動的聲音，在安靜到極點的樓道中響起，讓本來就神經緊繃的特警們更是懸起了一顆心。

大家下意識地順著聲音望過去，就看見308室門口的走廊上，一顆M67緩緩地滾動過來。

「手榴彈！」

特警們訓練有素，迅速閃避撲倒。

下一秒，洶湧的氣浪化作巨浪，以排山倒海之勢，席捲了整個走廊！

震耳欲聾的爆炸聲與沖天的火光，令大樓都為之震蕩！

夏正華立刻抓起通信器：「一組反饋情況！」

傅立鼎躲在樓道夾角，眼前是不斷飛揚的塵土、煙霧與碎石塊，耳朵劇烈地疼痛，甚至有很長一段時間聽不到聲音。

但看見通信器亮起，他還是憑著特警的本能，在密集的槍聲之中，匯報了一個致命情況：「308室也有毒販！目前有隊員倒下，應該已經受傷，急需醫務救援！」

「狙擊手，準備射擊！」

童素立刻根據當前的天氣、風力，公寓的格局、視野範圍等等，用電腦算出針對308室的最佳狙擊角度，發給狙擊手。

NULL也發現了問題：「305與308的窗簾，之前都是拉開的，現在卻被拉上了。」

306室是毒販所在的位置，現在又證實了308室也有毒販，那麼拉上窗簾的305室，同樣也很可疑！

「305是什麼人在住？」

「幾個合租的年輕人，都上班去了！」

NULL調出這幾天的監控記錄，篤定地說：「305和308，之前白天從來沒有拉窗簾的習慣！」

這個說法立刻被狙擊組的人證實——他們整整盯了306室兩天兩夜，發現隔壁幾間房住的確實是普通人，沒見他們白天拉上過窗簾。今天早上，還目睹305室那幾個住戶離開。

也就是說，毒販們是臨時進入到305室和308室的，難道是得到了什麼情報？

夏正華下意識地看了童素一眼，沉聲問：「我們歷次開會，信息是否安全？」

「絕對安全！」

難道專案組內部，出了內鬼？

但現在，夏正華來不及排查這麼多，只知道情況十分危險！

敵人手上有M16，正在持槍掃射，又有M67在手；還極具防備心，將窗簾給拉上，導致狙擊手和準備破窗而入的二隊都陷入左右為難的境地！

混亂中，傅立鼎深深吸了口氣，強迫自己鎮定下來，然後大聲吼道：「一隊全體隊員戴上防毒面具，往走廊扔催淚彈！」

六枚催淚彈同時扔出，頃刻間，煙霧就令整個走廊變得模糊，並順著敞開的房門，乃至極小的縫隙，灌入房間，毒販們想躲都躲不開！

霎時間，整個三樓，全都是咳嗽聲！

「小王、小李，你們兩個去把小張抬過來！其他人火力掩護！」

傅立鼎話音剛落，沒想到從305室和306室內也傳來密集的衝鋒槍掃射聲，子彈擊破這兩個房間的房門，穿過走廊，密密地打在對面的牆壁上。剛想前往救援的小李和小王，又被這陣密集的槍林彈雨壓了回去。

「306和305也有敵人，一隊需要火力支援！」傅立鼎幾乎是嘶喊著發出了請求。

就在這時，305室內拿著AK-47對外猛烈掃射的毒販被催淚彈熏得不行，衝到窗前，猛地拉開窗簾，打開窗戶，想要呼吸新鮮空氣！

「三號狙擊點發現持殺傷性武器的敵人，已經鎖定！」

夏正華斷然下令：「開槍！」

狙擊手毫不猶豫地扣動扳機！

砰！

毒販還沒反應過來，就已腦袋開花，人往後仰面倒地，只抽搐了一下，就再也不動了。

「呼……」三號狙擊手長長地出了一口氣，「目標被擊斃，但經觀察，305房間估計還有至少三名毒販，但目前狙擊角度不佳。」

明明是個好消息，夏正華望著監視器上305室窗簾拉開一小半的窗戶，卻神情凝重。

他對萬象集團十分了解，清楚對方的「黑桃組」成員都是雇傭兵，不可能犯如此低級的錯誤，被催淚瓦斯一刺激就去拉開窗簾。

經驗豐富的雇傭兵都清楚，窗簾是最好的掩護。

由此可見，305室的這個毒販並沒有多少戰鬥經驗，或許根本就不是「黑桃組」的成員。

想到這裏，他拿起對講機：「全體成員注意，敵方的精銳極有可能主要聚集在306和308，務必提高警惕！」

隨著催淚瓦斯的氣味越來越濃烈，306室的槍聲突然停了，咳嗽聲則越來越厲害。傅立鼎抓住機會帶著小王衝了出去，借助煙霧的掩護，彎著腰一路飛速往前，終於到了倒在305室與306室之間的特警小張身邊，並迅速把身上嵌滿彈片、性命垂危的小張拖到牆邊。

砰！砰！砰！

槍聲隨即響起。

那是306室的毒販聽見了腳步聲，下意識對門外進行掃射，好在傅立鼎和小王提前緊貼著牆壁躲避，沒被打中。

下一刻，劇烈的破窗聲響起！懸掛在305上方、等候已久的特警們猛地撞開窗戶，突入房間！

與此同時，306室內槍聲大作——這群訓練有素的雇傭兵，早就將槍口分別對準了門口與窗台，一聽見破窗聲，四支對準窗口的M16齊齊射擊！

乘著這個機會，傅立鼎讓小王迅速把傷員拖到了安全區域，交給已等候在那兒的醫護人員。

然後，對講機中就傳來匯報的聲音：「這裏是二隊，305破窗完畢，房間裏除了一名被擊斃的毒販之外，還有三名毒販，已被控制。他們身上沒有攜帶武器！」

就在這時，通信器內也傳來一個令人振奮的消息：

「一號狙擊手鎖定目標！」

原來，之前手榴彈爆炸造成的巨大衝擊，把308室的窗戶玻璃震得粉碎。雖然窗簾拉上了，但剛才突然起了一陣風，使得房間的窗簾被吹了起來。

而308室，偏偏又是一覽無餘的一室一廳小戶型！

面對天賜良機，夏正華當機立斷：「開槍！」

308室內，端著槍警惕地盯著門口的毒販壓根就沒有想到，一枚子彈以無與倫比的速度穿入了他的太陽穴。

霎時間，血花四濺。

蜘蛛人從天而降，躍入308，迅速控制住了局面！

但大家都知道，困難才剛剛開始。

305室和308室共有五名毒販，只有兩名會使用武器，其他幾個毫無戰鬥力，一看就是宅男。

這也符合專案組當初的預判——這個團夥，一部分是窮兇極惡的匪徒，一部分是技術高明的黑客！

根據他們的外賣訂餐，每次都是十八至二十五份，再考慮到壯年男子，尤其是經受過特殊訓練的雇傭兵的食量，可以推測他們的人數在十五個以上。除去已經被擊斃和抓捕的五個之外，看來306室中至少會有十個人，而且應該會有不少是雇傭兵！

這與夏正華方才的判斷不謀而合！

也就是說，剩下幾個最難啃的硬骨頭，都在306室！

「夏廳，如果真有內鬼把情報透露出去，我們還採用原定的強攻計畫嗎？」

童素眉頭緊鎖，提出了問題。她知道，一旦敵人了解特警的進攻戰術，肯定會採取有效的反制措施，說不定又會造成我方的傷亡。

夏正華緊緊盯著監視器，沉默了片刻，堅決地說道：「如果有內鬼，這些毒販早溜了，不會在這兒等著被我們圍剿。再說，臨時能找到更好的辦法嗎？」

抓捕開始前，指揮部已經進行充分論證，根據可能產生的不同情況，設計了多套行動方案。

只見他聲線平穩，冷靜下令：「採用備選方案C！」

他有自信，用一次完美的勝利，賭專案組中沒有叛徒！

「二號狙擊手，開槍！」

砰！

嘉信公寓朝北都是大面積的落地窗，子彈打在厚厚的玻璃牆體上，開始出現裂紋。

砰！

又是一聲槍響，另一枚子彈準確無誤地打在剛才擊中的那個點上，霎時間，整面玻璃幕牆就已經碎裂。

外面的風呼呼地灌了進去，將窗簾捲起，讓客廳一覽無餘！

砰！

第三聲槍響，打在了另一面窗戶幕牆上！

砰！砰！砰！

又是三聲連續的槍響，阻擋306室的另兩面落地玻璃幕牆已經全部碎裂！

接下來，狙擊手又三槍連發，子彈在客廳內亂濺，逼得幾個躲在臥室、廚房、廁所的毒販無法探頭。

「蜘蛛人準備。」

夏正華的聲音在第九聲槍響的同時，傳了出來。

砰！

第十聲槍響傳出時，夏正華大聲下令：「行動！」

當一個人連續幾次聽到三聲槍響接踵而至時，就會養成慣性，等再聽到兩聲槍響時，潛意識裏會等待第三聲槍響的到來。這種情形，像一個天天聽著兩隻靴子落地聲音的人，驟然有一天只聽見一隻靴子落地，就會非常難受地等待下一隻靴子落地一樣。

吊在外牆上的二隊特警們已經等候多時！

聽到命令的那一瞬，嚴明樹就放開繩索，讓整個身體以自由落體的姿態下降，速度快到無法想像！

眨眼之間，特警們就從306室窗口的位置下降到了306室窗口，嚴明樹一馬當先，猶如一隻敏捷的獵豹，猛地突入！

與此同時，他手中的閃光彈，已經扔了出去！

強烈的白光，在二十餘平方米的房間中亮起，巨大的聲音在這個攏音效果極佳的地方開始迴盪。

光芒閃爍的那一刻，注視著客廳，隨時準備舉槍射擊的毒販，根本無法思考，更沒辦法行動，眼睛難受得要命！

就在這短暫的時間內，特警們已經衝進了客廳。

嚴明樹直接跪倒在臥室前，扣動了扳機，第二個衝進來的特警彎著腰衝過臥室後，立刻朝廚房點射。

其餘的特警則在同伴的掩護下，不斷騰挪閃避，朝各個可能隱藏毒販的角落掃射。一直埋伏在306室門外牆邊的一隊特警，也在傅立鼎的指揮下乘機破門而入，對房間內的敵人內外夾擊！

毒販們的罵聲，與槍聲交織，成了他們留在這個世界的最後聲音。

毒販們的屍體被逐一抬出，幾個僥倖沒死的黑客被反鎖雙手，畏畏縮縮地在特警的押解下，走出門外。

剛剛經歷了一場槍戰的居民樓一片狼藉，而305室、306室、307室、308室這四套房子，相連的牆體都被毒販們鑿開了一個通道，顯然是在警方進攻前才發現被包圍，於是匆匆挖通牆壁，爭取更大的防守空間。

夏正華這時已開始考慮善後，說道：「鬧成這樣，居民估計也沒辦法回家，給他們安排周邊的賓館吧！」

童素的目光掃過那幾位灰頭土臉的黑客，下意識地拿起手機，對他們進行人臉智能識別，想要從這些宅男中找到那個極為強悍的對手——「Joker」。

結果卻顯示，這幾個人的資料，她都有儲存。

「奇怪。」

童素又仔細核對了一遍，發現這些人確實都已被她記錄在案，原因很簡單——他們全被各國政府抓到過。兩個被大洋國聯邦調查局抓獲，一個被大洋國國土安全部所抓，另外幾個也在新加坡、文南等國家的監獄裏待過好一陣子。

「難道『Joker』死了？」

這也不是不可能。

作為這個團夥的頭目，應該待在306室進行指揮。

但在這次行動中，為了防止306室的雇傭兵造成更大的傷亡，特警進去就直接開槍掃射。密不透風的彈雨，讓306室裏面的十個人只活下來了六個，其中三個還是重傷，性命垂危，另外的人也都受了傷。

想到這裏，童素心中竟有些微妙的遺憾。

雖然知道這種高智商的人走了邪路，造成的危害比普通人大得多，也知道對方死不足惜，不然對不起那些被毒品毀掉的家庭，對不起「717連環爆炸案」中無辜傷亡的百姓，也對不起因為這次行動重傷，很有可能會犧牲的特警小張，但不知為何，對方就這麼死了，她還是有點說不出的苦澀感覺。

這種體會，大概只有同為頂尖黑客的NULL能了解。

礙於夏正華坐在旁邊，童素不好直接表達自己的遺憾情緒，只能偷偷打字，對NULL說：「我們的對手好像死了。」

「有點不真實。」NULL的心情與童素有些像，「萬象集團的『方塊K』就這麼死了？」

「我也覺得，他給我們造成了那麼多麻煩，怎麼這麼容易就死了呢？」

童素十指無意識地在鍵盤上快速翻飛，一個之前被忽略的信息讓她大感意外：「整個三層，十八套房，除了一開始賣掉的五套外，剩下十三套，全被同一個人包了！顏戎，就是那個307室的業主。難道他是『Joker』，是『方塊K』？不對，年齡不符合！等等，那個年輕人呢？」

顏寒，普林斯頓大學數學系，這個高大英俊的年輕人的信息在童素腦海裏再一次閃現，普林斯頓大學，數學天才，難道？？？

童素和NULL幾乎是異口同聲地喊出了一個名字——Ra！

「稍等。」

看見NULL連天都不聊了，童素心中一緊。

認識以來，她見到的NULL從來都是氣定神閒，舉重若輕，再困難的事都能遊刃有餘地解決。就連前不久那場極其困難的IP追蹤大戰，NULL尚且一心二用，同時破解買家和賣家的IP。

這樣的NULL，現在居然需要集中精力去做一件事情，可見這事有多麼重要！

「我查到了！我確定了！」NULL的聲音隨之響起，「之前我們掃蕩黑客組織的行為，引起了中外黑客的又一次交鋒，活躍的黑客們都加入了戰鬥，以掃蕩黑客組織的多少作為評判實力的標準。」

「其中就包括我們的幾個老朋友，比如Dante和Poison scorpion等。」童素插嘴道。

「是的，對他們來說，這是實力的證明，也是又一次的狂歡。」NULL的語氣之中，竟然透出了難得的激動，「但是，一向很喜歡出風頭的Ra，卻只是象徵性地端掉了幾個黑客組織，就收手不幹。」

短短幾句話，透露出來的內容，卻讓童素心驚肉跳：「因為那時候，他正忙著和我們『捉迷藏』！」

「對，快去抓住顏寒！他才是「Joker」，也是頂尖黑客——Ra！」

第十三章 漏網之魚

指揮車中傳來命令時，左臂被彈片劃傷的傅立鼎和身上被紮了好些玻璃碎片的嚴明樹正在接受醫生的緊急治療。但他們兩人只對視了一眼，就迅速都將輸液管給拔了，直接跳下救護車，衝到警車上，硬是把警車飆出了賽車的速度！

吱嗞——

刺耳的剎車聲，在距離嘉信公寓一公里外的賓館響起。

傅立鼎和嚴明樹來不及鎖車，拔腿就往賓館裏跑，衝到前台，第一句話就是：「這兒有幾個出口？剛才有人出去嗎？」

前台小姐對剛才警方護送許多百姓過來，要求提供房間的事記憶猶新。只見她仔細回想了一下，指著大門很確定地說：「賓館就這一個進出口，我一直站在這裏，警察來了之後，只有人進去，沒人出去。」

二人鬆了一口氣，傅立鼎又問：「你還記得，給一對老夫婦開的是幾號房嗎？」

「201，出電梯後右轉，第一間就是。」前台小姐回答道，「考慮到老人家腿腳不方便，就把他們安排在了最方便的位置。」

很好！

傅立鼎和嚴明樹心中振奮，正準備上樓將顏寒逮捕，傅立鼎突然想到一個細節：「等等，201是什麼房間？」

「就標間啊！」前台小姐有些疑惑，看見傅立鼎沉下臉，心中惴惴，緊張地問，「怎、怎麼了？」

嚴明樹也發現不對：「他們一共三個人，你怎麼開標間？」

前台小姐倒吸一口冷氣：「三個人？不是只有那對老夫婦嗎？還有別人？」

「老夫婦沒人陪著來嗎？」嚴明樹急切地追問。

「沒，就他們兩個！」前台小姐的回答非常確定。

二人面色大變，就見傅立鼎拿起通信器：「夜神，立刻調出路面監控，以及周邊門店的監控，追蹤顏寒！」

童素和NULL已經在行動了，但這條路上並不是每家商鋪都裝了監控，加上顏寒明顯是踩過點的，刻意避開了攝像頭。

「整條街的監控，只有三個地方拍到了顏寒。」童素快速地說，「一個是警方把他們送到賓館，他們下車的時候。當時的場面有點混亂，幾個男的到了旁邊的便利店，顏寒也在其中，拿了幾瓶飲料，回隊伍裏分發。再然後，就是一旁的銀行，斜著拍到了進出麵包店的顏寒。」

傅立鼎和嚴明樹那邊，也立刻對相關人員進行了詢問。

原來，警方把嘉信公寓的居民們送到賓館時，好幾個小孩又哭又鬧，其他人的情緒也比較緊張焦慮。顏寒就提議去買點飲料發給大家，緩解一下情緒和燥熱。隊伍裏幾個男人覺得這主意不錯，跟著他一起去了。

據幾個同去買飲料的男人回憶，顏寒當時還拿著便利店的麵包看了幾眼生產日期，覺得不新鮮，就匆匆去一旁的麵包店，說要給爺爺奶奶買幾個麵包，怕他們餓著。老人家牙齒不好，吃不了餅乾。還說，如果賓館已經開始登記，勞煩其他人幫忙照顧一下，他很快就回來。

「事實證明，顏寒沒有回來。」童素面沉似水，屏幕切成數百個細小的格子，程式開始根據顏寒的面部與步態，進行對比，「路面監控也沒有拍到他，他會不會潛入某個小巷子裏了？」

頂尖黑客對監控的敏感度都很高，童素掃一眼建築就能猜到攝像頭大概裝在哪裏，多瞄兩眼，型號數據都能分析出來，顏寒肯定也有這樣的本事。

花都路本來就是對方熟悉的區域，想要躲過監控，實在太簡單了。

唯一值得慶幸的就是，現在是夏天，想要用面罩、帽子來偽裝，反倒容易引起關注。可以肯定，在「天眼」的人臉識別系統面前，顏寒跑不了多遠。

想到這裏，童素望向夏正華：「夏廳，毒販那邊提審得怎麼樣？」

「還在提審中，但所有人都說，跑掉的只有顏寒一個，或者該叫岩罕。這個文南特色鮮明的名字，才是對方的本名。根據他們的交代，岩罕正是『方塊K』。自從萬象集團重啟『龍騰計畫』後，年輕的岩罕就被德隆派來中國大陸，專門負責毒品製造與銷售！」

夏正華都把話說得這麼明白了，童素還有什麼不懂的？

岩罕在毒品組織內的地位，就相當於桃園三結義裏的關羽、張飛，身份極其重要。只有拿下他，才能肅清這股勢力在中國大陸地區的殘餘，奪回「荊州」。

更何況，他還是個頂尖黑客。

若是讓這傢伙跑了，再要抓他，可就難了。

「從賓館到兩側路口，總距離為一．三公里。」童素調出蛛網式的交通圖，百思不得其解，「他沒往路口去，否則逃不過紅綠燈旁邊的攝像頭。但這塊地方也沒有小巷子啊，都是很正常的路，難道是哪家店有後門？」

夏正華思路非常清晰：「找出這段路上有多少店，其中多少家裝了監控，有沒有視頻記錄被篡改的痕跡，然後逐一排查剩下的店有無後門。」

「不用了。」NULL突然開口，「赫卡忒，你注意看監控裏那輛黑色的、牌照為粵M83679的寶馬X6。」

童素立刻放大相關監控，只聽NULL繼續解釋：「我剛才對比了兩小時內所有出入花都路的車，發現這輛車四十分鐘前進入花都路，然後就一直停著不動。直到剛才終於掉了個頭，開了出去。」

如果說停下是因為前方的路被封了，為什麼要等這麼久？好不容易等到路通了，卻又掉頭離開？

傅立鼎立即讓手下與交管部門核實，很快得出結論：「這是一輛套牌車！那群黑客沒說實話，岩罕還有同夥！」

飛速行駛的寶馬X6上，一片死寂。

岩罕低著頭，誰也看不到他隱藏在黑暗中的表情，只能聽見他沮喪的語氣：「對不起，先生，我把事情搞砸了。」

「陳雲升一死，我就讓你回來！」德隆緩緩道，「你為什麼不回來？」

他的聲音十分低沉，話語也有些含混，卻帶著無法抗拒的親切和威嚴。

岩罕沉默片刻，才道：「福建那條生產線廢掉了，我想在廣東組建一條新的生產線。」

說罷，他頓了一頓，又咬了咬牙，十分艱難地說：「先生，我知道我的做法非常魯莽，但我不得不冒這個險。雖然我們與文南國政府的戰爭表面上看勢均力敵，僵持不下，可他們有飛機，有坦克，還有世界各國的道義援助。我們能和他們打這麼久，只是依仗群山和「聖湖」的天險，外加他們找不到我們的總部罷了。在裝備上，我們一直處於劣勢。政府幾年前就從中國買了「紅箭-8」的圖紙，還拿到了生產許可，建造了自己的導彈生產工廠。可我們呢？所有武器都要去黑市上買，開出三五倍的價格，還會被黑吃黑，甚至沒人願意賣！要不是「公爵」伸出援手，願意賣大批量重型武器給我們，這場仗早就打不下去了！「公爵」雖然是我的朋友，實質上卻是個軍火商人，不是慈善家。該付的錢，我們還是要付，甚至要加倍地付，以維持與「公爵」的友誼。要是中國這條好不容易開闢的渠道廢了，我們從哪裏再找一個這麼大的市場，賺那麼多的錢，填軍火無底洞一樣的窟窿？」

這一番話，岩罕說得情真意切，心裏卻不斷打鼓。

因為岩罕一直摸不準，德隆究竟對自己這個養子是什麼態度。

要說德隆對岩罕不好吧，那肯定不對，自打十六年前，德隆出現在岩罕面前，岩罕的世界就徹底改變了。他從一個無父無母，由外公外婆撫養長大，備受欺凌的陰鬱小個子，變成了毒梟之王的養子。德隆專門派了一個三十餘人的團隊——全都是各行各業的精英，學歷最低的都是博士——教導他黑道家族應該學會的一切。

槍械學、生物學、化學、心理學、世界歷史、哲學、社會學、經濟學、各國語言……乃至藝術品的品鑒。

等到他要上大學了，德隆直接把世界上最頂尖的名校列了個清單，問他想去哪裏。

因為有了德隆，任何名校都不再有門檻。

岩罕說想去普林斯頓，德隆不僅給他弄到了幾位名流寫的推薦信，還直接向普林斯頓大學捐了5,000萬美金，確保這件事能成。

親生父親也未必能做到這分上，德隆這個監護人卻做到了。

正因為如此，身份似乎有些特殊的岩罕一進入萬象集團權力核心層，就引起了德隆的三女婿——道達，前所未有的警惕。

由於德隆無子，又倚重道達，道達一向以德隆的繼承人自居。他對年輕氣盛、野心勃勃，又明顯高智商、高情商的岩罕非常抵觸，對岩罕一再打壓、刁難。德隆卻視而不見，充耳不聞，任由岩罕被道達一再欺侮。

大約三年前，文南國政府的鷹派人物代表——國防部長索帕，一再強烈建議總統派兵入駐升龍省，收回該省的真正控制權。而這是萬象集團絕對無法容忍的，為了應對一觸即發的戰爭，萬象集團決定重啟「龍騰計畫」。

目標，中國。

眾所周知，中國政府對毒品的打擊力度，一向居於世界前列。例如大麻，很多地方根本就不將它列為毒品，但在中國，照禁不誤。

而且，中國政府對毒販的量刑特別重，走私、販賣、運輸、製造海洛因或者甲基苯丙胺五十克以上，就會被判處死刑！

嚴峻的法律、零容忍的態度，令中國成為一片綠色的淨土，卻也讓全球的毒販們垂涎欲滴。

十四億人口的廣袤市場，這是多大的誘惑！

萬象集團早在二十年前就曾開啟過「龍騰計畫」，但執行這份計畫的七個高管在中國緝毒警察不要命的追擊下，全部伏法，另外兩名留在中國大陸的高管完全是因為沒參與進這件事，才僥倖撿回一條命。

二十年前的慘烈教訓令販毒集團內部人人自危，誰都不敢再沾中國市場，只能將「龍騰計畫」束之高閣。但為了迎接即將到來的戰爭，支撐軍火的巨額消耗，萬象集團不得不再度冒險。

這一次，道達推舉了岩罕作為「龍騰計畫」的負責人！

而德隆想也不想，竟然就同意了！

從那一刻開始，岩罕就怨恨上了德隆：「你平常對我的好，都是假的，關鍵時候，只會將我推去危險的地方，庇護你的女婿！」

大概就是憑著這一口不服輸的氣，岩罕發誓要在中國大陸鬧個天翻地覆，不僅將毒品運輸、貯藏、販賣的流程全部革新，就連洗錢方式也極為標新立異。至於毒品，更是完全拋棄了以罌粟為原料的傳統毒品，專攻純化學合成的新型毒品，竟然在中國大陸做出了一番「成績」！

為了快速在中國推進「龍騰計畫」，岩罕鋌而走險地讓已經在中國發展成熟的名韻集團擔負起毒品運輸的任務。

岩罕沒有想到，正是自己這個急功近利的舉動，把他在中國大陸苦心經營的大好局面廢了大半。

中國警方從一個小小的塑料瓶，拔出蘿蔔帶出泥，扯出了名韻集團。

就算岩罕成功殺了陳雲升滅口，名韻集團財務總監趙國平卻無意中聽過「鄒應材」這個名字，又牽出了小鑫五金加工廠。

要知道，「鄒應材」根本就不是陳雲升的另一個身份，而是岩罕一個手下的化名。

這個名字被趙國平當作救命稻草一樣地向警方做了交代，也算歪打正著了。

岩罕當然不知道自己的暴露是因為種種巧合，但他清楚，他殺陳雲升，威脅中國政府，製造恐怖襲擊……這一樁樁的事情一旦傳回國，必定會被道達當作把柄，大肆攻擊，組織內部也會對他意見很大。

畢竟，不是誰都有岩罕這樣的膽子，公然與中國政府為敵。

從這一點來說，德隆親自到中國大陸接他，恰恰表達了德隆對岩罕的看重，這讓岩罕的感情十分複雜。

「你既然已經派我到這裏來送死，為什麼又要以身犯險，前來救我？」

正當他心緒萬千之際，突然聽見司機喊：「先生。」

這個小個子司機非常警覺：「警察開始封路了。」

岩罕心中一緊。

中國政府的效率有多高，他非常清楚。

一旦整個公安系統全部運轉起來，只要一個命令下達，所有周邊的高速公路都會設卡攔截，無處不在的天網將會死死地盯住目標，絕不讓對方逃出視線。

「拿電腦給我！」

越到關鍵時刻，岩罕就越冷靜。像不久前，他看見特警上門，就知道行蹤已經暴露，先裝成居民下樓，再秘密通知同夥一樣。

這一刻，他沉下心，調出濱海市的電子地圖：「赫卡忒站在中國政府那邊，肯定規畫出了最好的路線。」

所謂最好的路線，就是最不容易出現在監控中、最難被圍追堵截，還能以最快速度開到郊外，換車走人，卻不被監控拍到的路線。

無疑，警方肯定會在這些路線上重點設卡攔截。

如此緊張的時刻，德隆卻依舊平靜，甚至還問：「赫卡忒?就是網絡上與你齊名的那個女孩子？『銅棒』的女兒？」

岩罕怔了一秒，下意識地反問：「她是『銅棒』的女兒？」

「童家的人，數學天賦都好得嚇人，只可惜……」德隆的嘆息消散在風裏，轉而對岩罕說，「你能否令『天眼』暫時失效？」

「可以！」岩罕毫不猶豫，但他皺了皺眉，又補上一句，「只不過，警方那邊有赫卡忒和NULL聯手，我封不了『天眼』多久。」

「五條街的監控全部無效，停電也行，你能堅持多久？」

岩罕算了一下，採用最保守的估計：「七分鐘。」

德隆輕輕頷首：「做好準備，我讓你動手的時候，立刻把監控弄失靈。」

然後，他望向司機，鎮定地發布命令：「不要去郊外，去『據點』。」

第十四章 舐犢情深

據點？

岩罕下意識地望向德隆，心中滿是疑惑。

萬象集團在濱海市還有據點？自己怎麼不知道？

幾乎是下意識地，他就覺得不舒服——莫非德隆根本信不過他，私下派人監視他的一舉一動，才弄了這麼個據點出來？

岩罕雖然盡力克制，沒把這份情緒在臉上表露出來，但德隆很清楚岩罕的性格——傲慢、自私、多疑，遇到事情絕對不會先往好的地方想。所以，德隆深吸一口氣，平靜地說：「這個據點，二十九年前就已經存在了。」

岩罕聽見「二十九年前」這個與自己出生年相同的時間點，越發感到古怪。然後想到集團內部的某些傳言，比如「先生對岩罕實在好得過分，幹部遺孤那麼多，也沒見誰有這份待遇，難不成岩罕是先生的私生子」之類的調侃，臉色立刻變了。

「就是你想的那樣。」德隆平靜地說，「你是我的兒子，我唯一的兒子。」

岩罕不自覺地抓緊了手上的筆記本電腦，大腦一片空白。

他曾經無數次期盼過，德隆就是他的親生父親，因為德隆滿足了一切岩罕關於父親的幻想。

強大、睿智、威嚴卻又親切；熱愛思考，善於雄辯；越是危險，就越是冷靜。

更重要的是，如果不是一個身份尷尬的養子，而是德隆的親生兒子，就能名正言順地繼承萬象集團這個龐大的毒品王國，不需要受道達的制約。

但在這份希望竟然奇蹟般地變成現實的這一刻，他卻覺得像夢一般不真切。

岩罕心裏有很多話想問，卻哽在喉間，只化作一句：「為什麼？」

「我的父親，你的祖父，是中國人。」

出人意料地，德隆以這句話做了開頭。

「當時中國國內的局勢很亂，日子很苦，幾畝地養不了一家人，每天都有人活活餓死。他為了給家裏減輕負擔，十四歲不到就告別父母兄弟，懷揣著暴富的夢想，漂洋過海去掘金，結果被蛇頭當作豬玀賣到了文南國。他拼了命想要活下去，什麼髒活累活都幹過。但就像電影裏那句話說的一樣，『殺人放火金腰帶，修橋鋪路無屍骸』。他勤勤懇懇工作的時候，挨打挨罵，被克扣工錢，都是家常便飯，每天都不知道下一頓在哪裏。等他鋌而走險，當掮客販賣鴉片，反而漸漸發了家。後來攤子大了，乾脆買了一大片土地，專門種植罌粟，炮製鴉片從豬玀到『南爺』，他花了整整三十年。」

後面的故事，岩罕知道。

出人頭地後，南爺娶了當地土司的女兒，強強聯合，年過半百才得了一個兒子，就是德隆。

德隆十八歲不到，父母就相繼離世，身邊全是豺狼虎豹，野心勃勃地想要吞掉南爺一手打造的毒品王國。

誰都不認為這個小年輕守得住這麼大一份家業，但德隆不僅守住了，而且比父親更有手腕，也更有野心，直接將整個升龍省都納入了自己的勢力範圍，就連政府都沒辦法插手這個毒品王國的事務。

那些與他作對的人，早就不存在於人世，名字都已被遺忘。

德隆三十歲那年，整個文南國的上流社會見到他都要尊稱一聲「德隆先生」，要不是萬象集團與文南國政府的關係日漸緊張，他肯定能成為總統的座上賓。他在升龍省更是聲譽卓著，甚至有很多百姓給他立生祠，祈禱他長生不老，繼續為他們帶來好生活。

唯一困擾他的，只有一件事——沒兒子。

哪怕他有一個妻子、四個姨太太，還有無數逢場作戲的女人。但這麼多女人，硬是沒有一個能給他生下兒子。

雖說他的幾個大小老婆生了很多女兒，但德隆的觀念非常傳統，認為女兒嫁出去就是外人，不應該插手娘家的事情。哪怕女兒一輩子不結婚，也不能繼承他們父子兩代辛辛苦苦打下的龐大家業。

沒有兒子，就意味著沒有繼承人。

為此，他找到了整個東南亞最為神秘的一位算命先生。

「他說，我造孽太多，命中註定在地上不可能有兒子。」德隆側過臉，迎上岩罕的目光，露出一絲勝利的笑，「但這難不倒我。既然地上沒有，那就在空中生！」

算命先生的批語，終究還是給德隆造成了影響，他意識到，「無子」可能真是他的命。就算能逆天改命，也可一不可再。他這一生，很可能就只有一個兒子。

所以在孩子母親的挑選上，他很是費了一番工夫，絕不馬虎。

要長得好，身材好，頭腦也足夠聰明，身體健康，基因優秀，最好能在某些方面有出類拔萃的天賦。

最終，他選中了一個姓顏的「母親」。

身高一米七二，容貌姣好，身材完美，氣質出眾，名校畢業，精通四國外語，職業又是空姐。待人溫柔體貼，孝順父母，友愛兄弟。沒談過戀愛，白紙一張，還是處女。

他與這個空姐在空中，在自己的私人飛機上瘋狂做愛，沒過多久，空姐就懷孕了。

整整十個月的懷孕過程中，空姐要麼住在升龍省最高建築——離地150米的塔樓上，要麼就通過高樓的天台，前往德隆的私人飛機「奇蹟號」，腳從來沒沾過大地。

生產那天，德隆更是直接將頂級的醫生團隊弄到了「奇蹟號」上，歷經一天一夜的艱難，岩罕才呱呱墜地。

「你出生在一萬米的高空中，本身就是一個奇蹟。」

時隔近三十年，德隆仍舊記得自己抱起小小的岩罕時，無與倫比的激動。

他的血脈，從此有了傳承。

短暫的喜悅過後，隨之而來的，便是痛苦。

剛出生的岩罕體質極差，必須住在保溫箱裏，三天兩頭就要大病一場。

德隆憂心忡忡，唯恐好不容易得來的兒子出事，又去找了那個算命先生，對方嘆了一聲，給出了解決的辦法。

「他說，我們父子相克，必須隔得遠遠地，你才能健康成長！」

談起當年被迫將兒子送到異國的往事，德隆十分平靜，令人難以想像他曾經多麼煎熬：「這些術士的批命，我都是寧可信其有，不可信其無。當然，之所以遠遠地把你送走，主要是因為當時我身邊的勢力太複雜了，幾個大小老婆都是當地大族的女兒，手下更是心思各異，不乏想弄死我，上位執掌大權的。要是帶你在身邊，你未必能活下來。」

岩罕可以理解。

一個小嬰兒，實在太脆弱了。哪怕德隆看得再緊，卻總有疏忽的時候，不敢拿唯一的兒子去賭，實屬正常。

「那後來呢？」岩罕追問，「你把十二歲的我帶回文南時，為什麼不認我，反而說我是你手下的兒子？」

「為了磨煉你。」

面對岩罕的憤怒，德隆終於輕輕嘆息了一聲。

「如果當時，我與你相認，你就會被紙醉金迷包圍。所有人都知道你是我唯一的繼承人，不管他們內心怎麼想，是不是希望你快點去死，但表面上，他們會拼命捧著你，討你歡心，讓你飄飄然，不知道自己在哪裏。」

對此，德隆相當有經驗，因為他年少時就是這樣過來的。

被花團錦簇包圍的孩子，根本無法深刻認識到人心究竟有多險惡。

而在父母相繼離世的那幾個月，德隆成長的速度，遠遠要快過之前的十幾年。

更何況，他也不希望自己的兒子小小年紀，身邊就危機四伏。對於岩罕的身份，能瞞一日是一日，最好等岩罕羽翼豐滿，再對外公開。

岩罕心裏已經認同了德隆的解釋，並且認可了德隆的做法，但他卻無法控制內心的憎恨：「可你還是扶植起了道達，讓所有人都以為，他才是你的繼承人！」

德隆瞥了岩罕一眼，淡淡道：「道達是我培養的一把刀，用來掃清集團內部的一些勢力，也將是你的磨刀石。」

他的毒品王國，團隊構成非常複雜，但總體上來說，可以分為三大派。

一派是他父親的老兄弟，並且在那場權力之爭時，識相地站在了他這邊，所以他也不介意供著這些老傢伙；

一派是包括他母親、妻子所屬的文南當地大族；

還有一派，就是這幾十年來，跟著他出生入死，已經成長為集團中高層和骨幹的兄弟們。

王國的權力總共就這麼多，德隆拿了大頭，其他人一看自己分得的利潤，誰都覺得自己拿少了，不公平，經常明裏暗裏起衝突。

德隆親眼見證了新型毒品的崛起與發展，認識到傳統毒品不再具有曾經的統治力度。所以，他決定將前兩派清除出集團核心。拿分紅可以，事關整個萬象集團的發展和規畫，這些人就別指手畫腳了。

但這種事情，他不能親自去做，否則會落個刻薄寡恩的名聲，不利於集團內部的穩定，也不利於未來的發展。

雖說毒品生意充斥著爾虞我詐、弱肉強食，但他們最喜歡的合作對象，又恰恰是那種重情重義、言出必行的人。

德隆需要一把刀，砍去集團中那些老朽卻還在拼命汲取養分的枝葉，而他選中了道達。

等到道達把髒活累活都幹得差不多時，岩罕也長成了，但德隆不會這麼輕易就讓岩罕接自己的班。

唯有戰勝道達，踏著對方的屍骨，岩罕才能登上那張至高無上權力的王座。

這些道理，岩罕都明白，可茫然之後，他心中第一時間升起的，竟不是感激，而是難以言喻的憎恨！

真是可笑啊！

不知道德隆是自己的親生父親前，他對這個男人曾經無比尊敬、孺慕，但當他知道對方的身份後，反而覺得眼前的德隆陌生極了。

你以為你是誰？神明嗎？那麼多年不與我相認，任由其他人嘲笑我名不正言不順，卻也不聞不問，現在來中國一趟，告訴我過往，我就應該感激涕零？

做夢！

我的心中，對你只有憎恨！

哪怕你趕來救我，我也不會有絲毫感激。因為我很清楚，你所在意的，並不是「岩罕」這個人本身。你只是害怕你唯一的兒子死在中國，斷絕了你的血脈傳承！

就在這時，坐在副駕駛座上，金髮碧眼的英俊男子提醒道：「先生，目的地快到了。」

岩罕認得這個人——「黑桃K」，Demon。

這個以「魔鬼」為代號的男人，槍法如神，殺人從來不用第二槍。

這麼多年來，萬象集團的高層來來去去，「黑桃K」卻永遠只能是Demon。

這位世界頂級雇傭兵是德隆絕對的心腹，也是他最信任的保鏢。哪怕是道達和岩罕，在Demon面前也不敢擺高姿態。與其說是畏懼德隆的權威，倒不如說是畏懼這個從骨子裏散發寒意，對生命無比漠視的男人。

「岩罕。」

德隆輕輕喊了兒子一聲，岩罕點了點頭，壓下內心洶湧的憎恨之火，啟動自己臨時編寫的程式。

下一秒，周邊區域的所有監控，全都陷入混亂狀態，不斷播放曾經的錄像，卻拍不到任何實時畫面！

黑色的寶馬X6，悄無聲息地駛入一家汽車修理廠。

這家修理廠位於老城區，旁邊都是平房，卻顯得非常冷清。

寶馬沿途開過來，除了一家食雜店、一個擺攤修自行車的老大爺外，岩罕就沒看到其他人，往來的車輛也十分稀少。

岩罕見狀，心道這也算有利有弊了。

利當然是人少，監控一停，就只能靠目擊者，他們換車也方便；弊是因為車少，不管怎麼換車，都非常顯眼。

更何況，他只是斷了這幾條路的監控，不能左右整個濱海市的天眼。赫卡忒完全可以在與這幾條路相交的其他路上，全部設置數據對比。

若是有一輛車從這幾條路上出來，卻沒看見從哪裏進去，肯定會被列為重點懷疑對象。

他還在思考，小個子司機已經將車窗搖開，老板正熱情地湊上來：「您是洗車，還是換配……」

話音未落，人已倒下。

Demon輕輕吹了吹槍口，姿態之寫意，令岩罕毛骨悚然之餘，竟讓他也感覺到難以言喻的刺激與亢奮。

「岩罕，你和Demon從右邊下去，不要被這個老板看到。」德隆緩緩道，「Demon出手很快，他剛才沒看見你們，應該會認為是司機出的手。你們悄悄去樓上，走廊盡頭的那一間房有個閣樓，掀開東南角的暗格，可以通往天台，就連老板都不知道，那是我當初讓人留下的暗門。從這個天台能翻到隔壁的天台，進入已經沒人的廠房，再打開後門，走出去就是一片即將拆遷的老城區，已經沒什麼人居住，更沒有監控。你們往裏面走，會看見一輛白色的途觀，上車後，至少過半個小時，再發動車子，想辦法離開。如果不放心，你可以多等，但切記，不要等超過一個小時。濱海沒那麼大，我也拖不了那麼久。」

岩罕的心狂跳起來：「您，您是說——」

「Demon下手很有分寸，這個老板現在還有朦朧的意識，只要用力睜眼，還是能捕捉到一些畫面。」德隆像是沒看見岩罕的抗拒一樣，繼續說，「中國警方的效率很高，最近的派出所巡警應該已經開始往這邊趕，只要他們問一下周邊的人有沒有見過這輛車，就能大概確定我們的路線。等他們將老板救醒，就能知道犯人只有兩個，臨時搶了一輛車走，還拿空了汽修廠屯著的一些汽油。」

不等岩罕拒絕，德隆又道：「七年前，我被確診為肝癌。雖然以最快的速度進行了換肝手術，但醫生告訴我，就算手術成功，我最多也只能活八年。」

岩罕低下頭，不說話。

德隆寬厚的大手抬起，本想摸一摸岩罕的頭，但最後卻只是落到他的肩膀上，眼中滿是欣慰，叮囑道：「你要好好的。」

「Demon，帶他走！」

Demon二話不說，突然一記閃電般的手刀，直接把岩罕劈暈。

德隆和小個子司機立刻打開車門，從左側走了出來，越過汽修店老板的身體，當著他的面，鑽入另一輛車子中。

而車門右側，Demon貓著腰，無聲無息地將岩罕拖了出來，扛著岩罕，以工廠的承重梁和等待修理的車子為掩護，很快就上了二樓。

等到岩罕甦醒時，兩人已經在白色的途觀裏。

岩罕第一反應就是要下車，卻發現車門緊鎖，急切地說道：「放我出去！」

「先生講過，你醒來後，可能會有一系列不明智的舉動。」Demon語調平靜地回答，「所以我把你放在後座，以免與我爭搶總控鎖或方向盤。如果你還想搗亂，我不介意再次將你打暈，直到脫離危險。」

「我要去救我爸！」

「恕我直言，這毫無意義。」

Demon的神色非常冷漠：「先生罹患肝癌，沒剩多少時間了。而你年紀輕輕，前程遠大，未來有無限可能。他為你而死，心甘情願。倒是一向令先生驕傲的你，卻在這種時候做出如此不明智的抉擇，讓我懷疑先生的眼光。」

這一點，岩罕當然清楚，但他必須去救德隆！

沒了德隆，誰來證明岩罕的身份？難道回去說一聲「我是德隆的私生子」，其他人就會點頭？做夢！

「他是我爸！」岩罕的態度非常堅決，「我要去救他！」

「如果您再大聲一點，把其他人引來，我會立刻將您打暈。」

終於意識到自己既無法說服，也無法戰勝眼前的無情惡魔，岩罕就像被抽掉了精氣神一樣，頹然地貼著冰涼的車窗，心就像被撕裂了一樣。

他明白德隆為什麼要去當這個誘餌，因為中國警方已經布下天羅地網，他們沒辦法跑掉，必須有人去分散警方的注意力。

中國警方知道他是被一輛車接應走的，代表他們這邊至少有兩個人。所以，德隆必須讓老板「看」到他們兩個跑了，令警方深信不疑，立刻去追。否則，警方要是留一部分警力下來搜查四周，這條後路也不夠安全。讓小個子司機和Demon去引開警方倒是可以，但他們父子倆未必能在這麼複雜的情況下及時逃走。

所以，德隆寧願犧牲自己，只為派Demon保護岩罕，確保唯一的兒子能夠回到文南，繼承龐大的毒品王國。

岩罕也明白了，為什麼德隆明知「龍騰計畫」的兇險，卻還是要派他來到中國。

因為德隆等不起。

如果不快點讓岩罕立下一個足夠大的功績，建立屬於自己的團隊，德隆死後，只是幼獅的岩罕很可能會被道達這匹豺狼給活活撕了。

所以德隆只能賭，賭自己的兒子很有本事，就算被派到中國也不會死，還能撕開一道口子，將「龍騰計畫」完美地執行下去。

想到這裏，岩罕死死咬牙，半晌才道：「我們去香港！」

「先生的意思是希望您盡快返回文南國。」

「我不會就這樣回去！」岩罕眼中閃過一抹兇光，稜角分明的五官上，只有果決與狠厲，「717專案組」的負責人夏正華是之州省安全部門的領導，以中國政府的習慣，這起案子會歸之州省全權負責。也就是說，即便他們抓到了爸爸，也不會把他關進廣東的某個監獄，而會送往之州省，這就是我們的機會！我將不惜一切代價，在爸爸被送往之州省之前，將他救出來！」

第十五章　瞞天過海

濱海市郊，盤山公路。

天上是窮追不捨的直升機，身後是極其刺耳的警笛長鳴，坐在高速行駛的越野車中，正被中國警方圍追堵截的德隆，卻在閉目養神。

小個子司機從內視鏡看過去，就見德隆的表情極其沉靜，令他聯想到了廟宇中供奉的佛陀，悲憫地注視著眾生。

這樣形容一個手染無數血腥，犯下數不清罪孽的大毒梟，似乎有些古怪，但升龍省的每一個百姓，都發自內心地敬仰著德隆。

德隆上位之前，升龍省非常混亂，走到街上都可能被流彈擊中。百姓朝不保夕，沒有一天安寧日子。

德隆掌權之後，升龍省逐漸成為整個文南國最富庶的省份，從以前的吃不飽飯，到現在家家戶戶安居樂業，有不少家庭還買了轎車，生活比以前富足多了。

「在想什麼？」

低沉而磁性的聲音，在狹小的車中響起。

「在想少爺。」小個子司機脫口而出，「他一定很難過。」

德隆輕輕地笑了，平靜地說：「他只會難過一瞬，就會將悲傷壓在心底，不斷開拓，進取。就像我接過父親的擔子那樣，將事業做得更大。」

這個世界是一個巨大的狩獵場，優勝劣汰，弱肉強食。只有弱小的草食動物，為了自保才會聚集在一起。

岩罕像極了德隆，是兇猛的食肉動物，心裏沒有「逃避」二字，只會想著怎麼進攻，捕殺獵物。

小個子司機跟了德隆很多年，雖然沒用撲克牌花色來做代號，卻是德隆最信任的心腹之一，聞言就似真似假地抱怨：「您對少爺也太殘酷了一些。」

「成年的猛獸，本就該踢出家門，獨自去捕獵謀生。」德隆悠悠地說，「我將家業都交給了他，已經是過於仁慈了。」

「您可以多和他說兩句話。」

德隆失笑道：「我怕他追問他母親的事情，那我可就答不上來了。」

他對岩罕的母親毫無感情。

那個女人只是他選中的孕育優秀兒子的人，哪怕她沒有難產死掉，德隆也不會允許她活下來。因為他的兒子不需要一個女人對他施加太多的影響，更不需要一個母親在旁邊指手畫腳。

兩人就這樣有一搭沒一搭地閒聊，彷彿沒有察覺到越來越快，幾乎已經飆到一百二碼的車速，以及前方盤山公路的護欄！

不僅如此，小個子司機還更加用力，重重踩下了油門！

呼嘯的轎車，直直衝上了護欄！

劇烈無比的撞擊，令德隆眼前所有東西都變成了重影，恍惚之間，他只覺得鼻腔、口腔之間，全都是溫熱而腥鹹的液體。

朦朧之間，他看見一輛警車拼命往他們左邊擠，駕駛這輛車的警察一個勁兒往右打方向盤，想利用警車的重量，把他們這輛車往山壁的方向頂，不讓他們摔下去！

何必呢？

這麼危險的舉動，一個不留神，警車就可能自己先翻到山谷裏去。

對他這樣的大毒梟，何必拼上性命去救？

任由他們摔下山崖，再組織人手去搜尋屍體，不是更好？

德隆的意識彷彿沉到了深海裏，眼前漸漸模糊了。但很奇怪，他卻隔著車窗，看清了那個警察的臉。

劍眉星目，一派正氣，應該和岩罕差不多大，眼角眉梢竟有幾分熟悉，彷彿在哪裏見過……

「如果可以，父親和我也不想販毒。」意識彌留的最後一瞬，德隆心中浮現無數塵封的畫面，想起一張張面黃肌瘦的臉，「可誰讓文南窮呢？」

土地養不活莊稼，河裏撈不出魚蝦。

百姓面朝黃土背朝天，辛辛苦苦一整年，收穫的糧食自己都不夠吃，更不要說養活一大家子。

窮，就像是與生俱來的原罪，催生無數醜陋與不堪。

人人都說文南沒救了，而文南國最窮最亂的升龍省，更是永恒的貧民窟、垃圾場，一輩子都翻不了身。

直到，貧瘠的土地上，盛開出華美的罪惡之花。

傅立鼎手上、身上，全都纏著厚厚的紗布，看上去就像木乃伊一般地躺在醫院的病床上。不過好在都只是皮外傷，沒有太大的問題，包括行動也只是稍受影響而已。

嚴明樹站在一旁，豎起大拇指：「之前我仗著年紀比你大，還讓你喊我嚴哥，現在看來，我該喊你傅爺才對。」

德隆所乘的越野車飆到一百三十來碼，準備往拐彎口的護欄上撞，一看就是不想活的時候，負責追擊他們的警察全都蒙了，這才明白夏正華之前耳提面命的「萬象集團很像邪教，高級幹部寧願自殺都不願被抓」究竟是什麼意思。

關鍵時刻，傅立鼎直接把車速飆到最大，努力與越野車平行，頂著左側護欄和右側越野車的雙重絞殺，硬是把越野車回推到了山壁那邊，剛好在彎道護欄那裏剎住。

等到兩輛車同時停下，其他人看見警車和越野車都有一小半車身懸空在絕壁外時，來不及冒冷汗，紛紛衝下去把車裏的人都拖了出來。

傅立鼎渾身上下都被嵌進了無數碎玻璃碴兒，一些地方已經被割得血肉模糊，沒有一塊好肉。他是忍著鑽心的痛，冒著隨時可能被撞翻的危險，硬生生把越野車給逼停的。

面對同僚的稱讚，傅立鼎毫無喜色，反倒有些沉鬱：「還沒抓到岩罕嗎？」

嚴明樹嘆了一聲，隨手拉了張椅子坐下，表情也不好看：「發現越野車上沒有岩罕後，童小姐又調出全城監控，才發現，就在你與那輛越野車生死時速的二十分鐘前，一輛白色途觀已經離開了濱海。我們在高速公路附近找到了這輛車，技術隊把車子翻了個底朝天，一根毛髮都沒摸出來。」

傅立鼎的神色更加沉重：「極強的反偵查經驗，是個老手。」

嚴明樹很無奈：「汽修廠的老板搶救過來了，根據他第二次錄的口供，寶馬X6的車窗剛降下來，他一低頭，還沒看清車裏有什麼，胸口就中了一槍，直接倒地。我們之前都以為是司機開的槍，由於情況緊急，不想讓人看見臉，才會打偏。但根據老板清醒後的描述，以及技術部門的現場還原，我們有理由懷疑，開槍的人坐在副駕駛座上，槍法極準，剛好打在能讓人失血過多，卻不會致命的位置。就是為了等我們的人來，被奄奄一息的老板誤導，去追那輛白色的越野車，而不是在四周搜尋。」

高智商罪犯或公安系統的人，都可能具有高超的反偵查天賦。但槍法這麼準，指哪兒打哪兒，反應時間都不給人留的，只能去特種部隊找了。

聯想到陳雲升之死，傅立鼎立刻意識到：「世界頂級雇傭兵，很可能是『黑桃K』或者『黑桃Q』。」

「看來，萬象集團把精兵強將都派到濱海了，不容易對付啊。」嚴明樹眼中閃過一絲憂慮。

傅立鼎皺著眉沉默片刻，狠狠地吁出一口氣。

追丟了岩罕，令他心中堵得慌。

哪怕成功抓到了德隆，那些黑客也指認了德隆的身份，確實是萬象集團的「大王」。但傅立鼎總覺得，岩罕更加危險。

「我記得，這個岩罕生父不詳。」

「是的，現在大家都猜他的父親應該就是德隆，否則沒辦法解釋，毒品集團最大的頭目會為了救一個手下，親自去當誘餌。」

傅立鼎點點頭，認可嚴明樹的判斷。

「另外，負責搶救德隆的醫生向專案組反饋，說德隆得過肝癌，雖然換過肝，卻是七八年前的事情。也就是說，他的死期就快到了，才敢不拿命當回事。寧願死，也不願被我們抓到。」嚴明樹想了一下，又說出了這一重要信息。

傅立鼎更覺頭疼：「這樣一來，岩罕豈不是要繼承那個毒品王國？」

「這倒未必。」嚴明樹判斷，「最近幾年，德隆深居簡出，他名下的萬象集團一應事務全是副總裁道達出面，那可是德隆一直都十分看重，當作繼承人培養的女婿。我看啊，這兩個人有得鬥。」

「先別想那麼遠的事情。」夏正華的聲音響起。

傅立鼎和嚴明樹轉過身，就見夏正華和童素快步走了進來，只聽夏正華說：「現在，我們要考慮的是德隆的押運問題！」

越野車自殺的舉動，雖被傅立鼎拼命制止，但駕駛位上的小個子司機還是因為受到劇烈撞擊，身受重傷，失血過多而死。

德隆僥倖活了下來，卻還是非常虛弱，不適合馬上就進行審訊。

為此，夏正華決定盡快把德隆押回之州省。他擔心膽大妄為的岩罕萬一留在濱海沒走，想要帶人營救德隆的話，光是那個槍法如神的雇傭兵，就可能造成很大麻煩，比如我方人員的傷亡。

但怎麼送，卻有講究。

「一般情況下，肯定是派幾輛警車武裝押運。」夏正華緩緩道，「濱海市到湖濱市也就十三四個小時，不算太久。」

童素補充道：「但我們擔心，走公路，岩罕會有所動作。」

嚴明樹奇道：「這種時候，岩罕應該趕回文南國，先把繼承權奪到再說吧？」

「理論上是這樣的，可他不是一般人，而是世界頂級黑客——Ra。」

童素一邊說，一邊打開電腦裏的特殊文件夾，將資料調了出來。

「顏寒和Ra是岩罕的兩張面孔，我搜索了所有相關記錄，發現他每年都會去一到兩次拉斯維加斯。他玩得很大，贏得多，輸得更多，卻不像其他賭徒那樣，賭紅了眼，沉迷翻盤。相反，無論是贏了數百萬，還是輸了幾千萬，他的表情始終鎮定，就好像面前堆著的不是足以讓人瘋狂的鈔票，而是一摞摞廢紙。」

傅立鼎認真看著童素弄到的賭場監控視頻，目光追隨著氣定神閒的岩罕許久，才說：「如果你沒告訴我這是監控，我會以為他們在拍電影。」

嚴明樹嘖嘖稱奇：「這心理素質，太強了。」

「確實。」傅立鼎回憶初次見到岩罕的場景，情緒低落，「他見到我們的時候，半點異樣都沒展現。我一向直覺很強，都沒發現不正常。」

未能第一時間發現岩罕的問題，令傅立鼎非常自責。

他始終認為，如果自己當時再敏銳一點，或許就不會讓戰友們受傷。他對不起同伴們，尤其是至今還躺在ICU（加護病房），生死未卜的特警小張。

這也是為什麼，看見越野車要往山谷裏撞，傅立鼎不惜冒著生命危險，也要把它攔下的原因。

他不能讓岩罕死，對方必須活著，老老實實地吐出他們在國內的全部生產線。中國警方將這些毒瘤一一搗毀乾淨，還人民一片綠色的無毒淨土，才能對得起他們這些警察的犧牲和付出。

童素語氣略帶嘲諷：「不光心理素質過硬，還足夠狠毒。他的外公外婆對他沒的說，結果呢？從頭到尾就是他「『合理身份』的擋箭牌，說丟就丟，不帶半點猶豫。」

要不是岩罕提前預留了這麼一手，警方早把他逮住了，還能讓那些毒販扔出手榴彈？

夏正華咳了一聲，三人意識到跑題了，連忙糾正回來，就聽童素說：「Ra的光輝事蹟，你們都來看看。」

傅立鼎和嚴明樹一邊瀏覽，一邊咋舌。

如果說顏寒是天之驕子，「Ra」就像這個名字「太陽神拉」一樣，狂傲得沒邊了。

與Dante打賭，看兩人誰能從大洋國太空總署弄出更多的資料，驚動了大洋國聯邦調查局，卻沒被抓到，至今還逍遙法外。

然後，他更是挑釁一般，直接黑了大洋國聯邦調查局的官網，明晃晃地寫上「我知道你們在抓我，但你們一輩子都找不到我」。

改掉瑞士銀行的系統登錄口令，卻不拿一分錢；侵入世界幾大頂級基金的後台，調皮地將買空與賣空的對象交換……種種案例，數不勝數，狂妄之氣彷彿能透過資料，撲面而來。

看完資料之後，傅立鼎忍不住問：「你們這些頂尖黑客都這樣嗎？一個兩個把大洋國國家航空航天局網站當自家後花園閒逛？」

「你不懂。」童素很自然地說，「黑客最喜歡有挑戰的事情，它擁有世界最頂尖的信息安全系統，對我們的誘惑就像貓薄荷對貓一樣，根本忍不住，特別想通過挑戰它的防禦來證明自己的實力。當然了，我十七歲那年入侵它的原因，主要還是好奇，想知道阿姆斯壯登月到底是真是假。」

夏正華在旁邊咳了一聲，童素立刻補充：「事後我也意識到自己這種行為是不對的，但我只是進去看看，沒有拷貝並洩露它的任何內部資料。而且，從那之後，我就沒幹過這種事，並有了創辦信息安全公司的想法。」

要不是她「改邪歸正」，現在肯定被中國政府作為「危險人物」重點盯梢，而不是像現在這樣逍遙自在。不過，她也為年少時盲目的行為付出了代價，比如她基本上不能出國，畢竟，大洋國聯邦調查局的逮捕名單上，至今還有「赫卡忒」的名字呢！

如果說童素變得沉穩了，那麼Ra就是另一個極端，越發狂傲自負，所以童素想了想，又道：「根據岩罕的性格，我和NULL都認為，他未必會第一時間就回到文南國，搶奪繼承人的位置。因為他是一個自信心極其爆棚、驕傲到極點的人，偏偏又擁有與之匹配的頭腦和實力。在岩罕眼裏，道達未必是多難的挑戰。相反，險些把他抓住，逼得他父親不得不以身相代、身陷囹圄的我們，才令他備受羞辱，耿耿於懷。對他這麼驕傲的人來說，如果不能把德隆從我們手中救出來，就相當於輸給了我們，他一輩子都不會甘心。」

夏正華非常認可這個觀點，並有了計畫：「我已決定，兵分三路。小嚴，你已順利完成任務，可以帶著你的人直接走公路回福州。從濱海市到湖濱市，剛好要往福州那個方向走一段路，足以誤導外人，認為你們在押運德隆。這是第一路。我會讓專案組的其他人購買高鐵票，並讓鐵路部門額外預留兩個位置，讓岩罕查詢購票信息後，懷疑我們是通過高鐵進行押運。這是第二路。小傅，你帶上幾個精英，秘密把德隆押去廣州機場，登上前往湖濱市的航班，小童會跟你們一起行動，並偽造小傅你身受重傷，還在住院的假象，保證岩罕查詢醫院監控的時候，認為你仍留在這裏進行治療。這是第三路，也是最重要的一路。」夏正華停頓了一瞬，語氣鄭重起來：「有信心嗎？」

嚴明樹唰地站直，傅立鼎也支撐著努力站起來，一起鏗鏘有力地行了舉手禮：「保證完成任務！」

第十六章　暗度陳倉

晚上八點半，濱海國際機場。

數以萬計的旅客拖著行李箱，背著旅行包，或來或往，讓這座大型機場顯得無比熱鬧。但在熙熙攘攘之中，卻又透著十足的冷漠。因為大部分人都在低頭刷著手機，或忙著處理自己的事情，吝嗇對其他人投以一個多餘的眼神。

傅立鼎等人借機混跡於人群之中，毫不顯眼。

六名特警以德隆為中心，不著痕跡地將他圍了起來，此時無論襲擊是從哪個方向過來，他們都能確保控制局面。

傅立鼎和童素走在後面，時不時耳語，姿態親密，看似一對年輕情侶，交談的內容卻是：「監控有被人動過的痕跡嗎？」

「有，根據NULL傳回來的消息，高鐵、公路、機場與醫院的監控同時被木馬入侵。」童素冷冷道，「看來岩罕果然沒有離開，妄想救出德隆！」

岩罕的手段越是高明，童素的心裏就越是窩著一把火。

抓住德隆有什麼用？一個將死之人罷了。跑了岩罕這種心機、手腕、能力樣樣不缺的頂級黑客，無疑是得不償失。

黑客界一向把她和岩罕並稱為「日月雙神」，但這一次，她和NULL聯手，還是讓岩罕跑了，這令童素非常不服氣，恨不得岩罕為救德隆，自投羅網，雙方再戰一場，看看鹿死誰手。

傅立鼎卻沒有這種高手之間的惺惺相惜，他只是再度核實：「你確定，就算岩罕從監控中捕捉到了我們，也沒辦法趕上這趟飛機，對嗎？」

「當然！」談到專業問題，童素非常自信，「現在是濱海國際機場客流吞吐的高峰，人擠人，哪怕監控拍到，也就是閃一下，很快就要被其他人擠掉，我們又刻意避著監控走，更加難以捕捉。更何況，除了怕引起過度關注而沒給他戴黑頭罩外，我們已經給德隆用上了墨鏡、鴨舌帽和口罩，最大限度地遮住了他的臉。就算岩罕手上有最先進的設備，想要通過這些零碎到很難拼湊起來的細節進行人臉比對，分析出誰是德隆也非常困難。」

傅立鼎想了想，又問：「如果通過步態比對呢？我記得，你上次提到過這項技術。」

童素毫不猶豫地否決了這個可能：「步態比對，歸根到底其實對比的是人體骨骼。這項技術目前還不成熟，想要強行運用到實踐中來，需要極其龐大的計算量，以及龐大的原始數據做支撐。」

「但上次大家分析『Joker』，也就是岩罕，能查到陳雲升被押送到了山城監獄，可能是用了步態對比技術。」傅立鼎對此還是很不放心。

「當時岩罕雖然拿走的是整個湖濱市的監控錄像，但押運犯人的車子頗為醒目，他只需要盯著幾條主要道路即可，運算量並不龐大，又有充裕的時間能進行計算。但現在，他倉皇出逃，高端設備都沒帶走，要是鎖定了機場，人又必須在這附近，否則就算查到了德隆的位置，人也沒辦法及時過來。所以，在沒有大量頂尖設備，沒龐大數據庫支撐的情況下，想要通過步態比對一一辨識機場內川流不息的人，半小時的監控就夠他算兩三個小時的。等他算出來，押運德隆的航班早就起飛了，那時，就算他插上翅膀，也不可能追上我們。」

說到這裏，童素頓了一頓，因為她突然想到，他們對德隆的押運計畫並非天衣無縫。

沒錯，趁著機場人流量最龐大的時候潛入，確實是足以拖垮運算設備的好棋。

但如果萬象集團內有世界級的記憶大師，而且這個人剛好擅長「照相記憶」，能將所有的信息都轉化為圖像的話，或許能夠通過人腦的運算，強行找到被人海淹沒的德隆。

只不過，童素想了想，就將這個念頭拋出腦海。

光是「照相記憶」應該還不足以完成這麼大的工程，因為照片也是要一張張翻的，需要耗費極長的時間。除非對方擁有進階的「錄像記憶」，即對方本人就相當於一台人形攝像機，雙眼每分每秒都在錄像，並且可以隨時調用出來，才能在這麼短的時間內找到他們。

如果她沒記錯的話，連續三年的世界記憶大師賽，冠軍都僅僅是「照相記憶」，可見「錄像記憶」天賦的擁有者或許還沒誕生，又或許沒經過專業訓練，荒廢了才華。哪裏就有這麼巧，萬象集團內就有這種人才，又剛好被他們撞上？

就在童素胡思亂想的時候，幾個人已經到達了換登機牌的櫃台。

為了不被岩罕有機會查到行蹤，專案組提前與民航部門做了溝通，他們的登機信息都做了特殊的技術處理，而且趕在普通旅客之前最早辦完手續，並提早登機，盡可能地避免不必要的麻煩。

就在他們順利換好登機牌，往安檢口走去的時候，機場內一家咖啡廳的角落處，有人合上電腦，目光中閃著寒芒：「第215號櫃台，去之州省的只有兩個半小時後飛往湖濱市的ZA1234航班。」

短短一句話，由他讀來，卻有一種刀鋒般的冷冽。

ZA1234航班的飛機型號為空中客車A320，為單通道客機，總共有一百五十八個座位，其中商務艙有八個座位，經濟艙則可容納一百五十名乘客，編號分別為11-35排，左邊字母為ABC，右邊字母是JKL。

德隆被安置在倒數第二排的34K，傅立鼎坐34J，即德隆的左手邊，其餘六名特警分部在33C、33J、33K、34C、35J、35K這六個位置，剛好將德隆圍起來。德隆若想突圍，除非他從右邊直接把飛機玻璃撞破，否則就要越過特警的重重人牆。

至於童素，則坐在35C，衛星電話始終與地面保持聯絡。

按理說，他們這種專門坐過道，不去坐窗口的行為會很引人注目。

但ZA1234要到晚上十一點多才起飛，到達湖濱市的時候都快凌晨兩點了，除非萬不得已，一般人都不會選這種時候的航班。現在又不是國慶、中秋之類的假日，導致ZA1234的乘客十分稀少，只有寥寥三十餘位，而且大部分都分布在客艙前方。

這顯然是在專案組協調後，航空公司有意進行的安排——將乘客往前放，盡量不讓他們注意到最後三排的便衣特警。

傅立鼎的目光猶如鷹隼一般，盯著每個進來的乘客，發現絕大部分乘客都在安頓好行李後，要不開始看手機，要不準備小瞇一會兒，看上去十分正常。

就在快到晚上十一點的時候，一行五人魚貫而入。

「咦？」童素反應最快，「這五個人是臨時買票上來的！」

特警們心中一緊，傅立鼎立刻問：「能確定嗎？」

「這艘飛機上除我們之外，總共有三十三位乘客，已經到了三十位，怎麼可能多加五位？」童素一邊說，一邊聯絡地面。

不等她打通電話，為首的那個中年男子倒是拿起手機，咆哮起來：「你這蠢貨，究竟有沒有腦子？湖濱市天福路路口的那座爛尾樓都拖了多少年，前任開發商直接捲包袱溜到國外，至今都找不到人。這麼大一個爛攤子，你也敢接？別和我提什麼前兩年房地產遇冷，這兩年開始回暖，一定能賺大錢之類的狗屁話。你要讓老子出錢可以，讓老子賺七成也可以，但萬一虧了怎麼辦？別說了，等老子親自看了項目再說。要是項目沒有油水，讓老子白跑一趟，看我不把你揍個臉上開花，否則老子不姓鄭！」

中年人的咆哮震得整個客艙差點沒抖三抖，安靜做自己事情的旅客們紛紛對此人投以異樣的眼光，小聲嘀咕：「什麼素質！」

與此同時，童素也查出來了：「這個人叫鄭方，初中文化，包工頭起家，現在是廣州的一個房地產開發商。他有個股東姓許，前天剛在湖濱市拿下了這個爛尾樓項目，錢款還沒交付，就是天福路路口那個。」

傅立鼎對天福路路口那個建了一半就擱了四五年的爛尾樓印象很深，聽見童素這麼說，就已經信了一大半，更何況童素又補充道：「我順手查了一下這兩人的帳戶，鄭方確實有能力接下這棟樓，那個姓許的沒有，很可能是想借他的錢空手套白狼。就在今天下午六點多，對方給他打了個電話，通話時長十二分鐘。然後，對方又給他打了幾次電話，均被他給掛斷。算上他公司與機場的路程，以及堵車的時間，我可以肯定，他應該是結束第一通電話之後，立刻喊人趕到機場。來後發現最近一班前往湖濱市的航班就是ZA1234，就急急忙忙地買了票，決定以最快的速度趕往湖濱市。」

特警們都鬆了一口氣。

臨時趕飛機的事情再正常不過，不必因為押運一個犯人就草木皆兵。

傅立鼎的心放下了大半，但刑警的本能還是促使他盯著鄭方等人，見他們在第十七、十八排的右邊次第落座，打遊戲的打遊戲，睡覺的睡覺後，雖然覺得這群人沒什麼嫌疑了，卻依舊時不時地瞧上一眼。

十分鐘後，飛機艙門關閉。

準備啟航。

二十三點二十分，ZA1234平穩升空。

二十三點四十分，起飛十分順利，成功從人工手動模式轉為自動托管模式，按照預設好的航線，平穩爬升。

二十三點五十分，廣州區調中心突然接到消息。

「廣州，我是ZA1234，高度6000英尺，前方遭遇前機尾流，重度顛簸，請求偏航十海哩，航向030。」

「ZA1234，同意偏航申請，偏航十海哩，航向030，十海哩後歸航。」

「ZA1234明白。」

為便於指揮和及時進行聯絡，夏正華早就趕到了廣州民航管理局區調中心。聽到這個意外的變故，他特意關切地看了看一直陪著他的區調中心副主任：「前機尾流，我們這兒可以檢測出來嗎？」

副主任搖了搖頭，有些為難：「一般來說，除了雷暴天氣可以監測到外，其他一些高空中的特殊情況——比如飛機進雲、晴空顛簸或是ZA1234現在碰到的前機尾流，地面部門是很難掌握到的。一旦飛機遇到這些問題，只能憑借機長的經驗去做。」

夏正華點點頭，覺得應該沒有問題。

傅立鼎和童素手上都有衛星電話，就算在高空中也可與地面一直保持聯絡，如果發生什麼事，他們肯定會匯報。

更何況，專案組雖然沒有給德隆戴上鐐銬，卻給他裝了「北斗」定位系統，哪怕在幾千米的高空上，「北斗」也能一分鐘傳回一次信號，給予準確定位。

為謹慎起見，他還是撥了個電話：「童小姐，廣州區調收到消息，說ZA1234遇上比較大的氣流，你們那邊有感覺嗎？」

童素回覆：「是的，剛才飛機確實有一種突然往下墜的感覺，應該是遇上氣流了吧。」

夏正華這才放下心，掛斷衛星電話。

零點零五分。

一直保持沉默，安靜得就像一尊雕像的德隆突然問：「他們都叫你傅隊，你姓傅？」

對於德隆突如其來的開口，所有人都非常詫異。

按照規定，傅立鼎不應該與犯人交談。他們之間若有談話，只可能會發生在審訊室，所以傅立鼎裝聾作啞，當作沒聽見。

德隆卻繼續問：「你知道一個叫林元的人嗎？他和你長得很像。」

傅立鼎嘴巴閉得很緊，擺出了拒絕交談的姿態，心裏卻在嘀咕。

林元？這人是誰？沒聽過。

德隆也不需要他的回答，自言自語：「我一向不記得組織內的中級幹部，因為他們都是消耗品，每次出事，最先被拋棄掉的就是他們。除非爬到「花色」的級別，否則，根本入不了我的眼。林元卻是例外。我從來沒有親眼見過他，只是見過照片而已，就連得知他的名字都是在很久以後。但我卻對他刻骨銘心，一直記得那張臉，直到今天。」德隆望向傅立鼎，聲音低沉而含混，就像來自地獄的誘惑，明明不想聽，卻拼命鑽入耳朵：「你知道為什麼嗎？」

不等緘默的傅立鼎回答，德隆便給出了答案：「因為他就是二十年前，摧毀萬象集團『龍騰計畫』的臥底警察。」

說到這裏，德隆輕輕地笑了：「當年，萬象集團在中國大陸的分部接連受創，『黑桃7』死於非命，『方塊5』飲彈自盡。集團上下都認為分部要麼是出了叛徒，有人被策反，要麼就是有條子混進來了，否則警方沒辦法拿到那麼多機密情報。但無論怎樣試探，『梅花J』始終沒辦法找出那個混跡於組織內部的奸細，又不好冒著傷筋動骨的風險將中層一網打盡。無奈之下，他向我請示，究竟應該怎樣做，才能及時抓出這個人，為組織止損。」

德隆雖然在自說自話，但這段二十年前驚心動魄的往事在空寂的後半截客艙迴響，成功吸引了全部特警，以及童素的注意力。

包括傅立鼎在內，所有人都豎著耳朵，想聽德隆將這段故事講完。

只見德隆輕笑道：「我對他說，很簡單，讓這些中層幹部全都去吸毒。」

霎時間，傅立鼎的臉色就變了。

他的胸腔積壓著一團濃濃的怒氣，幾乎要迸發出來，化作一句「你是不是人」的怒吼，卻聽德隆輕描淡寫地說：「萬象集團內部的成員不可以吸毒，哪怕是最底層的成員都不行，這是我上位時就定下的戒律，誰敢違背，不管他是誰，都只有死路一條。但在組織生死存亡關頭，也不得不破例。用這個法子來試探他們，原因很簡單。如果是叛徒，被毒品控制後，會像一條狗，只要給他們毒品，他們什麼都能說，什麼都會做；如果是條子，他們是天底下最清楚毒品危害，也清楚一旦碰了毒品會面臨什麼的人，一定會想方設法逃避吸毒。這個法子百試百靈，在日本，在新加坡，在德國……無往不利。」

德隆頓了一頓，臉上竟露出一絲尊敬：「林元卻打破了這個慣例。他身為緝毒警察，比任何人都清楚毒品的可怕，知道這是怎樣的一條不歸路。但他沒有逃避，在『梅花J』向所有人提供了毒品之後，他是第二個主動注射海洛因的。不是出頭鳥，也沒有拖到最後。我記得，那一年，他只有二十五歲。正因為如此，『梅花J』將他排除出有嫌疑的人選，直到死前，『梅花J』才發現，這個被自己深深信賴、倚為臂膀的左右手，竟是警方的臥底。『梅花J』臨死前，強撐著撥通了『黑桃Q』的電話，將林元的資料傳給他。『黑桃Q』在電話那頭聽見『梅花J』詛咒林元：『你的人生已經毀掉了，染上毒品的你，很快就會下來陪我！』」

德隆的語調非常平靜，一點都不陰森，但最後這句話，硬是讓所有人不寒而慄，眼前彷彿浮現了一個毒梟臨死前狠厲而絕望的眼神，以及那無比惡毒的詛咒。

「你很快就會下來陪我！」

眼見傅立鼎雙手握拳，越來越用力，德隆不緊不慢，無比從容地問：「你長得與林元非常像，應該是他的親人吧？我想知道，林元現在怎麼樣了？有沒有如『梅花J』的願，兩人在地下重逢？」

聽到德隆說的這句話，血性十足的特警們全都紅了眼眶，恨不得將這個可惡的毒梟大卸八塊。

童素卻非常心細，敏銳地察覺出幾分不對。

德隆在故意激怒大家，尤其是傅立鼎，為什麼？

她下意識地站起來，目光向前搜尋，但時間太晚，機艙已經關燈了，前面黑壓壓的一片，根本看不清。

這時，她就聽見傅立鼎咬牙切齒地說：「放心，就算你下去陪『梅花J』，林元都不會下去！」

「是嗎？那可真是太遺憾了。」德隆輕輕一笑，「他的毒癮——戒了嗎？」

就在傅立鼎險些氣憤到失控的時候，衛星電話突然開始振動。

童素和傅立鼎同時將手上的衛星電話接起，就聽見夏正華告訴他們一個極壞的消息：「飛機已經偏離了航線足足十五分鐘，區調聯繫機長，機長卻說連續遭遇嚴重的前機尾流，只能不斷繞避。但根據NULL剛剛製作出來的路線圖進行測算，如果飛機繼續這樣飛下去，目標不是湖濱市，而是會繞向雲南，甚至飛出國境線！」

第十七章　雲上交鋒

這個消息猶如晴天霹靂，震得傅立鼎和童素大腦一片空白。

但很快，傅立鼎就反應過來，一把提起德隆的領子，咬牙切齒：「你知道同夥混上來了，故意激怒我，借此分散我的注意力，對不對？」

德隆笑而不語。

看見傅立鼎雙目充血，兩位坐在另一邊的特警連忙拉住他，小聲道：「傅隊，冷靜，任務第一。」

「對啊，傅隊，千萬不要中對方的激將法，你別太激動。」

傅立鼎頹然地鬆開手，不說話。

他確實不認識「林元」，但聽見「二十年前」「二十五歲」兩個關鍵的節點，再把「林元」這個名字拆開，重組，一個熟悉的名字便躍入腦海。

傅臨淵。

他的小叔叔，傅臨淵。

臨淵——林元。

如果是傅臨淵，確實有可能用「林元」的化名。

更不要說，德隆一直在重複，林元與自己長得很像。

傅立鼎始終記得，自己一心要報考警校時，父親曾大發雷霆，最後卻像失去了所有的力氣，揮了揮手：「算了，你自己選的路，你去吧！」

傅立鼎理解父親，因為自己的小叔叔、父親的親弟弟，當年就是報考了警校，結果一連幾年沒了音信，最後等到的是小叔叔因公殉職的消息。

直到前段時間因為注塑案碰到夏正華，才從他口中知道了小叔叔是為了抓捕毒販臥底毒窩而犧牲的。夏正華告訴他，當年為了保護傅臨淵的親人，所以不能透露太多，但傅臨淵的英雄事蹟應該讓他的親人知道。

夏正華沒有給他講具體的細節，但即使夏正華不講，他也能猜到一個臥底被毒販發現後會有怎樣慘烈的下場。現在聽德隆一字一句地講著林元的故事，傅立鼎的心裏跟刀絞一般，他緊緊地握著自己的雙手，指甲都要掐到肉裏去了，但唯有這樣才能按捺住自己心裏的怒火。

他知道這是德隆的陽謀，目的就是想讓他因為憤怒而導致思考力與判斷力下降。

童素瞧出了傅立鼎的不對勁，三步並作兩步走過去，強行按住對方，順便對坐在34C的那位特警說：「你們兩個換一下位置。」

然後，就把傅立鼎半拉半拽，拖到洗手間旁的過道上，確定德隆聽不見他們說話，才小聲道：「首先，你必須保持冷靜，因為你是隊長。其次，我告訴你，現在的情況很糟糕。空中客車分為自動駕駛與手動駕駛兩種模式，一般在飛機起飛二十分鐘後，就會從手動駕駛轉為自動駕駛。機長與副機長之中，只需要有一個人看著就行，等遇到特殊情況再一起操作。但現在，飛機偏離航道，塔台和區調卻都沒接到匯報。這只有兩種可能：第一，萬象集團有人帶了信號干擾與GPS（全球定位系統）誘騙裝置過來，模擬機長的聲音釋放信號，騙過了區調，然後通過GPS誘騙這種方式，讓飛機的系統認為它在飛往正確的航向，其實是走了完全錯誤的路線；第二，萬象集團的人直接把這架飛機劫持了。」

童素話音剛落，傅立鼎已經努力讓自己鎮定下來：「根據岩罕的行事作風，他可能會二者兼顧。」即，如果能用GPS誘騙達成目的，那就只用這種手段，省得麻煩。倘若這一招被發現，那就立刻武裝劫機。

童素小聲道：「我擔心，最壞的情況已經出現——你是否注意到，本來時不時就會來關心乘客情況的空姐已經很久沒露面了？」

「被你這麼一說，好像真是這樣！」傅立鼎眉頭緊鎖，語氣中充滿憂慮。

這不同於地面，而是一萬米的高空。萬一齣事，就算你手段通天，也只能一起陪葬。

傅立鼎的目光下意識地投向第十七、十八排——如果說這架飛機上有誰最可疑，那也就只有最後進來的鄭方等人了。因為其他人都是提前買好票，很早就坐上飛機了，只有鄭方一行人是臨時買票，最後進來的。

問題是，鄭方以及和他一起來的四個人竟然都不在座位上！

傅立鼎頓時驚出一身冷汗，知道要出大麻煩了！

可這講不通啊！

通過這個航班押運德隆的消息，從頭到尾就只有夏正華、傅立鼎、童素和NULL知道，就連其他幾個特警也是拿到登機牌後，才清楚自己究竟要坐哪一趟航班。萬象集團為什麼卡得這麼準，就知道他們一定是坐ZA1234?

既然一時弄不明白，傅立鼎索性不去想，只見他回到第三十四排，毫不猶豫地從腰間掏出寒光凜冽的手銬，「喀嚓」「喀嚓」就給德隆扣了個結實，又取出隨身攜帶的尼龍繩，再將德隆牢牢地綁在座位上。

做完這一切後，他才開始點人：「小陳、小宋，你們看著德隆；小李、小熊，你們聽童小姐的，想辦法排查干擾器。小王，小張，跟我去機長室。」

眾人領命，分頭行動。

傅立鼎端著槍，慢慢從第三十五排走到第十一排，看見乘客們似乎都不知道發生了什麼，默默地熟睡著，就輕輕拉開簾子，潛入商務艙。

然後，他突然停了下來。

本該空無一人的商務艙裏，岩罕悠閒地斜靠在椅子背上，手裏拿著一個逼真的面具，正面帶微笑地看著他。

原來，岩罕是戴著超仿真人皮面具混上飛機的。這種高科技訂製面具，可以精準地將一個目標人物照片中的皮膚紋理，乃至雙眼血絲、虹膜等，都在面具上完美複刻，並且可以通過人臉識別系統的驗證。

只見岩罕神色從容地說道：「傅隊長，我們談談？」

傅立鼎不著痕跡地把簾子放下，看見一旁被捆起來、塞住嘴巴、滿面驚慌的空姐們，冷冷道：「談什麼？」

「談什麼都可以。」岩罕隨手把面具往邊上座位一扔，微笑著說，「打發閒暇的一個半小時——在飛離國境線之前。」

「你做夢！」

岩罕輕輕搖頭，看上去有些無奈：「我的態度如此友好，你卻這麼惡劣。但沒關係，我還是愛好和平，哪怕你拿槍指著我，我也不介意，只要你不怕因為自己的愚蠢，讓全飛機，甚至成千上萬的人為你陪葬。」

傅立鼎瞳孔驟縮，還沒來得及說什麼，就聽見童素冰冷的聲音響起：「他有這個能力。」

下一刻，簾子又被拉開，童素大步流星地進來：「我剛才看了一下『北斗』的定位，又算了一下距離，這架飛機馬上就會經過一個城市。如果他們鐵了心不要命，只要讓飛機撞擊高樓，或者令飛機在市中心墜落，就會立刻上演中國版的『911』。」

岩罕緩緩微微一笑，站直身體，向前走了一步，禮貌地伸出手：「初次見面，赫卡忒，你的容貌與智慧正如那位冥府女神一樣迷人。」

「謝謝。」童素雙手抱胸，態度很差，「我從小在中國長大，玩不來西方那套禮節。」

岩罕遺憾地聳了聳肩，收回右手。

就見童素點出關鍵環節：「鄭方也是你們的人？該不會是陳雲升之外，萬象集團潛伏在中國的高層『黑桃Q』吧？」

「這麼詳盡的信息你都掌握了？」岩罕故作驚訝，隨後又語帶讚賞地道，「看來二十年前，那位叫林元的臥底，還真是能人。」

童素的目光落到前方的大門上，諷刺地說：「這麼看來，鄭方就在機長室？機長和副機長已經被他控制了？」

「當然！」岩罕露出迷人的微笑，坦然承認，「他已經關閉了自動駕駛模式，改成手動駕駛，機長和副機長也由我的人看守起來了！」

傅立鼎意識到了問題的嚴重性。

整架飛機上，懂得如何駕駛飛機的人，除了機長和副機長外，就只有萬象集團的人了。

一旦正副機長遭遇不測，就算特警們把犯罪分子全部控制住也沒用，因為大家根本就沒學過如何開飛機，更別說強行令飛機安全降落。

再說了，要是沒能立刻控制住鄭方，萬一鄭方真如童素所說，拼個魚死網破，直接駕駛飛機去撞高樓，或者讓飛機在城市裏墜落呢？

傅立鼎不相信岩罕有這麼瘋狂：「你冒這麼大風險，不就是為了救你父親？難道你現在要讓全飛機的人都陪你們去死嗎？」

岩罕攤了攤手：「我當然不希望走到最壞的那一步，但我不得不承認，你們這些中國的緝毒警察骨頭很硬，除非拿整架飛機的人要挾，讓你們有所顧忌，不然很難讓你們聽話。拿槍對著你們，你們敢冒著腦袋開花的風險飛撲上來；拿刀架在你們脖子上，你們會冒著喉管被割斷的危險拼命反擊。為求萬無一失，我只能出此下策了。」

岩罕的舉止堪稱風度翩翩，說話也彬彬有禮，但做出來的事情，只有用「瘋狂」和「無恥」才能形容。

他的態度很明確——他只想救出父親，但若對方死磕，不肯同意，那他也不介意大家一起去死。

置之死地而後生，這就是岩罕的策略。

若不是將整架飛機上的人命綁在一起，他憑什麼要挾中國政府，又如何與中國政府對抗？只怕飛機還沒飛多遠，就被中國空軍強行攔截下來了，哪來現在的鎮定從容？

看著禮貌微笑的岩罕，盡管傅立鼎心志如鐵，也有一剎那的毛骨悚然。

如果說不久前嘉信公寓的秘密行動讓傅立鼎見識到了岩罕的非凡冷靜，那這次，他就見識了岩罕的極度瘋狂。

身為毒梟頭目，猝不及防看見特警上門的時候，竟能一絲破綻都不漏，從容地在數百特警眼皮子底下跑了；明明已經被中國政府布下天羅地網通緝，還敢偷偷潛入飛機，並且拿幾十條人命威脅，只為救命不久矣的父親。兩種極端的特質，在岩罕的身上得到了完美的結合。

不可以放這個人走！

幾乎是一瞬間，傅立鼎就做出了這個不須質疑的判斷。

一旦讓岩罕回到文南，無異於縱虎歸山，一定會造成無窮後患！

如果飛機上只有傅立鼎一個人，他會毫不猶豫地選擇與岩罕同歸於盡。偏偏飛機上還有三十名無辜乘客，以及十幾個機組成員。

這些人的性命，才應該被放在首位。

正當傅立鼎陷入沉思時，童素卻很果斷，只見她直接撥通了手中的衛星電話，調成免提：「我們沒權限，你和專案組負責人談吧！」

然後，她就對電話那頭的夏正華說：「夏廳，岩罕等人劫持了ZA1234，目前正在往中國西南邊境飛行。如果不讓他們達成這個目的的話，這些傢伙就會用ZA1234在國內經過的某座城市製造恐怖襲擊！」

「告訴他，油量不夠飛出國境線。」沒想到聽聞這個令人震驚的消息，夏正華的回答卻異常冷靜。

童素心裏暗暗驚喜，看見岩罕臉上的表情頓時變得僵硬，只覺狠狠出了一口惡氣，還特意再把這件事重複一遍：「我沒聽錯吧？按理說，這架飛機的油應該是夠飛出國境線的啊！」

「出於謹慎的考慮，我向航空公司提議，稍微把油放掉了一點。」夏正華緩緩道，「之前機長和副機長都已經得到指令，飛機必須中途迫降一次，加滿油後才能再度起飛。」

夏正華之所以這麼做，主要是因為從廣東到之州有一千多公里，距離遠比從廣東到廣西、雲南兩地都要長。這令他不得不考慮到，萬一岩罕就真有那麼巧，專門盯準了飛機，而且還成功劫持了飛機該怎麼辦。

總不能讓空軍出動，把民航打下來吧？

夏正華考慮來考慮去，都沒什麼特別好的解決辦法，最後想到了「放油」這一招。

故意不加滿飛機的油，預先就協調好中轉的機場，到時候ZA1234要臨時降落，補一下油。等到中轉的機場時，距離之州省就比較近，想飛到廣西、雲南，甚至飛出國境線，那就很遠了。

但這也是一場豪賭。

萬一岩罕不想往廣西、雲南那邊飛，而是直接掉頭，在廣東的時候就往南飛，跑到印度尼西亞或者菲律賓等地方，夏正華還真沒什麼辦法。

可夏正華就是賭岩罕會往西南飛，因為萬象集團曾經的中國區老巢就在那裏。何況這次萬象集團重啟「龍騰計畫」，毒品中也有罌粟類藥品，這就代表西南邊境的毒品走私又死灰復燃，捲土重來。

一個人再怎麼聰明，遇到危險時也會本能地往自己的老窩跑，這就是夏正華詳細思慮之後做出的判斷。

岩罕沒有片刻遲疑，立刻示意身邊的一名親信前往駕駛室。

沒過多久，手下就快步走了回來，臉色很不好：「鄭先生說，飛機的油量確實很懸，如果按正常消耗，肯定沒辦法出國。他已經關閉掉了一部分輔助用的儀器，最大限度地節省燃油，讓我們盡量能靠近國境線邊緣。」

岩罕沉默片刻，突然低低地笑了起來，笑聲越來越大，最後竟笑出了眼淚：「好，好，不愧是專案組組長，果然老辣，我服。這樣，我們各退一步——我答應不通過這架飛機去製造恐怖襲擊，但你們也要將父親交還給我，並拆除他身上的衛星定位裝置。」

交還德隆？

傅立鼎下意識地想要拒絕，卻聽見夏正華平靜的聲音從衛星電話另一端傳來：「好。」

「夏廳。」傅立鼎驚呼。

「人質在他手裏，飛機又被他們控制住了，我們別無選擇。」夏正華一錘定音，「答應他的條件。」

第十八章 受制於人

聽見夏正華的命令，傅立鼎盡量想讓自己心如止水，毫不猶豫地服從這道指令，卻無法克制油然而生的憤怒與無力。

內心的怒火與殘存的理智交織，令他的表情非常怪異，既像哭，又像笑。

但最後，他還是壓下胸腔的那一團鬱氣，竭力用平靜的語氣說：「好，跟我來。」

岩罕做了個「請」的手勢，傅立鼎俐落轉身，大步流星地向客艙尾部走去。童素緊隨其後，岩罕與一個手下不緊不慢地跟在後頭。

這時已經凌晨了，客艙裏的乘客們都昏昏欲睡，有些甚至打起了呼嚕。

幾人越過前排的乘客，傅立鼎都快走完三分之二的通道了，岩罕卻在客艙中部站定，不再往前走：「我就在這裏，等你們過來。」

童素下意識地停了下來，看了看傅立鼎，又看了看岩罕，思忖片刻，就退到座位與座位之間僅僅可供落腳的小道上，距離岩罕就隔著一排座椅。

她突然看見放在座位上的薄毛毯，若有所思。

只見她拿起毛毯，佯裝覺得冷，將之披上，卻仗著昏暗的燈光與寬大毛毯的掩飾，偷偷將衣袖上一個裝飾性的扣子扯了下來，悄悄塞進了座位的縫隙裏。

做這一舉動時，童素心如擂鼓，唯恐岩罕發現。幸好，岩罕的注意力全集中在了傅立鼎、德隆那邊，沒察覺到童素的小動作。

傅立鼎走到客艙末尾，特警們已經圍了上來，七嘴八舌地說：「傅隊，我們排查了客艙一遍，目前沒找到干擾器。但我們沒得到您的授權，暫時沒檢查乘客的行李。」

「不用了。」傅立鼎的臉色很陰鬱，「『黑桃Q』劫持了飛機，岩罕威脅我們，不放德隆就要重演『9・11』，我已經得到了夏廳的指示，必須放人。」

特警們一聽，臉色都變了，根本無法接受這一現實。

德隆遙遙望著岩罕，微不可察地嘆了一聲。

傅立鼎死死地盯著德隆，心中萬般不樂意，卻不得不押著這個該千刀萬剮的大毒梟，往客艙中間走去。

他們的動作驚醒了一些乘客，有人轉過頭來一個勁兒探腦袋，還有人交頭接耳：「這是幹嘛？拍電影嗎？」

「有點像，但沒看見攝像機啊！」

走到距離岩罕兩個座位時，傅立鼎停下腳步，冷冷道：「人還給你，承諾記得兌現。」

岩罕的目光落到德隆佩戴的手環上：「定位系統怎麼還在？」

對岩罕來說，想要帶著德隆逃亡，威脅最大的莫過於「北斗」定位系統。

雖然飛機也有定位系統，但在快要到達目的地的時候，他們可以關掉組合導航系統中的定位功能。單憑幾何與儀表推算，大概確定位置，完成降落。這樣一來，警方的搜尋範圍就會無限擴大，為他們爭取到足夠的時間。

可要是德隆戴著「北斗」定位系統，一分鐘一次實時刷新坐標，別說逃離中國，只怕老巢的位置都要被曝光。

傅立鼎也清楚這一點，所以他面無表情地回答：「為防止武裝押運人員與犯罪分子勾結，我們手上沒有鑰匙，無法解開這個手環，更不知道該怎麼關了它。」

「是嗎？」岩罕面帶微笑，目光卻泛著冷意，「看來必須得讓你們見識一下我的手段了。」

然後他從胸前的口袋裏拿出了一個看上去如藥瓶模樣的東西，大拇指輕輕一推，一股刺鼻的氣味就傳了出來。

「小心炸彈喲！順便說一下，像這樣的炸彈我們有很多個！」

然後，岩罕輕輕一拋，把「藥瓶」往機艙中部擲去。

童素站的位置離「藥瓶」最近，電光石火間，她幾乎是本能地將背上的毛毯抽出，用自己都無法想像到的速度，將「藥瓶」裹了起來，然後往旁邊的空位上一丟。匆忙之中，臉還重重地撞到了椅背上。

砰！

震耳欲聾的爆炸聲迴盪在寂靜的客艙裏。

乘客們全都被驚動了，面無人色，紛紛高喊：「出什麼事了？」

「空姐呢？」

「怎麼回事？」

「火，你們看！著火了！」

此起彼伏的尖叫聲中，只見童素丟出去的那條毛毯已經整個被火焰舔舐，甚至連童素胸口的衣服都被波及，冒出了火星。

特警們反應極快，立刻取來機上配備的手持式滅火器，將火勢撲滅，並急急道：「童小姐！你沒事吧！」

童素在傅立鼎的攙扶下站了起來，右邊肩膀與胸膛明顯有被燒傷的痕跡，衣服也被燒焦了一大塊，白玉般無瑕的臉上更是被劃了一道傷疤，沁出鮮血。可她卻只是搖了搖頭，說：「沒關係，都是皮外傷。」

傅立鼎看見滿地的狼藉，仍心有餘悸，忍不住望向岩罕，怒斥：「你這個瘋子，居然在飛機上引爆炸彈！你知不知道，哪怕飛機上出現砂礫般細小的漏洞，都可能會導致整架飛機被氣壓撕成兩半！」

「我當然知道。」岩罕彬彬有禮地回答，「但現在已經到了城市上空，不是嗎？」

傅立鼎的臉色沉了下來。

液體炸彈！

倫敦民航班機炸彈陰謀事件在他的腦海中閃過。「9・11」後，固體爆炸物成了民航安檢的重點，恐怖分子就把目光轉向了液體爆炸物。這種液體炸藥配方簡單，主要原料是丙酮和過氧化氫，通過偽裝把這些材料分開帶上飛機，再在飛機上把幾種原料混合在一起，就可以製成威力強大的炸彈。

岩罕就是個瘋子，徹頭徹尾的瘋子！

剛才的這個炸彈，應該只是個警告，威力還不算大，但如果加大炸彈裏的液體劑量，後果是不堪設想的。就算飛機沒被炸出一個大洞，但客艙內到處是易燃物品，僅爆炸引發的大火和產生的濃煙就足夠要人性命了！

傅立鼎狠狠地咬牙，知道自己沒辦法和瘋子玩，就拉起德隆的手臂，在他的手環上點了幾下，用食指輸入特定的密碼。

「北斗」定位系統脫落後，傅立鼎剛要把它戴到自己手上，就聽見岩罕說：「等等。」

只見岩罕手中又拿出一個「藥瓶」，輕輕晃了晃：「傅隊長，剛才只是『開胃菜』，現在有沒有興趣再試試這個加強版的？」

這一刻，傅立鼎的神經高度緊張——岩罕這個瘋子，又要幹什麼？

「由於你想留下定位系統，這讓我很生氣。」岩罕慢悠悠地說，「考慮到一旦飛機降落，你們手上的武器會給我們造成極大的麻煩。所以，請你們交出所有的槍械、警棍、手銬，以及一切通信、定位工具，然後，將其他人——」

他側過身，指了指背後嚇得瑟瑟發抖的乘客們，氣定神閒地說：「全都綁起來，讓他們坐在這條通道上！你們則全部給我待在客艙尾部。」

特警小宋立刻對傅立鼎說：「傅隊，別聽他的，一旦把槍給他，要是他出爾反爾，拿槍把我們全殺了怎麼辦？」

毒販會遵守諾言？別天真了！

其他特警沒說，但臉上也寫滿了抗拒。

岩罕沒有回答，只是將手中的「藥瓶」往上空一拋，然後再很隨意地伸手接住。

那一瞬，所有人的心都懸到了嗓子眼。

這一無聲的威脅，比什麼語言都有用。

傅立鼎的腮幫子緊緊地繃著，眼中泛著紅血絲，雙手青筋暴起，身體僵硬得像一塊石頭。

漫長的沉默後，他從腰間將槍取出，蹲了下來，輕輕放到地上，接著又依次擺放好警棍、手銬，緩緩站起，用腳將這些東西都踢了過去。

然後，他極為無奈和痛苦地望向其他戰友，語氣艱澀：「他手上的炸彈是國際上最新型的液體炸彈，威力強大，很容易把飛機炸出一個洞來，而且引發的燃燒效果特別好，只要碰上易燃物品，用不了多久就能燒得一乾二淨。一旦這個瘋子真的引爆炸彈，我們和這架飛機上的乘客都將無法幸免於難……」

剛才很短時間內毛毯就被燒成了只有巴掌大的碎片，特警們都是見識了的，此刻只能你看看我，我看看你，眼中都是不甘與不願。

但最後，他們還是服從命令，按照傅立鼎的動作，一一將槍械手銬全都交了出去。岩罕的手下則迅速過來搜身，確保沒有武器和通信設施被私藏。

「好了，下一步，就請各位英勇的特警，將這些聒噪的乘客捆起來。」

等手下把槍械收拾好，一切盡在掌控之中後，岩罕張開雙臂：「父親，歡迎歸來！」

出人意料地，德隆並沒有與兒子熱情相擁，反倒望向童素，神色溫和又不乏關切：「童小姐的傷口雖然不嚴重，但也需要處理，否則會留疤。你放一個空姐出來，讓她拿醫藥箱為童小姐做緊急處理。」

童素驚訝地抬頭，捕捉到德隆眼底的一絲複雜。

這令她心中非常疑惑。

德隆為什麼會對她另眼相看，第一句話竟是為她治療？因為剛才她阻止了那場爆炸，拯救了所有人的性命嗎？

童素百思不得其解，岩罕卻心領神會，禮貌道：「童小姐，請跟我來。」

岩罕回答得太快太自然，就連一絲遲疑都沒有。別說童素，就連傅立鼎都有些不解，目光在這三人之間流連。

他倒不會懷疑童素與萬象集團有什麼關係，而是在想，德隆該不會看中了童素高超的黑客技術，想將她弄到萬象集團去吧？

童素也有這樣的想法，剛要拒絕德隆的好意，卻聽見傅立鼎說：「你的傷口確實需要處理，萬一感染就不好了，我陪你一起去。」

「可——」童素想說，你和林元長那麼像，又是此次德隆被捕的關鍵之一，現在槍都在毒販手裏，萬一把你崩了怎麼辦？德隆就像有讀心術一樣，溫言安撫：「傅隊長救過我，這份情我記在心裏，絕不會忘。所以這次，我不會對他動手。」

岩罕在旁邊懶洋洋地加了一句：「我爸一向說到做到。」

童素怕人質聽見這句誤導性極強的話，心裏對傅立鼎，乃至對中國政府有什麼想法，立刻反駁：「一個死掉的毒梟，當然沒有一個活著的毒梟有價值。警察拯救人民，法律審判罪行，這才是天經地義的事情。」

德隆饒有興趣地問：「童小姐相信法律？」

童素並沒有正面回答這個問題，而是反問：「你不相信法律？」

德隆沉吟了幾秒，才做了一個「請」的動作：「這個問題，我們可以慢慢談，童小姐，請先處理傷口吧！」

三十位乘客就像粽子一樣，被結實的尼龍繩捆了起來，連成一排，挨個坐在通道上，恰好堵在毒販與特警之間。

目睹了炸彈爆炸、警方被繳械，本來還抱有一絲希望的乘客，情緒開始崩潰，無力、恐懼、絕望……卻沒有人敢掙扎，幾個受到嚴重驚嚇的女生甚至只敢小聲啜泣，怕自己的一個舉動會引來毒販的注意，成為第一隻被宰的羔羊。

坐在客艙最後的特警們垂頭喪氣，表情都不好看。

商務艙中，空姐戰戰兢兢地為童素消毒、上藥，包紮完畢，然後把她引到德隆身旁的空椅邊。此時的德隆和岩罕，已經開始喝起了紅茶，悠閒得就像在自己家裏。

見童素毫不畏懼地坐下，直面自己的目光，德隆竟露出一絲欣慰的笑。

在讓手下為童素也倒上紅茶後，才道：「童小姐沒有正面回答剛才那個問題，我能夠理解。因為童小姐和我們一樣，是「有足夠能力逃脫法律制裁」的人。」

童素挑了挑眉，剛要反駁，就聽見德隆不緊不慢地說：「有時候，我們必須承認，世界就是這樣不公平。普通百姓要是失手殺死一個人，就算不被判死刑，以命抵命，等待他的也是漫長的牢獄生涯。但兇手若是換作有錢人，就可以花高昂的律師費去打官司，減輕乃至逃脫法律的制裁。換作童小姐這樣的頂尖黑客，政府幾乎不會判你死刑，甚至不會讓你去服刑，因為你的價值不應該限於高牆之內。」

童素的表情變得十分冷硬：「你想說，人生下來就分成三六九等？沒錢、沒本事就是原罪？」

面對童素尖銳的態度，德隆心平氣和地回答：「五年前，我花了三億美金，買通大洋國政府的幾位議員，以及一些相關官員，只為保釋一個被大洋國聯邦調查局關押了近十年的重刑犯。把他保釋出來後，我就將他帶到了文南國。從今往後，只要他不踏上大洋國的國土，不被大洋國聯邦調查局逮住，就能享受自由。」

童素緘默不語。

她已經意識到，德隆是一個雄辯的高手。如果自己順著這個話題，與德隆繼續辯論下去，結果只會被繞進去。

因為她無法否認社會黑暗面的存在，所以她沒辦法理直氣壯地回答這個問題。只要她說稍微冠冕堂皇一點的話，德隆能立刻拋出無數案例，告訴她，就算法律是公正嚴明的，裁定法律的人卻脫不開人性。

畢竟，「法律」與「司法」之間，從來就有一個無法解決的難題：人們渴望法律是絕對公平、公正、客觀的，不被任何外因所影響，卻又幻想法律能彰顯「正義」與「道德」，而不拘泥於冰冷的法律條文。

德隆瞧出了童素的為難，體貼地沒有繼續追問。岩罕卻沒有這麼溫情脈脈，只見他靠著椅背，姿態悠閒，問題十分尖銳：「我也想請教童小姐——如果五個人被困在山洞裏，知道自己短期內無法獲救，唯有吃掉其中一個人，才能撐到救援到來。W先生提議，他們用擲骰子的方法來決定這個人選，無論抽中誰，此人都不得有異議，大家都同意了。結果恰好是W先生被抽中，被其餘四人所分食。童小姐認為，剩下四個人回歸文明社會後，該不該被判刑呢？」

童素冷冷道：「《洞穴奇案》？」

岩罕提出的這個問題，就是大洋國著名的法理學家富勒於一九四九年虛構出來，又在一九九八年由法學家薩伯加以補充的經典案例，說它是人類史上目前最偉大的「法律虛構案」也不為過。

這本書童素讀過，也曾深陷於這個法律悖論，同類相食，犧牲少數人來維護大多數人的利益，合情理嗎？

「既然童小姐也看過這本書，那就更好辦了！」岩罕笑吟吟地問，「十四位大法官的判決，你支持哪一位呢？」

童素板著臉回答：「哪個大法官的判決都不支持，歐美的司法體系與東亞地區不同，所以這種在歐美幾乎無解的案例，在我國國內卻大致能界定。首先，我認為，故意殺人罪已經成立；第二，考慮到他們面臨絕境，為了活下來才做出這種事，而且那個死去的人其實默認了這種行為，從某種角度來說，他也能被認定為是「自願死亡」。所以在道德的層面上，法官有部分可能會酌情輕判。」

話一說完，她就猛地醒悟過來——自己掉入陷阱裏了！

一旦套用這個理論，她的立場就很難站住腳，因為文南國的升龍省一度十分貧困，當地百姓如果不參與罌粟種植或販毒的話，至少一大半人得忍饑挨餓。

如果按照東亞的法律體系邏輯來套，這群毒販也是為了活下來才去販毒，而那些吸毒的人基本上也都是自願吸毒，不是被毒販拿槍架在脖子上強迫吸的。這樣一來，豈不是陷入法律與道德兩難？

果然，岩罕下一句話就是：「既然如此，我們販毒，又為什麼要被判處死刑呢？」

聽到這兒，一直站在商務艙口的傅立鼎再也忍不住，出聲反駁：「你們還有臉說？從你們手中流出去的毒品，讓多少家庭破碎，毀掉了多少人的一生？」

與激動的傅立鼎不同，童素的心卻沉了下去。

這種情況下，不順著他們的話題說下去才是最好的方法，因為一旦反駁，就會被帶入他們的思維，節奏完全被他們掌控。

她有心阻止傅立鼎，卻已經來不及了，只聽岩罕正色道：「傅隊長，這個帽子，你是不是扣得有點大了？」

「難道不是嗎？」

岩罕冷冷一笑：「你說我們販毒害人，難道我們不比那些製造假藥、毒奶粉、假疫苗的人有良心？畢竟用這些問題產品的受害者根本就不知情，卻必須承擔慘痛的後果。你們很清楚，很多吃了毒奶粉的孩子一生都被毀了。而那些吸毒的人，大部分在開始吸之前就已經知道吸毒會有什麼後果。他們自己選擇吸毒，這能怪我們嗎？」

童素剛要回答，經濟艙裏卻傳來一聲尖叫：「媽，你怎麼了？」

傅立鼎和童素下意識地衝了出去，就見一名頭髮花白的老婦人口吐白沫，直挺挺地倒在旁邊的中年女子身上。而那位中年女子雖然被捆綁著雙手，表情卻又驚又急，對母親的擔憂壓過了對死亡的恐懼，懇求道：「我媽高血壓，突然暈過去了，很可能是中風，求求你們，有沒有醫生，救救我媽！」

童素心中一沉。

她在上飛機之前就已經將所有乘客的資料記在心裏，所以她非常肯定，這架飛機上沒有醫生。

傅立鼎急急地問：「空姐能急救嗎？」

那位剛給童素包紮過的空姐嚇得站都站不住了，聲音小得和蚊子似的：「我只知道須要解開病人的衣領，保持呼吸通暢；讓病人平臥，最好保持水平位置！如果病人嘔吐，立刻要讓病人側臥，防止因為嘔吐物導致窒息！」

特警們立刻按照空姐的指示，拿了兩床毯子疊起來，給老婦人蓋上，但這治標不治本！家庭急救可以這樣做，然後等救護車，但在飛機上，又不能迫降，究竟該怎麼辦！

心急如焚的童素衝回商務艙，第一句話就是：「把電腦給我，我要衛星上網查急救資料。」

岩罕凝視著童素，眼中閃爍著異樣的光芒：「童小姐，你入侵過不少頂級銀行的系統，也攻破了不少獨裁政府的內部網絡，雖然你不做任何破壞和洩密，只是為了顯示你的黑客技術，但那些政客之間的骯髒交易、國家層面的博弈算計，你肯定也有所了解。能否告訴我，你是怎麼看待這個社會、這個國家，乃至這個世界？」

這句話就像一盆冰水當頭澆下，把童素潑了個透心涼。

她突然意識到，對德隆、岩罕這種毒販來說，人命輕到不值一提。別說是一個人死在他們面前，就算是親手殺人，他們也能面不改色。

尤其是在這樣的場合。

但她也發現，無論德隆還是岩罕，對她的態度都有些特殊。

他們試圖想要了解她，說服她，爭取她，才會與她展開關於法律、情理等部分的辯論，否則以德隆的地位、以岩罕的驕傲，其實不必說文南窮，百姓活不下去等「示弱」的話語，完全可以繞開這個話題，單單討論正義與罪惡就行了。

尤其是在探討的時候，這兩人對她和傅立鼎的態度，區別非常明顯。

面對激動的傅立鼎，岩罕輕飄飄地甩出了幾個問題，就把對方問得啞口無言。但岩罕壓根不在意傅立鼎的看法，他所說的每一句話、每一個字，都是為了動搖童素的內心，傅立鼎只能算個附贈品。

為什麼？

這是童素第二次這樣質問自己：「我有什麼特殊的地方，值得這兩個大毒梟另眼相看？因為我是頂尖黑客嗎？還是因為，我親手抓了他們？」

直覺告訴童素，應該不止是這些原因。

最關鍵、最核心的部分，一定是某件她所不知道，至少沒意識到的事情。

想明白這一點後，童素冷靜了下來。

她知道，這就是她的籌碼。

無論德隆與岩罕為何對她青睞有加，但他們想爭取她的意思從沒變過，更沒有掩飾。對這兩人而言，她還有利用價值。

所以，童素立刻拋出了交換方案：「我可以正面回答這個問題，但作為條件，你們必須救她。」

岩罕聞言，便看向自己的父親，德隆輕輕頷首，給了一個「好」字。

童素敏銳地捕捉到這個細節，心中更加疑惑——按理岩罕會對自己更感興趣，畢竟兩人都是黑客，但為何德隆會有這樣的表現？

她將懷疑壓在心底，只想盡快了結對話，可以想辦法救倒在外面的老婦人。於是直接問岩罕：「你喜歡『Joker』？」

很顯然，這個「Joker」，指的是動漫史上那位大名鼎鼎，怎麼都繞不過去的《蝙蝠俠：黑暗騎士》中的經典反派——小丑。

岩罕坦然承認：「很早以前開始，我就發現，某些可笑的體制無異於惡棍的溫床。善良的人或許因為一個微小的錯誤就毀掉一生，惡棍卻能憑著犯罪攫取巨大財富，成為備受尊敬的紳士。」

「竊鉤者誅，竊國者諸侯。」德隆平靜道。

岩罕點了點頭：「對，沒錯，中國文化真是博大精深，九個字就能簡明扼要地道盡事情的精髓。」

童素沒理會這對父子的一唱一和，冷靜地說：「可我喜歡蝙蝠俠。」

「事實上，我一直認為，十七歲那年，我最大的收穫並不是破解了那些其他頂級黑客無法進入的最高安全級別的系統，而是在無意中逛外網的時候，看到了一部動畫——《蝙蝠俠：紅頭罩之下》。」

紅頭罩質問蝙蝠俠，小丑製造了那麼多殺戮與罪惡，為什麼不殺掉這個惡棍？阿卡姆精神病院根本就關不住小丑，對方只會一次次越獄，製造更大的罪惡。難道越過不殺原則和道德底線，就有那麼難嗎？

蝙蝠俠告訴紅頭罩，殺了小丑，開了這個先例，就再也無法回頭。因為他會習慣以殺戮去解決問題，最終蛻變成自己都不認識的怪物。

在這個世界上，作惡不難，難的是堅守自己善的底線，世界上窮地方不止文南國一個，但絕大多數人在勤勤懇懇打工，靠雙手致富，而不是選擇去販毒。

十七歲的她曾憤世嫉俗，讚賞那些攻破五角大樓並將政客們的往來郵件公布到了網上的黑客的做法，認為那是在揭露邪惡，代表著正義。但她看完那部動畫之後，就像被涼水當頭澆下，突然醒悟過來。

如果她今天能為所謂的正義，利用自己強大的黑客技術，肆無忌憚地入侵其他人的系統，公布他人的隱私，那麼明天，她也一定能為了自己的利益，犯下更不可饒恕的罪行。

「小丑與蝙蝠俠的立場永遠相悖，我們亦然。太陽神所在的地方，絕不會是黑夜；冥夜女神的身影，始終不曾出現在白天。」

第十九章　爭分奪秒

童素的這番話，說得一點都不客氣，將德隆與岩罕的觀點逐一抨擊了個遍，半點面子都不給。她就是這樣的人，雖然生死掌握在別人手裏，卻並不會為了生存就虛與委蛇。與其卑躬屈膝，讓人不齒，倒不如挺直脊梁，堂堂正正。

沒想到的是，聽完她的慷慨陳詞，德隆只是笑了笑，對岩罕說：「把電腦給她吧！」

岩罕聳了聳肩：「用不著這麼麻煩！」

只見他讓手下將醫藥箱拿過來，然後走到中風的老婦人面前，單膝跪下，拿起一支嶄新的注射針頭，開始為病人的十指放血！

伴隨著十個指頭沁出血跡，老婦人真的逐漸清醒了過來。

「這只是暫時急救，運氣好成功了，後面還得去醫院。」

岩罕收拾好藥箱，迎上童素驚訝的眼神，似笑非笑：「你應該把我的資料查得一清二楚吧？難道沒發現我幾年前去非洲做了三個月的志願者？這一手就是從一個中國援非醫生那裏學到的，我還是第一次用，沒想到竟然真有效。」

童素和傅立鼎面面相覷，心裏都只有一個念頭：「你說你去非洲販毒，我們相信，你說你是去做義工？開什麼國際玩笑！」

「很奇怪嗎？」岩罕一副「為什麼我不可以去做義工」的口吻，非常自然地說，「我們也會做慈善啊！我爸光給學校、圖書館、研究院捐的錢就有十幾億美金，文南國近千所小學以他的名字命名。我從非洲回來後，也匿名給紅十字會捐了1,000萬美金。」

他還沒說，一家在全世界都能排名前十的藥物研發公司，萬象集團是大股東之一，每年投資數億美金。

雖然萬象集團的投資目的不純，有「借鑒」這家公司的專利、渠道與技術，用來研究更高純度毒品的想法，但每年真金白銀往裏面砸，也給該公司研製全新的特效藥提供了不菲的幫助。

這令童素和傅立鼎更加沉默。

如果一個人無惡不作，害死了很多人，但他又行善積德，救活了很多人，這個人的是非功過，究竟該如何評判呢？

反覆思考著這件事，心裏五味雜陳的童素面無表情地把目光投向了窗外。

突然，童素的耳朵開始劇烈疼痛，整個人都陷入到一種頭脹、耳鳴、胸悶，難受到快要窒息的狀態中！

與此同時，此起彼伏的尖叫與哭泣，在客艙內響起！

童素立刻將指頭塞進耳朵裏，嘴巴拼命地做咀嚼動作，以緩解強烈的不適。

過了好一會兒，症狀稍微減輕，她才逐漸恢復思考的能力，意識到——這是飛機在急速下降！

不，這已經不能算「下降」了，完全就是在俯衝！

他們到降落地點了嗎？

還是說，油表見底，不得不迫降了？

童素心中閃過無數個念頭，本能地往窗外望去，卻只能見到一片漆黑。

這時，飛機又猛烈地振動了一下！

但這一次，沒人哭了，因為所有人的心都懸到了嗓子眼！

就見飛機在短短幾分鐘之內，從萬米高空直接衝到離地面只有十幾米的地方，然後歪歪扭扭地掙扎著滑行了一段，接著就是巨大的撞擊聲和尖銳的機身與地面的摩擦聲。

不知道駕駛艙內是怎麼操控的，這麼大一架飛機，竟然就這麼強行落地了！

整個飛機內，鴉雀無聲。

不知過了多久，直到整個機身完全停了下來，才有輕輕的啜泣聲響起。

剛才那一瞬，就好像從天堂掉到了地獄，又從地獄回到了人間。

就在這時，駕駛艙的門突然拉開，鄭方驚魂未定地從裏面出來，激動地說道：「搞定！好在飛機上的燃油徹底耗盡，要不肯定得爆炸起火了！」

岩罕命令機組人員打開艙門，立刻就有五名端著衝鋒槍的漢子魚貫而入，背上是厚厚的彈夾，看見德隆，當即恭敬欠身：

「先生，我們奉頭兒之命前來迎候，他在前面的一個制高點等著接應您。」

傅立鼎心中一動。

萬象集團的「大王」是德隆，「小王」空缺，那這個「頭兒」是誰？「梅花K」道達，還是「黑桃K」？

「爸爸，」岩罕突然問，「要殺掉他們嗎？」

顯而易見，這個「他們」，是指飛機上除萬象集團成員外的所有人。

岩罕提起殺人的時候，輕描淡寫，就好像決定的不是人的性命，僅僅是一件無關緊要的小事罷了。

不知為何，他說這句話的時候，特意看向童素。

童素冷冷地睨著他，臉上瞧不見半點害怕。

沒能把童素嚇得跪地求饒，讓岩罕備感不爽，但他還是補了一句：「我們可以殺掉其他人，把赫卡忒帶走。回到文南後，老師看見她一定會非常高興。」

童素心中一動。

「老師」？

岩罕口中的「老師」是誰？與她有什麼關係？為什麼岩罕會說，對方見到她一定會非常高興？

一個名字在心頭盤旋，童素卻拼命搖頭。

不會的，肯定不會的，這不可能！

「岩罕。」

不同於之前的溫和，這一次，德隆的語氣含混而低沉，這是他作為毒梟之王時慣用的姿態：「你答應過，只要為我拆除『北斗』定位系統，就不殺他們。」

「不，我並沒有。」岩罕狡猾地說，「我只許諾，一旦他們做到這一點，我就不操縱飛機去撞高樓。但我沒有保證，等到飛機平穩降落後，不會把他們全都變成冰冷的屍體。」

傅立鼎剛要罵岩罕無恥，德隆的語調已經變得頗為不悅：「但你模糊了概念，讓他們認為你給了他們一個逃生的機會。」

岩罕對德隆的論點不以為然，但他不敢當眾挑釁德隆的權威，立刻認錯：「父親，對不起，我不該玩這種文字遊戲。」

德隆第一次沒有接受岩罕的道歉，不疾不徐地說：「我們這樣的人，可以心狠手辣、翻臉無情，甚至六親不認。但有一點必須做到，那就是言出必行。你可以借助這樣的手段玩弄一次、兩次乃至三次小聰明，可最後你會發現，沒有誰再願意做你的朋友，當你陷入困境時，更沒有人會拉你一把。」

岩罕心道：「我要是陷入困境，其他人別說拉一把，只怕恨不得生啃了我的骨頭，分掉我的血肉。現在的人都這麼功利，誰還講究老一套的規矩？」

但在表面上，他仍舊低下頭，按照萬象集團的老規矩，恭恭敬敬地親吻父親的手背，這代表高管對首領的無條件服從：「都聽您的。」

然後，就見他掏出「藥瓶」，往商務艙一甩，商務艙很快就被熊熊烈火所覆蓋。

就像傅立鼎之前說的那樣，這種炸彈的燃燒力實在太過驚人。那些放在商務艙裏的電腦、手機等，統統被付之一炬。

萬象集團的人開著三輛吉普車走了。

特警們急急忙忙地給乘客和機組人員鬆綁，引導大家盡快撤離機艙。商務艙的大火已經逐步蔓延到經濟艙來了，光是毒煙就能讓人窒息啊！

童素卻有些魂不守舍，好一會兒才回過神來，快步跑到了自己塞了袖扣的位置上。

她當時鬼使神差，將裝有微型芯片、自帶定位系統和通話功能的袖扣拆下來，本只是出於有備無患的打算，誰料那群毒販竟然真搜走了所有人的通信和定位設備。

對方此舉就是為了爭取時間，讓特警們無法及時與指揮部取得聯繫，更沒辦法那麼快確定他們究竟跑到哪兒了！

童素打開定位，同時撥打夏正華的內部號碼，這時她發現自己的手微微有些顫抖。但一聽到話筒裏傳來聲音，她立刻就恢復了鎮定：「夏廳，我剛把位置發給您，我們是在雲南省通洋縣的一個山區，萬象集團派了三輛吉普車過來，已經把德隆、岩罕等人接走了！」

她本以為夏廳會說「你的消息很重要，我立刻與雲南警方聯繫」，沒想到夏正華的回答卻是：「知道了，當地公安、消防、醫護等救援人員早已完成集結，馬上就會趕往你發來的位置。具體善後工作由當地政府負責，你和小傅等會兒坐我派來的車，與特警小隊一起趕來與我會合，地址隨後發你。」

下一刻，「智能紐扣」上就收到了一個位置。

童素看著夏正華的定位，再看一下自己所在的經緯度，不由得倒抽一口冷氣——兩者的距離，竟然不到三十公里！

夏正華難道會未卜先知，提前趕到這兒等著？

童素和傅立鼎趕到臨時指揮部，除了夏正華，還見到了一個意想不到的人物。

「嚴隊？」

嚴明樹不是帶領福建的特警們走公路回福州了嗎？怎麼會出現在這裏？

夏正華合上手中陳舊的本子，語調平靜：「我讓小嚴來的。」

傅立鼎奇怪：「夏廳，您怎麼知道他們會往通洋縣逃的？」

算算時間，夏正華應該是在確認飛機被劫持後，就立刻乘直升機飛過來了啊！

「臨淵給的線索。」

聽見這個名字，傅立鼎陷入了沉默。

夏正華望著傅立鼎，輕嘆一聲，將手中的本子遞了過去：「臨淵的筆記，你看看吧！」

由於經歷歲月太過漫長，筆記本的紙張早已經泛黃，脆弱得彷彿一碰就要碎了，上面的字跡也有些模糊，卻依舊能用「鐵畫銀鉤」來形容。

前幾頁的記錄還算工整，但越到後面就越潦草，比如有一頁，反覆寫了「山、船、路、人」等幾個字，卻又在每個字上面大大地打了一個叉。

再比如另一頁，一連串的地名，傅立鼎基本上都沒聽說過，上面也做了不同的標記。

「那段時間，臨淵的精神時好時壞，好的時候就拼命回憶在萬象集團收集到的一切線索。因為他堅信，『黑桃Q』和『方塊Q』還在國內，既然如此，一定有什麼他疏忽的地方，才讓這兩人能繼續隱藏。」夏正華緩緩道，「他認為，雲南的邊境線上，應該有幾條秘密走私毒品的通道被萬象集團所掌握，我們並沒有揪出所有的老鼠窩，所以他就將認為可疑的地點全都寫了進去。」

現在想來，傅臨淵當時的判斷也有偏差，其實「黑桃Q」和「方塊Q」一直都在珠三角，與西南一帶的毒品走私無關。而這二人，尤其是「黑桃Q」這個雇傭兵的任務，主要還是保護德隆的獨子岩罕。

但事情就是這麼巧，傅臨淵歪打正著的線索，為今天的圍捕提供了重要幫助。

當年傅臨淵不肯放過一絲線索，把所有認為用得到的信息全都記錄下來，並在自己彌留之際將筆記本托付給了隊長夏正華。

二十年來，夏正華一直沒有忘記戰友的囑托，當發現萬象集團在國內死灰復燃後，就開始調查對方的走私線路，而且重點排查了傅臨淵提供的幾個地點。三天前，剛好鎖定雲南通洋縣大青村。

大青村地處國境線邊緣，被大山包圍，貧困、混亂，吸毒者屢見不鮮，許多人能為了幾十塊錢打起來，給個一兩千塊就能殺人。

由於大青村位於深山之中，距離最近的小鎮也要翻過好幾座山，山路還十分崎嶇坎坷，網絡上又沒有任何明確的路徑，不清楚當地地形的人，一不留神就可能走錯路，直接出了國境線。

這導致大青村成為了走私客的天堂，就連整個通洋縣的治安達標率都受到影響，始終比周邊縣市差一兩個檔次。

夏正華辦事雷厲風行，一明確目標，就立即派精兵強將潛入大青村調查，很快就掌握了村裏製毒販毒的確鑿證據，而且應該就與萬象集團有關。

但大青村距國境線太近，毒販一旦被驚動，跑出國境的話，再要抓捕就難了。所以夏正華決定來一次聲東擊西，趁著萬象集團的心思全在救援德隆上時，打大青村一個措手不及。

為此，他讓嚴明樹帶人明修棧道，暗度陳倉。看似回福建了，其實秘密乘坐軍用直升機來到了通洋縣。

嚴明樹悄悄把大青村包圍，剛要收網進村抓人，就接到夏正華的消息——ZA1234被萬象集團劫持，一直在往西南飛，很可能會在這一帶迫降。為此要求嚴明樹先按兵不動，等待命令。

NULL和專家組進一步根據飛機的路線圖，預測了目標方向——前往雲南西陲的概率最大。於是，夏正華終於下了決心，親自趕來通洋縣——即便判斷錯了，至少也能現場指揮端掉萬象集團的一個製毒販毒窩點。

幸好，他賭贏了。

就在這時，通信器中先後傳來埋伏特警的匯報聲：

「這裏是二隊，有四輛摩托突然進入大青村！」

「這裏是四隊，大青村以南五公里處，發現兩輛吉普，外觀與情報描述相似！」

「這裏是三隊，大青村北面鄉道上，出現一輛可疑吉普，是指揮部通報的同款吉普！」

這一系列消息，讓童素楞住了。

她當時把這三輛吉普的特徵都通報給了夏正華，在這個偏僻的窮地方，一般很難見到這麼昂貴的吉普車。所以，此時出現的這三輛吉普，應該就是萬象集團的那三輛！

問題是，這三輛吉普，為什麼沒有一輛開進大青村？

德隆和岩罕，會在哪一路？又或者，這三路都是故布疑陣？

第二十章 硝煙瀰漫

通洋縣的南端三面環山，山腳下曾經有一家中型造紙廠，專門生產傣族特色的宣紙，賣往全國。工廠就地取材，就地生產，生意一度非常興隆。

那時前往通洋縣南郊的道路上經常車來車往，工廠老板還特意出錢修了條路，方便車輛進出。但據說由於傳統造紙效率低下，使得該品牌風光了沒幾年，之後就在市場競爭中節節敗退，宣布倒閉，這裏也就荒廢了。

德隆等人趕到的時候，發現此處荒草萋萋，灰塵叢生，布滿蛛網。大家不得不捂住口鼻，艱難地在灰塵中穿行。

岩罕有些不確定：「爸，這裏真有地道嗎？」

要不然這三面環山的地方就和口袋似的，一旦出口被中國警察封鎖，他們根本無路可跑。不像在大青村，一有情況就可以往山裏躲。實在不行，想辦法翻過三座大山，就離開中國國境了。

德隆緩緩道：「這家工廠實際上是一個蛇頭開的，用造紙掩護，只為借助那條幾十年前修建的地道，來往走私，甚至販賣人口。後來關閉工廠，是因為中國警方緝毒力度越來越大，在通洋縣掃蕩了好幾次。蛇頭怕自己的不法生意暴露，跑去了東南亞，結果不小心撞破我們的一次交易。為了保命，他才供出這個秘密。」

地道原本是抗戰時期中國遠征軍挖的，後來隨著戰爭結束，逐漸被人遺忘。德隆曾派自己的心腹來勘察過，地道很寬敞，足夠一輛吉普車在裏面通行，應該是蛇頭為了運輸方便修整過。但德隆很清楚中國政府對毒品的零容忍態度，對「進軍中國市場」這件事較為謹慎，也就一直猶豫是否該把這條通道利用起來。

所以哪怕後來岩罕潛入中國執行「龍騰計畫」，德隆也只是說通洋縣天高皇帝遠，適合建毒品加工廠，並沒有提地道的事。因為他太清楚岩罕的性格，只要他說了，岩罕一定會立刻用上，那就沒底牌了。

「找到地道了，但入口有一扇電動鐵門，需要發電才能打開！」這時，搜索工廠後方的鄭方傳來消息。這廢舊的工廠早被斷了電，幸好德隆當時派來的人偷偷在後院藏了一台柴油發電機，以備不時之需。

「大概需要多久！」

「至少五分鐘！」鄭方回答。

平時，岩罕根本不會在意區區五分鐘，但現在卻度秒如年。

他們這一行，總共有十二個人。

Demon提前一步來到通洋縣，召集五個駐守在這裏的雇傭兵來接應他們；然後就是岩罕、德隆以及鄭方和他的三個手下。

德隆命令部下兵分三路，其中一人開吉普一路往北，尋找機會通過公路逃離；另外四人騎摩托去大青村銷毀帳本；還有三個則留在幾個主要的路口，觀察情況，隨時匯報；自己則帶著岩罕、鄭方和Demon來到通洋縣最南面的造紙廠。

他相信，這樣故布疑陣，能混淆中國警方的視線和判斷。

就在這時，岩罕突然收到手下的信息，臉色一沉：「情況不對，通洋縣的公路好像都被封了，中國警方的重點兵力開始迅速往南部集結。」

「中國政府的行動力一向驚人，這一點我們是有過教訓的。」從德隆臉上根本看不出有任何慌張，「好在，他們不知道我們有地道這張底牌。」

「我們需要時間。」

德隆看著Demon，眼中充滿信任：「交給你了。」

三路疑兵，確實令夏正華頗為躊躇。

常規動作他已經及時做了，調動當地公安封鎖道路，先確保把這幫罪大惡極的毒販不能從東西北三個方向出通洋縣。

現在，最大的問題是該主攻哪一路。

分兵追擊肯定不是好主意，他這次來得匆忙，加上嚴明樹帶過來的特警，人數還不到五十個。況且萬象集團的黑桃部隊是由精銳雇傭兵組成，又在當地經營良久，更為熟悉道路。如果不能集中警力，就算追對了方向，也未必能抓到人。

一開始，特警二隊在大青村遭到的激烈抵抗，差點讓大家認為德隆和岩罕就在那兒；但很快，前去搜查造紙廠的特警四隊也遭受到了伏擊。

「你們認為，他們會往哪邊跑？」

童素、傅立鼎、嚴明樹三人面面相覷，一時不知該怎麼回答夏廳的問題。好在聽見NULL的聲音傳來：「我認為，他們往造紙廠那邊跑了。」

「為什麼？」童素脫口而出，「大青村離國境線更近，只要翻過幾座山就到了，也更易於躲藏啊！」

NULL乾脆俐落地說：「因為德隆患有肝癌，雖然進行了換肝手術，但我剛才查了一下，像他這樣的人，不能累著。要是他們往大青村跑，靠兩條腿翻山越嶺，那些雇傭兵撐得住，德隆一個五六十歲的人，就算能堅持下來，身體狀況也容易惡化。不到萬不得已，他們不會這麼做。相反，那兒既然曾經是個工廠，指不定就會有地圖上沒有標記的小路，可以直通國境。不然，去造紙廠就是一條死路。即便目的是引開我方警力，也沒必要去一條自己必死的絕路啊。」

童素此時也醒悟過來，贊同道：「雇傭兵雖然賺的是刀口上舔血的錢，但如果明知道那兒沒有路，是萬萬不會傻到去送命的。造紙廠三面環山，結局只能是被警方圍著打，除非那裏還留有一線生機。」

包括夏正華在內，大家都被說服了。

「小傅、小嚴，你們各點上一隊人，跟我走！童小姐——」

不等他說出讓自己留下的話，童素就急急道：「我也要去！」

「好吧！」夏正華對通信器下令，「特警四隊，不要冒進，主力支援馬上就來！」

特警四隊的交戰地，讓人觸目驚心。

距廢棄的造紙廠還有不短的一段距離，但隊員們卻只能借助車輛做掩體，小心翼翼地蹲在背後，如臨大敵，頭都不敢伸。

隊長正在給一名受傷的特警包紮肩膀，剛裹上的紗布，很快就被滲出的鮮血染紅。

不遠處，還有一具被軍帽蓋住臉龐的屍體。

無疑，對面火力很猛。夏正華示意大家從左側車門下車，借助車體掩護，一點點挪過去與四隊會合，才問：「怎麼回事？」

剛才的情況，讓特警們心有餘悸。

當時他們發現一輛可疑吉普車孤零零地停在路邊，本打算下車查看，誰料一下車，身旁的同伴就倒了一個。

要不是他們反應快，立刻往車後躲，絕對不止一死一傷。

夏正華含著淚蹲下來，輕輕掀開帽子，發現死去的特警眼睛還睜著，腦門正中是一個血洞。

童素下意識地別過臉，不想看這悲傷的一幕。

「對方用的是什麼槍？」嚴明樹問。

一名特警把剛從吉普車前車蓋上摳出的一枚子彈遞了過來，嚴明樹才看一眼就很肯定地說道：「7.92mm口徑，這麼遠的距離，是狙擊槍！」

根據四隊隊長的覆盤，嚴明樹仔細測算，做出了一個判斷：「看來子彈是從同一個位置打出的。」

可話音剛落，他自己又搖了搖頭，有些不信：「從這裏到工廠，直線距離目測有1,400多米。算上傾斜角度，這個狙擊手是在1,500米外就直接鎖定了目標？還連開兩槍？光是子彈飛過來都要一兩秒，更不要說現在是有風天氣，風向、風力都會對狙擊造成影響，他居然還能打這麼準？」

中槍特警苦笑道：「嚴隊，我仔細回憶，覺得對方打我那一槍本來是瞄準胸口的。但我當時正好踩到水坑側滑了一下，沒想到竟然撿回一條命。」

外行人士或許不明白這個狙擊手的槍法有多準，但在嚴明樹這種內行眼裏，對方簡直就是死神的化身了。

夏正華和傅立鼎交換一個眼神，兩人都明白，這個神一般的狙擊手，若不是「黑桃Q」鄭方，就是萬象集團的「黑桃K」。

童素的目光落到車胎上：「這——」

「被對方打爆了。」隊長不斷嘆氣，只覺得一步錯，步步錯，完全被對方占據了先機，「如果我們一口氣衝過去，是能靠近工廠外圍的。但他們特意留了輛吉普車停在這裏，引導我們下車探查，結果這一下車，就再也上不去了，趁著我們躲避的工夫，對方把我們的前車胎全打爆了。」

三輛破車這麼一堵，夏正華的增援車隊也無法通行了。若是去挪車，就相當於暴露在對方狙擊手的槍口前，與送死有什麼區別？

這短短一千多米，竟成了一條難以逾越之路！

突然，通信器裏又傳來NULL的聲音：「我分析了一下通洋縣目前的天氣，應該很快就會下大到暴雨，概率在百分之七十以上。」

童素靈機一動：「既然風對狙擊手有影響，雨對狙擊手也會有影響吧？」

「當然，雨水會模糊視線，而且會折射視角。」嚴明樹回答，「但有弊就有利，狙擊手可以借助雷雨來掩護槍聲，我們也難以做出迅疾反應。」

「我知道，不過再怎麼強的狙擊手，一旦下雨，總要有個適應的過程吧？」童素想到一個主意，「夏廳，我們帶了炸彈嗎？」

傅立鼎坐在駕駛座上，默默地倒車，嚴明樹坐在副駕駛座上，哥倆相對而望，只覺得這輩子都沒做過這麼瘋狂的事情。

特警們先後開了五輛車來，兩輛車胎被打爆，擱在路上。但隨夏正華新來的三輛車是好的，在童素的建議下，其中一輛護送受傷的特警回鎮上醫院救治，順便將犧牲戰士的遺體帶回，另外兩輛則往後倒退一定距離。

因為要避開炸彈的衝擊波。

沒錯，炸彈。

童素提出了一個極其膽大的設想——既然前面車輛堵路，沒辦法搬開，那我們就用炸彈炸開！在一片火光之中，外加大雨磅礡，是最好的掩護。直接開車往前衝，反正最多1,500米，油門踩到底就到了，然後立刻下車，不管這輛車會不會起火、爆炸了。

夏正華明白不能再拖時間等待大部隊到來，所以這麼瘋狂的想法，他居然同意了。他命令一輛車衝進去，一輛車等在原地，互為掩護和支援。

「滴答。」

雨水打在車窗上，漸漸擴大。

轉瞬之間，便是劈里啪啦。

下一刻，劇烈的爆炸聲響起，傅立鼎下意識地閉上眼睛，仍能感覺那炫目的光亮。

強橫的衝擊波震得整個車身都在顫動，稍微平息一點後，傅立鼎猛地睜開眼，看見前方火勢熊熊，深吸一口氣，狠狠地一踩油門！

剎那間，警車就像一道前進的閃電，穿越了火光，攜著一往直前的氣勢，向造紙廠衝了過去！

「啪」「啪」。

警車的右反光鏡和前方引擎蓋先後被擊中，但都沒有造成致命影響。看來火光和大雨，加上傅立鼎不斷蛇形走位，確實迷惑了對方的狙擊手。

等車衝到廠門口，還沒停穩，傅立鼎、嚴明樹與三名特警立刻跳下車，第一件事就是直接往二樓窗口掃射，將對方狙擊手逼得一時無法開火。

然後，他們借助掩體，一邊開槍，一邊進入了廢棄已久的工廠。

工廠只有兩層，敵人肯定優先占據了制高點，所以幾名特警一進去，剛分散，就紛紛直接拉開閃光彈，往二樓的不同方向投去！

傅立鼎和嚴明樹左右開弓，借助閃光彈的掩護，飛快地爬上了二樓的一半樓梯，躲在轉角背後。

但他們都不敢再前進一步。

這會兒工夫，對面的頂尖雇傭兵肯定已經緩過神來了。無論是誰先妄動，都會暴露自己，給對方射擊的機會。兩位袍澤已經用鮮血乃至性命，證明了這會是什麼後果。

整整五分鐘，工廠內一片死寂，就像根本沒有活人存在一樣。

傅立鼎從來沒想過，五分鐘會是這樣漫長。

外面的雷雨聲越來越大，傅立鼎卻發現自己額頭一直在冒冷汗——這是他有生以來遇到的最強狙擊手，自己能從對方的手上活下來嗎？

就在這時，傅立鼎突然聽見一種「嗡嗡嗡」的聲音，像某種機器在運作。

由於被大雨和雷聲掩蓋，距離又比較遠，他之前沒聽見，直到靠得近了，雨稍微小了些，才傳入他的耳中。

這是什麼聲音？毒販們在幹什麼？

好在童素馬上就能回答這個問題，她將通過通信器傳來的這段聲音單獨提取出來，進行清晰化處理，然後匹配對比，得出一個奇怪的結論：「這是一種型號古舊的柴油發電機的聲音！」

NULL反應很快：「我聽說抗戰時期，滇南地區仗打得很兇，兩邊部隊都修建了不少防空洞和地道。發電是不是為了照明？或是打開某些機關？」

夏正華的神情嚴肅起來：「或許這就是他們開了一輛吉普車進去的原因——想通過這一帶的地下設施，逃出國境。」

傅立鼎從耳麥裏聽到了他們的對話，心中一凜。

「轟隆！」

雷聲在耳邊炸響。

下一秒，就是人體倒地的聲音！

傅立鼎定睛一看，發現是潛伏在一樓的特警小宋。不知是冒了頭，還是被抓住什麼破綻，總之，對方狙擊手借助那一秒的雷聲，開了致命的一槍。

傅立鼎咬了咬牙，心中閃過一個念頭，靜靜地等待令人心悸的雷聲。

不能讓「黑桃K」他們這麼控制局勢，自己必須上二樓！

「轟隆！」

雷聲再次響起的那一刻，傅立鼎飛快地衝過轉角，爬上樓梯，腳步故意踩得很重，卻在要冒頭的那一剎那，身體猛地往下壓，形成了一道詭異的曲線，右手卻將閃光彈和催淚彈一並往左邊扔去，然後才重重摔倒在地。

做完這一切後，他突然發現頭皮有點熱辣辣地痛，順手一摸，才發現手上全是血。

一顆合金彈頭居然從他的頭上擦過，要是他不往下趴，就該直接命中太陽穴！

僥倖撿回一條命的傅立鼎，驚到心臟一度停止了跳動。

若非親眼所見，他根本想像不出來，世界上竟有人的槍法神到這種地步。

下一刻，他發現嚴明樹借著閃光彈和催淚彈的掩護，也衝了上來。

只可惜，煙霧漸漸退去後，卻沒看到人影。

那個柴油發電機的聲音，也已經停止。

他們不再需要發電了！

傅立鼎一邊通知夏正華等人快過來，一邊示意大家搜尋二樓，一邊則在心裏琢磨，這個狙擊手此刻會躲在哪裏？

還有，德隆與岩罕在哪裏？那台發電機呢，又在哪裏？

暴雨漸漸變小，門外傳來車輛停下的聲音，是夏正華率隊趕來了。

對了，那麼大一輛吉普車，究竟藏在哪裏？

傅立鼎突然靈感一閃，從部下那兒要來一個有支架的可升降軍用望遠鏡，快步走到工廠背面的窗口，自己不敢露頭，只是通過望遠鏡，小心翼翼地觀察。就見一堆廢棄機器亂七八糟地靠著山壁，堆在那裏，乍一眼看上去很像是廢棄機器的墳地。

突然，他在機器堆中發現了一個洞，看上去像是一道門！

望遠鏡帶有數據傳輸功能，窩在車子裏的童素把圖形放大，激動地說：「這是一個山洞的門，估計吉普車已經在洞裏了！」

傅立鼎挪了挪望遠鏡，看見布滿灰塵的窗台上有一個清晰的掌印，立刻在腦海中將剛才的畫面還原——狙擊手開了一槍後，迅速用手支撐，從二樓翻到工廠後面，成功避開了閃光彈與催淚彈。

想到這裏，他飛快地衝回一樓，示意大家過來，分析了形勢：此時想要抵達山洞的大門，只能翻窗子穿越一百多米的空地，問題是一支精準的狙擊槍肯定在那兒等著呢。

目標近在咫尺，但特警們卻難越雷池一步。

這絕對不行！

緊急之中，夏正華比了個手勢，特警狙擊手見狀，輕輕點頭。

只見左邊窗戶的特警將頭盔摘下，掛在衝鋒槍的槍管上，再把槍身慢慢舉起，裝作有一名特警要試探性地翻窗一樣。

同時，右邊窗戶的特警狙擊手已偷偷在一個缺口後面架好了槍。

「砰——叮——」

「砰——砰——砰——」

兩組聲音，一前一後響起。

第一道是子彈出鞘，擊中防彈頭盔的聲音。

第二道是右邊狙擊手循聲找到目標，快速三連射。

乘敵方狙擊手一時無法抬頭，說時遲，那時快，嚴明樹立刻拉開閃光彈，往窗外扔去，其他人借助強光的掩護，猛地翻過窗戶。

傅立鼎邊跑邊端著衝鋒槍對準洞口就是一陣掃射，彷彿要將因兩名戰友受傷、犧牲而爆發的怒火全都宣洩出來。

但這時，發電機的聲音再次響起。他還清晰地聽到，汽車發動的轟鳴聲，以及大門沉重挪動的嘎吱聲！

不能讓他們跑了！

傅立鼎被怒火沖昏了頭腦，不顧躲避，直起身就要往前衝，嚴明樹一個飛身魚躍，將傅立鼎撲倒，然後是一聲響亮的「叮」，子彈直接擦著嚴明樹的肩膀飛過！

接著，一枚火箭彈對準廠房發射出來！

特警們見狀，立刻紛紛臥倒。

火箭彈轟然擊中牆壁，磚石碎片四處飛散！

混亂中，一位金髮碧眼的英俊男子扔掉火箭筒，收起狙擊槍翻身上車，大門在他身後徐徐關上。

特警們絕望地看著這一幕，明明一百米都不到的距離，卻猶如天塹般遙不可及。

就這樣讓他們跑掉嗎？

夏正華來不及拍打掉身上厚厚的灰燼，從身旁的特警手裏搶過狙擊槍，猛地躍起，壓根沒有看鏡頭瞄準，只是憑著手感，直接扣動了扳機。

「砰——」

「嘩啦——」

子彈準確無誤地穿過即將關閉的大門那一道狹窄的縫隙，打碎了吉普車的玻璃，穿到車廂裏。

也就在那一瞬間，德隆將岩罕撲倒了。

「哐——」

大門重重合上。

吉普車發動，飛快地向前開去，血腥味卻在車廂內瀰漫開來。

岩罕扶起父親，卻發現自己滿手的血，他驚恐地望向德隆，就見德隆的脖頸處一直在噴血，怎麼也捂不住。

「醫藥箱，Demon，醫藥箱在哪裏？」

副駕駛座上的Demon從內視鏡中掃了一眼，頭都沒回，命令鄭方：「別停，繼續開！」

然後，他才用冷淡到近乎漠然的口吻，回答道：「這麼大的失血量，先生應該是被打中了大動脈。我們現在沒有足夠的醫療設備，沒辦法救回先生的性命。」

剎那間，岩罕的大腦一片空白。

他不信！

好不容易救出了父親，回文南還需要得到父親的支持，怎麼會是這種結果？

就在這時，德隆吃力地抬起手臂，想要觸碰岩罕。

岩罕慌忙握住父親的手，急急道：「爸，你撐住，我們馬上就出國境線了。我立刻給你找最好的醫生，我們——」

「你不要……急……躁……改掉……自……負……的……毛……病……」德隆的聲音非常輕，對此時的他來說，每說一個字都無異於酷刑，「天……底……下……還……有……很……多……很多人，都，都比……你……聰……明。」

岩罕拼命點頭，眼中已經有了淚光：「我知道了，我聽你的，什麼都聽你的，一定會做到！」

聽見兒子的承諾，德隆發自內心地笑了，然後，他的手就無力地滑了下去，倒在岩罕懷裏。

岩罕顫抖著伸出食指去探德隆的鼻息，發現父親再也沒有了氣息，絕望而又淒厲的哭喊，在空曠幽深的防空洞裏迴響。

猶如魔鬼的詛咒與哀鳴。

第二十一章 全新線索

九月初的湖濱市，剛剛被一場七級颱風侵襲，但這也帶來了清涼的空氣，整個城市不再那麼酷熱。

童素的身影終於出現在素數科技。但她的心思，還沒從「7．17專案」中收回來。

「太平洋銀行到現在都沒提續約的事情，難道他們想合約到期後再次公開招標，而不是直接和我們續約？」杜明禮左右踱步，翻來覆去地念叨，奈何童素全神貫注地盯著屏幕，半點回應都沒有，這讓杜明禮很鬱悶：「夜神，你有沒有在聽？」

「嗯嗯。」童素敷衍道。

「夜神！你認真一點！」杜明禮提高聲音，「太平洋銀行和福祿壽保險是我們最重要的合作夥伴，公司每年有四〇％的營收來自這兩家企業。我們與太平洋銀行的合約還有一個月就要到期，如果太平洋方面決定要再次招標，我們得早做準備啊！」

童素這才把目光從屏幕上移開，隨手從桌上抓了一把糖，一邊撕開包裝，一邊往椅子靠背上一攤，滿不在乎地說：「不合作就不合作唄！我們又不愁業務，只是走專精路線，不想接太多單子，浪費人力而已。」

話雖這麼說，但太平洋銀行是難得的大客戶，杜明禮還是據理力爭：「太平洋銀行是國內頂尖的股份制商業銀行，在東亞地區也極有影響力，更是A、H雙股上市公司。我們公司當年打敗數十家競爭對手拿到這一單，才奠定了業內龍頭的地位。上次合約到期，太平洋銀行也是無條件續約——」

「那又怎麼樣？此一時，彼一時。」童素打斷了杜明禮的話，「你又不是不知道，太平洋銀行一直不放心將信息與數據安全交給別的公司負責，只是當時他們的技術沒達到那種層次，不得已才公開招標。但在私底下，他們從沒放棄過網絡安全與銀行系統的自主研發和維護。」

太平洋銀行董事長謝蔚林是一個極有遠見的人，早在幾年前，就已經意識到伴隨著互聯網的高速發展，網絡信息安全對銀行的重要性會越來越高。所以，太平洋銀行一方面以每年三千萬的高價招標，只為選出國內最頂尖的網絡信息安全公司，為太平洋銀行打造宛如銅牆鐵壁的防火牆。

但另一方面，謝蔚林在一些事情上又非常固執。比如，他堅持太平洋銀行系統的更新、升級與維護，主要還是交由太平洋銀行自己組建的網絡安全部負責，該部門的主管就是謝蔚林從史丹佛留學歸來的外甥賈雲豪。

為了提高網絡安全部的綜合實力，太平洋銀行這幾年重金從國內外挖來數百位頂尖的計算機人才，對設備的更新升級也毫不手軟，粗略算算，砸下去的錢接近三十億元人民幣。

正因為如此，童素一點都不驚訝於太平洋銀行不想續約。

人家找你只為過渡，如今羽毛豐滿，可以不要你了，幹嘛還要每年支付三千萬的費用，還讓你掌握他們的部分核心數據信息？

杜明禮雖然清楚這麼個道理，卻還是有點擔心：「如果不能與太平洋銀行續約，外界會不會謠傳我們公司不行了？畢竟上次湖濱市智慧交通系統被攻擊的事，雖不是我們防火牆的問題，但在不懂行的外人看來，我們確實被「Joker」鑽了空子。」

童素想了想，覺得也對：「那就再去接個大單子吧！堵住這些人的嘴。」

杜明禮苦笑道：「夜神，太平洋銀行市值超過一千億美金，要在國內找和它同等規模，又對網絡信息安全那麼重視，願意與我們合作的企業，可不是一件容易的事情啊！」

童素還沒來得及回答，手機就響了。

夏正華打來的。

童素立刻坐直身子，迫不及待地接聽電話：「夏廳，又有需要我的地方了嗎？」

夏正華語調中滿是關切：「童小姐，你的病情好點了嗎？」

從雲南回到湖濱市後，童素就因為這段時間高強度的負荷、長時間的精神緊綳以及不充足的睡眠，直接發燒到三十九・五攝氏度，在醫院躺了三天。出院之後，又被迫在家裏休息了四天，只能天天對著德芙說話，閒得都快長毛了。

所以，一聽夏正華發問，童素立刻道：「好了！早就好了！我現在精神抖擻，不能再健康了！」

夏正華莞爾：「那就好，你能來一趟嗎？專案組這邊需要你的技術援助！我們發現了新的線索！」

童素就等著這句話：「好，我馬上到！」

然後，她將背包一拎，扔了句「我有要緊事先走了」，就跑得不見蹤影。

杜明禮仰天長嘆，只能接受公司的靈魂人物忙於緝毒，無心商務的事實。

新的線索來自鄭方。

鑒於鄭方的真實身份是萬象集團的「黑桃Q」，他所創辦的那家房地產公司，以及平時接觸到的人物，全部被專案組視為嫌疑對象一一審查。

這一查，就查出問題來了。

鄭方這家房地產公司的股東基本上都不是什麼正經人。

簡單地說，涉黑。

這些人名下的產業，夜總會、皮包公司、當鋪算是最正經的了，什麼高利貸公司、賣淫窩點、催債公司、地下賭場，甚至還有黑市拳場，不一而足。

這也不奇怪。

陳雲升雖然是萬象集團在中國大陸乃至東亞的錢袋子，但也不意味著所有毒資都要走名韻集團。通過這種本來就處於灰色地帶，甚至違法的產業來洗錢，不是更加安全隱蔽？反正大家的錢來路都不乾淨，誰也不會去多事。

專案組以雷霆之勢，將這些黑惡勢力全都抓了進來，逐一審問。結果沒想到，竟從一個黑社會老大嘴裏問出了一件案子。

「他說，鄭方殺過人。」

聽見傅立鼎這麼說，童素有些不解：「鄭方不是雇傭兵嗎？對於他這種人來說，殺人就像殺雞似的，又有什麼奇怪？」

「雇傭兵殺人確實不奇怪，但你知道他殺的是誰嗎？」傅立鼎也不賣關子了，直接告訴童素，「張子恒的父母。」

童素吃了一驚：「什麼？」

傅立鼎嘆道：「我們第一次聽到這個消息的時候，也很吃驚，怎麼都想不到世界上竟然有這麼巧的事情。張家籍貫是之州省，鄭方卻在廣東，這是怎麼連起來的？但仔細問下去，發現這是真的，口供在這裏，你自己看吧！」

說著，就遞過來一沓材料。

童素心中滿是疑惑，將口供一目十行地看了下去。

原來，張子恒的叔叔由於犯了過失，導致集團出現重大損失，一向包庇他的兄長為了給董事會一個交代，不得不將他「貶」到廣東開拓分公司。這一來，山高皇帝遠，沒人管他了，一向不務正業的張子恒的叔叔更加花天酒地，與當地的一幫黑社會泡在一起。這群人中，就有不少與鄭方來往密切的。

張子恒的叔叔這人酒品不好，每次喝多了，什麼話都往外說，比如抱怨哥哥因為他的一點點小錯就故意借題發揮，打壓、架空自己，發誓一定「要給對方一點顏色看看」等。有一次，這傢伙醉後無意中吐露，自己近來認識了一位「貴人」，本事通天，又視他為兄弟，答應幫他出氣，讓他不再受哥哥的壓制。

酒桌上的吹牛，誰也不會當真，但很快，張氏集團董事長夫婦在加拿大因煤氣中毒而死，其弟接管產業的消息傳回國。這位黑社會老大就有些坐立不安了，覺得事情未免太巧，立刻派人去查張子恒的叔叔前段日子的行蹤。

鄭方有很強的反偵察能力沒錯，但張子恒的叔叔沒有啊！黑社會大佬很快就發現，張子恒的叔叔隔三岔五就去各大名寺拜佛，他派人混在香客裏，偷聽到張子恒的叔叔一個勁地求神佛保佑，說自己只是鬼迷心竅，聽鄭方有「門路」可以讓他哥哥再也構不成障礙時，鬼使神差地點了頭，他也不知道鄭方真會殺人啊！

這傢伙的話，黑社會老大是一句也不信——如果你真心有愧，就該好好對待侄子才對，為什麼一分錢也不給張子恒，直接將他趕出家門？明明就是恨不得他們死，又不敢承擔殺人的責任！

但這位黑社會老大也不是多事的人，知道這件事後，不僅沒對任何人說，自己也裝作若無其事的樣子。只是從此疏遠了張子恒的叔叔，與鄭方也是盡量不牽扯，除了之前已經有的合作不敢退出外，後來再沒有一起做項目。直到進了專案組的審訊室，為了有立功表現，才第一次說出這段往事。

「這可真是……」童素有些唏噓，也頗感疑惑，「萬象集團的高層，會與一個普通的商人稱兄道弟，還幫對方殺人？我怎麼覺得他別有用心呢？」

傅立鼎點頭：「張家是做ATM機（自動櫃員機）的，幾十年前，這玩意兒基本上都是外資壟斷。後來國產品牌慢慢發展起來，市場占有率漸漸變高，張家就一度是國內ATM廠家的龍頭。張氏兄弟中，哥哥精明厲害，嫂子也十分能幹，夫妻白手起家，創下這麼大一份家業；弟弟卻與其兄性格截然相反，無能、庸碌、沉迷酒色，心腸還十分狠毒。你們想想，如果萬象集團覬覦張家的產業，當然是逼弟弟就範更容易。」

童素意味深長地說：「ATM機啊！」

這一瞬，她已經想到了七八種利用ATM機洗錢的方式，例如在機器中植入一個小程式，不斷吐鈔但不會記錄在案；又比如利用程式，儲戶通過ATM機存款時，暗中將真鈔識別成假鈔，直接吞掉；等等。

可是不對啊——利用ATM機盜刷等，其實非常容易被發現，萬象集團想通過控制ATM機的方式來大規模洗錢，應該沒多少機會。

我國最大一筆ATM機的盜刷案件，是由一個工程師做下的。該工程師本來就是銀行總部的工作人員，平日裏主要負責測試銀行核心系統的漏洞。某天他發現，該系統有個漏洞是，在跨行ATM機取款後，取款成功但不會計入帳戶。

按理說，發現漏洞後，他需要將它提交，真正的實施測試需由其他部門來做，而且不能在生產環境下做。可他鬼迷心竅，利用這個漏洞去為自己謀利，時間長達兩年，涉案金額超過七百萬，最後被緝拿並判刑。

想到這裏，童素挑了挑眉：「光對ATM機動手還不夠，想要靠這種辦法弄走銀行的錢，必須內部有人才行。」

這個判斷，專案組也很認同，就聽童素又問：「張家只做ATM機嗎？」

「當然不止，與銀行業務相關的不少機器，他們公司都有在做。但前幾年因為張子恒把他叔叔家殺了，這種《王子復仇記》似的橋段，外界傳得沸沸揚揚。大家都在八卦豪門恩怨，張氏集團的股票連續跌停了很多天。最後，張氏集團因為經營不善而退市，破產，生產線也被同行買去了。」

他倆還在討論張氏集團的興衰，耳邊突然響起一個機械的聲音：「你們難道就不奇怪，警察都認定是一場意外事故，張子恒為什麼會知道他父母死亡的真相？」

是NULL。

這位遊離於真實和虛幻之間的頂尖黑客，永遠能第一時間找到最核心的問題。

而他的話，也讓傅立鼎和童素的表情都嚴肅起來。

NULL說得沒錯，張氏集團董事長夫婦當年前往加拿大，探望在那裏讀書的兒子，住處的煤氣管道卻出現洩漏，導致張氏夫婦中毒而死，這個案子也鬧得挺大。畢竟張氏夫婦是中國知名企業家，死狀又很慘。加拿大警方介入，查了很久，最後得出的結論是「意外」。

張子恒當時只是一個不認真讀書、天天就知道吃喝玩樂的富二代。父母一死就六神無主，還以為自己能繼承張氏集團。結果被叔叔以「你還未滿十八歲，我暫時充當你的監護人」為由奪走了公司，趕出家門，他也不是沒辦法嗎？

至於張子恒後來為什麼會成為雇傭兵，又是怎麼知道他父母是被叔叔買兇所殺……這些跌宕起伏的故事，童素本來一點都不關心，現在卻不得不重視了。

幸好，張子恒雖然殺了陳雲升，但還在法院審理階段，仍然被關在山城監獄，這就讓專案組有了繼續提審張子恒的機會。

「為什麼會成為雇傭兵？」

張子恒苦笑道：「說起來也不光彩，我爸媽死後，叔叔接管了我的監護權，扣下了我的護照，又不給我錢，導致我只能滯留大洋國，無法回到中國。後來，我身無分文，流落街頭，只能隨便找了個公園睡了一晚上，第二天醒來時發現自己在一個實驗室裏，被人當作「肉豬」給賣了。

「那個實驗室在進行人體和藥物實驗，我也不清楚涉及什麼方面。只知道身邊的人越來越少，自己的狀態也越來越不對，有時候連路都不會走了。不是那種腳麻了，走不動的感覺，而是覺得自己一會兒輕飄飄，一會兒又很沉——」

他還沒說完，就見童素微微蹙眉：「這種情況，很可能是骨骼重量和密度發生了改變，才會暫時不適應。」

NULL也道：「他的聽力也經過特殊改造，否則不會聽見特定頻段的聲波。」

傅立鼎則是深深感慨：「張子恒是扛過來了，那沒扛過來的人呢？會不會直接死了？做這樣的實驗，要死多少人？這種非法實驗室，真實滅絕人性啊！」

他們幾個在審訊室外討論得激烈，審訊室內，張子恒還在繼續回答專案組的問題。

從富二代到流浪漢，再從流浪漢到試驗體，最後從試驗體到雇傭兵，短短幾年內，張子恒經歷了無比跌宕起伏的人生。他想了想，覺得雇傭兵也挺好，一人吃飽全家不餓，也就沒了回國的想法。反正回來也沒意思，世界上最愛他的兩個人已經去了，家散了，留一個屋子又有什麼用呢？

直到後來，他認識了賀秋芳，又有了賀萌萌這個女兒，才重新踏上中國大陸的土地。

因為他突然想起母親有個祖傳的玉質彌勒佛，據說請高僧開過光，非常靈驗。母親早就說過，這個彌勒佛將來要傳給孫女，能保佑孫女一輩子平平安安。那東西很值錢，他料想叔叔嬸嬸不會隨便賣了，決定偷偷拿出來，送給賀萌萌。

在張子恒心裏，這不是偷——玉佛本來就是他的，這叫物歸原主。

誰知他剛潛入別墅，還沒來得及動保險箱，他叔叔就突然回來了，一邊打電話一邊進書房，砰的一聲關上門，就開始咆哮。

不知道對面那人說了什麼，他叔叔的情緒崩潰了，吼著「這種日子過著有什麼意思，比傀儡還不如，說的每句話，做的每件事，都要按「他」的意思來。要不是當年鬼迷心竅，讓「他」解決我哥的時候被錄了音，我也不至於被人抓住了把柄，要挾那麼多年」。

聽見這句話，張子恒氣到簡直血液都要沸騰了，直接衝出去，一把拎住叔叔的衣領，質問他為何做出這麼沒人性的事。他叔叔當時嚇壞了，拼命呼救。這時的張子恒早就喪失了理智，在叔叔身上割了上百刀，看著他因失血過多而死。

審訊室內，張子恒還在追憶過往。

審訊室外，童素和NULL已經全力開動。

「張子恒犯下殺人案那天——五月十一日，下午兩點三十二分！查他叔叔的通話記錄！臨死前的最後一通電話是打給誰的！」

很快，答案就出來了。

周志超。

藍石投資現任CEO，曾是太平洋銀行的高管。

夏正華立刻聯繫北京警方，要求他們協助逮捕周志超。

結果，傳來的卻是一個令人震驚的消息——就在兩個小時前，周志超在家中引火自焚，死狀十分淒慘。

第二十二章 順藤摸瓜

死者，周志超，五十二歲，現任藍石投資CEO。

海歸財經博士，一回國就直接加入太平洋銀行，任職十八年，做到總行的高管。五年前他離開太平洋銀行，加盟藍石投資，成為藍石投資華南地區的負責人。

三年前，多年擔任藍石投資CEO的李人傑辭去職位，接受中東哈扎維王子的聘請，去大洋國為王子打理一個兩百億美金的基金，周志超就接任了李人傑的位置，掌管整個藍石投資。

鑒於鄭方參與了對張氏集團董事長夫婦的謀殺案，而張氏集團又曾經是太平洋銀行最大的ATM機等銀行設備的供貨商，專案組判斷，如果張子恒的叔叔被捲進了利用ATM機盜刷太平洋銀行現金的案子，那麼在銀行裏應外合的人，很可能就是周志超。

只不過，張子恒的叔叔一死，張氏集團不行了，周志超也不敢繼續，所以才離開太平洋銀行，去了藍石投資。這就是後來素數科技接管太平洋銀行的信息安全維護工作後，沒發現任何問題的原因——因為周志超已經將這個漏洞補上了。

但周志超到了藍石投資後，並沒有消停。

藍石投資的錢本來是分散存放，與國內各大銀行都有往來。但在周志超上任的三年中，藍石投資旗下的資金基本都轉存到了太平洋銀行。

由於他曾在太平洋銀行任職，所以並沒多少人覺得奇怪。

「太平洋銀行每年花三千萬遴選國內最好的信息安全團隊，打造最堅固的防火牆，安全性最佳」，這是他給外界的理由。

在確定太平洋銀行很可能是萬象集團一個重要的洗錢中轉站之後，夏正華帶領專案組的部分成員，包括童素，一起來到了深圳太平洋銀行的總部。

太平洋銀行的董事長謝蔚林本來在新加坡參加世界各大銀行行長齊聚的一次重要經濟論壇，聽見專案組到來，第一時間飛回深圳，親自陪同夏正華查案。而他只有一個請求，希望專案組能網開一面，無論查到什麼，盡量不要對外界公開，以免動搖太平洋銀行的公信力。

謝蔚林回來後，立即將自己的權限開放給了專案組，全力配合調查太平洋銀行與藍石投資的全部帳目往來。對他來說，查清其中的貓膩，也是至關重要的。

專案組緊張對帳的時候，童素走馬觀花，瀏覽太平洋銀行的一些數據，突然自言自語：「奇怪。」很輕的兩個字，卻將眾人的目光吸引了過來，尤其是謝蔚林，頗有些坐立不安。

這位千億級公司的老總雖人到中年，卻保養得非常好，舉止儒雅，風度翩翩。但他的眉宇之間，還是有一抹隱藏得很深的焦慮。

夏正華知道童素不會無的放矢，便問：「有發現？」

「不清楚。」童素將一系列數據拉上去，又拉下來，反反覆覆看了好幾遍，才說，「這部分，我覺得有些奇怪。」

夏正華立刻通知財務專家們重點核查，但給出來的反饋卻是沒有問題，這部分的帳非常平，沒有假帳，更沒有壞帳、死帳。

而且，這些帳目與藍石投資毫無關係，只是太平洋銀行廣州分行一個月外匯的進出記錄。

專家們雖然非常信賴童素的黑客技術，但也委婉建議，在財務問題上請童素不要添亂，增加他們的工作量。

童素眉頭緊鎖，總覺得哪裏不對。可她只是對數字敏感，對財務確實不精通，不清楚究竟是哪裏出了差錯。

謝蔚林猶豫了一下，才問：「童小姐認為是什麼問題？」

「就是覺得有點不對。」童素也說不上來，只能反覆強調，「我就是覺得這部分的帳有問題。」

這時，耳機中突然傳來NULL的提醒：「匯率。」

童素立刻調出相關日期的匯率顯示，眼睛一亮，馬上讓謝蔚林和夏正華過來：「你們看，一月七日這天，人民幣對美元的匯率是6.2:1，但到了一月三十日，人民幣對美元的匯率已經到了6.9:1。在這種每天一睜開眼，匯率就往上升，人民幣不斷貶值的時候。太平洋銀行廣州分行，居然每天外匯進出的金額數量都和前一天差不多？怎麼可能？」

謝蔚林和夏正華比她更懂金融，立刻就意識到不對勁。

按理說，如果匯率短期內變化這麼大，一定會有一個波動曲線才對，帳目絕不可能這麼平。尤其一線城市，對匯率更加敏感，變化也應該更明顯。比如在深圳匯聚了很多海外代購，匯率的變化極度影響他們的生意，一旦匯率發生巨大變化，他們就會囤積或拋售外幣。

這些人的能量加起來不可小覷，至少會讓曲線有個小小的起伏。

「這些帳目，被人改過！」

童素和NULL的判斷，給了專案組一個全新的思路。

順著這條線索，專家們把太平洋銀行重要分行的帳目粗略地盤點了一下，發現京津冀和長三角還好，一月的外匯買賣曲線至少有波動；兩廣、福建等卻成了重災區，不僅廣州分行、深圳分行、福州分行的外匯買賣曲線平得毫無起伏，就連規模稍微小一點的廈門、柳州等分行，情況也不大妙，財務數據明顯都被篡改過。

這個噩耗，讓謝蔚林的臉色變得異常難看，他心情沉重地深深嘆了口氣，搖著頭說：「我從來沒有想到，我一手創辦的太平洋銀行竟會出這樣嚴重的疏漏！唉……」

冰凍三尺，非一日之寒。太平洋銀行會成為萬象集團洗錢的中轉站之一，並且被滲透得如此千瘡百孔，一方面是敵人有意算計，另一方面也是太平洋銀行內部的管理上出了問題。

不過在場的每一個人心裏都明白，對一家大銀行來說，這樣的惡性事件，已經不是「疏漏」二字能描述的了，必定有在太平洋銀行身居高位並深受謝蔚林信任的人從中搗鬼，才能瞞天過海得如此順利。

夏正華沉吟片刻，皺著眉道：「萬象集團行事一向非常小心謹慎，如果我們打草驚蛇，他們就會用最快的速度消滅證據，不讓我們繼續查下去，周志超的死就是前車之鑑。」

他這樣說也是有原因的——周志超死得太「及時」了。

專案組這邊剛借助鄭方這條線，將目標鎖定在藍石投資的周志超，周志超就在自己的書房裏引火自焚。大火撲滅的時候，書房也燒成了一片廢墟，什麼有用的信息都沒留下。

至於網上的記錄，那就更不用說，乾淨得像一張白紙。

很顯然，岩罕也想到了，鄭方的身份一旦暴露，中國警方肯定會去查鄭方過往二十多年的經歷。他是寧可錯殺，不可放過，務必將一切線索掐滅在初始階段。

岩罕的黑客實力可不是擺設，他徹底銷毀掉的內容，哪怕童素和NULL出手，也只能查到有東西被刪除，卻沒辦法恢復。

夏正華與萬象集團當了這麼多年的對手，心裏很清楚，周志超死得越蹊蹺，證據毀滅得越乾淨，就越證明太平洋銀行的這位「內鬼」對萬象集團來說至關重要——重要到萬象集團時時刻刻在關注藍石投資，一旦發現情況不對，立刻棄車保帥——寧願讓周志超死，也絕不讓他有機會供出萬象集團在太平洋銀行的內鬼究竟是誰。

這樣反向推理，目標範圍已經很小了——值得萬象集團這樣保的高管，放眼太平洋銀行也沒有幾位。

為此，夏正華輕輕拍了拍謝蔚林的肩膀，盡量讓這個幾乎處於崩潰狀態的大銀行家放鬆下來，然後才問：「謝董事長可知，貴行的高管們，有哪幾位的家人一直在國外？」

他的問題是有針對性的，因為傅立鼎之前已經查到，周志超遠在加拿大的家屬已經失蹤三天了。

借助NULL的幫助，特警們把周家別墅附近的監控全調了出來，並追溯到一個月以前。

大家對著視頻分析了整整一天，終於將嫌犯鎖定為周家附近一對看似和和睦睦的白人夫妻。他們是在一周前才突然搬來的，明顯就是練家子，槍不離手，警覺性也很高，時刻有意躲避攝像頭，讓人無法看清他們的正臉。

周家人失蹤的當天，這對夫妻也消失了，最後被監控拍到的畫面是他們開著一輛黑色的越野車，離開了這座城市，看上去像是要出門旅遊。看那輛車的大小，坐七個人綽綽有餘，恰好能把周志超的老婆、兒子、兒媳、孫子和孫女塞下。

專案組的刑偵專家們認為，這兩人應該是萬象集團臨時派來監視周家人的雇傭兵，一旦情勢不對，就立刻綁架周志超一家，拿他們當人質，脅迫周志超，這就能解釋周志超為什麼自殺得如此「爽快」了。

家屬在別人手裏，不得不聽命，僅此而已。

岩罕是一個疑心病很重，而且行事不擇手段的人。為防止那些被萬象集團以各種手段拉下水的「內線」反咬集團一口，派雇傭兵監視對方的家屬，一有不對就綁架、威脅乃至撕票——這種事，岩罕絕對幹得出來。再說了，岩罕本就幹過綁架賀家母女威脅張子恒的事，現在故技重演，再次通過綁架親人脅迫周志超自殺，又有什麼奇怪？

謝蔚林在弄明白夏正華為什麼突然這麼問之後，斟酌了一下，苦笑道：「您該問，究竟有幾位的家人不在國外，這我還能算得出來。」

太平洋銀行的高管，基本都把孩子送到國外去讀書了，不少還是老婆專門辭職一起去陪讀的。萬象集團如果要找綁架對象，一找一個準。

好在謝蔚林自己的獨生子已經從英國讀完大學回國工作，要不現在他肯定也沉不住氣了。

這時，一直沉默彷彿在思索什麼的童素，突然來了一句：「這帳目，究竟是報的時候就改了，還是錄入之後再改的？」

「當然是錄入之後。」謝蔚林非常篤定，「太平洋銀行不僅全程聯網，每個櫃台上也有攝像頭，監控每一筆錢的進出。錢庫更是每天都要結算清楚，工作人員才準下班。不僅如此，每周、每月、每季度以及年底，我們都要對帳目進行盤點，就是為了防止出問題。如果上報的時候有問題，就算支行乃至分行那一關過了，到了總行，帳目對不上，當場就能查出來。所以，分行的行長就算被萬象集團收買也沒用，他們頂多有批貸款的權限，但想要動外匯的收入和支出，絕對不可能。」

當涉及錢，人性從來經不起考驗，更別說太平洋銀行每天進出的金額都是天文數字，一旦出了人禍，後果不堪設想。

為此，太平洋銀行從創辦伊始就設立了一套非常完善的稽查和覆核機制。到了互聯網時代，更是斥重金完善系統和防火牆，不光是為了防止外部的黑客攻擊，也為防止內部人員利用權力，中飽私囊。

現在看來，太平洋銀行分行一級出問題的可能性不大，因為分行能做到的事情非常有限，也根本沒權限去其他分行的單據上搞手腳。想要做到大批量地改動外匯帳目，只有銀行總部的高管才有可能。

童素想了想，問道：「謝董事長剛才說，每到年底，太平洋銀行就要大盤點？那像我們剛才發現的帳目問題，年終盤庫的時候能被查出來嗎？」

這個問題讓謝蔚林又恢復了自信，他輕輕頷首：「我們的年終大盤點盤得非常仔細，只要是假帳，基本上都能查出來。」

年終的大盤點，一向是太平洋銀行抓得最緊的，最容易查出問題。

但換句話說，如果這一關過了，一般來說也就結了。除非碰到大事，否則誰也不會去翻往年陳帳。

越往後拖，被發現的可能就越小。

「無論內鬼是誰，既然他們改的是一月的外匯，就要擔心年終的盤庫。這些帳就算做得再怎麼平，終歸是假帳，在這麼多專業人士檢查的情況下，被發現的概率很大。」童素緩緩道，「現在已經是九月底，留給他們的時間不會太久。」

謝蔚林點頭：「一般來說，我們十一月末就會開始準備年終大盤點了。」

童素心裏有底了。

她的腦子一向轉得快，早就想到，此時如果明著去查，必定會打草驚蛇，不知道對方會有哪些後手。指不定等他們查到誰是內鬼，萬象集團又搶先令內鬼「自殺」，掐斷線索，就像之前幾次那樣憋屈。

既然如此，不如暗中來。

「距離年終盤庫也就兩個月了，那個內鬼肯定很急。」童素揚起嘴角，露出了自信的笑容，「如果這時候，我們給他一個『天賜良機』呢？」

謝蔚林不解：「童小姐的意思是……」

童素將自己的想法和盤托出：「我利用黑客手段，攻擊太平洋銀行的安全系統。貴行暗中與我唱一齣雙簧，假裝系統被攻陷。那個內鬼一定不會放過這個「千載難逢」毀滅犯罪證據的機會，屆時，我們只要守株待兔，就能將對方揪出來！」

謝蔚林和夏正華思忖片刻，都覺得童素這個建議可行。

但凡假帳，就沒有不怕被人查的，因為要查，肯定能查出問題。偏偏太平洋銀行的年終盤庫一向盤得非常仔細，這份假帳就算瞞天過海了近一年，到了年底也混不過去。一旦東窗事發，內鬼肯定無處隱藏。

如果這時候，一個讓自己徹底安全的機會擺在面前，對方會不心動？

只要太平洋銀行的系統被黑客攻陷，那個內鬼就可以借助這個機會，將有問題的帳都刪除乾淨，然後往「黑客攻擊」上一推，事情就了了。

謝蔚林認為童素這個思路很好，可以試試，就說：「那我現在就叫雲豪過來，與童小姐配合。」

「等等。」NULL突然出聲，「我來。」

童素有些不解，就聽見NULL說：「我的公司業務恰好有「合法進攻」這塊，謝董事長可以對外宣布，說聘請我們來對貴行進行合法進攻，以檢驗貴行防火牆的安全性。童小姐則守在貴行的網絡安全部，靜觀其變。」

謝蔚林怔了一下，才道：「雲豪是我的外甥，NULL先生難道還信不過他嗎？」

NULL知道太平洋銀行網絡安全部的部長賈雲豪是謝蔚林的親外甥，賈雲豪的母親，即謝蔚林的姊姊也是太平洋銀行的創始人之一，現在雖然已經退休不管事了，但手上還捏著太平洋銀行七%的股權，地位舉足輕重。

這也是謝蔚林為什麼放心把網絡安全部交給賈雲豪的原因，既專業對口，能力出眾，又是自家人，總比外人可信幾分。

而且行業裏都知道，這個賈雲豪曾瞧不起童素，給過她難堪。等童素用實力讓賈雲豪當眾丟人後，賈雲豪更是一直沒給過童素好臉色。

這次素數科技與太平洋銀行還沒有續約，主要原因是太平洋銀行自身的防火牆系統已經非常完善，網絡安全部也武裝到牙齒，謝蔚林認為不需要再請外援，但賈雲豪也「功不可沒」。

正因為如此，NULL雖沒見過賈雲豪，但對此人沒有任何好感，聞言就淡淡地將謝蔚林的話給頂了回去：「那倒沒有，只是童小姐應付危機的本領更令人信服。」

言下之意，就是說賈雲豪能力不夠。

謝蔚林沒辦法辯駁。

他對外甥有多少本事，心裏還是清楚的，厲害是很厲害，但要與童素、NULL這種頂級黑客比，始終有一定的差距。

而且在太平洋銀行高管都有嫌疑的情況下，單獨給賈雲豪完全透底，說這是一次「引內鬼出洞」的誘餌行動，確實也不好。

想明白這兩點之後，謝蔚林很快就點了頭：「行，同意NULL先生的說法，那我立刻喊雲豪過來。」

說罷，他讓助理通知賈雲豪來董事長辦公室一趟。

沒多久，敲門聲響起。

不等謝蔚林說「進來」，門把手已經被輕輕擰開，一個戴著金絲眼鏡，文質彬彬的英俊男人很自然地走了進來，笑著說：「舅舅，你找我？」

話一說完，他才看見坐在一旁的夏正華和童素，不由得挑了挑眉，笑意也收斂了：「童小姐？」

「雲豪。」謝蔚林略帶責備地喊了賈雲豪一聲，但看得出來，他對這個外甥非常親近，「童小姐今天來，是受我的邀請，幫我們檢測系統是否有漏洞。」

雲時間，賈雲豪臉上堆滿了不悅的神情：「我們早就請世界頂級的信息安全團隊測過，對方讚不絕口，說我們的系統完美無缺，可以打一百分，沒必要再測一次吧！」

他擺明了不歡迎，童素也客氣不到哪裏去：「測試團隊來的時候，你們全副武裝，嚴陣以待，又提前商量好了讓對方用什麼手法攻擊，測出來的結果有參考價值嗎？如果你真對太平洋銀行的安全系統這麼自信，敢試試我朋友公司的「合法攻擊」嗎？」

賈雲豪是一個非常驕傲、爭強好勝的人，一見童素挑釁，毫不猶豫地滿口答應：「無論什麼攻擊，我都全數奉陪！」

第二十三章　意料之外

所謂的「合法攻擊」，就是作為白帽的NULL帶領整個「π」團隊，用黑帽的方式，不擇手段地對太平洋銀行發起網絡進攻。

不提前預知時間，不通知攻擊方式，不會手下留情……「π」團隊會像那些真正對太平洋銀行垂涎欲滴的黑客團體一樣，用最瘋狂、最狡猾也最兇猛的攻勢，展開攻擊！

傳統的信息安全測評，就像戰術演練。再怎麼精彩，也只是演習。雙方都知道這不是真刀真槍的戰鬥，不會死人，總少了那麼一分味道。

區區演習賽，是沒辦法測出一個人的真實水準的，只有將他扔到真實的戰場，才能展現這個人的本事！就讓整個太平洋銀行的網絡安全部以為，他們遭受到了一個神秘黑客組織傾盡全力的攻擊，不得不用最大的力度來防禦！只有這樣，他們面對危機時的真實水準才會被逼出來！

「雲豪，我讓童素小姐配合你，萬一我們的系統真被攻破，你們就需要做好最後的防範——就是防止『π』團隊不講信用，趁火打劫；或者有別的黑客團體混進來，想坐收漁翁之利！」

這就是謝蔚林、夏正華和童素商量好的說辭，不讓賈雲豪知道太多。

「1、2、3，開幹！」隨著NULL的一聲指令，讓整個黑客界崇拜的「π」團隊，開始對太平洋銀行展開猛烈的進攻！

霎時間，整個網絡安全部就動了起來！

「大型DDOS攻擊！」

「立刻開放一〇%的帶寬應對！」

童素跟著賈雲豪到太平洋銀行網絡安全部的時候，看見網絡安全部的技術員們不慌不忙，一邊喝咖啡，一邊輕鬆應對。

她並沒有做出評價，賈雲豪見到這一幕，卻帶了點自得地開口：「我說，你還真是不死心啊！自己不行，就讓朋友上？但現在的網絡安全部，早就不是你四年前看到的那個剛組建的簡陋班子了。如今我們的網絡安全能與阿里巴巴、萬全天盛媲美，想找人攻破我們的系統，證明我們的安全系統還有漏洞，需要加強防護，達到讓我們繼續和你們公司合作的目的，這條路可走不通。」

「你對『不行』兩個字，怕是有什麼錯誤的定義吧？」童素反駁起他來，從不含糊，「還有，萬全天盛的安全部門，也已經在和我們公司洽談合作事宜了，我們還真不缺太平洋銀行這一單。」

賈雲豪立刻拉下臉：「你這人真不討喜。」

童素冷笑道：「我又不需要你喜歡。」

賈雲豪像被噎到了一樣，好半天才扔下一句：「我先去辦公室處理點事情。」

然後，他就匆匆地離開了，看那架勢，竟有幾分像落荒而逃。

童素見此情景，倒是楞了一下。

這時，耳機中已經傳來NULL的聲音：「你說他針對你，我看不像。」

但後半句「我倒覺得，他喜歡你」，都到嘴邊了，卻被NULL生生咽了下去。

不知為何，他對童素接觸的所有男性，都會本能地生出一絲醋意。難道，對一個女孩關心，就會這樣嗎？從未真正談過戀愛的NULL，不明白自己的情緒，為什麼會被連著耳麥的這個女孩莫名地牽引。

「是嗎？我就覺得他今天怪怪的。」童素滿腹狐疑，總覺得哪裏不對。

NULL沒接話。

童素以為NULL忙著攻擊太平洋銀行的防火牆，沒工夫繼續聽她說話，也就沒再問。

她一邊往賈雲豪的辦公室走去，一邊環顧四周，就見技術員們的臉色已經凝重了起來。顯然，「π」團隊的攻勢洶洶，已經不是他們輕易就能應付的，需要使出渾身解數才行。

整個太平洋銀行網絡安全部，只有賈雲豪了解這不過是一次用於測試的「合法進攻」，其他人都不知道真實情況，所以根本不可能給「π」團隊放水，這是一場真實的慘烈廝殺。那邊NULL已經坐上了指揮台，這邊賈雲豪作為主帥，也要站出來才行。

等等！

童素突然反應過來，今天的賈雲豪為什麼讓她覺得奇怪了！

以她對賈雲豪的了解，此人雖然自大又自負，但對舅舅謝蔚林一向十分尊敬，從沒有當著外人駁過謝蔚林的面子。偏偏剛才，謝蔚林一提要請其他公司來檢查系統漏洞，賈雲豪就直接反駁了。

雖然賈雲豪立刻找補回來，但童素回想起他當時的一言一行，可以肯定，那番拒絕的話，絕對是賈雲豪本能的反應！

他不希望有人碰太平洋銀行的安全系統，為什麼？

童素腦子轉得很快，想起剛才自己和賈雲豪的一番對話，之前不覺得有什麼問題，現在越想越覺得，對方只是找個理由和自己分開！

賈雲豪是誰？

太平洋銀行網絡安全部的主管，風光無限的青年歸國才俊，謝蔚林的外甥。

隨便一個身份亮出去，都會閃瞎人的眼睛。他怎麼這麼容易就「落荒而逃」？無疑，這是找機會支開她的手段！

想到這裏，童素臉上一冷，三步並作兩步走到賈雲豪的辦公室門口，就發現裏頭空無一人。

賈雲豪不在這裏？他會去哪兒？跑了？

不對！

童素想到一個地方，也來不及對NULL交代一句，直接飛奔到網絡安全部的總控室，打開虛掩的房門，往裏面看了一眼。

也沒人？

童素滿心狐疑，慢慢地走了進去，才走沒兩步，背後就有一股大力，生生扼住了她的脖頸！

被死死扼住的那一瞬，童素只覺呼吸困難，眼前發黑。

我會死嗎？

一片空白，無法思考的大腦中，只有這麼一個念頭。

但本能告訴她，不可以放棄掙扎，所以她用盡力氣，將手中一直捏著的手機重重地往外扔去！

「啪！」

手機摔碎的聲音，在寂靜的房間響起。

扼住童素的那隻手突然鬆開，將她摜到地上。

童素緩了好一會兒，眼睛才能重新看見東西，便瞧見賈雲豪猙獰的面孔浮現在眼前，整個人都在不斷喘著粗氣。

她想要支撐著站起來，才發現右手刺痛，估計是骨頭被摔傷了。

明明是鑽心地疼，但她卻笑了，聲音雖然因為剛才被扼住，導致有些嘶啞，語氣卻非常鎮定：「我一直與專案組保持連麥，手機一摔，他們聽不到聲音，就知道我肯定出事了。而我身上帶有GPS定位裝置，夏廳馬上就能找到我。」

她話音未落，走廊上已傳來腳步聲，隨即就是開門的聲音。

賈雲豪情急之下一把將童素扯起，用左手掐著她的脖子，一個勁地往後退。看到服務器架子上放著一把用來開機箱的螺絲刀，右手順手拿了過來，把尖頭一面對準了童素的太陽穴。這時，就見兩個正好路過的銀行保安聞聲進來查探。

保安見狀大驚失色，剛想向上級匯報，卻發現夏正華和謝蔚林已經帶著專案組的幾名特警，衝了過來。

面對眼前的這副場景，謝蔚林哪還有什麼不明白的，氣得渾身發抖：「雲豪，你怎麼這麼糊塗！」

「我沒辦法！」賈雲豪雙目通紅，「顏寒手上有我的把柄！我不按他的要求銷毀證據，我會死無葬身之地！」

無疑，他跑到總控室，就是想借這次「黑客攻擊」的機會，把自己幫助萬象集團洗錢的痕跡抹去，只是被童素撞破。情急之下，就想殺人滅口。

提到顏寒這個名字，謝蔚林還不清楚，夏正華卻已經明白：「你在大洋國讀書的時候碰到了岩罕，被他拉下了水？」

謝蔚林也聽懂了一些，立刻質問：「你究竟做了什麼？！」

「我——」賈雲豪咬了咬牙，知道今天不能善了，索性心一橫，吐出了多年來的夢魘，「我在大洋國的時候，因為酒駕，車開得太快，撞死了一個人。」

謝蔚林聞言，頓時倒抽一口冷氣。

「這麼大的事情，你居然瞞著……」

「不瞞又能怎麼樣！」賈雲豪臉色冰冷，唯有一雙眼睛，閃爍著徹頭徹尾的瘋狂，「不管是媽，還是舅舅你，全都是一副德行。一旦知道我犯了這麼大的錯事，一定會拖著我上法庭，讓我接受法律的嚴懲！」

謝蔚林提高了聲音：「難道你不該嗎？那可是一條命！」

「一條賤命而已！」賈雲豪的情緒非常激動，「不就是一個流浪漢？社會的蛀蟲、廢物，活著也沒有價值！憑什麼要我拿一生去抵！」

這一刻，他彷彿回到了七年前，那個改變他命運的雨夜。

發現自己撞死人的那一刻，賈雲豪的酒就醒了。

他選修了大洋國的法律，所以他很清楚，酒駕在大洋國本來就是重罪，撞死人就更嚴重了，是按故意殺人的標準處理，至少是二級謀殺罪，刑期十五年都是輕的，終身監禁也不是不可能。

賈雲豪的第一反應就是打電話給父母，向他們求助，但他很快就意識到，不行。

他的父母、舅舅都是非常正直的人，遇到這種事，會請律師打官司，會花巨額金錢為他減輕刑期。但他們絕不會幫他掩蓋這樁罪行，只會盡量不讓他被判終身監禁，然後讓他乖乖去坐牢，好好改造，重新做人。

就在他六神無主的時候，一旁的女伴突然提議，說可以去找顏寒。

北美的華人留學圈其實很小，大家都是熟悉的，但階層分明。學霸和學霸玩，富二代和富二代玩，像賈雲豪這種既是學霸又是富二代的人，還是與後者的接觸多一些，可顏寒是一個他們怎麼都看不透的例外。

像他們這些富二代，玩車，喝酒，泡女人，都是常事，唯獨不怎麼敢沾毒和賭，不沾毒是怕回國被父母打死，不沾賭是因為賭博這種東西，多少錢都不夠輸。就算富二代去拉斯維加斯，頂多也就湊湊熱鬧，小打小鬧一把。

但傳言，顏寒在拉斯維加斯有專門的貴賓座，賭桌的金額動輒上億美金，不管是輸是贏，沒見他變過臉色。這樣的家底令富二代望而生畏，不敢靠近。

賈雲豪知道顏寒與自己不是一路人，從來都是敬而遠之，直到那天，撞死人後，又聽見女伴的提議，他慢慢回過味，深深地看了女伴一眼，一顆心沉了下去。

他本就是極其聰明的人物，立刻明白，自己被人做了局。

所以，他的第一反應就是去探流浪漢的鼻息，發現對方沒有呼吸後，還不死心，又硬生生地坐了半個小時，確定對方的身體真的冷掉之後，才明白，顏寒是來真的。

故意讓女伴接近他，拼命給他灌酒，慫恿他酒駕，再讓這個流浪漢恰到好處地衝出來，直接往他的車上撞，就此喪命。

喝酒是真的，死人也是真的，賈雲豪不想坐牢，也是真的。

想明白這點後，賈雲豪渾身冰涼。

他知道，自己玩不過顏寒，那是一個敢拿人命當棋子的人。

他現在只有兩種選擇，也就是顏寒給他安排好的兩條路。

第一，跪下來，乖乖聽命，一切自然有顏寒幫忙收尾；

第二，廢掉自己的利用價值，滾去坐牢。只要他在牢裏待個十幾二十年，無論顏寒想要用他做什麼，都不可能等這麼久吧？

賈雲豪不想坐牢，他是名校高才生，家境富裕，有大好的前途和未來，不願為一個流浪漢償命。

所以他明知自己被人坑了，還是不得不往裏頭跳。

等到後面，他慢慢清楚顏寒究竟是誰，背後又站著什麼勢力之後，這才脊背發涼，慶自己的選擇沒錯——以顏寒狂傲偏激、不容許任何人違逆的性格，即使坐牢拒絕招攬，估計也會被直接弄死在大洋國的監牢裏。

「我也不想的，我回國之後，就不想的！」想到自己多年來受制於人的痛苦和不甘，賈雲豪嘶吼著說，「但我沒有選擇！他手上拿了我的把柄，太多的把柄！」

讓賈雲豪醉駕殺人，又幫他抹除痕跡，只是第一步。

想要一個人墮入深淵，被惡魔掌控，岩罕有太多的方法。賈雲豪以為回國能擺脫岩罕，實際上只是掉到了更深的泥沼裏。

「難怪這幾年來，你一直針對我。」童素恍然大悟，「我以為你是個大男人，見不得女人比你強，但其實你只是故意找碴兒，做出與我不和的樣子，絞盡腦汁，想要把我們公司趕出去，不插手太平洋銀行的信息安全。唯有如此，你才好在太平洋銀行中的系統中動手腳，為他們洗錢做遮蓋和掩護。」

其他人也反應過來了，岩罕控制賈雲豪的手段，不正與鄭方控制張子恒的叔叔的手段如出一轍嗎？

張子恒的叔叔一時鬼迷心竅，委托鄭方，殺了自己的哥哥和嫂子，從此成為鄭方的傀儡，不得不對鄭方言聽計從；賈雲豪也是酒醉殺了人，為了隱瞞真相，逃脫牢獄之災，就變成了岩罕手上的一條狗。

再聯想一下周志超，眾人頓時不寒而慄。

萬象集團操縱他人的方式，竟是通過各種手段讓這些人手上沾染人命，實在太喪心病狂了。

童素也想通了。

太平洋銀行早就被萬象集團選中，成為他們洗錢的中轉站之一，以前是通過周志超這個內鬼高管，加上張氏集團的ATM機，雙管齊下配合。

等到張子恒把叔叔殺了，張氏集團因為這件事，股價大跌，最終被他人收購。加上那幾年，謝蔚林已經有了讓太平洋銀行無紙化辦公，並且改進銀行核心系統，專注做好信息安全的想法。利用ATM機加內鬼動手的路漸漸走不通了，所以周志超就從太平洋銀行辭職，去了藍石投資。

但萬象集團並沒有放棄對太平洋銀行的滲透，他們有了新目標，那就是賈雲豪。

岩罕故意做局害賈雲豪，無非就是看中賈雲豪是謝蔚林的外甥，又是史丹佛計算機專業的高才生，一旦加入太平洋銀行必定平步青雲，而且最可能在新組建的網絡安全部擔任要職，是一個更合適的操縱對象。

所以，從賈雲豪成為網絡安全部主管的那一刻開始，太平洋銀行就已經被惡魔入侵，成為洗錢的基地。

舅舅對他的深深信任，變成他傷害太平洋銀行的刀刃。

賈雲豪本就處在激動、狂亂之中，聽見童素刺到他最傷心的話題，左手下意識地用力，童素頓時露出痛苦的表情。

「是你，都是因為你多管閒事！」

賈雲豪瘋狂地大喊：「要不是你，我早就順利擺脫岩罕了，不至於稍微改幾個數據，轉幾筆錢都要小心翼翼！結果，岩罕被我的進度弄煩了，說我速度太慢，辦事不力，把我抓到靶場，子彈就從我耳邊擦過去！我跪在地上苦苦求饒，才換到了活命的機會，代價是幫他把太平洋銀行的錢弄一千億出去！好不容易沒讓你們續約，準備放手來做，結果你又跑回來，還帶了警察過來！」

謝蔚林這才知道，全靠素數科技這四年來一直留心太平洋銀行的信息安全，賈雲豪畏懼她的存在，才不敢做得太過分。如果童素不在，賈雲豪早就要放手大幹，讓太平洋銀行蒙受更大的損失了。

這時大家明白，岩罕控制了賈雲豪，不只是讓賈雲豪洗錢，轉走太平洋銀行的資產才是最終目的。所謂的「辦事不力」，只是隨便找個理由。賈雲豪其實心裏也知道，但他只能把責任推卸給童素，心裏才好受些。

他情緒癲狂，手也不自覺地加大了力道。童素的脖子被卡得難受到快呼吸不過來了，雙手拼命抓著賈雲豪的胳膊，試圖讓對方鬆手。

等到賈雲豪稍微放鬆一點鉗制她的力道，她就立刻刺激對方，希望能讓賈雲豪分神，從而製造逃離的機會。就聽她一邊咳，一邊說：「聽你這語氣，敢情一月開始你動廣州、深圳等分行的外匯，還只是小打小鬧？你這個人還有沒有一點廉恥之心？」

「閉嘴！」

「你是怎麼瞞天過海的？修改數據庫的表格，把假帳換成真帳？還是直接設定程式，所有上報的錢都乘以系數，讓帳目縮水，一部分錢變成「不存在」？真沒想到，太平洋銀行推行無紙化辦公，反倒便宜了你亂來。」

童素猜得很準，賈雲豪協助萬象集團，轉移太平洋銀行現金儲備的方式，恰恰就是她說的這兩種。

一開始，賈雲豪只敢在後台偷偷改一兩張數據表。

他研究過太平洋銀行廣州、深圳等分行每天的外匯收支，分析了歷年的大數據後，算出平均值的區間和曲線，做了一批假的數據表。等這幾家分行的外匯帳目報上來，入庫的那一刻，賈雲豪就直接把假數據表覆蓋掉了真的數據表。

例如，根據大數據的計算，太平洋銀行的廣州分行基本上每天要支出一百萬美金的外匯，但這個數字不絕對。人民幣升值的時候，承兌外幣的人多一些，變成一百一十萬美金。人民幣貶值的時候，可能就是九十萬美金。但賈雲豪做的假數據表，每天支出的外匯都在一百到一百一十萬美金之間。

由於他只動了十幾家銀行的外匯，與整個太平洋銀行的巨大日收支相比並不算惹眼，曲線走勢也像模像樣，就沒人注意。

「萬象集團對ATM機動手的事情，你應該也知道吧？這幾年信息化了，ATM機上的手腳才不好做了，前幾年靠著這種手段，萬象集團也積少成多，弄了不少錢吧？你明明知道，卻一句話都不說，甚至幫著打掩護，對得起你舅舅嗎？」

「閉嘴閉嘴閉嘴！」

童素生來反骨，腦子又轉得比誰都快，賈雲豪越是讓她住口，她就越要刺激對方。

她很清楚，岩罕的胃口怕是不止於此。哪怕她現在受制於人，表現得也像自己掌控了全場：「你剛才說，岩罕讓你轉一千億出去。以對方的胃口，這一千億的單位應當是美金，你從哪兒弄這麼多錢給他們？莫非在我們素數科技不續約撤離期間，沒人制約你後，你竟動了太平洋銀行的儲蓄？」

第二十四章 無法回頭

賈雲豪臉色鐵青，卻沒有反駁。

因為童素說得沒錯，素數科技一離開，賈雲豪在岩罕的死亡威脅下，淪陷得更深。

岩罕承諾，只要賈雲豪從太平洋銀行中轉移一千億美金給萬象集團，岩罕不僅放賈雲豪一條生路，還會付賈雲豪一億美金的傭金，並為賈雲豪安排假身份，逃離中國，保證誰也抓不到他。

賈雲豪心動了。

在岩罕的「指點」下，賈雲豪的膽子越來越大，從修改數據表，到直接植入程式。

這個程式很簡單，太平洋銀行所有分行、支行每天的收入，在錄入數據庫的那一刻，都會觸發這個程式，自動減少百分之一。

例如，太平洋銀行廣州分行今天吸納的儲蓄是一個億，上報到總行系統內的時候，就神不知鬼不覺地變成了九千九百萬，那少入庫的一百萬，則悄無聲息地轉到了萬象集團在海外的帳戶中。

按理說，銀行每天的數據都要做多重備份，打印報表，儲存留檔，賈雲豪就算動了數據也很容易被發現才對。但謝蔚林是個很願意接受新事物的銀行家，認識到網絡是大趨勢，早幾年就開始在太平洋銀行推行無紙化辦公，所有的數據都記錄在雲端，不需要依賴紙質文件，這就方便了賈雲豪動手腳。

誰讓他是網絡安全部的主管，整個太平洋銀行的信息安全都由他負責呢？就連數據的物理備份，也是經他之手，直接把錯誤的帳目覆蓋了進去。這才是一月帳目就出了問題，但到現在都沒被發現的原因。

謝蔚林一看賈雲豪的樣子，就知道自己創辦的銀行就連居民儲蓄都被偷偷挖了牆腳，頓時氣得眼前發黑，但現在，他還不能痛斥這個外甥，因為賈雲豪拿童素當人質，隨時有可能失控。他只能想辦法安撫賈雲豪的情緒，高聲說道：「雲豪，不要傷害童小姐！舅舅向你保證，現在回頭還來得及！」

為了穩住賈雲豪，不讓他對童素下殺手，謝蔚林接著高喊：「你雖然參與了洗錢，但只要現在能夠回頭，把你知道的情況都坦白，一定可以將功贖罪的。再說，舅舅作為苦主之一，也會向法庭要求，不追究你的責任，盡量讓你能夠減刑。」

由於過於激動，謝蔚林的聲音都變得嘶啞了。

賈雲豪鉗制的左手，不自覺地鬆了一些；右手的螺絲刀，也離童素的太陽穴稍遠了點。

他一錯再錯，無非是因為知道了岩罕的身份，發現自己是在為販毒組織做事，走上了一條回不了頭的不歸路。以中國政府對毒販的嚴厲打擊，不管是製造、運輸、販賣，還是參與毒資洗錢的，只要達到一定的量，基本上都逃不過一個死字。

賈雲豪不想死，只能越陷越深。

但現在，謝蔚林做了保證，卻讓賈雲豪有些鬆動。

賈雲豪知道，舅舅謝蔚林交遊廣闊，認識很多人。如果自己當汙點證人，又有舅舅幫忙奔走，或許罪不至死。

正當他分神的工夫，突然覺得手臂上一麻，隨後腳上劇痛，掐住童素的手臂不自覺地鬆開了。

原來，童素抓住機會悄悄從袖洞裏拿出一支常備的迷你防狼麻醉針，扎在了賈雲豪的小臂上。同時又狠狠地踩了他一腳，並乘他稍稍鬆開手臂的剎那，人猛地往下蹲，掙開了賈雲豪的鉗制，迅速跑到了夏正華身邊。

特警抓住這個機會，飛撲上前，一把打掉賈雲豪手上的螺絲刀，將他擰住，按倒！

謝蔚林看見外甥狼狽的樣子，長長地嘆了一口氣。

但就在這時，刺耳的警報響起！

NULL急切的聲音，自夏正華的通信器中傳來：「太平洋銀行的系統中留有一個未知程式，剛才已被激活。

現在整個系統都已陷入混亂，錢款正被大批量地轉出去！」

「雲豪！」謝蔚林第一時間就望向賈雲豪，「你做了什麼！」

賈雲豪的臉上閃過震驚、茫然，最後化作複雜。

他艱難地搖了搖頭，終於在偽裝了多年之後，第一次說出真心話：「這個程式是顏寒讓我植入的，他說，這是他設計的自毀程式。如果我發現情況不對，自己有暴露的風險，就可以啟動整個程式，摧毀整個太平洋銀行的系統。」

「但我沒有啟動。」

賈雲豪求助般地望著舅舅，眼中只有茫然和無助：「舅舅，我沒有。我只想用我的方式把證據清除，根本不會傷害到銀行系統！」

他知道，一旦啟動這個程式，太平洋銀行的多年基業就會化為烏有。所以，哪怕他每天都提心吊膽，唯恐東窗事發，也絕不敢這樣做。

就算剛才，早就得到岩罕提醒的賈雲豪在看見夏正華的那一刻，就知道專案組查到了太平洋銀行，再查下去，紙是包不住火的，自己幹的壞事一定會被發現。但當他來到總控室後，猶豫再三，還是沒狠下心啟動這個自毀程式。

他只是嘗試著想刪除這一年來，太平洋銀行所有的交易記錄，掩蓋自己不僅幫萬象集團洗錢，甚至還在岩罕的威脅下，把太平洋銀行的資產直接轉移給萬象集團的事實。但才開始操作，就聽見腳步聲從門外傳來。畢竟做賊心虛，導致他極度緊張，反應過激，力求用盡力氣在第一時間制住來人，險些把童素掐死。

「現在不是追究責任的時候！岩罕根本就不是想摧毀太平洋銀行的系統，銷毀證據，而是想將這個龐大的金融帝國據為己有。」生死邊緣又打了一個滾的童素，比任何人都要清醒，她忍著手臂的劇痛，當機立斷，「盡快阻斷被感染機器的網絡，我和NULL現在就開始尋找病毒的漏洞！」

NULL與她配合得十分默契，立刻說：「我已經在排查所有機器，很快就能出結果！」

「不用這麼麻煩！」謝蔚林神色冷峻，反應果斷，「我馬上下達指令，讓銀行所有分行、支行，全部中斷網絡！」

他雖然不懂計算機，但也明白，黑客想要把太平洋銀行的錢轉走，必須通過網絡。如果銀行斷網了，黑客再怎麼厲害，一時半會兒也沒辦法憑空把錢變走。

這個決定，必定會讓太平洋銀行龐大的體系陷入混亂，還會蒙受巨大的信譽損失，所以童素沒提，NULL沒提，可謝蔚林自己提出來了。

兩害相較取其輕，與其讓販毒集團得逞，倒不如壯士斷腕，再徐徐圖之。

看見謝蔚林如此果斷，童素心中佩服，只聽NULL已開始分派任務：「我們先把漏洞給堵上，然後我帶團隊去檢索高級病毒，你帶領他們編寫針對普通病毒的批量殺毒軟件！」

「好！」

作為頂級黑客，根本不必多說，童素和NULL同時在最短的時間內想到了解決方案。

岩罕借助賈雲豪之手往太平洋銀行系統裏植入的程式，歸根到底就是一段病毒。只要先物理斷網，阻隔它迅速蔓延，然後再找到病毒攻擊的源頭，即系統的某個漏洞，將這個漏洞封堵上之後，再對病毒進行查殺即可。

當然了，岩罕投下的病毒，不可能只是查殺就能消滅這麼簡單。

NULL方才在檢索中已經發現，這次的病毒具有多重功能，既可以快速感染，也能攻擊滲透。

如果他們一台台電腦檢查過去，當然能快速把病毒解決，但太平洋銀行有多少台電腦，其中又有多少台被感染？真要讓他們挨個去檢查，把全國跑遍，非得累死不可。再說，太平洋銀行也無法承受長時間斷網產生的惡劣後果啊。

所以，NULL很快就給出了分工——他們先用最快的速度，編寫一個補丁，堵上病毒利用的漏洞，再關門打狗。

然後，童素帶人找到病毒的共性，做一個簡單的殺毒程式，通過外部4G（第四代移動通信技術）網絡分發給太平洋銀行的所有分行、支行，讓他們立刻下載、查殺、消滅掉那些簡單的病毒。對太平洋銀行的分行、支行來說，這一步基本上也夠了。

NULL這邊則對該病毒的高級功能逐一排查、檢索，尤其是總行的核心服務器，必須一台一台地檢查過去。畢竟，岩罕想要奪走整個太平洋銀行的現金，最關注的一定是中樞，總行中被投放的病毒，絕對是最高級、最複雜、最難搞的。

考慮到童素的手傷，NULL就把最複雜的任務都擔到了肩膀上。

童素也清楚，這是NULL照顧她，心中暖暖的，卻不忘叮囑謝蔚林：「謝董，您通知分行的時候，千萬不要發郵件，很可能會被攔截。」

「謝謝童小姐關心。」謝蔚林搖了搖手機，「我已經在微信群裏艾特了所有分行行長，讓他們看到之後全部回『1』，我方便統計。至於那些沒回我的，我馬上讓助理一個個打電話過去通知，告訴他們十萬火急，立刻去做。」

搶救太平洋銀行的一切措施，就在這電光石火間開始有條不紊地進行！

與此同時，文南國，升龍省。

「真是成事不足，敗事有餘。」

岩罕無趣地扔下手機，語氣平淡：「好事不敢做，壞事不做絕，要不是無其他人可用，我也不至於挑中這麼個廢物。」

他對面坐著的中年男人右手指間夾著一支筆，飛快轉動，左手靠在椅背上，隨意地擺弄著茶几上的煙灰缸。

「話又說回來，如果老師肯幫我，我也不至於被賈雲豪這個廢物擺一道。」岩罕望向面前的人，微微瞇起眼，語氣平淡，卻令人毛骨悚然。

中年男人轉筆的動作頓了一頓，聲音有些低沉：「賈雲豪也是頂尖的計算機高手，接手那個程式的時候，當然會進行檢查。如果病毒不做成「刪除外匯交易記錄才能啟動」的特定觸發機制，瞞過賈雲豪，讓他以為開關控制在他自己手裏的話，他根本就不會把這個程式往裏頭放。」

岩罕輕蔑地笑了。

這就是他瞧不起賈雲豪的地方。

明明都已經做下損害太平洋銀行利益的事情，居然還自欺欺人，保留所謂的底線，不想做到最後一步？這和一邊給人捅刀子，一邊說「對不起」有什麼區別？

岩罕尊敬始終如一的好人，欣賞純粹到底的壞人，唯獨最看不上賈雲豪這種遮遮掩掩、左右逢源的兩面派。

只不過，他沒想到，阻止他計畫的，又是「赫卡忒」。

「我當然知道，情況緊急到那種程度，很可能是他東窗事發，這麼短的時間內，未必能把整個太平洋銀行掏空。但沒想到事情會這麼巧，「夜神」又摻和了進來。如果她不在現場，等太平洋銀行反應過來，我們至少能轉走太平洋銀行三分之一的現金儲備。」岩罕不緊不慢地說。

中年男人終於抬起頭，望向岩罕，目光中帶了一絲警告。

岩罕絲毫不被這道目光影響，氣定神閒地說：「都說事不過三，我卻一而再，再而三地放過她，無非就是看在老師的面子上。只可惜，老師從不領情，始終恪守當日誓言，拒絕幫我。而她拼命破壞我的計畫，令我、令整個集團都損失慘重！要是父親還活著，面對這樣的硬骨頭，他會採取最大的尊重——讓「黑桃K」送對方一顆子彈。」

岩罕說笑一般地陳述著恐怖的事實，順便將手機放到桌上，推向中年男人：「老師不妨也看看，『赫卡忒』被挾持時對付賈雲豪的身手，真是俐落極了。如果不是我讓賈雲豪在太平洋銀行總行的監控系統中植入了一個程式，可以用來監視他的一舉一動，而那個NULL又忙著維護太平洋銀行的系統，暫時沒空管監控系統，我們還真看不到這麼精彩的一幕。」

看見中年男人的表情都變了，岩罕輕輕地笑道：「老師，你說『赫卡忒』隨身攜帶麻醉針，究竟是為了防誰呢？」

他的眼睛明明在笑，卻讓人不寒而慄。

中年男人知道，眼前的豺狼在提醒自己，他還欠德隆一個人情沒有還清。

長久的沉默後，中年男人終於開口：「你希望我幫你做什麼？」

「我不會為難老師。」岩罕慢悠悠地說，「我只是希望能在父親的七七到來之前，將他的仇人一一送下去陪他，免得父親在黃泉路上，走得太過寂寞。」

說罷，他漫不經心地拿起手機，點開一個程式，往啟動鍵按下去。

太平洋銀行總部總控室裏，賈雲豪的瞳孔突然放大，緩緩癱倒在地上，全身不斷痙攣，喉嚨裏發出痛苦的嘶吼聲。

第二十五章 坦露心扉

賈雲豪死了，死於神經性毒素。

專案組將賈雲豪的隨身物品翻來覆去地檢查，才發現他的襯衫領口第一個扣子中被植入了一個微型的智能注射裝置，該裝置中有一根比繡花針還要細，大概只有五毫米那麼長的針管，裏面存有十毫克被稱為VX的神秘毒素。

這種神經性毒素化學性質穩定，在乾燥並隔絕氧氣（或充氮）條件下長期儲存也不易變質失效，而且毒性極大，只要皮膚吸收六毫克的VX，如果不及時解毒，就可以在三十至六十分鐘內致人死亡。一次性往體內注入十毫克，不需要幾分鐘，就能讓一個成年男人直接去見閻王。

等刑警搜完賈雲豪的家，發現賈雲豪最喜歡穿的十幾件衣服裏，全被如法炮製，裏面都植入了智能注射裝置。

專案組順藤摸瓜，找到賈雲豪一直洗衣服的深圳本地一家高級乾洗店，追查過去後卻發現店裏有個員工剛剛辭職。這人什麼都沒帶，直接就到口岸，排隊出關去了香港，再從香港買了一張機票，已經搭上了去歐洲的飛機。

很顯然，在這一次的對弈中，專案組又慢了一步。

唯一值得慶幸的，是太平洋銀行的執行力很強，童素和NULL的效率也很高，這一次終於沒讓岩罕得逞，銀行的錢沒有被轉走分文。

不過，在仔細核對之後，銀行發現了許多地方的帳目對不上，也弄清楚了很長一段時間以來，賈雲豪到底做了多少壞事。

前幾年還好，賈雲豪不敢太張狂，但自從素數科技撤回人手，不再負責太平洋銀行的信息安全後，賈雲豪便肆無忌憚，在短短一個多月的時間內，竟然使用各種手段，轉了八十億美金出去，萬象集團從太平洋銀行搞到的錢，抵得上之前很多年販毒的總和了。

這些損失，自然由太平洋銀行內部去商討該怎麼辦。

而此時，童素和NULL展開了前所未有的爭吵。

漆黑的房間裏，突然有了一束光，那是房門打開從走廊投映進來的光線。

但很快，這束光就隨著大門的關閉，再度被掩蓋。

童素面無表情地將背包一甩，扔到沙發上，不知道是不是因為準頭沒掌握好，背包「啪嗒」一聲摔到牆上，再慢慢滑落，跌到地上，裏頭的東西稀里嘩啦全散了出來，沙發上、地毯上，哪裏都是，童素卻視若無睹。

她快步走到桌前，想要喝水，但幾次都沒摸到杯子，好不容易摸到了，手卻抖個不停，一杯水倒有大半全都濺了出來。

就在這時，她的腳邊被什麼毛茸茸的東西拂過。

是德芙。

童素再也繃不住，溫熱的淚水大滴大滴地滑下。

似乎察覺到了她的悲傷，德芙跳上桌子，踱到童素身邊，尾巴輕輕蹭著她死死按在桌子上已經青筋畢露的手。

「謝謝。」童素低下頭，凝視著一直陪伴著自己的老貓，聲音有些哽咽，「我早該知道，從一開始就只有你。」

除了你之外，別人都不會陪著我，更不可信。

德芙瑩綠的眸子望向童素，就像很多年前，它還是剛出生的小奶貓時，那樣清澈、溫柔而無辜。

童素抱著德芙，在黑暗之中靜靜地坐了許久。

然後，她突然拿起手機，將NULL的聯繫方式刪除。

做完這件事後，童素又打開電腦，找到自己與NULL的通信軟件、郵箱、聊天工具，能拉黑的拉黑，不能拉黑的就屏蔽。

等她刪到最後一個聯絡工具，準備切斷她與NULL的所有聯繫時，屏幕突然不能動了。

那一瞬，童素的表情突然變得非常冷漠：「你這樣做有意思嗎？」

屏幕還是停在那裏。

「夠了！」童素的情緒就這樣失控了，她的聲音聽上去極其尖銳，「你現在可以阻止我刪掉它，但你能一輩子阻止我找機會刪掉它嗎？就算你能，我也再不想聽見你的聲音，再不想與你說話，更不想與你有任何交流！」

說到這裏，她突然冷笑：「對了，我還忘記了，你的聲音也是經過變聲器偽裝的。你在我面前，從來沒有一樣東西是真實呈現的，一樣都沒有！」

莫名的憤怒與委屈湧上心頭，童素狠狠將桌上的東西往地上一掃，任由它們跌落，損壞，滿地狼藉，全然無視平常自己對它們寶貝得不得了。

漫長的沉寂之後，藍牙音箱裏，突然傳出一個沙啞而滄桑的聲音：「對不起。我用變聲器是因為我的聲音不好聽。本來就很平庸的嗓音，又因為過度抽煙被毀得一乾二淨。我自己聽了都覺得不舒服，何況是你。」

童素沒有說話。

「對不起，其實我不是想指責你。」NULL也很懊悔，「我只是覺得，你做事有點偏激，喜歡拿自己的生命去冒險。」

說到這裏，他頓了一頓，才說：「這樣很危險。」

童素冷冷地笑了，笑得很淒涼。

他們從來沒吵過架，一直都配合得十分默契，直到從太平洋銀行離開，NULL突然說：「你都知道賈雲豪有問題，為什麼不等保安來再去？你知不知道，你差點就死了？」

他的聲音第一次這麼高昂，語氣激烈。

霎時間，剛從生死邊緣走一趟、情緒本來就不穩定的童素，突然爆發了：「你憑什麼管我？」

然後，從深圳飛回湖濱市的一路上，童素就冷著臉，一句話都不說，直到現在，突然要刪NULL的聯繫方式，儼然一副老死不相往來的架勢。

NULL頓覺頭疼。

他從來沒有發現，童素的性格這麼偏激，一句錯話都不能說。他甚至不知道自己觸到了童素的哪根神經，讓她發這麼大的脾氣。

童素也知道NULL委屈，但她控制不住自己的狀態，大聲說：「你懂什麼？」

「我確實不懂，但我可以試著理解——」

「不要站著說話不腰疼了！」童素的聲音非常尖銳，「你沒受過我的苦，怎麼知道我為什麼會這樣？你有家人嗎？他們會傷害你嗎？」

NULL閉上了眼睛。

他竭力不想去回憶自己的繼父，那個粗魯沒有文化，每天只會喋喋不休抱怨社會不公，以酒精自我麻痺，一旦不如意就對妻兒拳腳相加，帶給了他無盡陰影的男人。但他又必須承認，如果沒有這個男人，光憑母親一人根本養不活他，更不要說供他讀大學。

就算是一個大男人，在他家鄉那種窮地方，想要供一個孩子讀書，也是非常不容易的。哪怕對方每次給錢的時候都罵罵咧咧，脾氣不好的時候直接搧他幾個巴掌，讓NULL對「交錢給學校」這件事充滿畏懼；但現在回想起來，哪怕對方會打他，會罵他，可要給的錢，一分都沒有少過。

只可惜，這個人早在十年前就因為過度酗酒，突發腦出血，離開了人世。

「我媽對我很好，但我繼父，我不知該怎麼說。」NULL沉默半晌，才緩緩道，「他打起人來的猙獰樣子，我一輩子都忘不掉；但要不是他，我也讀不了大學。」

他長長地嘆了一口氣，心情非常複雜。

但也就因為這一句話，他驀地想到，從來沒聽童素提過父母。

就好像，這兩個人根本不存在一樣。

童素的滿腔怒氣，就突然煙消雲散了。

她好像一拳打在了棉花上，又或者才發現自己做了多麼殘忍的事情，撕開NULL的傷疤，讓他回憶起被家暴的不堪過往。

但這一刻，她感覺到，自己的心靈與NULL前所未有地接近。

所以，童素打斷了他的話，問了一個十分奇怪、似乎與他們目前說的話完全沒關係的問題：「你曾經控制過我的電腦，我也給你看過我的手機，那你是否奇怪過，為什麼我的手機裏，每個聯繫人都按時間、地點、姓氏做了排序，但沒有一個的時間早於十年前？

「答案很簡單——因為這份編號，來自每個聯繫人與我初次相遇的時間和地點。」

面對童素的回答，NULL不自覺地坐直了身子。

他確實入侵過童素的手機，也發現了對方對聯繫人獨特的排序方式，但他只以為是黑客的怪癖。

直到剛才，聽童素這麼一說，NULL忽然覺得十分吃驚。

童素今年才二十七歲，但手機裏的全部聯繫人，最早一個與她初次相識都不超過十年，那她之前十七年的歲月裏，難道沒有熟悉的人嗎？

她的父親呢？母親呢？爺爺奶奶、外公外婆都在哪裏？

不待NULL發問，沉浸在過去中的童素已經給出了回答：「我的父親出生於四川一個貧困的縣城，家裏兄弟姊妹眾多，他是最聰明的那個，讀書時成績很好，後來考到上海名校的數學系。我的外祖父和外祖母都是中國美院的教授，他們的獨生女在這樣的家庭環境中長大，從小耳濡目染，癡迷於西方文藝復興的歷史，對那段時期的藝術作品有著極其濃厚的興趣，一直想去佛羅倫斯朝聖。她性格溫柔，卻又帶著叛逆，為了能有更多接觸國外文化的機會，拒絕留在父母身邊，而是去了上海的名校，研究西方的歷史、藝術與哲學，從而在大學校園中，與我父親相遇。他們的初次見面說浪漫也浪漫，說務實也務實——來自縣城、出身貧寒的少年，對知識有著強烈的渴求，又迷上了新事物計算機，迫切地想學好英語，每天在英語角苦練。剛好，出身書香世家的少女，心中也有一個暢遊歐洲的夢，需要找人練習口語。他們就這樣認識了，每天都在一起結伴對話英文。」

這是一切的開始。

英俊的少年與美麗的少女由此相識、相知、相愛，本打算一起考到國外去讀博士。但大四那年，少女的父母相繼病倒，她不得不放棄夢想，回到父母身邊照顧他們。少年追了過來，兩人一同留在西子湖畔，當年就結了婚。

婚後，男方在研究院當高級工程師，業餘就是倒騰電腦，編寫程式；女方專心繪畫，閒暇的時候也會翻譯國外的一些藝術著作評論等。

然後，他們有了愛的結晶，

「我之所以叫童素，正是因為，我的父親認為，素數在自然數中，具有極其鮮明的特質，又無窮無盡；我的母親則認為，素色在繪畫中象徵潔白的本色，代表著至真至純，是一切的開始。而且，我母親又姓蘇，『蘇』和『素』讀音相近。這個「素」字，是他們能想到的，最好也最合適的名字。」

NULL聽到這裏，心中有些羨慕，忍不住放柔了聲音：「在充滿愛的家庭長大，真好啊！」

不像他的家，充斥著暴力、酒精和髒話。

小小的他，只能看著母親挨打，卻無力保護她。

童素不自覺地笑了，眼中卻有了淚光：「我也覺得，真好啊！」

那曾是一段多麼幸福的時光！

每個晚上，溫柔美麗的母親都會為她朗讀英文名著，從希臘神話到荷馬史詩，從《神曲》到《堂·吉訶德》，伴隨著母親柔和動聽的聲音，小小的童素安然入眠。

每個傍晚，父親編寫代碼，在黑與白之間縱橫時，都會將她抱在膝蓋上，告訴她，二進制的世界有多麼奇妙。

但這一切的幸福，都在她十歲那年戛然而止。

「我的母親被診斷出了癌症。」童素的聲音非常平靜，讓人無法想像，她曾經有多麼痛苦和絕望，「乳腺癌折磨了她整整兩年，摧毀了她的美麗，卻沒帶走她的溫柔。臨終的時候，她還拉著我和父親的手，讓我們好好地生活，不要難過。但她不知道，她的離去，也將我父親的魂魄帶走了。」

失魂落魄的父親，滿心沉浸在失去愛妻的痛苦之中，忽略了年幼的女兒。

直到看見女兒的成績嚴重偏科，他才慢慢振作起來，抱著童素，答應會好好照顧她，可是……

「他不見了。」

第二十六章　悲傷過往

童素的聲音，第一次有了顫抖，以及一絲淒涼。

NULL不知該說什麼好。

他甚至不敢問，這個「不見了」究竟是什麼意思，是按字面意思理解，人失蹤了，還是「逝去」的委婉說法？

但很快，童素就給出了答案。

「不用多想，他就是不見了。」童素的聲音有些哽咽，腦海中浮現起了當年的畫面，「我清晰地記得，那天，他給了鄰居奶奶三千塊錢，說自己有事要出一趟遠門，讓我天天去鄰居奶奶家吃飯，這是伙食費，然後就匆匆忙忙地走了。從那之後，他就再也沒回來。」

哪怕時隔多年，但只要閉上眼睛，童素就好像回到了十二歲那年。

她縮在房間裏，假裝自己已經睡著了。母親的幾個朋友為她掖好被子，輕輕把門關上，然後壓低了聲音，在客廳裏討論，卻不知道她輕輕下了床，擰開了門把手，透過虛掩的門，偷聽到了她們的對話。

「……真可憐……留下這麼個孩子……」

「聽說夫妻感情很好，太太過世後，老童還大病了一場，整天魂不守舍。」

「你們說，老童該不會是沒想開，追隨妻子而去了吧？」

每一句話，都像一把鋒利的刀子，在童素心口劃了一刀又一刀，讓她銘心刻骨，終生難忘。

哪怕十五年後，回想起當時的場景，童素也能清晰地複述每一句話，甚至將她們的語氣模仿得惟妙惟肖。三分同情，三分憐憫，三分不贊同，還有一分隱隱的羨慕。

羨慕童家夫婦的深情，卻不贊同老童的「殉情」。

NULL不知該如何安慰童素，糾結半晌，才訥訥地說：「怎麼會呢？你的父親不可能是這麼不負責任的人，如果他離開了，你怎麼辦？」

「對啊，我也想問！」童素的淚水不停地往下淌，語氣卻帶著笑，但那故作輕鬆的笑聲，比哭還要淒涼，聽得NULL的心都揪了起來，「我也想問，他為什麼就能拋下我，一去不返，至今都沒有音信？但如果他是被綁架了，憑他的本事，怎麼可能不傳一些信息回來？」

那時的她，只有十二歲啊！

NULL不知該說什麼好。

童素擦了擦眼淚，努力平復了一下心情，才繼續說：「接下來的事情就很老套了，我母親過世，父親失蹤，外公外婆也已不在人世。在公安機關認定我父親失蹤後，按照程式，通知了我父親那邊的親戚，還有我母親這邊的遠親，希望有人能撫養我。這些人為了我的撫養權，差點打了起來。」

NULL知道接下來的故事不會太好，便道：「那你家肯定挺有錢的。不像我，如果母親不在了，肯定沒人願意養我，因為沒有任何收入，卻多了一張吃飯的嘴。」

「沒錯，就像你猜的那樣，我家還算有點錢。外公外婆收藏了一些古玩、字畫，家裏還有三套房產。雖然十五年前，房價沒今天這麼高，但市中心的房子還是很引人垂涎的。」童素輕聲道，「更不要說我的母親，因為英年早逝，在書畫界地位又上了一層樓，她的許多作品也能拍出不菲的價格。」

童素從小就是個極其聰明而敏感的孩子，她敏銳地發現這些親戚都不懷好意。

哪怕他們一個個拍胸脯保證一定會對她好，帶她去吃，帶她去玩，給她買很多新衣服、新玩具，但她能從這些人的眼底讀到貪婪。

她打心眼裏不願與這些父母在世時都不怎麼聯繫的親戚打交道，更不願被他們撫養，可她只是個十二歲的孩子，無力抗拒。

最後，她的大伯一家憑借大家長的身份，爭取到了她的撫養權，一家人住進了她以往的家，把她趕到最小的房間——母親用來放畫的小閣樓居住。

曾經布滿回憶的家，被一點點抹去，全都是外人的痕跡。

父親用來編寫程式、製造無數神話的電腦，成了堂哥玩遊戲的工具；母親的書房和畫室，被改成了堂姊的臥房。家裏那些珍貴的藏書，在她故意的大吵大鬧，驚動鄰居的情況下，才被堆進她的房間，而不是被當成廢紙賣掉。

至於父母和外公外婆的畫作、珍藏，她都沒能保住。

所謂的親戚，就像蝗蟲，將她家裏的東西搜刮一空，那些值錢的藝術品，全被他們賣了個乾淨。一躍從窮人變成有錢人了，開豪車，穿名牌，卻對她極為刻薄。

他們把她當成眼中釘、肉中刺，因為她還活著，就提醒著大伯一家，眼前的生活都不屬於他們這些入侵者，他們只是代為保管財產罷了。

大伯母甚至還扔掉了從小陪她長大的老貓，理由僅僅是覺得麻煩，不想養，會亂跑，會抓人，會掉毛。哪怕童素哭著說她會把貓照顧好，會打掃，把貓關在小房間裏不出來，也沒能保住這位看著她出生與成長，已經垂垂老矣的家庭成員。

早就沒了生活能力，幾乎走不動的老貓，一旦失去了家，就只剩死路一條。

但她只能眼睜睜地看著。

看著自己最後的家人被趕走，不知道在哪個黑暗的角落死去，自己卻毫無辦法。那種無力感，至今仍是她的夢魘。

恨意像蔓藤一樣，在童素心裏生長，她開始報復。

「我偷偷在電腦裏植入了一段程式，堂哥只要打開網頁，就會彈出一個廣告鏈接。表面上看像是小黃網的廣告，其實是賭博網頁的鏈接，而且沒辦法關掉。只要他一點進去，就會自動跳轉到「幸運轉盤」。而且，我還專門為他修改了這個網站的後台程式，單獨為他調了概率。只要他在這個網站賭博，但凡一次性押的資金沒到一萬，就會一直贏。哪怕每次押五萬，也有三分之一的概率獲勝。我還在網站旁邊貼心地放上了高利貸的地址，只要一張身份證，借貸金額就高達五十萬。我就不相信，他能忍得住這樣的誘惑。」

事實證明，她的堂哥確實也沒忍住。

最開始，他只敢五塊十塊地玩，不敢押大。但在發現自己無與倫比的「幸運」之後，他就忍不住了。一夜暴富的感覺實在太好，好到讓他飄飄然，迷失了方向，不停地加注。輸了，就想要翻回本；贏了，則想要贏更多。

等她的堂哥從輸紅了眼的狀態回過神來之時，才發現，自己已經欠下了數百萬的巨款，而這筆錢，他們家肯定是拿不出來的。

「拿不出來？」NULL有些疑惑，「可你說過，你的外公外婆留下了一些古董，母親也是小有名氣的畫家，他們既然把這些都賣了，總不至於幾百萬都拿不出來吧？難道短短一年都不到，他們就把這些錢都敗光了？」

童素諷刺地笑了：「他們懂什麼藝術？又見過多少世面？聽見一幅字畫能賣三四千，已經忙不疊出手，就怕錯過這個村便沒了那個店。明明是不貲之損，還以為自己碰上了個大傻子，撿了大便宜。」

她母親留下來的畫作，現在的起拍價已經是三十萬一幅，哪怕在十五年前，賣個七八萬，甚至十來萬，也是沒問題的。結果被大伯一家當成了蘿蔔白菜，三千一幅，全都打包賣了。

至於她外公外婆留下來的古董，大伯一家倒是知道這些值錢，卻不知道究竟值多少錢，又不敢明著賣，就只能私下找人，結果被黑吃黑。價值上千萬的古董，也就賣了一百來萬，對那家人來說已經樂瘋了，一輩子都沒見過這麼多錢。

一百來萬，說多也多，說少也少。買輛豪車，花天酒地，一會兒就花光了。不是自己辛苦掙的錢，花起來總是不心疼的。

所以，等她堂哥被高利貸追債的時候，這家人才發現，暴富而來的現金不剩多少，想要還數百萬的賭債，除非把童素家的三套房子，以及她父親名下的一些股票、基金等全部賣掉，才有可能堵上這個缺口。

問題是，這些財產他們沒有權利支配，否則他們早就把這些錢據為己有了。而童素沒有成年，就算被哄騙著簽字，文件也沒有法律效應。

如果她不在就好了。

為了還債，快要家破人亡的童素大伯一家，心中滋生了罪惡的念頭。

NULL急切地問：「他們想要害你？」

提及這段最為兇險的過往，童素卻出乎意料地平靜：「他們聯繫了一個老鄉，打算把我賣到四川的鄉村，準備就緒後，就說國慶帶我出去玩。你明白的，十幾年前，監控還沒這麼發達，逢年過節，景點人山人海，丟孩子的事情並不少見。」

NULL氣得臉色發青：「他們也配叫人？」

占據了人家的家產，不對人家的女兒好就算了，居然還想要賣掉童素？而且是賣到山村裏去？

NULL就是從大山深處走出來的，童素要是真被賣了，會遇到什麼，難道還用多說？

她的大伯一家簡直禽獸不如！

「這不是很正常的嗎？」童素輕描淡寫地說，「在這個利益至上的社會裏，人家吞了你家一大筆錢，還能指望他們吐出來？只可惜，他們想做壞事，卻不敢做絕，沒膽子殺人。要是他們一不做，二不休，直接把我推到河裏淹死，說不定就成功了呢！」

NULL震驚得說不出話來。

過了好半天，他才乾巴巴地吐出一句：「你——你——」

「嗯，我設計讓我堂哥迷上賭博的時候，就知道我有可能會死。」童素淡淡道，「輸紅了眼的賭徒，什麼做不出來？但我就算一味忍讓，情況也不可能更好，只會讓他們變本加厲；這樣做了，死掉的概率頂多一半，為什麼不賭一把呢？」

只怕大伯一家進監獄的時候都不知道，為什麼他們自認為「天衣無縫」的計畫會失敗；為什麼童素會在被拐賣中途，偷偷跑掉，去向警察求助；為什麼她的身上又多了累累傷痕，有新有舊，最陳舊的可以追溯到半年之前，坐實了他們一直虐待她的證據。

「那些傷痕，都是我自己掐、自己打、自己拿針扎出來的，足足弄了大半年。」童素用漠然的語氣，陳述著悲哀的過往，「我也不想傷害自己，因為這只會讓我自己難受，沒人會心疼我，但我只能這麼做。因為他們雖然私底下會罵我，會苛待我，卻絕不會打我，不會在我身體上留下任何傷痕。他們的表面功夫也做得很好，外人眼裏，他們對我一直都很盡心盡責。我不希望有任何意外讓他們脫罪，所以，我必須做出他們私下裏一直在虐待我的樣子，證明他們確實是會拐賣侄女的人渣。」

NULL的大腦一片空白，幾乎不會思考了。

他從沒想過，童素性格裏還有這麼狠絕、近乎瘋狂的一面。寧願用一種自我傷害、近乎玉石俱焚的方式，也要毀滅敵人。

誰能相信，一個十二三歲的女孩，竟能謀畫這一切呢？

人們只會認為，童素大伯一家實在太過分了，表面上對侄女好，實際上就是為了侵占侄女的財產。因為兒子欠了賭債還不上，打上了童素家產的主意，喪心病狂想將侄女賣掉，以謀奪家產。

「警察姊姊安慰我的時候，我就一直哭，一直哭，做出很害怕的樣子。我說我不要別人照顧我，我自己能照顧好我自己，其他人都會把我賣掉。」童素輕嘆了一聲，有些感慨，「這個世界上，還是好心人多。」

公檢機關認真研究了這個案子後，認為她的情況確實很特殊，因為她與現存的所有親戚，基本上都沒怎麼往來過，彼此毫無感情可言，而且家境也確實都不如意。如果將她交給那些親戚，很有可能重蹈覆轍。而且童素的狀態，儼然是心理陰影過大，倘若強行將她托付給任何人撫養，或許會對她造成不可逆轉的創傷。

於是，警方就聯絡了當地的民政部門，由婦聯、街道等部門商討之後，終於拿出了一套還算不錯的解決方案，即童素將家裏剩下的兩套房子出租，一套的房租付給鄰居老奶奶，對方收了錢，就要負責童素的一日三餐，生活起居，相當於一個可信的長輩加半個保姆；另一套的房租讓童素自己保管，學費和生活費就從這份房租裏支出。

至於租客，由美院的幾位教授，也就是她外公外婆的好友、弟子們負責介紹，只租給本校的老師或學生，房租也由這幾位長輩負責收取，互相監督。

除此之外，社區民警每周都會來走訪，社區工作人員也經常打電話慰問，看看她有沒有被虐待，又或者金錢、生活方面有沒有什麼困難。她父母的一些同事、領導也會偶爾過來探望，確保她能安然無恙地長大。

畢竟，鄰居家再好心，風評再好，到底與童素沒有血緣關係。雖說這些人拿了錢，被雇用照顧童素，理應好好對待她，但拿錢不辦事的人，世界上還少嗎？她大伯一家拿了她家那麼多錢，又是她這麼近的血親，不照樣不幹人事嗎？

這些人對童素都非常好，確實很盡心，但童素沒有大獲全勝的喜悅，反而對人世有著無窮無盡的厭倦。

她拖著疲憊的身軀回到家的那一天，天空下著傾盆大雨。

社區的工作人員將她安頓好，又再三叮嚀之後，才冒雨離去。童素坐在窗前，木然地聽著雨聲，心中一片漠然。

母親故去，父親失蹤，老貓被丟棄，放眼世間，她已經沒有任何親人了。

不是血緣上的親戚，而是真正可以依靠、相依為命的親人。

她為何還要活著？難道是為了繼續孤獨地留在人世間，承受更大的痛苦嗎？

正當她的思想走入極端，不想活下去的時候，卻聽見了一聲細微的「喵」。

極輕極輕的一聲，卻像雷霆劈到了童素的心上。

她突然跑下樓，衝進雨裏，冒著瓢潑大雨，拼命地尋找。終於在一個角落裏，發現了一隻瑟瑟發抖的黑色小奶貓，以及小奶貓身邊一隻母貓、三隻小貓的屍體。

小奶貓拼命舔著母親和兄弟姊妹，發出微弱的叫聲，想要讓它們看一看自己。卻不知道，她的母親和兄弟姊妹們都因為天氣太冷，又缺少食物，沒有熬過這個深秋，留下它孤苦伶仃地活在世間。

如果沒有人將牠領走，再過一天，牠也要因為饑寒交迫而死。

看著這隻小奶貓，童素彷彿看見了自己。

那一瞬，淚水和雨水交織，模糊了她的雙眼。

她小心翼翼地將小奶貓抱起，脫下外套，給牠遮擋，寧願自己被淋得濕透，也要護著小奶貓不被雨水打濕。

「從那一刻開始，牠就成了我的家人，唯一的家人。」

第二十七章　解開心結

NULL幾次想要安慰她，卻都卡在喉嚨裏。

他本就不是能言善辯的人，在這種情況下，更不知該說什麼好。

就在他不知所措的時候，童素已經擦乾眼淚，深呼吸了一下，笑了笑，才說：「接下來的故事，也沒什麼稀奇。我一個人憤世嫉俗地活到了十七歲，成天在網上掀起腥風血雨，『赫卡忒』之名也就是那時候傳開的。直到一次偶然，看見了蝙蝠俠的故事，我突然意識到，自己不能這樣下去，就決定去考個大學，過一下『正常人』的人生。後來在大學裏，我遇到了很多可愛的人，他們天天圍著我打轉，對我非常崇拜。我就漸漸好了起來，在他們的慫恿下開了公司，一路晃蕩，就到了今天。」

NULL猶豫半天，才說了一句：「你可真了不起。」

童素以為他在安慰自己，隨口道：「哪有？也就那樣，混日子。」

「我說的是真心話。」NULL的聲音十分低沉、沙啞，卻沒有之前的壓抑，反倒像明白了什麼似的，緩緩道，「過往的我，一直沉浸在自卑中，覺得誰都對不起我，犯了許多無可挽回的錯誤，走了很多彎路。但現在想想，每件事都存在光明與黑暗的兩面，可我只能看到黑暗，也只能走向黑暗。不像你，身在黑暗，卻心懷光明。」

聽見NULL的說法，童素頓住了。

她沒有告訴NULL，自己不像他想的那麼陽光。

年少時的記憶終究給她帶來了揮之不去的陰影，令她本能地與任何人保持距離。哪怕和杜明禮認識了十年，又一起開了公司，對方都不知道她家的具體住址。

那段遭遇，令她無法再全心全意地去相信任何人。

而NULL，是她以為，自己能夠真心相交和托付一輩子的第一個人。

雖然他們彼此沒有太多的交流，也沒有認識多久，但她能從每一個細節感覺到，對方和她一樣，都對技術有著近乎狂熱的渴求，對冒險有著無與倫比的渴望，對規則有著與眾不同的堅持，對世界也有著異乎尋常的孤獨感。

可就在對話開始前，她一度覺得這個志同道合、心靈相通的朋友，其實並不像自己想的那樣。他呈現在她面前的，全都是假象；而她展露給他的，卻是全部的真實。

那種交付信任卻被背叛的痛苦，令她差點失去了理智。

但現在，童素發現，自己離NULL又近了一些。

她曾一度很好奇，NULL到底長什麼樣子，現實中是怎樣的人，真名叫什麼。可當NULL平靜地說完過往，也給出了無數關鍵的信息，只要她輕輕一查，就能看見NULL的長相和履歷時，童素卻沒有這樣的想法。

電腦對面的那個人，觸及她的僅僅是靈魂，相貌又有什麼關係呢？

「哪怕我知道，你給了我去查的機會，但我也清楚，你還沒有從那段過去中走出來。所以，我選擇尊重你。

「你不主動走到我面前來，我就絕對不會去看。」

懷著這樣的想法，童素笑了笑，說：「和你說完之後，感覺好多了，謝謝你。」

「該說謝謝的是我。」NULL異常認真地回答，「是你教會了我，什麼才是真正的勇氣、堅持和光明。」

坎坷的遭遇，並不是墮落的理由，相反，它是鞭策我們不斷前進的動力。

他說得這麼嚴肅，童素卻不知為何忽然笑得很開心，一邊笑一邊擺手：「你突然這樣，我怪不好意思的，其實我真不是個好人。不但記仇，而且會報仇，還不分時機，老是搞砸事情，讓杜明禮收拾爛攤子。」

NULL知道她的情緒實際上還沒有穩定，只是想找人說話，就很配合地問：「比如呢？」

「比如幾年前，我們公司為了競爭太平洋銀行的單子，我就去了一趟。賈雲豪見我是女性，嘴上雖然不說，態度卻處處都是不看好。然後我就指出了他精心設計的系統有三大漏洞，還有一百多個小漏洞就不一一贅述了，如果他需要，我可以列個清單給他。當時他那個臉色，你是沒看見。杜明禮都對我哀號，說完了完了，這一單一定要丟了。好在謝董是個明白人，直接就簽了兩年的合同。」

NULL想想那個場景，不自覺露出一絲微笑：「也不怪他，這一行的女生本就少見，大家或多或少都有點偏見，等你展露實力了，他們就會跪下唱《征服》。」

童素哼了一聲，才道：「有偏見是正常的，我就看不慣他對女生的態度，自己是個鑽石王老五，天天被女人追著捧著，就以為全天下的女人都要圍著他轉？為了金龜婿，願意上演宮心計的女人確實很多，但自立自強的女人也不少。他就算不撞到我這塊鐵板，也會在其他地方丟人！」

說到這裏，她嘆了一聲，有些意興闌珊：「算了，現在人都死了，說這些也沒意義。我只是覺得有點悲涼，他以前多麼意氣風發，結果……」

童素搖了搖頭，沒再說什麼。

NULL也不知該如何開解她，想了一會兒，就問：「你打遊戲嗎？」

這一打遊戲，就打了個天昏地暗，直接打到了第二天中午。

童素是熬慣了夜的人，照樣精神奕奕，正想再新開一局，刺耳的手機鈴聲打破了這份寂靜。是夏正華打來的電話。

神神秘秘的，沒說什麼事，只讓童素過去。等童素到了約定的遠郊一座大山的山腳，就見傅立鼎站在那裏，也是一臉茫然。

過了好一會兒，夏正華才出現，示意兩人跟著他上山。

山路崎嶇，七拐八拐，走了快有兩個小時。到了一個半山腰，轉過一個彎，豁然開朗前面是一條修剪整齊的林蔭道，兩旁靜靜地矗立著上百個整潔的墓碑。

就像一排又一排沉默的衛士。

童素注意到，墓碑左右立著兩個小小的雕像，有些墓碑上的雕像相同，有些迥異，不由得在心裏想，這些雕像代表著什麼呢？

「那是小隊的代號。」

童素驚訝地看著前方的夏正華，才發現自己方才竟不知不覺把疑惑問了出來。

夏正華沒有回頭，只是帶著兩人走到一個墓碑前，又看了一眼周邊的幾十個墓碑，目光中透著懷念：「海東青，就是我們小隊的代號。」

童素這才發現，夏正華面前的墓碑上，兩隻雄健的海東青目光炯炯，振翅欲飛。

墓碑上只有四個字：臨淵之墓。

傅立鼎撲通一聲，在墓前跪了下來，低著頭，掩蓋自己通紅的雙眼，以及不自覺淌下的淚水。

不是傅臨淵，也不是林元。

只是臨淵。

「不能刻真名，因為怕被毒販組織找到，順藤摸瓜，暴露身份，連累家人；也不能刻化名，因為毒販對這個名字更是刻骨銘心。有些仇恨，就算人死了，也不會停息。」

夏正華的語氣非常平靜，卻讓童素鼻子一酸，差點流淚。

她別過臉，不想看這令人心碎的一幕，但望著不遠處藏在綠蔭之間那一排又一排的潔白墓碑，心裏堵得慌。

這個墓園裏的每一座墓碑，都代表著一位因緝毒而犧牲的無名英雄。

在二十年前與萬象集團鬥爭最激烈的時候，雲南邊陲是重災區，中國政府特意從相隔2,500多公里外的之州省，調動一支特警部隊前往緝毒，為的是這些隊員與當地人沒有盤根錯節的關係，不會受到各種複雜因素的影響。

這些壯烈犧牲的特警，最後都落葉歸根，被埋在這個偏僻隱蔽的墓地。甚至對烈士的家人，也只是告知親人已經犧牲，不會說是因為緝毒，也沒告知安葬的地方。目的只有一個，就是更好地保護烈士們的親屬。

傅立鼎默默地跪在墳前，沒有說話。

夏正華輕嘆一聲，示意童素跟自己離開，不去打擾他。

夏正華帶著童素，撫過每個雕刻著海東青的墓碑。

「這是雷子，每次緝毒都衝在第一，為了掩護我們撤退，守在最後。我們找到他的時候，發現他身上有二十幾個彈孔，眼睛還沒有閉上……

「這是阿棟，身手不行，腦子卻非常靈光。只可惜，那次為了找到毒販的交易地點，他誤判情報，中了敵人的埋伏。為了讓大家撤離，他抱著炸彈，與毒販同歸於盡。這座墓裏，只葬了他的軍服，還有幾件常用的物品。」

幾十座墓碑，幾十個名字，幾十個曾經鮮活的人。

明明時間已經過去了那麼久，久到意氣風發的青年鬢角染上了白霜，但回想從前，他們的音容笑貌就立刻浮現在眼前。

童素默默地聽著，時不時抬起手，擦掉眼角的淚水。

她想要安慰夏正華，卻發現語言是那麼蒼白，蒼白到她根本說不出一句話。

最後，她只是用哽咽的聲音問：「我以後可以經常來看他們嗎？」

「不必了。」夏正華輕聲道，「他們在這裏很安靜，很幸福，你要是經常來，只會讓他們提心吊膽。」

緝毒警察沒有一個怕死的，卻非常害怕因為自己的特殊身份，連累到無辜的人。

本該很悲傷的事情，被他這麼一說，反而添了些寧靜與祥和。

童素的心緒也慢慢平復下來，突然看見遠處一排較小的墓碑，忍不住問：「那也是緝毒警察的陵墓嗎？為什麼小了一半？」

夏正華語帶懷念：「那也是我們戰友的陵墓，但不是警察，而是警犬。」

二十年前，科技還沒有這麼發達，毒販們攜帶毒品的方式又千奇百怪，靠人力很難檢查出來，必須依賴警犬。

優秀的警犬，可以令毒販聞風喪膽，恨之入骨。因為他們就算把毒品藏在船艙中，隔著厚厚的甲板，警犬也能第一時間聞出來。

更不要說邊境地區，毒販和山民喜歡埋雷，想要探路，當年也只能依靠警犬。

所以，警犬的犧牲率，比警察還要高得多。

他們這樣的緝毒警察，與警犬同吃同住，自己捨不得花錢買葷腥吃，卻一定不忘給警犬們買燒雞、燒鴨加餐。但就像身邊的人來了又去一樣，親手照顧長大的警犬，也沒幾條能最終留下。

聽見夏正華將往事娓娓道來，童素突然明白，為什麼「7．17連環爆炸案」的時候，夏正華一句話就能調來那麼多退役警犬。

因為他始終都沒有忘記這些警犬戰友，哪怕牠們已然故去。他自掏腰包，資助湖濱市的幾個退役警犬基地，希望這些戰友能安享晚年。

「這次回去後，你就不要再加入專案組了吧！」夏正華突然說。

童素愣住了。

「緝毒是一項艱苦又很危險的工作。」夏正華凝望著戰友們的墓碑，平靜地說，「牽扯得太深了，對你不好。」

童素猶豫了一下，還是爭辯道：「可我已經牽扯這麼深，還在德隆、岩罕面前都掛了號，現在退出也不合適啊！」

她本來不想這樣講，畢竟一開始是夏正華請她參與到「7．17專案組」中來的，這麼一說，夏正華可能以為童素在責怪他。所以童素斟酌了一下，又小聲補上一句：「您別擔心！我其實真的很高興，因為我一直都很想成為英雄！」

夏正華只能嘆息。

他何嘗不知道童素牽扯得太深？但他之前以為，童素只要留在國內，專案組負責一下她個人安危，應當沒事。可看見岩罕是怎麼殺賈雲豪的，夏正華突然意識到，童素的處境並不安全。

不僅童素，夏正華自己、傅立鼎等人肯定也上了萬象集團的黑名單。但童素是女性，大家對她總會照顧一些，也會更擔心她的安危。

童素其實心裏也清楚，她那點防身的小手段，純粹是為大伯一家準備的，應付沒有格鬥經驗的普通人還行，但碰上萬象集團那些身經百戰的雇傭兵，估計在人家手裏堅持不了一個回合。

她大伯一家四口，刑期最長的大伯因為販賣、虐待婦女兒童，非法侵占他人巨額財產等罪名，被判了十一年。按理說，四年前，大伯就該出獄了，更不要說刑期更短的堂哥、嬸嬸和堂姊。

童素雖然已經搬了家，卻沒改身份證和戶口，有心想要找她，不是一件難事。所以她一直挺擔心大伯等人出獄後，心有不甘，想要報復，就隨身攜帶了麻醉劑和電擊棒，用來自保。卻沒想到大伯和堂哥還沒品嘗到這套她精心準備的自救設備，反倒先用在了賈雲豪身上。

夏正華沒再說什麼，因為他看到傅立鼎走過來了，這位優秀的刑警眼眶通紅，眼睛卻比從前更加堅定、明亮。

不必多說，夏正華已經懂了。

身邊這兩個年輕人，不會因為危險就放棄對萬象集團的追查。他們希望將這個罪惡的組織連根拔起，不讓萬象集團繼續危害百姓。

就像當年滿懷雄心壯志的自己一樣。

祭拜完傅臨淵，已經到了晚上。

夏正華的司機一直等在墓園門口，這時突然接到他父親的電話，說他母親快不行了，想見兒子最後一面。聽見這個消息，年過半百的司機頓時急了，匆匆把車開到市區後，就立刻將車鑰匙交給傅立鼎，自己則趕緊打車去火車站，坐最近的一班高鐵趕回老家。

司機一走，本來坐在後排的傅立鼎只能上來兼職司機，夏正華坐在傅立鼎正後方，童素則坐在副駕駛座上，正好有時間給NULL發信息。

沒聊幾句，了解童素行程的NULL傳來一條信息：「你們繞路吧！前方的那個路口剛發生了一起車禍，一輛小轎車闖紅燈，與兩輛車發生剮蹭，現在路堵住了，過不去。」

傅立鼎知道後，有些頭疼：「繞路啊！不是不行，但要繞就只能繞到平安大道，距離長不說，我怕這個時間點還會堵。」

平安大道是進出湖濱市的交通樞紐之一，每天車流量極大。尤其到了晚上，那些白天被禁止走這條路的大貨車絡繹不絕，導致路況非常複雜。

童素聳了聳肩：「那也總比一直被堵著好。」

傅立鼎想想，覺得也是，就把車開向了平安大道。

童素也沒把這件事放在心上，繼續和NULL聊天：「才半天時間，我怎麼感覺你變冷淡了？」

手機那頭的NULL沉默了。

其實不是冷淡，是他突然有點沒辦法原諒自己。

童素被賈雲豪挾持的事情，是NULL第一個發現的，他當時一聽音箱中傳來的聲音，就知道那邊出事了。等童素把手機一摔，兩邊斷了聯繫，NULL意識到情況不對，馬上鎖定童素的GPS定位，並通知夏正華，眾人才及時趕到。

但這不能減輕NULL的無力感。

他調出了醫院的監控和童素的病例記錄，知道童素被賈雲豪扼住，雖然聲帶沒受傷，但雪白的脖頸上印著猙獰的手印青，幾天了都沒能消掉。

如果賈雲豪力氣再大一點，再瘋狂一點，或者童素沒能自救……光是想一想這種可能，NULL就無法控制自己的慌亂。

可他什麼也做不到。

哪怕通知了再多的人，哪怕實時將現場盡收眼底，哪怕想了再多救援的措施，他還是很痛恨自己，為什麼不在童素身邊。

如果他跟著童素，就算打不過賈雲豪，也會拼命上前，不至於讓她受這麼多苦。

大概是看他太久沒反應，童素直接撥通了語音，小聲問：「你沒事吧？」

「我沒事。」NULL回答，「我就是——沒什麼。」

他糾結再三，還是把關心的話咽了下去。

既然他不能在現實中出現，說再多又有什麼用呢？只會給她期待，又令她失望而已。

下次遇到這種情況，他能出現在現場，出現在童素身邊嗎？

童素感覺NULL心中藏了事，追問道：「你確定真沒什麼想和我說的？」

NULL猶豫了一下，天平的兩端不斷掙扎，最後還是決定表明心跡：「童素，其實，我……」

話還沒說完，手機話筒中就傳來驚天動地的撞擊聲！

「砰——」

第二十八章 致命謀殺

時間拉回兩秒之前。

正在開車的傅立鼎突然發現情況不對，明明前方綠燈在倒計時，馬上就要變為紅燈，左後方的大卡車卻沒有減速，直直地衝了過來！

從後視鏡看到這一幕的傅立鼎提高了警覺，第一時間就猛打方向盤，也不顧什麼紅綠燈，當即就要往右邊的道路上拐！

但這時，大卡車也突然加快了速度！

「砰！」

劇烈的撞擊聲在夜晚的平安大道響起！

無與倫比的衝擊力令大卡車的車頭凹陷下去，童素等人所乘坐的轎車更慘，直接側翻，左邊完全被撞癟，右側緊貼著地面，整輛車都豎了起來。

「該死！」

手肘傳來鑽心的疼提醒傅立鼎，他的左手已經由於直面撞擊而骨折，右手則因為車身的側翻，被卡在了掛檔處，一旦想強行拉出來，這隻手就別想要了。

鮮血從額角緩緩流下，模糊了傅立鼎的眼睛，但大腦比任何一刻都要清醒。

他立刻對童素說：「你和NULL的通話沒掛斷吧？立刻告訴NULL，通知最近的公安、消防和醫院，用最快的速度趕來！」

坐在副駕駛座上的童素無疑是受傷最輕的那個，除了車輛的劇烈震動和側翻令她頭部被撞擊，整個人有些眩暈外，狀況比另外兩人都好很多。

確定了自己與NULL的通話狀態還在保持，童素立刻復述了一遍傅立鼎的要求。

她嘗試活動自己的雙手，發現它們沒被限制後，做的第一件事就是將耳機拔了，通話開公放，然後去觀察傅立鼎和夏正華的情況，心中就是一沉。

傅立鼎滿臉是血，後座的夏正華更是成了血人，幸好夏正華也繫了安全帶，被牢牢地固定在了位置上，否則車子右翻，坐在後方又沒繫安全帶的人，很有可能由於頭部向下倒插的姿勢，導致頸椎直接折斷！

童素的洞察力極其敏銳，看見夏正華失去意識，昏迷在座位上，受傷很重，就知道自救只能靠自己和傅立鼎，又發現傅立鼎被卡在位置上不能動彈，連忙問：「我能做什麼？」

「你得先出去！」傅立鼎的思路清晰，「車子被撞得這麼厲害，漏油的可能性很大。擋風玻璃已經裂了大半，只是沒碎。你找一下副駕駛座前的工具箱，看看能不能翻到錘子。如果有，就把缺口砸大，然後爬出去！」

「那你們呢？」

「我整個人現在都動不了，需要專業人員來救援，你別管我！」傅立鼎毫不猶豫地說，「等你出去後，先把左側的兩個車窗全部砸掉，這樣既能減少救援時間，也能給車輛通風。然後就去盯著油箱，一旦發現油箱有起火的痕跡，就立刻往外跑，跑得越遠越好！」

童素也是果決的人，聽完應了一個「好」字，就立馬解開了自己的安全帶，弓著身子去摸工具箱。

而此時，手機裏也響起了NULL急促的聲音：「我已經通知了最近的公安、消防和三甲醫院，報告了夏廳遭遇車禍的情況，讓他們立刻趕來救援，並為他們規畫好了最快的路線。仁德醫院離這裏只有三・五公里，只要堅持一下，救護車很快就能到。另外，我正在入侵幾大常用的導航app，讓所有本來與救護車路線相同的車輛都以為這附近的路在修，繞道而行。」

這是為了防止往來車輛絡繹不絕拖慢救援的時間。

傅立鼎隨著失血增多，已經有些暈眩，卻強撐著說：「『空神』，你查一下那輛大貨車的信息，我感覺它是故意撞過來的，希望他沒同夥在旁邊等著補刀。」

NULL強迫自己冷靜下來：「明白，我這就入侵監控系統，替你們注意周邊的可疑人員，一發現就告訴你們。」

話雖如此，但他心裏其實很明白，就算他從監控裏看到了鬼鬼祟祟的人，那又能怎麼樣？如果對方真要對夏正華等人造成二次傷害，夏正華昏迷，傅立鼎骨折，童素雖然沒受什麼傷，但到底是弱女子，怎麼對抗？偏偏隔著網絡，他什麼都做不到，什麼都做不了。

想到這裏，NULL不自覺地握緊了雙手，骨節分明，青筋畢露。

電話那端的NULL心急如焚，痛苦不已，電話這端，童素已經從工具箱中翻出了一個小錘子。

但此時，氧氣不足的弊端已經開始初步顯露。

慘烈的車禍讓空調直接停擺，偏偏這輛車的擋風玻璃質量極好，承受這麼劇烈的撞擊都只是出現裂紋，沒有徹底碎掉。

由於傅立鼎被卡在車上，想要按下車鎖、搖下車窗也成了無法完成的動作，而且整輛車變成了一個狹小而密閉的空間，氧氣漸漸被二氧化碳所取代，導致人暈眩的速度加快，四肢更加無力！

如果這輛車是往左翻的，或許還好，偏偏是右側翻，童素處在副駕駛座上，右手貼著副駕駛座旁的玻璃窗，被身體的重量壓著，導致她不僅施展的空間極小，也很難發力。她努力嘗試用錘子去敲擋風玻璃，但掙扎著試了好幾次，擋風玻璃紋絲不動！

看見這個情況，傅立鼎抬高聲音：「你盡量往我這邊挪一下身子，給右手騰出可以發力的空間。要快，車內的氧氣支持不了多久，不及時通風，大家都得死！」

「可——」童素急急道，「我剛才計算了一下整輛車的著力點，現在剛好維持在一個平衡的狀態，如果我破壞了這個平衡，這輛車很可能再次往左或往右側翻，我怕夏廳承受不住這樣的衝擊啊！」

其實，還有個更大的擔憂童素沒有說出口，要是油箱再一次受到猛烈撞擊，會不會引發爆炸？

「我說了，你別管！」傅立鼎厲聲道，「這種時候，活下來一個算一個，尤其是你！我已經聞到汽油的味道了！」

此時，傅立鼎遠比童素冷靜。

他一遍又一遍地回想著剛才大卡車衝過來的場景，已經意識到，這絕不是一次簡單的車禍，而是針對他們三個的暗殺。

所以，傅立鼎立刻算了一筆帳。

他們三個人中，傅立鼎自認是最沒有價值的那一個，衝鋒陷陣的角色誰都能擔當，少了他傅立鼎還有別人。如果要犧牲，肯定是他來犧牲，保全夏正華和童素。

但現在，夏正華生死未卜，童素卻只是受了輕傷，傅立鼎當然不惜一切，也要讓童素活著出去。

「夜神」要是不在了，誰來對抗岩罕這位「太陽神」？光靠NULL嗎？估計懸！

這時，NULL也說：「根據我的計算，消防車會第一個來，但也還要五分鐘左右。一旦車輛開始漏油，爆炸的可能性極大，越留在車內就越危險。尤其現在，你們一面玻璃都沒打破，車內的氧氣很快就會消耗光，再拖下去，生還的概率更渺茫。與其等待救援，倒不如賭一把，進行自救！」

童素咬了咬牙，不再多說，用左手死死抓住汽車排擋，盡量往上挪，然後蜷起身子，用一個很不自然的動作，艱難地移到前方，找到擋風玻璃龜裂的核心點，重重砸去！

一下，沒有反應！兩下，也沒有反應！三下，還是沒有反應！四下，仍然沒有反應！！！

「嘩啦！」

敲到第五下，擋風玻璃終於碎裂了！這玻璃破碎的聲音宛若天籟！

但還沒來得及高興，一直搖搖晃晃的汽車終於被打破平衡，往右嘩啦一聲，再度翻倒，四輪和底盤直接朝天！

被安全帶固定在駕駛座上的傅立鼎悶哼一聲，顯然已傷上加傷，卻忍著不喊痛，不給童素增加負擔。

童素努力將身體壓低，放平，積蓄力量，然後先探出頭和肩膀，再猛地一用力，終於成功地從車裏鑽了出來！

狼狽地滾出車輛，她身上和手上多處擦傷。但她卻顧不了那麼多，快速從地上爬起，撿起一旁滾落的錘子，忍著即將奪眶而出的淚水，開始拼命地砸車輛兩側的玻璃。

每一錘，都好像砸在自己的心頭。

童素從來不信上天，更不信神明，但這一刻，她拼命祈禱，心中只有一個念頭，不要起火，千萬不要起火！

但這世界上的事情，往往是怕什麼就來什麼！

油箱外部，由於剛才車輛的再度翻轉、撞擊，導致部分線路短路，一小簇火花突然躥起！

霎時間，童素手腳冰涼。

傅立鼎一直在注意她的表情，看見她往油箱那裏看了一眼，臉色就煞白，立刻反應過來，狂喊：「走！快走！」

「我——」

童素大腦一片空白，還沒來得及做出抉擇，就聽見不遠處傳來消防車專用的鳴笛聲。

消防隊員們徹底撲滅火苗，阻止汽車爆炸的那一刻，童素才像從地獄回到了人間，雙腿一軟，直接癱坐在了地上。

不知為何，她的感覺都有點鈍了，就好像眼前發生的一幕幕，只是自己正在看的一場電影。聲音離她很遠，距離也是。

她看著消防隊員救火，拆車門，小心翼翼地將夏正華和傅立鼎弄出來；看著公安拉起了警戒線；看著醫務人員趕到，將兩人放上擔架，又請她一起上車，就模模糊糊地跟著上了救護車，腦子還有些渾渾噩噩。

到了醫院，等夏正華被推進手術室，傅立鼎被送去拍X線片後，童素才慢慢從這種狀態中脫離，有了點活氣。

她扶著牆，一路在醫院摸索，轉來轉去，才轉到了醫院一側的小賣部，本想買幾瓶碳酸飲料，但想了想又放了回去，換成盒裝純牛奶，又拿了幾條餅乾。偏偏要付錢時，才發現自己身上既沒帶錢，又沒有手機，只能尷尬地放下東西。

漫無目的地轉了一陣後，童素才緩過來一些，下意識地想去找傅立鼎。沒想到經過骨科的時候，恰好看見傅立鼎從裏面出來。

傅立鼎見她面無血色，眼神有些茫然，不像平常那樣神采飛揚，就伸出被包得像個粽子般的右手，在她面前晃了晃：「怎麼了？魂丟了？」

童素的心慢慢落了地，搖了搖頭：「我就是……有點打飄——」

傅立鼎奇了：「你看特警抓犯人不害怕，碰上飛機被劫持也不害怕，親眼見到死人都沒留下陰影，遇到一場車禍，反倒嚇成這個樣子？」

童素抿了抿唇，半晌才道：「大概是，沒辦法接受。」

沒法接受拋下同伴，一個人逃生。

哪怕知道，這種時候，跑出去一個算一個，才算最正確的選擇。

她雖然沒把話說完，傅立鼎卻聽明白了，頓時不知該說什麼好。

他當了這麼多年警察，當然知道，很多災難的幸存者在死裏逃生後，會產生極其嚴重的心理問題，甚至出現應激障礙。他們會非常痛苦、憤怒、無力、自責，要麼對社會產生強烈的憎恨，要麼滋生出極強的絕望，質疑為什麼活下來的是自己，後悔沒有能把生的機會讓給其他人。

包括災難的救援人員也是，明明竭盡全力救人，但眼睜睜看著生命逝去，也會產生強烈的負罪感，甚至自我厭棄。他們會認為，如果自己再努力一點，或許對方就能獲救。

童素剛才兼具了「逃生者」與「救援者」的雙重身份，心理上產生巨大問題，一點都不奇怪。

所以，傅立鼎故意誇張地抬了抬右手，指著自己打了石膏不能動彈的左手：「我還以為這條胳膊廢了，至少是粉碎性骨折。結果拍完片子出來，只是閉合性骨折，神經血管都沒傷到，開刀做手術都不用，打一段時間的石膏就能長好。」

童素知道他在安慰自己，勉強擠出一絲笑，卻還是顯而易見的勉強：「那很好！就不知道夏廳怎麼樣了。」

傅立鼎也很擔心夏正華的安危，對他而言，夏正華就像是他的老師一樣，令他既尊敬，又嚮往：「放心，夏廳可是從槍林彈雨中走出來的英雄，這點小風浪沒辦法打垮他，肯定不會有事。」

這番話，與其說在勸慰童素，倒不如說是自我安慰。

童素還是有些心神不寧，就問：「你現在能走動嗎？我們要不要一起去手術室門口等？」

「行啊！」傅立鼎點頭，又想到一件事，「你的手機呢？扔在車上？」

童素下意識地摸了一下口袋，才想起來，當時因為自己著力不便，沒辦法把手機揣口袋裏，後來車輛翻轉，手機不知跌到哪個角落，壓根沒帶出來，否則剛才她也不會買不了東西。她這才點了點頭：「嗯，應該在公安那裏。」

「那我的手機算是一個奇蹟了，一直放口袋裏，居然沒掉出來，也沒撞壞。」傅立鼎一邊說，一邊要拿手機出來，「你要不要用我的手機給NULL報個平安？他之前全程和我們通話，雖然知道我們獲救，但不知道具體的治療情況，不如你給他打個電話說一下，也讓他放心？」

童素楞了一下，才說：「不用，他肯定已經入侵了醫院的醫療系統和監控系統，估計比你還早看到你的病例。」

傅立鼎失笑道：「他從監控裏看到，和你主動打電話，這是兩個概念。算了，你既然沒那份心，我也不多說什麼。」

他是個極其敏銳的人，哪怕之前在生死關頭，也能聽出來NULL失了方寸，聲音遠不如平常冷靜，說話都有點顛倒，與從前大相徑庭。再想一下這兩位黑客平常一個比一個不愛與人打交道，彼此卻很聊得來，心裏頓時有數了。

但看童素這樣子，怕是還沒反應過來？

又或者，她沒這意思，完全是NULL單相思？

傅立鼎不愛多管人家的閒事，尤其是感情問題，於是立刻轉移話題：「我可以斷定，那輛大貨車就是衝著我們來的，是誰派來的也不用多說，無非就是萬象集團。問題是，我怎麼都想不通，他們是怎麼算得這麼精準，對我們發動襲擊的？」

他這一路上翻來覆去地琢磨，也沒搞明白究竟是怎麼洩露的行蹤。

沒和專案組其他人同行，他們兩個是臨時接到通知去墓園祭奠，從山上下來的時間也是隨機的，就連今天開的車，也恰好不是夏廳平時常用的專車。

退一萬步講，即便敵人追蹤到他們在這輛車上，但車窗是經過特殊處理的，從外面無法看見裏面的情況，萬象集團又是怎麼知道夏正華坐左側後方？

傅立鼎回想大卡車的路線，非常肯定，對方的目的明確，就是鉚足了勁往駕駛座後方這個位置撞，這才導致夏正華受傷最重。

難道只是認為領導都喜歡坐這個位置，誤打誤撞？

童素想了想，沒直接回答，而是反問：「卡車司機還活著嗎？」

「死了，死因是失血過多。」傅立鼎說，「我剛才和局裏的人聯繫過，他們檢查後發現，那個卡車司機是個癌症晚期患者，本來就活不了幾天。技術科檢查了他的手機，發現最近一段時間有一個神秘電話頻繁聯繫他，三天前他的帳上還多了一百萬元人民幣。不過這三天以來，那個電話只和他聯繫了兩次，第一次是錢到帳的時候，第二次就是剛才。他接了對方長達一個小時的電話，接到電話後，他就出門了，又剛好在死前掛斷，顯然是電話那頭的人一直在指揮他對我們進行襲擊。」

聽他疲倦而又有些失望的聲音，童素也能猜到：「技術部門去追蹤那個號碼，卻一無所獲？」

「嗯，那個電話是從國外打來的，又做了偽裝。」傅立鼎嘆道，「至於那一百萬人民幣，則是直接從香港的銀行轉進來的，NULL調出轉帳時的監控記錄，匯款的人遮得嚴嚴實實，又刻意躲著攝像頭走，很快就消失在監控裏，下落不明。那張卡也只用過這麼一次，至於登記的身份，是一個混混。」

童素聽完，表情十分凝重。

傅立鼎覺得她的反應很奇怪：「怎麼了？」

童素猶豫了一下，才說，「因為知道岩罕是個黑客高手，這一路上，我和NULL一邊通話，一邊都有意識地在進行反追蹤。所以我確定，湖濱市的智慧交通系統沒被入侵，天網系統也沒被入侵，我們的車載定位系統就更沒事。偏偏對方早有預謀，先買好了兇手，又能這麼精準地定位我們，進而遙控指揮，要不是你反應快，讓車身偏離了一些，我們全都要死。這種情況，我覺得只有一種可能——對方入侵了大洋國的軍事間諜衛星。」

傅立鼎驚呆了：「什麼？」

「我想來想去，也只想到這個。大洋國的軍事衛星分布和覆蓋最廣，而且清晰度極高，只要放大到一定比例，可以實時看見世界的每個角落，包括每個人的臉，甚至能復原他們在說什麼。如果萬象集團滲透進了大洋國的軍事衛星系統，對我們進行追蹤，那我們只要有一個地方露了痕跡，就再也沒辦法逃過他們的眼睛。」

傅立鼎還是無法相信：「問題是，卡車司機這通電話打了一小時，證明萬象集團至少控制了衛星一小時，才能做到這麼精準地定位我們。大洋國軍方不至於這麼無能，軍事衛星被人入侵了這麼久都沒發現吧？」

「所以，我不確定這個猜測對不對，但我想不到別的理由。」童素有點糾結，「放到十年前，這個操作是可行的，因為那時候衛星的網絡攻擊門檻比較低。但各國早就意識到了這個問題，對衛星的網絡防禦能力進行重重升級，尤其是軍事衛星，更是它們防禦的重點。現如今，就算是頂尖黑客，想要攻破衛星的防禦都十分困難，更不要說悄無聲息地控制，讓衛星為自己所用了。」

「你也不行？」

「我應該可以攻破衛星的防禦，但很快就得撤離，防止被大洋國軍方和情報機構追蹤，沒辦法無聲無息地入侵並控制衛星至少一個小時。」

說到這裏，童素深吸一口氣。

她的黑客技術已經走到這一步，太明白再往上提升有多難，正因為如此，對方若有控制大洋國軍事衛星的能力，才會讓她心驚肉跳。

Ra的能力與她旗鼓相當，應當沒有這種本事，否則之前幾次攻防戰就不至於輸了，難道萬象集團還有更強的黑客？

不知為何，童素突然想起幾個月前，岩罕為了救德隆去劫機，他們離開時，岩罕提到了一句「老師」。

童素當時沒特別把這個「老師」當一回事，因為岩罕掌握的技能太雜，誰知道所謂的老師究竟是教他什麼的。哪怕她曾有一瞬的懷疑，這個「老師」是教會岩罕黑客技術的人，卻很快被她壓了下去，不願再想。

但現在，一個可怕的猜測，再度浮上心頭。

不會的，一定不會的！

如果是那個人……如果那個人還活著，他為什麼不聯繫自己，反倒要跑去萬象集團，為一群毒販效力？

就在童素心亂如麻之際，走廊的燈突然閃了幾閃，然後徹底黑掉！

霎時間，整個醫院陷入一片黑暗！

第二十九章 連環毒計

黑暗降臨的那一刻，童素先是一怔，然後反應比誰都快：「是岩罕！」

萬象集團果然還有後手！

傅立鼎不解：「為什麼？」

醫院停電雖然很罕見，但也不能這麼確定就是岩罕吧？

童素非常篤定：「你不知道嗎？稍微上一點規模的醫院，其實都會有三套電力系統，第一套是正常的市電供應，也是醫院平常用的電。作為三甲醫院，仁德醫院的電力系統肯定是三回路供電，這樣是為了保證，哪怕其中某條線路發生故障停電，另外兩條線路也能立刻投入使用。三條線路同時故障的情況少到可以忽略不計，這就排除了是線路故障的可能。更何況，醫院的電力系統與周邊其他區域的電走的不是一條線，而是獨立拉的線路。就算周邊的小區、寫字樓全都停電了，醫院也能保證燈火通明。這就代表著，哪怕附近電力檢修，或者變壓器出了問題，也不會影響到醫院的市電供應。」

童素這麼了解，是因為她中標過多個大醫院的網絡安全維護項目，很清楚除了市電供給外，為了保證醫院這類以救治生命為最高目標的場所不停電，哪怕在市電的安全性上，醫院已經做到極致，為了萬無一失，醫院還是在「假設突發狀況，導致市電無法供給」的基礎上，另外做了兩套備用的電力方案。

首先，醫院會準備一套UPS，一般是二十組UPS組成一個大的模塊，作為備用電力。萬一市電真的斷開，這個備用電力只需要零點幾秒就會續上，幾乎讓人感覺不到停過電。

「據我了解，現在的大型醫院，備用電力用的都是進口的湯姆森機器，品質非常高，出故障和被損壞的可能性很小。但現在，電都停了快兩分鐘還沒有續上，那就說明這些機器被人動過手腳，從自動切換改成了手動切換。」

湯姆森機器是傳統的液壓推桿，想把自動切換改成手動切換，需要提前進行物理性修改，不是單純依靠網絡就能完成的。

傅立鼎面色一肅：「另一套備用方案呢？」

「那就是柴油發電機。」童素回答，「一般來說，醫院都會有一個地下油庫，儲存五至八噸的柴油。四十天不用的話，就要抽出來，換上新的，以備不時之需。」

傅立鼎已經明白了事情的嚴峻程度。

童素說得很清楚，大型醫院對電力的供給極其重視，設想過各種可能，並且準備了好幾套備用方案，足以應對任何突發狀況。

在這種情況下，仁德醫院還會突然停電，這絕不是巧合，而是人為造成的！

「你的意思是，萬象集團已經提前派人潛入，早就把備用電也給斷了？」傅立鼎已經信了大半，卻還是有點想不通，「但他們怎麼能確定夏廳萬一齣事，送的一定是這家醫院？」

「你記不記得，我們之前遇上一起車禍，導致不得不繞上平安大道？」童素已經把整條線都串起來了，「岩罕只要大概摸清我們在哪裏，然後入侵一些車輛的車載系統，對其進行誘騙和誤導，以此製造幾起小規模的交通事故，堵住我們前方的路，逼著我們走上他設計好的路線即可。」

平安大道明明有十幾公里長，為什麼大卡車選在中間那段製造車禍？

很簡單，因為岩罕不確定一起車禍就能把他們全都弄死，但他清楚，萬一沒死，肯定會被送往最近的醫院進行治療。如果在平安大道的兩端製造車禍，未必會來仁德醫院，只有在中間出事，傷者才一定會來這家醫院！

傅立鼎本能地覺得，現在的情況有些不對勁：「按你的意思，他們就算能讓醫院停電，也維持不了多久。」

「我不知道仁德醫院的UPS備用電放在哪裏，是不是已經被人為損壞，但無論如何，柴油發電機肯定是完好的。」童素回答道，「如果我沒猜錯的話，仁德醫院的負責人在發現醫院停電，備用電力也沒續上的情況下，應該已經派人往柴油發電機的機房趕了。」

「啟動柴油發電機要多久？」

「很快，算上路程，應該不會超過十五分鐘——其中至少有十分鐘是在路上消耗的。」

傅立鼎深吸一口氣：「十五分鐘的黑暗，對一場正在進行的手術來說，也足夠誤事了。」

童素搖了搖頭，糾正傅立鼎的錯誤觀點：「你不知道，醫院的手術室與重要器械，比如維生類的儀器，全都有自己的儲備電。哪怕現在，醫院的所有走廊和病房全黑了，手術室也一切如常，燈都未必會閃一下。這樣的設置，就是為了確保手術在特殊情況下依然能順利進行！」

傅立鼎聽了，非但沒有高興，心情反而更加沉重。

按童素的判斷，萬象集團籌畫這麼久，頂多讓醫院停電十五分鐘，而且還不會影響到手術室。

那他們攻擊電力系統做什麼？做無用功？

傅立鼎清楚，岩罕絕不會無的放矢，只是他們現在還沒摸清對方讓醫院停電十五分鐘的目的。

無論如何，對方既然花了這麼大力氣，讓仁德醫院停電，就證明黑燈瞎火，對萬象集團來說是有利的。

越是如此，傅立鼎就越是擔心。

敵人在暗，我方在明，究竟會怎麼樣？

傅立鼎強迫自己冷靜下來，做出判斷：「我們去手術室！」

無論萬象集團為什麼製造斷電，歸根結底，就是想要殺他們三個。現在，傅立鼎和童素雖然或輕或重地受了傷，卻沒有影響行動。唯有夏正華正在被緊急搶救，生死未卜。一旦醫院因萬象集團的某些手段陷入更大混亂，夏正華出事的概率最大！

所以，他立刻問童素：「手術室在哪裏，你知道嗎？」

傅立鼎一進醫院就被送去照X光片，然後又到骨科包紮，不清楚夏正華進了哪個手術室。但童素是跟著夏正華的擔架走到了手術室門口，直至手術室門關上，門楣上顯示正在手術的燈亮起才離開的，當然有印象。

骨科在仁德醫院A棟五樓，手術室在B棟三樓，兩棟樓之間的二樓有個天橋。

電梯不能用，只能走安全通道。

童素稍微一回憶，整個醫院的布局就浮現在眼前，腦子就像計算機一樣，迅速規畫出最近的路徑：「跟我來！」

傅立鼎發現，童素就像從小在這家醫院長大的一樣，連照明都不需要，直接帶他跑到安全通道，下樓，再換樓梯，走天橋，不由得咋舌：「你經常來？」

「怎麼可能？我家離這裏二十多公里呢！」

言下之意，她也是第一次來。

傅立鼎更詫異了：「那你對路怎麼這麼熟？」

「我每到一個地方都會先看布局圖，然後在腦子裏復原整個建築的模型，規畫好幾條逃生的路線，防止出什麼意外。比如突然失火了，至少知道該往哪裏跑。」童素輕描淡寫地回答。

這是少年時險些被拐賣留下的後遺症。

雖然那次拐賣早就在她意料之中，但她其實也很害怕，怕自己真搞砸了，被賣到大山裏怎麼辦。所以，她神經質地收集一切可以收集的信息，光是逃跑的路線和方案就規畫了十七八種。

打那之後，她每到一個陌生的地方，必定要先看布局和路線圖，全部摸清楚之後，才會覺得心裏有底，才敢進去。哪怕剛才有些魂不守舍，但銘刻到骨子裏的本能還是讓她把醫院的布局弄得清清楚楚。

傅立鼎不知童素的過往，聽她這麼說，心裏就浮現出一個莫名其妙的念頭——沒經過專業訓練，就有這麼敏銳的反偵查能力，比他這個刑警還敏銳，有點嚇人了吧？這要是誤入歧途，天生一個高智商反社會的危險分子啊！

這個想法一閃而逝，兩人已快速跑過天橋，又從二樓跑到三樓，衝到了手術室門口，恰好看見手術室的門打開，剛跨出腳的醫生和他的助手們楞了一下：「外面停電了？」

傅立鼎見狀，立刻快步迎上去：「醫生，手術成功了嗎？」

醫生擺了擺手：「還沒有。」

「那你們幹嘛出來？！」傅立鼎滿是焦慮，語氣變得不太客氣。

「有手術器械出了故障，我們去換個好的。」醫生沒被傅立鼎的情緒影響，不疾不徐地回答。

「這種關鍵時候器械出故障，你們怎麼搞的！」傅立鼎真急了，聲調拉得老高。

「你們別急，我們一定會盡最大努力，挽救病人的生命。」醫生不再理會傅立鼎，邊說邊帶著兩個助手匆匆走了，手術室的大門也再度合上。

傅立鼎本想拉住醫生再多問幾句，卻又怕耽誤了換手術器械的進度，只能急得在手術室門口反覆轉圈，就聽見童素說：「傅隊，立刻聯繫市局，讓NULL發一份手術室重要器械的清單給我，要附圖的。」

「好。」

NULL的動作很快，不到三十秒就把清單發到了傅立鼎的手機上。

傅立鼎一邊拿手機給童素，一邊問：「你懂醫？」

「不懂。」童素平靜道，「但我只要看醫生待會兒拿來的器械是什麼，比對一下，就知道是哪個器械出了問題。」

她才不相信手術室的器械出故障是偶然，肯定是岩罕搞的鬼。

既然岩罕能做到，那麼她肯定也能，只要反向推斷一下，就知道問題出在哪裏了。

這個時候，傅立鼎只能選擇相信童素，所以他乾脆站在樓梯口，一方面是怕萬象集團派人來，一方面是要第一時間看到醫生。

沒過多久，他就快步走過來，對童素說：「我看到他們推著一個挺大的儀器，上面還有個托盤，放了幾支藥劑。這是照片，太黑了，開閃光燈拍的，不是很清晰，將就著看。」

童素拿著照片，和剛才NULL發給她的清單對比一下，馬上找到同類：「原來是激光刀出了問題。」

「什麼問題？」傅立鼎緊張地問。

童素看到三個醫生已經推著儀器到了手術室門口，沒時間再回答傅立鼎，而是立刻站起，目光有意識地掃向藥劑的標簽，發現是巴比妥類藥物，立刻明白，應該是由於儀器故障，導致手術延遲，預先準備的麻藥劑量不夠，只能再去拿。

關於麻藥的事情，只是在童素心中一閃而過，她更關注儀器究竟出了什麼問題，就很有技巧地問：「醫生，我看見器械清單顯示，手術室裏應該有最新的激光刀，為什麼還要在手術中途去拿這個已經被淘汰的激光刀？」

她這一句話，透露兩個意思：第一，她有過硬的關係，能弄到手術室的器械清單；第二，她對醫療器械有所了解，不能隨便被忽悠過去。

傅立鼎配合地拿出了警察證件：「請如實告知我們，究竟發生了什麼。」

醫生也猜到正在被搶救的病人身份肯定不一般，否則院長不會那麼重視這次手術，把能調的專家全都緊急派過來協助。所以他猶豫了一下，還是如實告知：「新型激光刀出了點故障，暫時不能用。」

童素追問：「究竟是什麼問題？是激光刀突然斷電了，還是導光系統出問題，又或者是波長變更？」

「是波長。」

醫生想到剛才驚險的一幕，也十分後怕——誰能想到，手術進行的過程中，激光刀在醫生沒主動操作的情況下，功率突然加強，波長也隨之變更，直接失控，差點把血管整根切斷。

幸好主刀的專家在手術台操作了幾十年，經驗豐富，當機立斷，直接把激光刀給關了，才沒釀成重大醫療事故。

專家一邊進行補救，一邊指揮他們出來拿舊的激光刀，以及更多的麻藥。

看見傅立鼎的臉色極其難看，醫生連忙說：「這個舊的激光刀也沒有被淘汰，我們醫院打算在這一層樓再擴建一個手術室，將它投入使用，進行一些強度沒那麼高、時間沒那麼長的手術。由於新手術室還在籌備中，這台舊激光刀就被暫時擱置，我們才能這麼快地把它推過來。」

解釋清楚後，醫生見兩人沒阻攔的意思，就用驗證卡刷開手術室的門，帶著助手和設備匆匆走了進去。

童素聽完醫生的回答，心裏暗道岩罕好狠！

這個手術室裏的醫療器械，全是仁德醫院從國外進口的、最頂尖的器械，其中就包括今年才從大洋國租賃的最新型激光刀。

所謂激光刀，實際上應該叫「激光器」，是由電源、智能控制台、導光系統、關節臂和激光刀等部件組成的大型醫療儀器，光是激光刀的刀身就有兩米長，刀刃卻不足零點一毫米。

用這樣的「刀」來切開骨頭，就像切皮膚一樣輕鬆、簡單。

而且，激光對生物組織還有熱凝固效應，用激光刀來進行手術，能夠大幅度地減少出血，讓以前很多被視為禁區的手術，現在也有了成功的可能。

這樣的高端儀器，價格自然極其昂貴，哪怕仁德醫院是國內赫赫有名的三甲醫院，也沒那麼多預算一次性買下來。只能選擇金融租賃的方式，將部分資產抵押，又付了巨額租金，才從大洋國進口了一台最新型的激光刀。

既然東西是租的，那麼器械的真正持有方就要擔心，萬一你把器械帶走，直接轉手賣了怎麼辦？

這種情況下，商家一般都會採用GPS定位的方式，等你把器械放到手術室之後，商家就設定好這個物理位置。從此以後，器械就只能放在這間屋子裏，一旦離開這個房間的範圍，哪怕只離開一米，智能控制系統也會直接切斷電路供應，讓激光無法凝聚。這樣一來，激光刀就暫時沒用了。

「既然有GPS定位，那就代表著可以聯網，岩罕就是通過網絡入侵了激光刀的智能控制系統，更改了激光波長。幸好他在對激光刀動手腳的時候，手術還沒正式開始，否則一刀下去，傷及重要血管或者內臟，神仙也救不了。」

聽完童素的解釋，傅立鼎脊背發涼。

誰能想到，搶救生命的激光刀，也能變成屠刀？

他心有餘悸地問：「換了上一代的激光刀就沒事？」

「是的。」童素回答，「早幾年的激光刀雖然也配備了導光系統和智能中樞，但遠遠沒有最新型的激光刀那麼智能，對醫生來說，會消耗更多的精力和體力。不過它們不聯網，所以岩罕動不了。」

傅立鼎懂了。

這就像汽車一樣，全自動駕駛的車輛被黑客一入侵，掌控權就落到人家手裏，駕駛者再怎麼生氣也束手無策；但你要換個全程手動，導航都沒有的老爺車，黑客再厲害也沒辦法入侵，壓根就沒那先天條件！

傅立鼎終於鬆了口氣。

他的心剛放下，整條走廊的燈忽然亮了。

顯而易見，柴油發電機已經啟動，讓醫院恢復了照明。

就在這時，傅立鼎的手機響了起來，他剛接通電話，還沒來得及開口，就聽見NULL說：「把電話給童素。」

傅立鼎立刻把手機遞給身旁的頂尖黑客。

NULL顧不上客套，直接問：「出事的是什麼器械？」

「激光刀。」

NULL的聲音上揚了幾分：「你確定？」

童素眉頭一皺，突然有種不好的預感：「怎麼了？」

「我剛查過手術室中所有醫療器械的生產廠家，你知道生產激光刀的『Yggdrasil』公司，老板是誰嗎？」

不待童素猜測，NULL已給出答案：「是Dante。」

童素面色大變。

世界一流黑客Dante和她算有些交情，兩人在網上遇到了，也會聊上幾句。

由於Dante不是張揚的性格，也不想暴露真實的身份，童素出於禮貌和尊重，並沒主動去查，只知道Dante是德國人，事業順利，家庭幸福。卻沒想到，Dante所謂的「小生意」，竟然做得這麼大！

但童素轉念一想，又覺得不奇怪。

醫療器械的革新非常依賴新技術，尤其是智能化系統，作為頂尖黑客，Dante在這方面先天就有優勢。

只不過……「你確定真是Dante？」

「確定，我剛才入侵他們公司的防火牆，驚動了他，我們對戰了幾回合。他的風格很明顯，非常好辨認。」NULL乾脆俐落地說，「他告訴我，在我入侵之前，他們公司的防火牆並沒有出任何問題。」

「但這邊激光刀出事，也是實打實的。」童素不會懷疑NULL的判斷，但她也同樣不會質疑醫生的回答，所以，她的一顆心沉了下去，「那麼，就只剩下一個可能——激光刀上被人貼了干擾貼！」

干擾貼是一種像膠布一樣薄的貼紙，只要直接貼一張在機器上，就可以遠程操縱這台機器，讓它什麼時候停就什麼時候停，增加激光強度也不在話下。也唯有如此，才能繞過Dante精心設置的防火牆，在不驚動這位頂尖黑客的情況下，直接操控這台激光刀。

如此一來，所有證據直接指向一個驚人的事實！

「手術室中，有醫護人員被收買了！」

這令童素心急如焚。

「NULL，你能通過公安局，立刻聯繫到仁德醫院的負責人嗎？」

「這就是陳局長的手機，他開的外放。」NULL回答，「夏廳出事被送往仁德醫院的時候，陳局長已經聯繫了仁德醫院的周院長。對方不光調派最厲害的專家組成團隊，第一時間搶救夏廳，他自己也立刻出門，從家裏往醫院趕。三分鐘前，他的車已經進了地下車庫，應該馬上就到了。」

馬上？馬上是多久？

童素和傅立鼎都快急瘋了，岩罕的內線就在手術室中，只要對方稍微動一動手腳，夏正華就可能沒命！這時候，每一秒鐘都是那麼煎熬。

正當傅立鼎急得就差沒砸門時，不遠處有人小跑過來，見到他們，第一句話就是：「是傅隊和童小姐嗎？」

「是的！」童素直接問，「您是周院長？」

周院長點了點頭，傅立鼎馬上說：「周院長，我們懷疑手術室裏有醫護人員被毒販收買，要加害夏廳！希望你能帶我們進去！」

「這不可能吧？」周院長覺得自己耳朵出問題了，「為了搶救夏廳，我們臨時成立的小組，就連我都是看了排班表後才點的人，毒販怎麼知道誰能加入這個小組，恰到好處地收買對方呢？」

童素想也不想，便道：「因為對方知道，夏廳一旦出事，貴院肯定會挑最好的醫生和護士對夏廳進行搶救。現在是凌晨兩點，滿足『能力出眾』和『剛好在值班』兩個條件的人並不多，交叉比對一下，就能找準目標。」

周院長還是覺得匪夷所思，但傅立鼎已經把手機拿到他面前，屏幕上顯示正在通話，電話那頭則是公安局的陳局長。

只聽見陳局長沉聲道：「周院長，請你通融一下，讓傅隊和童小姐進手術室探查。這群毒販極其狠辣，手上已經有許多條人命。他們被夏廳連鍋端，對夏廳恨之入骨，什麼事情都做得出來。」

周院長猶豫了一下，但既然湖濱市公安局長都給傅立鼎和童素做擔保，而且周院長也怕夏正華真在手術台上出什麼事，便點了點頭：「那我給二位開門，但你們一定要在一門套上手術服、換掉衣服和鞋子才能進去！」

周院長可不希望發生手術病人被細菌感染的醫療事故。

傅立鼎和童素自然是滿口答應，在周院長的帶領下進了門，飛速換好衣服鞋子，做好全套消毒後，傅立鼎就急不可耐地往手術台旁闖。

主刀專家正在全神貫注地為夏正華搶救，飛快地下達指令「二助，調好激光手術刀的功率；麻醉師，準備病人再次進行靜脈全麻」等，但在這麼緊張的手術中，傅立鼎等人進入的動靜，還是吸引了幾個護士和助手抬頭看過來。

按照傅立鼎和童素商定的計畫，進去後，傅立鼎一馬當先，站在最前面，吸引所有人的視線，掩護童素偷偷繞到手術室的另一端。

傅立鼎鷹隼般銳利的目光一掃，便發現一個女醫生不大對勁。

只見這個女醫生低著頭，用手中的棉球不自然地擦著夏正華的靜脈，然後拿起了一支針管，準備注射，整個過程都不敢接觸傅立鼎的目光，身體也很明顯，是非常緊繃、十分緊張的狀態。

傅立鼎的身體本能快過大腦，直接喝道：「你，停下！」

眾人見他喧嘩，怒目而視，那個女醫生卻做了一個誰都沒想到的動作——快速將手中的針管戳進夏正華的靜脈，大拇指就要按壓，將藥劑打入夏正華體內！

就在所有人目瞪口呆沒有反應過來的時候，童素早就偷偷繞過了眾人，來到女醫生側面，見狀二話不說，一個箭步衝上去，把這個女醫生直接撞開！

女醫生被撞了個踉蹌，手中的針管也順著力道，拔了出來，被她牢牢握在手上！

她的身體剛穩住，還沒來得及反抗，傅立鼎就已經直接撲了過來，將她按倒！

女醫生的雙手胡亂揮舞，冰冷的針尖就在傅立鼎的胳膊旁邊打晃，隨時有可能扎進去。

傅立鼎畢竟經過專業訓練，臨危不亂，看準機會左手猛地一揮，把這管針劑打到了一邊。

白色的針管中，無色透明的液體靜靜地流淌。

「高純度毒品！」

專案組的技術專家給出了分析報告：「這一針打下去，就算是壯年男子，也會因為注射了過量的毒品，神經中樞被破壞，直接斃命。」

傅立鼎臉色鐵青：「太狠毒了！」

不光殺人，還要選擇這麼有針對性的方式！

夏正華當了大半輩子的緝毒警察，要是最後死在過量注射毒品這件事上，鐵定死不瞑目！

童素眉頭緊鎖：「犯人交代了嗎？」

「全都交代了，她是資深的麻醉師，在仁德醫院工作了十年，一向兢兢業業，口碑很好。偏偏有個不成器的弟弟，染上了賭博的惡習，欠了五百萬還不上，本來要被剁掉一隻手，家裏唯一的房子也要被抵押，全家人都要被趕出去喝西北風。這時候有人告訴她，只要把收到的快遞袋裏的這支藥劑打到一個病人體內，對方就幫她還清弟弟的賭債。她說要考慮幾天，還沒答應，結果第二天就收到了藥劑的快遞，帳上也多了一百萬元人民幣，說是預付的定金。」

毫無疑問，這名麻醉師被萬象集團嚇到了。

普通小老百姓碰到這種軟硬兼施，根本沒辦法抵抗。

麻醉師也知道對方肯定要讓她害人。但不幫忙，對方一隻手指頭就能捏死她，弟弟也要被追債的人弄死。她只能抱著僥倖心理，告訴對方，每台手術之前，器械和藥劑都會被嚴格檢查，她根本帶不了陌生的針劑進去，試圖通過這種方式做最後的掙扎。

結果，對方告訴她，沒事，他們會創造機會，只要她配合即可。

這就是岩罕為什麼要製造斷電，又讓護士在激光刀上貼干擾貼的原因。

對岩罕來說，如果能通過操縱激光刀殺了夏正華，當然最好，就算不成功也沒關係。因為主刀醫生一發現激光刀出問題，必定會讓人去拿舊的激光刀來。

這樣一來，原本計算好的麻醉時間不夠用，需要二次輸入麻藥，就給麻醉師創造了機會，讓她能以麻藥不夠，也要出去拿的理由暫時離開手術室，把裝有毒品的針管換進來。

「聯繫她的人呢？」

「也是國外的電話。」

「那個寄毒品針劑的快遞是從哪裏發出的？」

「廣西邊境的一個縣城，沒有監控的地方，很亂，不知道誰投遞的。」

也就是說，線索又全斷了。

「還有，夏廳的司機剛才也打電話給我們，說他回到家之後，發現母親並沒有生病，他的父親也說根本沒打過那通電話。但我們查詢到他的通話記錄，顯示當時他父親的手機確實給他的號碼撥過電話，還通話一分半鐘，他接完就緊急訂機票回家了。所以，我們準備等他回來後，再仔細詢問一下整件事的經過。」

「不用審了，對岩罕來說，想做到這點太簡單。」童素冷冷道，「把他父親的聲音記錄一下，進行合成，或者直接拿相似的音源合成。再遠程控制他父親的手機，把電話撥過去，放完這段錄音，讓司機以為自己的母親生病，急匆匆地要趕回家就行。反正岩罕的目的就是把司機調開，不需要太麻煩。」

說到這裏，童素愣了一下。

岩罕為什麼要把司機調開？一輛車上坐三個人還是四個人，有區別嗎？以岩罕的心狠手辣，難道還在乎多殺一個人？

不對，還是小有區別的。

如果司機在，他們四個人的位置應該是，司機在駕駛座，夏正華按慣例在司機後面，傅立鼎和童素一個坐副駕駛位，一個與夏正華一起坐後面。

大卡車的主要撞擊方位是車輛的左後方，也就是說，若是按那樣的座位，受傷最重的無疑是夏正華，然後是後座的另一人和司機，副駕駛上的會受傷最輕。

但司機一走，就自然而然地變成了傅立鼎開車，童素即便之前在後排，此時也有機會坐到空出的副駕駛座上。這樣一來，童素受重創的機會就降低了。

岩罕這是照顧她？

這個想法有點可笑，而且她本來就坐在前排副駕駛座。但童素想不到其他合理的解釋，只覺得渾身冷颼颼的。

如果這個判斷沒錯，那到底是為什麼？

她不明白，從飛機上見面的那一次開始，德隆和岩罕就處處表現出對她的另眼相看，就連被暗殺，她居然還享有「優先豁免權」？

童素真的有些心煩意亂。

第三十章 關鍵籌碼

一周後，省安全廳會議室，「7．17專案組」正在開會。

突然，童素筆記本電腦的右下角彈出一條提示：收到一份新郵件。

發件人：Ra。

看見這個名字，童素不自覺地坐直了身子，神色有些冷凝。

她的郵箱設有多層防護，陌生人的郵件都會直接被攔截，但這封郵件能夠悄無聲息地潛入進來，無疑令她內心頗感震動。

童素立即啟動追蹤程式，想要追查對方的IP。

不出意外，一無所獲。

由此可見，這份郵件極可能真是岩罕所發。

這個無所顧忌的狂徒，在策畫了一場殘酷又惡毒的連環謀殺後，又將戰書直接下到了她面前。

童素冷笑一聲，心想：我會怕你不成？

她正要點開郵件，看看岩罕葫蘆裏到底賣的是什麼藥，突然想起了德隆和岩罕父子對她若有若無的那一絲特殊，頓時停住了。

就在這時，會議也剛好進行到尾聲。

陳局長在叮囑專案組成員們務必小心，提防岩罕的瘋狂報復後，又單獨對童素說：「童小姐，岩罕這個人心狠手辣，不會因為一次失敗就放棄謀殺。為保證你的安全，我們想派駐兩個身手好的女警住進你家，貼身保護你。」

按理說，童素本該答應，但她惦記著那封不知道寫了什麼的郵件，還是委婉地拒絕：「不需要這麼麻煩了，我會加倍小心的。」

陳局長心想她獨來獨往慣了，會認為保護是一種監管，心中產生抵觸情緒，也就不再多提，只是再三叮囑：「如果發現有危險，一定要第一時間與專案組聯繫，我們會立刻派人過來！」

童素點頭應下。

她駕著哈雷摩托，用最快的速度回了家，從背包裏撈出筆記本，迅疾打開郵箱，點開Ra發給她的郵件。

然後——然後，便是長久的靜默。

德芙跳到童素的腿上，蜷起身子，輕輕地蹭著僵硬的童素，不知蹭了多久，童素冰涼的手才覆到牠的身上，溫熱的淚水不斷滑落。

那封郵件極其簡單，簡單到只有一張照片、一個時間和一個地點。

時間是今天晚上七點，地點就在她家小區門口。

而照片裏，只是一個人的側身。

弓著背的中年男子坐在藤椅上，手中轉著絢麗的六階魔方，他的衣服很乾淨，很整潔，臉上卻始終掛著一絲愁緒。

童素目不轉睛地盯著這張照片，彷彿要將這個人的面龐刻到骨子裏去。

良久，輕輕的呢喃響起，那是闊別十五年的稱呼。

「爸爸。」

伴隨著這聲呼喚，僵硬到宛如一尊石像的童素彷彿重新活過來了，只見她飛速寫了一個識別程式，然後將照片錄入，借助互聯網無窮的數據開始分析這張照片上的一切物品——大到整個房間的桌椅窗櫺，小到房間裏的掛畫擺設。

她迫切地想要知道，父親究竟身在何處。

程式很快就得出結果——東南亞的建築風格，桌椅都是紅木所製，價值高昂，其他一應擺設也都十分名貴，左邊牆壁上的那幅油畫，則是喬托名作《哀悼基督》等比縮放的逼真仿作。

童素的心沉了下去。

意大利畫家喬托是文藝復興的開創者之一，被譽為「歐洲繪畫之父」。他既是中世紀的最後一位畫家，也是新時代的第一位畫家。《哀悼基督》就是喬托的代表作之一，是他為意大利帕多瓦的阿雷納禮拜堂創作的一幅宗教題材壁畫。

但沒多少人知道，童素的母親就是因為看了喬托的畫作，深受震撼，才走上了學習油畫的道路。

母親一生都想要去意大利，親眼觀摩這一傳世巨作的真跡，可惜卻未能如願。

牆上掛有這麼一幅意義特殊的畫，證明父親即便是個囚犯，至少也備受尊重，否則不會在細節上都這麼周到，唯一的掛畫是母親的最愛。

當然，更有可能的是，這間屋子本就屬於父親，而他並非任何人的階下囚。

想到這裏，童素臉色發白。

無論哪種情況，都代表著岩罕已經掌握了父親童子邦的行蹤。而岩罕的意思也很清楚，童素不按他說的做，父親就會有危險。

怎麼辦？

去？還是不去？

要救父親，就必須聽岩罕的話。但七點鐘在小區門口，指不定就有一個「精神有問題」的流浪漢衝上來，拿刀把她捅死；又或者是一輛「失控的汽車」橫衝過來，將她活活撞死。

又或者……

童素的指尖微微顫抖，心中湧起千般滋味，最後卻只是拿起手機，對NULL發了一條短信：「我想見你。」

發出之後，她抿了抿唇，又寫了一條：「現在。」

卻遲遲沒收到回覆。

童素枯坐在電腦前，從日頭高照坐到太陽落山，依舊沒等到NULL的回答。

看見距離七點還有十五分鐘，她終於拿起手機，給杜明禮撥了個電話：「我想出去旅遊一趟，權當散心。等會兒我把家裏地址發到你的微信上，門禁中的指紋識別系統我先關閉，你只需要輸入密碼就能開門，密碼是我的生日1031。你每天來我家兩趟，替我照顧一下德芙，或者把它抱回家一段時間，好好對待牠。」

她以前也會心血來潮，拋下工作，去雪山或是草原旅行，不過之前都是把德芙抱到公司讓他照顧。這次杜明禮沒覺得哪裏不對，滿口答應：「放心，對付德芙我很有經驗了！」

童素低低地嗯了一聲，掛斷電話，隨手收拾了幾件衣服，把它們和電腦一起放入背包，又蹲了下來，凝視德芙的眼睛，輕聲說：「德芙，你是我的家人，爸爸也是。我要去救他，暫時不能關心你了，你知道杜明禮是個好人，會好好待你的。」

說到這裏，童素伸手去摸了摸德芙，神色平靜，語氣卻有些酸澀：「如果我還能活著回來……」

後半句沒說出口的話，化作嘆息，消散在風裏。

晚上七點整，小區門口。

童素穿著黑色風衣，背著登山包，正準備按照岩罕發來的最新指示，騎上哈雷離開。

就在這時，她的手機震動了一下，是NULL發來的短信：「剛下飛機，信息回晚了。」

童素立刻問：「你在哪裏？」

「不能說。」

「不在湖濱市？」

「暫時不在。」

看見童素久久沒回，電話那頭的NULL直接撥了電話過來，第一句話就是：「我在埃及。」

童素頓時有些後悔自己的刨根問底。

NULL的行蹤比她更飄忽不定，就連夏正華都經常不清楚對方究竟在哪裏，可見NULL的保密級別比童素還高。

這樣的NULL，不出國則已，一齣國一定是執行機密任務，多一個人知道，他就多一份危險。

發現她不同尋常的沉默，NULL輕聲道：「沒關係的，這次我是主動申請出來辦事的，因為想順便看一看希臘和埃及。」

童素何等敏銳，NULL只透了三分，她卻能猜到七分，一時間心中百味雜陳，半晌才輕輕地說：「何必呢？」

「我想親眼見一見這兩個人類古文明的發源地。」NULL站在尼羅河畔，寬大的風衣和兜帽將他的面容遮擋得嚴嚴實實，唯有他的聲音，在風中飄蕩，「我想知道，埃及與希臘的文明，究竟有什麼魅力。」

以往的他，對歷史、文學都毫無興趣，癡迷在計算機與數學的世界裏，無法自拔。可當他認識童素之後，他總忍不住會去想，童素為什麼要用希臘神話中的女神「赫卡忒」為代號呢？

他對希臘神話一知半解，也無法洞悉童素的內心。

但他想要去了解，所以，他先去了希臘，又到了埃及。

「如果要問直接原因，大概是我給自己取代號的那天，夜色昏沉，沒有星星，也沒有月亮吧？在古希臘，人們認為月亮從天空消失，就是前往冥府了。」

NULL怔了一下，才發現自己剛才已經將那個問題問了出來，就聽童素又說：「赫卡忒有個神職又叫冥月女神，代表著月亮的黑暗面，也代表世界的陰暗面。當時我就覺得，黑客活在世界的陰影中，黑暗是我們的保護色。在光明下出現的黑客，都將失去意義，與赫卡忒很像。加上在希臘神話中，赫卡忒就是個很隨性的女神，會去幫助英雄，也會保護作為反派的女巫，做事全憑喜好，而非世俗意義的好壞，我覺得和我的性子很像，就用了這個名字。」

可她沒說，在希臘神話中，赫卡忒還有另一重身份——道路女神。

相傳，赫卡忒是掌管三岔路口（即「選擇」）的女神，三條路分別代表著天空、大地與海洋，又對應著天界、人間和地獄。

對當時的童素來說，她的心態也恰恰如此。

痛苦、迷茫，徘徊在三岔路口，遲遲找不到方向。

她渴望能有神明出現，指點迷津，為她選擇一條路。但最後，她還是自己做出了選擇，走向了唯一通往光明的道路。

「或許，還有一個原因。」童素輕聲道，「我當時，非常想念母親。」

東方神話中是沒有「復活」這個概念的，人死如燈滅，要麼信佛，輪廻轉世，積攢福報；要麼信道，霞舉飛升，兵解成仙。但西方文明體系裏，對「復活」有著極度的迷戀。無論是希臘神話，又或者埃及的傳說，與「復活」有關的元素數不勝數。

她那時多麼天真啊！希望自己真的成為冥月女神，擁有強大的魔力、精湛的巫術，可以輕易令死者甦生。

童素的悲傷與無助，哪怕透過冰冷的電話，跨越大半個世界，依舊進入了NULL的心裏。

幾乎是下意識地，他脫口而出：「我們見面吧！」

話一齣口，NULL便有些懊惱，可聽見童素沒回，他的語氣慢慢變得堅定：「等我回國，我們就見面吧！」

童素楞了一下，但很快，她的眼睛裏就有了淚光。

只見她輕輕地笑了起來，帶了點歡快地說：「好啊！」

然後，就掛斷了電話。

與此同時，文南國。

砰的一聲，大門被猛地撞開。

岩罕倚在沙發上，也不站起來，只是側過臉，微笑著問：「老師，你是來陪我看電影的嗎？」

「你入侵素素的郵箱，把我的照片發給了她！」中年男人第一次失去了風度，氣得渾身發抖，「你爸爸答應過我，不會打擾她的生活！」

岩罕做了一個「請」的動作，讓對方將目光投向大屏幕，伊麗莎白．泰勒飾演的埃及艷後極盡妍態，譜寫著一個古老帝國最後的輝煌。

「我不是來和你看電影的！我是質問你的！」童子邦一字一句，話語無比森冷，「你為什麼要把她騙來文南？你要對她做什麼？」

「老師，你這句話可就令我傷心了。」岩罕似笑非笑，「我請赫卡忒來文南國，才是保護她。如果她還留在中國大陸，繼續幫專案組幹活，壞我的好事，遲早有一天，我會忍不住，動手殺了她。」

「你已經動手了！」

岩罕輕輕地笑了。

他沒有再理會童子邦，目光回到屏幕上，認真地欣賞正在播放的這部近六十年前的古老電影《埃及艷后》。

埃及。

這個擁有輝煌文明的國度，卻在日漸衰落後，先後被亞述、波斯等國家入侵，又迎來了馬其頓的征服者——偉大的希臘君主亞歷山大大帝。他徹底占據了整個埃及，將之設為馬其頓帝國的一個行省，交給心腹托勒密將軍治理。

亞歷山大一世死後，埃及總督托勒密自立為王，建立埃及史上最後一個王朝，即托勒密王朝。

托勒密王朝的統治者們雖然定都地中海畔的亞歷山大城，給予希臘人種種特權，但從沒有試圖令希臘文明取代埃及文明。相反，他們保留並尊重了埃及的種種文化傳統，比如自稱為法老、為埃及諸神修建神廟、維護埃及的傳統儀式等。這種做法獲得了埃及上上下下的認可，也讓希臘文化和埃及文化真正開始交融。

三百年後，埃及末代女法老克利奧帕特拉七世，這個周旋在凱撒與安東尼之間，為埃及爭取了二十二年和平，差點讓羅馬變成埃及一個行省的絕代艷后被毒蛇咬死，同時結束了自己與埃及的生命。

擁有三千年悠久歷史的古埃及，從此並入羅馬帝國的版圖，再也沒有了昔日的無上輝煌。

「有意思，埃及艷后早就與不朽的神國一起，消散在兩千年前的歷史長河裏，但伴隨她究竟是美是醜的爭議，直到今天都沒有停止。」岩罕似笑非笑，「但我覺得，這並非問題的關鍵。」

克利奧帕特拉七世究竟是絕世美人，還是相貌平平，這都無關緊要。

世上美人千千萬，唾手可得，但神權與王權雙重光環加身的女法老屈指可數。擁有了她，就相當於擁有了至高無上的王座，甚至加冕為神的資格。

童子邦怔住了。

「希臘與埃及文明的交融，帶來二者神話的共通，從某種意義上來說，埃及的伊西斯女神與希臘的赫卡忒女神有著許多共同點。」岩罕漫不經心地拆開一副撲克牌，嫻熟地洗牌、切牌，「而在埃及神話中，伊西斯是唯一真正傷害過拉的神明。她代表的又是「王座」，象徵著說一不二的王權。」

童子邦是個極其聰明，也很有文藝修養的人，一聽就懂了岩罕的言下之意，身體不由得顫抖了起來：「你——」

「現代社會，光靠血脈可忽悠不住人，想要染指王冠，必須擁有極強的力量！在我看來，誰控制了互聯網，誰就是真正的無冕之王。」

話音落下的那一刻，岩罕啪的一聲，將洗好的牌組一放，然後，俐落地翻開最上面的一張。

大王。

第三十一章 文南之行

童素駕駛著自己的哈雷摩托，一路從之州省湖濱市向西南，最後開到了廣西。

就在她快到廣西境內的時候，童素又收到一封郵件，要求在規定的時間，到達約定的地點等候。

這一離開很可能有去無回，童素預先寫了一封長信，設定七天後發送給NULL。又給杜明禮發了個郵件，告知如果聯繫不上她，就說明自己已被萬象集團帶走，請立刻報告給「7．17專案組」，發送時間設定在十二小時後。

接著她把筆記本電腦、手機等，全都留在賓館，並訂了七天的房間。只將幾件衣服塞進背包，臨走的時候想了想，還是把魔方也扔了進去。

德芙不在她身邊，她就只有這個魔方陪著了。

然後她便趁著夜色，來到岩罕定好的地點，佯裝要打車的樣子，任由車流在旁邊穿梭，等著岩罕的人接她走。

這是童素深思熟慮後，才決定採取的策略。

她本可以悄無聲息地離開，但這樣一來，在公安那邊，她就會變成可疑人物，因為這一系列舉動非常像內鬼主動出逃。

童素不相信岩罕的承諾。

死在童素面前的賈雲豪，給她上了銘記終生的一課——無論是誰，只要替岩罕辦事，最終的下場都不會好到哪裏去，只有一條死路。

童素很清楚，想要帶父親離開萬象集團，求岩罕是癡心妄想，為對方效力也沒用。哪怕岩罕答應得再好都完全不可信，指望對方會心軟，放他們一馬，簡直是個笑話。

只有搗毀萬象集團，殺了岩罕，才能一了百了。否則，就算成功帶著父親離開，都會遭到岩罕不死不休的追殺。

正因如此，她才不能失去專案組的信任。後面，肯定需要專案組的配合與支援。

但童素也不能直接把這件事告訴專案組，首先，一旦專案組知道她父親「銅棒」被萬象集團掌握在手裏，甚至與這個毒品集團有牽扯，很大概率會讓童素回避；其次，專案組要是知道內情，肯定不會讓她以身犯險，前往文南。

但是，文南她是不能不去，否則父親怎麼辦？

就在心煩意亂之際，一輛黑色越野車在她面前停了下來，副駕駛座上的人搖下了半個車窗。

是鄭方。

童素深吸一口氣，調整好狀態，這才扯了扯嘴角，冷笑著打開車門：「真沒想到，你們對我這麼看重。」

「黑桃Q」都能當跑腿，親自來接她，這排場不可謂不隆重。

鄭方沒和她說話，負責開車的黝黑司機也沒開口。

童素知道兩人應是得了吩咐，避免她套話，所以也就不再多說，直接坐到後排。

稍微掃一眼前方的陳設，就知道他們為什麼不搜身了——因為這輛車上大大方方地放著一個信號屏蔽儀，什麼信號都傳不出去。

當然，導航也無效。

這也從側面證明，對方十分熟悉接下來的路程，只怕是閉著眼睛都能開。

既來之，則安之。

童素往後一靠，盡量把身體放舒適，開始閉目養神。

雖然精神備受煎熬，時刻擔憂著父親的狀況，但越是這種時候，她就越不能垮，一旦露出半分軟弱，就容易被岩罕抓住破綻。

賈雲豪就是最好的例子。

懷著這樣的心情，童素竟睡了幾天來的第一個好覺。

等她被粗暴推醒的時候，發現天剛矇矇亮，越野車已經開到一座大山之中。四處看去，全都是連綿起伏的山脈，越野車邊則停著兩輛摩托，還有個人早就等在那裏，接過了鄭方手裏的車鑰匙，說了一句：「鄭先生，這輛車我盡快脫手？」

鄭方點了點頭，示意對方離開，然後從口袋裏拿出一個眼罩，遞給童素，只說了五個字：「戴好，上摩托。」

童素知道，接下來這段路才是關鍵。

凡是大路通達的國境線，都有武警崗哨守衛，進出的人都要核驗身份，要想開車混過去根本不可能。能選擇的方式，一定是走小道，然後偷越國境線。

而這一段行程，他們明顯不想讓童素知道。

童素配合地戴好眼罩，坐在鄭方的後頭，就聽見突突突的聲音響起。鄭方在前，另一輛摩托在後，一前一後地啟程了。

這是為了監督，看她會不會中途偷偷摘眼罩？

童素覺得，他們未免也太謹慎了，根本沒有必要。這裏山脈綿延，在她眼裏每一座山都長得差不多，就算不戴眼罩，七拐八拐，也記不住路，不需要提防得這麼森嚴。

但很快，童素就想起一件事。

他們押運德隆回湖濱市時，自認為做得天衣無縫，按理說，岩罕沒道理知道德隆究竟在哪架飛機上，偏偏岩罕就是帶著鄭方等人混上了那架飛機，準得就像得到了內線情報。童素思來想去，也只能猜測岩罕具有「圖像記憶」的能力，通過大腦的高強度運算，分辨機場的監控，判斷誰是德隆。

如果今天被帶走的是岩罕，確實要將他的眼睛蒙住，因為在旁人看來一模一樣的山川，落在眼睛等同於錄像機的岩罕眼裏，差別大到可怕。

只不過，「圖像記憶」這種能力，一百萬個人裏面也未必有一個，萬象集團為什麼認為她也可能有？她雖然記憶力超強，但僅針對數字，而不是圖像啊！

帶著疑惑，童素在顛簸的摩托上，一坐就是小半天。

快到下午兩點的時候，摩托才停了下來，鄭方讓童素扯下眼罩，下車，然後從包裏拿出兩個麵包和一瓶水給她：「快吃，吃完了我們還要走路翻山！」

翻山越嶺，極其消耗體力，童素也不矯情，啃完兩個麵包，喝了半瓶水，就聽見鄭方命令道：「再把眼罩戴回去！」

童素眉頭一皺：「戴著眼罩怎麼翻山？」

鄭方從背包裏翻出早就準備好的牽引繩：「跟著我們走就行了！」

童素心裏有些不大樂意，卻也沒拒絕，戴上眼罩後，任憑將牽引繩的一端套在自己的右手。

眼前一片黑暗，一隻手被繩子牽著，耳邊傳來昆蟲爬過、枝葉摩挲的聲音，童素心裏有些緊張。但她強行壓下自己的負面情緒，在鄭方的牽引下，跌跌撞撞向前走去。

在這樣的環境裏，時間與空間成了最模糊的東西。

童素根本辨不清方位，也不知道過了多久，她的手上、臉上都有輕微的紅痕，那是在山林中，由於無法看路，被一些垂下來的樹枝刮到後留下的傷痕。而她的四肢早就痠軟得沒有力氣，隨時可能癱倒在地。

就在童素快堅持不住的時候，她突然聽見了哭號聲。

誰？

這荒郊野嶺，為什麼有人哭？而且哭聲震天，連綿不絕。

童素滿心不解，想不出緣由。

過了好一會兒，鄭方突然停下，語帶興奮：「終於離開了中國，我們安全了！」

這句話拉回了童素快要渙散的神志。

她這才意識到，原來翻過這座山，就已經出了國境線，從中國到了文南國。

不知為何，童素心中突然生出莫大的恐懼。

明明是為了父親，奮不顧身前來，做好了最壞的打算，但在踏上文南國土地的這一刻，童素第一次生出一種想要逃避、不願面對的恐慌。

那個從來不願意細想的念頭，再度浮上腦海。

如果她的父親不是囚犯，而是毒販，她該怎麼辦？

但這時，已經容不得她拒絕。

童素努力讓自己平靜，然後摘下眼罩，解開牽引繩，揉了揉眼睛後，發現前面有兩輛吉普車和兩輛皮卡等著，應該是萬象集團派來接他們的。

鬼使神差地，她突然回過頭，往傳來哭聲的地方望去，就看見不遠處的山腳下，很多人都衣衫襤褸，眼神驚恐，卻還是努力往山路上走。

這些人是誰？

沒來得及多想，她已經被鄭方大力推搡著，上了吉普車。

被趕上車前，童素最後一個念頭是——為什麼這些車上，全都駕著機關槍？

「嗒嗒嗒嗒嗒——」

密集的槍聲，不斷敲打著童素的耳膜。

童素的臉色十分蒼白，這幾天，她吐了無數次，就連自己的膽汁都吐了出來，更吃不下任何東西。

她現在終於明白，為什麼萬象集團的汽車上都駕著機關槍。

因為文南國在打仗。

升龍省早在一年前就已經公然反叛，這個原本是文南國最富庶的地方，現在淪為了人間地獄。

因為糧食不夠。

雖然萬象集團儲備了不少大米，也不斷從鄰國安寨購糧，但升龍省的百姓想要吃飽穿暖，就只能加入萬象集團的軍隊，不從？那就派雇傭兵來抓你，強制徵兵。

正因為如此，才會有許多人拖家帶口地逃難。為逃避戰爭，也為不願上前線充當炮灰。

有人往南逃，試圖穿過戰爭區，到達南邊的文南首都武克里市；也有人往北跑，希望翻越國境線，前往中國，這就是童素之前看見的那些衣不蔽體的難民。

但還有很多人，留在這片土地上等待未知的命運。

沿途屍橫遍野，滿地白骨，這不再是書裏的描寫，而是出現在童素面前，血淋淋的現實。

這些慘狀，讓童素臉色發白，等她竟然看見人吃人的殘酷場景時，終於忍不住吐了出來。不過，很快她的內心就麻木了。

因為看得太多，反而失去了真實感。

她的大腦一片空白，許久才問鄭方：「殺人是什麼感覺？」

「我不知道其他人怎麼想的，但對我來說，這只是一份工作。」平時沉默寡言的鄭方，像是被問到了痛點，話竟出奇地多，「先生花高價雇用我，我這條命就賣給了他。至於那些該不該、為什麼，我從來不去想，因為想多了只會讓人煩惱。就像我不去思考為什麼有人一生下來就很有錢，我卻必須拿命去換錢，否則就會餓死一樣。賣毒品和賣軍火有區別嗎？販毒是不是比販賣人口更惡劣？殺人會下地獄嗎？真心懺悔是否又能上天堂？這些哲學問題，只有先生這種大人物才會去琢磨，從來不是我該關心的事。」

童素想了想，沒有反駁。

站在自己的角度去指責他人，從來都是可笑的。何況鄭方這種刀山火海裏殺出來的雇傭兵，早就有了一套自身的邏輯和觀念，光憑一兩句話就能打動對方的情節只會出現在小說、電影裏，所以，她只是怔怔地望著窗外。

哪怕那些場景再恐怖、再血腥、再不堪，她的眼睛都一眨不眨。

因為她必須將這些戰爭帶來的痛苦印在心裏，永遠不能忘！

由於處在戰區，原本一天多的路，硬是開了將近三天。

這一路上，童素見過平房，見過吊腳樓，也見過原始叢林的風景。但等到第三天的時候，她就明顯感覺到環境不一樣了。

吊腳樓不再是木結構的了，而是由磚牆搭建。路面也開始變得平坦，明顯是花大錢修過，甚至還有柏油公路。等吉普車開進一個處處都是二三層高的樓房，還有十幾棟三四十米高建築的地方，童素挑了挑眉，問：「我們快到了嗎？」

「是的，我們快到了。」

所謂的快，又開了大概兩個小時。

童素突然聽到了水聲。

是湄公河。

這條從唐古拉山發源的世界第七大河流，滋養了大半個東南亞，在文南境內還分出了一條極大的支流，叫作臥龍河。所以這條河流途經的所有省份，都有一個「龍」字，升龍省就在臥龍河最上遊，省內有一個極大的湖泊，當地人都稱之為「聖湖」。

「聖湖」的神奇之處就在於，乾季的時候，「聖湖」的湖水通過臥龍河注入湄公河；雨季的時候，湄公河水位暴漲，倒灌入臥龍河，反過來令「聖湖」的面積擴大四倍，水深直接翻六七倍，甚至更多。

這就造成「聖湖」附近獨有的「水上村莊」奇觀。

所謂的「水上村莊」，就是當地的建築都是用至少二三十米長的竹子撐起，建成吊腳樓。乾季的時候，人們就當在平原生活；汛期一到，河水倒灌，淹沒下面的竹竿，當地人就等於直接生活在湖泊上，所以家家戶戶都要備好小船，以便出行。

眼下正是汛期，村莊剛好「浮」在水上，還有人乾脆直接拿船當家，也算是一種奇觀。

這時，吉普車真的停了。

童素有些吃驚，難道萬象集團的總部，就在這「水上村莊」不成？想到這裏，童素頓時諷刺地笑了——幾百公里外，就是戰火遍地，家家哀號；而作為罪惡的發源地，寧靜得像個世外桃源。

「我們的總部可不在這兒。」

輕輕的笑聲，自車外響起。

司機已經將車窗搖開，就見岩罕穿著簡潔的白襯衫與牛仔褲，打扮得像個初出茅廬的大學生，站在童素的窗邊，微微一笑。

正如童素了解岩罕，知曉岩罕把她弄來了，就不打算讓她回去一樣；岩罕也了解童素，知道她絕不會認命地留在文南，而會借著這個機會了解萬象集團，洞悉這個龐然大物的弱點，思索打敗他的辦法。

越是這樣，岩罕才越覺得有挑戰。

只見他像懂得讀心術一樣，哪怕童素沒問出來，他也適時地繼續為童素答疑解惑：「我之所以帶人過來，只因從現在開始，接下來的路對你而言十分危險，不帶多點人手護送，根本過不去。」

面對這個拿父親威脅逼迫自己過來，並曾製造車禍差點殺死自己的仇人，童素表現得非常鎮定。她若無其事地打開車門，目光環顧四周，心裏有了底：「想要到你們的總部，就必須穿過「聖湖」。偏偏這裏遠離城市，近乎閉塞，「聖湖」又是天然的險阻。就算熟手都容易在湖中迷失方向，陌生人一旦上了船，根本別想跑出去，儼然是天然的犯罪場所，對吧？」

「答對了！」岩罕含笑道，「這裏的水上村莊，每個住客都大有來頭，不是逃犯、偷渡客，就是掮客、蛇頭，手上沒沾幾條人命都沒辦法在這裏立足。還有許多的組織也會選在「聖湖」上交易，因為黑吃黑實在太方便了，直接將人一殺，扔到湖裏，神仙也找不到屍體。」

童素心如明鏡：「再大的來頭，又豈會被你們萬象集團放在眼裏？這裏已經是升龍省的中心，離你們的老巢很近，難道你們能容忍這些不穩定因素的存在？他們能安穩地在這裏長駐，肯定要向你們上貢保護費，或者替你們辦事。你之所以這麼說，只是為了恐嚇我，這個地方很危險，讓我死了出逃的心。」

岩罕輕輕拍了拍掌，表示童素說得沒錯。

但童素也清楚，岩罕的提醒並非沒有道理。

水上村莊既然住的都是窮兇惡極之徒，那就不會把人命當回事，歷年來黑吃黑的情況肯定不少。在這種地方落單，確實是一樁很危險的事情，萬象集團的名號有可能是保命符，更有可能是催命符。一旦對方打劫了你，然後知道你與萬象集團有關，很有可能一不做二不休，直接把你殺了，省得你活下來後，從萬象集團搬救兵來報復。

岩罕見童素的神情，就知道她其實聽進去了，心道這就是和聰明人打交道的好處，既不會偏聽偏信，也不會一味抵觸，而會用清晰的邏輯、冷靜的頭腦，做出最準確的判斷。

只可惜，這樣的人實在太少。與他打交道的，大多是智商不高，卻自以為是的蠢貨。

例如，道達。

算算時間，那傢伙也該到了。

岩罕心裏剛轉著這個念頭，就聽見一個熟悉的聲音從不遠處傳來：「岩罕，你這麼興師動眾，就是為了接這個女人？」

伴隨著這聲不陰不陽的質問，一個中年男子緩緩走了過來。

一瞧見對方細長的眼睛與特徵鮮明的鷹鉤鼻子，童素立刻明白——這個人就是萬象集團的「梅花K」、德隆的三女婿道達！

道達在童素面前站定，手中把玩著古董核桃，上上下下地打量著童素，就像看一具屍體：「這個女人就是赫卡忒？」

「當然。」岩罕輕描淡寫地說，「她是我的客人。」

道達的臉色立刻陰沉了下去：「這個一起參與害死先生的兇手，你卻把她尊為上賓！」

此言一齣，岩罕還沒翻臉，童素卻吃了一驚。

德隆死了？

她回想起廢棄工廠發生的一幕幕，定格在夏正華最後的一槍上，聯想到岩罕不計代價要暗殺專案組負責人夏正華的舉動，立刻猜到當時發生了什麼。

岩罕捕捉到童素一閃而逝的震驚與隨之而來的了然，不由得聳了聳肩。

道達這傢伙，還是這麼愚蠢和自以為是。

岩罕雖然對歷史不是特別感興趣，但他深諳政治手腕，自然清楚，無論是怎樣的鬥爭，能捂在內部的，就絕對不要擺在台前。

把事情控制在一定範圍內，尚能蓋上一層薄薄的遮羞布，讓大家有自欺欺人的餘地，也有和談、化解，留一絲退路的可能；但是攤到外人面前的鬥爭，那就只能你死我活，不死不休。

但這樣也好。

道達越是急著打壓岩罕，對岩罕來說就越有機可乘。

想到這裏，岩罕隨口回道：「赫卡忒不僅是我，也是老師的重要客人。」

道達頓時變得臉色鐵青，卻不好說什麼。

萬象集團四大頭目，便是「黑桃K」Demon、「紅桃K」童子邦、「梅花K」道達和「方塊K」岩罕。

其中，Demon雖然控制著「黑桃」的精銳雇傭兵小隊，本身卻沒有任何奪位的意思。何況萬象集團早年是文南國土著抱團發展起來的，對外人很排斥。光憑Demon金髮碧眼的容貌，就算當了「大王」也坐不穩江山。

而「紅桃K」童子邦又不一樣，他不僅是德隆的親信，與集團內部那些高智商成員，什麼黑客啊，博士啊，教授啊，關係都非常好。而且，童子邦雖然是岩罕的老師，但根據道達的消息，他們並不和睦，最近經常發生紛爭。

這兩人都是道達極力爭取的目標，只要四票中他能掌握三票，再爭取到長老們替他說幾句好話，位置就穩了。

正因為如此，岩罕一把童子邦抬出來，道達立刻變了一張臉，皮笑肉不笑地說：「既然是貴客，剛好，『夜色』來了新貨色，我做東，請貴客務必賞光。」

岩罕婉拒：「我還要帶她去見老師——」

「我這個人最愛熱鬧。」童素突然插話，「『夜色』聽起來就是個好地方，我想去看一看，長長見識，如何？」

她是故意的。

道達向她透露了德隆故去的消息，讓她知道，道達與岩罕的權力之爭已經進入到了白熱化的階段。萬象集團的「大王」只能有一個，勝者加冕為王，敗者死無全屍。

越是這種時候，雙方就越要小心，不光自己，身邊的人也隨時可能死於非命。如果她現在表現得和岩罕一條心，哪怕只是沉默地順從岩罕，都有可能被道達下手除去，以防岩罕拿她去拉攏所謂的「老師」。

童素並不希望成為岩罕利用的目標，又或者按照岩罕的節奏去走，她必須做出一定程度的表態。

比如，她其實是被脅迫來的，並不情願。

又比如，她對那個「老師」，態度並不重視。但那個老師對她很重視，至於原因，暫且不明，但這種不對等的感情，本身就是一種籌碼。

將矛盾展露到道達面前後，對方就會覺得她有利用價值，暫時不會對她下手不說，也會想辦法爭取她，哪怕僅僅是利用。

雖說這麼做無異於火中取栗，但童素一刻都沒猶豫，直接下定了決心——就算在逆境中，她也絕不會放棄，需要尋找每一個機會。

即便沒有機會，也要創造出來。

岩罕見童素的態度這麼堅決，臉上竟露出一絲擔憂：「『夜色』可不是什麼好地方，你真的要去？一旦去了，你或許會看見許多讓你不開心的人或者事情。」

童素當然知道他已經看穿了自己，但她本就是大大方方的陽謀，所以絲毫不曾畏懼：「當然。」

岩罕看上去很無奈：「那好吧！我們轉道去『夜色』。」

道達將他二人的神情收入眼底，若有所思。

在岩罕的邀請下，童素乘上了萬象集團的小船。

長久行走在草原的人，會因為草原過於遼闊，景色又太過於單調，從而模糊時間，迷失方向，現在童素也有這樣的感覺。

因為「聖湖」實在太大了，湖面有一萬多平方公里，現在又泛著茫茫霧氣，根本分不清東南西北。

童素坐在船上，不知這艘船開了多久，才發現船竟然直接開進了山壁底部的暗道，通過一段暗河之後，來到一個小碼頭。

早有車輛在此等候。

童素坐上車，留心四周，越看越心驚——萬象集團老巢的出入通道居然如此隱蔽，只能從水路進入。乾季時的山體溶洞，到了雨季，就是天然的秘道。錯綜複雜不說，還一片漆黑，只有最熟悉這裏，閉著眼睛都不會走錯的老手，才能準確地穿過黑漆漆的通道，走出一長段迷宮般的路。

等車子開出去的時候，童素又發現，萬象集團還在山腰修建了很多房子，但這些房子都類似中國陝北的窯洞，隱藏在茂密的叢林中。雖然有公路供車子出入，可要從高處俯瞰，這就像一個建立在隱秘山嶺的地下王國。

童素稍加思考，便能猜到，每間房子裏肯定都有地窖。

這就意味著，如果山腰的房子受到導彈打擊，房子裏的人隨時都可以躲到山中，這讓陣地戰的難度瞬間翻了好幾倍。

童素正在琢磨用什麼方法才能攻打下這座罪惡的「堡壘」，就發現車子已經停了下來，抬頭一看，滿眼的金碧輝煌，空氣中香風四溢。

一走進去，便是震耳欲聾的音樂，燈紅酒綠之間全是扭動的人群。

舞台之上，幾個身材高挑的扭動著的東歐女郎只穿著比基尼，道達徑直走到前排的中間空位坐下，示意其他人也落座，這才指了指舞台：「岩罕，新到的好貨，不試試？」

童素下意識地皺了皺眉。

她很討厭這群人把女人不當人的態度，但她又很清楚，淪落到這裏的女人，如果不能成為萬象集團的幹部或家屬，就只能是玩物。

岩罕笑了笑，說：「姊夫，你這是給我下套呢！我爸七七還沒過，葬禮都沒舉行，要知道我這時候就玩女人，能被再氣得活過來。」

意識到自己駁了道達的面子，岩罕立刻補救：「但姊夫的好意，我也不能不領，這樣吧，我敬姊夫，今天咱們不醉不歸！」

然後，他招來侍者：「上酒！」

童素發現，其他人雖然不敢往這裏看，但個個都豎著耳朵聽，不由得暗道，這場交鋒，明顯是道達吃虧。

道達是女婿，岩罕是兒子，在東南亞文化裏，前者本來就沒有後者名正言順；道達年長，岩罕年輕，對比自己小一輪多的小舅子咄咄逼人，又落了下乘。

更別說道達對岩罕是直呼其名，岩罕卻一口一個姊夫，一個生疏，一個親昵，高下立判。

哪怕大家都知道岩罕是裝的，心裏也會不自覺地偏向他幾分，原因很簡單——你道達連裝都不願意裝，會比岩罕更好？

正當她揣摩兩人的關係有什麼文章可以做的時候，突然聽見啪的一聲，轉頭一看，竟是一名女招待不小心把托盤打翻了，十個酒杯稀里嘩啦碎了一地！

道達將臉一拉，剛要發作，童素卻霍地站了起來，不可置信地看著那個嚇得已經跪在地上不斷求饒的女招待：「怎麼是你？」

第三十二章　針鋒相對

這個嚇得抖如篩糠，卑微地跪在地上，連句話都不敢說的女招待，竟是童素的堂姊——童霞！

極度的震驚過後，童素立刻反應過來，扭頭怒視岩罕，眼神冷得像刀子：「你故意的？」

她可不相信世界上有這麼巧的事情，自己跟著岩罕到了萬象集團總部的銷金窟，其中一個為他們上酒的女招待就是她堂姊。

面對童素的怒火，岩罕大大方方地承認：「對啊，我特意吩咐，把她從升龍省一家不入流的按摩店帶到『夜色』來，以這種方式出現在你面前。」

他的神色有些疑惑，語氣竟帶著一絲近乎天真的殘忍：「她對你並不好，現在她跪著，你坐著，你應該開心才對，為何這麼生氣？」

岩罕沒說錯，童素對童霞本就沒有什麼正面感情。

童霞是童素大伯的女兒，比童素大四歲。

當年，大伯一家以「監護人」的身份，蠻橫地入侵童素家時，童霞便毫不客氣地奪了童素的一切，將童素趕到閣樓去居住。

童素曾試圖拿回屬於自己的東西，但每次只要一開口，童霞就會扯她的頭髮，抓她，撓她，拿筆戳她，拿筷子打她。

等看到童霞打童素打得狠了，大伯母才會出來，讓童霞別打——並不是出於好心，而是怕留下明顯的傷痕，落人話柄。

大伯母有一種更陰毒的處罰「不聽話侄女」的方式，那就是不讓童素吃飯。對外還要裝模作樣地感慨，說她被父母養得太嬌氣，挑食，這也不吃那也不吃。

這段屈辱的經歷，令童素對大伯一家充滿恨意，後來終於找到機會，設計將他們送進了監獄。

童霞雖然年紀還小，卻也直接策畫和參與了拐賣童素的犯罪行為。鑒於童霞當時還差幾天才滿十六歲，因此只被送入少管所，懲戒十八個月。但由於她的至親全都被關在監獄裏，所以一年半後，從少管所出來的童霞，不僅居無定所，而且身無分文。

童霞思來想去，也只能去找童素，向對方要錢，覺得不滿十四歲的童素好欺負。但童素就只在第一次給了她兩萬塊，等童霞把這些錢花完了，再次找上門無理糾纏時，童素立刻報警，請警方把童霞帶走。

打那之後，童霞一天比一天墮落，直到許多年後的某天，無意間看到新聞報導中媒體對童素大加溢美之詞，稱讚童素是「新時代互聯網創業的領軍者」「網絡信息安全的代言人」，童霞心裏才湧起一股難言的苦澀，卻也記住了堂妹長大後的音容。

但她做夢也沒有想到，闊別十三年，再度相見，竟會是在這樣的場合。

童霞恨不得將頭埋到地下，不讓童素看到那麼狼狽的自己，卻聽岩罕饒有興趣地指出：「如果我沒記錯的話，你一直在監控她，坐視她在夜總會裏陪酒坐台，最後被所謂的男朋友用發財夢誘騙，偷渡出國，也無動於衷。」

聽見岩罕說的話，童霞猛地抬頭，不可置信地看著童素。

童素卻沒否認岩罕話語的真實性。

她之所以能一眼認出童霞，就在於她一直監控了童霞的手機，時間長達七年半。

只見童素點點頭，緩緩說道：「她從少管所出來，第一次找上我的時候，我就明白，如果不處理好這件事，以後會沒完沒了。大伯一家被抓後，他們留下的東西全被我扔了，這些零零碎碎的東西折現也能有個一兩萬，所以我給了童霞兩萬，權當把這些東西還給他們，順便對童霞開展監控。因為我知道，她的父母、兄長一旦出獄，第一個聯繫的肯定是她。只要掌握了她的行蹤，就掌握了她一家的動向。」

十三年前的兩萬塊，雖然不多，卻也不是個小數目。

那時候，很多人一個月的工資才一兩千，在湖濱市，只要五六百就能租到一個不錯的單間，兩塊錢肯定能吃一頓豐盛的早餐。如果自己買菜做飯，一天的花銷都未必會超過十塊錢。

「我計算過，這兩萬塊中，她可以拿出五千當擇校費，重讀一年初三，剩下的一萬五，供她一年租房、生活肯定夠用。讀完初三，她可以去參加中考，就算考不到好的高中，也能去考個中專、職高，學一技之長。」童素平靜地說，「如果她考上高中，再來找我要學費，我肯定會借給她，但她沒有。她拿到錢後的第一件事，就是給自己買了個最新款的手機和幾套新衣服，去賓館訂了間房居住，然後去網吧開了個VIP間，聊天打遊戲。她卻不知道，在她拿到新手機的那一刻，我就入侵了這台手機，將她的一舉一動看得清清楚楚。」

說到這裏，童素露出一絲譏諷：「大概是我給錢太爽快了，讓她覺得只要錢不夠，再問我要就行。所以，一個多月後，已經身無分文的她又來找我，因為沒能達到目的，就對我破口大罵，拼命撒潑。後來，她發現我無論如何都不會再給錢，而且只要她來一次，就打一次一一〇之後，才不敢再來。」

「你沒和我說！」一直低眉順目的童霞，突然躥了起來，眼看就要衝過來，卻立刻被岩罕的手下死死按住。只見童霞拼命掙扎，表情非常扭曲，到了猙獰的地步，聲嘶力竭地高喊：「你給錢的時候，這些讓我讀書、學本事之類的話，一句話都沒有說！你連家門都不讓我進，只是站在門口，冷冰冰地數了兩萬現金給我，就讓我滾！如果你說了，我也不會是今天的樣子！」

童素眉目冷淡，語氣不帶任何感情：「我從不替別人規畫人生。」

墮落也好，上進也罷，都是每個人自己的選擇。

就算童霞把那兩萬塊都花完了，只要她幡然醒悟，仍然有很多條路可以選——比如進工廠，去做保潔，或者學手藝開個店鋪謀生。她也可以一邊打工，一邊讀書，上夜校，上函授，上成人專科。日子雖然不容易，可依舊是積極的生活方式。

但童霞吃不了這樣的苦，她寧願出賣尊嚴，選擇最輕鬆也來錢最快的方式，利用女人最原始的資本，去當陪酒公主、坐台小姐。

既然這是童霞自己選擇的路，童素為什麼要干涉？

童素冷漠的姿態、無情的話語，深深地刺傷了童霞。

只見童霞放棄了掙扎，頹然地跪倒在地上，失聲痛哭。

她一直覺得自己命苦。從小到大，父母重男輕女，她經常只能用哥哥剩下的東西。所以看見童素這個備受父母寵愛的小公主，才會那麼嫉妒，想要搶走對方的一切。

等進了少管所，她詛咒童素的無情，不願諒解他們小小的過失；等出來後，又怨恨童素不肯多給她錢，埋怨生活的不公。

後來母親、兄長陸續出獄，幾年的監獄生活，不僅沒讓哥哥把賭癮戒掉，反而使賭癮越來越大。兄長像個吸血鬼一樣，拼命索取她的錢財，母親只會用眼淚逼迫，讓她給錢。童霞愈發對人生感到失望，所以當她的一個客人與她「談戀愛」，說要帶著她去東南亞做很賺錢的「賭石」生意時，她不假思索地就跟著一起跑了。

因為她太渴望有個人將她拉出泥沼了。

可她沒想到，自己只是從一個火坑跳到了另一個火坑，她的「男朋友」根本不是什麼豪商，她一上偷渡船，對方就消失得無影無蹤，她面對的只有兇狠的蛇頭。

這麼多年來，童霞怪父母，怨哥哥，罵童素，痛恨所有遇見過卻沒幫助她的人，仇視整個社會乃至世界。但今天，童素的話卻讓她意識到，她最該憎惡的，應該是自己。

那個貪圖安逸，從來不肯真正站起來的自己。

無邊的悔恨淹沒了童霞，讓她哭得喘不過氣來。

但她的眼淚，沒有打動在場的任何一個人。

因為這裏是文南國升龍省，是萬象集團的老巢，是一個將叢林法則演繹得淋漓盡致的地方。在這裏，弱者就連選擇死亡的權利都沒有，唯有強者能享受特殊待遇，被人尊重和景仰。

所以，岩罕壓根沒有理會趴在地上的童霞，只是望著童素，聳了聳肩，表情有點無辜：「抱歉，是我會錯意，把你看輕了，以為這樣做會讓你覺得解氣。不過，我必須澄清一樁事實，把他們一家帶來文南國這件事與我無關。而是五年前，老師用一個人情的代價求了我爸，我爸吩咐人去辦的！」

童素怔住了。

哪怕無數線索串聯之後，真相只隔著一層薄薄的窗戶紙，她也一直不敢去捅破，因為她不願去想，不敢承認岩罕口中的「老師」就是自己的父親。

但在這一刻，她不能再逃避。

童素想起五年前，童霞去了東南亞後沒多久，她的母親和兄弟就收到三萬塊錢，以及一段拼命鼓動他們也去淘金的匯款留言。

母子倆猶豫半晌，遲遲拿不定主意。等到童素的大伯出獄後，三人合計一番，見童霞才去小半年，就已經陸陸續續匯了二十來萬，覺得來錢確實挺容易，於是也上了蛇頭的那條走私船。

童素以前只覺得，這家人已經被錢逼紅了眼，就像撲火的飛蛾，明知道有問題，還要踏上不歸路。但現在想想，天底下哪有那麼湊巧的事情？童霞突然就與一個有錢的男人談起了戀愛，然後前前後後一家人都去了東南亞？

除非，這本是別人做的局，故意要坑他們全家。

誰有這樣的動機？誰又有這樣的能力？

童素鼻子一酸，險些落下淚來。

她知道，天底下只有一個人會時時刻刻擔心著她的安危，害怕大伯一家懷恨在心，出獄後對她打擊報復。所以不惜一切，也要將這四人弄到文南國，放在眼皮子底下。

為此，父親不惜與惡魔做交易。

越是如此，童素就越恐懼。

她知道岩罕是故意的，他就是一頭純粹的肉食動物，學不來討好，只知道掠奪。

岩罕今天把童霞弄到童素面前，很大一個目的就是為了撕開童素的心理防線。一是讓她明白，「銅棒」為她這個獨生女做了多大的犧牲；二就是警告，如果她不聽話，隨時有可能落得像童霞一樣的下場，甚至更糟。

童素明知道這是對方的計謀，還是會不由自主地想，父親會不會是因為她才加入萬象集團？為了替她解決安全隱患，不得不向德隆低頭？

想到這裏，童素終於忍不住：「我要見他。」

不等岩罕答應，道達已經開口：「兩位剛來『夜色』，何必急著走呢？」

伴隨著他這句話，原本跟在道達身邊的人已經排成一堵「人牆」，牢牢地堵在出門的必經之路上。

岩罕的護衛們見狀，臉色微變，鄭方的右手已經放進了胸口，握住了藏在衣服裏的槍。

道達面色微沉，森然道：「鄭方，我是誰？」

鄭方鎮定回答：「萬象集團的『梅花K』、尊敬的『老板』——道達。」

「既然你知道我是『梅花K』，作為『黑桃Q』的你，想要幹什麼？」道達厲聲喝道，「為了『方塊K』，向我拔槍？」

鄭方閉口不答。

就在這時，岩罕突然笑了：「姊夫，您誤會了，鄭哥是看見我犯了煙癮，給我拿打火機呢！」

說罷，他就從口袋裏取出一個盒子，抽了一支雪茄，主動走向道達，遞給對方，微笑著說：「姊夫，你也來一根？」

道達深深地看了岩罕一眼，突然大力拍了拍岩罕的肩膀：「好，很好！」

然後，就見道達以哥倆好的姿態，不容拒絕地攬著岩罕：「外場的新貨色提不起老弟你的興趣，沒關係，走，我們去內場看更好的東西！」

「哦？」岩罕似乎頗為心動，配合地收起了雪茄，跟著道達往前走，壓根就沒看自己越過的領班、女招待等人，隨口問，「車、馬，還是槍？」

「哈哈，當然都有！」邊說邊笑著往外走。

但就在出門的那一刻，道達突然回頭望了一眼，此時臉上的笑容已變成寒冰，眼神更是凌厲至極！

他們一動，護衛當然全都跟上，就見鄭方伸手做了個「請」的手勢：「童小姐，跟著我們一起來吧！」

童素知道自己不能拒絕，壓下心中的憋屈，快步跟上。

快進電梯的時候，她忍不住回頭看了一眼，就見童霞狼狽地癱在地上，其他女招待都縮在牆根瑟瑟發抖，領班的臉色卻比所有人都差，如喪考妣，面色慘白。

為什麼？

直覺告訴童素，她不經意間捕捉到的這一幕非常重要。

但原因呢？

如果說女孩子們被嚇到了，情有可原，而且她們的恐懼也在正常範圍內，可領班為什麼會到面無人色這種地步？就好像收到絕症通知書，知道自己活不長了一樣。

等等，活不長？

童素突然想到，岩罕剛才說了，因為這次童素要來，岩罕才將童霞從文南國一個普通的按摩店接出來，弄進「夜色」。

「夜色」位於萬象集團的總部，不僅是集團幹部的銷金窟，也是他們接待貴客的地方。這種場所，就算只是個服務人員，應該也要經過嚴格審核，確保「安全」才行。

岩罕就這麼隨便弄個人進來，這地方要是他管的還好，如果「夜色」不是岩罕負責，而是道達的勢力範圍……

童素又扭過頭，看了一眼領班，發現對方的輪廓明顯就是文南當地人。然後她快速掃了一遍道達和岩罕各自的手下，發現跟著道達的基本帶有很明顯的東南亞人特徵，大多是黝黑的皮膚、偏矮的個子、有點塌的鼻梁；至於岩罕的人則比較雜，有東南亞人，有華裔，還有黑人和白人，除了鄭方之外，剩下幾個唯一的共同點是都很年輕，看相貌絕對不會超過三十五歲。

岩罕十八歲就去了大洋國讀大學，一待就是這麼多年，現在身上還掛著個博士在讀。他能夠聚攏到的，自然是與他有共同經歷的人。

至於道達，擁躉應該主要是文南土著。

童素想起了專案組對道達的分析報告。

道達出生於升龍省的地頭蛇家族，該家族與德隆髮妻的家族一直保持良好的關係，從而在升龍省一次又一次的大洗牌中屹立不倒。伴隨著萬象集團的擴大，他們這些站對了隊伍的人自然而然地步步高升，也形成了一個極為可怕的利益聯盟。

這股力量是如此龐大，讓人無法忽視，以至於德隆將五個女兒都嫁給了這些與他一起打天下的老臣子孫。

童素忍不住想，德隆遲遲沒有對外界公開岩罕的身份，是否就是顧慮這個利益集團的存在呢？

要知道，在東亞源遠流長的文化裏，如果一個利益集團的領袖沒有定下明確的繼承人，屬下一會覺得沒有主心骨，二會怕可以選擇的人太多，自己下錯注，導致滿盤皆輸。這種搖擺和擔憂對任何一個集團來說都是致命的，因為它將促使一些本來能變好的事情，滑向不可預知的後果。

例如漢武帝，登基多年都沒有兒子，他的親舅舅、當時的大漢丞相田蚡竟然和淮南王暗中勾結，準備等漢武帝一駕崩，便搶先立淮南王當新皇。生動的歷史故事，就能折射出「德隆無子」這件事對萬象集團有多致命。

這種情況下，德隆居然都沒有把岩罕推到台前，不光是沒給他黑暗中的「小王」之位，也包括表面上「橡膠大王」繼承人的身份。莫非道達身後這個「升龍省土著集團」的影響力真有這麼大？

童素相信自己的判斷不會錯。

她能感覺到，道達出門那一刻，眼神流露出的是殺意！

如果「夜色」不是道達的勢力範圍，岩罕只是弄了個人進來，並讓對方上酒，道達何至於要大動干戈，把氣氛搞得如此劍拔弩張？

「夜色」無疑一直是道達的基本盤之一，卻驟然發現死對頭能在自己的地盤上隨意安插人手，他不跳起來才怪。

童素思考了幾秒，決定試探一下，以驗證自己的猜測。

她故意抬頭看了看四周的裝潢，突然開口：「真沒想到，從那麼小的一個門進來，竟別有洞天。」

岩罕笑了笑，沒說話，道達卻很有主人翁意識，輕描淡寫地來了一句：「有些客人比較挑剔。有些交易，需要他們去人家的地盤；但也有些交易，別人必須遵守他們的規則，來他們的地盤。對於這些黑暗世界有頭有臉的人物，自然要讓他們賓至如歸，這才是萬象集團總部為什麼有「夜色」這個銷金窟的主要原因。

在這裏，你可以找到一切奢華的享受，包括但不限於跳舞、欣賞歌劇、賭馬、賽車，以及一些罪惡的、無法出現在光明下的交易和表演。

面對道達低調的炫耀，童素卻不給面子：「是嗎？在我看來，客人們至少沒有挑剔這個建築風格是全盤照抄拉斯維加斯的凱撒皇宮吧。」

這一句話成功地令道達的腳步微微一頓。

偏偏這時候，岩罕含笑道：「赫卡忒，你有所不知，『夜色』就是在道達姊夫的督辦之下建成的。當時父親把任務同時發布給三位姊夫，但最後還是道達姊夫脫穎而出，用這份設計方案獲得了父親的青睞。」

這本是道達平生比較引以為傲的一件事，不僅是因為又一次在競爭者中脫穎而出，而且是因為從那之後，德隆就開始將萬象集團的其他產業，例如橡膠集團、賭場、妓院等交給道達經營。發現他能力出眾後，德隆又逐步向他開放萬象集團的核心，即毒品業務。

從某種角度來說，「夜色」的成功是道達走向萬象集團權力寶座的第一步。

但不知為何，今天聽童素和岩罕這麼一問一答，道達就覺得兩人是故意嘲諷自己，就像剛才岩罕狠狠地落了道達的臉面一樣！

幾年前，道達之所以將岩罕趕去中國，一方面是想借助中國對毒品的高壓，弄死岩罕；另一方面就在於，他不能讓岩罕留在文南國發展勢力。因為文南國，尤其是升龍省，是道達的基本盤，任何人都不能從他碗裏搶飯！

由於最近幾年，德隆漸漸不管事，道達認為自己已經掌控了萬象集團的本部。誰料今天發生的事情，給了道達重重一個耳光！

「夜色」酒吧區域的領班是道達七拐八拐的親戚，居然會因為岩罕的指示，就這樣把一個陌生的、沒有經過任何審查的女人弄進「夜色」，還叫她過來給他們上酒。道達從頭到尾，竟沒收到任何消息，就像聾子、瞎子一樣！

道達想想剛才發生的事情，就覺得後怕。

如果這個被安插進來的女招待，不是童霞這種手無寸鐵的軟弱女子，而是一個身經百戰的雇傭兵呢？在他們毫無防備的情況下，只隔了區區幾米，哪怕只是隨便開幾槍，都可以把他們直接打死！

道達記得，岩罕上次回來的時候，連岩罕挑了哪個女人陪酒這樣的小事，他也是立刻就知道得清清楚楚。但這一次，「夜色」的領班居然連報告都不打一份，就直接替岩罕辦事，這和投靠了岩罕有什麼區別！

而這一切的起因，都在於岩罕是先生的親生兒子！

想到這裏，道達狠狠咬牙，幾乎無法克制面部肌肉的扭曲。

他花了那麼多年的時間，討好大夫人，討好先生的女兒，戰戰兢兢，伏低做小，曾在很長一段時間內被岳母、妻子呼來喝去，毫無男人的尊嚴；他認真執行先生吩咐的每件事，為萬象集團鞍前馬後，嘔心瀝血；他無數次身陷險境，最兇險的那一次，子彈直接從他的心臟旁邊擦過，令他在ICU掙扎了三天三夜！

這一切是為了什麼？還不是為了得到萬象集團「大王」之位！

原本以為，憑他的功勞與苦勞，繼承萬象集團自然是順理成章。可誰也沒想到，他借著岩罕這次在中國大敗，甚至害得德隆先生死亡的事情，在幹部會議上對岩罕發難，想將這個敵人徹底打垮時，Demon卻站出來說，岩罕是德隆先生的親生兒子！

霎時間，原本支持他的人，態度立刻就變得微妙了起來。

親子鑑定證書的出示，「黑桃K」「紅桃K」「黑桃Q」等高級幹部的做證，導致這場道達本來十拿九穩的會議，最後卻不了了之。

從某種角度來說，這已經代表勝利的天平向岩罕傾斜。

隨之而來的風向變動，讓道達更加惱火。

如果岩罕不是先生的親生兒子，就憑岩罕在中國大陸做的那些事，別說競爭「小王」之位，就連高級幹部的身份都保不住。更不要說他還害得先生為了救他，死於中國，這本該是死罪！

偏偏岩罕是先生的兒子，唯一的兒子！

千年來父死子繼的傳統根植在每個人心中，就連那些原本支持道達，十分頑固的高級幹部以及退隱的長老，面對這樣的情況，也沒辦法理直氣壯地說出「萬象集團不該由先生的兒子繼承」這句話。

因為這些老人自己都覺得，辛辛苦苦打下的家業就該傳給親生兒子。如果沒有兒子，哪怕是傳給侄子、養子，也比傳給身為外人的女婿好。

可笑的地方在於，道達被「傳統」坑了個結結實實，卻也因為「傳統」，才有喘息之機——因為岩罕雖然是先生的兒子，卻沒正式上族譜。

按照文南國的規矩，沒上族譜，沒祭過祖，就不算這個家族的人。

這段時間，雙方一邊籌備先生的葬禮，一邊就在為這些事撕扯。

只不過，道達很清楚，那些原本支持他的人，最後還是會退讓的。因為文南國的文化與中國傳統文化一脈相承，對子嗣、傳承看得無比重要。這些高級幹部都受過德隆的恩惠，縱是看在這點微弱的香火情上，都不至於不承認岩罕的身份，讓德隆斷子絕孫。

道達的全部優勢，在「岩罕是德隆先生的獨子」這一前提下，全都不值一提。

今天的事情，又給道達重重提了個醒——即便自己的手下，也有人開始認為岩罕才是「嫡傳」，而自己就算上位了，也始終是名不正，言不順。

道達不甘心。

這麼多年來，他為了繼承萬象集團，付出了多少努力？一個毛頭小子，只因為是先生的兒子，憑一點血脈，就能勝過他？

不可能！

就在道達心中的猛獸瘋狂咆哮時，他聽見岩罕問：「往左走是賽車道，往右走是賭馬場，姊夫，我們先去哪裏？」

「你想去哪兒？」

「我嗎？」岩罕想了想，感覺都沒興趣，「還是算了，不管是賭車，還是賭馬，只要看見我們下注，其他選手壓根不敢贏，沒意思。」

道達眼皮一跳。

他有一次心情不好，又剛好趕上賭馬賽輸了，就拿馬場負責人出氣，認為負責人給他推薦了次一等的馬，才害得自己賭輸，丟了面子。

道達一貫善於隱忍，不會輕易表露怒火，他遷怒的方式就是把這名負責人以「挑選優質種馬」的名義發配到非洲一個戰亂頻頻，反政府武裝成天與當地政府對轟的危險區域。負責人沒多久就誤中流彈，一命嗚呼。

能在「夜色」混到一個場館負責身份的人，基本上都是萬象集團高管的親戚。一般情況下，高管當然不會因為區區一兩個親戚就與道達對上。但人死了，情況又不一樣。

都說打狗也要看主人，我特意安排到馬場的親戚，你就因為心情不好，說趕到非洲就趕到非洲，人還死了，我的臉往哪兒擱？

道達之所以敢這麼做，也是狂了，認為「繼承人」的位置已經沒有了競爭對手，所以不在乎得罪幾個高管。誰料德隆適時地把岩罕推出來，好幾個與道達結仇的高級幹部，立刻倒向了岩罕。

而岩罕這句「不敢贏」，明顯又是故意戳道達的痛點。

道達不怒反笑，望向岩罕：「正巧，我也覺得，光看別人比賽有什麼意思，不如我們來玩一把？」

第三十三章　瘋狂賽車

面對道達的宣戰，岩罕一掃之前的漫不經心，變得鬥志昂揚：「好啊！我們比什麼？賽車還是賽馬？」

道達此時顯得特別彬彬有禮：「你年紀輕，你來選。」

岩罕也不推拒：「行，那我就選F1（世界一級方程式錦標賽）賽車！」

然後，他扭頭望向童素：「赫卡忒，你玩賽車嗎？要一起來嗎？」

童素面無表情地回答：「一竅不通。」

岩罕遺憾地攤了攤手，與道達並肩向賽車場走去，童素只能跟著他們一同來到賽車場，就聽見岩罕不大樂意：「我們一定要在這個室內賽道比賽？我想去山路上的賽道，那裏更刺激。」

不同的F1賽道，自然有不同的特點和難關，一般來說，分為兩類。

第一類的代表是大洋國的印第安納波利斯賽道，萬象集團的賽車場也可歸到此類賽道中。這種賽道往往十分寬敞，可以容納多輛車並排行駛，這就讓超車變得相對容易。就算不小心滑出去，也不容易撞到周邊的阻擋，安全性比較高。

至於岩罕提到的山路，那就是第二類的賽道了。

那種賽道或許是山路，也有可能是街道，共同點是賽道十分狹窄，許多路段只能容納一輛車行駛。只要前面有車，後面就很難超過去。彎道和障礙極多，難度非常高，速度不快，無法取勝；速度過快，就有可能撞到了周邊的山體，甚至直接翻下山，極其危險。其中典型就是大名鼎鼎的德國紐博格林賽道。

正因為如此，聽見岩罕想跑狹窄的山道，道達臉色一僵，心道那種賽道就算正常比賽都事故頻頻，翻幾輛車死幾個人再正常不過。你小子莫不是想借這個機會，在山路上把我幹掉吧？

但對於岩罕的提議，他又不能直接拒絕，因為那樣會顯得他像個懦夫，會被所有人，包括他自己的手下看不起。

好在道達反應很快，立馬找了個理由：「前兩天還在下雨，現在山路還很滑，萬一齣事怎麼辦？先生就你一根獨苗，你要是有個三長兩短，我怎麼向九泉之下的先生交代？」

岩罕被這個理由說服了，但沒能讓比賽更加驚險刺激，他似乎有些不甘心，又問：「比賽過程中，可以用DRS和KERS嗎？」

DRS和KERS，是FIA（國際汽車聯合會）為了讓F1賽車更加刺激，從而開發出的兩套「神器」級別的系統。

DRS（Drag Reduction System），中文名為「可調式尾翼系統」，原理是通過把尾翼上方的副翼調平，以降低尾部的下壓力，進而減少賽車在高速情況下的下壓力，讓氣流暢通地流過賽車尾部，從而使得速度更快。

實際上，就是一種「暴走神器」。

一旦使用DRS，整輛車就能大幅加速，快到像要飛起來。

至於KERS（Kinetic Energy Recovery Systems），中文名為「動能回收系統」，原理是通過技術手段將車身制動能量存儲起來，並在賽車加速過程中將其作為輔助動力釋放利用！

簡單地說，該系統類似一節小電池，可以由車手自己來決定是否使用，在用的時候，車速會加快。就像我們在電腦上下載軟件時，開通的「一分鐘加速通道」一樣。這一系統能讓車子在一定時間內速度快不少。一旦系統內儲存的能量用完，加速時間完畢，車子就恢復到平時的速度。

但到了下一圈，它又會被自動充滿。

所以，KERS相當於一張極為重要的牌，必須挑好時機，一旦用得好，超車就不在話下。

道達把玩著手中的核桃，若有所思：「你想按F1比賽的規矩來？」

岩罕舔了舔嘴唇，眼中閃爍著火光：「這才有意思，不是嗎？」

「確實很有意思。」道達慢條斯理地說，「但正式比賽至少都要跑五六十圈，耗時會不會太久？我年紀大了，體力跟不上，比不得年輕人精力旺盛。」

岩罕非常果斷：「那就將圈數縮短到四分之一，十五圈！」

道達擺了擺手，拒絕道：「十五圈太少，沒意思，這樣吧！三十圈，你覺得呢？」

「好！」

兩人一言為定，立刻讓賽車場負責人開幾輛最新、最好的F1賽車出來，供他們挑選。

就在等待的工夫，鄭方附耳過去，小聲說：「BOSS，道達主動要求加圈，怕是有什麼想法。」

他們這些刀頭舔血的人，對賽車這種能讓人血脈賁張的競技比賽有種狂熱的喜愛，所以很清楚，F1比賽是極其消磨人專注力、意志力，也很考驗身體強度尤其是心臟強度的危險遊戲。

前面幾圈，還能憑身體硬頂；等跑到後面，就要看每個人的耐力和意志力了。畢竟，在保持平均車速三〇〇碼，與人不斷競爭的情況下，還要高速而準確地越過每一個彎道，這對注意力高度集中的大腦、備受壓迫的心臟來說，都是不小的考驗。

按照規定，F1賽道單圈長度一般在三・五公里至七公里之間，萬象集團的這個室內賽道完全是按照國際比賽標準建設，賽道蜿蜒曲折，長度剛好是三・五公里，三十圈就是一〇五公里，怎麼看都是岩罕這個年輕人占便宜，道達會那麼好心？

「沒事。」岩罕氣定神閒地說，「他本來就名不正，言不順，要是眾目睽睽之下對我動手，倒楣的是他。」

鄭方眉頭緊鎖，覺得岩罕心太大了。

萬一比賽的時候，岩罕真有個三長兩短的，那不是便宜了道達，讓他可以順理成章地上位了嗎？

所以，鄭方出於謹慎的考慮，還是說：「BOSS，要不，我們——」

他剛要做「抹脖子」的動作，就見岩罕抬手阻止：「道達是我姊夫，我三姊呢，又是我爸大夫人的女兒。放到古代，那就是長房嫡女，身份不一般。雖然大夫人已經過世，我爸也不在了，但我三姊還活著，衝著她，這面子也必須得給。就算道達對我不仁，我也不能對他不義。」

童素站在一旁，聽見岩罕這番話，不由得冷笑：「你給的不是你三姊面子，而是要穩定道達那一系其他人的心。讓這些人覺得，就算你上位，哪怕過去有恩怨，你也不會對他們怎麼樣吧？」

岩罕笑而不語。

鄭方聽童素這麼一說，也懂了。

你想從別人手上拿東西，至少得讓人家覺得，他們把東西給你了，自己還能有條活路。要是連這條活路都不肯給，人家肯定要拼死反抗。

所以，面對道達的挑釁，岩罕私底下做什麼無所謂，但表面上，他要遵從「長幼有序」的規矩，對道達尊敬有加。

哪怕所有人都知道他只是做做樣子，但一個願意做樣子的人，總比一個連裝模作樣都不肯的人更值得信賴。

賽車場的負責人動作很快，沒等幾分鐘，十餘輛F1賽車就被陸續開進了場地。

這些賽車都是嚴格按照FIA規定的F1賽車標準所設計，車身細而長，車身高度很低，寬大、完全暴露在外的開式車輪十分顯眼。

童素看見賽車前方的車標，隨口問：「格拉漢姆賽車？怎麼沒聽過這個牌子？」

「因為這是專門找德國公司訂製的頂尖賽車。」岩罕回答，「格拉漢姆．希爾，世界上唯一征服了四大賽道的男人，我的偶像之一。事實上，我特意資助了一支F1賽車隊，就以他的名字命名。」

鄭方死死地盯著這些賽車，以及每一個接觸賽車的工作人員，目光銳利至極。

岩罕見狀，不由得笑了：「鄭哥，放鬆點，不會有事的。」

他一邊說，一邊走上前，從十幾輛F1專業賽車中挑了顏色最鮮亮的大紅色，直接往車蓋上一拍，說了一句「就要這輛」，便去換賽車服了。

與他的隨性相比，道達則非常謹慎，認真比較過每一輛賽車的性能、優劣之後，才挑了一輛藍色賽車。負責人又喊來最專業的團隊，開始調試系統，換車胎，給車子做比賽前的保養。

等岩罕換了賽車服出來，剛要戴上頭盔，突然像想到了什麼似的，向鄭方比了個手勢，揚聲道：「老鄭，赫卡忒不懂賽車，你記得給她解說。」

道達見岩罕時時刻刻都惦記著童素，心生狐疑：「岩罕，你對這位小姐有些與眾不同啊！」

岩罕就像沒察覺到道達的試探一樣，隨口道：「我專程請赫卡忒來參加父親的葬禮，怎麼能怠慢貴客！」

此言一齣，在場所有人都對童素投以異樣的目光，就像見到了恐龍般，臉上寫滿了不可置信。

童素神色淡定，彷彿被圍觀不是她，鎮定自若地問鄭方：「賽道這麼大，一眼根本看不過來。」

鄭方嗤笑道：「當然有專門的電子屏！」

他一邊說著，一邊指了指賽場正上方，就見巨大的電子屏已經將整個賽場投映！

童素思考了幾秒，才問：「你知道為什麼岩罕讓你給我解說比賽嗎？」

鄭方沒好氣地回答：「不知道。」

「重點不在『給我解說』，」童素又看了一眼電子屏，「而在於，『解說』。」

看見鄭方還不懂，她聳了聳肩：「那我只能直說了，我覺得你的老板是想讓更多的人關注這場比賽吧。」

鄭方眼睛一亮。

他明白童素的意思了——如果能將這場賽事在整個「夜色」甚至整個萬象集團體系內轉播，很快就能一傳十，十傳百，傳得所有人都看到。

看見鄭方沒動，童素挑了挑眉：「怎麼？你對岩罕沒信心？」

「怎麼可能！我這就下命令，所有閉路電視都得轉播這場賽事！」

看見鄭方匆匆離去，童素嘆了口氣。

她也不想提醒鄭方，但岩罕最後那句話，對他們這種聰明人而言，已經是很明顯的提示和威脅了。

「父親的葬禮」啊！

如果她配合，就是參加德隆的葬禮；如果她不配合，過幾日參加的，怕就是她父親的葬禮了！

童素之前一直沒想明白，為什麼只是接自己來文南，需要勞動萬象集團兩位「花牌」出馬。但現在看來，她也只是「道具」之一罷了。

就好比現在，道達和岩罕去比賽了，「黑桃K」和「紅桃K」也不在，作為「黑桃Q」的鄭方就是最大的幹部，他的命令誰也攔不了。

童素才胡思亂想一會兒，鄭方就已經回來了，看見對方滿面春風的模樣，童素毫不懷疑，此時整個集團的勢力範圍，已經開始了實況轉播。

而這時，比賽也即將開始！

伴隨著一聲槍響，紅色賽車猶如離弦之箭，直接衝了出去！

岩罕和道達的手下明顯都是懂行的，童素坐在鄭方等人旁邊，聽見他們竊竊私語：「BOSS起手就開KERS？不怕浪費能量？」

「這時候當然要用KERS，你看老板，動作一慢就失了先手，從此步步落後。」

童素注意到，萬象集團成員對德隆、岩罕、道達的稱呼分別是「先生」「BOSS」和「老板」，哪怕岩罕和道達涇渭分明，手下互不相讓，但該有的尊稱還是一樣都不少，可見萬象集團規矩嚴苛。

如果單從稱呼上推斷，無疑只有德隆在此地德高望重，備受尊敬，岩罕和道達的聲望都差了那麼點意思，屬下對他們只有敬畏，至於愛戴有多少，要打個問號。

童素的大腦就像高速運轉的計算機，記下一切她認為能用到的細節，卻不露分毫，有一搭沒一搭地與鄭方聊天：「為什麼岩罕要先搶占外車道？」

「你不會查嗎？」

「我沒帶手機。」童素回答，「在沒確定我的「安全程度」之前，我想，你們也不會讓我碰任何電子產品。」

鄭方嫌棄地冷哼了一下，才帶了些不情願地說：「外內外方便拐彎，這是F1比賽的基本常識。」

童素秒懂。

如果直線時一直走內車道，拐彎的時候，賽車勢必要大幅度降速。這樣一來，對出彎的加速十分不利。

但如果過直線一直走外車道，最後一段才拐到內車道，會導致臨界點難以判斷，一個不小心就可能因速度過快而衝出彎道，如果周圍有牆壁、欄桿，甚至會直接撞上去。

唯有在直線路段的時候，選擇走「外內外」的S形，才能在既保證安全的同時，又擁有極高的出彎加速區間。

紅色賽車占據了這個先手後，可謂步步領先。

藍色賽車跟在紅色賽車後面，試圖超車。

但岩罕對KERS的運用可謂爐火純青，每當道達在直線賽道上快要逼近岩罕，即將能用DRS來超車時，岩罕就會立刻啟動KERS，將距離拉大。等道達用KERS追上來時，下一個拐彎路口又到了。

紅色賽車就像車尾長了眼睛一樣，牢牢地占住了藍色賽車所屬的賽車線，藍色賽車剛開始變道，就發現紅色賽車也開始變了，永遠卡在它前面。無論它是真變道，還是偽動作，對方都能恰到好處地卡在節拍點上。

藍色賽車足足跟了紅色賽車幾十個彎道，賽道都已經跑完了第三圈，卻始終沒有找到超車的機會。

「BOSS太狡詐了！」童素聽見不遠處，道達的手下在抱怨，「F1比賽裏，就算選手會這樣卡別人的車，也不會卡這麼多圈，否則會被其他車手占便宜。現在BOSS吃定了就他和老板兩個人比賽，才敢這麼幹！」

「就是，這算什麼競技精神！簡直無賴！」

這邊，岩罕的手下聽見了，便反擊道：「能一直別車，也是本事！」

「我們BOSS能在這麼高的速度之下，始終留心老板的反應，完美地卡住老板的每一次超速，就是厲害！」

他們這一反駁，對方頓時開罵了：「高速？你們BOSS這速度，就比兔子快一點！他故意放慢速度在別老板的車！」

「胡扯！BOSS就是過彎道的時候速度慢了一點，直線的時候快得像閃電！」

雙方你瞪著我，我瞪著你，誰都不肯讓，就差沒擼袖子幹架了。

鄭方點了一支煙，深深地吸了一口，用輕到幾不可聞的聲音帶了點讚嘆地說：「BOSS，成長得真快啊！」

童素有點不解：「他們在說什麼？」

鄭方這才反應過來，之前來接童素的時候，岩罕有要求，讓所有人都說中文。

他們一直說中文，道達帶來的人，下意識地也用中文和他們交流，所以童素一直都聽得懂。但現在，這群人急了，不自覺就開始用當地土話吵架，童素當然如聽天書。

鄭方挑火藥味不重的話，簡單地翻譯了幾句，童素「哦」了一聲，又問：「萬象集團的人都會說中文嗎？」

「大部分會。」鄭方解釋道，「這裏華人多，來投資的中國商人也多，中文本來就是主流語言之一。加上先生的父親是中國人，先生也有一半中國血統，又很喜歡看《孫子兵法》《資治通鑒》《史記》等書籍，所以在萬象集團內部，中文和當地方言一樣，都是通用語言。許多土著為了討好先生，想要獲得先生的青睞，也都必須學會中文。」

童素想了一下，才說：「我還以為你們平常都是說英文呢！」

鄭方有點不耐煩：「英文也說，否則怎麼與那些鬼佬交流？但自家兄弟說話，不說熟悉的語言，難道還講英文？你能不能別吵了，安靜看比賽？」

童素不說話了。

她之所以向鄭方打探萬象集團成員最常用的語言是什麼，其實是想通過這種方式，判斷支撐萬象集團的內核究竟偏東方還是偏西方。

從某種意義上來說，「語言」就代表著認同度，這一點，在大洋國的各族裔身上最為鮮明。用西班牙語交流的墨西哥裔和用中文交流的華裔，哪怕同在大洋國的領土，又同樣是幫派，行事風格也截然不同。

而現在，她已經知道，萬象集團的核心文化仍舊偏向東方。

並且，她也從這些人的爭吵中，拼湊出一個事實——岩罕口口聲聲說要「按正規F1比賽」來，但他很巧妙地打了一個擦邊球。

正規F1方程式賽車中，由於賽車多，賽道必然擁堵，會有幾輛車同時擠在一個賽道上的狀況出現。從策略上來說，有的賽車手就會故意放慢速度，用自己的賽車去堵住路線，逼得後方的賽車不得不放慢速度，無法通行。

但這麼做，一般都是為了放隊友過去，外加擾亂別人的節奏。

所以，前面的賽車手一般在別了幾圈後就會讓開，畢竟做多了容易出現事故，也容易與其他選手結仇。

岩罕卻是全程封堵道達，而道達又偏偏不能說岩罕是錯的，只能乾冒火。

童素死死地盯著紅色賽車，明白了為什麼岩罕剛才在琳瑯滿目、顏色不一的跑車中，特意挑中了這輛噴成大紅色的賽車。

因為艷麗的顏色能刺激人的視覺感官，眼前長期有個大紅色的東西晃來晃去，很容易讓人覺得不舒服。

岩罕在干擾道達的情緒。

他在用這種手段，逼道達冒進，希望對手犯規！

兩輛賽車你追我趕，繞到第五圈時，道達終於被刺激瘋了。

明明兩輛車還有三秒以上的距離，藍色賽車卻「轟隆」加速，在直線賽道上飛馳，第一次超過了紅色賽車！

岩罕一時像是驚呆了，導致紅色賽車忘了內道再拐去外道，過下一個彎道的時候就特別不自在，加速慢了一大截，被藍色賽車甩出老遠。

看台之上，一片死寂。

不僅如此，原本熱火朝天的「夜色」酒吧、賭場裏，也是鴉雀無聲。

這一刻，整個「夜色」，彷彿都被人按下了暫停鍵，沉默得詭異。

過了許久，才不知誰結結巴巴地開口：「老……老板……犯……犯規了。」

與此同時，鄭方也險些跳了起來：「這是犯規！」

「犯規？」童素立刻問，「哪一點犯規了？」

「他違規使用了DRS系統！」

童素又追問了幾句，才知道，在正規的F1方程式比賽中，對DRS系統的使用有著嚴格的限制：

首先，車手只能在FIA規定的賽道區域（一般為直道）內觸發DRS，並在到達規定點之前將其關閉；

其次，只有當前車與後車在時間上的差距為一秒之內時，後車才能啟用，而前車不得利用DRS來防守。

但剛才，兩車時間上的差距至少有三秒，道達卻使用了DRS系統，並在到了規定點之後沒有關閉，還繼續用它開了一段路。

這種事情的性質，就和打電競比賽的時候使用外掛，與別人賭博的時候出老千，打拳擊比賽的時候，明明已經被人擊倒，裁判開始讀秒時，卻趁著對手不注意偷襲一樣可惡！

使用這種手段，哪怕取得了所謂的勝利，但在所有人眼裏，你都是輸家！

「夜色」經常有賽車比賽，幾乎每個人都喜歡押注賭勝負，所以對規則了然於胸。

童素一直在留意這些人的表情，看見岩罕的手下露出不屑，道達的手下表情尷尬，將頭埋下，立刻印證了自己的判斷。

萬象集團很重「規矩」。

這或許是每一個成功大型幫派共同的秘訣之一，尤其在偏東方的組織裏，這一點體現得更加鮮明。

萬象集團這樣的犯罪王國，裏面什麼人都有，但大部分都是亡命之徒。對他們來說，世俗意義上的法律、秩序、道德等都沒用，他們信奉另一套法則。在古代，綠林好漢管它叫「江湖道義」；在現代，大家管它叫「規矩」。

規矩之所以是規矩，就在於每個人都得遵守，一旦違反規矩，就要受到嚴厲處罰。

這套機制，必定完整地執行了幾十年，才會如此深入人心，也絕不會有一個漏網之魚。因為，若是有人犯錯卻沒受到處罰，規矩很快就不成規矩了。

想到這裏，童素嘆了口氣。

這就是岩罕為什麼要逼道達在一時衝動之下犯規的原因。

在這些毒販的眼裏，殺個把人或許還沒有「壞了規矩」嚴重。

尤其是道達連續觸犯兩條比賽規則，岩罕明明追不上了，卻沒有打開DRS，選擇同樣用犯規的方式追趕，就襯托得道達的形象更加糟糕。

道達顯然也意識到自己犯錯了，所以他放慢車速，將藍色賽車開到了維修站，讓工作人員給他緊急換輪胎、加油，自己好趁這個時間冷靜一下，想一想補救的辦法。

岩罕是個瘋子。

這是觀看比賽的所有人共同的觀點。

一般來說，賽車跑了五六圈，輪胎就該換了。只有職業選手，才能將輪胎壓縮到八圈一換，但岩罕做到了！整整二十七圈跑下來，他居然只換了三次輪胎！

而道達，換了四次！

也正因為如此，道達雖然憑著犯規，曾超越過岩罕，但岩罕靠著這種不要命的架勢，不僅將優勢追了回來，而且足足超了道達一圈多！

可他沒有絲毫輕敵的意思，仍舊風馳電掣，一路狂飆。

就在道達的手下垂頭喪氣，岩罕的手下歡欣鼓舞時，鄭方突然掐滅煙蒂，猛地站了起來，死死地盯著屏幕：「不對！」

童素也跟著站了起來：「怎麼了？」

「BOSS的車速不對，剛才那個彎道，他沒把速度降下來！」鄭方的語氣有點顫，「快點把鏡頭切向BOSS的車子！」

轉播室內的幾個工作人員嚇得直打哆嗦，連忙切換鏡頭。

霎時間，大屏幕上，就只有岩罕與大紅色F1賽車的身影。

鄭方留心岩罕的動作，來來回回看了幾遍，立刻做出判斷：「剎車，是剎車出了問題！BOSS在拼命踩剎車，但速度根本沒變！」

岩罕的手下全都跳了起來：「剎車？那怎麼辦？」

「怎麼可能？鄭哥不是認真測試過嗎？BOSS也檢查了啊！都沒發現問題！」

賽車場的負責人腿都軟了：「鄭……鄭哥，我沒動手腳啊！」

鄭方此刻哪有時間管這些人？只見他立刻走特殊通道，飛也似的衝到維修站裏，命令維修站的所有人都不許出去；再看賽場中央，眼眶裏滿是血絲——紅色賽車在拐彎後，已經開進了一個大直線賽道，車速越來越快！

再這樣下去，失控的賽車會直接撞到賽車場的牆壁上！

雖然為了安全起見，賽道兩旁都是用來減速的草坪，但那也要車手踩剎車配合，才能成功將車子停下來！現在剎車壞了，草坪頂什麼用！這麼快的速度，牆壁又如此堅硬，衝擊之下，很可能會直接車毀人亡！

所有人的心都懸了起來，目不轉睛地盯著紅色賽車，有些人在默默祈禱，有些人卻在幸災樂禍。

但這一刻，一直盯著顯示屏的童素發現，岩罕竟然閉上了眼睛。

320碼高速飛馳的賽車，剎車失靈，又是一個大直線，加速度驚人……面對這種必死的局面，岩罕竟然閉上了眼睛。

為什麼？

電光石火之間，童素突然想起鄭方一路讓她蒙眼罩，想起了更早之前的飛機劫案，終於明白過來！

照相記憶！

岩罕擁有照相記憶！

他正在回憶之前通過「照相記憶」錄下，關於整個賽道的每一寸土地，試圖尋找一線生機！

在那裏！

只見岩罕猛打方向盤，強行讓車頭稍微偏移，就見賽車一路狂飆，衝斷了防護用的欄桿，掠過了緩衝的草坪，飛速衝進了一片色彩斑斕的區域！

那是維修站附近的特製防滑帶！

這種由新材料鋪設而成的防滑帶具備很強的防滑屬性，能夠有效增強路面摩擦力，整個賽車道上，也只有維修站左右修了這麼一段！

接連撞斷的幾根欄桿，減了第一重的速度；

專門布置的草坪，減緩了第二重速度！

特製的防滑帶，放慢了第三重速度！

即便如此，紅色賽車的勢頭還是太猛了，眼看就要衝進維修站！

而維修站中，不僅有許多工作人員和零件，還有專用的加油箱！

一旦因為劇烈衝撞，引發連鎖爆炸，後果不堪設想！

岩罕顧不了那麼多，衝進防滑帶的第一時間，就拼命往左邊打方向盤，只聽見砰的一聲，車頭撞上了維修站旁邊的防護欄桿，直接將它撞斷，卻也終於停了下來。

工作人員和安全人員正要衝上去，卻被鄭方帶人攔住！

只見鄭方第一個搶先打開車門，要去攙扶岩罕。坐在駕駛座上的岩罕卻擺了擺手，自己從容地走了出來，然後取掉頭盔，無視鄭方請他去看一下醫生的要求，從口袋裏拿出了一個物件，半個身子又進了駕駛座，不知低頭在鼓搗什麼。

由於鏡頭還在實況轉播，很多人都不解地互相詢問：「BOSS究竟在幹嘛？」

而這時，藍色賽車也開了過來，在維修站旁停下。

只見道達趕緊下車，卸掉笨重的頭盔，急急地趕到剛下車的岩罕身邊，關切地問道：「岩罕，你沒事吧？」

岩罕轉過身，冰冷的目光落到道達身上，很快就轉為神秘莫測的微笑：「多謝姊夫關心，我沒事。」

道達如釋重負：「太好了，沒事就——」

「我還沒說完。」岩罕一字一句，緩緩道，「我非但沒事，還覺得很刺激，前所未有地刺激。所以，姊夫，我們再比一場吧！」

「只是這一場就不用這麼麻煩，要姊夫派人趁著換輪胎和加油的工夫，偷偷放掉我的剎車油了。」

岩罕一邊說著，一邊揚起雙手。

道達這才發現，他左手是一些七零八落的電線，右手是一把鋒利的小刀。

然後，他就聽見岩罕帶著笑意的聲音，在耳膜炸響：「我已經把我的剎車線，直接割斷了。」

道達倒抽一口冷氣，望向岩罕，就發現對方明明臉上笑得很燦爛，眼睛卻像正準備狩獵的野獸，冰冷、無情，泛著屬於掠食者的兇光：「這一次，索性把所有賽車的剎車線都割斷，通通不要剎車！我們各選一輛，再比一場！」

第三十四章　小雞遊戲

岩罕身上流露出來的逼人殺意，竟令道達生出幾分退縮之心。

這一刻，道達突然想起了岩罕過往的光輝事蹟。

比如，進行極限運動的時候，不用任何安全工具，就憑借一雙手，成功攀登了位於北美洲被稱為全世界最危險的酋長巖；再比如，主動接受「黑桃組」那些雇傭兵的苛刻生存訓練，只帶一把軍刀、一個水壺，就去穿越原始的熱帶雨林；等等。

這小子就是個瘋子，從來不把性命當一回事。道達心想，自己何必與一個瘋子比誰更能玩命呢？

道達打定主意，不理會岩罕的挑釁。

他端起姊夫的身份，擺出一副寬容的姿態，和顏悅色地開始說教：「岩罕，我能理解你在死亡邊緣走了一趟，驚魂未定的心情。但我希望你分得清是非好歹，不要給人隨便扣罪名。」

「怎麼？」岩罕冷冷地說，「姊夫，你既然敢做，卻不敢當嗎？」

道達見岩罕這麼不給台階下，微微瞇起眼睛，聲音也低沉了下來，語聲嚴厲，充滿警告：「岩罕！」

岩罕臉上掛著笑，眼中卻只有殺氣，就那樣筆直地站在原地，一步都不肯退。

道達見狀，便知岩罕不願給這個台階了。

他並不想與岩罕發生激烈的衝突，尤其是在德隆七七還沒過，棺槨都沒下葬的現在。否則別人一定會對他指指點點，岳父還沒入土為安，就欺負人家唯一的兒子。

出於這種考慮，道達強忍怒氣，正打算拂袖而去，站在一旁的童素突然扭頭問鄭方：「忘了問你，鏡頭掐掉了沒？這段可不能直播，放出去要被人家笑話。」

她的聲音不大，但這麼近的距離，道達聽得一清二楚。霎時間，不好的預感就湧上了道達的心頭，只見他鷹隼般銳利的目光往賽車場負責人的身上一掃，對方就已經雙腿發軟，頭皮發麻，卻還是強撐著說：「剛……剛才已經把鏡頭掐了。」

負責人其實根本不想開直播，但道達和岩罕剛開始比賽，鄭方就找上門，要求萬象集團的所有閉路電視都接通這場比賽的直播。

鄭方是萬象集團的高級幹部，負責人只是一個依附萬象集團而活的小頭目，根本無法拒絕鄭方的「小小要求」。

他也沒辦法再請示道達，因為這位萬象集團多年的二當家已經發動賽車，奔馳在賽道上了。而道達帶來的那些人中，並沒有官級能壓過鄭方的。無奈之下，他只能一邊按鄭方的命令行事，一邊在心裏拼命祈禱這場比賽別鬧出什麼麻煩，可偏偏事與願違。

看見岩罕賽車出問題的那一刻，負責人就知道，無論如何都不能再播下去，就讓手下立即把信號給掐了。即便如此，整個萬象集團的看客，也將方才那驚險的一幕盡收眼底，知道岩罕的賽車被人做了手腳，差點害死岩罕。

想到道達知曉此事後會有的反應，負責人心中充滿著恐懼和絕望。

馬場的前任負責人，只是不小心讓道達丟了面子，道達就乾脆俐落地將對方發配到非洲，沒了性命。自己卻將萬象集團兩大繼承人的爭鬥，甚至是謀殺暴露在大庭廣眾之下，道達又會怎麼對待自己？

岩罕見賽車場負責人臉色發白，卻沒多說什麼，只是挑了挑眉，有些驚訝地問：「怎麼？你們還開直播了？」

「兄弟們覺得不夠熱鬧，又不好拿您二位來開賭局，就只能和大家一起分享這次精彩的比賽，享受一下熱烈的氣氛。」鄭方給了一個十分敷衍的回答，其他人則用一種「你在睜眼說瞎話」的眼神，默默地看著他。

岩罕聞言，就笑了笑，將手中的雜物扔給鄭方，很隨意地說：「拿我開賭局也沒什麼，只要押我贏就行。」

「好！下次一定押你贏！」

短短兩句話，卻讓陷入深深絕望的賽車場負責人重新「活」了過來。

岩罕既然說了「拿我開賭局也沒什麼」，其實就是表態，不介意自己的比賽被直播。那麼，道達一時間也不能公開拎著這點小事計較吧？哪怕道達非要拿負責人出氣，也得過個一年半載，找個別的理由，這至少爭取到了緩刑的機會。

當涉及生死，哪怕賽車場的負責人是道達的遠親，此刻也只有一個念頭——如果岩罕能贏過道達就好了。哪怕岩罕上位之後，要將「夜色」的人都換成岩罕自己的心腹，不用他們這些道達安排的老人，他也認了。丟工作，總比丟了命好吧？

再說了，道達的性格，外人不了解，他們這些人還不清楚嗎？伺候道達可是個苦差事，指不定哪一句話說錯了，災難就會落到身上來。不像岩罕，等閒小事根本不放在心上，揮揮手就過去了。

在岩罕和鄭方這麼一唱一和之間，道達狠狠地盯了臉色陰晴不定的賽車場負責人一眼，然後轉頭面對岩罕，冷哼道：「你故意的？」

刻意在比賽開始後才進行實況轉播，又在比賽過程中蓄意激怒他，逼他犯規，事後還要裝大方送人情，籠絡人心。

「怎麼會呢？」岩罕不緊不慢地，把剛才道達的一席話原封不動地還了回去，「姊夫，我希望你能分得清是非好歹，不要隨便給人扣罪名。」

岩罕當然可以撇清關係。

在場的所有人都能做證，他本來只是想接童素去見「紅桃K」，來「夜色」是道達提的，自己根本不情願，卻還是給了姊夫面子。

而在來「夜色」的一路上，岩罕所說的每一句話，大家都聽得清清楚楚，他從沒私下叮囑過鄭方，一旦他們開始比賽，就讓鄭方打開鏡頭，實況轉播。

從頭到尾，這都是鄭方的「自作主張」。

再說了，如果岩罕的剎車沒出問題，這就是一場普通的比賽而已。轉播比賽，讓大家一起高興一下，不過是一樁小事，賽車場、賽馬場經常這樣幹，高級幹部親自下場玩，其他人熱火朝天地下注也不是一次兩次了，道達想用這個理由找鄭方的碴兒，所有人都會笑他。

但偏偏就是這麼一樁小事，弄得道達下不了台。

無論道達怎麼辯解，他為了贏過岩罕，幾次犯規的行為，都已經被幾千雙眼睛目睹。更不要說剛才岩罕所駕駛的賽車剎車出問題，岩罕差點沒命的兇險一幕，讓所有人都心有餘悸，心中也已經認定了這是一場謀殺。

誰那麼憎恨岩罕，迫不及待地想置對方於死地？第一嫌疑人，毋庸置疑，定是道達。

人都有一種思維定式，即某個人如果人品好，那他就不會做壞事；反之，如果一個人人品差，那麼他做下什麼壞事都不奇怪。

道達為了區區一場比賽就觸犯規則，不擇手段也要贏過岩罕，壞形象已經深入人心。誰都不懷疑，他幹得出暗殺最大競爭對手的事情。

「夜色」又是道達的基本盤，這裏的每個負責人都與道達有著千絲萬縷的聯繫，不是他自己的某個遠房親戚，就是他心腹的家屬，說這場謀殺與道達無關，誰信？

在這種情況下，道達想要辯解，幾乎不可能。

現在的他，唯一能做的只有應戰——答應岩罕的要求，剪掉賽車的剎車線，兩人重新比一次。用這種不要命的比賽來證明自己的勇氣，洗刷剛才幾度犯規的恥辱。

萬象集團的風氣就是這樣，哪怕你無惡不作，手上有無數條人命，但只要你足夠猛，是個爺們，大家就會敬重你，佩服你。

道達的神色陰晴不定，顯然是在掙扎。

他也是玩賽車的高手，當然清楚，如果剪掉剎車線，重新比賽，無非就是比誰命更大罷了。在沒有剎車的情況下，就算你勉強開過了直線，連續兩三個彎道，也要車毀人亡。

岩罕敢這樣提議，會不會有什麼後招？但如果他沒有後招，只是純粹地發瘋呢？

正當道達十分糾結，百般權衡之際，童素氣定神閒地說：「Ra，你的提議太過了。」

「哦？」

「剪掉剎車線後，再比一次賽車，這種車毀人亡概率高達九〇％的遊戲，除非萬不得已，沒人會願意陪你玩。」童素緩緩道，「不如聽聽我的意見？」

岩罕做了一個「請」的動作，彬彬有禮地說：「赫卡忒，請說。」

童素手指賽車場的右端，很認真地說：「如果我沒記錯，那條賽道有一・九公里長，是全場最長的直線賽道。不如你們各自駕一輛車，從賽道的兩端出發，玩一場Chicken Game，如何？」

岩罕眼睛一亮：「有意思。」

Chicken Game是國際政治博弈論中一個十分經典的博弈模型，中文翻譯叫「懦夫遊戲」「鬥雞遊戲」或「小雞遊戲」。

該模型給出了一個情景參考，即兩名車手向對方驅車而行，如果雙方都不肯退讓，兩車就將相撞，車毀人亡。最先讓開的一方會被恥笑為「膽小鬼」（chicken），另一方則勝出。

如果兩人拒絕停下，任由兩車相撞，最終誰都無法得益，甚至會賠得一無所有；如果兩個人都停下了車，大家都丟了面子；保存了實力，半斤對八兩。

最壞的結果無過於自己退了，丟了面子；對方沒退，不光贏了，還獲得了巨大的利益。反之，最好的結果則是自己沒退，對方退了。

但Chicken Game終究只是一個模型，一個比喻，用來形容國家之間的博弈。沒人會真拿兩輛車去相撞，直到童素提出了這個建議。

童素考慮得非常周到：「我看過了，你們可以選擇中間那個車道，保持一定速度，一百以下都行，不用開三百碼那麼快。誰想退了，不用停下，只需要將方向盤一打，讓車身偏離中間車道即可，當然這就算輸了。」

如此設計，輸贏雙方活下去的概率都很大。而不像岩罕剛才的提議那樣，簡直是與死神較量。

道達深深地看了一眼童素，已經明白她的不好惹。

鑒於萬象集團嚴明的上下等級制度，岩罕與道達意見不同，誰都不肯相讓的時候，能夠勸架的人只有與他們同級的「黑桃K」和「紅桃K」，其他人連說話的資格都沒有，這就是剛才，鄭方作為「黑桃Q」，卻緘口不言，等到岩罕問他，他才說話的原因。

這也就代表著，今天岩罕和道達對峙的局面，其實只有童素這個身份特殊的外人能勸。

偏偏童素內心想的，是唯恐天下不亂。

她要是說一句算了，差不多得了，道達就能順著這句話下台階。但她沒有，非但沒有，還提供了一種「可行方案」，逼著道達非要在「到底玩絕命賽車還是Chicken Game」之間二選一。

就在這時，突然有個人小跑了過來，附耳對道達說了什麼。

童素站得近，耳朵又尖，也只勉強聽清了零零碎碎的幾個英文單詞，例如「公爵大人」、「交易」等。公爵？

童素暗暗記下這件事，就見道達聽了這個消息，表情已經變得很勉強，示意對方退下後，才揚起頭，對岩罕說：「你要和我拼命是吧？行！我們把手剎也給拆了！讓車子只能加速，不能用任何方式減速！怎麼樣？」

岩罕咧嘴一笑，眼中閃著瘋狂的光：「正合我意！」

道達被他這麼刺激，也發了狠，命令負責人：「再去把直播打開！這一場比賽！我要讓所有人都見證，究竟誰才是真正的懦夫！」

工作人員的效率很高。

不出十分鐘，所有賽車的剎車已經全部被拆除。不僅如此，他們還在那條即將比賽的直線賽道兩旁鋪上了厚厚的隔離層，一旦賽車衝上隔離層，就會被層層減速，最終停下。

道達選了一輛黑色的賽車，工作人員把這輛車停到賽道一端。道達深吸幾口氣，穩定了情緒後，就鑽了進去，手伸出車窗，比了一個代表準備好的「OK」手勢。

岩罕則選了一輛白色的賽車，停在直線賽道的另一端，但他似乎一直在檢查整輛車子，又似乎在鼓搗著什麼，遲遲沒完成準備。

看他這個樣子，手下們不由得躁動起來：「怎麼回事？難道這輛賽車又出了問題？」

「要不要去問問BOSS？」

眾人你看看我，我看看你，最後齊刷刷地望向鄭方，就見鄭方面色嚴肅，不知在想些什麼。

一旁的童素倒是非常鎮定，只見她輕輕笑了笑，居然讚了一句：「好膽量。」

她話音剛落，岩罕也已伸出左手，完成了充滿自信的「OK」動作。

倒計時，隨之響起。

5，4，3，2，1！

隨著位於兩車中間點的身著比基尼的小姐手上的令旗往下揮動，兩輛賽車猶如離弦之箭，同時衝了出去！

「八十碼，九十碼，一百碼！」鄭方看著屏幕一角的數據跳動，面上露出一絲擔憂，「太快了！」

很顯然，兩人都不想露怯，所以一開始就猛踩油門，不約而同地將速度飆到了一百碼！

這也就代表著，一・九公里的距離對他們而言，只在分秒之間！

觀眾的心怦怦地跳了起來，而此時，道達的心比他們跳得更快，更猛！

憤怒、緊張，還有潛藏於心底的恐懼，刺激了道達的腎上腺素分泌。

只見他咬緊牙關，繼續重重地踩下油門！

儀表盤上，馬力再次加大！

一百二十碼！

一百三十碼！

一百五十碼！

道達本以為，這樣的速度能嚇到岩罕。誰知遠處的白色賽車毫不示弱，速度同樣飆得飛快，與黑色賽車不相上下！

眼看著兩輛車距離越來越近，白色賽車的輪廓越來越清晰，道達心中只有一個念頭——對方會停下嗎？會嗎？

而這時，他突然發現，從白色賽車的車窗中，伸出什麼東西。

岩罕在做什麼？

道達下意識地想減緩速度，卻發現剎車位置空空蕩蕩！

這一瞬間，一種莫大的恐懼，揪住了道達的心臟。

他終於無比真切地意識到，這輛車無法停下來。

此時，白色賽車也離他越來越近，近到道達終於看清了岩罕手上的東西——竟是一整個方向盤！

這個瘋子，居然拆掉了賽車的方向盤！

他根本就沒打算退讓，甚至放棄了打方向閃避的機會！他就是要開車來撞，要與自己同歸於盡！

無與倫比的恐懼充斥著道達的腦海，他的瞳孔張得極大，還沒來得及思考，就見岩罕挑釁一笑，將方向盤扔出窗外！

霎時間，此起彼伏的驚叫聲，在觀眾席，在「夜色」，也在萬象集團總部的每個角落響起。

「天啊，BOSS，BOSS他……」

「這是要玩命啊！」

酒吧內震耳欲聾的DJ舞曲早已停止，原本縱情跳舞、喝酒的男男女女們都聚到了巨大的電子屏幕前，壓根不敢眨眼。

就連狼狽縮在角落的童霞，也忍不住抬起頭，看著鏡頭裏即將相撞的兩輛賽車，只覺得呼吸困難，下意識地攥緊了自己的衣服。

觀眾們的心，因為岩罕的舉動，高高懸起。

但這一刻，沒有任何人比道達的心理壓力更重。

腳剎的線已經剪斷了，手剎也拆掉了，唯一後悔的機會，就只有打方向。但岩罕把方向盤也扔掉了，還是在兩車即將相撞的時候！

賽車上的方向盤堅固無比，岩罕絕不可能在這麼短的時間內把方向盤拆下來，唯一的解釋就是，岩罕在比賽開始前已經悄悄做了手腳。

這瘋子，根本不打算留後路！

不！

岩罕會不會本來就是想在這場比賽中，殺了他這個最大的競爭對手？這小子一定還有其他準備，肯定是一種能讓對手死自己卻活下來的萬全準備，不然怎麼敢這麼拼命！

電光石火之間，道達突然自以為弄明白了岩罕的想法——所有人剛才都看見岩罕險些「被謀殺」，而道達也確實在怒火攻心之下，吩咐手下「在那小子的車上動點手腳，給他一個教訓」。所以，岩罕就算通過這場比賽報復回來，只要他事後能拿出道達確實意圖殺他的證據，任何人都不會說一個「不」字。

以血還血，以牙還牙，本來就是萬象集團的處事方式。

「我不能死在這裏！」

道達心中，只有這一個念頭！

他要活下來！

哪怕被人嘲笑是膽小鬼，他也要活下來，只有活著，他才能去爭，去搶，去獲取他想要的一切！

身體的本能，比思維更快！

就在道達心底發出「活下來」吶喊的這一瞬間，他已經拼命往右邊打方向盤，用最大的力氣，將車身偏轉，衝進了隔離帶。

黑色賽車避讓的那一刻，離白色賽車，不過兩米的距離。

兩輛車，閃電般擦肩而過。

勝負已分，塵埃落定。

只見黑色賽車經過重重障礙的減速，已經停了下來，道達怔怔坐在車上，靜靜地待了好一會兒，仍舊驚魂未定，全身上下都是冷汗。

而此時，獲得勝利的白色賽車，依然以一百八十碼的速度在賽道上飛速直行！

沒有了方向盤，岩罕已經沒有控制賽車的辦法了，也無法讓車子偏離跑道，去邊上的減速隔離區域。

就一眨眼工夫，白色賽車已快狂奔完整個直線賽道。

「BOSS！」

鄭方狠狠地用拳頭砸了砸旁邊的牆壁，眼睛都紅了，卻不敢抬頭看屏幕！

沒有剎車，岩罕怎麼讓失控的賽車停下來？

要知道，直線賽道的盡頭就是牆體，直接撞上去，除非是神仙，否則誰也別想活！

「冷靜一點。」童素淡淡道，「你們的BOSS，可不是那種為了爭一時之氣，就去送死的人！」

「你當然能冷靜！」鄭方咆哮道，「難道你以為，BOSS死了你就能離開！錯了！我告訴你，一旦道達掌權，大家都沒好日子過！」

童素倚著牆壁，神色木然：「這一點，我早就想到了。」

鄭方狠狠捏緊了拳頭，還要說什麼，卻聽見手下小弟們齊聲驚呼：「BOSS的車！怎麼了？」

沒等鄭方抬頭看向大屏幕，童素已冷冷說：「沒大事，車胎終於堅持不住了而已。」

「車胎？」

「你們沒發現？」童素隨口道，「Ra在上車之前就把車胎全扎了，順便拆鬆了方向盤。現在方向盤扔了，車胎的氣也漏得差不多了。雖然會有翻車的危險，但總比直接撞上牆體好一百倍。」

鄭方這時才回想起來，白色賽車從一開始，車身就有些歪歪扭扭，只是他們都沒弄明白其中的奧妙。

而現在，車胎終於堅持不住，左前輪成功爆胎。

就見車子往左邊一塌，斜著進入了防滑隔離區，車速終於漸漸慢了下來。隨後白色賽車又緩緩往前滑了一段路，堪堪在牆體前方停下。

看見這驚心動魄的一幕，所有人才如夢初醒，漸漸找回呼吸。

岩罕從車上下來的時候，不管是賽車場，還是「夜色」的酒吧、餐廳，以及萬象集團總部的各閉路電視前，都是一片歡呼，人們像迎接遠征歸來的英雄一樣，高呼「BOSS」，臉上都是欽佩！

道達為表現風度，等在那裏，與岩罕握了個手，表達自己佩服岩罕的勇氣之後，就灰溜溜地離開了。

眾人簇擁著岩罕，正要離開賽車場，就見童素等在大門口，雙手抱胸，神情冷漠：「Ra，我有個問題要問你。」

岩罕示意眾人停下，自己則快步走上前，眼角的餘光順便一掃，看見周圍沒有監控器，才微笑著問：「什麼問題？」

童素直截了當地問：「剎車油究竟是誰放的？」

「這個問題，你不是應該猜到答案了嗎？」岩罕含笑道。

「雖然猜到了答案，但我還是想確定一下，究竟是哪種情況。」童素淡淡道，「雖然量控制得這麼恰到好處，就像排練過一千次一樣，但你的手下把剎車油給放了，還是他的手下把剎車油給放了，這可是截然不同的概念。」

這麼直接的問題，已經相當於刺探情報了。

毫無疑問，剎車油一定是岩罕授意放的，而且用量控制得極為精準。如果多放一點，或者少放一點，岩罕都很難剛好在維修站強制停車，撿回一條命。

岩罕雖然瘋到拿自己的命去賭，但也不會打無準備的仗。

童素只想知道，動手的人究竟是誰。

岩罕也沒有遮掩，笑了笑，回答道：「他被氣瘋了。」

聰明人之間，不用多說第二句廢話。

岩罕的意思已經很明顯了——道達下了命令，想要在這場比賽中弄死岩罕，不過道達的心腹中有岩罕的人，反而偷偷配合了岩罕的計畫，將了道達一軍。

「行，我明白了。」童素聳聳肩。

「我還忘了感謝你，如果不是你，光憑鄭哥，肯定沒辦法與我配合得這麼默契。」岩罕伸出手，「希望我們能在這短暫的幾天中，合作愉快。」

童素苦笑一聲：「與你合作的機會，能少一次就少一次，對我而言才叫好。」

她心裏很清楚，岩罕就是需要她這個「外人」的介入，將事情鬧大，將矛盾激化。

岩罕不想與道達和解，哪怕只是表面上的，因為道達不會服他，只會給他的掌權之路增添障礙。

對岩罕來說，最好的辦法就是徹底解決道達這個人，以及對方背後的勢力。所以，他需要將事態擴大，才好進行不留情面的清洗。

同樣，岩罕也很明白，童素三番幾次的「幫助」，並不是為了幫他，而是為了幫她自己。因為岩罕和道達鬧得越兇，爭得越狠，萬象集團內部的分歧越大，就越可能出大的疏漏，讓她能夠找機會離開。

如果萬象集團是鐵板一塊，童素才真是插翅難飛。

方才的那一次賽車競賽，就是兩人心照不宣的默契配合。

「岩罕這傢伙，只怕從來沒把道達當成真正的競爭對手吧？」童素心想，「那個『公爵』又是什麼人，為什麼一聽見此人的消息，道達就下定決心，要與岩罕比這一場？另外，我離開中國，也有六天多了，不知專案組那邊，現在怎麼樣了？」

第三十五章　救援行動

之州省，安全廳，第一會議室。

陳局長左右踱步，心急如焚：「童素的手機和電腦拿回來已經四天多了，還是沒辦法打開嗎？」

技術人員連連搖頭：「不行，童小姐對電腦的加密非常複雜，程式又十分精巧。一旦嘗試破解，哪怕只錯一次，電腦裏的全部資料都會被粉碎，再也無法復原。」

這麼高的試錯成本，讓他們根本不敢輕舉妄動。

作為信息安全方面的大行家，童素對自身的信息安全當然看得非常重，平常走路刻意躲著攝像頭都是小事，在網上留的身份證、信息基本上就沒真的。

這些「良好習慣」，給專案組的偵查工作帶來了極大困難。

傅立鼎至今仍不明白，童素究竟為什麼會給杜明禮打電話說要出去旅遊，然後就一去不復返，地點還是廣西邊境。

從那個地方出發，只要再開小半天的車就能出國境線去文南。

「邊境沿線的監控錄像調出來了嗎？」

「調出來了，專案組認真查看了好多遍，都沒從中發現童小姐的下落。」

對於這個結果，傅立鼎不覺得奇怪。畢竟西南邊境有那麼多山，總有幾條只有土著才知道的小路，否則萬象集團那些人是怎麼偷渡進來的？

但專案組還是迫切地想知道，童素到底發生了什麼？為什麼在後來給杜明禮的郵件中表示，萬一聯繫不到她，就證明是被萬象集團帶走了？

既然知道有危險，那童素為什麼要去？到底是被脅迫？又或者自己潛逃？還是說，真去旅遊，結果在廣西被人綁架，才會落下手機和電腦？

目前收集到的信息實在太少，少到令專案組一籌莫展。

陳局長皺了皺眉，又問：「NULL呢？聯繫不到他？」

「是的。」傅立鼎語氣凝重，「除了第一次湖濱市「7．17連環爆炸案」時是NULL主動找我們之外，其他時間，全都是NULL和童小姐之間在聯繫，我們並沒有NULL的聯繫方式。我這兩天專門去圓周率公司詢問NULL下落，可他們的CEO方小勇也聯繫不上NULL，不清楚他在做什麼，更不清楚他在哪兒。」

也就是說，除了童素以外，其他人都沒辦法主動聯繫到NULL，只能被動地等對方來聯繫自己。

眾人只能嘆氣。

這叫什麼事啊，兩個頂尖黑客，一個神秘失蹤，一個聯繫不上。難道要向上級打報告，申請支援，派最厲害的團隊來破譯童素的電腦？

就在這時，會議室的門突然被推開。

傅立鼎看見來人，不由得渾身一震，立刻站起來快步上前：「夏廳，您怎麼來了？醫生說了，您至少要住院觀察三個月——」

坐在輪椅上，蓋著一條厚毛毯的夏正華揮了揮手，對專案組的成員說：「你們先出去！老陳和小傅留下。」

眾人魚貫而出，等最後一人離開後，給夏正華推輪椅、身穿軍裝、軍帽蓋住半邊臉的男子立刻將門反鎖。

夏正華等房間裏只剩他們四個人了，才說：「這是應龍上校。」

話音剛落，應龍立刻給陳局長和傅立鼎行了個軍禮，兩人也馬上回禮。

他們還記得，「7．17特大恐怖襲擊案」發生的時候，國安局的這位應上校就一直在湖濱市公安局交通管理指揮中心現場，是個深藏不露的人物。

夏正華的狀態顯然不是很好，那場車禍讓他肋骨斷了四根，差點戳進肺，左腳也骨折了，更不提其他零零碎碎的傷口，光是說一兩句話，就不斷地在咳：「我長話短說，小傅，我決定讓你跟著應龍去文南國。」說罷，他又開始拼命咳嗽，撕心裂肺，卻拒絕三人為他拍背。

應龍再次行了個軍禮，這才開口，第一句話就是：「萬象集團的存在，已經威脅到了國家安全與『一帶一路』倡議。」

陳局長和傅立鼎被這句話震住了，聽應龍的詳細解釋，才明白這究竟是怎麼一回事。

文南國與中國多年來都是友好鄰邦，尤其是最近二三十年，中國經濟飛速發展後，大量中國商人到文南國投資辦廠，拉動當地就業，令文南人對中國人印象很好。在民眾的強烈呼籲下，七年前，文南國與中國結成全面戰略合作夥伴關係。

「一帶一路」倡議提出時，文南國也是東南亞第一個響應的國家。

在文南國政府的要求下，中國派技術人員去幫文南國修一條貫穿東南到西北的高鐵。

這條高鐵，按照規畫，應當是像歐亞鐵路一樣成為各國之間的紐帶。而正中間的樞紐，便是文南國。如果讓高鐵從升龍省穿過，就能直達文南的鄰國安寨，再一路往西，穿越多個國家，最終將直達印度，連接南亞各國。

不等應龍解釋，傅立鼎搶著說道：「由於萬象集團盤踞在升龍省，他們不會允許我們的高鐵穿過。更不要說，他們已經和文南國政府兵戎相見，一旦他們推翻了現有政府，對我國的『一帶一路』倡議勢必會產生巨大的影響。」

「正是。」應龍回答，「文南也考慮過，這條高鐵是否要繞過升龍省。但對文南國來說，這涉及巨大的額外成本支出；而對我國來說，一旦高鐵繞過升龍省，就會影響整個『一帶一路』的發展前景。」

文南以及周邊幾個國家，之所以交通不便，一是多山，二就在於湄公河除了雨季外，其他時間河水水位都不夠高，航運十分困難。

如果能修通這條高鐵，從此以後，東南亞各國的交通就不再需要翻山越嶺，等待雨季，從此能夠四通八達，互通有無，貿易將變得更加繁榮。

而修建這條高鐵最困難的部分，就在於升龍省的「聖湖」。

「聖湖」平常只有兩三千平方公里，平均水深也就一米多。但只要一到雨季，湄公河水倒灌，「聖湖」的面積瞬間就會擴大到一萬平方公里，水深足足有十幾米。如果不進行長時間的實地考察、測量，高鐵的修建就無從談起。

但「聖湖」，恰恰又是整個東南亞的「心臟」！

心臟要是不通，其他器官再好也沒用。

如果貫穿東南亞的高鐵不經過「聖湖」，就像京廣線不路過北京，京滬線不到達上海一樣，失去了一半的意義。

可在場的四個人都知道，萬象集團不會允許。

升龍省一向是萬象集團的大本營，文南國政府派去的總督都是萬象集團的傀儡，升龍省所有的橋、路、基礎設施，都是萬象集團出錢所建，儼然一個獨立王國，文南國政府根本插不上手。

萬象集團之所以在升龍省有這麼大的影響力，主要就在於其地理位置的封閉性。當地老百姓沒有選擇，只有跟著萬象集團才能過好日子。

如果這條高鐵修好了，交通往來方便了，萬象集團就會逐步失去對當地的控制。更不用說，修建這條高鐵，很可能要路過他們的罌粟田乃至老巢，他們豈會讓這些隱秘的地方暴露在眾人眼皮子底下？

夏正華見陳局長和傅立鼎消化得差不多了，才拋出最重磅的情報：「根據文南國提供給我們的消息，最近三個月，萬象集團又從外界秘密運了近百車的軍備，文南國的戰事只會愈演愈烈。再這樣拖下去，就算文南國政府最終勉強把萬象集團擊潰，國家也會千瘡百孔，遭受巨大損失。所以，文南國政府向我國政府尋求幫助，希望能得到我國的支援。」

夏正華一邊說，一邊咳嗽，顯得非常吃力。

應龍見狀，連忙又把話接了過去：「我國的原則是不干涉他國內政，但既然是文南國政府正式的要求，相關領導考慮過後，希望以低的影響、最小的限度，幫助文南國剿滅萬象集團。」

「另外，萬象集團一直對中國虎視眈眈，不停地滲透、突破，希望將中國變成他們的販毒樂園。二十年前，我們將他們趕出了中國，二十年後，他們又想捲土重來。出於國家安全層面的考慮，萬象集團也是我們必須鏟除的對象！」夏正華努力積蓄精神，把這一段話斬釘截鐵地說了出來。

應龍點點頭，進一步闡述了為什麼需要徵調傅立鼎：「國家決定派出一支特種部隊，趕赴文南，配合文南國當地政府，協助打擊萬象集團。而眼下正好有一個充分的理由——童素小姐是國家安全部門備案的A級重要成員，她被萬象集團這一恐怖組織綁架，我國必須派出尖刀小隊，進行救援。但我們沒有見過童小姐，為避免她因對我們不夠信任而不配合行動，在夏廳的建議下，經國家有關部門批准，特徵調傅立鼎和嚴明樹作為小組成員，一同前往文南。」

傅立鼎頓覺責任重大。

之前多年警察的經驗告訴他，童素肯定是被迫離開的，否則她不會留下電腦和手機，證明自己處境危險，身不由己。現在高層與他的判斷一致，讓他全身充滿了鬥志，真想立刻就出發去營救童素。

「現在，請把童小姐的手機與電腦交給我。」應龍又道，「我需要將這兩件東西帶給NULL先生。」

傅立鼎非常驚訝：「NULL也和我們一起去？」

應龍猶豫了一下，就聽夏正華喊：「小陳。」

陳局長立刻明白，接下來的話，連他都沒資格聽，故他識趣地離開，不忘反鎖好門。

此時，應龍才說：「NULL先生是國家安全部門S級別的人員，連我都沒有權限查看他的檔案。在這裏，我只能給你透露一些情報，因為我們接下來的行動，也與NULL先生正在追查的事情有關。幾年前，我國在反腐行動中，查獲了一個巨大的犯罪集團。該集團以高官做保護傘，肆無忌憚地操縱上市公司的股價，侵吞國有資產，進行金融犯罪，涉及金額高達數千億美元。當時，NULL先生就是相關部門的特聘專家，負責在互聯網上追查他們的一舉一動，並找到了最關鍵的證據，將該集團一網打盡。」

不知為何，傅立鼎突然聯想起了幾年前，萬全天盛更換董事長的那次風波。雖然應龍沒有一個字提到萬全天盛，但傅立鼎敏銳地認為，應龍說的洗錢案，應該與萬全天盛那件事有些關係。不，應該說，萬全天盛只是這個犯罪集團插手的一環。

但他一個字都沒多問，只是靜靜地聽應龍繼續說道：「抓獲該集團主要人物時，我們發現，該集團已經轉移了一千五百億美金到國外。正當國安局準備把錢追回來時，卻發現這筆錢突然消失了。」

聽到這裏，傅立鼎忍不住問：「消失？」

「沒錯，徹底消失，就像不存在一樣。」應龍回答，「我們提審了該集團的核心成員，他們也不清楚是怎麼一回事，只能確定，這一千五百億美金真實存在，卻不知為何，在他們轉移到國外後，竟然消失得無影無蹤。」

傅立鼎意識到了事情的嚴重性。

這可是一千五百億美金，不是一千五百塊。這麼大一筆錢不翼而飛，居然沒有半點風聲傳出？

「NULL先生一直在追查這件事，卻遲遲沒有找到線索。直到幾天前，太平洋銀行網絡安全部主管賈雲豪之死，讓NULL先生又有了新的追蹤方向。」

應龍頓了一頓，又道：「我不能告訴你，NULL先生究竟在做什麼，也不知道NULL先生的具體行蹤。只能告訴你，萬象集團很可能與幾年前這筆巨額財產的失蹤有著說不清的關係。所以，在此次執行任務的時候，對其他犯罪分子，能夠擊斃，就直接擊斃；但對萬象集團的四張『K』，如果可能，最好以活捉為主。」

傅立鼎臉色一變：「其他三人活捉，我都沒有意見，但他們的『黑桃K』，就是那個神槍手，將他活捉？那得死多少人？」

「具體情況，等到了文南，與NULL先生會面後再說。」應龍平靜道，「走吧！你什麼都不用帶，直升機已經在等我們了。」

與此同時，文南國，升龍省，萬象集團。

童素本以為，萬象集團的總部已經夠隱蔽了，但當看見他們真正的權力樞紐所在時，還是有些吃驚。出現在她面前的，儼然是一座按照小型軍事要塞修建的「堡壘」。

這座「堡壘」兩面以天然的山體為依憑，另外兩面則修建了將近十米高的城牆，牆體非常結實，約有四米厚，牆上遍布電網，哪怕是一隻蚊子不小心碰到，也會立刻被電死。

這座「堡壘」大門開啟的方式十分特殊──它是通過指紋、虹膜加聲音三重識別的，而且進行識別的人是鄭方。

看見這一幕，童素的眼神閃爍了一下。

直覺告訴她，有權開啟這扇大門的人，寥寥無幾。

等他們通過驗證，駛入「堡壘」後，童素留心觀察，就發現「堡壘」內部不像外界那樣繁華喧鬧，反倒有種返璞歸真的質樸。三三兩兩的小樓次第陳列，放眼望去，有二十餘座。與其說是萬象集團的總部，倒不如說像一個再普通不過的村落。

但這份寧靜，並不代表著無害。

童素注意到，大門之後，便是一個安檢口，有一隊荷槍實彈的青年男子守在那裏，兩邊擺著幾十架衝鋒槍，隨時可將強闖的人打成篩子。

童素還發現，自從進入「堡壘」之後，司機開車特別小心。明明是雙車道，但他壓根不敢往中間靠，只敢貼著道路邊開車。那副謹慎駕駛的模樣，就像道路中間埋了地雷一般。

不等她繼續觀察，這輛車已經七拐八拐，開到了一棟三層小樓前。岩罕示意童素下車，然後那輛車就發動引擎，直接倒車走了。

童素卻沒空管他們。

她望著站在門口的中年男子，迎上他熟悉卻又有些陌生的面容時，明明早就做好了心理準備，可還是木木地站在原地，心中複雜難言。

二樓，書房，童素低著頭，坐在紅木沙發椅上，一言不發。

坐在她對面的中年男人緊張地搓著手，時不時擺弄著衣領，拉著衣角，然後又去搓手，幾次偷偷看她，想要開口，卻又把話咽了回去。

不知過了多久，童素才打破這份死寂。

她的聲音有些縹緲，整個人思緒都空茫茫的，只是憑著本能，問出了那個糾纏於心中整整十五年的問題：「你……為什麼離開？」

「對不起，素素，我——」童子邦沉默半晌，才有些難以啟齒地說，「我被人騙去了大洋國，一下飛機，就被大洋國聯邦調查局關進了監獄。」

童素猛地抬頭，就看見童子邦自嘲地說：「由於我不願為大洋國政府效力，所以就無法獲得自由。」

滿心的怨恨與委屈，就因為這一句話，像遇到了陽光的初雪，慢慢化開了。

童素輕咬下唇，才小心翼翼地問：「那你，為什麼去大洋國？」

童子邦苦笑了一下，帶了點無奈，語氣卻很溫柔：「因為你。」

「我？」

「十五年前，我們國家不像今天這麼強大，教育這塊趕不上發達國家。我想把你送到大洋國去讀初中、高中、大學，一路讀最好的學校，才不浪費你的天賦和才華。但我又怕不熟悉那些學校，道聽塗說，把你送到金玉其外，敗絮其中的地方。」

童子邦見童素越來越難過，連忙說：「也是我不小心，太急切，朋友說什麼都信。他說能聯繫到最好的學校，讓我去參觀，為取信於我，還報出了自己的真實身份。我以為沒問題，就去了大洋國，誰知道等待我的，就是大洋國聯邦調查局的手銬和法庭的審判。」

說罷，童子邦不無自嘲地加了一句：「由於我曾入侵過大洋國多個政府機構和銀行等的系統，被認為嚴重威脅到了他們國家的安全，結果判了二十五年的監禁。」

他也是後來才知道，原來這是大洋國對付異國黑客的慣用手段，把人騙到大洋國來，一下飛機就逮捕。中招的不僅是童子邦，還有許多來自世界各地的黑客，光是烏克蘭的黑客獄友，童子邦就見過好幾個。但最後，那些人都接受了被大洋國聯邦調查局收編，唯有童子邦還在堅持。

他確實很想獲得自由，也很思念唯一的女兒，可他不能點這個頭。因為他不知道，一旦自己答應為大洋國政府效力，對方會讓他做什麼。

童子邦不希望，有朝一日，自己出色的黑客能力，反倒會成為威脅祖國的利器。所以，他寧願留在監獄，承受著漫長的孤獨，以及對女兒無盡的思念。

童素一時語塞，悲從中來。

這漫長的十五年，她一直想著、怨著、恨著父親，卻沒有想到，他被關在暗無天日的監獄裏，整整十年。

童素狼狽地低下頭，不知該怎樣面對不復記憶中高大、如今已有些蒼老的父親，半晌才艱難地問：「那你為什麼又會出現在萬象集團？」

童子邦楞了一下，神色有些惆悵：「因為德隆保釋了我。」

聽見童子邦的回答，童素突然想起岩罕劫機的那一次，德隆告訴童素，五年前，他花了三億美金，買通大洋國政府的幾位議員，以及一些相關官員，只為保釋一個被大洋國聯邦調查局關押了近十年的重刑犯。之後，德隆就將這人帶到了文南。從今往後，只要這人不踏上大洋國的國土，不被大洋國聯邦調查局逮住，就能享受自由。

當時，童素還以為，德隆只是抨擊這套制度——只要有錢，什麼都可以從中斡旋的制度，從沒想過，那個被德隆隨口提起的人，就是她的親生父親。

這一刻，童素的心情非常複雜。

她一直認為，德隆是一個充滿智慧、具有卓越才華的領導者。這種人要是走了正道還好，一旦他作惡，必將對社會造成極大的危害。

童素對德隆的敵意，只因對方是毒梟。

可他也救了自己的父親，帶他離開了那個地獄，哪怕代價是來到另一個地獄。

一時間，童素什麼話都說不出來。

過了好半天，她才問：「德隆為什麼會保釋你？」

她不相信被大洋國聯邦調查局抓到監獄裏的黑客只有父親一個，為什麼德隆獨獨選中了父親？難道因為他們都是亞裔？

童子邦長嘆一聲，凝視著童素的眼睛，鄭重地說：「接下來我要說的話，你可能不相信，但我必須告訴你，這一切都是真的。德隆是我嫡親的堂兄，也是你的堂伯父。」

第三十六章　前塵舊事

童素簡直不敢相信自己的耳朵。

萬象集團的首領，控制小半個世界毒品製造和運輸的德隆，居然是自己的堂伯父？

哪怕是最荒誕的夢境，也不會有這麼匪夷所思的故事，但偏偏，這是誰都無法辯駁的現實。

「德隆的父親叫童天南，我的父親、你的爺爺叫童天北，他們是嫡親的兩兄弟。」童子邦告訴女兒，「那時還是舊社會，百姓窮困潦倒，家裏多一口人就多一張嘴，地裏出產的糧食卻只有那麼點兒。豐年尚且饑一頓飽一頓，一到災年就是陳屍遍地，餓殍千里。童天南為減輕家裏的負擔，十二三歲就跟著幾個族中長輩去東南亞闖蕩，最後到了文南國。他離開中國大陸的時候，你爺爺還沒出生。」

童素仍覺得如在夢中：「但德隆的年紀並不算大，也就比您年長三歲。爺爺結婚的時候已經快三十了，如果他是伯公的兒子，歲數上是不是有些對不上？」

童子邦嘆道：「那是因為童天南花了二十多年才在文南站穩腳跟，成了當年威風赫赫的『南爺』。然後才正式結婚，娶了當地大族的女兒，近四十歲方有德隆這個兒子。為籠絡升龍省的土著，鞏固勢力，他都沒讓獨生子跟他姓，而是遵循文南國的風俗，兒子只有名，沒有姓，就是德隆。」

「這真是太荒謬了。」童素按著太陽穴，只覺得頭疼得厲害，「爸，你知道我現在是什麼感覺嗎？就像有人告訴你「賓・拉登是你的近親」一樣，你會覺得這肯定是個玩笑，但最後發現這竟然是真的！」

到了這一刻，童素終於明白，先是德隆，後是岩罕，為什麼會對她「另眼相看」了。

童子邦苦笑道：「誰說不是呢？」

五年前，獄警突然帶他去會客室，說他的堂兄來見他時，童子邦也覺得匪夷所思。因為在童子邦的印象中，他的堂兄們都在中國四川的縣城、鄉村，絕不可能出現在大洋國，更不可能來到這個戒備森嚴的重刑監獄。

聽出父親話語中的苦澀，童素的理智終於回籠，只見她抿了抿唇，表情冷了下來：「爸，你實話告訴我，德隆是不是拿我來威脅你了？」

童素一直不相信父親會是一個助紂為虐，為販毒集團效力的人，聽見童子邦寧願被關在監獄裏十年，都不接受大洋國政府招攬之後，便明白，德隆能把童子邦弄來萬象集團，很可能用了一些不光彩的手段。

看見女兒身體緊繃，臉色不好，童子邦沉默半晌，才道：「不，德隆沒有逼我，是我自己答應和他來文南國的。」

「為什麼！」

童素的情緒突然激動起來，只見她猛地站了起來，指著童子邦，聲音尖厲：「你為什麼要同意！你知不知道，他們是毒販！殺人如麻的毒販！」

「素素，你冷靜一點！」童子邦立刻上前，試圖將童素按住，看見她下意識地退了幾步，不想與他接觸，頓時怔住了。

過了好一會兒，童子邦重重地跌回沙發上，情緒低沉：「素素，你不明白。」

童素發現自己剛才的舉動傷害到了父親，語氣不由得緩和了下來，小心翼翼地說：「對不起，我——」

「不怪你，是我沒說清楚。」童子邦原本不想讓女兒看到這麼狼狽的一面，但為了避免女兒與他的誤會加深，還是嘆了一聲，緩緩道，「我從頭開始講吧！」

童子邦第一次見德隆，是在重刑監獄的會客室。

這次見面，從頭到尾，德隆就說了三句話。

「很高興見到你，我親愛的堂弟，我是德隆，你的堂兄。

「十分遺憾，幾天之前，我才知道你遭受了長達十年的不公。

「如果你願意，我可以將你保釋出來。」

甩完這三句話，對方笑了笑，就結束了這次探監。

對於這個莫名其妙出現、號稱是自己堂兄的人，童子邦只有一個想法——對方看上去溫文儒雅，舉止也風度翩翩，但腦子好像有點問題？居然當著獄警的面，大言不慚，說要將童子邦保釋出來？

童子邦好歹蹲了十年的監獄，對大洋國的法律體系也算略有了解，知道保釋這種事，只存在於沒經過司法認定，尚未正式確認有罪的嫌疑犯身上。

因為許多案件，從逮捕嫌疑犯到移交檢方，再到反覆訴訟，往往要經過漫長的時間。而如果最終確定嫌疑人無罪，那在這一過程中，對嫌疑犯的羈押就站不住腳。

人家沒罪，你憑什麼把人家關起來？

所以，保釋制度就應運而生。

但這一套，對已經入獄的人沒用。童子邦壓根不滿足保釋條件，這個叫德隆的人，只怕是在吹牛吧？

再說了，那些遠在中國鄉村的堂兄、堂弟，向來與童子邦關係極差，很多年都不曾往來，就算偶有聯絡，也是涎著臉問他借錢——當然，這些「借」出去的錢從來不曾還過。

此處是大洋彼岸的大洋國，又怎麼會莫名其妙冒出一個所謂的堂哥？

如果二人真是親戚，總得說清楚長輩是誰，才好相認吧？為何德隆在會客室等了那麼久，見到童子邦後，扔下三句話就走？

童子邦只覺得德隆出現得莫名其妙，行事更讓人摸不著頭腦，很快就決定不去想這個「怪人」，心裏也沒真把德隆說的話當一回事。

但他很快就明白，德隆之所以在整個探監過程中只說了三句話，是因為德隆根本就不是來認親戚、敘舊、談條件的，僅僅是過來通知童子邦一聲，讓他做好心理準備，迎接久違的自由。

「我至今還記得那一天，清晰得一閉眼那一幕就會浮現在眼前。」童子邦不勝唏噓，「那天一大早，獄警就打開囚室的門，粗聲粗氣地說：『幸運的黃皮豬，你自由了。』」

「我很茫然，不知道究竟發生了什麼，像夢遊一樣，被獄警推搡著換了套自己的乾淨衣服，又聽了一大通『就算被保釋，你也必須住在指定的區域，每隔二十四小時到警察局來報到』之類的話語，還恍惚得像在夢中。」童子邦此時長長地嘆了一聲，過了好一會兒，才說，「後來我才知道，德隆鑽了法律的空子。」

按照大洋國的司法體系，所有的案件都要經歷「逮捕嫌疑人—收集證據—移交檢方—檢方考慮是否提起公訴—由法院裁定嫌疑人是否有罪」這個程式，而且全過程必須公開、透明，尤其是公訴環節，陪審團必須到場。

但童子邦被逮捕後，直接就被定罪，入獄，壓根沒經歷公訴這個最重要的環節。

這也情有可原，因為童子邦是頂尖黑客「銅棒」，在與其他黑客的「技術比拼」時，入侵過一些大洋國的敏感系統，雖然他黑進去後什麼也沒做，但這種嚴重危害到大洋國國家安全和涉及國家機密的事情，確實也不好公開。

只不過，大洋國是一個很講究「人權」的國家，就算你明知道某人是個殺人犯，你找不到證據都不能定他的罪。就算證據確鑿，還要經過公訴階段，如果此人請的律師厲害，找到漏洞，就算警方氣得七竅生煙，也只能眼睜睜地看著人渣逃脫法律的制裁，著名的「辛普森殺妻案」就是典型。

德隆就是利用了這一點，買通了一些議員和高官，讓他們複查童子邦的案件。結果發現這案子沒按照流程走，直接就將嫌疑人定了罪，這怎麼行？這是嚴重違反大洋國精神，違反大洋國法律，違背「人權」的行為，當然要重審！

如果不重審，被媒體嗅到風聲，政府就要焦頭爛額了。

然後，德隆又聘請了知名律師，再花重金，多管齊下，終於將童子邦給保釋了出來。

「從被保釋出來的那一刻起，我就明白，德隆的能量非比尋常。」

童素聽得入了神，追問：「然後呢？」

「然後……」童子邦的神色有些複雜，「德隆告訴我，他這一生，榮華富貴，權力地位，什麼都有了，只缺個兒子。為了生兒子，他找了東南亞最好的算命大師，對方說他『命中註定在地上不可能有兒子』，他就找了個空姐當情人，在空中做愛，空中生產，好不容易得了個兒子，起名為岩罕，意思是『貴重的珍寶』。岩罕也很爭氣，正在普林斯頓大學的數學系攻讀，並對黑客技術非常感興趣，希望能系統地學習相關技術。為了給岩罕找到一個最優秀的老師，德隆遍尋黑客，然後驚訝地發現，被關在大洋國重刑監獄的我，居然是他的堂弟。能力加上血緣，讓德隆認為我最適合當岩罕的老師。但德隆也告訴我，岩罕是他獨子的事情，加上我，也只有四個人知道，包括岩罕本人都不知情，希望我不要說漏嘴。這份來自堂兄加救命恩人的深深信任，讓我背上了很沉重的心理負擔，怕自己第一次當老師，教不好岩罕，辜負德隆的期望。但德隆沒有這方面的顧慮，他非常篤定地告訴我，說我一定會喜歡岩罕的，一定。」

說到這裏，童子邦露出一絲自嘲：「德隆說對了，我曾經真的非常喜歡岩罕，他是我見過的第二個如此聰明的年輕人，而第一個——」

童子邦望向女兒，眼中只有溫柔：「就是你。」

童素有些狼狽地低下頭，不敢去面對父親慈愛的目光，眼眶卻有些發熱。

她明白，一切的事情都是因她而起，如果不是為了給她提供更好的教育平台，童子邦也不會頭腦發熱，明明知道去大洋國有一定的危險，卻還是被所謂的黑客朋友誘騙，到了大洋國，然後在監獄中度過了十載春秋。

人的一生，能有幾個十年？

從四十歲到五十歲，童子邦的人生，就此蹉跎。

童素用力握緊了拳頭，喉嚨像被梗著什麼，明明有千言萬語，卻一句話都說不出來，最後只是低聲問道：「所以說，一開始，你並不知道德隆和岩罕販毒，才會對岩罕傾囊相授，收他做你的徒弟？」

童子邦站了起來，走近童素，輕輕按著她的肩膀，讓她坐下，這才回答道：「是的，但我當時心裏其實有疑惑——岩罕並不知道他自己是德隆的兒子，不清楚只要他的正當要求，德隆會無條件同意，那麼，岩罕對德隆提出想學黑客技術的要求，就必須找個足夠合適、讓德隆無法拒絕的理由，這個理由究竟是什麼呢？」

他頓了一頓，才道：「但很快，我就知道了岩罕為什麼想學黑客技術，因為我發現，他們的錢來路不正。」

童素忙問：「你是怎麼發現的？」

童子邦再度苦笑：「與其說發現，倒不如說，他們根本沒有隱瞞我的意思。」

童子邦與德隆約定，每周一、四、日這三天去岩罕的公寓，對岩罕傾囊相授。但他本就是極其聰明、觀察力也非常敏銳的人，才教岩罕沒幾天就發現，岩罕身邊的安保措施異乎尋常地嚴密，十二個人三班倒，二十四小時保護岩罕。個個都是練家子，身上至少背三把槍，兩套彈夾，還有林林總總的刀具。

這種保護力度，絕不是普通富二代該有的，大洋國總統的規格也不過如此了。

童子邦察覺到這點後，就覺得不大對。後來他又發現，那些護衛還經常提著裝了保險的手提箱、行李箱等進進出出，對這些箱子也看守得非常嚴密。但無論哪個箱子，都不會在這間公寓停留超過四十八小時。

童子邦本不知道這些箱子裏是什麼，直到有一天，岩罕接到一個電話後，當著童子邦的面，打開了兩個行李箱。

「那種箱子大概有一個家用烤箱那麼大，長約為五十厘米，寬和高都有四十多厘米。」童子邦比畫了一下，然後問童素，「你知道裏面裝的是什麼嗎？」

童素張口就是：「美金？」

「只對了一個字。」童子邦緩緩道，「是黃金。」

整整兩箱，全是黃金。

一根根金條，整齊地碼好，炫目的金光刺痛了童子邦的眼睛。

童素倒抽一口冷氣。

她迅速地換算了一下黃金的密度、體積和重量比，再想了一下烤箱的體積，不由得喃喃：「一噸？」

「一・二噸。」童子邦給出確切數字，「當時的金價比差不多是一克黃金三〇〇元人民幣，人民幣和美元的比例差不多是6.5:1。」

也就是說，那兩箱黃金，就價值七・二億元人民幣，折合一億一千萬美金。

這意味著什麼？

就算是財富榜上的億萬富翁們，你要他們一口氣拿出一億美金的現金都很困難，更不要說黃金了。因為他們的財富多半體現在手中持有的公司股票，以及自己購置的不動產上，但這些東西是有泡沫的，隨時都可能會大幅度縮水。

只有黃金白銀這種貴重金屬，價值才恒久穩定。

「那時候我就知道，德隆的身份絕不只是明面上的橡膠大王那麼簡單，他一定沾了違法的生意。只有這樣，他的錢才會來得這麼快，也唯有做這種生意的人，才有可能連美鈔交易都不接受，只認黃金。而我也明白了岩罕為什麼要學黑客技術，一方面是他有足夠的天賦，對黑客技術很感興趣；另一方面就在於黃金這種實物的交易，終究有一定的風險，容易被警方追溯痕跡。但如果通過比特幣進行線上交易，遠比黃金、美元的交易更加安全、隱蔽。更何況，黑客如果利用自己的能力去實現野心，謀求利益，能夠造成的危害，遠遠比一群恐怖分子拿著衝鋒槍在鬧市區掃射可怕得多。」

說罷，童子邦下意識地想去摸口袋拿煙，卻突然想起，以往的自己根本不會抽煙，更是滴酒不沾。

為了不給女兒留下太差的印象，他生生忍住了想要借煙草緩解壓力的衝動，平靜地說：「發現這一事實後，我輾轉了好幾個晚上，最後直接去找德隆，問他到底在做什麼生意。他也很爽快，告訴我，他是東南亞最大販毒集團的頭目。」

童子邦雖然說得輕描淡寫，但童素能想像當時的驚心動魄，一顆心高高地懸了起來。

哪怕此刻親眼見到父親，知道他平安無事，可當他提及這些過往的時候，童素仍為他擔憂，聲音也有些顫抖：「然後呢？」

「然後，德隆問我要不要去文南國親眼看看。」

這個提議，正中童子邦的下懷。

每當童子邦想起自己入獄之後，才十二歲的女兒被堂兄一家虐待了大半年，然後又孤零零地長大，愧疚之情就要將他吞沒。他恨不得插上翅膀，離開大洋國，去中國見女兒，彌補錯過的十年光陰。

而文南國，離中國是那麼近。

但童子邦也很清楚，他當時正處於有條件保釋階段，生活範圍只能局限於警方規定的區域，每過二十四小時就要去警察局報到，還有林林總總一大堆限制。如果他跟德隆去了文南，在大洋國警方那裏就會被界定為「畏罪潛逃」，再被大洋國警方抓獲的話，就會被直接投入監獄，難有再見天日的那一天。

而且，就算童子邦去了文南國，也要通過電腦，遠程教導岩罕提升黑客技術，直到岩罕出師為止。

不僅如此，文南國的升龍省還是萬象集團這個邪惡組織的大本營，一旦進去，或許就再也出不來了。

哪怕知道有這麼多的壞處，但只要一想到離開大洋國，自己就有機會回去看女兒，童子邦還是心懷僥倖地點了頭。

他以為，憑他的黑客技術，來到文南國後，總能設法脫身，回到中國，卻沒想到，事與願違。

但這一切，他都不能告訴童素，以免加重她的心理負擔。

所以，童子邦只是輕描淡寫地說：「見我同意承擔離開大洋國的代價，德隆就設法讓我偷渡到了文南國的升龍省。結果在這裏我發現家家戶戶安居樂業，百姓生活富裕，臉上都洋溢著幸福的笑容。然而在升龍隔壁的幾個省份，以及鄰國安寨，你只會有一個感覺，那就是窮，深入骨髓地窮。」

說到這裏，童子邦凝視著童素，輕聲道：「素素，你從來沒窮過，就算你大伯他們占據咱們家，負責照顧你的那段時間，也不敢真正短你的吃穿。你根本就不懂得貧窮是怎樣的滋味，但爸爸懂。因為窮，你爺爺一直在礦場做苦工，快到三十才成家，因為他終於攢夠了錢，出得起彩禮。而你奶奶當年才十五歲，與其說是嫁給了他，還不如說是被家人賣給了他。但這樣的日子也沒過多久，由於長期待在那種礦井裏，他染上了塵肺病。我七歲那年，他的肺已經變得烏黑、硬邦邦，根本喘不上氣，沒多久就去了。你奶奶不肯再嫁，決定獨自拉扯我長大。沒想到為了供我讀書，日夜勞作，華髮早生，小病捨不得去治，拖成大病，病逝的時候才剛滿三十；全家那麼多親戚，都覺得我是拖油瓶，沒有一個肯養我。最後是好心的班主任替我交了學費，讓我繼續讀書。整個初中和高中，我每天的伙食都只有一個硬邦邦的饅頭和一點鹹菜，就這樣熬了六年。」

童子邦望向童素，眼中只有悲哀：「爸爸太懂貧窮是怎樣的滋味，也明白想要從這種泥潭中掙脫出來有多難，所以爸爸沒辦法去指責德隆為什麼販毒，因為爸爸知道，很多時候，從道德制高點去指責別人，都是站著說話不腰疼。」

童子邦能改變命運，是因為中國恢復了高考，給了寒門學子一條出路。但文南國沒有這樣的道路可以選擇，想要活得好，只能踩著累累白骨，一步步往上走。

童素無言以對。

哪怕她再憎恨毒販，卻不得不承認，如果沒有德隆，升龍省的百姓不會過得這麼好，可她還是不能接受這樣罪惡的發家方式。所以，她只能期盼地看著父親，小心翼翼地問：「您不是主動加入萬象集團的，對吧？」

她多希望等到一個「對」字啊！只要證明父親是被逼迫的，就代表父親沒有認同德隆那套理念，沒有助紂為虐。

但這一刻，童素聽見了童子邦的嘆息。

霎時間，她的淚水如珠子一般滾落。

她想起了湖濱市遠郊的那個墓園，一排排冰冷的墓碑，代表著上百個為緝毒而死的無名英雄；

她想起了那本傅臨淵彌留之時還不斷書寫塗抹，沾滿血和淚，被夏正華悉心保存了二十年的陳舊筆記本；

她想起了湖濱市的連環爆炸、濱海的槍戰、邊境的追擊，洞穿特警腦門的子彈和特警漸漸失去溫度的身體。

對升龍省的百姓，萬象集團或許就是他們的神，但對其他人來說，萬象集團就是不折不扣的惡魔。

「對不起，素素。」童子邦告訴她，「五年前，我就是萬象集團的『紅桃K』了。」

說完，他在心裏輕輕地嘆了一聲，想去拍童素，卻又中途收回手，柔聲道：「你先冷靜一下，好好休息，我離開一會兒。」

他一邊說著，一邊推開門，邁著沉重的步伐，從二樓緩緩挪到一樓，卻看見岩罕倚在大門口。

那一刻，童子邦的臉色突然變得很難看。

岩罕卻笑了：「老師，對待唯一的學生，不必擺這麼一副壞臉色吧？」

童子邦的口氣很差：「你來幹什麼？」

「我送赫卡忒到這裏之後，一直沒走，本來想著假如老師與赫卡忒發生爭執，還能勸架，誰料老師對赫卡忒這麼絕情，說出的話九成真，最重要的一成卻不說實話。」

對於自己竊聽童子邦和童素父女對話的事情，岩罕可是半點遮掩的意思都沒有，他明明在笑，說出的話卻如一把把刀子，狠狠插在童子邦心上：「老師為什麼不告訴赫卡忒，您為了試探萬象集團在中國大陸的勢力到了哪一步，也為了赫卡忒的安全著想，就請求父親帶您的兄長一家來到文南國。發現父親輕而易舉地就做到了這一點後，明白他若是想要製造『意外』，取赫卡忒的性命易如反掌，您才與他做下約定，以您加入萬象集團，並在體內植入定位芯片為代價，讓父親不動赫卡忒，不將她帶到您心中這罪惡的文南國來？」

說到此處，岩罕突然湊了過來，靠近童子邦，語氣輕快，卻是冰冷至極的警告：「老師，您該不會天真到這種程度，以為讓赫卡忒誤解您改變了初心，成為犯罪集團的一員，就能讓她對您不管不顧，直接一個人逃跑吧？且不說她並非這樣的人，就算她想跑，這茫茫『聖湖』，她又能跑到哪裏去呢？除非，她願意做個安靜的睡美人，長眠在湖底。老師應該不會希望這種事情發生，對吧？」

第三十七章　驚天計畫

岩罕對童子邦說的這些話，已經是赤裸裸的、不加掩飾的威脅。

童子邦氣得渾身發抖，卻硬是逼著自己冷靜下來，分析當前情況：

此時的岩罕內憂外患俱在，一方面要提防道達爭奪繼承人之位，想辦法處理掉這個姊夫；一方面要了解文南國軍隊的動向，爭取在戰場上獲得勝利，從而奪取政權。而且這二者相輔相成，互相影響，如果岩罕處理不好道達的事情，把道達逼急了，直接投靠文南國政府，對整個萬象集團而言，都是一件極其糟糕的事情。

這種情況下，岩罕頂多也就威脅童子邦兩句，不敢真對童子邦做什麼，一是因為岩罕還有用得著他們父女的時候；二就是因為，整個萬象集團都知道，「紅桃K」是德隆的堂弟，是唯一承認的父系一脈血親，還是岩罕的老師。

無論出於血緣倫理還是師生關係，乃至童子邦的高級幹部身份，岩罕都不好隨便對童子邦動手。

雖說這套傳統理念對岩罕沒用，但只要對萬象集團的大部分人有用就行。

想明白這一點之後，童子邦掏出煙盒，抽出一支煙，也不點燃，就那樣夾在手上不停地轉，以緩解心中的那一份焦躁。

即便如此，童子邦表面上還是很平靜，甚至有些漫不經心：「與其浪費時間在這裏威脅我，倒不如想想，你該怎麼應付萬象集團目前最大的危機。」

岩罕收斂了笑意，表情有些可怕。

「萬象集團的危機？」

童素的聲音從樓梯上響起，童子邦和岩罕立刻扭過頭，就看見童素站在樓梯上，神色莫測：「我能聽聽嗎？」

童子邦臉色一沉，岩罕卻突然笑了：「也沒什麼大事，不過是幾年前中國『一帶一路』倡議落實文南國，達成的合約之一就是中國要幫文南修一條由西向東貫穿整個國家的高鐵。」

童素的思維何等機敏，岩罕不過這麼一提，她聯想一下升龍省的重要地理位置，立刻明白了關鍵：「文南國不會放棄高鐵的修建，萬象集團卻不能讓高鐵從自家經過，雙方根本沒得談，所以才會打起來？」

然後，她馬上通過這個信息，反過來推導之前發生的某些事情：「我之前一直沒問，你把我騙到文南國來，究竟是想讓我做什麼。入侵文南國政府的核心系統獲取情報？在暗網上做交易，動手腳？還是攻陷文南國的大型基礎設施？」

換作旁人，想到自己可能會被捲入一場戰爭，估計早就嚇得腿都軟了。但童素說這些話的時候，整個人竟是非同一般地冷靜。

岩罕沒有掩飾自己的讚嘆，拍了拍手，為童素鼓掌：「不愧是赫卡忒！實不相瞞，這些事情都是我曾對父親建議，可以讓老師去做的。但父親對老師有一種別樣的縱容，迄今為止，老師只為父親、為萬象集團做了兩件事：一是教導我的黑客技術，二就是為萬象集團的暗網搭建安防系統。」

童素皺了皺眉。

她沒有懷疑岩罕說假話，因為這些事情太容易被求證了。

但她也明白，如果事情真像岩罕所說，童子邦在萬象集團五年，只做了這麼兩件事的話，德隆確實對童子邦十分優待。

以童子邦驚世駭俗的黑客技術，只讓他做個安防系統，完全是大材小用。如果童子邦真想做一番大事，與岩罕以及萬象集團的黑客團隊配合，入侵大洋國央行的系統都不在話下，何況是做其他事情呢？

岩罕這一番話，點出了兩件事：

第一，德隆對童子邦足夠好；

第二，童子邦身在曹營心在漢，並不樂意為萬象集團做事。

這就戳破了童子邦剛才對童素說的「自己是主動加入萬象集團」的謊言。

當然，童素也沒信。

雖然一開始，她確實被童子邦騙到了，認為父親被德隆打動，走上歧途，但很快她就反應過來，父親是想通過這種方式趕她走。所以她立刻追了下來，剛好聽見所謂「萬象集團的危機」，也明白了矛盾的焦點在哪裏。

就見她一步步地走過轉角，卻還是站在樓梯上，睨著岩罕，冷冷道：「難怪你的黑客名叫Ra，原來你想成為法老王式的、集政權與神權一體的獨裁者。」

岩罕興致勃勃地反問：「不行嗎？」

童素一看他的表情就知道，他並不是在徵求別人的認同，而是已經下了決心，甚至有了足夠的準備。在等待大戰來臨之前的閒暇時光，他隨便找個樂子打發時間。

譬如，與她辯論。

因為這個男人想要征服她，不是身體，而是思想。

童素沒有直接用「封建帝制是在開文明倒車」這種大家都會說的話來辯駁，而是緩緩從樓梯上走了下來，站到岩罕面前，平靜地問：「原因呢？」

「想當皇帝，需要原因嗎？」岩罕故作驚訝，「你隨便去大街上走一圈，拉住幾個人問他們想不想當皇帝，誰會說不呢？」

童素面無表情地說：「一般人的『想』叫作白日夢。你不同，你是真的在進行一場戰爭，為實現自己的野心。」

做夢不犯法，也沒人會管，更不需要承擔什麼後果；發動政變卻不同，要麼爬到萬人之上，要麼就屍骨無存。

岩罕還是掛著玩味的笑，輕飄飄地說：「我只是有一定的條件而已，換作其他人有這樣的資本，又面臨我的處境，也會做出這樣的選擇。」

「不可能！」童素斷然否定。

她知道網絡上有很多人對戰爭的態度非常輕慢，喜歡在鍵盤上指點江山。但這不怪他們，和平年代長大的人，有幾個真正知曉戰爭的殘酷、生命的脆弱？

沒有親歷過生死的人，可以滿不在乎地說「我不怕死」，真正經歷過一切的人，往往會更加愛惜生命。

岩罕見過生死，但他無所畏懼。

要是換個人面臨岩罕的處境，怕是早就變賣財產，跑到大洋國或者歐洲去了。

萬象集團家大業大，留下的錢花一輩子都花不完，足以過得既舒服又體面。何苦要像岩罕這樣，一定要留在文南，繼續這場席捲整個國家的戰爭，讓自己無路可退呢？

童素問得很誠懇，岩罕也就不再擺那套虛偽的面孔。

這一刻，他似乎陷入了某些回憶，過了好一會兒，才一字一句地慢慢說道：「我爸有錢，很有錢，非常有錢。他所擁有的財富加起來，可以買下半個上東區。畢竟那些自詡『老錢』家族出身的白人權貴、華爾街叱吒風雲的大佬，以及歐洲所謂的藍血貴族，也沒幾個能一次性抽調上百億美金的現金。可那又如何？」

岩罕的臉上，浮現一絲嘲諷：「就算我爸擁有千億美金的財富，但對方看見我爸的時候，仍舊是流於表面的禮貌與客氣。我爸永遠沒辦法打入那個圈子，他們一邊收著我爸的錢，一邊沒有真正把他當回事。赫卡忒，你知道這是為什麼嗎？」

童素看得很透：「當你擁有的金錢到了一定的數額，卻只有這些錢的時候，所謂的錢和廢紙相比，也沒有任何區別。」

這是普通人永遠觸不到，但在上流社會成為鐵則的玩法——能用錢解決的事情，從來就不叫事。

「況且，你們還是毒販，而販毒是不受法律保護的。」

就像《教父》中，柯里昂教父說的那樣，他們可以開賭場、妓院，因為這些是合法生意，白道的那些警察、議員拿了他們的錢，會充當他們的保護傘，但毒品不行。

只要黑幫沾了毒品生意，那麼就算警察收了再多的錢，出事的時候，他們也不會認帳，而是像兇狠的豺狼一樣，要將黑幫趕盡殺絕，以湮滅自己犯罪的證據。

幾十年過去了，這句話仍能被奉為圭臬。

岩罕淡淡道：「我們用這種方式快速攫取了巨額的財富，自然要承擔相應的代價。但人心不會滿足，有了錢之後，想要謀求社會地位，獲得政治話語權，就成了理所當然。早在三十年前，我爸就頻繁來往於文南和大洋國之間，拼命打點那些議員。尤其是後來，直接化學合成就能生產，再也不需要罌粟做原料的新型冰毒問世後，我爸更是有了將整個萬象集團從文南搬到大洋國的想法。但他很快就發現，大洋國雖然包容世界各國的移民，可外鄉人真正想要在那個國家紮根，實在太難。萬象集團在大洋國沒有任何資源，一旦全部遷移過去，只能與當地黑幫搶地盤，就算僥倖沒在火並中沒落，又能如何？黑幫永遠只是白道的一條狗，政府不想管這些事的時候，還能過得風生水起；倘若某天政府想要整頓灰色地帶的秩序，那些強大的黑幫第一個就要被拋出來祭旗。他們死了不會有半點影響，因為很快就會出現新的黑幫取代他們，願意給白道當狗的人永遠不嫌少。」

岩罕的話語雖然刻薄，但童子邦和童素都沒有反駁，因為這本來就是不爭的事實。

作為華裔，想在大洋國紮根，只是當個普通人，那沒問題。若要以大型黑幫、社團的身份躋身上流社會，卻比登天還難。

岩罕之前也不懂德隆的良苦用心，可最近這段時間，他頻繁翻閱父親留下來的一切東西，包括喜歡讀的書、批閱過的文件，又拉著鄭方等人問了有關德隆的過去，才漸漸明白德隆曾做了多少努力。

「我爸發現此路不通後，決定換個方法。他開始在升龍省建立大量的孤兒院、學校，讓絕大部分的孩子都能受到教育，那些無父無母的孤兒更是被視作集團成員的預備役。那些孩子中，只要是刻苦讀書，又具有一定天賦的，我爸就會請名師重點培養他們，最後將他們送到國外的名牌大學去讀書。」

想到這裏，岩罕心中難得浮起了一絲惆悵。

這就是為什麼德隆派人對他精心教導，又將他送去大洋國讀大學時，集團上下都沒人懷疑的原因。畢竟二十多年來，萬象集團對境內有天賦的孩子都是這種處理方式，岩罕雖不是土生土長的升龍人，但德隆給他安排的身份是「梅花J與中國情人的私生子」，得到一點優待也是正常的。

童素聽懂了岩罕的弦外之音：「我猜，這些人主要是學法律、政治或者金融。」

因為這三個專業，將來最容易走上從政之路，尤其是第一個。

看一下歷代大洋國高官就知道，許多總統、國務卿都是律師出身，議員之中，曾是律師的更是不勝枚舉。

岩罕輕輕點頭，隨即冷笑道：「我爸本來想的是，哪怕只要能出一個有政治天賦的人，萬象集團都將不遺餘力地把他推上去。等真正操作起來，才發現這條路也走不通。那些中產階級出身，最後卻躋身上流社會的律師，無不是替某個大家族、大人物長期服務，才積累了足夠的政治資本。而那些大家族出身的政治精英們，本身就是從小認識、知根知底的，不會輕易接納一個外人。」

童素立刻懂了：「我明白了，你們想推自己人上去，但那些大人物都很敏銳，發現此人背後有一股不明勢力後，會選擇敬而遠之。而一個沒有足夠多『朋友』的人，在政壇上絕對走不遠。如果你們表明身份，對方仍舊不會去沾你們。除非萬象集團願意投靠哪個家族，替對方辦事，以此在政壇破冰。但這樣一來，很有可能整個萬象集團都會成為對方的盤中餐，被步步蠶食。」

童子邦比女兒更懂萬象集團的處境：「集團對大洋國的開拓並不順利，而這邊大本營也不好過。這些年來，文南國迎來了大量中國商人，加上文南政府與中國政府互利互惠的合作，文南國的經濟開始漸漸好轉。集團維繫升龍省大本營的最大優勢——能讓當地百姓過得富裕，也開始漸漸消失。」

十年前，文南國大部分地方，老百姓一年的收入連一千塊人民幣都沒有。升龍省的百姓的平均年收入卻有三萬到五萬。升龍省的百姓當然對萬象集團感恩戴德，誓死效忠。

五年前，由於很多中國商人來文南投資辦廠，雖然他們開出的工資只有一個月五百至八百元人民幣，卻也讓無數文南人趨之若鶩，打破了頭都想進廠工作。如果一家有三個人當工人，年收入也有兩三萬，甚至更多，升龍省的優勢越來越小。

等到近幾年，文南國的人均工資進一步提高，萬全天盛等中國互聯網企業在文南開闢了旅遊線路。許多文南百姓靠著遊客，每個月也有幾千甚至上萬的收入，升龍省的百姓心態就開始變了。

如果從前，他們認為萬象集團是神，給他們帶來了好日子；但現在，已經有很多升龍省的老百姓認為，萬象集團的存在，阻礙了他們發家致富。

尤其在中國幫助下修通高鐵的其他省份，遊客更多，經濟水平也進一步提升了。升龍省卻不能享受到這樣的福利，令一部分百姓極為不滿。

岩罕的眼神像淬了毒：「百姓這種東西，就是愚蠢無知的代名詞。十幾年前，他們能給我爸供長生牌位。但現在，如果舉辦個民主選舉，只怕會有相當一部分人想要把萬象集團弄垮，免得我們攔著他們過更好的日子，但憑什麼？我爸為了萬象集團，為了升龍省嘔心瀝血，最後勞累過度，得了肝癌，就算換了肝，也只能續八年不到的命。他知道吸毒的禍害，所以規定萬象集團的管理層不能吸毒，升龍省不能私藏毒品，只為了不讓當地人染上毒癮。因為萬象集團開辦孤兒院，收容所有孤兒的善舉，整個升龍省，沒有一個凍死、餓死的孩子！他這一輩子，或許對不起其他人，卻從沒有對不起這個地方的人，可某些人是怎麼回報他的！」

明明憤怒得胸膛在不停地起伏，岩罕卻低聲地笑了起來：「赫卡忒，你告訴我，這些愚昧、無知、忘恩負義的傢伙，配當人嗎？」

童素沒有說話。

仍舊在笑的岩罕表情十分扭曲，就連最可怕的惡鬼，也不會有那樣猙獰的面孔、那麼兇狠的眼神：「我來告訴你，他們不配當人！他們只需要活在我的統治下，聽從我的指令，乖乖效命即可！」

等他發洩完了情緒，童素才不緊不慢地說：「我覺得，你大可不必找那麼多理由，我沒那麼好騙。」

岩罕眸光一閃：「你說什麼？」

「我相信，你剛才說的話都是真的，德隆先生為了萬象集團，確實做了這麼多事。但我也明白，就算你們有足夠多的錢，大洋國上流社會依然不願接納你們的根源，是因為你們既想在大洋國紮根，又想繼續販毒，這破壞了大洋國的主流價值觀。」

童素一字一句，話語都像刀鋒一樣凜冽：「既然你們不想放棄製造罪惡，就別怪人家不與你們同流合汙。如果一個毒販就因為產業做得大，便能光明正大地當議員甚至總統，這個社會才真是無藥可救。」

不等岩罕反駁她，童素又道：「你想當皇帝，只因這是你的野心，與其他人的嘲諷、無視、忘恩負義都沒有任何關係。剛才那些話，都只是你挑動他人情緒，煽動那些本來不想開戰的人，給他們一個開戰的借口罷了。對你本人而言，你只是單純地想成為不折不扣的獨裁者，集神權和皇權於一身的皇帝，僅此而已。」

岩罕臉色一變，卻沒說話。

童素繼續乘勝追擊，一點一點地剖析對方的內心：「德隆先生喜歡大洋國，因為他認為大洋國是個好地方，哪怕犯下無可饒恕的罪行，也有為自己做辯護的權利。只要錢給得夠，未必不能活命。他是個穩當的人，喜歡給自己留後路，但你不一樣。大洋國雖然好，卻讓你待得很不愉快，因為你需要適應當地的規則，而你非常討厭去迎合別人，你是個狂妄自負到無可救藥的傢伙，你希望製定規則，成為獨裁者。」

說到這裏，童素居然笑了：「你這麼想當國王，還有個原因——你或許見過中東的那些王族，也見過東南亞一些國家的王室成員。他們或許很有錢，又或許除了一個『王室』的身份之外，什麼都沒有，但你卻沒辦法與他們平起平坐，必須向他們行禮甚至下跪，遵守他們的規矩，尊稱他們為『殿下』。這讓你很不愉快，因為你覺得，他們都是一群遠不如你的廢物，卻只憑身份就能凌駕於你之上，這對你來說，無疑是一種恥辱。」

這種感覺，童素其實很能體會。

她年少中二的時候，也覺得天底下的人都是蠢貨，唯有自己是清醒的聰明人。哪怕到了現在，她也不樂意與外人過多地打交道，因為交流的結果往往是別人覺得她不通人情世故，她卻覺得對方蠢笨如豬。

岩罕被童素戳到傷疤，冷哼了一聲，不屑地說：「你說得不錯，我見過很多王室成員，包括某些富得流油，以一國之力供整個王室奢侈享樂的國家的王儲。但在我眼裏，那就是一個不可一世、腦袋空空的蠢貨！」

偏偏就是這麼一個蠢貨，給予了他深深的羞辱。

雖然岩罕通過自己的黑客技術，弄到了那個王儲的一些私人機密，匿名發給王儲的叔叔，導致該國王室發生了一場政治大地震。王儲不僅被廢，而且很快就「暴病而亡」，至死都不知道是岩罕在報復他。

但那份刻骨銘心的恥辱，岩罕這一生都不會忘記。

明明是一個什麼都不如他的傢伙，只因有了王室的頭銜，就敢這樣輕慢於他。可偏偏就是這個王室頭銜，岩罕一輩子都沒辦法得到。

哪怕他再優秀、再出色，掌握再多的財富也沒用。

他可以用錢買來爵位，卻買不來王位；他的聰明才智、黑客技術可以攻破世間任何一個堅固的信息安全系統，卻沒辦法攻破這千百年來，由血緣帶來的階級與身份。

就像那句老話——這個世界上，每個平民都想甩脫，卻永遠無法邁過的一關，就是「身為平民」這件事本身。

換作古代，梟雄或許能趁著亂世，一統天下，自立為王。但在當今這個越來越趨於和平、自由與民主的世界，「再造王室」卻成了妄想。

瘋狂的野心，自此在岩罕心底滋長。

他想建立一個國家，擁有一個國家，奪取一個國家，成為全世界都承認的，集神權與皇權於一身的法老王。而萬象集團與政府的這場戰爭，正好讓他有機會去實現這個野心！

「皇權紮根於世俗，所以你不能離開文南，因為這是萬象集團的大本營，也是你最有可能搶到的地盤。」童素不緊不慢地說，「神權依賴於未知，所以，你找到我爸，想要學習最頂尖的黑客技術。因為你知道，在古代，神權的化身是宗教，是信仰；但在這個信息時代，宗教的力量早就不復昔日強大，技術的影響力卻在逐漸增強。

一個頂尖黑客能像神明一樣，改變一個國家，甚至整個世界。」

所以，岩罕需要她。

他不缺錢，不缺武器，更不缺聽他使喚的人，但他唯獨缺少一個睥睨當世，無所不能，又傾盡全力輔助他的黑客團隊，將他打造成神。

童子邦的臉色很難看。

他已經明白了，岩罕很多天以前那句「希臘神話中的赫卡忒，就像埃及神話中的伊西斯，而我需要伊西斯」究竟是什麼意思。

伊西斯是冥神奧西里斯的妻子，而在埃及的傳統中，法老王在世的時候是拉神的化身，成為木乃伊之後，就是奧西里斯神。

「畜生！」童子邦死死地咬著牙齒，恨不得給岩罕一拳。

童素可是岩罕的堂妹！向上追溯，兩人是同一個曾祖父！

但他還是硬生生地忍住了，因為童素尚且不知道岩罕的齷齪心思，童子邦也不想拿這種事汙了女兒的耳朵。

岩罕瞧出了童子邦強忍的怒火，卻像什麼都沒看到一樣。

這場雄辯，他雖然輸了，可他現在的心情卻非常好，甚至帶了幾分愉悅。只見他望向童子邦，彬彬有禮地說：「三天以後就是我爸的葬禮，禮服我會派人送過來，請老師與赫卡忒務必出席。」

「等等！」童子邦突然喊住岩罕，臉色極不好看，「為什麼素素也要去！」

他沒問出來的後半句話是——以什麼身份去？

岩罕沒有正面回答這個問題，只是微笑著反問：「老師為何如此緊張？難道您……知道些什麼？」

不等童子邦做出回應，童素已上前一步，俐落地應了下來：「放心，屆時我一定會準時出席！」

岩罕見她答應，輕輕一笑，轉身離開。

等他一走，童素的手臂就被童子邦捏住，力氣之大，令她覺得有些痛。她一回頭，就看見童子邦焦急的神情：「素素，你不能答應他，葬——」

「爸。」童素打斷了童子邦脫口欲出的話，平靜地道，「竊聽器被我找出來後毀了，我想，你那裏應該也有小型信號屏蔽儀。雙管齊下，岩罕監聽不到我們。」

童子邦有不好的預感：「你想問我什麼？」

「誰是您的合作人？」

第三十八章　爾虞我詐

聽見童素這句話，童子邦臉色大變，立刻將她拉上樓，然後從懷裏取出一個打火機模樣的東西，拆解拼裝了幾下，就啟動了這個自制的信號屏蔽儀。

做完這一切後，他像卸下什麼包袱一樣，怔怔地在原地站了一會兒，然後才望向女兒：「你怎麼知道的？」

童素緩緩道：「您一門心思想要趕我走，但萬象集團的總部在群山與「聖湖」之間，別說普通人，就算是萬象集團的成員，出入都不方便。我剛才過來的時候，發現這個『堡壘』的守備非常森嚴，先不說我能不能跑出去，就算出去了，還偷到了船，我也不認識『聖湖』的路啊。『聖湖』上的水上村莊多半住的是逃犯、偷渡客、蛇頭等，我才來一天就知道了，您在這裏住了五年，不可能不清楚，不至於讓我去冒險。唯一的可能，便是您有個合作人，對方在萬象集團也擁有不低的地位，有把握將我送出去，對嗎？」

童子邦苦笑道：「你既然猜出來了，岩罕肯定也猜到了，都怪我沒留心，明明事先已經檢查了整個屋子，卻沒發現竊聽器的存在。」

童素搖了搖頭：「不怪您，因為竊聽器被放在了我身上。」

她剛見到父親的時候，情緒太過激動，無暇顧及這些細節。等童子邦離開，童素一人獨處時，突然覺得不對，岩罕可不是什麼正人君子，而是一個控制欲極強的人，不可能放任她和父親獨處。所以她立刻脫下外套，仔細檢查，就發現衣服後背的領子上被貼上了一個極小的竊聽器。

童子邦本想安排女兒離開，但看見剛才童素與岩罕對峙的樣子，便知她極有主見，心志果決。雖然還是擔心她留在萬象集團禍福難料，卻不打算再瞞童素，便道：「我的合作人是德隆的三女兒、道達的妻子瑪雅。」

這個名字讓童素有點驚訝：「她？」

童子邦點頭：「正是。」

童素思忖片刻，才道：「您為什麼會信她？就不怕她表面上與您商量合作，實際上是聽從丈夫道達的話，把我騙去一個隱秘的地方關起來，用來威脅您嗎？」

「不會。」童子邦很肯定地說，「因為我的手上有她一個致命的秘密——她那隻有三歲的小兒子，並不是道達的親生子。」

童素挑了挑眉：「是嗎？」

童子邦一看她的反應，就知道她雖然信了這件事，卻沒信瑪雅本人，也不信這個『安全逃離』的方式，便道：「當然，這件事還不足以令她聽話，畢竟她那十六歲的大兒子頗為優秀，如果道達能繼承萬象集團，她的長子就會是下一任繼承人。但我奉送給了她另一個消息——道達有三個秘密情婦，分別給他生了一個兒子，最大的那個剛滿五歲，最小的那個還不到半歲。」

五歲。

這個年紀，可真有點微妙。

德隆是七年前診斷出的肝癌，換肝之後，不能過度勞累，就將集團事務漸漸移交給女婿道達。

道達與瑪雅結婚十餘年都沒鬧出什麼緋聞，才代掌萬象集團兩年，就敢不拿自己的妻子當回事了。

換作童素是瑪雅，聽見這種消息，也會想：如果萬象集團落到道達手裏，真會傳回我兒子手上嗎？萬一便宜了情婦生的私生子呢？

更不要說，瑪雅本身也給道達戴了一頂結結實實的綠帽子，道達要是想對德隆的血脈斬草除根，將萬象集團徹底變成自家產業，就連發作的理由就是現成的，還能順帶株連，只要說瑪雅生的幾個孩子都不是道達的親生子就行了。

童素轉念一想，立刻就發現其中不對勁的地方：「但瑪雅也不會支持岩罕，對嗎？」

「當然。」童子邦回答，「德隆的正妻生瑪雅的時候，難產，大出血，雖然僥倖保住一條命，但再也無法生育。正因為如此，她非常憎恨瑪雅，認為這個女兒斷絕了自己生下男孩的希望，經常虐待她。德隆發現後，就將瑪雅帶在身邊教導，因此瑪雅是唯一一個長在德隆身邊的孩子。這份特殊的經歷導致瑪雅的性格從小就偏執又好強，她十分努力上進，希望得到所有人的承認，成為萬象集團的繼承人，但——」

童子邦嘆了一聲，才說：「文南國重男輕女的風氣極重，哪怕女子同樣參與繁重的耕作，地位卻非常低下，還是近幾年來，中國商人在這邊開了很多服裝廠，大量招收女工，工錢不低，才讓女性地位提高了一些。萬象集團那些高級幹部不認可女性來統領這個龐大的犯罪集團，哪怕瑪雅再優秀也沒用。瑪雅認識到這一點後，就接受了她母親的安排，在眾多合適的結婚對象中挑選了道達做丈夫。婚後，她一邊利用自己的資源，拼命推道達上位；一邊威脅、恐嚇、針對德隆的情婦們，不准她們生下兒子。鑒於當時岩罕已經七八歲了，身體健康，又十分聰明，德隆認為自己已經有了足夠合適的繼承人，又覺得此生不會再有第二個兒子，就睜一隻眼閉一隻眼，不去管瑪雅的瘋狂行為。後來，為了幫道達掃清障礙，瑪雅甚至還暗中下毒手，殺了幾個可能威脅到道達地位的親戚。好在這幾個人可能也正好是德隆想除掉的，所以並沒對她進行阻止和懲罰。」

童素聽完之後，總結道：「也就是說，瑪雅一生的執念就在萬象集團的繼承權身上，她最大的夢想就是兒子繼承萬象集團，自己垂簾聽政，為此她可以不擇手段。所以，她絕不會接受岩罕上位的可能，在這一點上，她與丈夫的利益仍舊一致。」

說罷，童素頓了一頓，才盯著童子邦：「爸，這麼隱秘，算是家醜的事情，你為什麼知道得這麼清楚？」

童子邦有些惆悵，半晌才道：「這是德隆與我喝茶時，隨口提起的。我雖然沒辦法理解他對瑪雅的複雜感情，可我知道，他其實是個很寂寞的人，看上去身邊熱熱鬧鬧，被萬人簇擁，但真心對待他，而不是圖謀他產業的人，卻沒幾個。」

德隆對童子邦一直都很好，因為德隆認為，童子邦就是另一個自己。

兩人都是獨生子，又同樣聰明絕頂，遭遇也非常相似。

童子邦年幼喪父，年少喪母，德隆同樣是年紀輕輕，父母就都離他而去。由於失去了父母的庇護，童子邦家僅有的幾畝薄田被伯伯們占據，自己則因為沒有補充足夠的營養，身材瘦小，被堂兄弟欺凌。若不是班主任好心，童子邦根本沒有繼續讀書的機會，也無法改變命運。

而德隆失去父母後，身邊為數不多的親戚，即他的舅舅和表兄弟們，對萬象集團虎視眈眈，幾次對德隆下殺手。德隆不得已聯姻當地大族，明知岳父、小舅子等人也是圖謀萬象集團，卻只能用驅虎吞狼的辦法爭取時間，換得幾年平安，等待自己羽翼豐滿。

親戚皆為虎豹豺狼，拼命想要拉他們下泥潭，將他們吞噬，卻被他們拼盡全力掙扎出來。

不僅如此，他們的生命中都有最重要的人和無可撼動的信仰。

童子邦為了女兒，願意付出一切，又寧願坐牢十年，都不肯為大洋國效力，去對付自己的祖國；德隆為了兒子，同樣傾盡所有，包括性命，也為萬象集團、為升龍省殫精竭慮，耗盡心血。

童素沒想到提起德隆，父親竟會如此傷感，她猶豫了一下，才道：「聽你的描述，瑪雅應該是一個性格非常強勢，也非常功利精明的人。她不可能平白無故同意送我離開，爸，你答應了她什麼？」

這一次，童子邦沉默了許久，最後終於扛不住童素那充滿壓迫感的目光，小聲說：「道達有糖尿病，每隔一周就需要注射一次胰島素。我答應瑪雅，一旦道達上位，等他進行胰島素注射時，我就黑掉那台機器，加大胰島素的用量。這樣一來，道達會因為過量注射胰島素而死亡。」

童素面色大變：「你要為我殺人？」

童子邦疲憊地往沙發上一倒，不敢去看女兒失望的神情，帶了點厭倦和自嘲：「監獄十年，文南五年，素素，爸早就變得面目全非了。」

童素心中一痛，走到童子邦身邊，躬下身子，平視童子邦的眼睛，放緩了聲音：「爸，你是為了我，我都知道。現在我們一起來想辦法，看看怎麼能逃離這個魔窟。瑪雅的方法，是什麼？」

「德隆的葬禮很盛大，會有很多賓客出席，萬象集團會好好招待這些貴賓，讓他們帶幾個美女回去是常有的事情。」童子邦回答道，「瑪雅答應我，讓你混在這些美女之間，她的朋友會帶你出去。」

童素沉吟片刻，才問：「瑪雅能把我帶出『堡壘』？」

她這一路上已經憑著過人的記憶力，將大概路線記下，在腦海中構成地圖。如果她的判斷沒錯，萬象集團的老巢其實是一大一小兩個內切圓。

外面的大圓尚且有「夜色」這種紙醉金迷之地，但「堡壘」這個「小圓」，就只有核心人員才能待著了。

童子邦點了點頭，卻沒多解釋，只道：「每一個從萬象集團總部離開的外人，都會被萬象集團的人送到幾十里外的一個小型停車場。而瑪雅朋友的那架私人飛機系統可以遠程控制，我會設定，只有用你的生物信息，才能令這架飛機起飛，並鎖死降落點，即香港機場。同時，我會發匿名郵件給你所在的那個專案組，讓他們在特定的時間趕往香港機場，準備接你。」

瑪雅所謂的「混出去」，也必須建立在童素離開了「堡壘」的基礎上。

童子邦計畫得非常周詳，基本上杜絕了瑪雅私下運走童素，將她關起來當人質的可能。

短短幾句話，童素已經聽出兩個意思：第一，童子邦有辦法離開「堡壘」；第二，童子邦只想送她離開，自己卻不走。

難言的酸澀，湧上童素的心頭。

她眼睛一酸，險些流下淚來：「爸爸，萬象集團對你做了什麼，你才不能離開文南國？」

事情都到了這個地步，童子邦也沒什麼不能說的，他指著自己的胳膊，告訴女兒：「我答應加入萬象集團的那一天起，他們的醫療組就給我植入了一個特殊的芯片。這個芯片每天都會記錄我的身體狀況，並用GPS來確定我的位置。一旦我離開這棟樓，一級警報就會響起；要是離開『堡壘』，二級警報就響；如果離開萬象集團的總部，不知道會發生什麼事。」

說到這裏，童子邦伸出手，顫抖了好幾次，最終還是落到女兒柔軟的頭髮上，憂心忡忡地說：「三天之後是德隆的葬禮，這三天是最後的寧靜時光，無論岩罕還是道達，都不會在葬禮之前開戰，這是對德隆的尊重。等葬禮一結束，甚至只要等到德隆的棺槨下墓，他們立刻就會展開廝殺，你留在這裏，實在太危險了。另外，德隆在黑暗世界好歹也是有頭有臉的人物，他的葬禮，很多黑暗世界的大佬也會出席。以岩罕的性格，一定會讓你在這些大佬面前露臉。這樣一來，一旦你想回到光明下，某些大佬就會對你展開不死不休的追殺，因為你看見了他們的臉，知道了他們隱藏在黑暗中的另一重身份。再有就是，你若是現在不走，岩罕肯定要威逼你協助於他，到時候你就是犯罪組織乃至反叛軍的一員。這種涉及國家安全的重罪非同小可，就算你不是文南人，文南國政府都不會放過你。」

童子邦說了這麼多，就是希望童素能夠聽他的話，在瑪雅的幫助下離開文南。

只可惜，童素卻繼續追問：「道達和岩罕之間，註定你死我活，只能留一個？」

童子邦楞了一下，不明白女兒的意圖，只是點了點頭：「沒錯。」

「也就是說，這場繼承人之爭，必須有一個派系倒下，那麼萬象集團必將元氣大傷。就算不死一半的人，至少也要死三分之一。」

童子邦察覺出了不對：「素素，你想做什麼？」

童素的眼睛比星辰還要璀璨明亮，臉上寫滿了自信：「德隆的死，本就是對萬象集團的巨大打擊；繼承人之爭，會讓萬象集團的高層少掉三分之一；高鐵的修建計畫，讓文南國政府和萬象集團兵戎相見。同時，萬象集團與升龍省百姓的蜜月期也已經過去，雙方都有怨言。」

天時、地利、人和，這三樣東西，萬象集團目前只能勉強占上一項「地利」，與之前的鼎盛相比，正處於相對虛弱的時刻。

想到這裏，童素輕輕地笑了：「爸，你知道嗎？大伯一家住進來的時候，我其實很害怕。他們長得太高，又兇，對我很壞。我以為自己足夠聽話，降低存在感，他們就不會欺負我。但事實剛好相反，我退讓得越多，就失去得越多。而我主動反抗之後，反而拿回了一切，給予他們應有的懲罰。」

從那時起，她就知道，逃避解決不了任何問題，只會讓情況變得更加糟糕。

她已經錯過了爸爸整整十五年，好不容易再次見到爸爸，絕不會扔下他獨自跑掉！

既然爸爸體內被植入了芯片，通過GPS定位，讓他根本離不開萬象集團的控制範圍。那就索性趁著這個邪惡組織內憂外患、異常虛弱的天賜良機，將這個充滿血腥與罪惡的犯罪王國一網打盡！

德隆的棺槨，停在萬象集團總部旁的一座寺廟裏。

為了表達對父親的哀思，也為了父親能夠走好，岩罕請了八十一位僧人，分成三班，日夜不停地為德隆念經禱告整整七七四十九天。

而今天，便是第四十九天，也是德隆出殯的日子。

童素早在兩天前就已經拿到整個葬禮的流程——送葬隊伍需要先把德隆的棺槨從總部南邊的佛寺送到萬象集團用來舉辦重要儀式的大禮堂，在那裏，數百賓客將一一向德隆的遺體告別。等到告別儀式結束，會封蓋好棺槨，再由送葬隊伍送往德隆早就備好的墓穴所在，將棺槨下葬。

至於送葬隊伍的順序，也很有講究。

岩罕捧著德隆的遺像，走在隊伍最前，被德隆親口承認是自己堂弟，並寫入族譜的童子邦緊隨其後，另一旁則是童素。因為只有他們三個，才算是德隆的血親，也就是所謂的「自家人」。

按理說，童素不應該被算在此列，因為她沒上文南國這邊從童天南這一輩開始重新立的族譜。但岩罕指明了要她參與送葬，而且一定要在這個位置。看見他態度這麼堅決，道達也不想為這件小事就和岩罕爭起來，顯得沒度量，就聽之任之。

道達都不說話了，其他人更不會多說什麼，只覺得岩罕用這樣的方式來昭告童素堂妹的身份，肯定是別有深意。但既然岩罕沒明說，他們也不多嘴，事情就這麼定了。

童子邦與童素之後，是萬象集團的其餘十位高層，即「黑桃」「紅桃」「方塊」「梅花」從J到K。

童素這才知道，原來萬象集團的「方塊J」，居然就是德隆的三女兒瑪雅。

他們之後，便是德隆的棺槨，八位身強力壯的抬棺人沉默地扛著重重的棺材，緩緩向前。

跟在棺槨後面的，則是萬象集團其他人員，即「黑桃」「紅桃」「方塊」「梅花」從A到10。

再然後，才是德隆的其他幾個女兒，由於她們都嫁出去了，所以位置還要排在管理層之後，甚至不可位列棺槨之前。

至於她們的丈夫和孩子，甚至連加入隊伍的資格都沒有，只能靜靜地在大廳等著。同理，德隆的三位姨太太也不能參加送葬隊伍，同樣必須在大廳恭候。

萬象集團的階級之分明，可見一斑。

此時，已是深秋。

文南國雖地處熱帶，即使冬季的平均氣溫也高達二十攝氏度，但萬象集團的總部被崇山峻嶺和滔滔「聖湖」包裹，只要天氣稍有不好，山嶺中呼嘯而來的狂風就會攜著「聖湖」中的水汽，肆無忌憚地入侵每一寸土地，侵襲著每個人的軀體。

淒風凜冽，深入骨髓。

童素才剛出門，就不自覺地打了個寒戰，覺得今天特別冷。然後她就看見，鄭方已經帶人等在下面。是迎接，也是監視。

作為岩罕的心腹，鄭方得到的命令就是今天之內，童子邦和童素不得離開他的視線。一旦發現他們有離開的意思，立刻打暈綁起來，交由至少五個手下一同看管，絕對不能讓他們接觸到任何電子產品。

看見父女倆坐好了，鄭方也坐上駕駛位，發動了這輛經過特殊改裝，玻璃足以防禦子彈襲擊的黑色房車。汽車來到「堡壘」的大門前，又是鄭方親自去進行識別，大門才緩緩打開。

萬象集團的總部雖然人數不多，大概只有五千人左右，可房屋隔得特別開，距離頗遠，約莫開了四十分鐘，才到達一座莊嚴的寺廟。

八十一位僧人今日齊聚一堂，無一休息，一同念著經文，聲音整齊劃一，如黃鐘大呂，震撼且洗滌每個人的心靈。

剛下車的童素卻沒受梵音的影響，她的目光猶如利劍一般，準確無誤地落到不遠處金髮碧眼的男子身上。

這個男子身材高大，大概有一米九，站得如同標槍一般筆直。他英俊至極的臉上沒有任何表情，幽深的眸子裏也沒有任何情緒。不經意掃來的一眼，根本就不像在看活人，彷彿周圍的一切在他眼裏都是沒有生命的死物。

「黑桃K。」

不需要向任何人詢問，只是一眼，童素就已經確定了這個男人的身份。

槍法如神，每一槍都帶走一條性命的頂尖狙擊手——黑桃K！

他的名字叫Demon，而他本人，也正是Demon（惡魔）！

童素的聲音極輕，輕到連站在她身邊的童子邦都沒聽清，Demon卻像感覺到什麼似的，目光直接投向童素！

霎時間，眉心突然傳來的劇痛，令童素踉蹌後退了兩步！

第三十九章 各懷鬼胎

針扎般的刺痛感，來得突然，去得迅速。

童素下意識地拽著父親的胳膊，重新站穩，剛抬起頭，便迎上童子邦焦急的眼神：「素素，你怎麼了？哪裏不舒服？」

「我沒事。」童素深吸了一口氣，才鎮定下來。

直覺告訴她，剛才那一刻，Demon牢牢地鎖定了她，如果他手裏有槍，或許會直接將她一擊斃命。

但這只是直覺，沒有任何證據，童素不想讓父親擔心，便道：「我剛才只是被震住了，這個Demon看人的眼神實在令人不寒而慄！在他眼裏，人和飛禽走獸只怕沒有任何區別，都只是隨手能被他奪去性命的獵物罷了。」

童子邦將信將疑。

他見過Demon不少次，對Demon的印象是此人既強大，又異常神秘、低調，幾乎不與其他人打交道。但童子邦怎麼也沒有想到，女兒僅僅是看了Demon一眼，竟會有這麼大的反應，實在有些不同尋常。

只不過，對於童素的後半句話，童子邦也十分認同——在萬象集團，Demon一直是公認的六親不認。除了德隆，任何人在Demon那裏都沒有半點情面可講，包括道達和岩罕都不例外。

所以，童子邦慎重地提醒女兒：「你千萬不要去接近Demon，更不要妄想利用他來削弱萬象集團。他是個十成十的危險人物，如果不是與德隆有約定，他根本就不會來文南。」

童素敏銳地抓到了重點：「也就是說，他的父母並不是文南人？甚至不是東南亞人？父母雙方，一個都不是？」

童子邦莫名其妙，不知道女兒為什麼會這麼問：「你看他的長相，簡直就是按照日耳曼人的模板刻出來的，再標準不過，你怎麼覺得他的父母中會有東南亞人？」

童素的心沉了下去。

她記得很清楚，專案組曾根據掌握到的情報，對萬象集團的一眾高層做過側寫，關於Demon的描述寥寥無幾，其中有一條就是——應為白人和東南亞人的混血兒。

童素對這條側寫非常不解，特意請教了夏正華。

夏正華告訴她，像Demon這樣指哪兒打哪兒，彈不虛發，想殺誰就殺誰的頂尖狙擊手，只要他想，全世界的權貴、名流、富豪都會對他投出橄欖枝，將他奉為座上賓。就算招攬不成功，也絕對不敢得罪他。

這就代表著，憑Demon神乎其技的槍法，他輕而易舉地就能擁有世人夢寐以求的一切——金錢、地位、權利、美女，等等。

在這種情況下，Demon實在沒必要加入萬象集團。因為德隆能給Demon的東西，那些大洋國金融街的大佬、英國世襲的大貴族、俄羅斯的寡頭、中東的王室成員等上流社會人士，同樣也能給Demon。

不僅如此，他們還能給Demon一樣德隆無法給予的東西，那就是「安全」。

追隨德隆，成為毒販的一員，那是犯罪，會受到法律的制裁；而跟著其他大人物，未必就有這樣的風險。

正因為如此，雖然與Demon有過短暫交手的傅立鼎大致描述出了Demon的長相，讓大家知道Demon是個金髮碧眼、相貌英俊，看上去還挺年輕的白人，但專案組的側寫師還是認為，Demon應該是白人與東南亞人的混血兒。

夏正華告訴童素，側寫師這麼判斷，其實有足夠的根據。

文南、安寨，還有周邊的幾個國家都很窮。所以，文南國孕育出了萬象集團這罪惡的毒品王國，而隔壁的安寨國則另闢蹊徑，色情產業十分發達，這股歪風邪氣自然而然地傳到了文南國。

對那些出身清貧，只能靠身體換錢的女性來說，最大的夢想就是能有一個金主帶她們離開這個窮苦的國家，去國外過好日子。而那些隨手甩出美元，擁有歐美護照的白人男性遊客就成為她們的最佳選擇。

安寨國甚至專門有一條產業鏈，就叫「出租妻子」——將年輕美貌的當地女子出租給外國遊客，充當臨時的妻子。照顧遊客在安寨遊玩時的生活起居，滿足遊客的一切需求。幹這行的不光有未婚女性，甚至有很多已婚婦女，她們的家人，包括丈夫、孩子也都知道她們在做什麼，但只要能拿回足夠多的錢，那就好說。

只不過，這些女性無論怎麼討遊客歡心，卻很少有人能實現夢想，被帶到歐美去的。她們的結局就是被山盟海誓的男人拋棄，只能繼續尋找下一個金主。而這個過程中，經常會有一些小小的「贈禮」——混血的孩子。

這種孩子，基本上得不到好的教育，也沒有什麼好的未來。長得漂亮的女孩，基本上都會走母親的老路，甚至男孩也不例外。畢竟，安寨國的人妖產業，並不比泰國遜色多少。

專案組的側寫師認為，Demon這種神乎其技的狙擊手，之所以留在萬象集團，對德隆忠心耿耿，很可能就是因為Demon出生於這樣的家庭，卻被德隆發掘出資質，大力培養，才有了Demon的今天。

除了再造之恩外，根本沒其他的理由能解釋，一個神級的狙擊手，放著其他名流的橄欖枝不接，跑來文南國這種窮鄉僻壤當毒販。哪怕萬象集團是亞洲最大的販毒集團，Demon是四位頂級幹部之一，對Demon來說，這筆買賣也不划算。

但童子邦的一句話，卻將童素曾經深信不疑的判斷全部推翻。

意識到問題的嚴重性，童素立馬問：「Demon和德隆究竟有什麼約定？」

童子邦沉吟片刻，示意童素附耳過來，才小聲說：「德隆手中有一件Demon要的東西。為了得到那件東西，Demon和德隆立下君子之約，Demon為德隆效力十年，德隆就將東西給他。」

童素思考了一會兒，彷彿自言自語：「這件東西的存在，岩罕之前知道嗎？」

話一鹷口，她立刻糾正：「不管岩罕知不知道，這都不重要。他若不知道，肯定會拼命去找。等他拿到這件東西後，會給Demon嗎？不會！因為他很清楚，這是鉗制Demon的底牌。」

早在飛機劫案的時候，童素就已經發現德隆與岩罕父子的不同。

德隆說話算話，答應放了他們，就真放了他們，岩罕卻不一樣。

岩罕不遵守承諾，只追尋利益，對他來說，哪怕是對天發的狠毒誓言，必要的時候都可以當作不存在，翻臉不認人。

童子邦也想過這個問題。

這五年來，他從來沒放棄過逃離萬象集團的心思，也打過利用Demon的主意。要不然，德隆與Demon做下約定，這麼隱蔽的事情，童子邦從何而知？所以，他小聲對女兒說：「德隆是個非常謹慎的人，對現代科技也不熱衷，我從他那裏沒查到任何線索。但在岩罕的電腦裏，我卻發現了一點蛛絲馬跡。」

他本來不打算對女兒說這些，但他實在怕童素冒失行事，才道：「他對塔羅牌很感興趣，曾有一段時間，大概有兩三個月，他在普林斯頓大學借閱的書籍全是有關塔羅牌的。我當時覺得非常奇怪，因為在我的印象中，這是年輕女孩子才喜歡的東西。而且，在這個過程中，岩罕去了兩趟瑞士銀行的總部，開了一個最高等級的保險箱。」

這並不能證明德隆就將Demon需要的東西給了岩罕，但那個保險箱明顯有些不同尋常。

如果只是保管一樣東西，岩罕為什麼要去兩趟瑞士銀行？他是不是先後往裏面放了不止一件東西？

只可惜，黑客手段也有限制，童子邦再怎麼厲害，也無法操控物理隔絕的保險箱，弄清楚裏頭究竟放了什麼。

童素覺得這也是一條思路：「如果我沒記錯的話，塔羅牌總共有二十二張大牌，五十六張小牌。後者逐漸演變成人們熟知的撲克牌，而萬象集團的高級幹部們，全部都是用撲克牌的花色做代號，這其中或許有某種聯繫。」

說完這句話，她突然靈光一閃，似乎捕捉到了什麼，卻又抓不住那根線頭。

就在這時，一名女子款款向他們走來。

童子邦小聲提醒：「她就是瑪雅。」

童素了然地點了點頭，打量這位血緣上的堂姊。

瑪雅是最典型的東南亞美女，眼窩深邃，嘴巴頗大，身材嬌小，皮膚微黑。單看並不出色的五官組合在一起，卻有別樣的嫵媚風情。她的眼眶微紅，顯然剛剛哭過，卻還是表現得禮貌。只見她向童素伸出手，用字正腔圓的中文說：「初次見面，我是瑪雅。」

童素也伸出手，淡淡道：「喊我赫卡忒吧！」

面對童素的冷淡，瑪雅並不介意，輕輕捏了捏童素的手，趁機塞了一個紙團到童素的手裏。

這讓童素頗感詫異。雖然她已經從父親那兒知道了他們的秘密計畫，但瑪雅竟然在與她從未接觸過的情況下，就敢於通過她來傳遞消息，還是讓她對這個女人刮目相看。

然後，瑪雅立刻鬆開手，語氣有些落寞：「抱歉，我——」她欲言又止，最後無奈地笑了笑，轉身離開。就好像她這次來，真的只是與第一次見面的堂妹打招呼，想對童素表達善意，但一想到童素是無辜被捲進來的人，就不知該說什麼好，猶豫半天，只能尷尬又失落地離開一樣。

童素不動聲色地將紙團塞到衣袖裏，用手指將之攤開，然後趁著其他人不注意，迅速低頭看了一眼，發現幾厘米左右的長方形紙條上，只有四個中文字：

計畫有變。

肅穆的送葬隊伍，伴隨著莊嚴的梵音，緩緩從古樸的寺廟，來到了宏偉的禮堂。

踏入這座禮堂的那一刻，童素十分驚訝，因為禮堂竟然被布置成和西方的教堂一模一樣，充滿著西化的氣息，和佛教沾不上半點關係。

文南國自古以來就崇尚佛教，家家戶戶都要供釋迦牟尼佛的佛像，百姓每周都會去佛寺參拜，死後更是要做盛大的水陸道場，譬如德隆停靈的四十九天，萬象集團就請了八十一位高僧為他念經祈福。

在文南國的人看來，這都是必要的步驟，缺一不可。

可岩罕這是在做什麼？他父親的遺體告別儀式，居然放在教堂舉行？萬象集團的那些文南老人們難道不會跳起來指著岩罕的鼻子大罵？

童素滿心不解，下意識地望向父親。

童子邦一直在關注女兒，見她面露疑惑之色，小幅度地指了指禮堂，不由輕嘆一聲，比了一個「嘉靖皇帝」的口型。

童素對歷史不算特別熟悉，回憶了好一會兒，才想起來，嘉靖皇帝就是那個本是藩王之子，但因為當皇帝的堂兄死了，又沒有兒子，所以被群臣擁立上位的明朝皇帝。

嘉靖皇帝上位第一件事，就是追封自己的父母為皇帝、皇太后，群臣當然不肯：立你當皇帝是因為先帝後繼無人，實在沒辦法，但你的父母何德何能？追封父親為皇帝，這是開國之君才能做的事情，你憑什麼？

雙方就你來我往地拉鋸了三年，最後還是以嘉靖皇帝的勝利告終。

童素之所以記得這一段故事，是因為她曾經看過一個討論帖，說嘉靖皇帝是明朝最聰明的皇帝，光從這件事就能看出來——他一個藩王之子，猝然被擁立成皇帝，看似威風八面，實則在京城毫無根基，兩眼一抹黑，根本就不知道底下的朝臣誰能信，誰又不能信。

一般人碰到這種情況，十有八九會成為被權臣擺布的傀儡，但十四歲的嘉靖只用了這一招，就迅速地看清了整個朝堂的格局。

「追封父母」，說是大事，也不算，因為動搖不了國本；說是小事，那也不可能，涉及名分的事情，從來就沒小事。

這件事不大不小，不輕不重，卻是恰到好處，能讓上位者明白：誰站在自己這邊，誰願意為了不傷及利益的事情妥協，誰是牆頭草，誰又是堅定的反對派。

認清楚這一點後，上位者就能對症下藥，逐個擊破。就如嘉靖皇帝，利用這件事，又花了三年時間，終於整頓了朝廷上下，大權獨攬，說一不二，群臣俯首。

岩罕未必讀過《明史》，但他現在用的手段，卻與嘉靖皇帝不謀而合。

德隆的葬禮，大規矩上，肯定是堅持傳統。但在遺體告別儀式上，岩罕卻玩了個小花招，將地點選在布置成教堂樣式的大禮堂。

對於高級幹部們的質疑，岩罕給出的理由是，萬象集團目前最好的合作夥伴「公爵」閣下是一名極端狂熱的宗教信徒。他拒絕吃一切不符合教義的食物，拒絕穿不符合教義的衣服，每天虔誠地做禮拜，每年的瞻禮和齋戒日都一絲不苟地執行。他甚至會像那些苦修士一樣，讓神父鞭打自己，用肉體的痛苦來提醒自己不要沉迷於世俗的享樂，而要追求精神上的超脫與升華。

面對異教徒，「公爵」的容忍程度僅限於點頭之交。如果對方敢在他面前提到其他宗教，哪怕只是不經意地提及，被扔出去都算命大。一般情況下，「公爵」會直接開槍把這名褻瀆宗教的異端分子給擊斃。當然，在「公爵」的字典裏，這叫「淨化」。

此次德隆的葬禮，「公爵」親自來到文南吊唁，給足了萬象集團面子。正因為如此，岩罕才提出，萬象集團必須將遺體告別儀式放在教堂，按照「公爵」所信仰宗教的流程來執行。原因很簡單，如果按照文南國的傳統，在寺廟進行遺體告別，只怕「公爵」立刻就要走人，從此拒絕與萬象集團往來——「公爵」頂多只能忍住不把寺廟拆了，但自己絕不會踏入佛寺半步。誰要強迫他進佛寺，誰就會被他當作仇人。

更改儀式流程不僅是對「公爵」的尊重，更因為「公爵」的到來，干係到萬象集團後續的一系列軍火交易。

這個理由十分冠冕堂皇，讓人找不出反駁的理由。但明眼人都清楚，岩罕如此堅持，不光是為了拉攏「公爵」，更多的是為了自身的利益——許多人在不知道岩罕是德隆的兒子時，對岩罕是一種態度；現在知道了，又是另一種態度。一些本來傾向支持道達的人，知道岩罕的身份後，立場就發生了改變，轉而向岩罕表達了臣服。

但作為岩罕本人，他並不能仔細分辨這些人心裏究竟是怎麼想的，是表面投誠，還是真心服從？而他又不能把萬象集團內部的文南土著全殺了，那樣無異於自尋死路，所以他就耍了這麼一個小手段，來檢測所有人的立場與忠誠度，逼他們站隊。

平心而論，這是很聰明的做法，但不知道為什麼，童素望著德隆的遺像，心中卻有些悲涼。

如果處在岩罕位置上的人是她……

童素換位思考了一下，不禁搖了搖頭。

倘若她是岩罕，絕不會利用父親的葬禮滿足私心，哪怕只是一段小插曲，哪怕父親並不會介意，哪怕不這樣做，她會面對更艱難的處境，甚至危及自己的生命——但她，依然不會這樣做。

岩罕此人，確實是天縱之資，極度聰明，卻太功利、太涼薄了。

禮堂內部。

第一排左側的長椅上，兩名戴著面具的男子特別引人注目。

戴著金色面具的男子高大魁梧，坐著都給人一種極強的壓迫感，他雖然滿頭銀髮，卻並不蒼老，真實年齡絕不會超過四十歲。哪怕是在如此肅穆的地方，他碧綠色的眼眸也令人備感壓力。

童素一看便知，此人定是「公爵」。

道達與岩罕賽車時，童素便聽見了「公爵」這個名號，所以她與童子邦相見後，也問起了關於「公爵」的事情。

童子邦告訴她，「公爵」是黑暗世界中一個很大的軍火商，其他人想買都買不到的各種武器，「公爵」那兒應有盡有。

尤其是前幾年，東歐、中歐等地動蕩時，「公爵」更是出手了許多大型武器，這讓黑暗世界的人議論紛紛，猜測「公爵」本身就是斯拉夫人。因為「公爵」的體型、口音、喜好，以及人際交往中的種種表現，也帶有濃重的民族特徵。

萬象集團與政府軍的戰爭，光靠常規的槍支彈藥還不夠，最好是能買到火箭炮、雲爆彈乃至坦克等大規模殺傷性武器。這些東西，哪怕萬象集團再有錢，也很難大批量搞到，直到岩罕搭上了「公爵」這條線。

岩罕在德隆私生子的身份沒暴露之前，就能與道達競爭「小王」之位，關鍵就在於岩罕與「公爵」私交極好，能從「公爵」那裏源源不斷地弄來各種武器和彈藥。

這也是道達就算要害岩罕，都只能迂迴辦事，把岩罕打發去中國，希望借緝毒警察之手將岩罕弄死的原因之一。「公爵」是岩罕的朋友，只認岩罕。但只要岩罕不在了，那麼萬象集團後續的武器購買，就得依賴道達，這對道達在萬象集團鞏固自己的地位大有裨益。

話雖如此，對於「公爵」的真實身份，童素還是默默地在心裏打了個問號。

雖然傳言說「公爵」是斯拉夫人，並有種種佐證，但童素可沒忘記，她跟著專案組去廣州抓岩罕時，岩罕和手下帶的武器、炸彈都是美軍制式，而不是俄羅斯生產。由此可見，要麼萬象集團購買武器的渠道不止一條，要麼「公爵」神通廣大到這種地步，就連美軍制式武器都能弄來。

如果是前者，只能證明萬象集團狡兔三窟，如果是後者……

想到這裏，童素忍不住用眼角的餘光打量坐在「公爵」身邊，戴著銀色面具，身材消瘦的棕髮男子，對方的氣質看似非常平和。如果他直接走上台，開始向上帝禱告，童素都不會覺得違和。但不知道為什麼，那個人只是坐在那裏，就讓童素毛骨悚然。

他是誰？

能來參加遺體告別儀式，在這間禮堂有一席之地的賓客，都是黑暗世界聲名顯赫的大佬。究竟是什麼人，能和「公爵」平起平坐？

就在童素心中胡亂猜測的時候，一名牧師走上台去，剛要翻開手上的《聖經》，道達突然喊：「等等！」

這一刻，無論是面對棺槨、筆直站著的萬象集團幹部們，還是端坐在長椅上的賓客們，都將目光投向道達。

只見道達眉頭緊鎖，看著牧師，冷冷地說：「岩罕，我仔細想想，還是覺得這樣不行。」

不待岩罕回答，道達又陰陽怪氣地說：「先生信了一輩子的佛，每個住所裏都單獨修建一處小佛堂，每個月都要抄一卷佛經，供在佛前。他的葬禮，你請牧師來禱告、懺悔？岩罕，我知道你接受的是西式教育，對西方很有感情，也有許多來自歐美的朋友。但這裏是文南，我覺得，你有必要尊重一下文南國的習俗，讓先生入土為安。」

言下之意，便是岩罕為了討好「公爵」，連父親的葬禮都要拿來做文章了。

道達這番話，恰好戳中了一些老人的隱憂。

萬象集團的幹部們當然知道，目前正在進行的這場戰爭需要足夠多的武器彈藥，有求於「公爵」。但這也令他們十分擔心，如果不能迅速在戰場上獲得勝利，打成長期拉鋸戰，那他們豈不為「公爵」做了嫁衣？

到那時，「公爵」只要控制對萬象集團的武器輸入，就能掌握萬象集團的命脈，萬象集團幾十年辛辛苦苦攢下的家業，全都會進入「公爵」的口袋。

正因為如此，岩罕提出遺體告別儀式按西方宗教儀式，在教堂舉行，牧師禱告，最後賓客們紛紛獻花的時候，許多人就表示反對。但架不住戰事緊迫，他們確實需要拉攏「公爵」。尤其是現在，「公爵」和萬象集團簽訂了一個前所未有的大單，只要萬象集團能一次性付清巨款，「公爵」就會立即輸送大批重型武器，其中包括三十輛坦克、十架戰略轟炸機、一千枚BLU-82型雲爆彈、五千枚達姆彈（一種非常殘忍，已經在世界上被禁用的子彈，被子彈打中的人會血流不止，劇烈感染，鉛中毒。只要被打中四肢，想要活命就只能截肢），以及整整五大卡車的衝鋒槍，還有後續配套的子彈，等等。

這些武器能左右他們在戰場上的勝負，對萬象集團的重要性不言而喻。

眾所周知，「公爵」是個狂熱信徒，信奉的是歐洲中世紀一種以苦修方式聞名的冷門宗教分支。高級幹部們當然不希望因為信仰的事就將「公爵」推開，也不希望得罪萬象集團未來的掌門人，所以索性睜一隻眼閉一隻眼，希望這件事能含糊過去。

可現在，道達在葬禮上，公然將虛偽的和平撕開，瞬間讓局勢變得無比複雜、險惡！

這一刻，所有人都盯著岩罕，等待著他的回答！

第四十章　寸步不讓

道達的突然發難，令整個禮堂的氣氛變得十分凝重。

儀式使用的是文南語，道達的這番話也是用文南語說的，聽懂的人自然忍不住去看岩罕的反應。

而那些來自世界各地，說著不同語言，此番全靠同聲傳譯才能跟上葬禮進度的賓客們，先是擺弄著自己的傳譯機，以為這玩意兒失靈了。發現儀器依舊靈敏後，下意識地扭過頭，望向坐在角落的翻譯，便發現在場的數十個翻譯全都驚慌失措，好些人已經扯下了耳機。他們一會兒看向岩罕，一會兒看向道達，在沒得到兩位老大的明確指示前，都不敢再繼續同聲傳譯了。

看見翻譯們戰戰兢兢的樣子，賓客們也知事情有變，有人皺眉，也有人提起一顆心，怕發生什麼事情，波及自身。

童素由於有父親在旁，早已知道發生了什麼。此時她注意到，「公爵」表現得非常鎮定，碧色的眼眸中沒有任何情緒，而他身邊的棕髮男子，唇角竟微微上揚，掛著一絲若有若無的笑意。

他們為什麼是這樣的反應？是見慣了大場面，處變不驚；還是與岩罕早有什麼密謀，從而勝券在握，認為道達根本翻不起任何風浪？

這時，岩罕突然點了童子邦的名：「老師，您也是這樣想的嗎？」

當禮堂裏的所有人都朝自己這邊看過來時，童素立刻意識到他們是在看身旁的父親，心裏頓時「咯噔」一下，暗叫不好。

雖然猜到岩罕這是禍水東引，用這種方式強迫童子邦站隊。但事關德隆的葬禮，岩罕第一個徵求童子邦的意見，本就再正常不過，誰讓在場的所有人中，只有他們兩個是德隆父系一方的親屬呢？

童子邦不僅是岩罕的堂叔，還是他的老師，無論是長幼有序，還是尊師重道的理念，在文南都深入人心。遇到這麼大的事情，不管是做侄子的徵求叔叔的意見，還是弟子求老師指點迷津，都是天經地義、理所當然。

想到這裏，童素緊張地望著父親。

她不知岩罕剛才究竟用文南話問了什麼，父親也還來不及翻譯。所以她無法思考對策，更不知道父親會怎麼回應。

童子邦嘆了一聲，表情有些無奈：「這個問題，我記得我們在會議上已經討論過，不是嗎？」

這一刻，童子邦的心情非常複雜。

他始終沒忘記德隆是個十惡不赦，手中沾染無數血腥，應該被槍斃的大毒梟；可他也無法否認，是德隆將他從監獄裏帶出來，並一直對他挺好，從來沒逼他做不願做的事情，甚至沒真正拿童素來威脅過他。

道德和情感在天平的兩端不斷搖擺，無時無刻不在撕扯著童子邦的內心，令他一方面恨不得道達和岩罕快點打起來，最好能同歸於盡，覆滅這個罪惡的毒品王國；但另一方面，他又希望德隆的葬禮能順利進行，讓德隆入土為安。

正因為如此，他雖然只說了一句看似含糊的話，卻已經表達了他的傾向。

岩罕滿意地點了點頭，語氣變得激昂：「沒錯，關於葬禮的全部流程，我們在會議上已經討論得非常詳細。」說到這裏，岩罕冷冷一笑，猶如刀鋒般的目光落在瑪雅身上，帶著警告的意味，慢條斯理地問：「三姊，你怎麼看？」

瑪雅心中冷哼，就知道岩罕不會放過她。

岩罕公然對她這麼問，無疑是將她架在火上烤。

眾所周知，德隆生前最疼愛的女兒就是她，不僅願意容忍她的一些任性行為，還力排眾議，打破了「萬象集團高級幹部不可以由女人擔任」的傳統，給了她一個表現自己的機會。

但在外界看來，道達同樣對她很好。十八年的模範夫妻，相敬如賓，時不時在公共場合表現一下關係親密，被當作家庭和諧的典範，很多女人視她為人生贏家，認為她既有一個寵愛她的父親，又有一個疼愛她的丈夫。

至於道達的私生子、瑪雅的出軌，都做得很隱蔽，外人根本不知道，還當這對夫妻真是同心協力，一起為萬象集團而努力呢！

之前為了正面形象，秀了多少恩愛，現在就反噬得多厲害。

丈夫和弟弟發生了衝突，又事關她父親的葬禮，她該怎麼辦？

站在丈夫那邊，就相當於辜負了父親的另眼相待，會被人說成忘恩負義；站在弟弟那邊，又會被千夫所指，出嫁的女人，居然不幫丈夫，反倒偏幫娘家。

但好在瑪雅早有準備，只見她淒然一笑，快速地看了一眼坐在長椅上的幾個孩子，臉上全是痛苦、掙扎和無奈，最後黯然低頭，只化作一句哽咽：「對不起，我……」

她似乎再也說不下去了，只能一個勁用手背抹臉。

冷眼旁觀的童素，對瑪雅的評價又上了一個台階。

童素雖然聽不懂他們之間文南語的對話，但明白瑪雅的潛台詞，並不需要通過話語。因為這個女人看似什麼都沒有說，肢體語言卻已經表達得淋漓盡致。

童素初見瑪雅的時候，就對瑪雅紅腫的眼眶有點驚訝，因為童子邦告訴過她文南國這邊的傳統，越是大戶人家，越不能在葬禮上撕心裂肺地哭號。正確的禮儀是將悲傷壓在心裏，流淚也只能默默地流，而且很快就要擦掉，免得讓外人看笑話。

所以，按理說，哪怕瑪雅對父親的離去再怎麼悲傷，也不能讓眼睛腫成這樣，至少要上妝遮蓋才對。

但現在，通過瑪雅這一番表演，大家都已經接收到了她想表達的意思，自以為懂了整件事的前因後果——道達要在葬禮上對岩罕發難，瑪雅知道後，想要阻止。但無論她怎麼哀求，哭泣，試圖用多年夫妻情分打動丈夫都沒有用，甚至反過來被道達拿幾個孩子要挾，只能默默地隱忍，一句多餘的話都不能說。

這才是一個傳統文南女性該有的姿態——面對兩難，根本無法在父親、弟弟和丈夫之間做出選擇，可為了孩子，什麼都可以犧牲。

童素雖然學不來這樣迂廻曲折、宛轉的表演，卻也不得不承認，瑪雅實在生錯了地方。要是瑪雅不生在重男輕女的文南，而是生在中國或者歐美，就算不繼承家業，也能去開拓打拼事業。憑借瑪雅的本事，在職場一定大有可為，至少去當演員的話，演技絕對能秒殺一大堆所謂的明星。不至於像現在這樣，必須成為父親、弟弟、丈夫乃至兒子的附屬品，在夾縫中生存。

童素唏噓不已，道達卻怒火中燒，暗罵「賤人」！

枉費他這麼多年來，對這個女人低聲下氣，蓄意討好，就想爭取她的支持。結果到頭來，她還是賣了他，倒向了岩罕！

等我成為萬象集團的「大王」，第一件事就是清掉你們家所有的人！

眼看岩罕輕飄飄的兩問，就重新將道德的制高點搶了回來，道達也不再掩飾：「沒錯，我們確實達成了共識，但這種共識是基於『為了萬象集團的光明未來』。可現在，我嚴重懷疑，你能否給我們帶來一個美好的明天！」

不等岩罕反駁，道達已經非常激動地列舉岩罕的罪狀：

「你說我們從製造毒品到物流運輸，以及洗錢的方式都太落伍了，要用你的渠道來改革。好，我們改了，結果呢？先說物流運輸，我們輸出毒品的國家中，其他國家根本無須用注塑生產的方式隱藏毒品，他們的安檢根本就不嚴格，哪怕用過去的辦法，也能混過去。而檢查得最嚴的中國，機場遍布電子鼻，就算注塑藏毒也帶不過去，必須在中國大陸裏面建廠，走鐵路或公路運輸。但就是這條被你說成萬無一失的線路，卻被中國警察發現，從而一路追查，導致老陳的暴露。可憐老陳在中國潛伏二十多年，最後卻死在了中國的監獄裏！」

道達提起陳雲升，讓萬象集團的不少人也跟著感慨。

陳雲升也算萬象集團的老人了，與大家都很熟悉，雖然他大半時間留在中國大陸，但同是高級幹部的身份，以及偶爾的會面，都讓眾人有一種「這是自己人」的親近感。陳雲升的客死異鄉，讓他們心裏都不好受。

這還是因為他們不知道，陳雲升其實是岩罕派人暗殺的，而在場知道這件事的兩個人，岩罕不會主動說，聽不懂文南話的童素當然也不會在這時候把真相揭露出來，這才沒有讓萬象集團的高級幹部們徹底心涼。

道達看見大家的情緒被調動，知道有戲，又道：「還有，最近比特幣的價格跌成什麼鬼樣子，大家應該知道吧？我們辛辛苦苦賺來的錢，瞬間就縮水了一大半，比特幣的價格還在跌，我們還在繼續虧！如果現在，我們手中的不是比特幣，而是真金白銀，難道白花花的鈔票還會憑空飛走嗎？」

如果說陳雲升的死，只是讓大家唏噓，那麼比特幣價格大跌，所有人的利益都受到損害，就能激起每個人的情緒了。

不少人心裏在想，對啊，如果還是用黃金、美元交易，而不是什麼見鬼的、都不知道究竟是啥玩意的比特幣，那麼他們的財產還要再翻幾番，不至於像現在這樣，虧得心在滴血。

岩罕嘴角噙著一抹不屑的冷笑，對人性失望至極。

正是現在這些覺得比特幣交易損害了他們利益，讓他們損失慘重的人，在大半年前，卻為比特幣的節節高漲歡呼雀躍，興奮不已。

別說比特幣現在跌得這麼厲害，就算跌穿兩千美金一枚，從收益上來說，萬象集團還是賺的。因為當年比特幣剛出的時候，岩罕就意識到了這種貨幣的潛力，讓萬象集團大批量購進，自己也買了不少。

光憑比特幣的低買高賣，萬象集團就至少收穫了百億美金，高級幹部的分紅都在千萬以上，當時所有人都在誇岩罕聰明，居然能想到這條路。

再說了，以前黃金、美元的交易，很容易被黑吃黑，運氣不好，去交易的人還會被對方打成篩子。自從用比特幣交易之後，安全性大幅提升，比從前少死了不少人，這都是看得到的改變。

但對其他人來說，這筆帳卻不是這麼算的。

錢到了我口袋裏，漲，那是我有眼光，運氣好；跌，那就是推薦這玩意兒的人不好，故意害我。

至於死幾個人，那就更無所謂了，反正許多高級幹部不負責現場毒品交易這塊，再怎麼死人都輪不到他們。少死點人，對他們來說，當然一點感覺都沒有；但少分紅，卻是看得見摸得著的肉痛。

人性的卑劣，可見一斑。

道達感覺情緒醞釀夠了，就指著岩罕，聲嘶力竭地高喊：「岩罕，你憑什麼在先生的棺槨前裝孝子？你摸著自己的良心，告訴大家，當時先生一直讓你回大洋國，不要停留在中國，甚至給你買好了機票。是誰輸紅了眼，認為自己的地址絕對不會暴露，非要留在中國，結果差點被中國警方一鍋端？要不是先生去救你，你早就被中國警方抓住，處以死刑了！可先生為了救你，卻不幸身亡！你說，你還有什麼臉站在這裏，主持先生的葬禮？」

這，才是道達的致命一擊。

沒錯，你確實是先生的兒子，他的骨肉至親；而我只是他的女婿，一個世人眼中的外人。但這麼多年來，我打理萬象集團，兢兢業業，付出多少，誰都看得到；而你，一個因為自身的冒失害死父親的兒子，還配稱為兒子嗎？

更不要說，這個「兒子」為了討好「公爵」，還更改了葬禮儀式。

先生明明是個無比虔誠的佛教徒，光是捐到佛寺裏的錢就有幾十億。但死後除了高僧誦經、水陸道場之外，最後一程居然還要牧師來告解、懺悔？

許多人一想到這裏，就忍不住爆粗口，為德隆鳴不平。

我們信的是佛祖釋迦牟尼，可不是西方的上帝！

這樣一來，很多人看岩罕的眼神就不對了。

今天你能為了「公爵」，連先生的葬禮流程都改，來日難道不會為了其他人，把整個萬象集團的祖業根基都拋下？

人心是很微妙的東西，就像在場的人，無論再怎麼彬彬有禮，衣冠體面，也沒辦法掩蓋這些人基本上都是犯罪分子的事實。

也就是說，他們可能是世界上最愛追逐利益，為了錢可以不要命的人了。

但就是這麼一幫為了利益可以隨時翻臉不認人，將同伴置於死地的亡命之徒，心中卻有一套自己的道德標準，即所謂的「義」。

雖然這種「義」只是小義，不外乎是兄弟義氣，或者一些最簡單的道理，而且在巨大的利益面前，「義」幾乎是一紙空談，但在某些場合，它卻能發揮巨大的作用。就好比現在，大家對岩罕過度逐利的性格，開始產生了質疑。

這或許是天底下最大的諷刺。

一群為了利益不在乎性命，手染無數血腥的人，卻希望自己的首領能足夠講義氣，不要那麼在乎利益。

這其中的微妙分寸，岩罕不懂，但德隆懂。

這就是為什麼德隆答應的事情絕不反悔，說出的話絕不收回，哪怕會對萬象集團產生危害，也不違背這一原則的緣故。

當所有人都知道德隆說話算話的時候，他就徹底立起來了。

這麼一來，哪怕德隆身處絕境，也有人願意拉他一把。因為大家都知道，德隆知恩圖報，一諾千金。幫他可以得到回報，幫其他人則未必。

此時的岩罕，被道達這樣指責，心裏也湧起一股火氣。

道達可以罵他，但絕不能質疑他對父親的敬重。如果父親在天有靈，也會希望萬象集團能變得更好，不會介意葬儀的改動。所以，岩罕盯著道達，冷冰冰地說：「我是否是個孝子，並不是姊夫這個外人能評判的。父親臨死前，將萬象集團托付給了我，他希望萬象集團能變得更好，走出如今的困境，這是他最大的心願。」

「這只是你的一面之詞！」道達寸步不讓，「先生臨終的時候，誰在他身邊？你、Demon和鄭方！你當誰不知道，鄭方是先生派去照顧你的人，從小就保護你的安全，看著你長大，他不偏幫你，可能嗎？」

他雖然刻意略開Demon不談，但還是被岩罕抓住這一點：「哦？你的意思是，Demon也會說謊嗎？」

道達對Demon有點敬畏，畢竟對方是一位指哪兒打哪兒的神級狙擊手，哪怕道達搶到萬象集團，結這麼一個仇家，也要時時刻刻擔心自己的小命。但他轉念一想，此次葬禮，所有人都沒帶武器，包括Demon也不例外。哪怕是世界上最強的狙擊手，也只有狙擊槍在手裏時才能像神一樣主宰他人的生死，沒有狙擊槍在手，便是一個身手稍微好些的凡夫俗子。只要今天能把Demon格殺在當場，又有何懼？

想到這裏，道達把心一橫，冷冷道：「Demon更不可信，因為他是白人。非我族類，其心必異，誰知道他是不是和「公爵」串通，一起來謀奪萬象集團的？如果他真的出了全力，先生何至於死在中國？」

這番不講道理的話，居然得到了很多人的認同。

人就是這樣，喜歡以膚色、地域、人種、語言來劃分另一個人，決定是與對方抱團還是排斥對方。而在萬象集團這麼一個以東南亞人為核心的犯罪王國，就算同是黃種人的日本人、韓國人都無法徹底地融入，何況白人？

作為德隆的頭號心腹、最大保鏢，德隆平安無事，那是Demon應該做的，德隆一旦出了事，就肯定是Demon不夠盡心！

面對眾人質疑的目光，Demon氣定神閒地站在原地，他的目光依舊沒有任何感情，哪怕是憤怒。

這份無動於衷，令道達心裏打鼓，但這時候，已經容不得他退縮，只聽他高喊：「我斷然不能讓萬象集團落入你們幾個的手裏，否則不過三五年，家業就要被你們敗光，拱手送給其他人！」

這句話仿若某種號令，只見許多坐在角落裏一直沒有進行同聲傳譯的「翻譯」，以及站在邊緣的保鏢們，突然從座位底下、一旁的燈台等地方摸出了槍，對準身邊的人！

不僅如此，就連萬象集團的高層中，也有人左右手各一把手槍，頂在同伴的腦門上。

霎時間，鄭方勃然大怒：「道達，你居然在這兒藏了這麼多把槍！」

童子邦也沒想到，道達居然要在德隆的葬禮上動手，他以為對方至少會等葬禮結束才撕破臉皮，不由冷汗直冒。

冷冰冰的槍口頂著他的後腦勺，讓他根本動都不能動，只能用眼角的餘光掃視一旁的女兒，怕她被嚇住。

然後他就發現，童素表現得異常冷靜，完全不像生死掌握在別人手裏的模樣。她的目光落在岩罕身上，像在思考什麼。

與此同時，道達也像變戲法一樣，把隨身攜帶的打火機撥開後，便生成為一把小巧卻威力巨大的手槍，直指岩罕。

岩罕卻半點也不慌張，甚至輕輕地、慢慢地笑了起來。

明明勝券在握，但不知為何，看見岩罕的這個笑容，道達的手竟然開始發抖。為了壓下這股莫名的心慌，他忍不住怒吼：「你笑什麼？」

「我本來想做個好人，放你一馬。畢竟我們也算是一家人，就算不看在三姊的分上，也要照顧一下我的幾個外甥、外甥女，不讓他們小小年紀就沒了父親。」岩罕微微一笑，語氣非常輕柔，卻帶著說不盡的殺意，「姊夫，這可是你逼我的！」

下一刻，此起彼伏的槍聲，響徹禮堂！

第四十一章 心狠手辣

莊嚴的禮堂，轉眼間就變成了修羅場。牆壁、長椅、燈台上，全是飛濺的鮮血，為禮堂繪製了一幅血色的壁畫。而那些倒下去的人至死都不明白，為何身邊的同伴會突然將槍口調轉，指向他們。

道達目眥欲裂，怎麼也沒想到，自己的手下之中，竟然有這麼多人被岩罕收買！

不光是道達，萬象集團其他的高級幹部們，此刻也是冷汗涔涔。

能被道達委以重任的，自然是他心腹中的心腹，可這些被道達付予信任，將最重要任務交托的親信，竟有一大半是岩罕的人！那誰又能保證，這些高級幹部的手下中，沒有岩罕的間諜？

光是想到這裏，許多曾經私底下表達過對岩罕不滿，甚至暗中與道達接觸，密謀對付岩罕的高級幹部們，已是坐立不安。他們站在血泊之中，周圍是一地的屍首，眼前則是岩罕面帶微笑的臉孔，明明在笑，卻比魔鬼還要嚇人！

道達的臉色已經是青白交錯，他的牙齒咬得咯咯作響，身體下意識地顫抖，卻把手中的槍握得更緊！

而此時，岩罕卻還是掛著若有若無的微笑：「姊夫，看在我們是一家人的分上，我再給你一個機會。」

說罷，他喊了一聲：「鄭方。」

鄭方立刻上前，從懷裏取出一支針劑，恭恭敬敬地交給岩罕。

岩罕拿起針劑，輕輕搖了搖，看著針管中晶瑩剔透的液體，望向道達，輕描淡寫地說：「這是一支高純度的毒品，注射入人體，必定成癮，並有三十%的概率對神經中樞造成不可逆轉的傷害。」

然後，他將針劑遞給鄭方，鄭方心領神會，立刻上前幾步，將針劑放到道達身旁的台子上，比了一個「請」的動作。

道達緊緊握著手槍，掃視周圍，數十支黑洞洞的槍口正對著他。

雖然道達距離岩罕只有不到十米，只要開槍，很容易就擊中岩罕。但道達非常清楚，只要他一有動作，這些曾經的心腹就會毫不猶豫地將他打成篩子。

可笑他還自以為能借助禮堂翻修改成教堂的機會藏入武器，並借機翻盤。現在想來，就連他的遠房親戚、「夜色」酒吧區區一個部門負責人，都會在岩罕「王儲」的身份公開後，轉而對岩罕示好，他又憑什麼確認自己心腹的忠誠呢？只憑自己控制了對方的父母、老婆、孩子嗎？那如果瑪雅以及幾個孩子落到岩罕手裏，他會為他們妥協嗎？

不會。

無比清晰的答案，閃入道達腦海。

這一刻，道達比誰都清楚，岩罕表面上說給自己一個機會，實際上是在故意羞辱這個曾經的競爭對手。萬象集團的高層不能沾毒，這是德隆定下的鐵律。一旦道達給自己注入那支毒品，就代表他被逐出萬象集團。而這種高純度的毒品，只要一碰，這輩子就再也無法擺脫，毒癮發作起來，為了一丁點的毒品，人會像一條狗一樣搖尾乞憐，什麼都做！

更不要說，如果神經中樞被破壞，他就會成為一個徹頭徹尾的瘋子，從此再也沒有理智，渾渾噩噩地生活，並被所有人，包括自己的骨肉至親嫌棄！

岩罕給出的選擇，看似是寬恕，實際上是讓道達活在地獄之中。

這個傢伙，好狠的心腸啊！

道達眼中浮現出一抹濃濃的怨毒之色，他握著手槍的手不斷顫抖，稍微鬆開，卻又很快地握緊，如此往復。

很顯然，他的內心正在劇烈地掙扎。

不知過了多久，道達似乎做出了選擇，只見他緩緩地向一旁放著針劑的台子走去，短短幾步路，他的腳步卻沉重到像灌了鉛。

只見道達輕輕將手槍放下，不著痕跡地撥到左手邊，右手摸向了針劑。

就在所有人都放鬆了戒備，以為道達決定給自己注入毒品的那一刻，道達卻以迅雷不及掩耳之勢，重新抓起手槍，猛地轉身，對準岩罕的方向，狠狠地扣下了扳機！

預料之中的槍聲，並沒有響起。

道達睜大眼睛，無比驚駭地看著自己的右手——從大拇指中刺入的細小針頭，令這隻手已經失去了知覺，麻痺感迅速向全身蔓延，令他直接倒在地上。

「很吃驚嗎？」岩罕已經走了過來，單膝蹲下，微笑著說，「這把德國訂製的手槍，打火機模樣，填裝三枚子彈。如果撥動特製的指針，改變形狀，甚至能扔出去當小型手榴彈用，一把造價就要一千萬美金，確實很值。為了仿製這把槍，並往扳機處加入一根藏有VX毒素的毒針，可費了我不少工夫。」

劇烈的毒素已經蔓延至道達全身，他快要死了，可他的眼睛還是睜得很大，充斥著不甘心和不理解。

他明明那麼謹慎，這把手槍從未離身，怎麼會被人換掉……

岩罕低下頭，聲音很小，其他人都聽不見，卻恰好能鑽進道達的耳朵：「有人的時候，姊夫當然不會讓這把槍離身，就算去情婦那裏過夜，這把槍都必須被放在你一抬眼就能看到的地方。但沒人的時候，姊夫卻會疏忽，不是嗎？」

道達是個很謹慎的人，他的每個住所裏都有一個密室，裏面放著槍支彈藥，密室中還有一條秘道，隨時能夠逃亡。

但他不知道，這個習慣，卻反過來被岩罕利用了！

那麼多密室，道達不可能每個密室都設置不同的密碼，否則他自己都記不過來。所以他用的是同一套只有自已清楚，非常複雜、經過重重加密的密碼。但對於岩罕這樣的頂級黑客來說，只要密室的周圍存在電子設備，甚至只是通電，就能把密碼破解！

「姊夫，你在密室裏下達暗殺我的指令時，是否知道，我已經在你所有的密室裏都安裝了監控器。甚至有好幾次，我就在隔著一面牆的秘道裏，靜靜地『欣賞』著你的一舉一動呢？」

道達當然不知道，否則他昨天在密室裏午睡的時候，也不會把槍放在一旁，被岩罕派人偷偷換了。

道達更不清楚，岩罕若是想殺他，早就有無數機會。但殺道達簡單，此人死後引發的一系列連鎖反應，才是岩罕重點顧慮的。

正因為如此，當得知道達要在葬禮上動手的時候，岩罕非但沒有阻止，反而派人暗中打掩護，讓道達的人趁著裝修禮堂的機會，將槍支藏在禮堂的各處。順便借著這個機會，自己也放了一批武器進來，就是為了今天。

岩罕一邊面帶微笑地說完這令人驚駭的故事，一邊輕輕地合上道達至死仍不瞑目的眼睛。

然後，他緩緩站了起來，撫平黑西裝上的皺褶，把目光落到了道達的幾個孩子身上。

瑪雅立刻意識到了什麼，攔在岩罕面前，雖然害怕得發抖，卻還是帶著哀求：「不，岩罕，看在他們是你外甥的分上——」

「我給過他們機會。」岩罕露出一絲憐憫，語氣中帶著嘆息，「我已經給過姊夫好幾次機會，哪怕他剛才對我動手。但只要姊夫肯注入毒品，表示臣服，我就放過他的後裔。可誰讓姊夫如此狠毒，連子嗣的性命都不顧。這幾個孩子目睹了他們的親生父親死在我的手上，羽翼豐滿之後，一定會向我復仇。」

瑪雅拼命搖頭，臉上寫滿了懇求：「不，不會的，我會告訴他們，不要復仇，我——」

她還沒說完，岩罕就聳了聳肩，似乎有些無奈：「三姊，我知道，你一直把幾個孩子教育得很好，他們都很優秀，很出色，是你的驕傲，也是道達的驕傲，就連父親活著的時候，也非常喜歡他們。」

瑪雅聽見岩罕這麼說，心裏卻更加絕望。

她知道岩罕不是那種容易心軟的人，果然，岩罕話鋒一轉，似是惋惜：「我記得，父親很喜歡看的一本書裏，有一句話叫作『九世猶可以復仇乎？雖百世可也』，意思就是說，大丈夫應頂天立地，充滿血性，對於血海深仇，別說過了九代子孫，就算過了百代子孫，也要報回來。」

瑪雅臉色煞白，滿臉都是淚水。

岩罕已經將意思表達得很清楚了。

殺父之仇，不共戴天。

雖然道達不是岩罕親手所殺，但道達之死全賴岩罕布局，這份刻骨銘心的仇恨，自然會被道達的子孫牢牢地記在心裏。如果他們不為父親復仇，那就是十足的窩囊廢，誰都瞧不起他們。可如果他們為父親復仇，那就是岩罕的敵人，岩罕提前把潛在的敵人扼殺，又有什麼不對？

即便如此，瑪雅還想做最後的掙扎，她懇求道：「不會的，岩罕，相信我，你是他們的舅舅……」

「舅舅？」岩罕似笑非笑。

只見他湊過去，靠近瑪雅，小聲說：「爺爺的岳父和大舅子是怎麼死的，三姊，你的外公和舅舅又是怎麼死的，你不知道嗎？」

然後，便見他抬高聲音，問：「人帶過來了嗎？」

「回BOSS，人已帶到。」

伴隨著這聲回稟，禮堂前方的一扇小門被打開，十餘個西裝革履的漢子，押著七八個花容失色的美女，以及三個孩子，走了進來。

瑪雅望著這些人，眼中有些茫然：「這是——」

岩罕意味深長地說：「這些都是道達的情婦，那三個小的，則是道達的骨肉。」

霎時間，瑪雅的臉色變得比剛才還白，整個人搖搖欲墜，快要支撐不住。

之前一直冷眼旁觀，表情都沒變半分的童素，此刻終於皺起了眉頭——她雖然聽不懂文南語，但眼前的一幕究竟代表著什麼，她大概能夠猜到。所以，她已經明白，接下來會發生什麼事。

不得不說，無論岩罕還是瑪雅，都令她作嘔。

如果童素沒記錯的話，道達這些情婦、私生子的存在，瑪雅早就清楚。一方面是童子邦告訴過她，另一方面則是，她不可能對丈夫的行蹤不了解。但她都到這種時候了，居然還能裝得像半點都不知情的樣子。

這可是她的親生子面臨生命威脅，隨時都可能被殺的時候啊！

作為一般的母親，這種時候早就方寸大亂了，哪裏還顧得上演戲？但瑪雅就能裝得像真的一樣，這個女人真是可怕！

童素心腸如鐵，思考問題全憑理性，這種場合甚至還能看破瑪雅的偽裝，童子邦卻是個心善的人，顧不了那麼多：「岩罕，得饒人處且饒人吧！德隆在天有靈，也不會希望自己的外孫、外孫女落到如此下場，更不會願意看見你對幼兒動手。」

說到這裏，童子邦上前一步，勸道：「我們可以把道達和瑪雅的幾個孩子全都送到國外，派人跟著他們，不讓他們接觸到軍火、毒品，更別讓他們回文南。當個富家翁，平平安安生活即可。還有那三個孩子，最大的也就四五歲，最小的那個還不會走路，都不是特別記事的年紀。你可以把他們送到全世界隨便哪個孤兒院，或者讓別人把他們領養了，也算是一份功德。」

這是童子邦發自肺腑的話語。

他雖然不樂意與岩罕這種豺狼打交道，但如果能救下孩子的時候，他卻不出面，最終導致孩子死亡，他過不去內心這道坎。

瑪雅知道這是自己一直的示好發揮了作用，童子邦在幫她說話，眼中也閃爍出希望的光，急忙道：「對，岩罕，你可以把他們送去大洋國，送去歐洲，送到隨便哪個地方。就算不讓我和他們聯繫也可以，只要孩子能平平安安的就好！」

岩罕挑了挑眉，突然用英語問：「老師和三姊都希望我放過道達的餘孽，赫卡忒，你說呢？」

童素同樣用流利的英文，冰冷地回擊：「你已經做了決定，何必多此一舉？我只提醒你一句——過猶不及。」

岩罕聞言，低低地笑了起來。

童素真是自己的知音啊，因為從一開始，他就沒打算放過道達這一脈所有的人——除了瑪雅。

在這場慘烈的爭奪戰中，輸者的子嗣乃至情婦，都不能留下性命，因為他們先天就有足夠的立場為道達復仇。哪怕他們自己不想，也有無數野心家會打著他們的旗號，煽風點火，挑起事非。

所以，斬草除根乃古往今來的殘酷鬥爭中，勝利者一貫的做法，也是用鮮血總結出來的教訓。

這些道理，童素當然明白。

她不像童子邦，一看見婦女兒童，心就軟了。她骨子裏似乎流淌著童家的另一種血脈，那是德隆、岩罕乃至瑪雅一脈相承的冷酷，或者說，極度理智。

勝者擁有一切，敗者家毀人亡。

這種在外人看來無比殘忍的事情，對童素而言，卻是再正常不過的道理。所以，她在跟隨專案組追查岩罕的時候，從沒表現出害怕、軟弱和退縮，哪怕在飛機上，被槍口頂著也一樣。

特警們敬佩她的勇氣，卻不知道，她只是願意為自己所做的每一個決定承擔應有的代價，哪怕是她的性命。

但童素也清楚，能像她這樣幾乎將理智和感情分開的人屈指可數，絕大部分人的思考都會受到感情的影響，擁有一定的感情傾向，無法做到絕對理智。岩罕大庭廣眾之下處決道達一家，為的是殺雞儆猴，這樣固然能令所有人感到敬畏、恐懼，卻更有可能起到一定的反效果。

如果道達的孩子已經二三十歲了，全都殺了，在場恐怕沒有幾個人會憐憫，畢竟都是見慣了生死的人，覺得殺人和殺雞差不多。但要殺幾個孩子，這就觸犯到了很多人的底線，包括童素自己。

所以，她明明知道自己的三言兩語起不到多少作用，卻還是多說了一句「過猶不及」，希望能點醒岩罕，讓他回心轉意，放孩子們一條生路。

這般複雜的心態，就連童子邦都沒有捕捉到，卻落入了「公爵」和棕髮男子的眼裏，只見兩人與站在童素身旁的Demon視線有一瞬的交會，又很快挪開。

此時，瑪雅也明白了岩罕的用意。

這個看似柔弱的女人，突然說了一句：「好，我懂，我都明白了！」

然後，就見她踩著高跟鞋，大步流星地走到那些女人面前，然後向岩罕的手下伸手，冷冷地說：「槍給我！」

黑西裝男當然不敢將槍給她，萬一她反手就瞄準岩罕怎麼辦？

偏偏岩罕氣定神閒，淡淡道：「給她。」

黑西裝男沒辦法，把槍遞了過去。瑪雅面無表情，「砰砰砰砰砰砰」，連開六槍。然後又伸手要了彈夾，換好後再度舉起手槍。

整個禮堂裏，只迴響著連續的槍聲。

又五聲槍響過後，道達的情婦與孩子，包括那個不足半歲的男嬰，已經全部斃命。

這一幕，令童子邦震驚到說不出話。

他做夢也沒想到，瑪雅竟然會這麼做，她為什麼要這麼做？

如果童素能聽到並懂岩罕對瑪雅說的那一句「爺爺的岳父和大舅子是怎麼死的，三姊，你的外公和舅舅又是怎麼死的，你不知道嗎？」，就能明白，這是岩罕在逼瑪雅做出抉擇。

縱觀萬象集團的發家史，姻親是始終繞不開的一筆。無論是童天南的岳父，還是德隆的岳父，他們願意嫁女兒的理由，一是因為童天南和德隆財雄勢大，又是人中龍鳳；二就是圖謀這對父子的龐大產業，不僅要借助姻親關係分一杯羹，更是欺童家人少，兩代都是獨苗，妄想取而代之。

正因為集團內部局勢不穩，發現有人不希望看見自己後繼有人，德隆才在生了岩罕這個兒子後，偷偷將其放到中國，由外公外婆撫養；後來又假冒是部下的孩子，送去大洋國培養。

但這場姻親間的殘酷廝殺，最終還是德隆取得了勝利。

殺死了自己的外公，殺死了自己的舅舅們，殺死了自己的岳父，殺死了自己的大舅子、小舅子……

這一路走來，德隆滿手都是血腥。

而他的結髮妻子，在父親與丈夫之間，毫不猶豫地選擇了丈夫。

德隆的髮妻支持丈夫，與親人為敵，是因為她的父親從小對這個外國美女奴隸生的女兒不聞不問，異母的兄弟姊妹對這個出身低微的妹妹百般欺凌，她十五歲就被當作家庭聯姻的工具嫁給德隆，隨時有可能被丈夫殺死，卻在丈夫那裏得到了人生中僅有的溫情與愛情。

岩罕特意這麼講，無疑是在敲打瑪雅。說這句話之前，先把道達的情婦和私生子都拖出來，擺在瑪雅面前，正是告訴瑪雅，父親對你的愛是真的，你丈夫對你的愛是假的，你要明白自己的立場，選擇對你好的那一方。

瑪雅聽懂了，所以她選擇向岩罕投誠，由她來做這個殺害道達情婦和孩子的惡人。

而她這麼做，只是為了保住自己幾個孩子的性命。

看見瑪雅扔了手槍，行屍走肉般地回來，岩罕揮了揮手，對瑪雅說：「好吧，讓幾個孩子來見他們父親最後一面。」

「最後一面」幾個字，被他說得意味深長。

他話音剛落，就有雇傭兵押著瑪雅的兩兒一女，走到禮堂正前方。

這三個孩子中，最大的十六歲，最小的才三歲。

看見父親倒在地上，身體逐漸變得冰冷，兩個大一點的孩子眼眶已經紅了，最小的那個還不懂事，也不知道害怕，仍在東張西望，臉上甚至掛著天真的笑容。這個孩子看見了岩罕，對這個長相陌生的叔叔很好奇，居然想湊上去。

他還沒邁著小短腿走幾步，就被哥哥姊姊拖住，只見道達的長子比魯發出尖銳的聲音，十分激動：「不可以去！」

「哦？」岩罕似笑非笑，「三姊，外甥對我，好像有點敵意？」

瑪雅臉色一白，不待她辯解，這位一向順風順水，被旁人追捧的少年就已經抬起頭，眼眶通紅，聲音嘶啞：「我絕不會忘記自己的殺父仇人是誰，也不會忘記，你逼著我媽媽殺人！」

「比魯！」

瑪雅嚇得聲音都在發抖，還沒來得及衝上去，已經被兩個壯漢制住。

只見岩罕微微一笑，輕描淡寫地說：「原來是頭小狼崽，這可不行，狼崽子長大了，是會咬人的！」

伴隨著他話音落下，「砰」的一聲，槍聲已經響起。

比魯應聲倒地，彌留之際，他下意識地伸出右手，想要碰觸父親已經冰冷的身體。

「哥哥——」

「砰——」

十二歲的女孩，同樣倒下。

「不——」瑪雅不知哪來的力氣，居然衝破兩個壯漢的鉗制，撲到最小的那個孩子身上。

岩罕似乎覺得這一幕非常可笑，語氣甚至十分輕快：「三妹，難道你想用自己的身體，幫道達的兒子擋子彈嗎？聽我一句，你現在讓開，還是萬象集團的公主，我仍舊會給你最尊貴的待遇，畢竟，你是父親最愛的女兒，不是嗎？」

瑪雅高喊：「你不能殺他，他不是道達的兒子！」

「哦？」岩罕頓覺好笑，「你以為隨便編個謊話，我就會信？再說了，他就算不是道達的兒子，也頂著這個名分，將來長大了……」

「你不能殺他！」瑪雅聲嘶力竭地喊道，「他的親生父親不是道達，而是國防部長索帕！」

與此同時，一架由中華人民共和國之州省湖濱市起飛的飛機，在文南國的軍事機場秘密降落。

飛機上除機組人員外，一共二十三人。其中，二十人來自特種部隊，由應龍帶隊，餘下三人分別是傅立鼎、嚴明樹，以及一直坐在機艙尾部，一個身穿黑色寬大夾克，戴著兜帽和黑色口罩，根本看不清長相的男子。

傅立鼎總是控制不住自己的目光，往對方那裏看去。他記得，這架飛機本來要直達文南，中途卻突然轉了方向，去新加坡停了一個小時，就是為了接此人上飛機。

這個人究竟是誰？

沒等他琢磨出來，飛機已經平穩降落，文南國負責迎接他們的人已經等在那裏。

為首的男子有著文南國少見的高大身材，手腕很寬，指關節粗大，被軍服包裹的肌肉非常流暢。

傅立鼎見狀，自言自語了一句「練家子」，就聽見一旁的嚴明樹也小聲嘀咕，「全身的力量都集中在腰部，爆發力驚人，格鬥行家」。

兩人說完，心有靈犀地對視了一眼，又不約而同地笑了。

應龍作為隊長，禮貌地與此人握手。

對方雖然看上去非常嚴肅，不苟言笑，但見到他們，態度卻非常不錯，甚至還解釋了一句：「總統正在參加東盟首腦會議，三天後會與東盟各國元首一起，乘坐中國幫助東盟各國修建、剛剛落成的高鐵，穿過五個國家，返回文南。這三天內，由我負責接待各位。」

應龍來之前做過功課，知道總統不在，由此人出面接待，算是超高規格了。

要知道，文南國馬上就要面臨總統換屆選舉，眼前這名男子則是下任總統所有候選人中，呼聲最高的一位，也是如今文南國的實權人物之一、文南國的國防部長——索帕！

第四十二章　釜底抽薪

七輛墨綠色的軍用越野車，停在空曠的機場。

傅立鼎和嚴明樹都是識貨的人，一眼就看出這些越野車正是「梟龍」——一款百分之百由中國自主研發，擁有完全知識產權的國產第三代高機動越野車。

「梟龍」可以適應各種複雜的路面，能爬四十五度的陡坡，能上五五〇毫米高的台階，跨越七〇〇毫米的壕溝，坦克能去的地方它都能去。性能公認已經超越了同級的「悍馬」，可與世界上最好的越野汽車，即奔馳公司的「烏尼莫克」媲美。

身在異國他鄉，看見對方政府高官乘坐的都是來自中國的「梟龍」越野車，這令來自中國的特警們有種難以言喻的自豪感。

應龍比其他人更清楚，文南國百分之八十以上的軍備都是向中國購買的，「梟龍」越野車不過是其中的一種。另外還有各式軍用物資，包括但不限於武器、彈藥、醫療器械、燃料補給等。

此外文南國的信號基站、公路、橋梁等，多半也是中國工程隊所建。

正因為如此，文南上至官員，下至百姓，普遍對中國人很友好。這次中國派精英小隊來執行對童素的救援行動，文南國方面非常歡迎。因為如果想要救援童素，中國精英們就必須找到並深入萬象集團的總部，而對一直苦於找不到萬象集團老巢的文南國來說，這或許是能盡快贏得內戰的一個最佳機會。

「梟龍」越野車載著他們穿過偏僻的郊區，進入文南國的首都武克里市。

武克里雖說是首都，卻也沒多少棟高樓，周圍是低矮的平房，電線拉得密密麻麻，小廣告貼得亂七八糟，還有許多響著刺耳「突突突」聲音的摩托車。這些摩托車都被改裝過，後面拖著一個雙輪的、帶篷子的車架子，看模樣有點像民國時期的黃包車，大一點的車架子能容納四五個人坐一起，小一點的只能兩個人擠一擠。

文南國百姓顯然對這種改裝摩托車特別偏愛，不僅把它當作載客的交通工具，也有人直接把改裝摩托車停放在路邊，車架子上則擺好煤氣、鍋碗、原料和調料，再把幾張凳子往地上一放，就成了一個流動攤點。等到收攤的時候，只要把凳子、煤氣等往車架子裏一堆，開著摩托車就這麼「突突突」地回了家，方便得很。

路上的人個個曬得黝黑，個子偏小，穿著花花綠綠的衣服，讓大家有一種回到了二十世紀八九十年代中國鄉村的感覺。

沿途，眾人看見一輛中巴在一個三層樓的建築門口停下，然後就是一群大爺大媽陸續從車上下來，為首的男人戴著頂紅帽子，扯著一面三角形的五星紅旗，對著擴音器的話筒，用中文反覆地喊：「閃亮旅行社的遊客請跟著我來，往這邊走，我們先去酒店辦理住宿，大家記得使用遊樂寶支付房費，可以打九折——」

瞧見這一幕，傅立鼎頗為感慨。

他知道中國人喜歡到處旅遊，幾年前去日本出公差的時候，剛好趕上國慶節，銀座人山人海，全都是中國旅遊團，好多店家的廣告牌都是中日雙語，還打橫幅說「國慶快樂」，讓他恍惚自己到底身在何處，怎麼日本人也過十一國慶節了。

打那之後他就覺得節假日出行真是件蠢事，哪怕去國外也一樣。只是沒想到在文南這個正在爆發內戰的國家，也有中國遊客來玩，而且還不少。

索帕的秘書頌猜從後視鏡裏看見他的表情，大概是出於交好的想法，便道：「文南的繁榮是你們中國人帶起來的，要不是中國人投資建廠，解決就業，發展旅遊，文南國只會更窮。所以，文南國很多人都會說幾句中文，都覺得中國遊客是財神爺。」

嚴明樹好奇地插嘴問道：「那你們怎麼看中國人呢？」

「中國人都是我們的好朋友！」頌猜回答，「中國從來沒有打砸搶掠過我們，也沒有干涉過我們國家的內政，碰到我們受災、遇難，救援隊和物資又總是第一個到的。而且很多中國人來文南投資辦廠，拉動了當地的經濟增長。你們可能覺得一個月八百、一千人民幣的工資太低了，在中國境內根本找不到這種廉價勞動力。但對很多文南國的人來說，這已經是一筆不敢想的巨款了。」

文南國多山，多江，適合種植水稻和橡膠樹。但由於國家小，科技水平差，水稻產量不高，橡膠提取的方式也很原始，賣也賣不了多少錢，發展其他支柱產業更是想都不要想。所以很長一段時間內，文南國的支柱都是色情產業，一個城市最繁榮也最豪華的地方，必定是酒吧夜店一條街——升龍省例外，那是毒品的王國。

不能出賣資源，就只能出賣身體，否則就活不下去。

也是最近這些年，陸陸續續來了很多中國商人，看重文南國的廉價勞動力，將廠子轉移，又有中國商人看中了此地山清水秀，開拓旅遊市場，才給了許多文南國年輕人另一種選擇，讓他們可以憑借自己的雙手勞動，更有尊嚴地活著。

光憑這一點，文南國的人就會對中國充滿好感。

尤其是青年一代，對中國都非常憧憬，很多人的夢想就是攢夠錢去中國旅遊，看看這個強大的鄰居究竟是什麼樣子。

文南國的精英人士，以前爭先恐後地學英語，現在則以會中文為榮。像來接機的索帕和頌猜，就都會中文。

車上的中國人頓時都湧現出一股強烈的民族自豪感。但這時，坐在車後座，被傅立鼎、嚴明樹，以及三位特警圍在正中心，牢牢保護的神秘男子突然開口提問：「文南國經常停電？」

他的聲音非常古怪，不像正常的人聲，好似被機器處理過。

這樣的風格，傅立鼎只在一個人身上見過，那就是黑客大神NULL。

雖然應龍之前對傅立鼎說NULL在文南國等他們，而這名神秘男子卻是在新加坡上的飛機，與應龍的說法不太能對得上，但直覺告訴傅立鼎，此人應該就是NULL，尤其是剛剛說話後，傅立鼎更是對自己的判斷深信不疑。

傅立鼎想不通的是，如果此人是NULL，他們之前好歹也並肩作戰過那麼多次，為什麼NULL卻像陌生人一樣，壓根不搭理他呢？

不，準確地說，NULL是誰都不理。

剛才那個問題，竟是NULL與他們會合後，開口說的第一句話！

應龍禁止所有人打聽和這名神秘男子有關的任何信息，並交代，如果對方有什麼吩咐，必須不惜一切地執行。若是他們此次的救援行動遇到危險，第一要務就是將神秘男子送到安全地帶，哪怕為此付出生命！

正因為如此，傅立鼎才壓下心中所有的疑問，迅速地掃了一眼車上坐著的其他人。

索帕與應龍因為有事情商談，便上了他們前面的一輛車，單獨交流。傅立鼎等人所在的這輛車上一共八名乘客，除了他們六個中國人外，司機和坐在副駕駛座上的秘書頌猜，才是文南國本地人。

NULL的問題，顯然只有這兩個人能回答。

但傅立鼎也清楚，NULL的風格比童素還要簡單、明了，就像現在，這麼沒頭沒尾的一句，其他人只會覺得莫名其妙。

以前童素和NULL這兩位頂級黑客交流的時候，通常是他們先說一堆大家都聽不懂的話，然後由童素負責向專案組的成員講解。現在童素不在，也只有傅立鼎能擔任這個工作，所以，他立刻出聲詢問：「您為什麼突然這麼問？」

對方將帽簷拉低，臉被遮擋得更嚴密，只見他低頭望著手中的筆記本電腦，根據臨時製作的圖，低聲道：「這輛車一路開過來，路過了文南的三個區，一共經過七十三條人口稠密的街道，其中三十一條街道上的所有建築都處於停電狀態。」

在NULL說話的時候，傅立鼎注意到，NULL的手上始終戴著一副薄如蟬翼，一看就是特製的手套，既不會影響到敲擊鍵盤，也不會留下指紋。

不露臉，改變聲音，戴面具防止唾液被收集，戴手套以免指紋被獲取。

傅立鼎默默地將NULL的重要性再往上提了一個等級。

頌猜聽見NULL這麼說，臉上飛快地掠過一絲難堪，猶豫了一下，想到中國精英小隊本來就是來協助他們的，才道：「我們有個電廠被萬象集團攻擊了。」

傅立鼎心中一緊，就聽見頌猜急急忙忙地解釋：「不是你們想的那種恐怖襲擊，而是電廠的中樞控制系統癱瘓了，需要時間搶修。」

聽見頌猜的回答，傅立鼎才鬆了一口氣。

他剛剛還以為，萬象集團的武裝分子已經潛入武克里市，妄圖占據電廠。現在知道只是發動黑客攻擊，製造混亂，下意識地就覺得程度較輕，事態還在可控的範圍之內。

這也不奇怪。

對大部分人來說，「智能中樞系統被人控制」的危害性，遠遠不如「大型建築被炸彈摧毀」來得更直觀、暴力、兇殘。後者能令人倍加恐懼，因為它直接將事物一瞬間的破碎展現在人們面前，前者卻是一個慢慢滲透的過程。

很多人甚至會想，不就是系統出問題了嗎？殺個毒，重啟一下就好，實在不行，重裝系統就行了嘛！

這一車人，不，應該說，這整整七輛車，除了NULL之外的所有人，都是這樣想的。

唯有NULL，隱藏在兜帽之下的眉目十分冷峻，凝視著車窗外沒有亮燈的街道，以及路上熙熙攘攘的人群，陷入深思。

文南國某地，會議室，晚上八點。

在索帕的示意下，頌猜向遠道而來的中國特警們分享了他們所掌握的萬象集團最新情報。

「這些年來，伴隨著我們國家實力的日益增強，政府內部關於「剿滅萬象集團，收回升龍省」的呼聲越來越高。萬象集團聽到風聲後，不但加強了對升龍省的控制，還開始不斷擴充他們的人力與軍備。光是去年一年，就至少有七百多輛裝滿物資的卡車，從安寨國進入升龍省。而今年開戰之後，這個數字更是翻了五六倍。」

「我想知道，貨車上裝了什麼？是槍支、彈藥、炸藥，還是醫療器械，又或者是藥物、糧食？」

應龍的這個問題，才是重點所在。

七百多車糧食和七百多車槍支彈藥，那可是截然不同的概念。

頌猜還沒開口，索帕已經沉聲回答：「不瞞各位，我們國家不管是基礎設施還是網絡，都遠遠沒有達到「優秀」的標準。貴國能夠通過無處不在的「天眼」，迅速確定犯罪分子的下落，掌握他們的行蹤。至於偷渡走私，在貴國嚴格的安檢下，更是無處藏身。但我國的路面監控尚未普及，加上升龍省靠近安寨國，萬象集團的老巢又藏在深山之中，交通隱秘，難以掌握。我們依靠人力才能勉強掌握到萬象集團一部分的物資進出，至於具體到底有些什麼東西，實在無法確定。」

他的這番話很誠懇，給出的理由也足夠令人信服。但不管是應龍、傅立鼎還是嚴明樹，都是辦慣了案子的人，聞言立刻心領神會，明白索帕的情報應該不是正當渠道獲得的，很可能是線人提供的。

這也不奇怪。

文南國政府和萬象集團走到這一步，不在對方勢力範圍內安插幾個間諜，收買幾個線人，那才不正常。但從情報的精準度來看，索帕的內線遠遠沒有觸及萬象集團的核心，應該只是外圍人員。

索帕也知道自己的解釋瞞不過眼前的中國精英們，但很多事情就是這樣，只要不明著說出來，大家就能裝作不知道。所以，他立刻調轉話鋒，直指問題關鍵：「此番之所以急切邀請諸位前來，主要是因為一件事——我們懷疑，萬象集團的實際控制人德隆在前段時日已經過世。」

他不清楚中國方面對萬象集團的情報掌握多少，便詳盡解釋：「德隆膝下無子，他一旦死去，無論有沒有定下繼承人，萬象集團內部都必定面臨一場重大的分裂。對我們來說，這是一舉剿滅萬象集團，結束這場戰爭最好的時機。」

應龍從夏正華那裏知道，德隆等人逃跑時，夏正華曾瞄準對方乘坐的車輛打了一槍。只不過，夏正華只確定自己打中了車輛，不清楚有沒有打到人。

但根據事後萬象集團瘋狂刺殺夏正華的舉止，專案組判斷，夏正華那一槍必定起到了極大的作用，德隆與岩罕父子很有可能被打死了一個，剩下的那個才會用這麼極端的方式來復仇。

再聯繫剛才索帕的話，應龍對「德隆已死」這件事，已經信了七成。

出於謹慎的考慮，他詢問道：「貴國能否確定德隆的死亡？」

索帕正要回答，手機突然響了。

只見他微微皺眉，拿出手機，準備把電話掛掉。

光是看他的神色，在場的人就毫不懷疑，除非這通電話是總統打來的，否則在這個時候打擾到索帕，事後一定會被他罵得狗血淋頭。

但索帕才看手機一眼，臉色就微微地變了，短暫猶豫了一瞬後，他站了起來，略帶歉意地躬一下身：「抱歉，我失陪一下。」

說罷就拿著手機，匆匆出去了。

頌猜沒想到索帕竟會中途離場，為避免氣氛尷尬，也怕應龍等人有什麼意見，他連忙解釋了一句：「大概是總統閣下打來的，或者又收到什麼重要情報。」

然後，他馬上說起正事：「各位有所不知，我們文南國對葬禮看得很重，就算是再貧窮的家庭，一旦有親人過世，就算傾家蕩產，也要湊錢請僧人念經。大家認為，只有這樣，親人才能安然往生。越是大戶人家，就越要請高僧，做盛大的水陸道場。大概約兩個月前開始，我國及周邊幾個國家的知名高僧，全被萬象集團以各種手段「請」到了升龍省，現在都沒回來。經初步統計，被「請」去的高僧足足有八十一人之多。顯而易見，他們至少要去做七七四十九天的道場。在古代，這是國王過世時才有的規格。自從我們的第一任總統武克里先生留下遺言，說他自己的葬儀從簡後，整個文南國內就沒有人會擺這麼大的場面，因為沒人認為自己的功績能勝過武克里先生。現如今，放眼文南國上下，也只有一直試圖分裂國土，想要自立為王的萬象集團敢這麼囂張。」

應龍反問：「據我們了解到的情況，岩罕是德隆的獨子，如果死的人是岩罕，德隆會不會給兒子做這麼大的水陸道場？」

頌猜先是驚了一下，然後肅然起敬，沒想到中國政府竟然掌握了他們都不了解的重要情報。為此他更加不敢怠慢，忙道：「不會，因為岩罕還沒有成家。在我們國家，沒成家的人根本就不算一個完整而正常的人，就連死都不配進祖墳。如果死的人是岩罕，萬象集團不會搞這麼大的排場，這反而會折了他來世的福報。」

應龍點了點頭，知道這樣一來，德隆的死基本上就確定了。

德隆一死，岩罕和道達必定鬥得不可開交，萬象集團對內對外的守備都會鬆懈，不管是潛入救援人質還是順水推舟對高管們實施「斬首」，都是一個千載難逢的良機。

就在這時，索帕推開門，回到會議室。

他似乎有些心神不寧，卻再次向眾人致歉：「中途離場，實在對不住。」

應龍立刻道：「部長不必放在心上，您公務繁忙，能抽空與我們商談，已經令我們不勝榮幸。」

索帕坐回位置上，似乎已經緩了過來，頌猜快步靠近，匯報了一下剛才的對話。索帕聽完後，點了點頭，便道：「既然大家都已經確定德隆的死，那麼，我們現在就來商討如何執行『救援計畫』。」

當然，對中國的精英小隊們來說，這是救援。但對文南國軍隊來說，一旦探明萬象集團總部的所在，就將展開雷霆打擊。

「問題的關鍵，就在於萬象集團的總部究竟在哪兒——」

「等等。」

一直沉默不語的NULL，突然發聲，打斷了索帕的長篇大論。

應龍對NULL非常尊敬，一看NULL似乎有異議，立刻對索帕說：「抱歉，我想先聽聽Z先生的意見。」

索帕一開始壓根沒把NULL這個所謂的「特別顧問」放在眼裏。

他一眼就看出來中國的精英小隊中，二十三人裏面只有NULL不是經過千錘百煉的軍人。而索帕是軍人出身，對同行極有好感，對所謂的專家顧問，雖然談不上不屑，但總歸不夠重視。尤其是NULL之前一直不說話，毫無存在感，就更不會引起索帕的關注。

現在看到應龍的態度，索帕便意識到自己的判斷錯了，這個神秘的「N先生」，才是這支隊伍的核心。

NULL低聲道：「我剛才查了一下，武克里市一共有兩個大型水廠、三個大型電廠。但最大的水廠和電廠從昨天開始，都因為黑客的攻擊，系統陷入癱瘓，導致這兩個工廠無法正常運作。」

索帕臉色微變。

這種一旦傳出去，必定會造成百姓恐慌的消息，政府瞞得嚴嚴實實，這傢伙是從哪裏知道的？

雖然心中震驚，但索帕卻沒有否認，一是因為這本就是事實，二則因為，對此他也有一套自己的見解。

只見索帕點了點頭，回答道：「不錯，我們能夠確定，這是來自萬象集團的黑客攻擊。但經過參謀部的分析，我們認為，這恰恰證明了萬象集團此時的虛弱。」

說到這裏，他緩緩站了起來，在房中左右踱步。這是他思考的習慣，也代表他的注意力十分集中：「我與萬象集團打了很多年的交道，已經是老對手了，很清楚他們的行事作風。他們就像草原上的獵豹，越是受傷，就越要展現自己兇猛的一面，用來震懾敵人，讓對方不敢靠近，以度過這段虛弱期。」

這是大型猛獸的生存法則。

草原上的獵殺者都有最為敏銳的嗅覺，獨來獨往的獅子、獵豹固然是食物鏈頂級的存在，但只要牠們一受傷，那些聞著血腥味過來的豺狼、鬣狗們就會湧上來，想要將昔日的王者分食。

正因為如此，獵豹才必須在受傷的時候，竭力展現出自己強大不可戰勝的一面，逼退這些虎視眈眈的敵人。

萬象集團也是如此。

盯著萬象集團這份龐大家業的人猶如過江之鯽，他們尋找著每一個機會，希望能撕開萬象集團的防禦，哪怕只是撕出一個縫隙，都會有無數人蜂擁而上，想要將萬象集團瓜分殆盡。為了應對這種情況，萬象集團越是虛弱的時候，行事就越是兇猛，平常有可能放過的敵人，這時候如果撞槍口上，一定死得很慘，被用來殺雞儆猴。

但文南國政府卻不是輕易就能獵殺的對象，如果說萬象集團是獵豹，那麼文南國政府就是雄獅。獵豹的速度無與倫比，獅子的力量令人畏懼。

這兩種頂級獵食者，哪怕在全盛時期也能鬥個旗鼓相當，若是哪一方虛弱，另一方幾乎就是必勝之局。為了不在這種時候發生劇烈衝突，導致這場爭鬥一敗塗地，萬象集團必須想方設法拖住文南國政府，讓它暫時不對萬象集團展開全面進攻。

對水廠和電廠動手，不過是萬象集團對文南國政府的威脅罷了。

「作為政府，我們必須要顧慮到國民的安危，萬象集團也抓住了我們的軟肋。他們今天可以讓我們最大的水廠、電廠系統癱瘓，讓首都百姓的生活一團糟，明天就能攻擊移動基站，讓百姓們的手機收不到信號，沒辦法上網。真把他們逼急了，他們甚至能派人到首都製造恐怖襲擊。而這一切，都不是我們想看到的。」

斷網的威脅，竟然比停水停電還可怕。

這聽上去簡直匪夷所思，卻無比真實。

現在的大部分人都是如此，可以容忍短期內的沒水沒電，生活不便，卻不能接受自己長達幾天不能用手機上網。

網絡對百姓來說，已經成了不可或缺的一部分。

索帕的言辭很打動人，但嚴明樹卻悄悄對傅立鼎說：「我聽說，文南國再過兩個月就要舉行總統大選。本來按照戰時的規矩，應該是大選取消，現任總統直接連任，以應對日益激烈的戰爭。但現任的文南國總統偏向鴿派，軍方卻是十足的鷹派，還有其他派系的人攪渾水，大選估計會正常舉行。現在又鬧這麼一齣，我覺得現任總統下台，無法連任的概率很大。」

傅立鼎也有同感。

此時的萬象集團也很虛弱，需要集中精力在內部事務的處理上，所以在外部，他們不能讓文南國政府給他們施加更多的壓力，必須不斷製造事端，讓文南國政府也無暇顧及戰事。

所以，萬象集團才會對武克里市的水廠和電廠動手，目的是讓老百姓的生活不便，對政府產生不滿，引發混亂，從而分散政府的注意力，減輕在軍事上對升龍省的進攻壓力。

這也正合了索帕的意。

老百姓對萬象集團越恨，就越希望政府軍盡快將萬象集團擊敗，恢復和平。作為軍事總指揮，只要能在近期贏得戰爭，自己的威望必定水漲船高，總統大選就更有把握了。

放眼整個文南國，似乎沒有比索帕更想讓萬象集團覆滅的人了。

既然如此，萬象集團最不可能收買的人就是索帕。所以，這才是總統不在文南國，就讓索帕臨時掌控權力的原因。

在政治層面，總統和索帕是競爭對手；但在萬象集團這件事上，只有索帕，才能讓總統放心，而政府內部的其他人，都未必可信。

這或許就是文南國政局的複雜之處了。

傅立鼎還在琢磨這些事，就聽見NULL說：「我要糾正三點。」

「第一，你們低估了水廠、電廠系統被黑客攻擊癱瘓的影響。我剛才看了一下，你們大型電廠的信息安全防範十分嚴格，系統是大洋國一家世界頂尖級的信息安全公司負責做的，本身就是一個極其封閉的內部網絡，根本不對外公開。哪怕是岩罕，在沒有預先就知道漏洞的情況下，想要滲透這種等級的網絡，也必須用水磨工夫，至少花費大半年的時間。這個過程的第一步，就是從相關工作人員的家用電腦、手機、移動硬盤等設施開始，只要有任意一台設備從外界被帶去了電廠，岩罕就能通過該設備潛入內網，進行滲透。」

索帕立刻意識到了事情的嚴重性。

整個文南國，比水廠、電廠還安全的系統，就只有軍隊的內部網絡。其他諸如政府的網絡等，都沒有達到這種安全規格。

如果按照這位N先生的說法，豈非除了軍隊以外，文南國其他的系統對岩罕來說都是透明的？那和對萬象集團公然開放有什麼區別？就算是軍隊也未必能放心，因為岩罕能控制水廠、電廠工作人員的設備，也能控制軍人的設備！

這簡直比間諜還難排查！

NULL卻沒理會索帕凝重的臉色，直截了當地說：「第二，岩罕既然已經控制了這些地方，那麼該處的結構圖，他一定了然於胸。一旦他想要摧毀這些重要設施，自然而然地能用最少的炸彈，達到最想要的效果。」

應龍剛想對NULL說出自己的看法，認為萬象集團不會摧毀水廠、電廠，因為岩罕得考慮到，如果萬象集團贏得了戰爭，他們自己還需要通過這些大型基礎設施來保證武克里市的正常運轉。

但不等他開口，NULL已經加重了語氣：「岩罕是個瘋子，他的思考方式和正常人不一樣。武克里市是文南國政府定下的首都，岩罕未必認同。難道你們以為，一旦他奪取了政權，還會延續將武克里市當作政治中心的傳統嗎？」

應龍心裏咯噔一下，他居然沒想到這一點！

沒錯，萬象集團在武克里市根基薄弱，就算打贏內戰，對武克里市的控制力也絕不如升龍省，岩罕一旦勝利，確實有可能「遷都」。

升龍省本來就是萬象集團的大本營，在那裏，萬象集團不僅有群眾根基，還有自己的水電站，改作政治中心也未嘗不可。

中國歷史上不就有這樣的事情嗎？李唐的根基在長安，所以武則天篡唐為周後，長期滯留在東都洛陽。等唐玄宗一奪回江山，他又將政治中心遷回了長安。

這一來一去，正因為長安是李唐皇室的基本盤，洛陽卻是武則天苦心經營多年的自留地！任何一個執政者都不會放任自己長久地待在反對方勢力強大的地盤上，哪怕對方已經是自己的手下敗將！

這麼說來，通過摧毀武克里市的水廠和電廠，讓文南國的首都陷入混亂，令百姓民怨沸騰，這種事情，岩罕絕對幹得出來！

「第三，」NULL停頓了一下，才緩緩道，「就目前的局勢來看，主動權還在文南國政府這邊，而岩罕是一個控制欲極強，喜歡將主動權牢牢握在手裏的人，他絕不會容許這種情況持續太久。我想，他很快就會有所動作。」

NULL雖沒明說，但應龍不是傻瓜，馬上就懂了。

萬象集團不是鐵板一塊，文南國政府就是嗎？為了即將到來的總統大選，文南國的幾個黨派已經爭得面紅脖子粗。那些總統候選人，都對升龍省的局勢無比關注，難道真是為了徹底收回主權？還不是想在這上面做文章，加重自己的競選分量？

這些總統候選人中，既然有索帕這種堅決打擊萬象集團的主戰派，那就肯定有向萬象集團妥協談和的主和派！

為了當上總統，這些人難道就不會和岩罕合作？

應龍剛想到這裏，房間裏的燈突然全部滅了！

特警們下意識地衝到NULL身邊，將NULL重重保護起來，並拔出了手中的槍，警戒地看著四周。頌猜被這個突如其來的變故嚇得腳都有些軟，卻還是強撐著把門打開一條縫，看了看走廊，又看了看外頭，才小聲說：「停電了。」

很快，政府部門的雇員就在會議室點起了蠟燭。不難發現，索帕的臉色變得非常難看。

眾人都以為索帕是臉上掛不住——這可是政府部門大樓，居然會突然停電，而且剛好還是在與中國軍人一起進行戰前分析的時候，實在太打臉了。

可他們不知道，此刻的索帕，心中一直迴響著剛才那通令他至今還心悸不已的電話，耳邊似乎還縈繞著岩罕惡魔般的低語：

「第一天，全城斷電；第二天，全城停水；第三天，全城斷網，就連3G（第三代移動網絡技術）網絡都上不去。這樣的日子，會持續整整七天。如果這個時候，你，索帕部長，能夠解決這場危機，那你就會變成所有人心目中的英雄，當之無愧的下任總統。你不願意也沒關係，七天之後，一定會有一個人站出來，成為萬眾矚目的英雄。那個人將獲得一切，名望、權力、地位、榮耀，應有盡有。其他人在他的光芒下，只會暗淡如同塵埃，落得一無所有。」

第四十三章　騷亂開始

突如其來的全城停電，讓文南國的首都武克里市陷入混亂之中。

雖然在此之前，武克里市已經有一所大型電廠因為黑客攻擊，導致中樞系統癱瘓，整個工廠陷入停擺狀態。但其餘兩個大型電廠每日生產的電量仍夠供百姓生活，只是必須讓每個區域輪流停電幾個小時，尚在百姓的接受範圍內。政府對外給出的理由是電路維修，文南國的百姓也就信了。

但現在，整座城市陷入黑暗，遲遲無法恢復光明，百姓們頓時急了。

不到半個小時，市政熱線就已經被憤怒的百姓們打爆，負責接電話的工作人員們忙得不可開交，這邊電話掛了，立刻接聽另一個新的抱怨，連水都顧不上喝一口，也只能保證不到百分之一的投訴電話被接通。

一開始，百姓還能忍著怒氣，想聽解釋，但市政熱線的工作人員們其實也不知道發生了什麼，更不知道究竟什麼時候才能來電。乾巴巴的「請稍安毋躁，很快就會來電」之類的敷衍話語很快就不管用了。到後來，每個電話一接通，基本上都是特意打過來罵他們，以宣洩怒火的。

短短十分鐘，就有三個負責接電話的女性工作人員被罵得跑去廁所哭。

與此同時，市政熱線的網頁也被突如其來湧入的龐大流量弄得接近半癱瘓，頁面都刷不出來，線上客服和市政熱線的郵箱都被海量的消息淹沒。哪怕只是將這些投訴看完，並不回覆，都需要至少七個工作日。

距離市政府近的百姓們，更是不滿足於電話和線上發洩，很多人紛紛走出家門，在大街上聚集，怒氣沖沖地「殺」到了市政府門口的大街上，開始大聲喧嘩，讓負責人出來，給他們一個解釋。

臨時從家裏趕去市政府的領導們面對這種情況也非常焦急，他們壓根沒收到斷電的通知，突然來這麼一齣，心中緊張，不知道究竟出了什麼事，只能拼命請示上級：這件事我們到底該怎麼處理？該怎麼給憤怒的百姓一個足夠安撫他們的「解釋」？電力到底什麼時候能恢復？

相關的請示被一層層上報，最後報到了正在參加東盟首腦會議的文南國總統那裏，總統立刻打電話給索帕，詢問詳細情況。

索帕告訴總統，武克里市剩下的兩家大型電廠被萬象集團的黑客攻擊，短期內無法恢復正常生產。而中國的特邀專家判斷，萬象集團早已獲取了這三家電廠智能系統的控制權，只是不知道他們為什麼選在今天發動。

更關鍵的地方在於，電廠是一個封閉的地方，想要控制電廠，就必須控制員工的移動設備。

所以，在這三家電廠工作的所有員工，乃至有機會前往電廠，哪怕只是待了十分鐘的人，全都有可能被萬象集團利用，替對方辦事，哪怕這個過程，他們自己都未必知情。

匯報完這一情況後，索帕斬釘截鐵地說：「總統閣下，我認為，現在的當務之急並不是恢復供電，而是請中國來的網絡安全專家對我國政府和軍方相關人員的移動設備進行逐一排查，一旦發現某人的設備有問題，無論是什麼身份，先將人和設備統統隔離起來，防止更糟糕的事情發生。」

總統深以為然。

萬象集團強大的黑客技術令他十分震驚，甚至有點不寒而慄。

對方能無聲無息地控制電廠工作人員的移動設備，那政府官員，甚至軍方將領的移動設備呢？是不是也已經為萬象集團所掌握？

這才是總統和索帕最擔心的地方。

斷水斷電一兩天不可怕，畢竟，政府大樓、醫院等核心基礎設施內，基本上都裝有大型柴油發電機，可以頂十天半個月。軍方就更不用說，軍事基地附近就設有專用的電廠。只要這些部門還在正常運轉，武克里市就算發生動亂，也不至於失去最後的秩序，尚且在政府可控的範圍之內。

但如果軍事系統被萬象集團的黑客入侵成功，對武克里市，甚至對整個文南國來說，便是真正的滅頂之災了。

所以總統立刻交代索帕：「務必請中國的專家們多留幾天，先解決目前的危機！這樣也有利於我們配合他們，展開對人質的救援。」

得到總統的授權後，索帕當即以國防部長的名義，召集軍方的高級將領！

他要將這些將領聚集起來，然後派兵秘密封鎖軍事專用區！這樣一來，軍方的人一個都跑不掉，可以逐一清查誰的設備被萬象集團控制，誰又有通敵的嫌疑！

等他完全將軍方將領控制在手裏後，再去徹查政府的官員和工作人員。

索帕之所以這樣做，一是因為軍隊是重中之重，千萬不能出事，只要軍隊還在手裏，他們就不怕城市發生騷亂，更不怕萬象集團的挑釁；二是，軍方相對來說比較封閉，就算有了動靜，也不至於打草驚蛇。

如果一開始就直接對政府部門上上下下大動干戈，只怕這邊剛有動靜，那邊萬象集團立刻就收到消息，讓事情朝更糟糕的情況演變！

應龍站在窗前，看著外頭黑漆漆的一片，不由眉頭緊鎖。

大樓的停電只持續了大概十五分鐘，就因為柴油發動機的啟用恢復了正常供電，但應龍卻預感到了即將來臨的狂風暴雨。

「我們應該離開。」漫長的沉默後，應龍突然開口，「我們的首要目標是對童素小姐進行營救，但不應捲進他們內部盤根錯節的政局中去。」

他比在場的任何一個人都要了解文南國政壇是多麼複雜，各派系之間爾虞我詐，不少高官收了萬象集團的巨額好處，拼命為其說好話，甚至通風報信。不僅如此，某些黨派背後還有幾個國家的身影若隱若現，始終在煽風點火。

這也是文南國以一國之力，卻遲遲奈何不了一個萬象集團的原因。

應龍只要稍微帶入一下索帕的身份和立場，就十分擔心對方會借助這個機會展開政治清洗，以排除異己。所以，他快步走到NULL身邊，誠懇地說：「雖然我們很願意幫助文南國政府徹底殲滅萬象集團，也為受到這個邪惡組織殘害的同胞討回公道。但我們不能捲入文南國政府的內鬥之中，這與我們的初衷相悖，情況或許會變得十分複雜而危險。希望您能聽從我的建議，立刻回國。」

「不行。」NULL的態度非常堅決。

應龍頓時有些急了，他使了個眼色，示意所有人都退到另一個房間。

看見其他人都離開了，應龍這才壓低聲音，急急地說：「您的身上肩負著國家信息安全的重擔，而您的名字NULL已經上了大洋國聯邦調查局、英國軍情處等機構的絕密名單。您開在湖濱市的那家名為『π』的誘餌公司才創辦半年不到，辦公場地周圍就已經混進了二十餘批探察情況的人。在國內，那些被境外勢力收買，為他們幹活的人，自然逃不過我們的眼睛。但這裏是文南國，我們勢單力孤。一旦您在這裏的消息洩露，各方勢力一定會蜂擁而至，我們就算拼了命也未必能保證您的絕對安全。」

說到這裏，應龍只覺自己肩頭上的擔子沉甸甸的。

其他人不清楚，但應龍卻知道，眼前這名沉默的黑衣男子在安全部門的檔案中，保密等級被歸類到「A+」級別。此人憑借超高的黑客技術，粉碎了許多境外勢力對中國的陰謀，一直牢牢地捍衛著國家的信息安全。但在兩三年前，這名男子突然離開了國家安全部門，有人說他想要單飛，可私底下卻也有一種傳言說，他已經不在中國，而是去國外執行一項更為秘密的任務，追查一個隱藏在黑暗中極其神秘的組織。

應龍不知道傳言的真假，也不去打聽。

他只知道，約莫大半年前，NULL突然又出現在國家安全部門，也不知道與最高負責人談了什麼。負責人很快就下令，讓國家安全部門收編的一位黑客方小勇帶著相關團隊，跟隨NULL去湖濱市創辦一家信息安全公司；並令應龍負責與之州省安全廳溝通，國家安全部門直接派人在這家公司附近布控，一旦發現可疑人物，必須查得一清二楚，如果發現對方被境外敵對勢力收買，當即逮捕。

一切準備就緒後，NULL就找了一個合適的時機，讓自己出現在世人面前，即七月十七日，湖濱市智慧交通系統被襲案。

在應龍看來，「7・17案」雖然是NULL揚名黑客界的開始，但那隻是一個巧合。NULL想要引蛇出洞，需要一個契機，剛好挑中了這個機會罷了。就算沒有那次的恐怖襲擊，NULL也會用別的方式驚動黑客界，打響名號。

可應龍萬萬沒想到，NULL竟會一直分心出來幫助「7・17專案組」，此刻更是以身涉險，來到文南！

面對應龍不理解的目光，NULL拉了拉兜帽的邊沿，將面容遮擋得更嚴，誰都無法窺探到他此刻的神情。

就像即將噴發的火山，平靜之下潛藏著洶湧的怒火，很快會把一切吞沒。

知道童素去了文南的第一時間，他就立刻向國家安全部門高層擔保，童素絕不會叛國，必定是被人綁架了。

NULL恨不得立刻飛去文南國，將童素救出來。但他知道這不現實。所以，他一邊向國家安全部門請求，希望能派人營救童素；一邊去了新加坡，因為他發現，萬象集團轉移太平洋銀行的資產時，其中一個重要的中轉站就在新加坡。

他希望能從這條線索著手，查到一些東西，而他也有所收穫。

正當他打算繼續追蹤的時候，昨天晚上，卻突然收到童素的郵件——那是童素離開家之前給他寫的一封信，卻將時間設置到七天後才發送。

昨天，恰好是童素離開的第七天。

童素在那封信裏告訴NULL，她必須去文南，哪怕這一去生死未卜，也非去不可。

因為她的父親在那裏。

而她的父親，竟是NULL一直奉為偶像的傳奇黑客——「銅棒」！

這個消息，令NULL十分震驚。

但他很快就被童素信中的絕望所感染——童素很明確地告訴了NULL，她這次去文南，就沒打算活著回來。

如果「銅棒」是被萬象集團綁架的，她拼了性命也要將「銅棒」救出來；如果「銅棒」加入了萬象集團，成為毒販，她更要去做個了結。

這令NULL心急如焚。

不管是哪種結果，童素已經到了萬象集團的地盤，一旦有什麼動作，只怕就是死無全屍的結果。

但越是這種時候，NULL就越冷靜。

他明白，岩罕既然用「銅棒」來威脅童素，逼她去文南國，就證明岩罕一定有用得著這對父女的地方。隨著文南國戰事愈發激烈，NULL很快就猜到，憑岩罕的本領，或許還不足以帶領黑客團隊攻破文南國的軍事系統，對方必須用到童素和銅棒，三位頂尖黑客聯手，方能達成目標！

正因為如此，NULL才答應索帕，願意幫忙篩查文南國所有政府和軍方工作人員的移動設備。

但這些話，NULL並沒有對應龍明說，只是淡淡道：「童素的本領，你我都知道。除非她答應協助岩罕，否則岩罕絕不會讓她碰任何電子設備。」

應龍會意：「您的意思是，童小姐會假裝妥協，加入萬象集團，實際上利用這個機會傳遞消息出來？」

這也不是不可能，但應龍還是有點猶豫：「您能確保童小姐對國家的忠誠嗎？」

「當然可以。」NULL斬釘截鐵地說，「這一點根本就不需要質疑。」

他和童素之間，本來就有一種超乎尋常的默契。

所以童素離開之前，才會單獨給他發一封郵件，因為童素知道，只有他才會在既清楚「銅棒」和童素的父女關係，又在知道「銅棒」身處萬象集團後，還會無條件地信任她。

也只有他，才會在她深入虎穴後，一定會想方設法去營救。

應龍欲言又止，沒等他再說什麼，敲門聲已經響起。開門後發現，是索帕的助理頌猜：「應先生，Z先生，部長有請。」

正當武克里市陷入黑暗與焦躁之際，升龍省的萬象集團總部，卻一掃前段時間的不安，氣氛終於穩定了下來。

道達的死，固然令很多人心驚膽戰，兔死狐悲，而對道達心腹們的大清洗，更是充滿了血腥。

萬象集團的作風一向都是斬草除根。只要殺了一個人，就必須將他所有親近的人全部殺死，一個都不能放過。

禮堂死的數十人，不過是一個前奏。隨之而來的，則是幾十個家庭的末日。

但諷刺的是，恰恰因為他這一脈被岩罕殘忍地誅殺乾淨，反而讓所有人都不再浮躁。因為他們再也不用在兩位繼承人之間搖擺，只需要拼命討好岩罕，想著如何加深自己在他心中的好印象即可。

萬象集團總部「堡壘」。

童素一打開門，就看見鄭方站在門口，身後則是畏畏縮縮的童霞，不由眉頭緊鎖：「岩罕這是什麼意思？」

鄭方淡淡道：「聽說您的房間裏缺個打掃衛生的女傭，BOSS特意讓我將她送來。以免她繼續留在夜場，丟了您的臉。」

童素怒極反笑：「讓我的堂姊當女傭，就不丟人了？」

她話音剛落，鄭方還沒說什麼，童霞先「撲通」一聲跪下，聲音之響，讓童素都覺得膝蓋很疼。

「求求你，讓我留下來吧！外面，外面——」只見童霞臉色蒼白，瞳孔放大，顯然是想到了什麼極其可怕的事情，話都說不出來了。

童素馬上反應過來：「你們在她面前殺人了？」

鄭方顯然不覺得這有什麼不對，平靜道：「例行公事罷了。」

道達有幾個心腹的兒女，之前正在「夜色」酒吧尋歡作樂，恰好撞上帶隊負責清掃「夜色」的鄭方，後者就直接在酒吧處決了這些人。

童素沉默了。

她真心不想看見童霞，但清楚這個堂姊自從踏入「堡壘」的那一刻起，就只有兩個結局，要麼被自己收留，要麼就直接下地獄。

如果說萬象集團的總部外圍，除了殺人不眨眼的毒梟和雇傭兵外，還有很多無辜的人，比如毒販們的家屬，又或者被賣到這裏來的妓女、勞工等，那「堡壘」內部就全都是這個組織最核心的成員，除了高級幹部，就是德隆、岩罕等人的心腹，很多雇傭兵都沒資格進來。就連打掃衛生的清潔人員，至少都要家裏三代為萬象集團效力，才能入選。

童霞一個外人，進入「堡壘」，要是不被接納，就只有死路一條。

到底是自己的堂姊，童素也沒冷血到眼睜睜地看著對方去死。只好點了點頭，答應收留童霞，順便又想到自己的另一個堂姊，便問：「瑪雅呢？岩罕打算怎麼對付她？」

「瑪雅小姐因為喪子之痛，精神不大穩定。」鄭方回答，「BOSS已經聯繫了大洋國加州最好的療養院，不日就將瑪雅小姐送去治療。」

童素聞言，不由得冷笑：「把親姊姊送去精神病院，他還真是『仁慈』。」

加州的某幾家頂尖療養院，童素雖然沒見過，但在逛暗網的時候，也曾了解到：那是一個風景優美，設施豪華，工作人員溫柔可親，看似是人間天堂，實際上卻與地獄無異的地方。

在那裏，只要你的親人付得起足夠的錢，你就能享受帝王般的待遇，想要什麼都能弄到，除了自由。但同樣，若是有人一直給你付醫療費，哪怕你沒病，療養院也會繼續讓你住下來，為你「貼心醫治」，直到你死去，或者從你身上再也榨不到一分錢的那一天。

岩罕把瑪雅送到那裏，就是要關瑪雅一輩子了。

把親姊姊送去這麼可怕的地方，外人還要讚他一聲有情有義。畢竟，並不是所有人都捨得為一個精神上出了問題，而且憎恨著自己的瘋子姊姊每年支出上百萬美元的醫療費用，將她送去這種頂級療養院的。

對於童素的嘲諷，鄭方一言不發。

在鄭方看來，瑪雅能留下一條性命，已經比其他那些死掉的人幸運很多了。所以，他沒理會童素的不悅，把童霞扔下後，轉身就走。

童素看了童霞一眼，指了一間離自己最遠的客房：「你就住那裏，別進我和我爸的房間。」

童霞唯唯諾諾地應了。

看見這位堂姊縮著肩，弓著腰，小心謹慎地離開，再想想自己的另一個堂姊，童素從懷裏取出白天瑪雅給她的那張紙條，又再看了一遍。

「計畫有變」。

爸爸只看了一眼，就已經了然，連紙條都沒拿，只說葬禮結束後，他有點事要辦，讓童素先回去，一直還沒來得及解釋這件事。

到現在，童子邦仍然沒回來。

究竟是什麼計畫，又有怎樣的變故？爸爸又在做什麼呢？

這些疑問壓在童素心裏，令她忍不住思索，自己是不是該找機會見瑪雅一面。

凌晨兩點，夜深人靜。

這一天實在太過驚險刺激，跌宕起伏，童素雖然在白天的葬禮上表現得異常冷靜，看見滿地血泊仍舊面不改色，但到了晚上，她卻輾轉反側，怎麼都睡不著，只要閉上眼睛，腦海中就會浮現出禮堂裏那一幕幕殘酷的畫面。

槍聲響起時不自覺的戰慄和心跳加速，她本以為是出於恐懼，現在回想起來，才發現，竟是源於刺激。

「我是不是有哪裏不正常？」童素捫心自問，「一般人碰到這種事，只怕腿都能嚇軟，恨不得這是一場噩夢，再也不要想起來，為什麼我卻一直在回想？葬禮上發生的所有事情，包括一些白天我沒注意到，卻被潛意識捕捉的微小細節，現在記起來，竟然清晰得就像在面前放電影一樣，纖毫畢現？」

生死一線的危機，竟讓她感覺到前所未有的刺激，那一瞬大腦的高速運轉，腎上腺素的不斷分泌，令她無法入眠。

這種感覺，似乎以前也有過。

童素突然想起了自己初次入侵大洋國太空總署系統時，那種緊張和興奮交織的感覺，她以為自己已經忘了。此刻卻發現，她從沒有一刻淡忘過那種隨時可能粉身碎骨、萬劫不復的快感，就像吸毒一樣，會讓人上癮。

「原來是這樣。」

猶如醍醐灌頂一般，童素突然明白，她一直以來都不夠正常。

這份「不正常」不是基於才能，而是基於性格。

天生的高智商，加上後天的遭遇坎坷，令她的精神和認知都出現了一定的扭曲。從設計大伯一家入獄後，這種傾向就越來越明顯。

平凡的生活，無法給她帶來任何的快樂，她看似融入了人群，有了正常的工作，甚至有了一幫合作夥伴，實際上卻一直用一種旁觀者的角度，冷漠地對待所有人。

只有遊走於生死邊緣，身邊遍布危險與荊棘，才能令她真正攫取到快感。

也只有勢均力敵的對手，好比NULL和岩罕，才能真正讓她另眼相看，將對方當成一個真正的「人」！

這都是高功能反社會人格的典型特徵！

哪怕她自己都沒有發現，但潛意識裏，她已經注意到了這一點。

蝙蝠俠的故事只是一個契機，令她找到了合適的、足以說服自己的借口，從而停止了入侵各國核心機構，以獵取快感的危險舉動。努力讓自己變得「合群」一些，看上去像個正常人。

她給自己設了一個籠子，將心中蠢蠢欲動的野獸關了起來。

久而久之，她甚至也以為自己只是個性格稍微驕傲、自負、張揚一點的普通人了。

這樣的她，真的適合再回到平靜的生活嗎？

就在童素陷入危險思考的時候，突然聽見了輕微的門把手轉動的聲音。

她下意識地將手摸到枕頭底下，握緊了自己藏在那兒的水果刀——這是她十二歲時養成的習慣，枕頭下必須墊著利器才能睡著，否則就會覺得不安。

但很快，她就聽見了熟悉的聲音：「素素，是爸爸。」

不等童素反應，童子邦又道：「別說話，立刻穿好衣服，跟著爸爸走。」

然後童子邦就背過身，不看房間裏的童素，只是警惕地守在門口，注意著走廊的動靜。

由於童子邦體內植入了生物芯片，又被關在「堡壘」內部，所以不管德隆還是岩罕都不怕他跑遠，因此童子邦居住的別墅裏，監視力度並不大，只有四個雇傭兵兩班倒。而且這四個雇傭兵主要是負責出行方面，童子邦在屋外轉悠不要緊，一旦要離開「堡壘」，則必須和這些雇傭兵說，他們再向上級匯報，得到許可之後，才會「保護」童子邦前往目的地。

童子邦想不驚動岩罕，卻又離開住處，最大的困難反而是體內的生物芯片。但他這幾年也沒放棄對芯片的琢磨，做出了一個可以短暫蒙騙GPS信號的小儀器，能讓信號以為他一直在房間沒動。

只可惜，這個儀器頂多維持一個小時。也就是說，六十分鐘之內，童子邦一定得回來，才能不被發現。

而且童子邦還不能把這個儀器放在自己的房間裏，因為他知道，岩罕肯定隔三岔五就會派人來搜查他的住處，防止他脫離掌控。所以剛剛，童子邦就是出門去拿這個被自己藏好的儀器，為今晚的秘密行動做準備。

正因為知道時間緊迫，童素一句話都沒多問，用最快的速度換好衣服，跟在父親身後。童子邦帶著她，躡手躡腳地來到書房，將房門反鎖，才按照順序，轉動書架兩邊幾個看上去像裝飾的花紋。

一扇暗門緩緩開啟。

童素在父親的指引下直接進去，童子邦隨後跟了進來，小心翼翼地將暗門關閉後，打開手電筒。

暗門之後，大概是一個七八平方米的房間，亂七八糟地堆滿了雜物，就像一個工具間。

童素剛要提問，童子邦「噓」了一聲，在工作間的角落倒騰，又搬開了幾塊鐵板，露出下面的暗道。

然後童子邦遞了一個手電筒給童素，示意她先下去。

伴著手電筒微弱的光線，兩人順著這條暗道走了大概五分鐘，便走到一個陳舊的，還需要人力去扳動才能開啟的升降梯面前。

童子邦似乎對這條路已經很熟悉了，只見他嫻熟地扳動升降梯，拉著童素上去，升降梯緩緩下落後，他又帶著童素七拐八拐，穿過好幾個明顯是人工開鑿出來的古樸隧道，童素隱隱聽見了水流聲。

她一開始還以為自己產生了幻聽，但伴隨著水流聲越來越清晰，童素就意識到，這條隧道通向地下暗河！

童素的心，突然怦怦跳了起來。

既然如此，那是否說明，從這個隧道裏，其實可以離開萬象集團！

然後，童素就見到前方有一個人影。

定睛一看，童素才發現等著他們的人，竟然是已經被岩罕派人看管起來，馬上就要送往大洋國西岸一所高級療養院的瑪雅！

第四十四章　逃生希望

短暫的驚訝後，童素就恢復了鎮定。

她早知道這個堂姊絕對不是省油的燈，哪怕在絕境，也不會將命運交到別人手裏。

岩罕之所以要把瑪雅送去精神病院，估計也是怕瑪雅懷恨在心，像一條蛇一樣地潛伏在暗處，找機會給自己重重一擊。為了防止這種情況發生，他要把對方關起來，甚至折騰成真的瘋子，讓她再也翻不起風浪。

想到這裏，童素直接開口：「『計畫有變』的意思就是『今晚老地方見面』？」

童素已經猜到，剛剛他們所走的這條秘道，十有八九就是瑪雅為了取信於童子邦，告訴他的。

童子邦搖了搖頭：「不，我今天帶你來見她，只是因為明天，岩罕就要派人把她送到大洋國去了。」

他也不清楚瑪雅究竟能不能從層層關押中跑出來，但他必須試一試，因為這有可能是女兒逃生的最後機會，童子邦不想錯過。

瑪雅輕聲道：「我之所以傳給你們『計畫有變』，就在於我前天晚上突然收到消息，道達要在葬禮上發難。我沒能勸住他，就知道事情不妙，只能提前做好準備，至於道達為什麼會做出這一決定……」

她頓了一頓，才說：「因為今天晚上，岩罕要與『公爵』、『神父』共進晚餐，洽談後續的軍火交易。道達知道，只要這一單最終談妥，他就徹底沒有繼承萬象集團的希望，所以才臨時更改了計畫。」

童素挑眉：「臨時更改？他藏了那麼多把槍，可不像是匆忙準備的樣子。」

對於童素的質疑，瑪雅十分從容：「那些槍應當是上個月把禮堂翻修成教堂時，他就派人藏的。但藏了槍並不意味著就要動手，道達一直在權衡利弊，直到前天，才徹底下定決心。」

童子邦不解：「岩罕與『公爵』的這一單有這麼重要？」

他為了逃出萬象集團，做了很多功課，包括軍事方面。也正因為如此，他對萬象集團想通過戰爭奪取政權這件事，一直不看好。

文南國是中國的全面戰略合作夥伴，中國以實惠的價格，向文南國出售了不少軍事物資，甚至包括反坦克導彈「紅箭」系列。

根據童子邦了解到的信息，文南國甚至拿到了中國授予的「紅箭-8」生產許可，可以自己建設工廠，生產導彈。

至於文南國的戰鬥機、坦克等，雖然大部分也都是從中國買來的，但人家軍隊好歹裝備了這些武器，萬象集團就算匆匆去購買，哪怕「公爵」賣給你坦克乃至戰略轟炸機又能怎樣？

文南國政府有自己的兵工廠，你萬象集團有嗎？你能買到多少飛機坦克，又能買到多少配套的彈藥，比如戰鬥機攜帶的空空導彈？就算能夠買到，你有足夠多的飛行員嗎？哪怕這些你全能搞定，錢呢？萬象集團燒得起嗎？

岩罕到底是哪來的底氣，對打贏這場戰爭如此有信心，這令童子邦百思不得其解。

瑪雅苦笑道：「因為『公爵』答應提供給萬象集團一千枚BLU-82，並且首批五十枚已經交付，這就是岩罕最大的依仗所在。」

童素不知道BLU-82的威力有多強，還沒什麼感覺，童子邦已經霍地變了臉色：「什麼？BLU-82？」

「是的！」瑪雅神色複雜至極，「每枚重達一萬五千磅，前段時間用重卡運來，在岩罕的建議下，它們被爸爸派人放在了萬象集團總部各大承重結構點所在的位置。至於核心的控制樞紐究竟在哪兒，我也不知道。」

說到這裏，瑪雅自嘲地笑了：「葬禮儀式前，道達一直就想獲得兩大權力——武器庫的開啟權，還有BLU-82的引爆權。在他看來，掌握了這兩個權力，『大王』之位就唾手可得了。但他不知道，再怎麼爭，這些東西也不會屬於他。」

童子邦呆立原地，好半天都沒有反應。

童素一看就知道情況不對，馬上問：「BLU-82到底有多強？」

瑪雅嘆道：「BLU-82是雲爆彈的一種，海灣戰爭的時候，美軍對伊拉克的防空洞投了一枚三噸重的雲爆彈，兩秒內洞內的溫度就達到了五千攝氏度，高溫高壓在洞內擴散，一切都被吞噬。事後統計，有九百餘名士兵全部沒了影子，因為他們都被蒸發掉了。」

她的話語很平靜，內容卻讓童素不寒而慄。

九百多個大活人在兩秒之內，衣服、血肉、骨骼、毛髮……什麼都沒有留下，因為他們瞬間就被蒸發了。

童子邦也已經緩過來，不住嘆氣，但還是對童素解釋：「雲爆彈是一種燃料空氣彈，這種炸彈一旦爆炸，瞬間就會讓周圍的溫度升到一兩千攝氏度，如果在密閉的空間裏，甚至會達到五六千攝氏度。同時，它還會迅速將周圍空間的氧氣吃掉，產生大量的二氧化碳和一氧化碳，爆炸現場的氧氣含量僅為正常含量的三分之一，而一氧化碳濃度卻大大超過允許值，造成局部嚴重缺氧、空氣劇毒。」

瑪雅點了點頭，補充說道：「更恐怖的是，它的售價低廉，一枚只要兩萬七千美金，黑市上買雖然貴一些，我們萬象集團也負擔得起。但主要是有價無市，要不是搭上了「公爵」這條線，我們就算開出十萬美金一枚的價格，也不一定買得到。雲爆彈的用途還很廣泛，既可用殲擊機、直升機、火箭炮、大口徑身管火炮、近程導彈等投射，又可以用中遠程彈道導彈、巡航導彈、遠程作戰飛機投射。岩罕之所以向「公爵」訂了十架戰鬥機，以及火箭炮，就是為了投射雲爆彈做準備。」

童子邦繼續向童素科普：「據我所知，雲爆彈的氣態雲霧比重比空氣大，能向低窪處流動，一旦你躲入掩體，反而是死路一條，特別適合用於文南國這種地形複雜的戰鬥環境。再加上雲爆彈爆炸時消耗大量的氧氣，即使是性能良好的坦克，也會因空氣脫氧而導致發動機熄火，而坦克本身不會被損壞。」

「你知道這意味著什麼嗎？如果文南國派他們引以為豪的坦克部隊出戰，萬象集團只要扔幾顆雲爆彈到周邊，就能不費吹灰之力地讓這些坦克熄火，把它們完整地繳獲過來。」

童素大概了解了雲爆彈的威力，不由暗暗心驚，她突然想到一件事，望向瑪雅：「你剛才說，德隆將雲爆彈放在萬象集團的總部，還是承重結構點所在的位置？你們差不多把周邊幾座連著的山都挖得只剩空殼，要是雙方交戰，政府軍派轟炸機過來轟一輪，萬一放在這裏的雲爆彈直接被引爆……」

瑪雅的聲音都有些顫抖：「沒錯，這就是岩罕的最後打算。」

萬象集團的總部其實是依托於當年的防空洞修建的，隨著這些年的擴張，秘道之多，幾乎把幾座山都挖空了。如果雲爆彈真的炸了，很可能會造成山體的崩塌。而周邊的山體，其實是「聖湖」的天然掩護。

如今正是雨季，由於被群山圍住，特殊的地形令湄公河水倒灌入湖，「聖湖」的水位已經漲到了十幾甚至二十米深。如果這時候，包圍「聖湖」的群山崩塌，哪怕只是炸出了幾個口子，山體下陷了幾十米，但只要有一邊低於了湖面……

那麼，一萬平方千米的湖水傾瀉而出，究竟會是一種什麼樣的場面？

周邊地區，瞬間就要化作澤國。

難怪瑪雅說，只要岩罕得到這一千枚雲爆彈就有底氣。因為這樣一來，文南國政府就算知道了萬象集團總部的所在，也不敢直接派軍機過來先轟炸幾輪，文南的空軍就相當於被綁住了手腳！

假如不玩空戰，單純玩陸戰，萬象集團對文南國政府，未必沒有一拼之力！

看見童素的神色一直在變換，瑪雅趁熱打鐵：「我原本計畫，借助明天賓客陸陸續續回去的機會，順帶將你救走。但知曉道達今天動手後，就明白情況不妙。好在我還留了最後一手，你們跟我來。」

她帶著二人走進了旁邊一個小房間，裏頭藏著一個長約兩點五米，寬有一米多，像個大型膠囊，卻充滿金屬質感的儀器。

瑪雅沉默了一會兒，才壓下複雜的心緒，輕聲說：「這是我在『Yggdrasil』公司訂製的單人潛水救生艇，艇內裝有生態循環系統，並會提供足夠的氧氣，人在裏面能待上四十八小時。而它也有智能系統和GPS定位系統，可以預設一定的路線，並發出SOS信號，向周圍求救。」

Yggdrasil？世界樹？

童素覺得這個名字很耳熟，想了想就記起來了——這不是Dante開的公司嗎？之前仁德醫院進口的最新型醫療器械，也是這家公司生產的。

瑪雅沒發現童素那一瞬的走神：「而我們現在所處的這條秘道，通向一條暗河。旱季的時候，這裏只是普通的山路和山洞；只有到了雨季，「聖湖」水位暴漲，淹沒山體，這條暗河才會形成。只要藏在這個救生艙裏，順著暗河，穿過山洞，就能與湄公河匯流。」

說到這裏，瑪雅的語氣充滿懷念與惆悵：「父親告訴了我的逃生通道的秘密，他對我說，瑪雅，要是有朝一日萬象集團遭遇不測，你就從秘道逃跑吧！我一直期盼自己用不上它，但現在——」

這一刻，童素能理解她心緒的複雜。

秘道的存在，對「堡壘」來說，無疑是雙刃劍。它可以是最後的逃生之門，也有可能是斷送希望的毀滅之路。

如果瑪雅將秘道的存在告訴其他人，引外人從秘道進入「堡壘」，「堡壘」無堅不摧的防禦，也就是個笑話。但德隆還是告訴了瑪雅，可見對這個女兒有多寵愛。

但很快，童素眼皮就跳了一下：「不對，既然這條秘道的存在，德隆知道，那他為什麼還讓爸爸住那棟樓？」

「不，這條秘道，他不知道。」瑪雅輕輕地笑了，帶著說不盡的諷刺，「他告訴我的秘道，是我房間下面的那條；而這條秘道，是我母親告訴我的。」

多麼可笑啊！

明明是夫妻，卻同床異夢，互相算計防備。被當作最後退路的「堡壘」，丈夫偷偷修秘道留後路，妻子則在工匠中混進了自己的人，另有準備。

作為他們的女兒，她悲哀之餘，又暗自慶幸。

正因為這對夫妻的貌合神離，才有了她今日的底氣。

所以，當發現童子邦有可能為她所用後，她就暗示童子邦挑選這棟樓作為居所。而童子邦也很快地就領會到了她的意思，並發現了這條秘道，相信了她合作的誠意。

想到這裏，瑪雅幽幽地嘆了一聲，望著童素，眼中只有無奈：「赫卡忒，我把命交給你了。」

一聽這話，童素還沒反應過來，童子邦卻非常激動：「你是說，你將這個機會讓給素素？」

瑪雅點了點頭，幽幽道：「但你必須發誓，逃生之後，一定要去大洋國救我，帶我離開所謂的療養院。」

童子邦剛要點頭，突然發現不對。

童素面無表情地站在原地，冷漠得要命：「我憑什麼相信你？」

「素素！」

「爸，你不要高興得太早，這個女人可是個不折不扣的冷血動物。」童素上前一步，睨著瑪雅，淡淡道，「她剛才口口聲聲地說，讓我去救她，卻隻字不提她的孩子。那可是你的小兒子，又只有三歲，落到岩罕手裏，你不擔心嗎？」

瑪雅臉色一僵，辯解道：「岩罕想要爭取索帕，不會對孩子……」

「你撒謊！」童素毫不猶豫地打斷了瑪雅的話，「在這種涉及一個國家政權的爭奪之中，區區一個孩子，怎麼可能左右一個人的決定？就算岩罕一根根地把你小兒子的指頭切下來，送到索帕那兒。在這種立場問題面前，索帕動搖的可能性有多大？」

童子邦突然想到一件事：「我記得，索帕本來有四個兒子，兩個孫子，這幾年陸陸續續死的死，殘的殘，導致索帕年過半百，竟後繼無人。瑪雅，這是不是你幹的？」

瑪雅咬了咬唇，不說話。

但這種態度，本身就是一種默認。

她從來就沒有愛過索帕，甚至非常厭惡對方，因為她太清楚索帕的心思了。像索帕這種出身低微，靠自己努力奮鬥到今天的人，只要他想，大家閨秀、小家碧玉，全都唾手可得。就算索帕想娶總統的女兒，也不是不可能。

放眼整個文南國，索帕唯一得不到，或者說不能沾的女人，就只有德隆的女兒。

越是這樣，就越想征服。

正因為如此，他們兩人從相遇到相處，雙方都是蓄意接近，心照不宣。索帕想通過她來弄到萬象集團的核心情報，並滿足自身的征服欲；瑪雅則想給自己留一條後路、一道保命符，即便萬象集團輸了，她也有底牌傍身，不至於淒涼死去。

瑪雅早就看透了索帕的本性，根本對那個男人不存指望，明白如果他們之間若沒有一個人質在，那個男人絕對不會保她。所以，她一定要生下這個孩子，不僅僅是因為男人看重血脈，更重要的是，只要這個孩子存在，她就永遠掌握著索帕的把柄。

文南國的國防部長、未來總統的有力競爭者，居然和反對政府、意圖獨立的萬象集團有瓜葛，甚至與萬象集團的高層、德隆的女兒瑪雅有個私生子，傳出去該是多麼大的醜聞啊！索帕多年經營的聲望，必然立刻毀於一旦。別說政治前途了，只怕馬上就會成為過街老鼠，人人喊打！、

至於她為什麼要對索帕的子孫下手，當然是因為她要為幼子的未來謀算，不能讓別人擋了道。

瑪雅沉默不語，童素卻沒放過她，冷冷道：「還有，你說你勸不住道達，這話我可不信。你們雖是多年夫妻，但你只把他當作爭權奪利的工具，他也只把你當作上位的踏腳石，夫妻情誼怕是不剩幾分。不同的是，他是男人，而男人，往往會輕視女人，認為她們成不了大事。但你不同，你對他定是了如指掌。就算你無法阻止道達對岩罕下手，但想辦法讓他改期，不在葬禮上動手，還是能辦到的。可你什麼都沒做，任由道達和岩罕毀了德隆的葬禮，這證明你內心深處，對德隆仍舊有恨。」

童素冷漠的話語、輕蔑的態度，深深刺傷了瑪雅。

瑪雅抬起頭，直視童素，聲音變得高亢而激動：「我確實恨他，我為什麼不可以恨他！從小到大，我比誰都要優秀！我不喜歡槍械，可我強迫自己去喜歡，因為我不想讓他失望。結果呢？就因為我是女人，他就剝奪了我繼承萬象集團的資格，甚至連一個機會都不肯給我！既然他從來就沒有考慮過讓我當繼承人，為什麼又要把我當男孩子一樣培養，給我希望！為什麼不讓我和大姊、二姊、四妹她們那樣，認命做一個普通的文南女人，相夫教子，了卻此生！」

童子邦突然說不出話了。

在這點上，他也覺得德隆做得過分了。

這麼多年來，德隆的種種行為，任何人看了都會覺得，他對瑪雅和道達有很大的期待。結果最終發現，他們都是岩罕的踏腳石。

給一個人希望，又殘忍地剝奪。這，無疑是一種酷刑。

但童素卻有不同的意見：「我想，他應該是考慮過，讓你繼承萬象集團的。」

短短一句話，卻讓瑪雅僵住，童子邦也有點驚訝，不明白童素為什麼會這樣說。

「德隆三十多歲才有岩罕這個兒子，一開始還沒養在身邊，對兒子的資質和心性，他並不能確定。如果岩罕是個草包，或者性格不合適，德隆也不會將萬象集團交給他。你比岩罕大八歲，岩罕還是個孩子的時候，你就已經長大了。你這麼冷酷、狠毒，又八面玲瓏，確實適合執掌萬象集團。」

說到這裏，童素眼中竟有一絲憐憫：「但他為什麼否決了這個想法？因為這裏是文南，而你是個女人。」

文南國從來就沒有女子掌權的先例，更沒有男女平等的土壤。

傳統的力量實在太大，大到一兩個人根本就無法改變，就算德隆願意讓瑪雅當繼承人，萬象集團的管理層們也不會服一個女人的管。

那些幹部哪個不是販毒幾十年，殺人不眨眼的亡命之徒？哪個內心沒有自己的小算盤？德隆在的時候，他們還算老實，等德隆不在了，誰能壓得住他們？

哪怕是岩罕和道達，想要對付這幫老人都要費盡心力，更不要說瑪雅了。到時候，那些高層連借口都不用找，只要抨擊瑪雅的性別，就能拉起一大幫人來推翻她！

雖然瑪雅肯定能收服一批心腹與對方抗衡，但這樣一來，萬象集團必定會四分五裂。且不提外界對萬象集團是如何虎視眈眈，光是這樣內鬥，童天南和德隆父子兩代人辛辛苦苦打下來的江山，也要不了幾年就能折騰光。

溫熱的淚水，淌過瑪雅的面頰。

這些道理，其實她心裏都懂，可她沒辦法控制自己不怨恨。

就在瑪雅心緒激蕩，不像之前那樣警惕的這一瞬，童素突然一個箭步衝上去，直接揚起右手，狠狠地敲向瑪雅的脖頸，直接將她打暈！

童子邦還沒反應過來發生了什麼，就見童素扶著昏過去的瑪雅，對他說：「爸，幫我一下，把瑪雅塞到這個救生艇裏去。」

「等等！」童子邦急了，「素素，這是你唯一能逃生的機──」

「我還是那句話，我信不過她。」童素平靜地說，「被父親寵愛多年，卻為了利益和怨恨，可以破壞父親的葬禮；結婚是為了更好地上位，背叛婚姻是為了多一個靠山，生下私生子，只是為了拿孩子當『人質』。這樣一個一切只為自己考慮的女人，說出來的話可信度有多少？如果這真是德隆夫婦留給她的唯一逃生機會，以她的冷血自私，豈會將這個名額留給我？」

「可……」

童素話鋒一轉：「另外，您確定，瑪雅以為的安全就是真的安全嗎？道達何嘗不是以為帶進禮堂的人全是他的心腹，結果呢？」

童子邦被童素說得有些動搖，卻還是不甘心：「如果她說的是真的呢？」

「那她就要感謝她唯一一次的真話了，因為這救了她一命，證明好人有好報。」童素一邊把瑪雅往救生艇裏塞，一邊堅定地表達自己的態度，「爸，你別一直想送我走，你不走，我也不會走的。」

再說了，她為什麼要走？

沒看見萬象集團覆滅，她絕對不走！

童子邦拗不過女兒，只能幫著把瑪雅塞進救生艇，再把救生艇挪到不遠處的暗河邊，確定救生艙門徹底封閉後，把它往暗河裏重重一推。

一接觸到水，救生艇就按照既定路線，潛入水底，開始航行。

童子邦還有點遺憾，童素卻很俐落，轉身就走。

父女倆沒走幾步，突然聽見某種沉悶的聲響自身後響起，然後是刺目的火光，照亮了漆黑的通道。

童素猛地轉身，就看見熊熊火焰自暗河中燃起，令原本幽深的暗河成為一片火海！

裝著瑪雅，通向自由的救生艇，竟然在水中爆炸了！

第四十五章　步步緊逼

目睹救生艇爆炸的那一瞬間，童子邦大腦一片空白，足足過了一分鐘才回過神來，身上已被冷汗打濕，心中只餘後怕。

如果剛才，童素聽了他的話，躺進救生艇裏……

光是想一想這種可能，童子邦都覺得呼吸困難，他幾乎是下意識地側過身，想要確認童素沒事，卻在觸及童素的眼神時怔住了。

童素正面無表情地看著暗河，臉上沒有劫後餘生的喜悅，也沒有親眼見到堂姊死在面前的恐懼，只有令人毛骨悚然的平靜。

那種感覺，該怎麼說呢？就像眼前發生的一切都只是隔著屏幕的戲劇，戲中人唱念做打，演盡了悲歡離合，戲外觀眾卻絲毫沒被感染，只是以局外人的姿態，冷眼旁觀。

「素素？」童子邦自己都沒察覺，他小心翼翼地放輕了聲音，「你還好嗎？」

童素沒感覺到父親不同尋常的謹慎，還沉浸在自己的思緒中：「救生艇為什麼會一遇到水就爆炸？究竟是救生艇內部裝了炸藥，還是救生艇的外部塗了某些特定的化學物質，一旦碰觸到水就會產生化學反應，從而釋放強烈的高溫，導致爆炸呢？」

童子邦的臉色頓時變了。

他之前雖然發現了某些端倪，但一直在自我安慰，認為童素只是年輕氣盛，不知道天高地厚，才敢深入虎穴。但現在他不得不承認，童素的性格真的有缺陷！

正常人在這種情況下，絕不會是這種反應！

童子邦心中既焦急又愧疚。

他對心理學頗有研究，大概猜到，童素之所以變成這樣，很大程度上是因為性格成型的時候，缺乏長輩在身邊做出正確的引導。

如果當年他沒去大洋國，沒被大洋國聯邦調查局抓住，沒有拒絕大洋國政府的要求……一切或許就能變得不同。

童子邦恨不得立刻找個機會，好好與童素談談這個問題，如果童素同意，他就帶她去見心理醫生。

但多年的牢獄生涯，以及被迫留在萬象集團與毒販們為伍的經歷，磨煉了童子邦的耐性。哪怕心中已焦慮萬分，表面上，童子邦還是非常冷靜地說：「應該是第二種情況，瑪雅這麼多疑的人，使用救生艇前一定會仔細檢查，將每個部件的功能都了解清楚，一旦多出什麼東西，她很快就能發現。」

童素也覺得這種猜測的可能性大一些，不由蹙眉：「瑪雅得到救生艇後，應該會試運行幾次，看看這東西能不能起到她希望的效果。決定要用救生艇之前，以她的性格，估計還會再下水測試一次。也就是說近兩天內，這個救生艇很可能下過水，並且沒有任何情況發生。若是如此，只怕救生艇被動手腳也就是二十四小時之內的事情。」

童子邦臉色鐵青：「看樣子，我們的行動已經在岩罕掌握之中。」

「是或不是，回去看看就知道了。」童素對此倒不是很意外，她一直在想另一件事。

今天傍晚，鄭方帶童霞來敲門的時候，無意中提過，他不久前在「夜色」酒吧，在童霞面前殺人了。

由此可見，葬禮剛剛結束，道達的死訊還沒傳開，一些道達派系的紈絝子弟尚在尋歡作樂時，岩罕就已經控制住了局勢，派心腹兵分幾路，對道達的手下及相關人員進行慘無人道的血洗屠殺。

那麼問題來了。

岩罕對道達的嫡系趕盡殺絕，那瑪雅的人呢？他豈會放過？

瑪雅之所以能活命，在於她是德隆的女兒，是這個犯罪王國的公主。她的手下可沒有這層身份當護身符，應當死得差不多了才對。

既然如此，瑪雅是怎麼從岩罕的層層監控中跑出來的？難道她還有隱藏的心腹，岩罕不知道？

童子邦也頗感疑惑，只能說：「大概是岩罕有意放她出來的，想要試一試我們。」

以他對萬象集團的了解，在如今的局面下，能夠放走瑪雅的只有兩人。

岩罕和Demon。

但在這兩人中，其實只有岩罕有嫌疑，因為Demon一向獨來獨往，很少與德隆以外的人打交道，而且他性格也很冷漠古怪，金錢、美女這種世俗上的東西根本無法打動他。Demon這塊硬骨頭，連岩罕都沒能啃下，更別說瑪雅。

何況假如Demon要幫瑪雅，根本不用這麼麻煩，葬禮上的時候直接從旁邊搶一把槍，把岩罕殺了即可。憑Demon百發百中的槍法，那麼近的距離，難道還會落空？

童素思來想去，覺得應該就是童子邦猜測的那樣，瑪雅是岩罕故意放出來的。應該不會有其他可能了，自己確實有點鑽牛角尖，太多疑了。

由於時間不多，童素來不及探索隧道周邊，就不得不和童子邦一起，原路返回。

兩人都沒有發現，在隧道斜上方，一個極為隱蔽的位置，有個偽裝得和石頭一模一樣的小球，就像一直潛藏在暗處的眼睛，將這兒發生的一切盡收眼底，連帶著聲音一起，傳輸到了一處臨時改建的小教堂。

幾十個白人保鏢就守在這座臨時教堂外面，而教堂內部，只有剛與岩罕洽談完畢，準備按時做個禮拜就走的「公爵」，以及他的好友——棕色頭髮的「神父」。

只見「神父」合上了輕薄小巧的筆記本電腦，將掛在耳邊的微型麥克風挪到嘴邊，淡淡道：「你推薦的人，果然不同凡響。」

通信另一頭的人不無遺憾地說：「早在九年前，我就覺得她應該很適合加入我們。只可惜，沒等我找到騙她出國的機會，她就主動向中國政府自曝身份。從那之後，她很少離開中國，為數不多的幾次出境都帶有半公幹的色彩，有中國安全部門的人貼身保護。為了不引起這些專業人士的警惕，我們只能一再推後對她的考驗。」

他們兩人的對話非常流暢，語聲抑揚頓挫，十分優美。但所說的語言，卻不是世界上任何一種主流語言，也不是某個地區的方言。

如果有專門研究歷史和語言的專家在，定會大吃一驚，因為他們竟然在使用一種被考古學界公認最晚在公元1100年左右就已經失傳，目前只能從石碑、遺蹟等千年古蹟上看到的文字——古弗薩克文！

而古弗薩克文，其實是另一種更古老、更神秘的語言的變種，那便是大名鼎鼎的「盧恩文」。

在北歐神話中，世界樹Yggdrasil的三條主根，有一條延伸到「巨人之國」約頓海姆，而這條根之下便有蘊含一切智慧的神秘泉水滾滾湧現，負責看守智慧之泉的就是巨人之祖伊米爾。

眾神之王奧丁想要把智慧帶進諸神的世界裏，希望能嘗一口這泉水，伊米爾表示獲取智慧需要用眼睛作為代價。奧丁挖出了自己的右眼，喝下智慧泉水，然後將自己倒吊在世界樹上九天九夜，思考宇宙的奧秘，最終悟出了盧恩文。

正因為這個故事，導致吊刑在北歐，即斯堪地納維亞半島，以及部分靠近北歐的西歐地區，例如不列顛群島等地，都屬於非常重的刑罰。而這些地方的人還認為，盧恩文是一種擁有神秘力量的文字，僧侶們將其視為與神明交流的工具，巫師們則將之用於巫術的溝通中。

但這種被世界公認早就失傳，只在《哈利．波特》《指環王》等魔幻著作中被提及的古老語言，世上竟有人能將它說得宛如母語一般流利！

「沒有機會又如何？我們可以製造。如果不是我們精心策畫，德隆根本不會知道『銅棒』被關押在大洋國重刑監獄；沒有我們的暗中協助，他也帶不走『銅棒』。不然，就算我們苦等五年，也不會有這次絕妙的機會。」

說到這裏，「神父」望向虔誠禮拜的「公爵」，微微一笑：「若不是為了測試新成員，我們何必來到文南？

難道就為了這區區幾十億的軍火訂單？」

他說這句話的時候，態度堪稱輕描淡寫，就好像半小時前「公爵」與岩罕簽訂的，涉及坦克、戰鬥機、雲爆彈等多種大型武器，總價為五十億美金的訂單，根本不值一提。

不過話又說回來，對軍火交易來講，五十億美金確實不算大單子。大炮一響，黃金萬兩，這可不是誇張。

以「公爵」賣給岩罕的十架戰鬥機為例，每架造價將近一億美金。這還只是純造價，不算上生產線的價格（一條生產線大概要一百億美金），黑市上的售價至少翻番。

況且，對武器來說，買到手並不是燒錢的結束，只是個開始。

這些戰鬥機，每架一小時的飛行費用就超過五萬美元，還不包括高昂的日常維修費用。每次往天上那麼一盤旋，錢就像流水一樣花出去。

至於那些十分先進，適合軍事作戰的儀器，比如只有十八克的納米無人直升機，也就一個成年人的拇指大小，售價卻將近二十萬美元。它可以為小規模戰術部隊提供態勢感知，非常適合複雜的地形，包括陣地戰和巷戰。

這種無人機，岩罕一口氣定了一千個，聽上去很多，真到用起來就會發現，只怕還遠遠不夠。

這些還都不是耗錢最多的項目，最燒錢的當數彈藥，譬如反坦克導彈，隨便一枚打出去就是幾萬美金，一個遠火旅彈藥齊射幾輪，一億美金就沒了。要是多打幾天，你把錢堆積成山，點火燒了，都沒在戰場上花得快。

「公爵」「神父」，以及通信另一頭的人，顯然都見慣了大場面，區區五十億美金的訂單，確實沒被他們放在眼裏。所以那人輕輕笑了笑，說：「作為推薦人，我不好過多地插手新成員的考核工作，只得麻煩你們幾位了。」

「沒關係。」「神父」微笑著說，「我們的考核，已經開始了。」

童素並不知道，「公爵」和「神父」竟是為她而來。

她在童子邦的帶領下，重新穿過秘道，回到那個隱秘的雜物間。童子邦用各種工具蓋好秘道口，才打開暗門。

然後，他的語氣冷得像結了冰：「岩罕。」

原來，童子邦推開暗門的那一刻，就看見岩罕坐在正對著書架，剛好能將整個工作間入口一覽無餘的地方，面帶微笑地看著走出來的他。

霎時間，童子邦的心飛快地跳動了起來。

他幾乎以為秘道的存在暴露了，但仔細一想，如果岩罕知道房間裏有一條秘道直通地下，絕對不是這反應。

而現在，他要做的就是想辦法不讓岩罕派人詳細搜查工作間，否則秘道入口一定會被發現。

關鍵時候，童子邦表現得非常冷靜，只見他用目光環視四周，發現在場的八個人都是岩罕的心腹。

然後，童子邦的視線落到跪在岩罕腳邊，被人五花大綁，堵住嘴巴的女子，有些疑惑：「她是——」

「童霞。」隨後走出秘道的童素給了回答。

岩罕雙手交疊，姿態優雅：「四十八分鐘前，這個女人跑到一樓監控室，對守在那裏的保安說，你們在書房密謀逃跑。保安不敢直接破門而入，便通知了我。我一聽見這個消息，就讓人把她捆了起來。」

四十八分鐘前？

童子邦看了一下時間，還有九分鐘，屏蔽儀器才徹底失靈。

那豈不是說，童霞一直在盯著童素的房間，大半夜了都不休息，一看見童子邦敲門，帶童素離開，立刻就去告密？

童子邦的眉頭凝成一個「川」字。

童霞肯定不知道書房裏有秘道，她甚至不知道童子邦也是萬象集團的高層。

她只是嫉恨童素，認為大家都姓童，憑什麼你高高在上，我卻要受盡欺凌。所以她一直關注童素的動靜，看見童素父女倆三更半夜，鬼鬼祟祟地去書房，立刻就去告密，也不管會有什麼結果。

大概在童霞的心中，再壞也就是被打幾頓，不會更差了。說不定主事者認為她告密有功，還會對她另眼相看呢！

這種心態就是典型的「我不好，也絕不讓你們好」，與她的父母一脈相承，瞬間勾起了童子邦很多不算愉快的回憶。

但很快，童子邦就搖了搖頭，心裏只剩嘆息。

童霞的小心機、小算盤，應付一下普通人還可以，在岩罕面前玩這招就是找死。她根本不知道，在萬象集團，站錯了隊的忠誠雖然會讓你死，但至少是有尊嚴地死。而背叛者的下場只有一個，那就是生不如死！

這一條在萬象集團是永遠通用的鐵律。

就好比今天葬禮上那些背叛了道達，將槍口對準同伴的人。如果他們一開始就是岩罕的人，被岩罕派去道達方潛伏，那沒關係；可如果他們是道達的人，被岩罕所收買，那就慘了。

哪怕他們出賣道達，或許也是迫不得已。但既然做了這種事，他們只有拼命為岩罕辦事，用血淚甚至性命證明自己的忠誠，才能保證自己的安全。即便如此，他們也很難有升遷的機會，並得不到同伴們的信任——因為他們已經有過背叛的先例。

這還是對萬象集團有用的人，至於童霞……唉。

童子邦心情複雜，童素則居高臨下地看著童霞，目光之冰冷，簡直像要透過她的表皮，看見她的五臟六腑，令童霞下意識地往後縮。

過了好一會兒，童素才望向岩罕，冷冷地說：「謝謝你，給我上了一課，算我欠你一個人情。說吧，你想要我幹什麼？」

童素一向沒把童霞放在眼裏，在她的認知中，這個堂姊又蠢又壞，翻不起風浪。但現在，她突然明白，蠢貨雖然成事不足，但想要壞事，卻綽綽有餘。

岩罕就是等童素這句話，聞言便含笑道：「我再附送你一個情報，你這個看似弱不經風的堂姊，剛剛才害死了三個至親的親人，現在就能心安理得，擺出一副若無其事、膽小可憐的樣子，出現在你的面前。」

「哦？」

經過鄭方的敘述，童素和童子邦才知道，原來童霞來到文南國後，由於沒有謀生的本事，只能撿起老本行——坐台。

她在各大夜場廝混之際，無意中與道達一個手下的兒子搭上。對方雖然沒包養她，但每個月總有那麼一兩次會找她過夜。

按理說，這種關係並不算近，不在斬草除根的範圍內。如果她不撞上來，鄭方也不至於刻意去找她。但事情就是那麼巧，由於童霞在「夜色」中見到了童素，負責人非常機靈，見勢不妙，立刻將童霞開除。童霞沒辦法，只能想方設法從老情人們身上榨油水，今天剛好在「夜色」陪這個紈絝子弟。

鄭方帶人衝進去時，對著男方就是一槍，剛要順手把陪客的童霞也殺了，突然發現這個女人有點眼熟，回想了一下，知道對方血緣上也算岩罕的堂姊時，便打電話向岩罕請示。

岩罕命人把童霞一家全綁了過來，給了童霞兩個選擇：

如果她求岩罕饒過父母和哥哥的命，岩罕就只殺她，不殺其他三人，本來他們就與這件事情無關，只是無妄之災；但如果她不開口求情，那麼他就先殺童霞的哥哥，再殺她的父親，最後殺她的母親。

童霞閉著眼睛，默默流淚，三聲槍響過去，一句話都沒說。

「你想通過這個故事，證明什麼呢？人在死亡的威脅下，為了活命，什麼都願意犧牲？」童素隨手拉了一張椅子，讓童子邦坐下，自己則隔著一張電腦桌，坐到了岩罕對面，慢條斯理地說，「你不用這麼蜿蜒曲折，大費周章。我呢，說了答應你一件事，就一定會做到。省得你把槍頂在我腦門，逼著我爸為你工作，這樣大家都不好看。」

她明白岩罕的暗示——沒錯，她不怕死，但她難道不怕童子邦死？

童霞為了活命，能眼睜睜地看著世界上最親的三個人被岩罕逐一殺死，童素能做到嗎？很明顯，童素不能。

父親是她唯一的軟肋，正如她也是父親最大的弱點一樣。只要岩罕拿他們一個人的命威脅另一個人，他們就不得不幫岩罕做事。

既然局面遲早會落到那種地步，還不如主動出擊。

岩罕挑了挑眉：「所謂的『一件事』，也包括黑掉文南國的軍事衛星？」

「有何不可？」童素毫不示弱。

見她面無懼色，岩罕突然雙手撐著桌子，站了起來，身子微微前傾，離童素很近：「也包括在這個過程中，不故意製造『意外』。」

童素意味深長地說：「這就是第二件事了。」

潛台詞就是，我答應幫你做一件事，但我沒答應在這個過程中，我不動手腳。

岩罕尚沒什麼反應，鄭方的臉已經沉了——這個童素，實在是膽大包天！父女倆的性命都掐在他們手中，居然還敢明目張膽地討價還價！

這樣的倔骨頭，就該放到刑訊室走一趟，一天的審訊下來，足以打彎任何一個人的脊梁。尤其是女性，面對連番的酷刑與折辱，沒幾個能撐下來。

鄭方本以為岩罕會勃然大怒，誰料岩罕哈哈大笑：「行！成交！」

童素臉上卻沒有絲毫喜色，她知道，岩罕不會這麼簡單地放過她。

果然，岩罕下一句就是：「為了慶祝赫卡忒答應加入我們萬象集團，我這就送你一份大禮。」

童素剛想說，「我只是答應為你做一件事，並沒有說加入萬象集團」，岩罕已經從懷中掏出一把槍，拍到桌上，面帶微笑，語氣裏卻滿是威脅：「背叛者已經送到你面前，按照萬象集團的傳統，你應該將她處決，用她的鮮血來挽回你失去的威信，以及被她損傷的尊嚴！」

童素知道，這是投名狀。

如果她手上沾了人命，想再回中國，就不那麼容易了。

童素沒去接槍，只是用冷漠的語氣，問：「如果我不答應呢？」

岩罕使了個眼色，鄭方立刻將佩刀放上來，就見岩罕指著刀，平靜地說：「那就砍下自己的一隻右手，表示承認自己的無能。」

童素直視岩罕，眼神銳利：「若我兩條都不選呢？」

「當然還有第三條路。」岩罕慢悠悠地取出一支針管，推到童素面前，「萬象集團的人都不准吸毒，這是父親定下的規矩。雖然父親已經不在了，但我決定繼續遵守這一制度。換而言之，只要你選擇注射它，你就不是萬象集團的一員！」

這支針管，赫然是白天葬禮時，岩罕對道達出示的那支！

第四十六章　紙條之密

童素沒說話。

岩罕知道她性格倔強，不見棺材不落淚，就揮了揮手，只見他的手下立刻從懷裏拿出一管針劑，牢牢地制住童霞，就往她的靜脈扎去！

「等等！」

童素立刻制止，卻晚了。

高純度的毒品，已經通過血液，輸入童霞的體內。

幾乎是頃刻之間，童霞就開始在地上打滾，因為毒品已經開始對她的神經中樞進行摧毀，這份痛苦，讓她根本無法承受。

很快，這個可憐的女人就癱倒在地，再也動不了了。

一條年輕的生命，就在童素眼前逝去。

面對這麼殘忍的情景，岩罕非但沒有絲毫憐憫之情，反而輕輕地笑了：「赫卡忒，你想好了，真要拒絕我嗎？你知道的，我捨不得殺你，但如果你不聽話，我也只能對你略施小懲了——」

「夠了！」童子邦喝道，「我們答應你，為你效力！」

岩罕走後，童素和童子邦的心情都很不好。

他們的情緒之所以低落，起因是眼睜睜地看見瑪雅和童霞死在自己面前，主要原因是岩罕的威逼利誘，以及他們不得不屈服於現實的無奈。但最重要的，還是一種對自身弱小、無能為力的憤慨。

就如兩位高明的棋手正在對弈，其中一人的一舉一動、一言一行，全都被對方預判得一清二楚，每一步都是恰到好處地往人家設好的陷阱裏鑽。如同被蜘蛛網困住，無力掙脫的小蟲，這樣的感覺當然不好受。

唯一值得慶幸的就是，那個雜物間實在太小了，小得只要站在門口，就能一覽無餘。

岩罕估計也是太自負，並沒有想到暗門後的工作間內，還有一條秘道，以為只是一個暗室——這種設計格局在大戶人家裏很常見，一般都是放貴重物品，或者災難時候臨時用來躲避的地方。

而童子邦大大方方，沒關暗室門，任由他們看的舉動，也令岩罕沒有多加懷疑，那條秘道的存在竟然被蒙混過去了。

但父女倆都知道，這次不過是幸運女神的眷顧，下次他們的運氣未必有這麼好。

「我得想個辦法。」童素心想，「不能被岩罕牽著鼻子走。」

但她能怎麼辦呢？

處在別人的地盤上，被全天候地監視，手頭上沒有可以利用的資源。迄今為止，岩罕連電腦都不讓她碰，脫離了網絡這一最有利的武器，她又能如何自救？

如果換她是瑪雅的身份，手上有一批效忠自己的人，或許還有機會……

等等，瑪雅？

童素手中的魔方轉得呼啦呼啦地響，引起了童子邦詫異的目光，但她自己卻毫無察覺，大腦飛速地運轉，本能地感覺自己似乎捕捉到了什麼。

不知過了多久，童素才一字一句地說：「葬禮上，岩罕要殺道達，必須逼迫對方先拿出槍，搶占道義的制高點。這是因為，道達既是他姊夫，又是萬象集團的高級幹部，貿然動手，會令他人兔死狐悲，不利於他未來的統治。」

童子邦點了點頭，不明白女兒為什麼舊事重提：「沒錯。」

「同樣，如果瑪雅不選擇逃跑，而是接受岩罕的安排，被軟禁在所謂的療養院，至少這幾年內，岩罕不至於將瑪雅弄死，因為瑪雅是他同父異母的姊姊。他需要通過對瑪雅的赦免，來展現自己的寬容，以收買人心。」童素一邊說，一邊整理紛亂的思緒。

其實她自己也不知道為什麼要說這些，童子邦就更不明白，可他還是回答：「是的，對女人的歧視，某種時候，其實也會變成另一種層面上對女人的保護。」

好比瑪雅。

如果她是岩罕的哥哥，絕對難逃一死，可她是岩罕的姊姊。在那些男人的想法中，她本來就是個弱女子，註定不會有繼承權，翻不起多大的風浪。寬恕她的罪行，讓她活下去，並不會有所威脅，反而能展示統治者的仁慈。

童素眼睛一亮，終於抓到了重點：「但岩罕公布身份也就是一兩個月的事，在此之前，瑪雅可不知道岩罕是她的弟弟啊！」

童子邦楞住了。

他從見到德隆的第一天起，就知道岩罕是德隆的兒子，所以沒覺得哪裏有問題。但現在想想，童素說得沒錯，他知情不假，可萬象集團的其他人不了解啊！

在外人眼裏，岩罕一直是「被德隆看好，寄予厚望的晚輩」，與德隆並無血緣關係。

而岩罕的這兩種身份，對瑪雅而言，性質與後果完全不一樣！

岩罕若是外人，他一旦除掉道達上位，瑪雅必死無疑；可他若是瑪雅的弟弟，就不能這麼輕易地把姊姊殺了。

這就像中國古代皇室，若是外人篡位，皇室成員一個都別想活下來，管你是公主還是駙馬。但要是駙馬本人謀反，公主說不定還能僥倖撿回一條性命。

也就是說，瑪雅事先應該不會想到，「萬一岩罕獲得勝利，會留她一條命」這一可能。因為對之前不知道岩罕真實身份的她來說，如果道達失敗，她就只有死路一條。

為應對這種極有可能到來的局面，瑪雅早幾年就在未雨綢繆，先是與文南國的國防部長索帕暗通款曲，甚至想方設法生了一個孩子出來當保命符。為了丈夫能順利上位，她曾暗中無情地除掉了好幾個可能會威脅到道達的親戚！甚至還積極地與童子邦達成合作，一旦道達掌權，就通過黑客手段用過量注射胰島素的方式弄死自己的丈夫，扶兒子接班，然後自己就可以垂簾聽政！

這樣一個心狠手辣的女人，難道在窮途末路的時候，會沒有一股狠勁，寧願死，也要岩罕一起陪葬？她應該會留下一些線索，不利於岩罕。但如果最終是道達和她掌權，那麼這些線索自然就會失去效用。

「爸，瑪雅給的那張『計畫有變』呢？」童素福至心靈，突然問，「給我看看。」

童子邦從上衣口袋中拿出來，自己先翻來覆去地看了幾遍，然後遞給童素：「好像沒什麼不同尋常的地方。」

童素接過這張幾厘米長的紙條，走到窗前，透過陽光看了幾眼，除了原本的字跡外，沒察覺到任何異常。她思考片刻，才對童子邦說：「爸，打火機。」

童子邦下意識地從褲子口袋裏掏出打火機扔給她，就見童素點著打火機，將火舌放到紙條下方，烤了一會兒。

一無所獲。

童素想了想，快步走到一樓的廚房，童子邦連忙追上。

樓下的保鏢聽見動靜立刻走出來，見他們只是到廚房，而不是想出門，便沒有跟過去。

童子邦用身體擋著童素的動作，還故意提高一點音量，說給那些豎著耳朵聽廚房動靜的保鏢聽：「你想吃點什麼？這兒食材很多，但我不怎麼會做，頂多泡個麵什麼的。如果想吃得豐盛一點，都是直接點餐，會有人送過來。」

「不用了，那場葬禮後的幾個月，我想我都沒胃口吃肉。」童素配合著回答，「我就弄個麵包，喝點冰水。」

短短一句話的工夫，童素已經拿過裝鹽的瓶子，將鹽均勻地撒在紙條上，看見紙條還沒反應；又將紙條塞到冰塊機裏，將機器的溫度調到最低。

這一次，紙條的下方，終於出現三行模糊的字跡。

「可擦筆。」

童素在心裏默默地念了一句。

這種特殊油墨製作而成的筆，遇到高溫，字跡就會散去；遇到低溫，字跡又會慢慢顯現，只是沒有之前清晰。

對瑪雅來說，這確實是非常容易搞到，而且也不會引人懷疑的工具。

誰會關注一支看似普通的筆呢？

父女倆回到房間後，認真研究瑪雅留下來的信息。

紙條上一共三行，五個信息。

第一行是一個中文「書」，第二行寫了兩個字母「S」和「N」，第三行則是兩個數字：504402和070559。

正如童素對數字異常敏感一樣，童子邦在這方面也具有超強天賦，乍一眼看這兩個數字，就覺得似曾相識。很快，童子邦便悟了出來：「這是地理坐標！北緯50度44分，東經7度05分，地點是德國波恩市！」

童素奇道：「瑪雅知道我們是籠中之鳥，根本離不開這兒，怎麼會給一個波恩的坐標？」

「所以，肯定不是實指！」童子邦反應很快，「書……對了，萬象集團的總部，有個非常大的圖書館！德隆修建這個圖書館，是希望組織內的高級幹部們多去看書。但總部的人多半是雇傭兵，那些負責研製毒品的高智商人才則分散在世界各地的研究室。所以，這個圖書館很少有人去，我每次到那兒借書時，基本上都碰不到幾個人。」

童素覺得父親的分析有道理：「顯然，瑪雅也知道您經常去圖書館，而她估計也經常去，所以極有可能將信息留在那裏。」

話雖如此，童子邦卻覺得有些為難：「那個圖書館奇大無比，總共分成七個區域，裏面至少收藏著幾十萬本書，我們該怎麼找？」

「七個區域……」童素思忖片刻，才說，「我們去第六區。」

「為什麼？」

「提到七，我的第一反應就是一周有七天，而周一到周日中，有兩天的英文首字母是『S』，分別是周六（Saturday）和周日（Sunday）。」童素胸有成竹地說，「至於我為什麼不選第七區，很簡單，因為八大行星中，也有一個星球的首字母是『S』，那就是土星（Saturn），而土星距離太陽排第六。兩個信息綜合，可見這個東西在第六區。」

童子邦將信將疑：「那『N』呢？兩個字母裏，你只用了一個『S』，『N』代表著什麼？海王星（Neptune）？而且你憑什麼認定，這些字母代表的意思就是星期和星系？」

話雖如此，童子邦卻也在想，如果八大行星與太陽的順序排列，海王星剛好排第八，而圖書館七個區域，唯獨沒有第八個，難道這個「N」就是為了進一步強化概念，令他們聯想到八大行星，從而排除第七區這一答案，鎖定東西在第六區？

童子邦被自己的邏輯說服了，但仍覺疑惑：「我不明白，如果真是這樣，瑪雅直接在紙條上寫東西在哪裏不就行了嗎？為什麼要這樣拐彎抹角？」

總共就半個巴掌都不到的紙條，用正常的筆寫了「計畫有變」，再在反面用可擦筆寫了這三行提示，已經將空間擠得密密麻麻。畢竟，這上面的字還不能寫得太小，否則可擦筆一加熱，就糊成一團，什麼也看不清了。

童素突然笑了：「我想，是因為紙條的大小不夠她寫那麼多字；又或許，她本身就是一個自負的女人，就算給予我們一定的提示，也需要我們擁有足夠的智慧，才能解開這一複雜的謎題。」

童子邦還是覺得奇怪：「那她為什麼不換一張大一點的紙條？」

「這就代表，紙條的大小肯定也有用處。」童素淡淡道，「爸，您可別忘了，瑪雅給我們這張紙條，只是防患於未然。如果她找我們談判的時候，沒有突然死去，我們壓根就不會再重新研究這張紙條。這點估計也在這個女人的意料之中，她很清楚只有在她出現意外的情況下，我們才會重新分析她的一言一行。她活著，我們只會琢磨她的真實目的，不會在乎這小小一張紙條，更不會去找她費盡心機藏著的底牌。」

說到這裏，童素竟覺得有些興奮。

那是一種棋逢對手的刺激感。

瑪雅雖然不懂黑客技術，但這個女人對他人心理的把握，顯然也到了登峰造極的程度。或許她僅犯的兩個錯誤就是太過自負，沒想到岩罕會找到她藏得很好的救生艇，並往上面裝爆炸物；更沒想到童素明明有逃生的機會，竟然不肯走，反而將瑪雅打暈塞進去。

兩次誤判，葬送了瑪雅的性命，可這不意味著，瑪雅就徹底輸了。

高明的棋手就是這樣，布局早在幾十步甚至上百步之前。就算人死了，棋局還在，還能起到意想不到的作用。

出於這樣的想法，童素問：「爸，你平常去圖書館，一般都在第幾區？」

「我？隨便轉轉。」童子邦回答，「我看書是為了打發時間，讓自己平靜下來，並不局限種類，有時候會整座圖書館轉過去。不過我對第六區還有點印象，裏面哲學、宗教、歷史類的書籍比較多。」

他回憶了一下，才說：「如果我沒記錯，六區有二十四個非常大的書架，是按照每排四個，共分為六排進行設置的。每個書架上都有幾千本書，我們難道要一本本翻嗎？」

童素暫時也沒想到好方法，只得說：「走一步看一步吧！」

在兩個雇傭兵的看守與護送之下，童素和童子邦來到萬象集團唯一的圖書館。

正如童子邦所說，這棟圖書館恢宏氣派，占地面積極為廣闊，卻只有一層。畢竟，建立在深山中，不能修建太高的樓，以免暴露了行蹤。

進入圖書館後，童素下意識地抬頭看了一眼監控器，確定整個圖書館都在監視之下，幾乎沒有死角後，她不由得更加謹慎了。

父女倆裝作無聊想找書打發時間的樣子，東瞧瞧，西看看，時不時停下來，手上還拿了一兩本書，就這樣遊蕩到了第六區。

童素發現，童子邦說得一點都不誇張。

第六區有二十四個大型書架，每個書架八排十二列，還分正反兩面，存放的書籍數以萬計。如果想要一本本找，且不說有多累，這樣的舉動也勢必會引來岩罕的懷疑。

必須縮小範圍。

信息——瑪雅那張紙條上，一定還遺留下來了別的信息。

如果說第一行和第二行字跡都已經給予了他們足夠的線索，那麼第三行呢？德國波恩的經緯度，究竟代表著什麼？

而且文字，為什麼是三行？

尤其是第三行，數字又要寫得足夠大，又要清晰，所以顯得十分擁擠，就連坐標符號都不畫一個，寫成50°44'02"N這種格式不是更省事、更清晰嗎？也省得讓人猜來猜去，否則換個對地理坐標不熟悉的人，需要多久才能想到這是坐標系？

坐標系？

童子邦怔住了。

他抬起頭，再度打量四周，就發現整個第六區呈長方形，如果按照「天圓地方」的格局，連同穹頂的天花板，恰好是半個橢圓。

兩個坐標代表著平面地理，即把整個地球看成一個平面，從而確定經緯；而三行信息，是不是代表著地理坐標系？即將地球的三維球面看作一個球形整體，從而確定表面位置的判斷方式。

如果是這種測量方式，平面的經緯數值當然不能套用，所以瑪雅才沒用經緯度標出來？

童子邦思來想去，覺得這個猜測最符合，便對童素低語。

童素也覺得可能性非常大，兩人按照地理坐標系對象限的劃分，稍微換算了一下，德國波恩市隸屬於地理坐標系中的第一象限。再按直角坐標系的劃分方式，第一象限在右上角，故兩人走到第六區的東南方向，開始搜尋。

這時候，範圍雖然已經被縮到一定程度，但還是有數千本書存在。

「不對。」童素心想，「肯定還漏了什麼信息。」

她的目光落在巨大的書架上，想了很久，突然意識到一件事——這個圖書館所有的書架，全都是八排十二列。

八能聯想到什麼？八大行星？

那十二呢？

如果按照這個規律，應該是……十二星座？

童素心裏飛快過了一遍十二星座的英文首字母，沒有「N」，但天蠍座和射手座的英文首字母都是「S」。

想到這裏，童素立刻問童子邦：「爸，你知道瑪雅的生日是哪天嗎？」

這種小事情，童子邦哪裏會記得？

他想了好半天，才勉強記起來：「應該是十月下旬或者十一月初？我記得去年還是前年，她剛好三十六歲生日，德隆讓我查一下某些地下拍賣會的商品，拍了一條法國王后戴過的鑽石項鏈給她。」

「天蠍座啊！那就是黃道第八宮。」童素下了定論，立刻走到書櫃的第八列面前，篤定地說，「就在這裏了。」

童子邦有些猶豫：「雖然這列只有幾百本書了，但我們如果一一翻過去，岩罕要是看了監控視頻，肯定也會覺得奇怪……」

「不用那麼麻煩。」童素乾脆俐落地伸出手，從數以百計的圖書中，準確無誤地抽出其中一本。

童子邦定睛一看：「The Birth of Tragedy？《悲劇的誕生》？」

話一齣口，他立刻反應過來，沒錯，就應該是這本！

「S」代表坐標，而「N」代表這本書的作者——德國，不，應該說世界著名的哲學家——弗里德里希・威廉・尼采！

而對尼采人生中影響極大，可以說決定了他一生命運的地方，正是其所就讀大學的所在地——德國波恩！

童素翻開扉頁，就發現這本精裝的哲學著作上，別著一枚小小的書簽，長不到六厘米，寬只有一指，恰與瑪雅遞給她的那張紙條，大小一模一樣！

而這張看似簡單的書簽，一摸上去，卻像浮雕一般凹凸不平。雖然肉眼無法分辨，但只要回去，將花紋用特殊儀器放大一百倍、一千倍，乃至一萬倍，恰恰是那錯綜複雜、猶如迷宮的地下通道整張地圖的模樣！

巨大的興奮，席捲了童子邦的內心。

但同時，他的心底，卻隱隱浮現出一個疑問——這樣玄奧的謎題，真的是瑪雅所布置的嗎？這個女人的能力若是真有這麼出色，還會死得那麼淒慘嗎？

第四十七章　致命抉擇

童子邦與童素獲得萬象集團總部地下秘道地圖的同時，武克里市的全城大停電，已經持續了整整三十七個小時。

現在已經是停電的第三天，上午九點。

人們本以為很快就會恢復供電，誰知到了昨天中午，雪上加霜，武克里市又全面停水了。老百姓別說做不了飯，連開水都沒辦法燒。

這令武克里市的秩序更加混亂。

市政府對外給出的解釋是，由於停電，導致水泵無法使用，不能抽取地下水。武克里市附近的河流又因為工業的原因汙染嚴重，必須重重過濾才能飲用，但現在沒電，過濾設備也無法啟動。兩條路都被堵死了，只得停水。

但事實上，文南國的高官政要們都知道，停水的真正原因是武克里市的兩家大型水廠也遭到了萬象集團的黑客攻擊，同樣陷入癱瘓。

雖然政府一遍遍地對老百姓解釋，困難只是暫時的，工作人員已經在飛速搶修，很快就能解決問題，但這麼久的停水停電，還是讓百姓們無比憤怒、焦躁和驚慌。

武克里市為數不多的幾家擁有柴油發電機的大型超市，仍在堅持營業，但收銀台前早已排起長隊。人們急不可耐地搶購蠟燭、手電、應急燈等必需設備，餅乾、麵包等適合充饑的食物，以及飲用水。

這幾年來，由於中國遊客的增加，帶動了當地的移動支付。很多文南國的老百姓，尤其是武克里市的居民們早就習慣了用支付軟件來付錢，身上沒多少現金零錢。但現在全城停電這麼久，大部分人的手機都已經沒電了，無法打開支付軟件，只能匆匆去銀行取錢。

誰料武克里市絕大多數的銀行都因為停電，根本沒有開門，ATM機也因為沒有通電，無法使用。

就在這時，不知道誰說了一句：「總行可以取錢！」

這個消息很快就一傳十，十傳百，文南銀行的總行門口立刻排成長龍。數百個穿著制服，手持警棍的保安守在那兒維持秩序，並拿著大喇叭吆喝：「登記，登記，都來這邊登記。寫上自己的姓名、住址、工作單位、銀行卡號，有護照的把護照號也寫上。登記好了來這邊，排隊取錢！另外，一張卡每天最多只能取一萬普頓（文南國貨幣單位，約合人民幣二百五十元），不能重複排隊！」

「憑什麼！」人群之中傳來不滿的聲音，「一萬普頓也太少了吧！就夠買一箱泡麵！」

「就是，我們自己的錢，我想取多少就得給我多少！」

「米糧店都關門了，超市的麵粉、蔬菜也都被搶光了，我們在這裏排這麼久的隊，結果取到的錢不夠買一家人一天的口糧，這算什麼道理？」

憤怒的百姓們不斷鼓噪、推搡，但只要觸及銀行拉的那條黃線，保安的警棍就會毫不留情地招呼上來。

眼看匯聚的人越來越多，保安隊長滿頭大汗地找到副行長，請示：「外面已經聚集了近萬名百姓，我們雖然調了所有分行的保安過來維持秩序，卻是杯水車薪。現在還能用警棍嚇住他們，待會兒人會越來越多，一旦失控，我怕他們就會直接衝進來搶錢！」

說到這裏，保安隊長頓了頓，小心翼翼地說：「現在全城停電，百姓沒辦法燒水、做飯，只能去買東西吃。不讓老百姓取到足夠的錢，只怕要出事啊！」

文南國十分貧窮，很多地方一個家庭的年收入都沒有四萬普頓（即一千人民幣），這些年經濟雖然發展了一些，加上武克里市是首都，當地居民日子還不錯，一家人辛苦一年，收入也只在六十萬到八十萬普頓（即一萬五到兩萬人民幣）之間。

這樣看起來，一萬普頓似乎不少，怎麼也能應付幾天吧？事實上卻不然。

文南國的國民收入確實很低，物價卻並不便宜。

一瓶普通的水，中國超市就賣一塊五或者兩塊錢，武克里市的超市卻賣兩百多普頓（人民幣五塊多）；去當地的平價餐廳點份最便宜的小份炒粉，也要將近一千普頓（約二十五塊人民幣），分量卻少得可憐，還不夠塞牙縫。

想要在餐廳吃飽，人均消費換算成人民幣，至少兩百往上，還不一定吃得好。

很多來文南旅遊的中國遊客都因為這兒的物價心裏不舒服，覺得自己被坑了——你們這又窮又破的地方，東西卻比中國境內還貴，是不是專宰我們外國遊客？

其實文南國的消費之所以高，是因為文南國交通太不發達，運輸成本極高。偏偏百姓的收入又少，消費能力極低。一包售價為一千普頓、吃幾口就沒了的餅乾，有可能擺在超市三個月都賣不出去，因為當地人很少會去買這種「奢侈品」，這些錢足夠一家五口花一周了。

賣得少，商家自然貨就進得少；貨進得少，採購價格自然就高，形成惡性循環。

要是停電幾個小時，還沒什麼關係，老百姓可以拿家裏的剩飯剩菜應付一頓，或者乾脆不吃。但現在停電已經快四十小時了，停水也停了大半天，人總不能長時間不吃東西，不喝水吧？

這種情況下，超市的餅乾、麵包、礦泉水再貴，老百姓也只能硬著頭皮買。

偏偏大家身上既沒有足夠的現金，超市也沒有足夠的囤貨，沒錢買不了，有錢也搶不到！

再這樣下去，非出大亂子不可！

想到這些問題，副行長就覺得頭大：「我有什麼辦法？我們總行本來是不辦存取款業務的，就連櫃台都沒有。財政部長卻向行長下達指令，讓我們總行務必滿足老百姓取錢的需求，以維護社會秩序穩定，我們能不聽嗎？」

無奈之下，文南銀行總行臨時打開金庫，從金庫中取出現金，並設立櫃台，讓老百姓能取到錢。只不過，敞開了讓市民取錢肯定不行，總行根本沒有那麼多現金。剛開門就已經來了上萬人，再過一兩個小時，幾十萬人排隊都有可能！滿足了前面的儲戶，後面的怎麼辦？所以總行才會定下每人每天取一萬普頓的限額，就是希望排隊的老百姓都能取到錢。

但這份苦心，大家並不買帳，他們只認為自己連錢都取不了，心裏非常不滿，喧嘩聲一浪高過一浪，幾乎要把總行所在九層高樓震得搖搖晃晃。

「銀行連取錢都不讓，這是存心不讓我們活！」

「怕什麼，他們就幾百個人，我們衝進去！」

類似的話語此起彼伏，很多人都已經紅了眼，甚至開始對銀行保安動手，拼了命想要往裏面衝。眼看這群人就要闖進總行大樓，忽然，密集的槍聲在不遠處響起！

許多人被突如其來的槍聲嚇得不輕，他們不知道發生了什麼，也來不及思考，本能地想要找個掩體躲避，結果你推我，我推你。那些沒聽見槍聲的人，突然被人群推來推去，根本不明白出了什麼事，只是本能地也跟著人群，拼命推搡。

在這個過程中，不斷有人摔倒，想要爬起來，卻被人流推擠，根本沒辦法直起腰，更別說站起來了。還有不少倒在地上的人，竟直接被其他人從身上踩過去！親友想要去拉，很可能是自己也摔倒，陷入同樣的絕境。

尖叫聲、哭泣聲、呼喊聲，亂成一團。

這麼慌亂的時刻，每個人都嚇得四散奔逃，想要跑出去，每個人腦中都只顧著自己，根本顧不及腳下到底踩了什麼！

眼看騷亂和踩踏的規模還要擴大，不遠處的武裝車隊上，剛剛下令鳴槍警告的頌猜對一旁的軍官低聲耳語，軍官點了點頭，一聲令下，所有士兵再度朝天開槍。但這一次不止是鳴槍三聲，而是整整打了一分多鐘！

然後，軍官拿起大喇叭，高喊：「肅靜！所有人不准喧嘩，不准踩踏，有序排隊，不許堵住道路！若有違抗，直接按「破壞國家安全罪」處理，當場擊斃！」

聽見他的指揮，百姓們終於冷靜了下來，人群如摩西分海一般，慢慢為軍方的車輛空出了可以通行的位置。只有七八個市民趴在道路中心，抱著親人溫熱尚存，卻已被踩踏得面目全非的屍體，嚎號大哭，淚流滿面。還有十幾名重傷員，趴在地上發出虛弱的呻吟，根本沒辦法起來，卻仍被親朋好友連拉帶拖，弄到了道路的一邊。

此時，幾十輛武裝車緩緩開過來，荷槍實彈的軍人手中端著衝鋒槍，對準兩邊的百姓，絲毫不放鬆警戒。

傅立鼎坐在車裏，雙手緊緊握拳。

前天晚上，他們在部隊的護送下，前往軍事基地，NULL協助軍方排查所有人的移動設備，忙了整整一天。今天一大早，他們被索帕派人送回武克里市，政府官員、銀行總行行長、移動設備公司的董事長等人已經被索帕以「開緊急會議，商討停電後續事宜」的理由召集到了一起，只要軍隊一到，將政府大樓封鎖，就立刻展開排查。

傅立鼎知道武克里市前天停電，昨天停水，預料到市內的情況一定很混亂，但沒想到竟會目睹一場大規模踩踏事件！

看見這齣在自己面前上演的慘劇，傅立鼎忍不住想起了祖國。

在傅立鼎的印象中，中國基礎設施最受考驗的那一次，便是二〇〇八年春節前夕的特大雪災。漫天的大雪導致路面受阻，鐵路一度陷入大癱瘓，近百萬人滯留在廣州火車站長達十一天。一百萬急於歸家的遊子被困在廣州火車站這個方寸之地，焦躁、憤怒、痛苦、無助、恐懼……所有的負面情緒都無限放大，人群互相傳染，絕望到像是世界末日。大規模踩踏事件，隨時有可能發生，釀成人間慘劇。

廣州數萬軍警手拉手，圍成人牆，成為堅固的屏障，阻止人群失控、亂跑、推搡。

他們必須毫不放鬆，將自己變成最牢固的人形鎖鏈，因為只要一鬆手，理智就會在這片土地上被摧毀殆盡，秩序轟然崩塌，不知道有多少無辜的人會死去。

整整十一天，這些軍人不分晝夜地守在那兒，而他們的堅守，換來了百姓們陸續踏上歸途。

一場可能演變成驚天慘劇的巨大危機，就這樣被中國軍警用沉默而堅定的姿態，用十一個不曾合眼的日夜，無聲地化解。

打那之後，高鐵陸續取代了原本的綠皮火車，網上訂票取代了窗口拿票，人們的交通出行變得越來越方便。類似的歷史，再也不會重演。

可惜，這裏是文南國，不是中國。

「很多人受傷了，需要立即治療。」傅立鼎喃喃，「應該會有人撥打急救電話吧？」

他雖這樣說，心裏卻明白，大規模的停電，恐慌情緒的蔓延，讓整個武克里市的路面交通變得糟糕無比，就連軍車也必須一路鳴槍，才能讓百姓讓出一條道。

這種情況下，救護車開都開不過來，更別說及時對傷員進行搶救了。

嚴明樹將牙齒咬得咯咯作響，忍不住小聲問一旁的NULL：「N先生，我們真的不能先去處理電廠和水廠的問題嗎？好歹讓百姓的生活恢復正常吧！」

NULL還沒回答，應龍已冷冷道：「死了這條心吧！」

昨天整整一天，NULL檢查出了文南國軍方內部人員隨身攜帶的移動設備中，有三千多台設備被植入了木馬。基本上是一個人的設備淪陷了，整個部門都保不住。

這個數字徹底震住了文南國軍方的高層，他們做夢也沒有想到，許多絕密文件，甚至包括軍事調動的布置，在萬象集團那邊其實已經是透明的。

在這種恐懼感的迫使下，軍方一致決定，立刻派部隊封鎖政府相關部門，務必把有問題的設備全查出來，否則他們覺都睡不著。

其他部門倒也罷了，銀行、醫院和移動基站絕對不能有閃失！尤其是移動基站，要是文南國連網都斷了，電話也打不通，整個城市的通信能力就陷入停擺。到時候，就算軍方想要維護秩序，也沒有那麼容易！

其他人不知道萬象集團今天會攻擊移動基站，讓武克里市直接斷網，索帕卻是清楚的。岩罕對他的威脅裏，明明白白說了這一點——武克里市發生如此重大的事故，在索帕的指揮下，事態非但沒有盡快平息，反而逐步升級，一天比一天嚴重，這對索帕的政治生涯無疑是一個致命的打擊。

但索帕並不想就此妥協，因為他很清楚，如果他這次答應了岩罕，從今往後，一生都會是岩罕的傀儡！

岩罕如此有恃無恐，無非是認為文南國政府沒有頂尖黑客，應付不了萬象集團的黑客攻擊。可岩罕千算萬算怎麼都算不到，文南國政府早已向中國政府求援，中國的專家Z先生就在武克里市！

這讓索帕有了翻盤的機會！

索帕知道，現在武克里市的騷亂，還能出動軍隊鎮壓。但要是連網絡都沒了，通信也受限，那就真來不及了！

所以他第一時間控制軍隊，確保軍權掌握在自己手裏，其他人翻不起風浪，然後就必須優先保證網絡通信的暢通！

在如此迫切的需求面前，恢復供水供電，只能暫時排到後面！

情況緊急，索帕沒時間一一仔細甄別，到底誰是被萬象集團利用的，誰又是真正投靠萬象集團的。只能把所有設備有問題的人，全部關到一個倉庫裏，外面則由荷槍實彈的士兵看守。

這些軍人只收到一個指令——在沒接到新的通知前，務必把倉庫看得嚴嚴實實，一隻蒼蠅都不准飛出來，誰出來就打死誰。

索帕這種強勢到獨裁的做法，折射出文南國軍方這些年陸續在政壇抬頭，以及對政治話語權的強烈渴求。索帕就是這個勢力的代言人之一，不過之前由於軍方自己的山頭很多，心不夠齊，才沒能更上一層樓。

現在索帕借助「軍方很多人移動設備被萬象集團控制」這個大好機會，剛好可以對軍方進行一次大清洗，盡可能地收攏手中的權力。這麼一來，索帕一旦在總統大選中上台，那就是軍、政勢力一把抓，大位將更為鞏固！

看著這一片混亂，傅立鼎不解地問：「我一直覺得奇怪，你說萬象集團再怎麼有錢，文南國再怎麼窮，後者始終是一個國家。為什麼萬象集團能培養出岩罕這種頂尖黑客，甚至有一支黑客軍隊，文南國政府卻被這兩輪黑客打擊弄得束手無策，沒人能站出來力挽狂瀾？」

「文南國當然也有頂尖人才，各行各業都有。」應龍回答，「只是絕大部分的人才，他們發現不了，也留不住。」

這一句話，讓整輛車裏的人全都沉默了。

是啊，文南國太窮了，窮到很多孩子根本沒有接受教育的機會就要為生計忙碌。就算有天才存在，也會被生活磨得平庸。而那些能夠讀書的孩子，家裏多半都有點錢，父母最大的夢想就是送他們出國深造，最好能在外國定居，再也別回來了。

「還有一個原因。」NULL突然道，「文南國政府並不重視信息化，這是一個徹頭徹尾的戰略失誤。我以為，二十世紀九〇年代的海灣戰爭，已經把所有國家都打醒了。」

如果說二戰時期，全世界的作戰方式還是大同小異，無非就是機械化戰爭那一套——比數量，比戰術，比士氣，但半個世紀後的海灣戰爭便告訴了世人，在擁有質量優勢的部隊面前，單純的數量對比已失去了意義，從今往後將是信息化作戰的時代。

以信息技術為核心的高技術群的發展將引起軍事變革，同時軍事變革又牽引著科學技術往縱深發展，從而進一步推動新的軍事變革邁向更高的層次。

這種情況下，信息化的重要性不言而喻，信息安全更應該被提升到國家的戰略層面！

但文南國對頂尖黑客的看重程度，居然不如萬象集團這個犯罪組織，給出的待遇更是遠遠不如，導致根本就沒有什麼信息安全方面的頂尖人才服務於文南國政府。不得不說，這是一個極大的戰略失誤。

而這個失誤帶來的後果已經顯現，面對萬象集團雷霆般的黑客攻擊，文南國政府居然沒有絲毫還手之力！

唯一值得慶幸的就是，文南國的軍事衛星和軍事指揮系統都是高價從先進國家購買的，技術水平比文南國自己負責維護的水廠、電廠等高不知多少個等級，萬象集團一時半會兒突破不進去。否則這場仗根本不用打，文南國政府直接得舉白旗投降了。

就在車上所有人都唏噓不已的時候，NULL突然低頭，看向膝上的筆記本電腦：「來了。」

應龍心中一緊：「什麼來了？」

「文南國軍事指揮系統的反饋。」NULL平靜道，「我今早為它寫了個小程式，一旦有黑客對它進行攻擊，我就會立刻收到提醒。」

大家頓時緊張起來，傅立鼎更是直接問：「您一個人，應付得來嗎？」

他話音剛落，就聽見NULL低聲道：「可能應付不過來，文南國的軍事衛星也被攻擊了！」

竟是同一時刻，雙線攻擊！

NULL的精神緊繃了起來。

自從童素孤身前去文南國的消息被他知曉後，他的心就像開了一個大口子，空蕩蕩的，彷彿魂魄和情緒都跟著童素離去了大半。整個人陷入一種機械的，不知道自己在做什麼，猶如行屍走肉的狀態。

但這一刻，他卻感覺到了久違的緊張。

NULL很清楚，童素肯定會答應協助岩罕，因為只有這樣，她才能傳遞消息出來，與他們裏應外合，借機覆滅萬象集團。

逃跑只是下下策，唯有徹底摧毀萬象集團，她未來的人生才不會受到威脅。

這就是童素的做事風格，要麼不做，要麼做絕。

可岩罕也不是傻子，一定會防著童素。一旦被他抓到童素真這麼做的證據，童素的下場絕不會好。

岩罕也是頂級黑客，在他眼皮子底下做文章，不可謂不難。

所以，NULL必須與童素完美配合，那邊童素一傳遞信息，這邊NULL最好立刻就能發現，然後雙方聯手將這份「證據」給毀滅。多留一秒鐘，對童素來說，危險就要成倍地往上翻。

想到這裏，NULL強迫自己冷靜。

軍事指揮系統、軍事衛星雙線受到攻擊，童素應該在其中一線，她會在哪裏呢？

文南國的大部分軍用物資都是向中國買的，唯有軍事衛星和軍事指揮系統是從大洋國高價採購的，原因是文南國政府上下一致認為，在這方面還是大洋國走在了世界前列。而萬象集團早就有入侵大洋國軍事間諜衛星的前科，否則他們怎麼可能定位到夏正華的行蹤，從而精準地製造車禍？

但那個入侵大洋國軍事間諜衛星的人是誰？岩罕？還是「銅棒」？

NULL不能確定。

不過，很快，他就開始反向推理。

對岩罕來說，控制軍事指揮系統和掌控軍事衛星，究竟哪個更重要？

軍事衛星雖然是國防裝備競賽中的重要一環，但文南國僅有一顆軍事衛星，而且型號比較落後，只具備拍攝、定位、通信等基本功能。主要原因當然是衛星實在太貴，採購和維護的成本太高。

這就導致文南國雖然買了衛星，也發射上了天，平時用著還能湊合，可一旦打起仗來，就很難應付戰時的通信需要了。因為現代戰爭的情報、指揮、通信等信息流量很大，沒有足夠數量的小型軍事通信衛星配套，就會導致基層部隊聯絡不上，無法精準到小隊乃至個人。

正因為如此，對武器裝備甚至作戰理念都相對落後的文南國軍隊來說，反而是整套軍事指揮系統重要性更高。因為他們早就習慣了這種半機械化半信息化作戰方式，上到高級將領，下到普通士兵，觀念和習慣都沒有改過來，強行把他們拉進更新更好的高度信息化作戰，反而不習慣。

衛星沒了，文南國政府軍頂多變成半個聾子、瞎子，還能保持一定的戰鬥力。但要是軍事指揮系統被萬象集團控制了，就像中樞神經被其他人操控一樣，要做什麼動作，對方說了算，明明是你的身體，你卻沒有自主權。

由此可見，岩罕一定會參與對軍事指揮系統的攻擊，因為這才是重頭戲！

如果參與這次行動的黑客們由「銅棒」、童素和岩罕帶頭，那麼最理想的分隊方式應該是：「銅棒」帶人去控制軍事衛星，岩罕和童素共同去黑文南國的軍事指揮系統。

做出這一判斷後，NULL立刻開始編寫程式，以截取攻擊方的數據流。

但在這個過程中，一向對自己十分自信的NULL，竟忍不住開始患得患失了。

他心裏總有一個聲音在問，萬一判斷錯誤呢？又或者，童素根本沒參與這次的進攻呢？

岩罕詭計多端，他知道童素身在曹營心在漢，難道真不會做好防範？

你根本就看不到對面的人是誰，你怎麼確定自己得到的信息是真的？

得先確定童素是否參與了攻擊！

但不管用什麼方法來確定，歸根到底，都要對方先傳遞消息過來，NULL這邊才能做出判斷。

童素在岩罕的眼皮子底下，想要找到一個機會傳消息都很困難，如果為了確定身份，直接浪費一個寶貴的機會，會不會代價有些大？

NULL破天荒地有些舉棋不定，手中的操作卻不含糊。他在文南國的軍事指揮系統和軍事衛星系統中，都發現了對方植入的木馬，然後從中截取到大量的數據流，準備破解。

他先重點分析了針對軍事指揮系統的攻擊數據，沒發現異常；隨後，他在軍事衛星系統傳回的一些支離破碎的信息中，敏感地發現了幾個「不和諧音符」——那是幾個加在該位置上不會對程式產生影響，但不加也沒關係的數字。

ASCII代碼？

幾乎是下意識地，NULL心中便有了答案。

在計算機的世界裏，一切字符最後都要轉化為二進制，但每個字母和符號應該怎麼轉換呢？對此，國際組織多年前就已經定下了標準，那就是ASCII代碼。

NULL將這些多出來的字符全都打出來，就算身邊的人看過來，也只能見到屏幕上密密麻麻的「01110011011101010110111101110000011000001……」，外行人根本搞不明白。

但問題是，難道自己判斷錯了，童素獨立在攻擊軍事衛星，所以有機會發送情報？或者，童素因為與岩罕在一起，根本沒辦法做手腳，就由「銅棒」來傳遞消息了。畢竟，「銅棒」是童素的父親，應該也是可信的吧！

NULL有些琢磨不定，眉頭開始緊鎖。

這時，武裝車緩緩停下——因為前面那輛車停了。

NULL壓根沒管，全神貫注地在數萬行代碼裏尋找可能有用的信息。

索帕的秘書頌猜從前一輛車上下來，敲了敲這輛車的車窗。應龍將車窗搖下，只聽頌猜小心翼翼地說：「部長來電，我方的技術人員緊急通知，說軍事指揮系統和軍事衛星系統同時被攻擊，對方來勢洶洶，他們怕應付不過來。希望車隊能一分為二，一半去執行原本的任務，排查政府大樓裏所有人的移動設備；另一半則護送Z先生掉頭，回到軍方基地，協助我方的技術人員進行防守。」

就在他話音落下的那一瞬間，NULL已經將他收到的消息記錄完畢。

那行長到可怕的數字轉換成字母，又用拼音拼成中文後，只有五個字：

索帕有問題。

第四十八章　千鈞一髮

索帕有問題？

這個突如其來的消息，令NULL十分震驚。

文南國的國防部長、最堅定的鷹派人物、主戰派的代言人——這樣的索帕，居然私底下與萬象集團有什麼見不得光的勾當？

這究竟是真是假？

NULL不能確定。

用拼音而不用英文，確實像某種對身份的暗示，從這個角度看，這消息像是童素或「銅棒」傳遞出來的。但岩罕也是在中國長大，未必不記得拼音的用法。光是這點並不能確定這條消息不是由岩罕冒充童素發出。如果是後者，岩罕是怎麼知道他們來到了文南？他在軍方高層之中也收買了線人？他故意放出這個消息，又為了什麼？

線索太少，干擾項太多，NULL不由得眉頭緊鎖。

而這時，應龍還在問：「N先生，我們要回軍方基地嗎？」

「不行。」

幾乎是下意識地，NULL就做了決定。

軍方基地已經成了索帕的一言堂，一旦他們進入那裏，就徹底在索帕的掌握之中，只能任由對方宰割。

不管這條消息是真是假，出於安全的考慮，他不想賭這個萬一。

NULL隨便找了個理由應付頌猜：「我不在的話，怕對政府官員移動設備的排查會有漏洞。而且我根本不用回軍方基地，在這兒就能做兩個系統的防禦。」

頌猜為難地說：「可這是索帕部長要求的！」

見沒能說服對方，NULL只能又編了個說法：「其實，我與萬象集團有過幾次交鋒，很清楚他們的實力。萬象集團只有岩罕一個頂尖黑客，他的實力和精力並不足以應付雙線作戰。同時突破軍事指揮系統和軍事衛星的防線，我懷疑，他們在聲東擊西。」

應龍聽見這話，有些奇怪。

童素十七歲就入侵了大洋國國家航空航天局網站的系統，那地方的堅固程度並不亞於軍事指揮系統，可見童素實力出眾。

而那次針對夏正華的暗殺，根據國安局的分析，明顯是萬象集團入侵了大洋國的軍事間諜衛星，才能精準定位到夏正華的行蹤。這個入侵衛星的黑客，如果不是岩罕，就證明萬象集團還有更強的高手。

即便那個入侵軍事衛星、本領高強的黑客就是岩罕，童素加岩罕兩人，雙線作戰也夠了，NULL為什麼這樣說？

雖心中滿腹狐疑，但表面上，應龍非常配合NULL，故意說給頌猜聽：「您的實力比岩罕高出一截，岩罕之前在中國興風作浪，就是被您捕捉到了IP，查到了他的藏身之地。在技術問題上，我絕對相信您的判斷。您認為，萬象集團真正的目標是什麼？」

NULL思考片刻，很肯定地回答：「移動基站。」

然後又補充了一句：「在去政府大樓的路上，我就會編寫程式，幫助防禦萬象集團黑客對移動基站的攻擊。」

頌猜沒想到他們兩個一唱一和，就已經給這件事定了調，不由得目瞪口呆。但又不好得罪二人，連忙跑到路邊去給索帕打電話。

文南國軍事基地，指揮中心。

索帕聽完頌猜的匯報後，淡淡地說了一句：「既然Z先生堅持要去政府大樓排查，又說移動基站會受到攻擊，那就拜托他化解這場危機。你們一定要貼身保護好Z先生，務必寸步不離！」

在「寸步不離」四個字上，索帕加重了語調。

等掛斷電話，他又猶豫著在手機上按了一串號碼，躊躇片刻，卻沒有撥出去。

很多人只能看到眼前的危機，但索帕很清楚，就算這幾天的麻煩能順利解決，那又如何？其他黨派的人只會抓住這個機會，對自己大肆攻訐，希望將他這個勁敵拉下馬。而百姓分辨是非的能力不強，很容易被媒體帶節奏，認為索帕是個無能之輩，才會導致局面惡化。

如果這時候，他和瑪雅有私生子的消息再被披露，名聲就會更臭不可聞。這麼一連串的操作下來，他這個高高在上的國防部長，很可能變成人人喊打的過街老鼠，要麼流亡海外，要麼淪為階下囚，甚至莫名暴斃。

這就是岩罕的毒辣之處。

假如索帕不聽岩罕的「意見」，光明的前途瞬間就會變得暗淡無光；可如果聽了岩罕的意見，從今往後就只能被岩罕操縱。

倘若萬象集團甘心偏安一隅，這筆生意倒不是不能做，雙方沒有利益衝突，各取所需。但索帕觀岩罕心性，知道此人所圖甚大，一旦萬象集團奪取了文南國的政權，他這個前任國防部長就算曾對岩罕言聽計從，到那時候，也只有被捨棄的分。

這兩條路，絕對都不能走，也走不通。

想到這裏，索帕眼中出現一抹狠色：「岩罕，你怕是想不到，你想要逼我就範而發動的攻擊，卻會成為我清洗政敵、執掌大權的天賜良機！」

只要他趁著這個機會，將政敵殺的殺，關的關，把政權牢牢地掌握在手上，就算武克里市再斷水斷電幾天又怎樣？誰敢跳出來說這是他的不對，他就讓誰死！

整個文南國，應該只有一個聲音，不是岩罕，而是他索帕！

經過一天一夜的大清洗，他在軍方的政敵都已經俯首稱臣，而政府方面，頌猜已經得到他的授意，帶兵過去控制局面。

現如今，距離他掌控文南國，就只剩一個阻礙。

索帕的目光落到前方屏幕中的高鐵運行圖上，無聲無息地笑了，笑得不帶任何暖意，只有陰冷。

車隊繼續前行。

應龍搖上車窗，好在這輛越野車上的司機也是自己人，因為中國精英小隊需要團隊行動，剛巧車上差一個位置擠不下，就索性由中國特警開車，還專門配備了一個電子導航和中文紙質地圖。

這讓應龍可以無所顧忌地問NULL：「N先生，您是不是發現了什麼？」

「索帕可能有問題。」

車上的人一剎間都怔住了，臉上露出難以置信的表情。

「假如索帕與萬象集團勾結，他圖什麼？」片刻之後，傅立鼎不解地問。

嚴明樹不大了解文南國的情況，直接想到最壞的可能：「應隊長，索帕國防部長的位置，該不是靠萬象集團支持才坐上來的吧？」

「不會。」應龍很肯定地說，「萬象集團在文南國的勢力還沒大到那種程度。」

嚴明樹敲了敲自己的腦袋，說：「那麼，最可能的情況，就是萬象集團掌握了索帕什麼把柄，對他進行威脅。」

傅立鼎也這麼認為：「發生這麼大的事情，對索帕的政治前途，乃至對整個文南國，都是一次極其沉重的打擊。」

說罷，他頓了頓，又道：「我記得今天，東盟各國的元首會坐高鐵，直接穿越東南亞的五個國家，其中一站就是文南吧？如果在元首們到來之時，這場騷亂仍在繼續，被各國領導看見此地還是一片混亂，文南國政府的執政能力肯定被大大質疑。」

傅立鼎只是隨口一說，卻發現應龍和NULL都轉頭看了過來，不由得一驚：「我說錯了什麼？」

「不，你沒說錯。」NULL語氣低沉，「我們都想錯了，岩罕目前最大的心腹之患，並不是文南國政府，而是這條貫通東南亞的高鐵！我擔心，岩罕會借著這個機會對高鐵圖謀不軌。」

文南國的人均收入低，物價高，百姓生活困窘。但這條高鐵的到來，卻能令文南的交通和物流變得更加方便。

來的遊客多了，文南老百姓的收入自然就提高了；物流方便了，文南國的物價當然就降低了。這種利國利民的好事，文南國政府當然舉雙手支持，萬象集團則不然。

就算高鐵不經過萬象集團控制的區域，對這個犯罪王國來說，高鐵的存在也會動搖它對升龍省的統治。原因很簡單，老百姓窮得活不下去才會助紂為虐，如果有正經生意能養家糊口，有多少人願意鋌而走險？

更何況，在這條高鐵的規畫中，升龍省還是核心樞紐之一。

如果說萬象集團和文南國政府之前只是處於劍拔弩張，但誰也不敢先動手的狀態，那麼這條高鐵的到來，則將矛盾徹底激化，雙方終於爆發了武裝衝突！

應龍心中一緊，立刻拿出衛星電話：「我馬上接通國家安全部門，讓他們聯繫這件事情的協調方，問一下東盟各國元首有沒有出發！」

「不用了。」NULL回答，「我入侵了高鐵站外的監控，發現今天早上八點整，各國元首已經坐上了高鐵，正在朝文南國的方向駛來。按照高鐵時刻表，他們會在十點零五分的時候經過武克里市的站點。」

嚴明樹頓時緊張了起來：「兩小時零五分？這麼快？」

應龍凝重地點了點頭：「東盟元首會議並不是在高鐵的起始國召開，而是在文南國東部的滇國，真要算上距離，也就是我們中國一個半省的面積。以中國高鐵的速度來說，兩個小時差不多。」

傅立鼎看了一眼手錶：「現在是早上九點十分，高鐵還有五十五分鐘就到武克里站了！」

「萬象集團怎麼圖謀不軌？該不會是想攻擊高鐵吧！比如在隧道裏埋炸藥，對鐵軌動手等。」嚴明樹被自己的猜測嚇到了，「各國元首可都在上面啊！他們這樣做，是要被列入國際恐怖組織名單的！」

「不，他們可以不直接攻擊高鐵。」NULL已經想明白了整件事情的邏輯。

他對中國的高鐵技術非常了解，知道中國高鐵在做變軌技術的時候，做了極其詳盡的電子比對系統，可以精準到克。而且高鐵還裝有高精度的識別系統，能提前識別前方的動靜，還沒進隧道的時候，整個隧道地形的變化就已經盡在掌握。

這種情況下，別說隧道裏多了炸藥，就算只是多了一粒小石子，都能被系統精準地反饋。假如軌道上出現了帶磁金屬，高鐵更是會提前做出防護。

而且，高鐵的設計者們本身也考慮到了嚴重的自然災害，例如雪災、狂風、洪水等的可能，並對高鐵做了加固防護。

中國的高鐵之堅固，甚至可以抵擋小型導彈的衝擊，只要你不是用重型火箭或者雲爆彈之類的高殺傷力炸彈，一時半會兒很難將高鐵打穿。

這種情況下，用彈藥去攻擊高鐵，實際上是下下策。一是你的設備未必有那麼高端，能命中這麼一個高速移動的物體；二是命中了未必能造成足夠的殺傷；三是就算你目標達到，也會被列入恐怖組織，被世界各國一同通緝。

想要製造一起完美的，不被人懷疑，看上去像「意外事故」的事件，最好的方法應當是利用黑客技術，讓高鐵脫軌。

唯有如此，各國才會不相信中國高鐵的安全程度，拒絕引進中國高鐵，而不是集中火力，一起打擊萬象集團這個恐怖組織！

但很快，NULL就想到——岩罕的計畫，索帕知不知道？

他立刻問應龍：「你對文南國的政壇最清楚，你告訴我，如果索帕控制住軍權，架空總統，總統還能翻盤嗎？」

應龍想了一會兒，才說：「有可能，因為本屆文南國的總統，其實是武克里先生的最後一任秘書。武克里先生當年發起獨立同盟，率領一眾百姓，推翻了殖民者，建立共和國，在文南有著至高無上的威望。由於武克里先生的幾個孩子都陸續過世，他的政治資本就被幾個心腹繼承。而現在，一直跟隨武克里先生的核心團隊，就只剩下現任總統，以及垂垂老矣的大元帥了。這兩人就算沒有實權，也有足夠崇高的聲望，一旦他們站出來指責索帕，百姓絕對會相信他們！」

也就是說，哪怕索帕掌握了大權，總統的存在還是會對索帕有威脅！

情況有些不妙啊！

NULL思忖片刻，突然下了決心：「既然如此，就只剩一種辦法了——岩罕如果還沒開始攻擊移動信號基站，我來！」

「N先生！」應龍嚇了一跳，「您——」

「不用勸我，我這麼做，當然有自己的道理！」

九點二十五分，政府大樓。

「咦，手機怎麼上不了網了？」

「對啊，我的手機也沒信號了。」

「電話呢？能撥出去嗎？」

「不行，電話也打不通。這怎麼辦啊？因為我們這兒有柴油發電機，家裏的五個充電寶都帶來讓我充，正打算中午給他們送回去呢。結果現在信號都沒了！手機用不了，還要充電寶幹嘛！」

政府的工作人員們怨聲載道，卻聽見外頭傳來槍響，不由得被嚇了一跳。

而此時，剛驅散堵在大樓前的重重人群，讓武裝車隊開進政府大樓院子的頌猜卻擦了一把冷汗。

NULL先生說得沒錯，萬象集團果然聲東擊西！就在剛才，整個移動信號全都癱瘓了，手機簡直就成了個擺設，完全不能用！

「N先生，您的防禦程式還沒寫好嗎？這個問題現在能解決嗎？」

NULL拉了拉兜帽，將自己的表情掩蓋在黑暗中，語調冷靜：「沒想到他們動手這麼快，我還沒來得及開始防禦，但——這不是問題的關鍵。」

見頌猜十分疑惑，NULL繼續解釋：「你知道，萬象集團為什麼要攻擊移動基站，斷掉大家的移動信號嗎？因為這樣，採用特殊頻段和特定通信方式，還在使用的信號就會特別醒目，比如軍用通信，再比如——高鐵獨立的信號系統。」

他這番理論確實沒錯，但真正懂行的人就知道，哪怕各種無線信號紛雜無比，可只要通過專用的間諜設備，其實能準確地區分頻段，定位相關的信號，根本不需要採取斷掉民用移動信號這麼複雜的方式。

但這些專業知識，頌猜不懂，其他人更不懂。而文南國那些厲害的技術人員，現在全被調到軍事基地去防禦軍事指揮系統和軍事衛星受到的攻擊了，整個政府大樓內部，就沒幾個懂行的人。

所以，他們就全被NULL忽悠了。

聽見NULL意味深長地在「高鐵」二字上加重了語氣，頌猜臉色一白：「您的意思是——萬象集團真正的目標是高鐵？糟糕！總統正乘坐高鐵，準備回國！上頭還有東盟各國的元首！」

「是與否，查幾個人的手機和電腦就夠了。」

應龍立刻站出來，對頌猜說：「我國的高鐵信號，採用的是一套獨立的調度系統，其中有很多頻段根本無法訪問。但貴國在簽訂合約時，曾經表示，希望我國能無償轉讓一部分高鐵信號方面的技術，並為貴國培養相關人才，我國答應了。現在，我們嚴重懷疑，這些技術已經流向萬象集團。」

頌猜下意識地想給索帕打電話，卻發現，他的手機早就沒辦法使用了。

一旁的軍官見狀，連忙遞上軍用通信設備，結果這部依靠衛星來傳遞信息的通信工具，居然也沒信號了！

頌猜不知道這是NULL動的手腳，不僅攻擊了武克里市的信號基站，讓大家的手機都變成了磚頭，還對頌猜等人的軍用通信進行了信號壓制，讓他們無法與索帕聯繫。

在頌猜的想法中，這肯定是因為軍事衛星遭到入侵，所以軍用通信設備才無法通話！

索帕是一個非常強勢的長官，不喜歡身邊的人自作主張。這就導致頌猜雖然位高權重，卻不是一個擅長下決定，更不喜歡擔當責任的人。

他被NULL這麼一大堆道理砸下來，早就有些心慌意亂，仔細想想，就決定按照NULL說的做，萬一齣了什麼事，把責任往對方身上推就行。

所以，他點了點頭，立刻吩咐軍官們：「把當時負責與中國接洽，學習高鐵技術的人員的隨身物品，尤其是移動設備，全都拿過來！」

就在他們交談的工夫，訓練有素的軍人們已經將整棟大樓控制起來，並在一樓騰出一個房間，供NULL使用。沒過五分鐘，相關人員的設備就全都擺在了NULL面前。

NULL用最快的速度，逐一檢查過去，兩分鐘之內，已經檢查出七八個問題手機，等查完一台筆記本電腦後，他直接對頌猜說：「這個人被萬象集團收買了，一年多以前，他發了一封郵件給一個匿名郵箱，將他所掌握的高鐵信號技術全都發給對方。我認為，萬象集團已經在貴國的高鐵信號指揮系統中，留下了後門，隨時能控制高鐵，讓它脫軌。」

雖然此人已經將郵件刪除，但以NULL的技術，恢復起來，不過是幾分鐘的事情。

NULL緊接著又說：「我需要高鐵信號系統的最高權限，以及，給我找五十台信號模擬器過來！」

他這一連串指令下得太快，頌猜根本就來不及思考，只能照辦！

由於高鐵信號系統的最高權限，掌握在交通部長手裏，對方從身份上來說與索帕平級，頌猜只能自己跑一趟，與交通部長交涉。如果僅派一個軍官過去索要，對方肯定不會給。

他走之前，不忘讓士兵們守在門口，心想這也算部長所說的「寸步不離」吧？

頌猜一走，中國特種精英小隊的人立刻聚集起來，將NULL圍在正中間，只聽NULL小聲說道：「我們必須考慮到最壞的結果，即岩罕和索帕是同夥，他們都想要各國元首乘坐的那輛高鐵出事。岩罕是黑客，他採用的方式是黑客攻擊；但索帕是軍人，很可能會動用重型火力，反正事後，他可以栽贓給萬象集團。我借協助維護文南國軍事指揮系統之便，查了一遍他們的武器庫存，認為索帕最有可能動用的就是反坦克導彈。由於兩國是全面戰略合作夥伴的關係，文南國有我國「紅箭-8」反坦克導彈的生產許可和生產工廠，這也是他們部隊的主流配置！但「紅箭-8」有兩個致命的缺陷：第一，它的距離只有三公里，這也就意味著，你們的排查範圍會大大縮小，只需要在高鐵必經之路的三公里內即可；第二，它發射出去後，還是需要手動操縱，所以它尾部會攜帶一根數據線，而那根數據線上，有無線信號！」

這就是為什麼，NULL要斷掉武克里市全城移動通信的原因。

如果一個城市裏，其他的無線信號全斷了，只有特殊的幾個信號還在使用，那就像黑夜中的星辰一樣，就算是不懂行的人，憑借特定的儀器，也能輕易捕捉到！

「等頌猜把信號模擬器拿過來之後，我會找個借口，讓你們全都分散出去，到高鐵沿途會經過的地方。地圖我在車上的時候，就已經傳到你們手機裏。大家自己分好路段，覆蓋周圍，只要一捕捉到特殊信號，立刻啟動信號模擬器，進行信號壓制和模擬，用這種手段誘騙「紅箭-8」打向錯誤的地方，防止最糟糕的情況發生，明白嗎？」

眾人面色肅然，向NULL行軍禮：「明白！」

NULL剛揮揮手，示意他們散開，頌猜就已經上氣不接下氣地跑過來，遞給NULL一張紙條：「權限已經拿到了，這是口令，信號模擬器倉庫沒那麼多存貨，只有三十台，也馬上送過來。但請問，要信號模擬器幹什麼？」

「因為萬象集團可能在高鐵周圍進行信號誘騙，從而模糊高鐵的判斷，令高鐵走向錯誤的方向，從而脫軌。」NULL不動聲色地胡編，「我建議你，派三十個信任的人，與我們的隊員一起，分布在高鐵必經之路周圍，以防不測。」

頌猜將信將疑。

但他轉念一想，只要每個中國精英身邊，自己派三個軍人跟著就行。所以點了點頭：「我立刻調集車輛，很快就好！」

武克里市現在停水停電斷網，想調車本是一件十分困難的事情，好在這裏是政府大樓，高官名流們又聚集在此開會。這些大人物幾乎都是坐著自己部門的公車過來的，軍隊臨時徵調這些公車，他們怎敢說不?別說三十輛，三百輛也能湊齊！

這就是NULL為什麼要一再忽悠頌猜的原因。

沒有頌猜的配合，就算NULL本事通天，在這異國他鄉，想要阻止這麼一場驚天陰謀，也有心無力。

而此時，時間已經到了九點三十六分。

九點四十分整，載著各國元首，編號為D9999的高鐵，距離武克里市只有五十公里。

迎面駛過來一輛潔白的高鐵，從他們左側呼嘯著駛過，文南國總統透過車窗，看見那輛高鐵的車廂裏坐滿了人，不由欣慰地點頭：「交通方便了，百姓的日子就會越來越好。」

安寨國總理見狀，不由嘆道：「是啊，我們也希望高鐵能修到自己家門口，將我國的特產帶到世界各國。」

這句話充斥著無限的感慨，還有說不出的憋屈。

就像文南國歷代總統堅持國內不種罌粟、不販毒，不希望外人提到文南國就想到毒品一樣，安寨國總理也不希望別人一提到安寨，立刻就聯想到色情產業。但硬件條件的限制，實在讓人為難。

如果高鐵能穿過升龍省，修到安寨國，安寨的百姓們也能迎來各國的遊客，像泰國那樣，靠旅遊業快速發展，擺脫物資匱乏、經濟不發達的困境。

其他各國元首也紛紛點頭，有人稱讚中國製造的高鐵就是好，又快又穩；也有人對中國的「一帶一路」戰略充滿著讚賞，認為這一戰略有力地帶動了東南亞各國的發展。

就在這時，刺耳的警報突然響起。

元首們面面相覷，就聽見廣播：「前方路況有誤，前方路況有誤！」

保鏢們聽到後，立刻去找列車長了解情況。

沒過多久，他們就面色慘白地回來了，語氣都帶著顫音：「司機說，剛才有個扳道出了問題。我們這輛車本來應該走右邊的軌道，但那個扳道不知道為什麼，沒有讓開右邊的軌道，反而讓開了左邊，導致我們這輛車走進左邊的軌道！」

左邊！

剛才那輛與他們擦肩而過的高鐵，不就是從左邊來的嗎？

保鏢的下一句話，證實了這個噩耗：「列車長說，再過五分鐘，我們將與一輛迎面而來的高鐵相撞！」

第四十九章　力挽狂瀾

保鏢們的回答，讓東盟各國元首都有些急了，其中當數文南國總統最心焦。

他顧慮的不是自己的生命安危，而是這輛高鐵目前正行駛在文南的國土上，一旦慘案在文南國發生，無疑會讓文南國與其他國家的關係急劇惡化。

高鐵上不僅有東盟各國的元首，而且因為東南亞還有一些國家仍是君主制，部分王室成員，包括滇國的王儲都在車上。

這位王儲是老國王唯一的兒子，至今膝下也沒有一兒半女，上頭也沒有叔叔伯伯。王儲要是死在這裏，王室一脈就徹底沒了繼承人。天知道晚年喪子的老國王會做出什麼瘋狂之舉，光是想想那種可能性，文南國總統就不寒而慄。

他急迫地問：「不能讓高鐵停下來嗎？」

一旁負責為元首們講解高鐵運行原理的技術人員，臉色鐵青，額頭上全是冷汗：「這輛高鐵的時速高達每小時三八〇公里，想要停下來，必須逐漸放緩速度。短短兩分半鐘之內，要讓兩輛飛速行駛的高鐵全部停下來，可能性幾近於無。」

安寨總理語帶絕望：「那怎麼辦？我們只能等死嗎？」

「還有機會。」技術人員回答，「這輛車還要經過兩個扳道，只要前方在任意一個扳道上換軌，走回正確的路，那就行了。」

王儲聽了，連忙道：「那還等什麼，快點讓人去切換扳道啊！」

「列車長已經在向文南國高鐵指揮中心請示了！」

眾位元首懸著的心終於稍微放下，卻不知道，此時的高鐵調度室內，列車長拼命呼叫文南國高鐵指揮中心，通信卻始終處於忙音狀態，無法接通。他想聯繫W1234，即馬上要迎面而來的那輛高鐵，告知對方這一突發狀況，同樣聯繫不上。

列車長心急如焚，那邊司機的請示又過來了：「列車長，很快就要三十秒了，我要不要繼續踩踏板？」

由於高鐵在行車過程中，駕駛室內只有司機一人，不像普通火車會配備正副兩名司機，可以輪流去休息，加上高鐵速度很快，不能出現毫厘差錯，導致司機必須聚精會神，甚至連喝水的時間都沒有。

為防止司機疲勞或者走神，影響高鐵的安全，駕駛室內有一個特殊的踏板，司機必須三十秒內踩一次。如果超過三十秒沒有踩，系統就會報警，七秒鐘後自動停車。

但這個停車過程也不是急剎車，而是緩緩停下，這就代表著他們這輛編號D9999高鐵，其實還要往前開一段路。

如果W1234收到了消息，兩輛高鐵同時停下，運氣好的話，有一定概率不會出事，只是希望很渺茫而已。

可列車長既聯繫不上指揮中心，也聯繫不上W1234，急得團團轉。

出錯的是他們這輛載有各國元首的高鐵D9999，而不是W1234！如果W1234沒收到通知，不知道前方路況發生了變化，按照平常的高速正常行駛，等看到他們這輛高鐵時再想停下，已經晚了！

這一刻，列車長心裏十分緊張，他必須做一個抉擇。

到底是讓高鐵繼續開，賭下一個扳道沒出問題，可以順利地將他們送回正確的路上，還是讓高鐵就此停下？

冷汗自額頭滴落，列車長咬了咬牙，在司機都快讀秒的時候，毅然道：「別踩，讓高鐵自動停下！」

說完這句話，他整個人都鬆了一口氣，但隨之而來的，卻是更深的擔憂。

萬一他這個決定做錯了呢？

但這時，司機恐懼的聲音卻響了起來：「不行，我明明沒踩踏板，但列車卻沒有觸發報警機制，還在繼續行駛，速度也降不下來！」

怎麼可能！

列車長的心都快要跳出嗓子眼了，只聽見司機驚恐地喊：「前方的扳道，擋板自動開了，還是左邊！」

這一刻，就好像有一雙無形的手，正越過司機，操縱正在發生的一切！

所有知情的人全都在不斷發抖，有些乘務員已經嚇得癱倒在地上，甚至絕望地閉上了眼睛。

列車長用顫抖的雙手，一遍遍地撥打指揮中心的聯繫電話，卻始終傳來忙音。

但這些人加起來，都沒有司機一個人恐懼——他已經看見了前方不遠處的高鐵，正在飛速朝這邊駛來！

就在司機哆哆嗦嗦，以為自己必死無疑之際，正前方的下一個扳道，突然開始切換，擋板從左邊直接切至右邊。

D9999的十六節車廂全部走上右邊的軌道時，擋板立刻切換，讓出左邊的通道，下一秒，W1234呼嘯而過！

只差一秒，兩輛高鐵就要相撞，車毀人亡！

而此時，W1234高鐵的司機也嚇出一身冷汗，對列車長匯報：「D9999列車好像出了問題，剛才差點與我們撞上。」

按理說D9999不該在那個口變道，就算要變，也該提前通知W1234一聲，但W1234卻沒收到配合調度的信息。

列車長十分奇怪，立刻聯繫指揮中心，得到的結果卻是：「最近十分鐘之內，D9999並沒有對指揮中心發送任何異常情況匯報。」

他們都不知道，此時的政府大樓內，NULL抬眸看了緊張的頌猜一眼，淡淡道：「萬象集團的黑客已被我徹底驅逐，高鐵的信號系統恢復正常，各國元首乘坐的D9999高鐵沒有絲毫損傷。」

高鐵上的諸位元首並不知道這場黑客攻防戰役的兇險，但兩輛高鐵擦身而過的驚險情景卻被盡收眼底，大家都鬆了一口氣，心中後怕不已。

劫後餘生的慶幸後，有些人便想：中國這高鐵吹得很厲害，但真正運行起來，未免也太不靠譜了吧？什麼全自動扳道、智能調度系統、提前掌握前方路況……元首坐在高鐵上，都能差點車毀人亡，安全真的有保證嗎？

正當許多人對中國高鐵的安全性開始存疑之際，突然，劇烈的震動和爆炸聲響起。

「什麼情況！」

「五號車廂被不明物體襲擊，車體破損！」列車長通過全車監控，第一時間掌握到了信息，頓時臉色慘白，「系統判斷為——導彈打擊！」

此時，正值九點五十五分。

時間倒退至五分鐘前，武克里市近郊，高鐵沿線。

傅立鼎坐在副駕駛座上，時不時抬起左手，看一眼手錶上的時間。

九點五十分。

距離高鐵駛入武克里站，還有十五分鐘。

按照NULL給的時刻表，高鐵開到傅立鼎所負責的位置時，應該在九點五十五到五十七分之間。

由於他們出發的時候已經是九點三十七分，想要在這麼短的時間內穿過大半個武克里市，無疑十分困難，加上信號模擬器也只有三十台，不夠分，所以NULL給三十組成員都劃定了範圍。

信號模擬器的輻射範圍是3×3×3，也就相當於一個半徑為三公里的球體，但NULL大手一揮，一個隊伍劃了十二公里，讓他們在這個範圍內來回開車，一旦捕捉到特殊信號，立刻啟動信號模擬器，進行壓制和干擾。

應龍守在NULL身側，不方便離開，傅立鼎就和嚴明樹分好工，兩人分別領了高鐵軌道東南角和西北角的任務，一個最先看見高鐵駛入，一個最後看見高鐵開出，其他隊員則分布在高鐵沿線的路上。

為了能在十幾分鐘內趕到市郊，傅立鼎駕駛高性能的「梟龍」越野車，一路風馳電掣。

這還要感謝文南國的軍事基地就建立在京郊東南角，剛才軍隊的武裝車隊一路到政府大樓的時候，順便把道路給清了，這讓傅立鼎「原路返回」的效率變得很高。否則就之前突突車亂停、百姓堵路的那個狀況，別說越野車，就是法拉利也開不出足夠快的速度。不像現在，道路空空如也，足夠他們狂飆。

與他相比，嚴明樹那邊就可憐了，要一邊鳴槍開路，一邊才能開過去。但高鐵到他那邊的時間晚，這樣的安排倒也合理。

傅立鼎一邊盯著信號模擬器，一邊回想NULL的交代：「我剛才看了一下中國高鐵的資料，做了一個建模估算。發現一枚「紅箭-8」反坦克導彈，威力並不足以令整個高鐵被摧毀殆盡，頂多是某節車廂出故障，高鐵相應的安全和保護機制會立刻開啟。各國元首身邊的警衛們也不是吃素的，只要給他們足夠的機會，未必不能逃生。想要徹底摧毀高鐵，殺死裏面的人，必須至少十餘枚「紅箭-8」一同瞄準車廂，拼命轟擊，而且要三枚以上的導彈落在同一個車廂才行。」

這就給了傅立鼎縮小目標的機會。

如果只需要一枚「紅箭-8」就能摧毀高鐵，傅立鼎會很頭疼。

他對這種中國獨立研發的反坦克導彈頗為了解，知道以導彈來看的話，「紅箭-8」算得上非常輕便了，導彈本身加戰鬥部件的重量只有二十多斤，一個成年男子是可以扛起來的。若是索帕就派一兩個人，導彈發射完就走，想要大海撈針還真不容易。

但既然NULL說了，想摧毀高鐵，「紅箭-8」至少要三五枚，那就好辦了。

三枚導彈有七十多斤，五枚就是一百多斤，如果十餘枚，那就更重。一兩個人扛不動，而謀殺總統這麼機密的事情，索帕應當不至於派出一個連來完成吧？這就代表著，持有導彈的人，必須有一輛車來運輸這些導彈。

這樣一來，目標其實就很醒目了。

文南國百姓的交通工具是以突突車為主，有私家車的本來就不多，加上武克里市停電三天，加油站已經不營業了，這時候還有油，並會在外面亂跑的車，實在算不上多。所以，傅立鼎讓一旁的文南軍人開車，在NULL劃定的區域裏來回兜著圈子，自己則緊緊地盯著四周。

突然間，他發現了目標。

一輛「梟龍」越野車，低調地從一個巷子中穿出，又立刻閃進旁邊的一個巷子，很快就不見了蹤影。

直覺告訴傅立鼎，這輛車十分可疑！

但他用眼角的餘光瞟著身旁給他當臨時司機的軍人，頓覺有些難辦。

「梟龍」是文南國的軍方用車，正與他一起執行任務的文南軍人不會不知道。自己貿然提出要跟蹤那輛軍車，此人會怎麼想？

傅立鼎左思右想，還是覺得人心隔肚皮，不能冒險。

他的大腦飛速運轉，正想著怎麼擺脫此人，自己追上去。突然看見前方有個亮著燈的大型超市，頓時有了主意：「哥們，前面有個超市，我們在那裏停一下。我不懂文南當地話，你能幫我買包煙嗎？」

說著，他就打開錢包，抽了五百塊人民幣出來。

這名臨時司機楞了一下，想到頌猜耳提面命，盡量滿足中國人的需求，還是點了點頭，接過錢，下車去幫傅立鼎買煙。

他一下車，傅立鼎立刻跨到駕駛位，一踩油門，就將越野車開得轟轟響，絕塵而去。

從他看見軍車到騙司機下車，也就一分鐘不到，但那輛軍車已經連影子都找不到了。

越到關鍵時刻，傅立鼎就越冷靜，他想，發射反坦克導彈，動靜那麼大，對方肯定會找個僻靜地方，盡量不讓百姓看到。

然後，他打開手機，翻到NULL發給他的區域地圖，大腦飛快運轉。

東南區域是武克里市的老城區，有很多老舊的居民樓，以及一些破舊的工廠，至於他負責的區域附近……

傅立鼎的目光，落到一處建築上。

那是一個大型垃圾處理站。

垃圾處理站嘛，肯定是臭氣熏天，稍微有點條件的百姓都不樂意住那兒附近，能搬的都搬走了，就只剩幾家煙花爆竹廠還留在那裏。

論隱蔽和掩人耳目，這片區域內，沒有比那兒更好的去處了。

但這片地方，並不在NULL給他劃定的十二公里區域內，而在更遠一點的地方。因為此地距離高鐵軌道超過了三公里，「紅箭-8」打不到。

按理說，傅立鼎不該往那邊去的，但他平常雖然冷靜，關鍵時候卻非常相信直覺，忍不住給自己找借口——NULL先生也只是根據地圖來框定大概的區域，可萬一這份地圖是錯的呢？又或者，這輛車是通過那個區域某條地圖上沒有標註的小路，然後繞到一個距離高鐵軌道不到三公里的地點？

就像他們追捕萬象集團時，誰會知道，廢棄工廠的後山竟有一條幾十年前挖的防空洞，又被萬象集團加以改造，變成了一條跨越國境線的逃生通道？

傅立鼎猶豫片刻，還是把車往垃圾處理站的方向開去。

很快，他就在一個拐角，看見了墨綠色軍車的背影。

傅立鼎頓時緊張了起來。

他開得非常謹慎、小心，盡量把車速放慢，為了瞞過前面的軍車，傅立鼎甚至刻意在工廠附近繞圈，還在某個廠門口停下，裝作找人問路的樣子。

實際上，他的注意力，一直盯著信號模擬器。

但信號模擬器卻遲遲沒給反應。

他猜錯了？

傅立鼎下意識將車速放到很慢，意識到了自己的冒失和莽撞——就因為他覺得那輛軍車可疑，現在的路線已經偏離了巡邏圈。

他是不是該原路返回，按照NULL的規畫，去相應區域巡邏？

就在這時，他突然聽見了巨大的轟鳴聲！

傅立鼎臉色一變，正要發動車子，順著聲音的方向找過去，就看見旁邊兩個保安模樣的人走過來。傅立鼎靈機一動，搖下車窗，笑瞇瞇地用中文問：「不好意思，二位，我迷路了，這是什麼地方，剛才那聲音怎麼回事？怎麼像什麼東西爆炸了一樣？」

保安見他開著豪華吉普，氣度不凡，不敢怠慢，便用不夠流利的中文回答：「這位中國來的遊客，您不知道，這片區域有好幾家煙花爆竹廠，經常轟隆轟隆。不是廠房爆炸，就是實驗新煙花。如果在廠區裏放煙花測效果，政府會覺得你汙染環境，影響居民生活，動不動就是一大筆罰款。但在那旁邊的垃圾山上試新煙花爆竹，政府卻不會管。周圍的煙花爆竹廠為了省錢，就經常大白天去垃圾山點一堆煙花，測驗效果。」

傅立鼎連忙問：「你們說的垃圾山在哪兒？聽上去挺有意思，我想去看看。」

保安隨手一指：「就在前頭，垃圾場旁邊，再靠得近一點，就能聞到刺鼻的臭味了。」

傅立鼎道了謝，立刻開車走了。

保安們面面相覷，實在不解：「這有錢人什麼毛病，喜歡看垃圾山。」

越野車沒開多久，傅立鼎就看見了保安所說的垃圾山。

他原先還以為「垃圾山」只是一個形容詞，看過之後才知道，那真是一座二十幾米高，大概有幾十個足球場那麼寬，由垃圾組成的「山」。

原來，武克里市每天產生的垃圾有一半以上都運往這裏，直接填埋，垃圾越堆越高，久而久之，就成為了「群山」。

這是連NULL也沒預料到的一點。

而只要站在這座垃圾山上，擁有足夠的高度，距離高鐵的軌道，未必就沒有三公里！

傅立鼎看了一眼信號模擬器。

上頭的紅點，已然亮起！

這是捕獲特殊波段無線信號的標誌！

還沒等傅立鼎做出反應，一枚導彈從垃圾山頂呼嘯而出，在空中劃了一個優美的弧線，以迅雷不及掩耳的速度，準確無誤地命中了D999高鐵！從聲音判斷，這已經是垃圾山上發射的第二枚「紅箭-8」了！

而此時，高鐵內部，尖叫聲此起彼伏。

「導彈！是導彈！」

「這是恐怖襲擊！」

乘客們抱頭痛哭，以為自己下一秒就會死去，但劇烈的撞擊，居然只是讓車廂震動了幾下，燒出一個洞，卻沒有預想中的爆炸！

文南總統看見這一幕，心中想的竟是：「中國高鐵真是安全啊！被導彈命中，居然還能扛住。」

但很快，他又擔心起來。

由於導彈的轟炸，高鐵啟動預警機制，已經停了下來，這簡直就是個活靶子！只要他們這節車廂再被幾枚導彈命中，就要徹底炸裂了！

怎麼辦？究竟該怎麼辦？

正當乘客們無比絕望之際，傅立鼎已經按照NULL的叮囑，按下信號模擬器右邊的按鈕，啟動NULL預設好的程式！

霎時間，無線信號壓制開始！

強烈的無線信號波動，成功誘騙了「紅箭-8」，讓這種發射出去後仍需要人不斷手動調整，才能準確落到既定位置的導彈，被這個極其強烈的信號誘騙，就像大草原的雄獅，看見奔跑的羚羊，就立刻遺忘縮在角落的兔子一樣。

在獅子眼裏，羚羊才是自己的任務目標。

「紅箭-8」也是一樣。

在信號模擬器的誘騙下，接下來相繼發射的兩枚導彈，都險之又險地從高鐵旁邊飛過，剛好沒有擦到高鐵的車身，而是落到不遠處的空地上！

霎時間，高鐵裏的所有人都鬆了一口氣。

傅立鼎卻知道，事情遠遠沒有結束。

只見他緊張地拿起衛星電話，撥給應龍：「應隊，我找到發射反坦克導彈的人了，信號壓制已經開始，但我擔心他們一旦移動，離開信號的壓制範圍就麻煩了，現在不能再讓任何一枚導彈命中高鐵，我必須去阻止他們！你們趕快按照這個坐標過來！最好能人贓俱獲！」

說罷，他深吸一口氣，毅然地發動了越野車，朝「垃圾山」上衝去！

此時，站在垃圾山頂的三個士兵還渾然不覺，看見後面兩輪導彈射出去，居然沒有命中靜止的高鐵，為首的軍官不由皺眉：「什麼情況？怎麼偏向了？剛才不是調試過發射器嗎？第一次只打了一枚，中途隔了兩三分鐘才打第二枚，就是讓你們調好位置和距離的！否則按照「紅箭-8」的速度，一分鐘可以打兩枚出去，現在這十幾枚都該打完了才對！」

「可能是位置調得不對，偏離得太厲害！」負責發射導彈的士兵辯解了一聲，然後催促填裝彈藥的人，「快點，不能給他們喘息的時間！部長交代過，務必把高鐵徹底摧毀，不能讓裏面的任何一個人活下來！」

正當又一發導彈填裝好，馬上要發射之際，突然聽見了汽車的聲音。

轉頭一看，竟是一輛越野車氣勢洶洶地向他們衝過來。

明明看見前方就是軍車，以及反坦克導彈的發射器，這輛車卻還是義無反顧，狠狠朝他們撞去！

第五十章　鎖定位置

升龍省，萬象集團總部。

知道D9999高鐵被反坦克導彈攻擊的那一刻，童素便對岩罕說：「這場對弈，是你輸了。」

寥寥幾個字，卻讓岩罕氣急敗壞地反駁：「我沒有！」

「不，你輸了。不僅在黑客攻防上，對方搶先你一步攻癱了武克里市的4G網絡，雖然同樣是攻擊，你們雙方的目的不同。」童素冷冷地笑了一下，又毫不客氣地在岩罕傷口上撒了把鹽，「關鍵是用導彈襲擊高鐵這件事，雖然是索帕做的，但文南國政府絕不可能對外這麼說，這個鍋，只能由萬象集團來背。」

說到這裏，童素突然笑得很燦爛：「你知道你為什麼會輸嗎？」

「我說了，我沒有輸！」

童素不理會他的反駁，淡然道：「因為你太狂妄。」

她頓了一頓，又說：「當然，這也不怪你。這麼多年來，你不管做什麼事情都順風順水，無論是對付賈雲豪，對付道達，還是對付瑪雅，全都無往不利。但你想過沒有，這些人之所以任你擺布，真是因為你比他們聰明嗎？」

童素承認，岩罕確實心機深沉，謀略過人。但仔細想想，他能控制賈雲豪等人，難道只因他智慧過人？

當然不是。

賈雲豪之流雖是人中龍鳳，到底沒與黑暗世界打過交道，碰上岩罕這種不拿人命當回事，隨時有可能殺人的亡命之徒，本能地就會懼怕。

至於道達、瑪雅的失敗，不得不說，也有德隆的功勞。道達的心腹都跟了他多少年，岩罕又才多大？再說了，岩罕在萬象集團發跡也就這幾年，能收買道達多少心腹？那些追隨他而背叛道達的「心腹」，有很大一部分其實都是德隆的人，老主人死了就效忠少主人，僅此而已。

但岩罕用慣了這一招，竟想如法炮製，對付索帕，那就大錯特錯。索帕寒門出身，卻一路摸爬滾打到今天的位置，本就不是什麼省油的燈。除了被瑪雅坑了一把，竊取了精子，人工授精生下孩子之外，其他時間幾乎沒踩過陷阱，更難被人抓到把柄。而他之所以被瑪雅算計，並不是因為他不夠聰明，僅僅是因為他大男子主義，看不起女人罷了。

如果索帕是隨隨便便就能被威脅到的人，那也不會有今天的索帕了。

「你是個狠角色，沒錯，但你做人不懂得留一分。」童素淡淡道，「而這世界上，總有人比你更狠，更豁得出去。」

她話音剛落，岩罕就狠狠地扼住了她的脖子，厲聲道：「你給我閉嘴！」

童素似乎不懂什麼叫害怕，面對如此情景，臉上居然還繼續在笑，而且笑得無比輕鬆：「萬象集團很快就會被東盟各國列為恐怖組織，進行全方位打擊吧？你說迎接萬象集團的會是什麼呢？會不會是為期三天的戰略轟炸？」

「閉嘴！」岩罕一向風度翩翩，從來沒有像現在這麼兇狠，「只要萬象集團的位置不被他們掌握，我就還有翻盤的可能！」

童素知道，他越是這麼疾言厲色，就越代表他的心亂了。

也難怪，「公爵」的武器只交付了一小部分，除了五十枚雲爆彈之外，戰鬥機、坦克等都還沒有運過來，這時候要是東盟各國聯手對萬象集團動手，萬象集團憑什麼還擊？憑上千條衝鋒槍、幾個倉庫的子彈嗎？

岩罕雖然在總部布置了雲爆彈，但那是沒有辦法的辦法，是同歸於盡的底牌。總不能說因為有雲爆彈，他就有恃無恐了吧？

想清楚這點後，童素輕輕地笑了：「若要人不知，除非己莫為。」

這個時候，爸爸應該把第二條消息也成功地傳出去了吧？

「Yggdrasil？世界樹？」

NULL翻來覆去地想著這個單詞，以及單詞後面一長串的數字，不明白童素究竟要告訴他什麼。

他能聯想到的，無非就是兩個事物：一是北歐神話中的世界樹，二就是德國一家叫Yggdrasil的醫療器械公司，這家公司還和NULL有些淵源。該公司的創始人就是頂尖黑客Dante，而夏正華被刺殺的時候，仁德醫院的大型醫療器械就是從Yggdrasil公司租賃來的。

NULL認為童素或是「銅棒」說的應該是後者，但他不清楚，這家公司和萬象集團有什麼關係？

這時應龍推門而入，到NULL身旁小聲地說：「頌猜已經招供了，他說，索帕和德隆的女兒瑪雅有私情，這應該就是岩罕用來威脅索帕的理由。」

文南國總統到底是槍林彈雨中走出來的，一看見爆炸的痕跡，就知道是「紅箭-8」所造成的。他馬上意識到，國內形勢有變。

由於D9999高鐵被兩枚反坦克導彈命中，必須送去維修，不知道何時才能投入使用。各國元首沒有辦法，只能在武克里市下車。

當時，NULL剛好把移動基站恢復，網絡又能重聯，總統順利地聯繫上了病榻上的大元帥。

大元帥掙扎著病體，偷偷見了幾個鐵桿老部下，利用自己在軍隊的影響力，放走被索帕關押的高級將領們。

這些高級將領們也有自己的心腹屬下，之所以被索帕控制，主要是因為事情來得太突然。現在一旦恢復自由，都對索帕恨得牙癢癢，他們一邊調人手過來打算與索帕對峙，一邊去找大元帥和總統告狀。

原本肅穆的軍事基地，霎時間氣氛就變得劍拔弩張。

眼看著文南國的軍隊自己要先打起來，索帕把自己關在指揮室裏，靜坐了整整一個小時。

他拿起手機，本想給家人打個電話，但想起自己兒孫死的死，殘的殘，妻子又跟著女兒女婿去了歐洲定居，夫妻倆幾年都不見一次面，已經形同陌路，突然覺得無限悲涼。

這一生，他為文南國奉獻了太多，讓親近的人陪他吃了太多苦。如今他已窮途末路，就不要再連累別人了。出於這種想法，索帕將心腹們喊過來，說：「你們殺了我吧，這樣一來，你們也算將功贖罪了！」

「部長！」心腹們各個眼眶含淚，神情激動，「我們手上還有人，和他們打，我們未必會輸！」

索帕搖了搖頭，嘆道：「我迫於岩罕的威脅，為了自保，一念之差對總統下手，已經罪不可恕。如果一錯再錯，為了自己能苟活，任由軍隊內訌，負責保家衛國的軍人們卻對同僚舉槍，這樣的做法，只會削弱我們國家的軍事實力，錯過這個打擊萬象集團的良機。」

心腹們低下頭，不說話。

他們心裏，或許並不覺得索帕有什麼錯，如果真有錯，也只是因為索帕還不夠心狠手辣。如果索帕能在控制那些高級將領的第一時間，就把這些人全殺了，總統和大元帥也未必能翻盤。

看見這些心腹們用沉默做抵抗，索帕舉起手槍，對準了太陽穴，大聲喊：「記住，是你們將功贖罪，才將我殺了！」

說罷，他毅然扣動扳機！

索帕的死，讓總統不勝唏噓。

總統從沒想過，他最信任的部長竟會走到這一步。為了弄清楚索帕到底為什麼會變成這樣，總統把索帕的心腹們全都關起來，分開拷問。

沒多久，索帕與瑪雅的私情，就已經變為公開的秘密。

與此同時，總統一邊調度物資，維護武克里市的穩定；一邊請NULL幫忙，恢復水電供應。

NULL不關心這些後續，他在聽見「瑪雅」這個名字時，突然捉住了一絲靈感。

與Yggdrasil公司有關係的人，會不會就是瑪雅？

NULL正在思考，應龍看見「Yggdrasil」這個名詞，猛地一怔：「剛才我無意中聽說，Yggdrasil公司的直升機打算降落。但武克里市發生了這番變故，暫時封鎖了交通，導致他們只能停在附近的城市，然後開車過來。」

「他們公司的人為什麼突然過來？」

應龍當然不知道，但見NULL如此看重這個問題，便道：「我這就去問！」

「不用了，我立即請示總統，與Yggdrasil公司的代表見面！如果我沒猜錯，他們將是我們找到萬象集團總部的關鍵！」

聽見NULL把Yggdrasil公司描述得如此重要，文南總統立刻讓人用最快的速度，把該公司的代表接來。

沒有人比文南總統更清楚，萬象集團的總部究竟有多難被找到。升龍省的老百姓基本上都是許進不許出，萬象集團的客人們，則全是從安寨國走，絕不途經文南其他省份。而萬象集團迷惑文南國政府的假據點也很多，讓文南國政府根本不知哪一處是真的。

在NULL和文南總統的熱切期盼下，一個小時後，Yggdrasil公司的團隊終於趕到。他們立刻被請進政府大樓，與NULL會面。

NULL十分直接、乾脆地問他們的來意，Yggdrasil的代表也不含糊，把事情的前因後果交代得一清二楚。

原來，兩年前瑪雅在Yggdrasil公司訂購了一台小型單人救生潛水艇。

這種潛水艇由Yggdrasil公司獨立研發，全世界只賣出去了一千台，每個買家都是身價億萬的大富豪，在Yggdrasil全都有編號和記錄，瑪雅買的那台潛水艇排在第789號。

三天前，Yggdrasil突然收到警報，編號789的救生艇發生爆炸。這令公司的技術與研發人員都非常震驚，他們不明白，主打安全、可靠，可以承受一〇〇米深水壓的潛水艇，居然會爆炸，這是否代表著他們的產品有著安全隱患呢？

Yggdrasil公司十分看重這次的潛水艇爆炸事件，所以派出專業的技術組，想要回收黑匣子，研究事故原因。如果證明確實是潛水艇本身質量的問題，他們會立刻召回另外999台潛水艇，這就是為什麼Yggdrasil公司來得這麼快。

「黑匣子？」NULL福至心靈，「你們清楚黑匣子的位置嗎？」

「我們清楚爆炸發生的位置，至於黑匣子，很可能是在水下。需要通過專業的聲吶探測儀，才能徹底定位。」

NULL的眼睛亮了起來。

Yggdrasil公司的技術人員大致框定了黑匣子的範圍，這個消息，令文南國的總統以及軍方將領們十分興奮。

萬象集團作為一個大型犯罪組織，卻能霸占升龍省，與文南國政府對著幹這麼多年，很重要的一點就在於他們的總部極其隱蔽，無論文南國政府用了多少手段，派了多少特工、間諜進去，始終不清楚萬象集團的總部究竟在什麼位置。

但現在，他們終於掌握了大概的坐標！

不僅如此，作為軍方最高領導的索帕還因為犯下了叛國罪，自殺身亡。而他空出來的部長之位，幾位高級將領非常眼饞，雄心勃勃地想要拿萬象集團的覆滅作為自己輝煌的軍功章，順利爬到這個位置上。

只可惜，當Yggdrasil公司將具體範圍進一步縮小之後，這些將軍們卻面面相覷了。

升龍省的地勢非常複雜，北面是巍峨的高山，崇山峻嶺，連綿不絕；南面是一望無際的「聖湖」，到了乾季，湖水退去，就成了平原。

而萬象集團總部的位置，恰好在「聖湖」與高山的邊界。

這令將軍們十分為難。

原因很簡單，此處交通實在不便，除了空軍以外，其他部隊很難進去。因為「聖湖」本身就是一道天險，阻礙了陸軍尤其是坦克師的腳步。而湄公河流入「聖湖」的支流又有一端非常細，海軍更是無從下手。

但空軍轟炸，也是有劣勢的。

在任何戰鬥中，除非飛機上裝載了雲爆彈甚至核彈頭，否則空軍的主要作用都是戰略壓制和威脅，真正的掃蕩和占領，還是要靠陸軍來完成。

何況萬象集團的總部位置選得好，就算面對軍機的地毯式轟炸，毒販們卻很容易躲避，比如進入山洞，更可以潛入湖中，從水路逃生。

那樣一來，出動空軍非但起不到足夠的壓制效果，還容易打草驚蛇，放跑萬象集團的一眾高層。

文南國總統聽了將軍們七嘴八舌的分析，不禁長長地嘆了一口氣：「這麼說，我們就算知道萬象集團的總部所在，也無計可施？」

「那倒不是。」坐在輪椅上，白髮蒼蒼，已年過九十的大元帥鏗鏘有力地說，「雖然飛機、坦克沒用，但還有最古老的戰術——斬首行動！」

大元帥不愧是那個槍林彈雨年代中走出來的大人物，一句話直指問題的本質。

萬象集團的優點很明顯，等級制度森嚴，令行禁止，集權程度宛若封建帝制。「大王」發下去的每句話，至少明面上看來，就像聖旨一樣，沒有任何人敢直接反抗。但這也代表著，萬象集團真正能做主的人就那麼幾個，只要這些人一死，整個萬象集團立刻就會失去主心骨，樹倒猢猻散。

文南國政府現在既然確定了萬象集團的大概位置，眼下最重要的事情便是派精英小隊秘密潛入，在極短的時間內，將萬象集團的高層同時格殺，令這個犯罪王國群龍無首。到時候，文南國政府再派空軍轟炸，進行火力壓制，萬象集團剩下的人十有八九會六神無主，舉白旗投降也未必不可能。

但這個斬首行動，聽起來像那麼回事，做起來卻很有難度。

「第一，我們對萬象集團的總部，沒有任何了解。」軍方的專業參謀們已經開始分析，「如果此處是一個防守極為嚴密，而且人數不多的地方，想要悄無聲息地混進去，本身就有極大的難度，更不要說刺殺了。」

這也很好理解。

大城市裏鄰居都可能互不認識，但要到鄉村裏，別說多個大活人，就是東家多了一隻雞，西家多了一條狗，不出半天也要傳遍整個村莊。

萬象集團的總部，聽起來很威風，可誰也沒親自去過，不知曉其中的底細。萬一裏頭每個人都是熟面孔，隨便多個陌生人就能立刻被發現呢？

那種情況下，想打聽情報都難，更不要說執行斬首行動了。

「第二，就是我們自身的狀況。」

這位參謀說得十分委婉，但在場的文南國高層們已經黑了臉。

索帕的叛變，對文南國來說，本身就是一件很難堪的事情。而這件事帶來的影響，也遠遠沒有結束。

別的不說，就說軍方的精英校官，有不少是索帕的徒子徒孫。現在索帕的餘毒尚未肅清，萬一去執行斬首行動的人還忠於索帕，說不定這邊人還沒到升龍省，那邊萬象集團就知道消息了。

這就是索帕叛國帶來的惡劣影響——文南國的政界高層對軍方生出了極大的信任危機，就連軍方內部，也是人人自危。

所以，這些人的眼睛不斷往一旁的應龍和NULL臉上瞟。

文南國總統見狀，不禁在心中暗嘆。

這支中國來的精英小隊實力多強，他心知肚明，自然知道，如果這支小隊願意出馬執行斬首計畫，不說馬到成功，勝算肯定也比文南國的特種部隊高。但總統更清楚，中國的軍人，絕不會貿然干涉他國內政，而作為文南國的總統，他也不樂意將這種攸關本國命運的事情，純粹交到一群外國人手裏。

正當氣氛有些尷尬之時，一直敲擊鍵盤，不知在倒騰什麼的NULL突然說：「我發現了一些新的線索。」

此言一齣，眾人的眼睛全都亮了起來：「請說。」

「事實上，攻擊軍事衛星的木馬中，除了『Yggdrasil』等幾個單詞外，還有一長串數字。將這些代碼按順序排列後，可以通過二進制和十進制之間的轉換，翻譯成一大行字母與數字組合的內容。」NULL淡淡道，「第一行寫的是地下秘道概況。」

第五十一章 斬首行動

五天後，萬象集團地下隧道。

幾十個蛙人陸續從暗河中冒頭，其中一人摘掉頭上的潛水設備，緊張地打量四周，驚嘆道：「N先生，您猜得一點都不錯，這暗河果然通向群山，山體中有秘道，這就是萬象集團總部的地下通道！」

他們本來也是抱著試一試的想法，決定賭一把，一開始應龍還死活不准NULL親自涉險，唯恐這是一個陷阱，卻架不住NULL非來不可的堅持。

但好在，他們賭贏了。

「不要掉以輕心。」NULL低聲道，「根據情報的提示，整個萬象集團總部的下水管道都鋪在這龐大的秘道中，就像一座城市的地下網絡一樣，盤根錯節，錯綜複雜。我們雖然手上有地圖，但必須先弄清楚自己所在的位置，才能按照地圖的提示，去解救被關押的我國公民，同時進行斬首行動。」

對於NULL的提議，中國的特種精英們自然毫無異議——他們千里迢迢趕赴文南，本來就是為了救人的，而隊伍中另一半文南精英們，也表示支持。

現在看來情報應無誤，但應龍還是顧慮到這可能是「請君入甕」的局，所以他附耳對NULL說：「N先生，您最好別跟著大部隊上去。」

NULL沉默片刻，還是點了點頭。

雖然他很想跟隨眾位精英們一起潛到地面上，確定童素的安全。但他明白，自己的長處在技術方面，對這種殺敵救人的專業活並不擅長，貿然參與反而會壞事，還不如在後方進行支援。

應龍見NULL同意，不由得鬆了一口氣，目光在眾人身上巡視了一圈，最後落到傅立鼎身上。

傅立鼎很清楚，不管應龍怎麼分隊，自己肯定得去地面上，原因很簡單——這一行五十多個人裏面，童素就認得他和嚴明樹。想要證明自己的身份，取信於人，沒什麼比他倆往童素面前一站更有說服力。

正因為如此，他立刻站出來：「應隊，潛入突擊的事情，請交給我負責吧！」

應龍是這次特別行動的現場負責人，他把兩國五十多名頂尖特種精英分成兩路。傅立鼎率一路四十人，秘密從地下通道潛入地上；自己則帶著另一路十餘人，留在地下作為機動接應，同時保護NULL收集相關數據，時時與文南政府保持聯絡。

傅立鼎等人帶著熱成像探測儀，在一片漆黑的通道中前進。

嚴明樹手裏一直擺弄著Yggdrasil公司給的聲吶探測器，每次走到暗河邊，都要帶人下水探測。

特種精英們的這次潛入，實際上冒了很大的風險。畢竟，Yggdrasil公司只給他們提供了一個模糊的坐標，還有就是NULL破譯的一張不知真假的地圖。除此之外，他們對即將前往的地方一無所知，誰都不知道這地底下有什麼，地面上又是什麼樣。

萬一，這張地圖是岩罕故布疑陣，引他們上鉤呢？

不過如果能確定黑匣子的大概所在，而且又與地圖給出的坐標重合——二者同在這蛛網一樣密密麻麻的通道與暗河之中，那就證明地圖是可信的，他們距離萬象集團的總部其實很近了。

不知過了多久，嚴明樹突然說：「反應越來越強烈了！黑匣子肯定就在這附近！」

「你們看前面！」有人壓低聲音說，「像不像一道門？」

眾人小心翼翼地摸過去，發現前方有個儲藏間模樣的地方，這個少有人走動的暗道到處都是灰，只有一個角落的地面卻沒多少灰塵，顯然是有什麼物件剛剛被搬離。

傅立鼎對比了一下Yggdrasil公司形容的救生艇大小，不由得一喜：「就是這裏！也就是說，這份地圖應該真的！這裏就是萬象集團的總部。」

眾人都覺得非常振奮，連忙打起精神，而耳機中，NULL也不斷告訴他們，接下來該往哪裏走，才能與提供情報的人會合。

很快，他們就看見了一個老式的升降梯。

它一次只能搭載兩個人，大家商量了一下，由傅立鼎和一個文南精英軍人先上，伴隨著「嘎吱嘎吱」的聲音，兩人緩緩上升，來到一個秘道口。

這一次，兩人只走了三分鐘不到，就到達秘道口的頂端。

沒等傅立鼎研究哪裏是開啟的機關，秘道的大門就已自動打開。

傅立鼎和另一位文南軍人下意識地閃避到一邊，把槍口對準了透進亮光的秘道大門，就聽見一個興奮的聲音響起，說的是中文：「終於把你們等來了，快上來吧！」

對方這樣說，自然是沒有敵意的，但傅立鼎卻沒有放鬆警惕：「請問您是——」

「童子邦，黑客代號『銅棒』。」

五分鐘後。

精英小隊都順利到達地面，應龍、傅立鼎、嚴明樹、NULL和文南特種部隊的負責上校共五人，站在書房裏，打量著眼前這個清瘦的中年男人，其他人則分布在四周警戒，通過耳機隨時協調行動。

「你果然破譯了那份密碼，NULL。」童子邦語氣淡淡，但神態稍微有些放鬆，沒有平日那麼緊繃，「我原本只是賭一把，卻沒想到，事情居然真的成了。」

從圖書館發現那張書簽時，父女倆就意識到，這是覆滅萬象集團的大好時機，他們必須將這個消息傳出去，而且只能由童子邦傳。因為童素很快就會被岩罕看守起來，與岩罕一同去攻擊軍事指揮系統，根本無從動手。

即便如此，童子邦千辛萬苦發送消息時，也是做好了最壞的打算——他不怕NULL破譯不出來，只怕文南國的高層不會相信。

不信也沒辦法，這種時候童子邦只能盡人事、聽天命了。

幸好Yggdrasil公司為了定位爆炸的救生艇，意外地來到文南。兩邊的信息一匯總，增加了大家對這個情報的信心，果斷地派出了特別行動隊。

童子邦沒時間耽擱，還有一個急切的消息需要傳達：「你們必須立刻向上匯報——萬象集團的總部各處，被岩罕埋了幾十顆超大型的雲爆彈。」

聽見「雲爆彈」三字，NULL還沒什麼反應，其他人的抽氣聲已是此起彼伏。

雲爆彈的威力如何，這些專業的特種兵心中都有數，自然明白，如果童子邦所言屬實，那麼斬首計畫之後的空軍火力壓制，就不可取了。

萬一一輪地毯式轟炸下來，直接把雲爆彈點燃……想到天然屏障高山，再想像被高山攔住的「聖湖」，眾人就覺得不寒而慄。

這麼重要的情報，NULL當然第一時間就傳達給了文南國總統。

總統知道這一情報時，也不禁臉色一變，暗道岩罕真是個瘋子，居然在總部埋那麼多雲爆彈！這和天天睡在活火山上有什麼區別？

但同時，他又有點慶幸，要是這五十顆雲爆彈是往武克里市扔的，那才更糟糕。

還沒等他僥倖完，童子邦又道：「你們來得很巧，再晚三天，下一批的雲爆彈，連同五架最新的戰略轟炸機就要運過來了。這些戰略轟炸機不僅能搭載雲爆彈，甚至可以搭載核彈頭。而且，萬象集團的簡易軍用機場早就修好了。」

這個消息，立刻將文南國的將軍們炸蒙了。

他們都清楚，文南國政府與萬象集團的戰爭之所以在拉鋸，很大程度上是因為之前進行的都是使用常規武器的陸戰、巷戰和叢林戰，重型武器的對決並不多。

在這一點上，文南國政府是占據優勢的，因為他們有飛機，有坦克，有導彈。

一旦萬象集團也有了這些東西，那麼局面就會對文南國政府不利。

政府軍是講道義的，不會直接對升龍省的百姓居住地進行轟炸，畢竟他們承擔不起「屠殺平民」的道義指責。可萬象集團不會管那麼多，逼急了，這群瘋子什麼都敢幹。

一個光腳的，一個穿鞋的，可不就是後者顧慮更多嘛！

「必須在這三天之內，完成斬首計畫！」

想到這裏，總統也顧不得這麼多，立刻對應龍和NULL說：「N先生，應上校，恕我冒昧，萬象集團的行為越來越瘋狂，一旦他們獲得戰鬥機和雲爆彈，只會更加肆無忌憚，不知道多少百姓要為他們的野心陪葬。我知道貴國的精英小隊前來文南，只是為了解救貴國百姓，但眼下正值生死存亡之秋，三天之內，我們很難再送一批精銳潛入萬象集團了，眼下只有各位能幫忙。能否請你們配合我國精英，共同完成斬首計畫？」

文南國總統的態度誠懇，利弊也分析得很透徹，何況他說的也是大實話——穿過戰況激烈的交戰區，秘密將他們送到升龍省，潛入「聖湖」，這其中耗費了文南國政府不少力氣。從準備到潛入也花了整整五天，現在想要他們三天之內再送一批人來，明顯不可能。

雖然應龍離開中國前，領導反覆交代不得干涉他國內政。但也明確指出——只要獲得文南國政府授權，在解救同胞過程中如果碰到對中國犯下累累血債的萬象集團毒販負隅頑抗，可以開槍擊斃。

現在是文南國的總統親自開口請求，應龍心中有了底。

這時突然聽見NULL問：「『銅棒』先生，童素現在在哪兒？」

童子邦臉色一僵，才道：「素素還在機房，被岩罕逼迫帶黑客團隊去突破文南國軍事指揮系統，獲取控制權。岩罕派了十個雇傭兵，不分晝夜地看守著她，不准她離開。」

說到這裏，他嘆了一聲，指了指窗外：「遠處那棟五層樓的房子，就是萬象集團的機房所在。」

「為何童先生只是被關在這棟別墅裏，童小姐卻被控制在機房呢？」傅立鼎提出了自己的疑問。

他們剛從秘道進來時就發現，童子邦的自由被限制得並不死，他只是不能出這棟別墅而已。為什麼父女兩人的待遇不同？

「呵呵，」童子邦冷笑道，「岩罕當然不怕我跑掉，因為早在五年前，我體內就被植入了一塊生物芯片，具有定位功能，所以他不認為困守『堡壘』中的我有機會跑得掉。而且他很清楚，同樣是被囚禁，我因為惦記著素素，不捨得死。但素素是個很剛烈的人，她要是被逼急了，很可能會走極端，一死了之。所以，看住素素，就等於看住了我們父女倆。另外，岩罕之所以要看緊素素，主要還是認為素素的實力和他就在伯仲之間，他能降伏她。而對於我這個老師，岩罕始終有點畏懼。如果我與素素聯合起來做某個程式，其中設下的陷阱，他不一定能夠發現。所以他寧願只讓素素一個人來寫程式，也要保證安全，不僅如此，他也需要拿素素來牽制我。」

如果說整個世界上，岩罕還會對一個人產生一點敬畏心，那就是童子邦。

雖然岩罕並不會承認，可心裏其實非常清楚，童子邦的黑客技術比他更強，能做到許多岩罕做不到的事情。比如，用極短的時間，就入侵大洋國的軍事間諜衛星，甚至奪取控制權。

正因為如此，岩罕在勒令童子邦為他辦事時，只敢請童子邦去對軍事衛星動手，絕對不敢把突入軍事指揮系統這種重任交給童子邦，就怕童子邦反手布下陷阱，壞了岩罕的大計。

NULL沉默片刻，才問：「機房……岩罕是不是也經常在機房？」

童子邦長長地嘆了一口氣：「不錯。」

NULL破天荒有些急了：「岩罕的行蹤呢？您能掌握到嗎？」

童子邦十分無奈：「岩罕的行蹤其實很好掌握，他就在『堡壘』之內，但你們這麼少的人，想要接近他，十分不容易。要知道，你們所處的地方，是萬象集團最核心的部分，『堡壘』內常年會有三百人。這三百人中，至少一半都是萬象集團的狂熱成員，幾代人都為萬象集團付出，屬於最死忠的心腹。另外大概有四五十個世界各地雇來的精銳雇傭兵，剩下一百人就是黑客與科研人員，除了最後這一百人外，其餘人基本上都是圍著岩罕打轉的。」

童子邦向大家大概解釋了一下萬象集團總部的構成，才繼續道：「岩罕平常待的幾個地方，像機房、軍火庫等區域，戒備也很森嚴。比如機房大樓，外表看上去只是平平無奇的一棟樓，實際上卻被紅外線和激光覆蓋，想要進去，也必須經過指紋識別，就像「堡壘」大門一樣。而識別權限，只有萬象集團的高層才有。」

「如果我們控制了大門——」

「不行。」童子邦很肯定地說，「這個門的開啟方式是通過智能識別，而不是依靠人力。就算你們控制了大門，沒有相應的權限，無論在裏面，還是在外面，都沒辦法打開它，這招沒用。」

NULL捕捉到關鍵：「『堡壘』的大門，究竟有幾個人有權限打開？」

童子邦算了一下，才說：「不會超過十五個人。」

他這麼算也是有根據的。

首先，萬象集團的高層是以五十四張撲克牌的花色來決定的，但這五十四個位置並沒有滿員，實際成員只有四十餘個。

其次，萬象集團有近十個幹部常駐海外，比如在南美分部、中亞分部等地，留在總部的高級幹部，本來就只有三十個出頭。又由於前段時間，道達和岩罕爭權，岩罕為了鏟除異己，一口氣殺了七八個，還嚇得另外幾個人退位讓賢。

這麼算下來，如今有權限打開「堡壘」大門的人，其實二十個都不到。再排除掉童子邦這種，雖然明面上地位很高，但其實就是個囚徒的，那就更少了。

應龍眼睛一亮：「那留在『堡壘』的，又有幾個呢？」

童子邦意識到他們想幹嘛了，他立刻打開電腦，調出一張地圖，大概看了一下，才說：「這個時間點，高級幹部們要麼去外城和家人團聚，要麼尋歡作樂去了，目前留在「堡壘」內的高級幹部，只有三四人在，因為我不能確定Demon的行蹤！」

嚴明樹也激動了起來：「那豈不是說，如果我們能把這幾個人殺了，其他人就相當於被關在『堡壘』裏，根本沒辦法出去？」

童子邦一聽，頓覺這不失為一個好計策。

問題是，特種部隊也就四五十個人，與兩三百精英戰鬥，必定損失慘重，而且「堡壘」外的敵人隨時都會來支援！

更不要說，童素還在岩罕手裏。

對童子邦來說，童素的安危才是第一位的：「我倒建議你們先把其他高級幹部全殺了，在這一點上，我可以無條件配合你們。你們也該發現了，我之前傳輸給你們的地圖，並不是完整版的。」

這一點，特種部隊心裏也有數。

童子邦傳出來的，與其說是地圖，倒不如說是坐標集合，差不多就相當於：你們到××位置，走幾十米，左拐，這種指路方式。但具體的地圖，他是沒給的，一方面是他不想給，另一方面也是當時的情況不允許傳那麼多信息。

但現在，他對特種部隊提要求了。

「這些高級幹部在哪兒，從哪條秘道走最近，該怎麼走，我心裏都有數。只要我配合，你們行動得當，十幾分鐘就能把人殺光。但我有個前提，希望你們能向我保證，優先救出童素。」

他雖然沒有明說，可大家都知道，若是得不到這個許諾，或許童子邦不會繼續幫助他們。而他們如果失去童子邦的支持，就算已經深入「堡壘」，也會變得兩眼一抹黑，必定損失慘重。

可想要救出童素，並不是那麼容易的事情。

童素被關在機房，在雇傭兵的看守之下，救人的難度非常大。

一旦救了童素，岩罕也會立即得到消息，他會在第一時間要求萬象集團的所有高層進行戒備，甚至封鎖整個總部。那樣一來，斬首計畫將很難執行。在這個封閉的、中央集權的，而且遍布亡命之徒的地方，特種部隊想要撤退都會變得難如登天。

反過來，如果優先執行斬首計畫，就算能乾淨俐落地殺了其他所有高層，可童子邦已經說了，他定位不到岩罕的行蹤。也就意味著，他們沒辦法狙擊岩罕。而岩罕一旦收到高層死亡的消息，同樣會反應過來——有外敵入侵，那童素的性命就危險了！

這一刻，精英小隊的戰士們左右為難。

第五十二章 兵分三路

當斬首計畫與人質救援發生衝突時，應龍一時也猶豫不決。

萬象集團無惡不作，又在中國犯下滔滔罪行，他對執行斬首計畫並不排斥，畢竟這些大毒梟個個死有餘辜。尤其是對於岩罕、鄭方和代號「黑桃K」的狙擊手，他更是想親自將其手刃，為犧牲的戰友報仇。

但應龍心裏清楚，第一，最優先的使命是人質救援；第二，對NULL和童子邦來說，童素的性命是擺在最高級別的，如果不顧童素的性命，先執行斬首計畫，這兩位頂尖黑客怕是不會全力配合。

假如拿不到童子邦手上的完整地圖，特種部隊無法在萬象集團總部順利穿梭；同時萬象集團那些高層的行蹤，也只有童子邦一人掌握。這也是童子邦敢提要求，讓他們務必優先救出童素的原因。

問題是，他們這一行人中還有一半是文南國本土的特種精銳部隊。這些身經百戰的精英們抱著必死的決心前來，就是為了誅殺萬象集團的首腦和高層，徹底鏟除這個掀起腥風血雨的反政府武裝。

對這些戰士而言，區區一個童素的性命，與整個萬象集團相比，完全不值一提。這些文南國的特種戰士或許會表面上對童子邦做出妥協，答應救童素，但他們實際上還是以斬首行動為重。如果應龍堅持說「我們先去救人」，只怕他們這兩支小隊自己要先幹上一架。

更何況，如果脫離了文南國政府的配合與支援，又沒能實施「斬首」讓這個邪惡組織陷入群龍無首的狀態，那麼就算能僥倖救回童素，也沒辦法成功地在一大群雇傭兵的追擊下，越過崇山峻嶺和浩渺「聖湖」兩重天險，逃離萬象集團。

從理性的角度考慮，優先執行斬首行動，無疑是最佳的策略。

但他不能明著這樣說，更不能嘴上承諾要救童素，實際上卻不執行。那樣一來，天知道童子邦會做什麼。進退兩難之際，應龍靈光一閃，對童子邦問道：「如果我們調虎離山呢？將岩罕調離「堡壘」，我們趁機將童小姐救走，如何？」

應龍越想越覺得這是一個好主意，他們可以先將岩罕調走，然後將滯留「堡壘」內的另外兩三名高層全殺了。這樣一來，「堡壘」裏面的人很快就會發現，他們被關在「堡壘」裏，出不去了。

「堡壘」內的部隊是萬象集團的精銳，與他們相比，外部的那些人只能算是烏合之眾；精銳都被關門打狗了，其他人很可能會作鳥獸狀四散。

童子邦陷入沉思。

他雖然出入都受到嚴格限制，但出於黑客的本能，加上一直都沒放棄的逃生念頭，早就秘密地把整個萬象集團的重要建築圖囊括於心。無須打開電腦，他的腦海中已經浮現出立體的三維地圖，很快就圈定了幾個地方。

只見童子邦一邊踱步，一邊說：「有幾個地方，岩罕非常重視。」

「第一，飛機場。萬象集團的高層一直懊惱於他們只有普通的直升機，卻沒有戰鬥機和戰略轟炸機。你們應該知道，沒有戰鬥機，在戰爭中就沒辦法取得制空權；沒有戰略轟炸機，就沒有足夠的遠程打擊能力，無法對敵人形成強有力的威脅。正因為如此，他們很早就私下在暗網重金求購這兩種飛機，卻一直沒人賣給他們。直到前一年多以前，他們和「公爵」初步達成合作意向後，立刻在總部往北的一個山谷秘密修建了一個軍事訓練機場，由重兵把守。這個機場外界裝有物理隔離設施，萬象集團又防我防得很嚴，我並不清楚具體的人員布置，只能幫助你們潛入，至於進去後該怎麼做，就只能靠你們自己了。第二，軍火庫。包括槍支、彈藥、防彈衣、頭盔等重要軍械，都放在這兒。萬象集團看得非常緊，日夜都有數百荷槍實彈的雇傭兵值班，進出都要經過嚴格的安檢。一旦軍火庫出事，鐵定會驚動岩罕。第三，戰略物資倉庫。該倉庫和軍火庫分別在總部的東西兩角，倉庫裏儲存了大量的糧食、藥品，以及其他重要物資，安防同樣非常嚴密。第四，就是他們的機房了。但後面三個地方都在

「堡壘」內部，也就談不上調虎離山。」

應龍頓時有些為難：「可飛機場就算出事，那麼遠，岩罕真會過去？」

童子邦猶豫了一下：「還有一個地方，我不知道算不算。」

他「一二三四」地列出來，大家其實聽著非常灰心，好在童子邦最後冒出這麼一句，頓時又都生出了希望，傅立鼎忙問：「什麼地方？」

「一座寺廟。」

「寺廟？」眾人都頗感詫異。

「德隆手上有一件Demon需要的東西，所以，Demon才和德隆定下十年之約。眼下約定的日期快到了，德隆卻死了，這就讓事情變得很複雜。」童子邦緩緩道，「德隆和Demon都是一諾千金的人，自然不會撕毀契約。但岩罕不一樣，他會牢牢地掌握那件東西，以控制Demon。」

NULL立刻追問：「那件東西在寺廟裏？是什麼？」

童子邦苦笑道：「別說是我，就連岩罕，甚至德隆都不知道Demon究竟想要什麼。但我心裏大概有個猜測，德隆和岩罕估計也是這樣想的——德隆手中有一件至寶，那就是阿育王塔，以及裏面供奉的舍利子。」

應龍倒吸一口冷氣，而文南國的那些精銳士兵們，已經嘩然。

阿育王是古印度歷史上的一個偉大帝王，他所在的時代距離今天已經有兩千多年。在這位王者的統治期間，古印度的繁榮與發展到達了巔峰。

據說阿育王早年十分好戰肆殺，通過武力統一了印度全境。晚年卻放下屠刀，立地成佛。他將佛教定為國教，派僧人們向全世界傳經，並修建了八萬四千座阿育王佛塔。

應龍之所以知道得這麼詳細，是因為在中國南京棲霞寺，就供奉著世界上現存最大的阿育王塔。

二〇〇八年的時候，在海內外一〇八位高僧大德的見證下，棲霞寺中的七寶阿育王塔金棺銀槨被打開，其中存放的佛頂真骨和感應舍利等稀世奇珍重現人間。應龍作為國家安全部門的一員，也全程參與了這次盛大的事件。

故他很清楚，如果德隆手裏有阿育王塔和舍利子，這個消息一旦傳出去，必定震驚世界。而這兩件絕世珍寶，當然值得Demon賣身十年。

看看文南國這些精英特種兵的反應們就知道，他們一個個面色潮紅，神色虔誠。估計他們到了佛塔面前，直接就要跪倒在地，虔誠參拜了。

NULL查清楚阿育王塔和佛骨舍利的價值後，突然問：「德隆從哪兒弄來那麼貴重的東西？」

童子邦苦笑道：「據說是百年之前，那個混亂、屈辱卻激蕩的時代，有外國人就用了幾塊銀元，便從敦煌把這些至寶一箱一箱地買了回來。這群外國文物販子途經文南的時候，被當地的將軍黑吃黑。那個將軍大字不識一個，搶來的金銀揮霍掉了，一些看不上眼的書卷雜物等就堆在庫房裏吃灰。他正是德隆岳父的先祖。」

後來的事情，不問也知道了。

德隆踩著岳父等人的屍骨，成為了升龍省至高無上的統治者。他本身就有很高的文化修養，自然不會再讓明珠蒙塵。

傅立鼎等人一聽，先是楞了，然後就激動起來。

這些文物，原本是中國所有？

那當然是想方設法要帶回去，讓國寶回歸國家呀！

好在他們高興歸高興，還沒忘記文南國是一個虔誠的佛教國家，阿育王塔這種寶貝，文南人肯定不准他們帶走。所以傅立鼎思索片刻，便道：「無論如何，這等千年文物，絕對不能落在毒販手裏。」

這句話，恰好是中國和文南國特種兵們共同的心聲。

就連文南國政府那邊，聽見這個消息，也沸騰了，連忙指示他們，斬首行動要執行，但佛塔和舍利也一定要帶回來！

這就好辦了。

在應龍的指揮下，整個部隊兵分三路：

第一路由嚴明樹帶隊，成員中一半中國戰士，一半文南戰士，秘密潛入佛寺；

第二路三人一組，分成十個小隊，組員以文南國戰士為主，中國戰士為輔，根據童子邦給的信息，通過秘道，偷偷潛入萬象集團總部的外城區，在NULL和童子邦兩大頂尖黑客的協助下，逐一擊殺這些滯留外城區的高層們；

第三路則是傅立鼎帶隊前往機房，等候時機，這支小隊的成員大部分都是中國特種戰士，他們以救人為重。如果調虎離山成功，岩罕把鄭方，以及另外一名高層都帶走，自然最好。如果沒有，傅立鼎小隊就要在解救童素的同時，殺了這兩人。

等到三路人馬準備就緒，行動才能正式開始。

嚴明樹趴在草叢裏，一動不動，盯著不遠處金碧輝煌的佛寺。

德隆是個虔誠的佛教徒，認為佛寺周圍不應該有任何現代科技的蹤影。所以這座佛寺以及周邊，非但沒有監控器，就連電和網絡都沒有。

這意味著戰士們必須靠自己的經驗，隨機應變地採取行動，黑客能起到的幫助非常少。

耳機裏傳來應龍的詢問：「嚴隊長，你那邊怎麼樣了？」

「正在分析情況。」嚴明樹聲音壓得很低，「就目前來看，佛寺外部的守備並不算嚴密，甚至可以說很鬆懈，裏頭只有誦經的僧人們，除此之外，就連個警衛都沒有。」

乍一看，嚴明樹覺得這應該是個陷阱，外鬆內緊，故意讓人掉進去，所以非常謹慎。

但仔細觀察，發現真的沒有警衛，也沒有高科技安保措施。這讓他反而懷疑起來——阿育王塔和佛骨舍利，真的在佛寺裏嗎？

「應上校，」嚴明樹猶豫了一下，還是問了出來，「岩罕會不會已經秘密把這兩件至寶轉移走了？」

應龍陷入沉思。

並不排除這種可能。

但這樣一來，他們的處境又會變得十分尷尬。

要知道，原定的計畫是——嚴明樹小隊先將佛塔運走，然後製造出一點動靜，引岩罕過來。與此同時，斬首小隊立刻發動攻擊，以雷霆之勢誅殺萬象集團的高層。而只要岩罕一走，傅立鼎等人馬上給機房斷電，控制整個機房，從而將童素救出。

環環相扣，容不得半分疏忽。

正因為如此，萬一第一環就失敗，對所有的後續計畫來說，都將產生致命的影響。

就在嚴明樹有些灰心之際，突然聽見童子邦和NULL的聲音同時響起：「不會。」

「為什麼？」

童子邦和NULL都頓了一下，似乎在等對方先說，看見對方沒發話，又異口同聲地說：「因為任何防禦措施，對Demon來說都是無效的。」

此言一齣，大家也都明白了。

Demon這種神一般的狙擊手，你再怎麼設置安保、防禦，對他而言，也就是突入時間長短的問題。如果他真心想要強搶，放再多的警衛在佛寺也不頂用，反而會激怒他——我真心實意履行契約，為你效力十年，眼看時間快到了，你卻翻臉不認人？想借舍利來要挾我，也不看看你的腦袋究竟經得起幾槍！

岩罕就算真想控制Demon，也不會用這麼蠢的方式，在這個節骨眼上得罪對方。

剛好契約時間還沒到，Demon還沒走，在這個期限內，佛寺不設防，至寶就像往常那樣由僧人供奉，反而是一種最好的安撫。

確定這一點後，嚴明樹已打定主意，對身邊的隊員們說：「根據『銅棒』先生的說法，佛塔不大，兩個人就能抗起。待會大家跟著我偷偷潛入，然後以雷霆之勢，控制住整個寺廟的僧人，問佛塔在哪裏。等佛塔一拿到，我們先當著僧人的面，跑進佛寺後方的山林裏，再從山林的秘道中偷偷離開。切記，整個過程中，不要傷害這些僧人！」

眾人紛紛點頭，明白嚴明樹的用意。

他們的任務，一是帶回國寶，二是調虎離山。只要他們帶著佛塔和舍利跑了，那些僧人自然會向岩罕報信。眼看時間差不多了，嚴明樹下令：「動手！」

與此同時，在童子邦書房裏的應龍，也指揮第二組的所有成員——無論他們此時潛藏在天台、民居，還是道路的夾角：

「各小隊請留意，斬首行動，即將執行！」

戒備森嚴的機房裏，一大群黑客正在忙碌。

對童素來說，這是再正常不過的一天。

岩罕對文南國的軍事指揮系統志在必得，每天派人嚴格監控著童素，自己也早早就來到機房，與童素一同指揮，開始對軍事指揮系統的秘密滲透。

經過這幾天的努力，文南國大量的軍事資料已經被他們解密；剩下的，不過就是該系統的控制權罷了。

到了這種時候，即使童素，也有一點焦急。

她總是忍不住想，父親將消息傳出去了嗎？NULL破獲了這些消息嗎？文南國政府會採取什麼措施呢？

但她卻什麼都做不了。

被人嚴密看守的她，就如被關在籠子裏的困獸，只能聽從岩罕的命令行事。因為如果她不聽話，岩罕很可能真的會對童子邦動手，給父親注射高純度的毒藥！

每每想到這裏，童素就滿腹憂慮。

如果她實力更強一些，能在岩罕眼皮子底下做手腳就好了……

正當童素尋找機會之際，鄭方匆匆趕來，對岩罕耳語。

霎時間，岩罕的臉色立刻沉了下來。

只見他對手下說了一句「看好她，我不在的期間別讓她碰電腦」就急忙出了門，童素從來沒看見他這麼焦急過，從來。

發生了什麼？

童素敏銳地意識到，這可能是一個轉機。

但她根本沒辦法做什麼，因為兩個女雇傭兵已經上前，將她雙手捆在身後，然後恭恭敬敬地說：「赫卡忒小姐，請先跟我們出去一下。」

然後，就將她半推搡半拉扯地押到了臨時休息室。

這也是這段時間來，童素每天享受的「待遇」。

不管她做什麼，就連睡覺乃至洗澡的時候，身邊都會跟著兩個女雇傭兵看守，房門外更是有三十個雇傭兵將前後左右上下通道包括排氣管都全部把守住了。在這群人的嚴密監視下，她連玩個魔方都不行，更不要說碰任何電子設備。

外面到底出了什麼事，能讓向來鎮定的岩罕變得慌張？難道是救援人員根據父親傳遞出去的地圖，已經進入萬象集團總部？

她的大腦飛速地運轉，思考著如何尋找逃出這個鬼地方的機會。就在這時，整個房間突然變得一片漆黑！

兩名女性雇傭兵立刻變得十分警惕，將槍拔了出來，戒備地聽著周圍的動靜。

然後，只聽見休息室的門嘎吱嘎吱地被輕輕推開。

童素心中一動，剛要出聲提醒來人有危險，卻聽見「砰」「砰」兩聲。

並不是槍響，而是人體倒地的聲音。

下一刻，她的面前出現了巨大的陰影，就見來人手握安裝著長長消聲器的手槍，微微彎下腰，英俊到毫無瑕疵的臉上，露出不帶任何感情的微笑。

竟是Demon。

只見這個金髮的惡魔用流利的英文，緩緩道：「赫卡忒！走吧！」

第五十三章　隧道伏擊

岩罕端坐車上，神色陰鷙。

鄭方知岩罕心情不好，便挑了點好事說：「您放心，那些賊人偷了佛塔後，居然跑進了林子裏，我們很快就能把佛塔追回來。」

對萬象集團來說，這確實是不幸中的大幸。

倘若這些偷佛塔的人鋌而走險，佛塔得手後直接開車風馳電掣，強衝關卡，然後走水路開遊艇逃跑，萬象集團或許還真沒轍，因為他們顧忌佛塔，不能動用重型武器，唯恐傷到佛塔的一絲一毫，只能圍追堵截。

但跑進林子裏，對萬象集團來說，想逮住這群人，就和甕中捉鱉沒區別。

區區一群外人，還能有他們熟悉附近的山林？

鄭方這麼說，本是想讓老板不要過於擔憂，誰知岩罕立刻追問：「逃進林子？誰看見了？」

「僧人們都……」鄭方話還沒說完，立刻反應過來，「不對，這些僧人為什麼都沒事！」

雖然岩罕和鄭方還不清楚，究竟是哪一股勢力如此有針對性，不僅知道了佛寺中供奉佛塔和舍利的秘密，還派人來強搶。但他們都很確定，如果是「自己人」，即組織中的反對派，或者是Demon的手下，必定都是心狠手辣之輩，殺人就和呼吸一樣尋常，佛寺裏的僧人們沒有一個能活下來！

既然這些人活了下來，那就代表著——

「馬上回去！」岩罕面沉似水，「我們中計了！」

奪寶而不殺無辜之人，如此心慈手軟，只可能是一種人，那就是軍人！

這是調虎離山之計！

鄭方也想明白了這一點，驚怒之餘，便是驚恐：「組織之中出了叛徒！」

下一刻，他馬上鎖定了嫌疑人：「童子邦！我去殺了他！」

說罷，鄭方踩停了越野車。

岩罕其實並不確定是不是童子邦幹的，他考慮敵人若要潛入總部，只可能由組織內的高層帶進來，而童子邦看似在萬象集團地位很高，實際上是個囚徒，並沒有實權。他自己都出不去，怎麼能帶外人進來呢？更值得懷疑的，倒是萬象集團那些面和心不和的其他高層。

但岩罕沒有阻止鄭方的舉動，因為這時放任童子邦不在掌控之中，確實不是什麼好事：「童子邦未必是叛徒，他可不知道組織內的這些秘事，但他確實是我重要的棋子，不能有閃失。你將他和童素統統帶到「安全屋」裏去，然後就別管他們了，黑客在「安全屋」中，翻不起任何風浪。你這次回「堡壘」，最重要的任務是控制局面，千萬不能讓「堡壘」內部出亂子！」

鄭方冷靜過後，也認為岩罕說得有道理，眼下的當務之急是防止有人趁亂搗鬼。就迅速下車，上了後面的一輛吉普，讓車上的幾個雇傭兵和自己一起回「堡壘」。

岩罕對「佛塔失竊」這件事很惱火，疑心是不是Demon在裏面耍了什麼花招，現在想想，還留在「堡壘」內的高級幹部，除Demon之外，竟只有「紅桃8」一個，而且對方只是個新型毒品的研究人員，並不是「黑桃」，沒有調動軍事力量的權力，完全無法與Demon相比。

對岩罕來說，他本人必須去一次現場，看看佛塔失竊究竟是什麼狀況，而讓鄭方回「堡壘」主持大局也是值得放心的。

Demon是「黑桃K」不假，鄭方卻也是「黑桃Q」。誰都知道，鄭方才是岩罕的心腹。

岩罕想了想，覺得鄭方帶的人還是太少，又問：「鄭方的直屬小隊在哪兒？」

「回BOSS，他們運了新一批的武器回來，幾分鐘前剛剛下船！」

「命令他們用最快的速度與鄭方會合，一起回到『堡壘』！至於那些武器，你帶隊去押解進『堡壘』！」

「是！」

就在岩罕與鄭方兵分兩路之際，他們的動靜，已被兩國聯合特種小隊捕捉。

「這裏是二組八小隊三號，目標A和目標B突然分開，目標A以及隨行的三輛車朝機房折返，目標B繼續開車往東南方！」

童子邦一聽，立刻懂了：「鄭方是來找我的。」

「抱歉。」嚴明樹也意識到他們的行動哪裏出了問題——他們恪守軍人的原則，不濫殺無辜，本身就是最大的破綻。

應龍權衡了一下，說道：「童先生，這兒已經不安全了，我們馬上撤離。」

「稍等。」童子邦盯著屏幕，雙手飛也似的敲擊鍵盤，「他落單了，這是個好機會。」

電腦屏幕前，赫然是整個萬象集團的地圖！

應龍比童子邦的戰術素養高上不少，童子邦尚且能判斷出這是千載良機，應龍更是稍微掃了幾眼地圖，就發現鄭方再駕車轉過兩個路口，就會駛入一條蜿蜒的隧道，大概要開十五到二十分鐘，就會從隧道口出來。而出口恰好是一個「丁」字形的狹窄地帶，兩邊又是茂密的樹木，而且還有小小的弧度，路面高，路邊低，無疑是絕佳的伏擊地形！

幾乎是下意識地，應龍已經做出判斷：「就在這兒埋伏，來個甕中捉鱉！」

應龍的指令，讓特種兵們都激動起來。

他們最想擊殺的人其實是岩罕，因為岩罕一死，萬象集團必定群龍無首，但岩罕警惕性太高，他們沒有下手的機會。所以，隊員們都分開去執行自己的任務了，只有童子邦和NULL，通過高超的黑客技術，飛速入侵一切能掌控到岩罕行蹤的設備，從而想方設法，定位到了岩罕的車隊所在！

恰好，執行任務的十個小分隊中，八小隊剛好能及時趕到伏擊地點。雖然來的不是岩罕，但如果能幹掉岩罕的左膀右臂鄭方，也足夠令人興奮！

此時不狙擊，更待何時！

應龍馬上指揮：「七小隊、三小隊，你們的任務已經執行完畢，又距離目標地點不遠，加緊過去增援八小隊，務必不能讓鄭方跑了！」

「收到！」

七小隊之前潛入萬象集團一名高管情婦的家裏，成功「斬首」；三小隊則混入了「夜色」酒吧的賭場，也已完成擊殺任務。這令他們有了足夠的條件，趕去圍堵鄭方——因為他們都從目標人物身上，搜出了車鑰匙。

這兩支隊伍的六名精英，很快就開著車，在童子邦的指揮下，從東西兩個方向，朝隧道的出口匯合。

地圖上的三輛車，慢慢將在「丁」字路口交匯。

這時，鄭方正不停地打電話，越打心情越差。

他先是想聯繫「黑桃10」，因為在佛塔丟失後，鄭方立刻吩咐「黑桃10」封山，絕不能讓竊賊們跑掉，現在想詢問一下具體進度，結果「黑桃10」的電話卻一直都打不通！

「黑桃10」雖然在集團中的排序比鄭方低，嚴格來說要受到鄭方管轄，但這個越南佬一向不服鄭方管轄。

鄭方也能想到「黑桃10」的不以為然，不就是一個佛塔失竊了嗎？東西丟了就丟了，反正也沒特別貴重的東西，幹嘛興師動眾到必須封山？

畢竟，佛寺裏頭供奉著阿育王佛塔與舍利子的事情，只有德隆、Demon、鄭方等幾個親近的人知道，就連童子邦，也是通過強大的黑客手段，才洞悉了這一秘密，「黑桃10」這個級別的人自然無從得知。

鄭方見「黑桃10」就是不接電話，氣得半死，索性去打「方塊9」的電話，讓他立刻調動所有船隻，日夜不停地在「聖湖」附近巡邏，以免竊賊走水路逃出去。

誰知，「方塊9」的電話竟然也打不通！

這些傢伙都在幹什麼！

鄭方正心浮氣躁，車子卻在駛出隧道的那一刻，突然顛了一下。

「怎麼回事？」

「有些不對。」車上其餘三人都是身經百戰的精銳，立刻察覺到問題，「好像是車胎被什麼東西扎破了。」

他們的車胎可是特殊訂製，就連普通子彈都未必能打穿，何況是被扎破！

但對方的動作實在太快！快到此人話音剛落，刺目的白光突然在四人眼前炸開。

下一刻，什麼東西就扔到了車上！

「轟！」

竟是閃光彈加手榴彈的雙重複蓋！

四人立刻推開車門，以滾地的姿勢，先抱頭往外頭撲去，而此時，密集如雨點的槍聲已經響了起來！

敵人竟是直接埋伏在隧道的出口，就距離他們不到十五米的位置！

面對突如其來的襲擊，鄭方終於明白——這是一場針對萬象集團高層的謀殺！「黑桃10」和「方塊9」不是故意不接他電話，很可能已經死了！

「黑桃10」倒也罷了，兩人沒什麼感情，但「方塊9」卻是鄭方過命的好兄弟，還帶著血緣關係！

鄭方直接拔出自己腰上別著的槍，循聲射擊。

特種精英小隊對鄭方的伏擊頗為成功。

僅僅一輪掃射，在密集到毫無盲點，又超級近距離的兇猛火力覆蓋下，鄭方車內四人便有三個重傷，再也無力掙扎。偏偏只有目標之首的鄭方，也不知是命大還是身手好，不僅只受了輕傷，還進行了反擊！

「砰砰砰！」

三聲槍響，在密集的槍雨裹本來極不顯眼，也只打中了一發，但這一發的作用，卻極其致命！

被擊中肩膀的那個戰士，幾乎是頃刻間就倒下，劇烈的痛苦，讓他嘶號著不斷在地上打滾。

「不好！」另一位作戰經驗豐富的特種戰士反應過來，「這是達姆彈！」

眾人霍然變色。

達姆彈是一種極其惡毒的子彈，裏面麵了鉛，一旦打入四肢，人就必須截肢。若是打到軀幹，不僅致死率極高，就算僥倖救回來，鉛毒已經深入軀體，將會像魔鬼一樣，如影隨形，覆蓋受害者的後半生。

正因為如此，國際上早就禁用了達姆彈，卻沒想到這種「怪物」會在萬象集團重出江湖。

「我們必須快點解決戰鬥！」小隊長說，「及時治療，或許只是截肢，性命還有得救！」

這些特種戰士們都知道，從他們執行斬首計畫的那一刻開始，文南國的多架戰鬥機和醫療救援直升機就已經出發了，他們現在要做的就是以最快的速度完成任務，然後將戰友送去急救！

但就在這時，耳機裏傳來NULL急促的聲音：「發現前方有一個車隊快速趕來！疑似敵方支援，人數不少！」

「隊長！」

「不能撤退！」隊長咬牙，對著鄭方的位置，將最後一個手榴彈扔了出去，「先殺鄭方！一定要幹掉鄭方！」

隊員們只猶豫了一瞬，然後毫不猶豫地再度端起了槍，對著鄭方的位置進行掃射！

他們明知道萬象集團的增援馬上就要到來，如果現在不撤，一旦陷入苦戰，很可能大家全會戰死在這裏。

但他們得把握住這個良機，擊殺鄭方！

斬首行動的宗旨就是，萬象集團的高層，一個不留！

哪怕留一個，都可能後患無窮！

暴雨般的子彈，很快就把鄭方打了個對穿！

但這時候，飛馳而來的四輛越野車中，跳下了十六七個全副武裝的男子，為首的那個戴著微型耳麥，似乎正與誰通信。

這幾個人，恰是鄭方的直屬部隊！

他們奉岩罕之命與鄭方會合，卻沒想到在回到「堡壘」的必經之路上遭遇了槍戰。帶隊的立刻聯繫岩罕，馬上得知正在燃燒的越野車，就是鄭方乘坐的那一輛！

目睹鄭方死在自己眼前，此人眼睛紅了，端起衝鋒槍就是一通亂射。

特種戰士們打了個滾，紛紛尋找樹木做掩體，唯有那個中了達姆彈，無法動彈的戰士，成了活生生的靶子，又身中數彈，有一槍更是不幸正中面門，只抽搐了一下就壯烈犧牲。

但這種時候，就連悲傷的時間都沒有！

只見小隊長俐落地換了彈夾，從樹邊冒頭，砰砰砰打幾槍，立刻打滾，離開原本的位置！

下一秒，那裏就被密集的火力覆蓋了！

只要他晚離開一秒，就將死得無比淒涼！

就在這時，突然，「砰」的一聲！

隨後，便是「啊」的慘叫！

竟是萬象集團那邊有一支衝鋒槍炸膛了！

飛濺的彈片霎時間就成了強有力的武器，重傷了附近鄭方的幾個親信，霎時間，罵聲不絕於耳，帶隊的更是直接咒罵：「這槍有問題！剛換子彈就炸膛！」

而特種戰士們敏銳抓住這個機會，猛烈地進攻！

一輪兇猛的火力齊射，威力無與倫比！

這群毒梟還想抵抗，誰知他們手中的槍似乎中了詛咒一般，不是炸膛，就是卡殼，猝不及防之下，竟被八個特種戰士打得節節敗退！

岩罕聽著耳麥那邊傳來的激烈槍聲和慘烈哀號，直到所有聲音停止，臉色陰沉。

鄭方直屬小隊負責押運「公爵」新送來的一批武器，聽到他的命令後，怕隨身攜帶的武器不夠多，乾脆直接從裝甲車上拆了一箱槍支彈藥，才去與鄭方會合。

按理說，這些槍支應該都是嶄新的、完好無缺的才對，怎麼會出現這麼大的紕漏？難道「公爵」故意拿殘次品來坑他？

但很快，岩罕搖了搖頭，否決了這一想法。

「公爵」與萬象集團做買賣也不是一次兩次了，前幾次提供的武器都是好好的，一分錢一分貨，從來沒出現過卡殼、炸膛等情況。所以萬象集團檢查武器的時候，再也不會一一去驗，基本上都是一批試一兩個覺得沒問題就行。

而這批武器，是「公爵」剛剛派人送來的，才剛到碼頭，還沒來得及詳細檢查，更沒來得及送入武器庫。如果在押運的過程中，被人暗中掉包了，也有可能。

是誰？誰藏在背後，這樣害他！

他一定要把這個「內鬼」揪出來，將對方千刀萬剮！

就在這時，手下又帶給他一個壞消息：「BOSS，所有高管都聯繫過了，電話全都打不通！」

岩罕心中一沉。

鄭方遭遇伏擊的那一刻，他就讓手下立即聯繫萬象集團的其他高管，現在看來怕是兇多吉少。

有本事這麼精準定位所有高管的人，他就想到一個，頓時怒道：「童子邦呢？立刻把他抓了！」

他本來可以讓尚且留在「堡壘」內的雇傭兵和衛隊去抓童子邦，但他並不特別信任這些人，尤其那幾個負責看守童子邦的雇傭兵，全都是Demon一手調教出來的。礙於Demon，岩罕不好一上位就換人，才沒第一時間給這些人下命令，而是讓鄭方回去主持大局。

可現在鄭方已死，他也顧不得那麼多了。

問題是，手下傳來的又是壞消息：「BOSS，聯繫不上！手機全部沒人接！」

「堡壘」內部，一定出事了！

隧道口的槍戰，最後以特種小隊的勝利而告終，但他們在全殲敵人的同時，也付出了慘烈的代價——兩名戰士重傷，一名戰士犧牲。

而鄭方一死，就代表著，萬象集團留在總部的高管，只剩下最後三個了。

Demon、岩罕，還有一個負責科研的「紅桃8」。

雖然捷報頻傳，但由於遲遲沒有收到第三路人馬的消息，童子邦非常焦急：「傅隊長那邊呢？為什麼還沒有動靜？」

就在這時，NULL突然喊道：「不好，嚴隊那邊失去聯繫了！」

第五十四章　混亂局面

時間回到十五分鐘前。

突入機房的傅立鼎蹲下身子，探了一下橫七豎八倒在地上的雇傭兵的呼吸。

一片冰涼與死寂。

他打開防彈頭盔上的夜光功能，上下打量了一圈，臉色非常沉重，喃喃自語：「一槍斃命。」

這樣的槍法，他只在一個人身上見過。

「黑桃K。」

傅立鼎尚且還能保持冷靜，他的組員已經蒙了：「傅隊長，這這這……」

機房大樓的門口布有電網，所有的窗戶、通風管道口都布置了紅外線熱度探查儀，一旦測到有未知物體，就會拉響警報。但不知為何，整棟大樓卻有幾個電箱裝在外面，傅立鼎等人設法破壞了這幾個電箱的線路，令機房大樓斷電，然後潛進去想帶走童素。結果發現，機房已經成了人間煉獄。

這個「堡壘」內最核心的技術重地，屍橫遍野，血流滿地。

詭異的場景，令隊員們都面面相覷。

傅立鼎也滿心疑惑。

如果說這是「黑桃K」幹的，合理嗎？

且不說「黑桃K」身為萬象集團的高管，沒理由這樣殺人，就算是「黑桃K」動的手，他能這麼短時間內殺了這麼多人？不可能吧？

傅立鼎仔細回想，又覺得剛才他們破壞電箱的行動太過順利。

機房大樓既然有幾個電箱在外面，岩罕肯定會派人保護，可他們摸過去的時候，別說守衛，就連巡邏的人都沒有，這不合常理。

一個接一個的問題，令傅立鼎心煩意亂。

他本想與NULL聯繫，但不知為何，自從他踏入機房大樓起，他和隊友的耳機就一直充斥著「嗞嗞」的電流聲，完全聽不見外界的動靜。

「傅隊長，我們該怎麼辦？」

「先去旁邊的科研大樓。」傅立鼎拿定了主意，「殺掉萬象集團留在『堡壘』內的最後一名高級幹部——『紅桃8』！」

他話音未落，爆炸聲就響起！

傅立鼎扭頭一看，頓時僵住——旁邊的科研大樓烈火熊熊，在爆炸中搖搖欲墜！

面對這一幕，傅立鼎只得咬牙：「撤！」

科研大樓的爆炸，立刻吸引了「堡壘」內所有人的注意力。

巡邏的衛隊本來想救火，突然發現不對——科研大樓裏平常也有幾十個人工作，為什麼爆炸了，沒人跑出來？

熊熊火焰吞噬了整個科研大樓，山風吹來，讓靠近大樓的人皮膚感覺炙熱，還明顯能嗅到空氣中夾雜著人體被烤焦的氣味。

難道科研樓裏的人都死了？他們一個都沒跑出來？

人們還沒有從這一震驚中緩過神來，旁邊的機房裏又突然爆出恐怖的喊聲：「死人了！死人了！全都死了！」

蜿蜒的血跡從機房不斷流出，踹開機房大樓的正門，就看見黑漆漆的機房大樓中，到處是屍體！

整個機房就像一個屠宰場，完全沒有了生的氣息。

無邊的恐懼，蔓延上了這些人的心頭。

「堡壘」裏面本來就不到三百個人，突然無聲無息地死掉近百人，還引發了爆炸，誰不害怕？膽子小的人甚至雙腿都打哆嗦，忍不住說：「這，這不會是鬧鬼了吧！」

「胡說八道！」有人立刻反駁，「你們看傷口，全是槍傷！」

此言一齣，眾人更是倒吸一口冷氣。

他們大部分都是亡命之徒，不怕鬼神，卻害怕人心。在他們看來，這些人被鬼弄死不可怕，但被人殺死，卻令他們不寒而慄。

機房大樓的常駐人口中，雖然有四五十名黑客，但還有近半數的毒販和雇傭兵，負責保衛並看守這些黑客們。這些惡棍個個身經百戰，槍不離手，怎麼就死得這麼快、這麼突然？究竟是誰殺了他們？那些兇手還在不在「堡壘」裏？

一想到暗處有很多雙眼睛盯著他們，想要奪走他們的性命，這些人惶惶不安，下意識地握緊了槍。

就在這時，防空警報忽然拉響！

這些人原本就十分緊繃的神經，霎時間被拉到最緊，此時的他們已如同驚弓之鳥，飛也似的竄進了最近的建築，躲避即將到來的空襲！

下一刻，紛紛揚揚的「雪花」散落。

有人小心翼翼地打開窗子，想看看外面的動靜，一片「雪花」剛好飄了進來，竟是一張張的傳單。

讓他們投降的傳單！

這張傳單上寫著，文南國政府的空軍已經出發，現在投放傳單的是先遣部隊。限岩罕一小時內投降，無辜百姓若要撤離，就帶上白旗，前往飛機場，等待文南國醫療與運輸機的降落。

一小時後，文南空軍將對此地展開地毯式轟炸，直接轟平每一寸土地！

霎時間，這群惡徒的心理防線就崩潰了！

「這一定是文南國政府搞的鬼！」

「他們的部隊殺過來了！」

「快跑！現在去飛機場，還能撿回一條命！」

雇傭兵高喊：「門呢？開門的人在哪裏？我們怎麼出去？」

他一開口，馬上就是許多人響應：「你們快把門打開，我們要去機場！」

「你們不要相信這張傳單！」一名小隊長模樣的文南男人站了出來，安撫大家，「文南國政府絕對不敢對這裏進行地毯式轟炸！因為這有幾十枚雲爆彈，一旦雲爆彈被引爆，造成的後果，文南政府很難承擔！」

此人也算岩罕的心腹之一，知道岩罕將雲爆彈安放在了山體各薄弱點處。但他怕說得太清楚，反而讓雇傭兵們更加恐懼，就含糊其詞，只說這裏有雲爆彈。

這話雇傭兵們根本聽不進去：「我們知道這裏有雲爆彈，但文南國政府知道嗎？」

「對！就算他們知道，你能保證他們真不投彈嗎？」

「就是，我們只是收了萬象集團的錢，可沒真打算賣掉自己的命！」

雇傭兵們越說越激動，有人直接拿槍對著這名隊長，瘋狂地吼道：「快開門！讓我們出去，否則我一槍崩了你！」

毒販們見雇傭兵們要動手，立刻端起槍，對準了雇傭兵。而這些雇傭兵也管不了那麼多，同樣把槍指著隊長，逼迫他開門！

隊長看了一眼呼嘯離開的文南戰機，心裏也有點打鼓，但他為了控制局面，還是大喊：「你們出不去！我們也出不去！誰都出不去！這個大門只能由高管打開，我們沒有任何權限！」

此言一齣，「堡壘」陷入異樣的死寂。

萬象集團的高層，目前似乎都在「堡壘」外頭，誰能保證這些人會趕回來，而不是拋棄他們，直接前往飛機場，妄圖逃命？

不知過了多久，一個雇傭兵突然放聲狂笑起來，只見他舉起槍朝毒販們瘋狂掃射！

瀕臨死亡，卻只能等死，無法自救的恐懼，讓他陷入了瘋狂。

這時候，他唯一的想法，就是帶走更多人的性命！就算死，也要拉更多墊背的，一起下地獄！

連續的槍響就如某種號令，衛隊猝不及防，被擊倒了好幾個。其他人連忙閃躲，然後就立刻回擊。而其他雇傭兵們也覺得，這時用武力奪取「堡壘」的大門，說不定就能破解門禁系統，有機會逃出！

為了活命，雇傭兵們猛烈進攻。

整個「堡壘」內部，槍聲不絕於耳，時不時就有人倒下。

到後來，許多人已經是殺紅了眼，根本不管周圍是誰，反正大家都要死，索性一起死！

局勢一團混亂的時候，誰也沒有發現，第一個舉槍掃射，導致雙方矛盾徹底激化並進而內訌的雇傭兵，在臨死前對著耳機，猶如最狂熱的信徒，無比虔誠地說：「Demon大人，任務已經完成。」

在「堡壘」內亂成一鍋粥的時候，應龍、童子邦，以及已經完成任務的第一和第二路精英隊員，先撤退到秘道休整，等待文南國派出的撤離直升機。

傅立鼎接到命令，也帶隊往秘道撤退。剛到童子邦住的那棟小樓附近，有隊員突然驚呼：「傅隊，嚴隊他們怎麼在這兒！」

傅立鼎順著隊員指的方向看過去，就發現嚴明樹等人橫七豎八地躺在小樓門口，生死未卜。

「嚴隊？怎麼可能？」

應龍在耳機裏聽到這個消息，頓時大驚：「嚴明樹怎麼可能在這兒？他五分鐘前最後一次向我匯報的時候，應該還在距離你們二十公里外的地方！」

傅立鼎顧不上那麼多，先救人要緊，七手八腳地將嚴明樹和幾個隊員弄醒。

嚴明樹剛恢復一點意識，看到是傅立鼎，立刻抓住他的手：「快告訴應上校，情況不對！我們剛進佛寺的密室，想要搬走佛塔，就被迷暈了！」

「什麼？」

此言一齣，就連童子邦都被震住了：「那之前和我們一直保持聯絡的人是誰？那就是嚴明樹你的通信、你的聲音啊！」

眾人面面相覷，都覺得毛骨悚然。

與此同時，越野車上。

看見飛掠而過的戰鬥機，以及主動響起的防空警報，岩罕瞳孔驟縮，忍不住咬牙：「來得好快！」

而他身邊的人，終於開口：「BOSS，留得青山在，不怕沒柴燒，我們先撤退吧！」

岩罕頓時暴怒：「你讓我跑？」

「我們的總部已經被文南國政府發現了！」望著飛掠而過的戰鬥機，屬下憂心忡忡地說，「您現在走還來得及啊！」

他的話也沒說錯。

戰鬥機的到來，終於將雇傭兵們，以及萬象集團成員的心理防線擊垮了。

他們其實心裏很清楚，以一個集團的力量抗衡一個國家有多吃力，之前有恃無恐，依仗的便是文南政府找不到他們的總部所在。但現在，文南國的戰鬥機都來了，這意味著什麼？密集的空襲馬上就要到來！

萬象集團總部的外圍，那些毒販們的家屬已經瑟瑟發抖，有地窖的全都鑽到地窖裏，以躲避炸彈的襲擊。

而萬象集團內部的「堡壘」，已經屍橫遍地！

雇傭兵和本土毒販全都殺紅了眼，失去了人性，恨不得讓眼前所有的一切全部被摧毀，只留自己一個活著的人！

岩罕回到「堡壘」時，看見的就是這麼一個場景！

「誰幹的！」怒火直接衝上岩罕的腦門，讓他幾乎失去了理智，「這是誰幹的！」

只見他憤怒地從屬下手上奪過槍，一通亂掃，發洩過後，才漸漸清醒：「不對，這情況不對！就算『堡壘』裏面混了人進來，有Demon在，他應該制止才對，怎麼會讓局勢發展到這種地步？」

岩罕本就是個極其精明的人，稍作思考，就知道這必定是有人蓄意挑事。

雇傭兵和本土毒販之間本來就矛盾不斷，一旦他們發現自己被困在「堡壘」裏，天空中又有文南國的戰鬥機，只要一個人開了槍，其他人必定會連鎖開槍。

這一點，岩罕當然能想到。

但Demon是在「堡壘」內的！怎麼會讓局勢失控到這一步！

還沒等他發洩完，耳機裏傳來Demon的聲音：「我把赫卡忒帶到『安全屋』了。」

「Demon。」岩罕陰著臉，聲音幾乎從牙縫中擠出，「你知不知道，『堡壘』裏發生了什麼？」

「有人混了進來。」Demon乾脆俐落地說，「發現機房停電的那一刻，我就用最快的速度去了機房，強行帶走赫卡忒。」

他的語調仍舊是那麼平靜，岩罕卻覺得一股氣直衝腦門：「你就做了這一件事？」

「容我提醒一句，我與德隆先生的合約，還有不到三十分鐘就要到期。」Demon淡淡道，「在這三十分鐘裏，我只能心無旁騖地做一件事。」

言下之意，他帶走童素，已經算對得起萬象集團了。至於童子邦的叛變、雇傭兵和毒販的廝殺，他或許是能夠解決的，但一是太麻煩，二是太花時間，契約都快結束了，他就不想多花力氣了。

岩罕怒不可遏：「你看看『堡壘』裏面，成了什麼樣子！你再看看外面！高級幹部全都死了！鄭方也死了！」

Demon依舊很冷靜：「然後呢？」

岩罕突然不說話了。

他環顧四周，身邊的人都不敢直面他的目光，瑟縮地躲下去。但岩罕知道，這些人都不想死。是啊，萬象集團，只是他的萬象集團，除了他，誰會為萬象集團拼命呢？

意識到這一點後，岩罕突然輕輕地、慢慢地笑了起來：「沒關係，我還沒有輸。」

地下秘道裏，應龍正在與文南國政府聯絡。

按照文南國軍方的意思，他們打算派戰鬥機過來掃射一輪，然後就讓空降兵直接降落到萬象集團總部，先控制住局面，再逐步增兵。只要不轟炸，應該不會引爆雲爆彈。

這時，那邊突然收到最新息：「文南國政府的官網剛才被黑客攻擊了，上面寫著，如果文南國不退兵，萬象集團總部的五十枚雲爆彈就將被引爆，所有人，包括文南國政府派來的軍隊，都將死去！」

童子邦臉色很沉重：「是岩罕做的。」

入侵文南國政府的網站，對他們這些高手來說太簡單。岩罕甚至都不需要電腦，只需要一部手機，就能做到。

「那怎麼辦？」應龍意識到不對，「難道我們要接受他的脅迫，就這麼算了？」

「不算了又能如何！」NULL冷冷道，「童素還在他手上！」

童子邦沒說話。

他很清楚，現在這件事的主導權，壓根不在他們手上，而在文南國政府的手裏。

而文南國總統，此時正召開緊急會議，磋商這一問題。

雲爆彈的事情，鑒於一開始童子邦就提過，官員們當然不認為這是個謊言。

一旦這些雲爆彈真的點燃，山峰坍塌，湖水倒灌，那將是猶如洪水侵襲，海嘯到來一般可怕的場景。不僅自然環境將遭受不可逆的破壞，眾多的生命——包括很多無辜的老百姓，都將死無葬身之地。

倘若事情真的走到那一步，文南國政府將會成為眾矢之的，做出這一決定的總統更會成為千古罪人！

正因為如此，文南國政府傾向於妥協——反正萬象集團的總部已經被他們定位，高級幹部又殺得差不多了，基本上就差一個光桿司令了，暫時妥協又如何？難道岩罕還能在這裏待下去嗎？但要是讓岩罕發瘋，引爆所有的雲爆彈，就無法善後了。

沒錯，文南國政府確實也有人提出，這只是岩罕的恐嚇，他不會這麼做，但誰能保證呢？

岩罕可是一個敢炸飛機炸高鐵暗殺各國元首的瘋子，誰敢說他要死不會拉著所有人陪葬？

再說了，對此時的岩罕來說，威脅文南國政府，也不過是爭取到了苟延殘喘的機會，頂多是給了他幾天逃命的時間罷了。

成為光桿司令的岩罕，已經不足為懼。

最後，在岩罕的要求下，文南國總統直接與他通了電話，親口承諾：政府軍可以暫緩進攻萬象集團的總部，但有一個要求——交出童素。

岩罕同意了。

可他也有一個條件——只準NULL一個人過來領回童素。

「堡壘」的深處，有一間「安全屋」。

一個完全隔絕電磁，任何信號都覆蓋不到，也沒有任何窗戶的牢籠。地面、牆壁、屋頂，都澆築了大量的隔離網絡的材料，是一個完全「密不透網」的空間。

這是岩罕出於保護自我的本能而建造的，據說世界上的很多頂尖黑客，都會有一個類似的「安全屋」。

多麼可笑，依靠網絡和移動信號，在虛擬世界呼風喚雨、無所不能的人，內心深處真正認為安全的地方，竟是一片沒有電磁，更沒有網絡的淨土。

「所以，到最後，你還是要選擇這種方式。」童素的眼中有著淡淡的不屑，「面對你的對手，你從來不想著精神上將對方打倒，只想著肉體消滅。對道達這樣，對NULL還是這樣，暴力，原始，充滿著獸性。」

這就是她看不上岩罕的原因。

在他彬彬有禮的外表下，始終無法掩飾野獸的本質——哪怕他披著再華麗不過的人皮。

她話音剛落，岩罕就捂住了她的嘴巴，微笑著說：「沒錯，我骨子裏就是一頭猛獸，所以，請你安靜地觀賞。」

他喜歡古羅馬的角鬥場，那是男人的戰場。

勝者為王。

第五十五章　生死決鬥

「安全屋」的大門，緩緩打開。

應龍還想勸NULL不要赴這場明顯有去無回的必死之局，NULL毫不猶豫地走了進去。

大門「砰」地關上，同時，電磁隔離系統正式啟動，不管是岩罕的手機，還是NULL拿著的手機，統統失靈。

NULL抬起頭，就看見岩罕坐在王座上，居高臨下地看著他。

那是貨真價實的王座，是法老王曾經的黃金座椅，也是在黑市上花了天價才拍回來的絕世奇珍。

王座的一旁，是一把黃金椅子，童素坐在椅子上，身體被繩索緊緊捆綁，嘴巴也被封住，無法說話。

岩罕上上下下地打量NULL，最後嗤笑道：「你就是NULL？看你這身高，是不是不到一米七？」

NULL沉默不語。

岩罕覺得沒勁，將手中的匕首扔到地下，落至NULL面前：「遊戲規則很簡單，我們兩個裏面，只能活一個。」

NULL隱藏在兜帽下的臉扯出一絲譏諷的笑：「原來，你也只是個懦夫。」

他們是黑客，理應用黑客的身份來較量。但之前的幾次戰鬥，岩罕從來沒有贏過，所以岩罕才會逼迫NULL來到安全屋，褪去黑客的光環，用最原始的方法——男人的力量，分出勝負。

對於現實中的自己，NULL確實是自卑的，甚至帶點逃避，但這一刻，他心裏卻激起了無窮的勇氣，以及對岩罕的深深不屑。

岩罕被NULL一語道破內心，不由得惱羞成怒。

只見他抓起另一把匕首，從王座上站了起來，冷冷道：「勝過了我這個懦夫，你再自稱是英雄吧！」

說罷，他已如獵豹一般，狠狠地衝向了NULL！

NULL下意識地做出防禦的姿態，抬手要擋下這招針對自己胸口而來的攻擊，誰料岩罕只是虛晃一招，匕首狠狠地劃傷了NULL的右臂！

他要讓自己使不出力氣！

NULL右手吃痛，匕首忍不住掉落。

岩罕將腳一鉤，直接把匕首踢到遠處，然後對NULL的胸口就是一刺。

NULL條件反射地打了個滾，以肩膀上劃了一個巨大口子的代價，躲過岩罕致命的一擊，再連滾帶爬地去撿匕首！

還沒等他站直身子，岩罕已經急衝過來，拿著匕首，對著NULL的後背猛地一扎！

這是一場極其不公平的戰鬥。

短短五分鐘，NULL已是遍體鱗傷。

他的兜帽早已被割破，但面容還是模糊，因為鮮血遍布他的面龐、全身，將他染成了一個血人。

他的胳膊、大腿、肚子、後背乃至臉上，全都有匕首留下的深深劃痕，而他已經起都沒辦法起來，瞳孔大張，仰躺在地板上，看上去就像快要死了。

憑岩罕矯健的身手，三十秒之內就能取NULL的性命。但岩罕對NULL深深的，連他自己都沒明白從何而來的恨意，令岩罕如貓戲老鼠一般，一刀又一刀地刺在NULL身上，就像對NULL展開凌遲酷刑。

直到NULL倒下，再也爬不起來，岩罕才蹲下身子，冷冷一笑，眼中只有殺意：「不是說我懦夫嗎？起來，再打啊！」

NULL已經是進氣多，出氣少了，但他還不肯屈服：「你贏了我又怎麼樣呢？萬象集團這麼大的家業，還不是被你丟了！」

話音剛落，岩罕就在NULL的胸口，狠狠地開了一刀！

NULL一邊躲閃，一邊刺激岩罕：「你知道這裏是怎麼暴露的嗎？因為黑匣子，你沒有想到吧，那個救生艇的黑匣子！」

岩罕似乎楞了一下，NULL抓住時機，猛地朝岩罕刺去！

但岩罕早就訓練出來了本能，一個側身，反手揮刀。自己非但毫髮無傷，反而給NULL來了重重一刀！

NULL面露痛苦之色，滾到地上，匕首也隨之落下，被岩罕一腳踢到了遠處。

岩罕扯出一絲冷笑：「這種分散注意力的幼稚方法，我早就不用了！」

瑪雅的那個救生艇，早就被他全方位地檢查過，GPS定位系統全都改掉了。他都能往裏面放炸彈了，還會忘記這點？

這個理由，他壓根不信。

在岩罕看來，萬象集團的總部所在，就是童子邦洩露出去的，至於NULL說是黑匣子的問題，其實是為了分散自己的注意力，想要趁機偷襲。

畢竟，人在聽到自己的過失時，或多或少會楞一下，這是人之常情。

其實這個判斷也沒錯，因為童子邦傳遞的第二條信息中，確實包括了萬象集團的地理坐標。

但特種部隊們能這麼輕易地走水路進來，Yggdrasil公司確實功不可沒。

岩罕不知道，正因為他懶得與NULL多費唇舌，少說的兩句話，讓他與真相失之交臂。

NULL更不清楚黑匣子中深藏的玄機，他以為岩罕心志堅硬如鐵，面對最大的過失都不曾後悔，更不會動搖，頓時生出一股絕望——這樣的敵人，才最難對付。

劇烈的痛苦，過度的失血，讓NULL的意識逐漸模糊，他知道，自己快不行了。

但不能就這麼放棄，他必須，必須尋找機會！

岩罕這樣的敵人，最大的破綻是什麼！

是狂妄！

NULL的雙手，下意識地想去摸自己的腰——那裏藏著一支鋼筆大小的特殊武器，裏面裝著致命的毒素。

那是像NULL這樣為國家出生入死，執行機密任務的頂級安全人員，給自己留的最後一條路。

想到這裏，NULL拿定了主意。

他似乎放棄了掙扎，無力地倒在地上，目光一直試圖越過岩罕，望向被綁在椅子上，已是滿面淚痕的童素。

岩罕見狀，神情更加扭曲：「你喜歡她？就憑你？在網上，你還能裝裝大神，而現實裏——」

他語帶不屑，滿面嘲弄：「她會為你而哭，是因為沒看清你的樣子吧！你為什麼不照照鏡子，看看你自己這張臉，究竟配不配得上她！」

NULL的眼中浮現一抹絕望的光，只見他嘴嚅動，似乎說了什麼。

岩罕低下頭，想要聽清NULL的遺言，究竟是不甘，還是憎恨，又或者是後悔？

下一刻，肚子突然傳來劇痛，令他不可置信地睜大眼。

岩罕下意識地抬了一腳，將NULL踹到幾米之外，然後他才低下頭，就發現一支「鋼筆」狠狠地扎進了自己的肚子！

原來，NULL剛才所做的一切都是為了示弱，就是要等到岩罕放鬆防備的機會，積攢力量，將這支「鋼筆」扎進岩罕的肚子！

岩罕想要把「鋼筆」拔出來，可他很快就發現，自己的手根本就不受控制，無法抬起來，身體也迅速變得無力，直接往地上栽倒，手中的匕首也隨之掉了下來！

幾乎是頃刻之間，岩罕就明白了「鋼筆」裏頭有什麼——竟然是神經性毒素！

這種毒素發作起來，並沒有許多致命的毒素那麼快，不會在一兩秒之內就奪去人的性命，相反，從中毒到斃命，大約有十分鐘左右的時間，並不是特工自殺的首選。但NULL卻毫不猶豫地選擇了它藏在身上，只因這種毒素的恐怖之處在於，它會紊亂人的神經，先是四肢不受控制，然後就是軀體，最後你甚至無法控制自己進行呼吸，活生生地窒息而死！最重要的是，無藥可解！

這種現代科技創造的無法挽救的劇毒，正是NULL給自己留的後路！

一旦被其他國家的特工抓到，他會立刻用這種毒自殺，不會給任何人窺探到國家機密的機會！

看見岩罕猶如垂死的青蛙般，先是劇烈掙扎了幾下，然後就像一團泥一樣，軟在地上，只有頭還能稍稍轉動。NULL才拖著沉重的身子，將岩罕掉落的匕首撿起，緩緩走向童素，用最後一絲力氣，割斷束縛童素的繩索。

雙手獲得自由的那一刻，童素立刻揭開粘住自己嘴巴的東西，然後扶起NULL，通紅的眼眶中，淚水漣漣落下。

但她畢竟是個堅強的女性，什麼多餘的話也沒說。

只見童素先扶NULL在椅子上坐好，然後拿過NULL手上的匕首，走到岩罕面前，單膝跪了下來，用匕首指著他的喉嚨，冷冷道：「雲爆彈的控制樞紐在哪裏？」

岩罕應該沒想過他會失敗，會死，在他看來，這只是一場貓抓老鼠的遊戲。

可同樣，童素也知道，岩罕一定會引爆那些雲爆彈——在他逃離文南國之後。

因為對岩罕來說，他得不到的東西，別人也別想得到。萬象集團的總部就算毀了，也絕不會交給別人，更何況，這也是他對文南國政府的報復。

至於他的所作所為會讓多少人死去，他根本就不在乎。

童素當然不能讓岩罕的瘋狂舉動得逞，所以她必須逼問出來，不把控制器毀了，她良心難安。

岩罕的全身都已經失去了知覺，他知道，毒素馬上就要入侵到他的大腦，讓他無法說話，更無法呼吸。與童素的交談，很可能是他生命中最後一句話，可他還是竭力勾了勾唇角，挑釁地說：「赫卡忒，我就要死了。」

一個馬上就要死去的人，難道還在乎早死或者晚死一秒嗎？

岩罕快死了，但NULL沒有，如果再拖下去，NULL估計也要死了！

童素看了一眼滿身是血、極度虛弱的NULL，咬了咬唇，將匕首放進口袋，就去扶NULL。

她一邊撐著NULL，一邊去打開「安全屋」的門。

應龍等人一見他們出來，立刻圍上去，童素正要把NULL交給他們，自己繼續回去逼問岩罕——她還是沒死心，總覺得自己能找到對付岩罕的辦法。

誰知道她前腳剛邁出「安全屋」，後腳大門就「啪」地關上了。

「等等！」童素想要把門弄開，可怎麼都不成功！

童子邦拉住女兒，示意她快點跟過來：「素素，你快上飛機啊！」

文南國政府答應給岩罕一天時間，所以今天戰鬥機只是在天空盤旋，撤下傳單，唯一降落的是醫療專用的直升飛機，上面搶救設備一應俱全。

之前直升機已經飛走了好多架，將重傷員和戰友們的遺體都運走了，精英突擊隊的大部分隊員也都已經離開，畢竟斬首行動已經圓滿成功，他們應當撤退了。現在這架是專門等童素、NULL，還有堅持不肯走的童子邦等幾人的。

「可我還沒問到雲爆彈的控制樞紐在哪裏！」童素急急道，「以岩罕的性格，他有可能派心腹守在那裏，過幾個小時就把雲爆彈給引爆！」

應龍突然問道：「岩罕人呢？」

「人在裏面。」童素回答，「和『NULL』決鬥受了重傷，快死了。」

「如果岩罕自己還沒逃走，他肯定不會下命令引爆，放心吧。」應龍寬慰道。

童素一想，覺得也是。

岩罕再怎麼瘋狂，想要引爆雲爆彈，預先總要設計一個給他自己「逃亡」的時間。而且現在他都要死了，被關在完全隔離通信信號的安全屋裏，根本沒有辦法對手下發布相關命令了。等到文南國政府派兵收復此地，再地毯式搜索一下，不信找不到雲爆彈的控制樞紐。

「安全屋」內，岩罕靜靜地躺在地上，等待著那兩聲即將到來的槍響，以及童素的悲鳴。

他和Demon說好了，讓Demon等在外面，只要NULL出去，就一槍爆頭。如果童子邦也等在外面，Demon也要當著童素的面，把童子邦殺了。

至於要不要殺童素，他當時猶豫了一下，還是沒給出確定的答案，只讓Demon看著辦。

誰知，槍聲並沒有如約響起，不僅如此，在童素和NULL出去後，「安全屋」的大門竟然立刻關上。金髮碧眼的男子，從之前關押童素的暗門裏走了出來。

岩罕睜大眼睛，不可置信：「你——」

「十年之約已經到期，我沒必要履行一個沒有效力的承諾。」Demon淡然道：「十年前的這個時候，我與德隆約定，要取走他人生中一件重要的寶物，為此願替他效力十年。現在，該到他履行承諾的時候了。」

岩罕彷彿意識到了什麼，卻又好像什麼都不明白，下意識地說：「佛塔……」

「德隆從來就沒得到過真正的佛前舍利，以及阿育王佛塔。」Demon英俊的面龐在黑暗中閃閃發光，就像太陽神阿波羅一般俊美，可他說出來的話，足以令任何一個人墜入地獄，「那隻是天衣無縫的高仿品，好讓你們相信，我是為它而來，僅此而已。

「好了，時間到了，我該收回——真正索要的東西了。」

飛機升上了千米高空，正要振翅而飛。

突然，巨大的轟鳴聲和強烈的衝擊波，令青雲之上的飛機都左搖右晃，差點穩不住。

童素透過窗戶，怔怔地往下看。

雲爆彈的威力極其驚人，頃刻間，滾滾濃煙升起，升起巨大的蘑菇雲。

山體和建築瞬間被高溫蒸發得一乾二淨，湖水就像被煮沸了一樣，咕嘟咕嘟，不斷冒泡，向四周傾瀉而出，肆無忌憚地摧毀四周的一切。

這是真正的地獄。

大地的劇烈振動，不僅引發了「海嘯」，也引起了山崩。

連綿的群山之上，巨石不斷滾落。

那些曾經在「聖湖」上的村落，就如同海浪上的泡沫，一個浪打過來，浪花就變得粉碎，泡沫更如幻夢一場。

高溫與水汽蒸騰，化作雨點，不斷落下。

長久的死寂之後，大家如夢初醒。

「怎麼會？」傅立鼎有些恍惚，「岩罕不是死了嗎？」

童子邦也非常奇怪：「岩罕的那個『安全屋』是隔離電磁的，素素說了裏面除岩罕之外沒別人。按理說，他沒辦法通知別人引爆雲爆彈，自己也沒辦法控制系統啊！」

應龍面沉似水：「我一直覺得有點不大對勁，就好像我們在執行任務的時候，還有另一股勢力潛伏其中。無論是嚴隊他們莫名其妙地暈倒，出現在地道，還是萬象集團武器的走火，包括現在雲爆彈莫名其妙地被引爆，都讓我覺得不安。」

嚴明樹也一個勁點頭：「沒錯，我也心有餘悸。但我不懂，如果真有幕後黑手，他們圖什麼呢？就比方說，他們幹嘛不殺了我，反而費盡千辛萬苦地把我們送到傅隊面前，讓我們得救呢？」

他們幾個在激烈討論，童素卻貼著冰涼的玻璃，半晌才輕聲呢喃：「六千人。」

「啊？」這句沒頭沒尾的話，吸引了所有人的注意力。

「萬象集團的總部，加上『聖湖』附近的村落，大概有六千多個人生活在那兒。」童素的聲音有些哽咽，「這六千人裏，雖然有一部分是罪大惡極的毒梟、蛇頭、人販子，但更多的是他們的親人、孩子，以及那些被欺凌的可憐人。」

這些人無辜嗎?當然不無辜,比如那些毒梟家屬,他們的幸福生活都建立在另一些家庭的破碎與痛苦之上。

但這些人有罪嗎?也沒什麼罪,更不該死得這麼慘。

「我應該多問幾句的。」童素胡亂地抹著臉,卻控制不住淚水一個勁地往下落,「我明明可以問出來的,可我沒有。」

如果她多逼問岩罕一陣子就好了。

如果她再對這件事上心一點就好了。

如果……

那麼多如果,又有什麼用呢?

短短幾分鐘時間,六千人就死了啊!再也回不來了。

NULL始終保持沉默,什麼話都沒說。

由於失血過多,他的身體十分虛弱,可他依舊不願意睡過去,而是睜著眼睛,看著窗外的蘑菇雲,以及傾盆大雨。

這個場景,他一輩子都不會忘記。

尾聲

「童小姐，你好。」

「沈醫生，你好。」

寒暄完畢之後，童素就坐在沙發上，一言不發。

她並不想來諮詢所謂的心理醫生，因為這會讓她有一種隱私被窺探的感覺，但由於她捲入了萬象集團的事情，從文南國回來之後，國家安全部門堅持讓所有參與此次事件的人進行心理診斷與治療，包括童素。

結果也並不意外——她患上了PTSD，即「創傷後壓力症候群」。

這是一種精神方面的障礙。

見過戰爭殘酷的人，心中往往會留下一道無法癒合的傷口，很容易成為PTSD患者。正因為如此，他們才需要進行專業的心理評估，對症下藥，進行治療。否則這種精神障礙發展下去，很容易影響他們的正常生活。

由於萬象集團覆滅的那一幕太過慘烈，特種小隊的所有人都或多或少地陷入一種無力、自責、愧疚的情緒中去，無法自拔。

他們本可以挽救那些人的。

對童素而言，她的感受就更加深刻，她只要一閉眼，就想到遮天蔽日的蘑菇雲、沸騰的湖水、山峰下陷形成的巨大漩渦與深坑。

負面的情緒，幾乎將她吞沒。

可她一句話都不想說，尤其不想說給所謂的心理醫生聽。

就在這片詭異的沉默中，窗外驚雷響起。

傾盆大雨，沖刷著大地。

密集的雨點，彷彿打到了童素心裏。

就在這時，童素的手機突然震動起來。

她下意識地低頭看了一眼，就發現屏幕上彈出一條未知號碼發來的短信：「你本可以阻止那場爆炸，救下幾千條無辜的生命，但你沒能做到。」

下一秒，又一條短信發來：「所以，要一起嗎？阻止下一場更大的浩劫！」

國家圖書館出版品預行編目(CIP)資料

網絡英雄傳之黑客訣 / 郭羽, 劉波著. -- 初版.
-- 臺北市 : 華品文創, 2020.02
560面 ; 17×23公分
ISBN 978-986-96633-7-3 (平裝)

861.57　　108022782

網絡英雄傳之 **黑客訣**

作者	郭　羽・劉　波
總經理	王承惠
總編輯	陳秋玲
美術設計	不倒翁視覺創意工作室
印務統籌	張傳財
財務長	江美慧
出版者	華品文創出版股份有限公司 地址：100 臺北市中正區重慶南路一段57號13樓之1 讀者服務專線：02-2331-7103 讀者服務傳真：02-2331-6735 E-mail：service.ccpc@msa.hinet.net
總經銷	大和書報圖書股份有限公司 地址：242 新北市新莊區五工五路 2 號 電話：02-8990-2588 傳真：02-2299-7900
印刷	卡樂彩色製版印刷有限公司
初版一刷	2020年2月
定價	新臺幣500元
ISBN	978-986-96633-7-3